新日本古典文学大系 75

伽婢子

松田修
渡辺守邦
花田富二夫 校注

岩波書店刊行

目次

伽婢子

凡例

一　底本には、国立国会図書館所蔵本(一四三一―一六)を用いた。

二　本文の翻刻に際しては底本の形を復元できるよう努めたが、通読の便を考慮して、翻刻は次のような方針で行なった。

1　改行・句読点など

(イ)場面の転換に応じて適宜改行し、段落を設けた。

(ロ)底本は白丸「。」点を句読点に用いているが、これを校注者の判断で通常の句読点「、」「。」にあらため、適宜補正した。

(ハ)会話や心中思惟に相当する部分を「　」で括った。

(ニ)並列の「・」を補った。

2　振り仮名・宛て漢字など

(イ)記号のない振り仮名は、底本の振り仮名である。

(ロ)校注者が施した振り仮名は(　)で括り、歴史的仮名遣いで示した。

(ハ)底本の仮名の部分に漢字を当てることはしなかった。

3　字体

(イ)　漢字・仮名ともに、原則として現在通行の字体に改め、常用漢字表にある文字はその字体を用いた。

(ロ)　当時の慣用的な字遣いや当て字は、原則としてそのまま残し、必要に応じて注を付した。

(ハ)　反復記号(「ゝ」「ゞ」「〱」など)は底本のままとした。

4　仮名遣い・清濁

(イ)　仮名遣いは底本の通りとした。但し、校注者による振り仮名は歴史的仮名遣いに従った。

(ロ)　仮名の清濁は、校注者において補正した。但し、清濁が当時と現代で異なる場合には、底本の清濁を保存し、必要に応じて注を施した。「けふり」「さふらひ」「たはふれ」「とふらふ」「うかふ」「かたふく」の類の語の処理は、なお問題が存すると思われるので、底本のままとした。

(ハ)　漢字に濁点が付されたものは、振り仮名の形で右傍に(　)を入れて示した。

(例)　地ごく　→　地(ち)ごく

5　明らかな誤刻・脱字は適宜補正し、必要に応じて注を施した。判読不能の箇所は(　)で補った。

三　分担は左記の通りである。

本文　松田修

脚注　渡辺守邦・花田富二夫

四　脚注

1　各話の脚注の冒頭に、出典を示した。

2　引用文には、読み易さを考慮して、適宜句読点、濁点を付した。また引用する漢文は可能な限り仮名交じりの読み下し文とした。

3　脚注に引く諸注釈書については、解説の「脚注おぼえがき」に詳細を記した。

五　巻末に、参考資料として『剪灯新話句解』(国立公文書館所蔵、三〇九―一九二)の影印を付載した。

付記

脚注では、典拠等に関する依拠論文・著者名をいちいち表記することを省いたが、主に左記の論文を参照した。ここに付記し深謝申し上げる。

宇佐美喜三八「伽婢子に於ける翻案について」『和歌史に関する研究』昭和二十七年。

松田修「「浮世物語」の挫折」『日本近世文学の成立』法政大学出版局、昭和三十八年。

冨士昭雄「伽婢子の方法」『名古屋大学教養部紀要』第10輯、昭和四十一年。

同　「伽婢子と狗張子」『国語と国文学』昭和四十六年十月。

江本裕「了意怪異談の素材と方法」『近世前期小説の研究』若草書房、平成十二年。

同　『伽婢子』1・2(東洋文庫)平凡社、昭和六十三年。

市古夏生「『伽婢子』における状況設定」『近世初期文学と出版文化』若草書房、平成十年。

黄昭淵「『伽婢子』と叢書――『五朝小説』を中心に――」『近代文芸』第67号、平成十年。

伽婢子（おとぎぼうこ）

浅井了意作。大本十三巻十三冊。六十八話の短編を収める怪異小説集。寛文六年(一六六六)西沢太兵衛の出版。

万治二年(一六五九)に『堪忍記』の刊行をもってデビューし、『東海道名所記』(同年か)、『江戸名所記』(寛文二年刊)、『浮世物語』(同五年頃刊)と作を次々と世に問い、仮名草子作者として、いわば油の乗った時期の作。また、前代の末からにわかに高まった、怪談咄への国民的関心を背景にした作品でもあった。

怪談ブームという時潮の発生に各種の要因が考えられるが、その一つに『剪灯新話』のもたらした新鮮な衝撃があった。一夜の会で消え去る運命の怪談咄が、内容と仕立てかた次第で、物の本に載って三国に通用することを人々は知った。わが国では『剪灯新話句解』によって広まったが、これは高麗の垂胡子による詳細な注釈を添えての刊行、小説に注釈の施されることなど、中国文化圏にあっては前代未聞の珍事、もって人気のほどが察せられよう。注解の加わったことにより理解が格段に容易な、そして楽しいものになった。

『伽婢子』は原話の詮索に決着の付いていない若干話を除外するならば、各話いずれもが、斯界の先進国ともいうべき中国と朝鮮の作に材を仰ぐ、とすることができる。『剪灯新話(句解)』『剪灯余話』『五朝小説』、そして李朝の『金鰲新話』の諸作である。話柄が室町時代のわが国に置き換えられ、寧波府鎮明山麓に住む喬生が天文十七年の五条京極に荻原新之丞と名乗って変身するが、置き換えに当たって、一話ごとに史書、軍書、年代記等を動員して勘案し、座り心地のよさそうな時代と場所とを提供するという、周到な準備が用意されていた。置き換えが逐語訳的丸どり的なものではなかったことも言うまでもあるまい。「牡丹灯籠」の原話には、冥界に到った二人が鉄冠道人の裁きを受け、牡丹花の灯籠を焼き捨てられて九幽の地獄に追い落とされるという結末があって、法華経一日頓写の功力に成仏する『伽婢子』の場合と相違する。原話で贈答される漢詩も和歌に置き換えられる。その和歌も『題林愚抄』という類題歌集の、しかも恋の部所収歌に限って改作してみせる、というご愛嬌を伴うものでもあった。

以上に述べてきた一つひとつが、実は、翻案小説の本来の有りようであろう。原話離れの妙を味わっていただけるよう、脚注に工夫を凝らしてみた。

伽婢子惣目録

以下に本文の題名を掲げる。

巻之一

「竜宮の上棟」

「黄金百両」

巻之二

「十津川の仙境」

「真紅撃帯」

「狐の妖怪」

巻之三

「妻の夢を夫面に見る」

「鬼谷に落ちて鬼となる」

「牡丹灯籠」

「梅花屏風」

巻之四
「地獄を見て蘇」
「夢のちぎり」
「一睡卅年の夢」
「入棺之尸甦怪」
「幽霊逢レ夫話」

巻之五
「和銅銭」
「幽霊評二諸将一」
「焼亡有二定限一」
「原隼人佐鬼胎」

一 底本の振仮名「ごうこん」を改める。

巻之六
「伊勢兵庫仙境に到る」
「長生の道士」
「遊女宮木野」

蜘のかゞみの事
長間佐太白骨の妖物に逢事

第七巻

伏見御香宮絵馬の事
蘆沼次郎右衛門善悪物語の事
飛加藤が術の事
小山田記内契二幽霊一事
桜田源五津田彦八と妻を争事
菅谷九右衛門植柘滝川が幽霊に逢事
堅田又五郎雪白明神の加護を蒙る事

第八巻

長鬚国の事
性海鹿嶋明神に詣て大蛇を殺す事
長谷兵部恋物語の事
隅屋藤次が事
屏風の絵人形躍事

「蛛の鏡」
「白骨の妖怪」
「死レ難先兆」(この標題は総目録には欠けている)

巻之七
「絵馬之妬」
「廉直頭人死司二官職一」
「飛加藤」
「中有魂形化契」
「死亦契」
「菅谷九右衛門」
「雪白明神」

巻之八
「長鬚国」
「邪神を責殺」
「歌を媒として契る」
「幽霊出て僧にまみゆ」
「屏風の絵の人形躍歌」

巻之九
「狐偽て人に契る」
「下界の仙境」
「金閣寺の幽霊に契る」
「人面瘡」
「人鬼」

巻之十
「守宮の妖」
「妬婦水神となる」
「祈て幽霊に契る」
「窃の術」
「鎌鼬付提馬風」
「了仙貧窮付天狗道」

巻之十一
「隠里」
「土佐の国狗神付金蚕」

一 「シッショ 兵法に関する七つの書物」「シッシャゥ 北極星のそばにある七つの大きな星」(日葡)などの例からして、読みは「しっぷじゃ」か。

伽婢子

「随転力量」

「蝨瘤」

「山中の鬼魅」

「馬人語をなす怪異」

「怪を話ば怪至」

一 儒学で理想とする智徳兼ね備えた人物。中国では、尭、舜、禹、湯、文王、武王、周公旦、孔子を指す。 二 常に変わらない人の道。「謝氏曰、聖人常ヲ語リテ怪ヲ語ラズ」(論語集注四・子不レ語ニ怪力乱神一)。 三 物の道理や法則。朱子学ではとくに天理を窮めて自己と一体化することが重視された。 四 内心の修養。 五 模範となる、化すべきところ(上方)を「風」と言い、風によって化されて変化する下方を「俗」と言う。「俗 シヨク ナラハシ」(合類)。「風ヲ移シ俗ヲ易フルニハ楽ヨリ善ハナシ」(孝経・広要道章)。 六 主眼とする。「宗 ムネ」(字集)。 七 怪(怪異)、力(勇力)、乱(悖乱)、神(鬼神の行い)などの理に外れた事柄や現象。「子不レ語ニ怪力乱神一」(論語・述而)。「もとより論語に怪力乱神をいはずといへり。全(まつたく)いふべからずといふにはあらず。その時によるべし」(可笑記評判六ノ九)。 八 以下は、怪力乱神を語り、後世の鑑とした具体例。 九 易経に記す竜戦。剪灯新話・序文に「易ニハ竜野ニ戦フト言フ。書ニ雉鼎ヘニ雊(ナ)クコトヲ載セ、国風媱奔ノ詩ヲ取リ、春秋乱賊ノ事ヲ紀(レ)ルス」。 一〇 「雉子有リ、鼎ノ耳ニ弁リテ雊ク」(書経五・商書十五)。不祥のものとされた。

伽婢子序

夫[一]聖人は常[二]を説て道ををしへ、徳をほどこして身をとゝのへ、理[三]をあきらかにして心[四]をおさむ。天下国家その風[五]にうつり、その俗を易ることを宗[六]とし、総て怪[七]力乱神をかたらずといへ共、若止ことを得ざるときは、亦述著して則をなせり。[八]こゝをもつて、易[九]には竜の野に戦かふといひ、書[一〇]には鼎の中に雉の鳴ことをしるし、[一一]春秋には乱賊の事をしめし、詩[一二]には国風[一三]・鄭風[一四]の篇を載て、後世につたへて明らけき鑑[一五]とし給へり。況や仏経[一六]には三世[一七]因果の理ををしへて、四生[一八]流転の業をいましめ、或は神通[一九]或は変化[二〇]の品〳〵を説給へり。又神道[二一]の幽微なる、草木土石にいたるまで、みなその神霊ある事をしるして、不測[二二]の妙理をあらはせり。三教[二三]をの〳〵霊理・奇特[二四]・怪異・感応[二五]のむなしからざることををしへて、其道にいらしむる媒とす。[二六]聖経賢伝、諸史百家[二七]の書すでに牛[二八]に汗し、棟に充といふ。是本朝記述の編[二九]、古今筆作の文、何ぞ只[三〇]五車に積のみならんや。中にも花山法皇[三一]の大和物語、宇治大納言[三二]の拾遺物語、其外竹取、うつほ[三三]の俊景の巻をはじめて、怪く奇特の事共をしるせ

一一 孔子の編述した魯国の史書。五経の一。
一二 詩経。孔子の編集した中国最古の詩集。五経の一。
一三 諸国の民謡。十五国風。中でも周南・召南(周の南方一帯)の詩は正風と呼ばれ、徳化の正しい時代の詩とされる。
一四 詩経国風の一。鄭詩中には怪力乱神の乱に当たる男女の淫詩が存する。
一五 手本。
一六 仏教の経典。
一七 過去・現在・未来を通じて因果の関係が存すること。
一八 「四生」は生まれ方に基づいた動物の分類(胎生・卵生・湿生・化生)。この四種を業因により次々と転生すること。
一九 人智を超えた能力。仏教語。「神通 ジンヅウ」(黒本本)。
二〇 人間以外の霊的存在が、仮に人間の姿を借りて人間を済度すること(観音にことさらその霊機能を認めて変化観音と称する)。
二一 神道は自然神の信仰を有するのでその傾向が著しい。
二二 測り難い神の妙理。「不測 フシキ」(文明本)。
二三 以上に述べた儒教、仏教、神道。
二四 「奇特 きどく」(大全)。
二五 仏菩薩が人間の篤信に反応し、霊異の事件を引き出すこと。
二六 聖人賢人の伝記。
二七 「諸子百家」の誤り。漢籍の分類法による経・史・子・集のうちの「子」の項に分類される書物、またその著者。
二八 書物が大量に蔵されていること。「汗牛充棟」。
二九 書物のこと。「篇 ヘン〈書〉」(温故知新書)。
三〇 五台の車に積むほどの夥しい書物。
三一 第六十五代天皇。通説に大和物語の作者と言う。
三二 宇治大納言源隆国編の宇治拾遺物語。
三三 宇津保物語冒頭の巻で、異国遍歴を内容とするところから伝奇的な傾向が色濃い。「俊景」は「俊蔭」が正しい。

るところ、手を折て数るに遑[一]あらず。

然るに此伽婢子は、遠く古へをとるにあらず。近く聞つたへしことを載あつめてしるしあらはすもの也。学智ある人の目をよろこばしめ、耳をすゝぐ[二]ためにせず。只児女[三]の聞をおどろかし、をのづから心をあらため、正道におもむくひとつの補[四]とせむと也。その目[五]をたつとびて、耳を信ぜざるは、古人のいやしむ所也。陰陽五行[六]、天地の造化[七]は広大にして測がたく、幽遠にして知がたし。時面見[八]ざるをもつて今聞所を疑ことなかれと、云爾[九]。

于時[一〇]寛文六年丙午正月日

瓢[一一]水子松雲処[一二]士自序

一「不遑　イトマアラス〈遑ハ假也〉」(下学集)。
二 学智ある人の耳を洗い清めるためではない。許由が尭から位を譲ると言われ、潁川で耳を洗った故事に基づく(史記・伯夷伝ほか)。
三 剪灯新話・序文に「今余ガ此ノ編世教民彝(いみん)ニ於テ之レ補イ或(ルア)コト莫シト雖ドモ、而(しか)モ善ヲ勧メ悪ヲ懲シ…」。
四 動詞「おぎぬふ」の名詞形。「おぎぬふ」は「おぎのふ」「おぎなふ」へと語形を変化させた。
五 元来は、「耳を信じて目を疑ふは、俗の常のへい(弊)也」(平家物語三・法印問答)と言われ、人の言うことは信ずるが、自分が実際見たものは信じないという態度が批判された。出典「耳ヲ貴ビテ目ヲ賤ム者ナリ」(文選・東京賦、顔氏家訓・慕賢)。ここでは、その逆を言い、自著等書きものの有用性を説こうとしたもの。
六 宇宙の万象を統轄する中国古代思想。陰と陽の二者に木火(陽)、土、金水(陰)の五行が組み込まれ、思想のみならず、暦数等人間生活全般にわたって影響を及ぼした。
七 陰陽の運行による天地万物の創造、或いはその神。
八 剪灯新話・序文に「言フ者ハ罪無ク、聞ク者ハ以テ之ヲ戒ムルニ足レルノ一義ニ庶(ちか)カラン。爾(しか)云フ」。「面　マノアタリ」(字集)。
九 序文などの文末に用いて、既述を確かめる意味の常套語。
一〇 一六六六年。
一一 浅井了意の別号。

伽婢子序

伽婢子松雲処士之所レ著也。凡若干巻、概言二神怪奇異之事一。言辞之藻[一三]麗也、[一四]吟詠之繁華也、膾二炙人口一者不レ可二勝言一焉。論語説[一五]曰子不レ語二怪神一矣。[一六]茲書之作不レ免二懐レ詐欺レ人之謗一乎。云不レ然。厥士之志二于道一者[一七]捜二載籍[一八]之崇阿一涵二[一九]礼法之淵源一択レ言択レ行積レ善累レ徳而施二不滅之名一。若夫庸人[二〇]孺子[二一]之不レ知レ読二詩書一、耳無二博聞之明一[二二]身無二貞直之厚一。虚浮[二三]之俗日々以長。偶聞二精微[二四]之言一[二五]疾レ首蹙レ頞啾々[二六]焉退。経典之沈深、載籍之浩瀚、譬如二[二七]会レ聾而鼓一。之何益之有。伽婢子之為レ書、言[二八]攄二新奇一義極二浅近一。怪異之驚レ耳滑稽之説レ人、寐得レ之醒焉、倦得レ之舒焉。是庸人孺子之所二好読易解一也。如レ言二男女淫奔一、則念二深誡一。幽明神怪則欲レ覈レ理。雖レ非二君子達道之事一願欲レ便二庸孺之監戒一而已。

寛文六年[二九]竜集丙午正月下澣[三〇]

雲樵[三一]

一二 「家ニ居テ官ニツカヘヌ物ヲ処士ト云ゾ」(毛詩抄三)。
一三 文章にあやがあって美しい。
一四 「声ニ動カスヲ吟ト曰フ。言トヲ長フスルヲ詠ト曰フ。作詠ヲバ必ズ歌フ故ニ吟詠(エイ)ト言フ也。永と咏と詠と三字同じものに用る也」(伊勢物語集註一・四段)。
一五 「論語説」は同名異書が多く、誰の編著のものか明らかにし難いが、論語本体を引かなかったのは了意自序との重複を避けたもの。
一六 伽婢子を指す。
一七 士大夫(人格の優れた人)への道。
一八 くまぐま。すみずみ。
一九 礼法の根源にまでさかのぼって会得する。
二〇 凡庸な人。
二一 子供。
二二 正しく身を保つ。
二三 行動や態度がおろそかな下俗の風体。
二四 徹底した精しい言葉。
二五 頭痛のために顔をしかめ、額に皺をよせる。
二六 小声で泣く。
二七 聾者を集めて太鼓を鳴らす。「聾」はここは無知者の喩え。「其ノ人ニアラザレバ竜ヲ会(あつ)メテ鼓スルガ如シ」(孔子家語四・六本)。
二八 発揮する。「攄 フルフ」(字集)。
二九 干支に添えて年次を示す語。歳次。「竜」は木星で、その運行をもって一年の区切りとした。「竜集丙午」は木星が丙午に集(やど)る年の意。 三〇 下旬。
三一 未詳。

伽婢子　巻之一

（一）　竜宮の上棟[一]

[二]江州勢多のはしは、[三]東国第一の[四]大橋にして、西東にかゝれり。橋より西のかた、北には[五]滋賀・[六]辛崎もまのあたりにて、[七]山田・[八]矢橋の渡し舟、[九]塩津・[一〇]海津の[一一]のぼり舟に帆かけてはしるも、[一二]えならずみゆ。南のかたは[一三]石山寺、夕暮つぐる鐘の音に、山づたひゆく[一四]岩間寺も、程ちかくつゞきたり。橋より東のかた、北には[一五]任那の里、こゝは名におふ蓮の名所にて、六月の中比よりさきみだるゝ蓮花、匂ひは四方に薫じて、見にくる人の心さへをのづから[一六]濁りにしまぬたのしみあり。橋の南には[一七]田上山の夕日影、なきをくる蟬の声に、夏は涼しさまさりけり。うしろは伊せ路につゞき、前には湖水の流れながく、[一八]鹿飛の滝より宇治の川瀬に出るといふ。その北には[一九]蛍谷とて洞あり。四月のはじめつかたより五月の半にいたるまで、数百万[二〇]斛の蛍湧出て、湖水の面にあつまり、或は鞠の大さ、或は車の輪のごとくかたまり、

1-1　俵藤太の竜宮伝説を背景にして、若干を剪灯新話一ノ一「水宮慶会録」に負いながら、その殆どの構想を原話の金鰲新話「竜宮赴宴録」に基づき、上棟の慶事を明るくにぎやかに述べて冒頭を飾る一話。冒頭、異郷への入口、近江瀬田橋を中心とする地域の風光を抒情豊かに描写する。

一「上棟　ムネアゲ」(合類)。二 大津市瀬田川に架かる橋。古代より畿内と東日本を結ぶ要衝。橋下は竜宮へ通じるとの俗説がある。三 古く「あづま」と呼ばれた地方。ここでは近江国逢坂の関以東。四「大橋九十六間、小橋のながさ三十六間なり」(東海道名所記五)。五 滋賀県大津市志賀里。歌枕。六 大津市唐崎。七 山田や矢橋に通う渡船。山田は草津市北山田町。草津から湖西へ抜ける渡場で、矢橋と併称された。八 草津市矢橋町。九 滋賀県伊香郡西浅井町塩津浜。塩津街道で敦賀と結ばれ、北陸と畿内とを最短路で結ぶ交通の要路。一〇 滋賀県高島郡マキノ町海津。七里半越え(塩津は五里半)で敦賀と結ばれる。一一 敦賀で荷揚げされた物資を、畿内方面へ運ぶ船。一二「えならぬ　面白優なるよし也。又物のいはれずうつくしき也。又艶なる也。よき事也」(藻塩草二十)。一三 大津市石山寺。瀬田川西岸。観音信仰の霊地。一四 大津市石山内畑町。岩間山正法寺。一五 草津市志那町・志那中町。湖上交通の要地。「志那の浦は又蓮の名所也」(東海道名所記五)。一六 濁りに染まらない。「はちすばのにごりにしまぬ心もてなにかは露を玉とあざむく」(古今集・夏・遍昭)。一七 大津市。歌枕。一八 大津市大石東。「湖水の至て狭き所水幅

円がりて、雲路はるかにまひあがり、俄に水のうへにはたとおち、はら〳〵とくだけて水に流るゝ有さま、点〻たる[二一]柘榴花の五月雨にさくがごとくにて、ひかりさやかにみだれたるは、又すてがたきながめ也。されば世の[二二]好事のともがら、僧俗ともにあそび来て、歌よみ詩つくる、そのことばおほく口につたへ書にしるせり。

橋の東南のかた、湖水の[二三]渚にそふて[二四]小社あり。むかし[二五]俵藤太秀郷、このあたりより[二六]竜宮に行て、[二七]三上のだけのむかでを退治し、[二八]絹と俵と鍋と鐘とを得てかへる。中にも[二九]鐘は三井寺に寄附して、今もその名高く世にのこれり。

[三〇]後柏原院の朝、[三一]永正年中に、滋賀郡松本[三二]といふ所に[三三]真上阿祇奈君といふ人あり。もとは禁中に[三四]伺公して、[三五]文章生の官職にあづかりし人なれども、世の[三六]忩劇をいとひて[三七]冠をかけて引こもり、此所に[三八]あとをとゞめ、こゝろしづかに月日をぞ過されける。

[三九]ある日の夕暮に、[四〇]布衣にゑぼし着たるもの二人来り、庭の前にひざまづきて、「これは[四一]水海底の竜宮城よりむかへたてまつるべき事ありてまいり侍べり」といふ。真上おどろき色を替て、「竜宮と人間とみちへだゝり[四二]境ことなり。いかでか行いたるべき。いにしへはそのみちありしと聞つたへしかども、今はたえてそのあとをしらず」といふ。使者のいふやう、「[四三]よき馬に鞍をきて門外につなぎをきたり。これ

三間四尺有り…河の向より此方へ鹿も飛越ゆる故に此名有るなり」(近江国輿地志四十八)。「滝」は急流の意。 一九 大津市蛍谷。瀬田川西岸。蛍の名所。「何より心をなぐさむるは四月のころの蛍なり。…橋の南のかた、石山よりは北にあたりて、大なる洞有。此内より毎夜に飛いづる事、いく千万とも数知らず。橋の北みなみにとびちり、数万の蛍一所にあつまり、丸くかたまりて空に舞あがり、又其かたまり水の上に落てはわかれちりて流るゝ有様…」(東海道名所記五)。 二〇 容積の単位。「斛 又作石字」(黒本本)。「…一天ノ星斗瀼岸ニ移リ、万斛ノ明珠夕流ニ撒ス」(覆醤集・下・丁亥仲夏…)。 二一 ざくろ。「和訓義解に云ざくろはせきりうの音を転じて訓とせり…この花また梅雨の時に発す、黴雨花といふ」(滑稽雑談・石榴花)。 二二 風流なものを好むこと。 二三 「渚 みぎは」(大全)。 二四 瀬田橋南側にある橋守神社の竜神社ならびに秀郷社。傍らに秀郷を祀る雲住寺がある。 二五 平安時代中期、関東下野の武将。平将門を滅ぼし、天慶三年(九四〇)下野守に任ぜられた。父村雄の住居田原が、滋賀県栗太郡に比定される。 二六 藤太が竜宮で百足を退治して鐘などを持ち帰る物語は、太平記十五「三井寺合戦」に拠る。俵藤太物語その他は、退治後、竜宮に赴く。 二七 三上の嶽。滋賀県野洲郡野洲町。秀郷伝説により「百足山」とも。 二八 太平記には鍋がなく、太刀、鎧、巻絹、俵、赤銅の撞鐘。俵藤太物語では、巻絹や俵、赤銅の鍋で、釣鐘は竜宮退散時の土産とする。 二九 三井寺に現存。 三〇 第一〇四代天皇。在位明応九年(一五〇〇)―大永六年(一

にめしておもむき給はんには、水漫〻として波たかくとも、すこしもくるしき事あらじ」といふ。真上あやしみながら座を立て門に出たれば、その長七寸ばかり太逞しき驪の馬に、金幅輪の鞍をき、螺鈿の鐙をかけ、白銀のくつわをかませて引たて、白丁十余人はら〱と立て、真上を馬にかきのせ、二人の使者は前にはしり、馬は虚空にあがりとぶがごとし。真上直下と見をろせば、足の下はたゞ雲の浪、けふりの波苒〻としてその外にはなにもみえず。しばしのあひだに宮門にいたり、馬

三六)。 三一 一五〇四―一一年。 三二 大津市松本。湖南の船運の要所。 三三 古事記・孝元天皇の条に見える阿芸奈(あぎな)臣に発する姓(かばね)。拾芥抄・中にこれに属する氏として二百氏弱を記すが、真上氏は見えない。 三四 「伺候　シコウ〈又云伺公〉」(合類)。 三五 大学寮紀伝道(中国の歴史と漢文学を学ぶ)の学生。原話に「韓生ト云者ノ有、少(わか)フシテ文ヲ能ス。朝廷ニ著シ、文士ヲ以、称セラル」。以下、金鰲新話にそって話が進む。 三六 慌ただしいこと。「忿劇　ソウゲキ〈忿与レ怱同〉」(下学集)。 三七 「冠　カフリ」(同)。 三八 住む。 三九 原話に「嘗テ居ル所ノ室ニ於テ、日晩(ひぐれて)宴坐セリ。忽(たちまち)青衫幞頭(ぼくとう)ノ郎官二人有、空従(よ)リシテ下ル。庭ニ俯伏シテ曰ク」。 四〇 「布衣」は、狩衣の一種。室町時代以降は特に一重で無紋のもの。「ゑぼし」は烏帽子。 四一 原話に「瓢淵ノ神竜邀(かむ)へ奉ル」。以下、金鰲新話では神竜は「神王」と記載される。 四二 原話に「神人、路隔レリ。安(いづくん)ゾ能ク相ヒ及(シカン)」。 四三 原話に「駿足門ニ在ル有リ」。

以上一三頁

一 「漫々　マン〱〈水広皃〉」(合類)。 二 馬の高さを示す。四尺を標準にして馬長(うまたけ)と言い、それ以上を一寸(ひとき)、二寸(ふたき)などと言う。「馬尺ト云ハ四尺ヲ定テ、其上ヲ一寸(ヒトキ)、二寸、三寸、四寸、五寸、六寸、七寸、八寸ト云。…四音ヲ忌ム故ニ都テ尺云也」(壒添壒嚢鈔・馬尺事)。 三 「驪　クロケノムマ」(字集)。 四 鞍の前輪・後輪のへりを金で縁取りしたもの。「金覆輪　きんぷくりん〈覆或作レ伏又作レ輻〉」(大全)。

よりおりて立たり。門をまもるもの共は、[一〇]蝦魚のかしら、[一一]螃蟹の甲、[一二]辛螺・[一三]貝蛤の殻に似たる甲の緒をしめ、鑓・長刀を立ならべ、きびしく番をつとむる。[一四]真上を見てみなひざまづき、頭を地につけてうやまひつゝしめり。二人の使者、内に入て後しばらくありて、[一五]緑衣の官人とおぼしきもの二人出て、門より内に引てあゆむ。門の上には、[一六]含仁門といふ額をかけたり。門に入て半町ばかり行ければ、[一七]水精の宮殿あり。[一八]階をのぼりて入ければ、竜王すなはち[一九]綵雲の冠をいたゞき、飛雪の剣を帯、

五「器物の飾に青貝をつけたるを云ふ。鈿と云ふは金にて花形などを作りて付けたるなり。螺鈿と云ふは金にて花形などを作る如く、螺貝にて花形などを作り貼る故、螺鈿と云ふ」(安斎随筆一)。六 白布の狩衣を着た下級官人。馬の口などを取る。「白丁 ハクテウ〈初官之始也〉」(書言字考)。原話に「錦袴ノ者ノ十余人生ヲ扶ケテ馬ニ上(セ)ル」。七「直下とみれども底もなくほとりも見えぬ海底のけぶりの波をしのげば、雲の波しづかならず」(俵藤太物語)。原話に「但(ただ)足下煙雲ノ苒惹(ぜんじゃく)ヲ見、地ノ下ニ在ルヲ見ズ」。八 盛んに立ち昇るさま。九 原話に「頃刻ノ間、已ニ宮門ノ外ニ至、馬ヨリ下(ッ)リテ立ツ」。一〇「蝦 エビ」(合類)。一一「賈公彦ガ疏ニ、今ノ人之(これ)ヲ螃蟹ト謂フ。其ノ側行ヲ以テ也」(事文後集三十五・蟹・群書要語)。一二 本来は「にし」と読んで巻貝の総称。「辛螺 ニシ」(易林本)。一三「蛤蜊 蛤貝 蚌 ハマグリ」(合類)。一四 原話に「生ヲ見テ皆頭ヲ低(タ)レテ交(こもごも)拝ス」。一五 原話に「青童二人手ヲ拱(こまね)キシテ引テ入ル」。一六 竜王の仁徳に満ちているための命名か。原話に「仰テ宮門ヲ視、榜シテ含仁ノ門ト曰」。一七「水

絵 雲上、主人公の真上阿祇奈君が黒馬に跨り竜宮に赴く場面。右頁、真上を中心に左に二人の布衣の使者。右に同じく二人の白丁。原話に使者は幞頭(四脚のある頭巾)を被るとするが、真上ともども折烏帽子風にも見えてやや異様。左頁、竜宮の門番三人。頭や胴に甲殻の鎧や甲を着す。宮殿は極彩色の壁画。中に象の画も見えるか。

笏[一]を正しくして立出つゝ、真上を延て白玉の床に座せしめたり。真上大にうやまひ礼拝して、「我はこれ大日本国[二]の小臣なり。草木[三]とともに腐はつべき身なり。いかでか神王の威を冒して上客[四]の礼をうけ奉らんや」といふ。竜王のいはく、「久しく名を聞て、今尊顔をむかへ侍べり。辞退し給ふに及ばず」とて、しゐて床の上にのぼせ、みづからまた七宝[五]の床にのぼり、南[六]にさしむかふて座したり。

かゝるところに「賓客[七]入来り給ふ」といふ。竜王又座をくだり、階に出て迎いれたりければ、三人[八]の客あり。いづれもけたかきよそほひ、この世の人ともおぼえず。たま[九]のかふりをいたゞき、に[一〇]しきのたもとを[一一]かひつくろふて、威儀たゞしく、七宝のてぐるま[一二]よりをりて、しづかに殿上にのぼり床に座したり。真上は床をしりぞきて、金障[一三]のもとにかくれうづくまる。すでに座さだまりて、竜王かたりけるは、「人間世界[一四]の文章生をむかへたてまつれり。君[一五]たちこれをうたがひたまふな」とて、真上をよびてすすめしかば、真上出[一六]て礼拝するに、三人の客また拝をいたす。「前の玉座にのぼり給へ」といふに、真上辞していはく、「我[一七]はこれ一ケの小臣なり。いやしきが貴族に対して床にのぼらん事をそれあり」と。三人[一八]の客おなじくいはく、「まことに人界[一九]と竜城と、そのさかひへだちて通路たえたれども、神王すでに人間をかんがみる事あきらけし。君これたゞ人ならんや。こゝに請じたてまつれり。な

精 スイシヤウ〈精与晶同通〉」(天正本)。原話に「水晶ノ宮白玉ノ床ナリ」。一八「階 ミハシ」(書言字考)。一九「綵雲」は五色の美しい彩りの雲。原話に「神王切雲ノ冠ヲ戴キ、剣ヲ佩ビ、簡ヲ秉テ、下テ延ク」。「切雲ノ冠」は楚辞に見える冠名。

一 礼服の時、右手に持つ細長い薄板。二 日本の美称。「大日の梵字の其上に。出来初し国なれば大日本国とは申也」(幸若・日本紀)。三 原話に「下土の愚人、草木ト同ク腐コトヲ甘ブ。安ゾ神威ヲ干シ冒シテ濫リニ寵接ヲ承ルコトヲ得ン」。四 客の中で最も上座につく人。五 七種の宝玉。数え方に種々ある。「七宝 シチハウ〈黄金 白銀 琉璃 頗利 車渠 馬瑙 金剛 又曰 金銀 珊胡 真珠 琥珀 車渠 馬瑙 合成〉」(合類)。六 南面して。南面は君主の座し方。原話に「神王南ニ向ヒ、七宝ノ華床ニ踞ス」。七 原話に「閽者、言ヲ伝テ曰フ、賓至ルト」。八 原話に「見ルニ三人有リ」。九 宝玉の冠。「冠 かふり」(大全)。一〇 原話に「紅袍ヲ著テ綵輦ニ乗リ威儀侍従」。一一 服装などを整えること。一二 貴人の乗物。前後に轅があって人力で動かす。「輦 テグルマ」(合類)。一三 黄金づくりのついたてか。一四 原話に「適文士有リ、陽界ニ在リ。邀ヘ奉ル」。一五 原話に「諸君相ヒ疑コト勿レ」。一六 原話に「生趍リ進テ礼拝ス。諸人皆俛首シテ答拝ス」。一七 原話に「僕ハ乃一介ノ寒儒、敢テ高座ニ当ランヤト云テ固辞ス」。一八 原話に「諸人ノ曰、陰陽路殊ニシテ、相ヒ統摂セズ。而神王威重、人鑑ルコ

んぞ辞するにをよばん。はやく床に座し給へ」と。真上すなはち床に座す。

竜王かたりけるは、朕このほどあらたにひとつの宮殿をかまへつくる。[二〇][二一]木工頭・[二二]番匠のつかさあつまり、玉のいしずゑをすへ、[二三]虹のうつばり、雲の[二四]むなぎ、[二五]文のはしら、みな具はりもとめしかども、只ともしきものは、上梁の文、祝拝のことば也。ほのかに聞つたふ、真上の阿祇奈君は学智道徳の名かくれなし。此故に遠くまねきて請じ奉る。幸に朕ために一篇をかきて給といふに、[二六]二人の童子十二三ばかりなるが、[二七]かみからわにあげて、一人は[二八]碧玉の硯に、[二九]湘竹の管に[三〇]文犀の毛さしたる筆とりそへ、[三一]神藜の灰に[三二]紅藍・[三三]麝臍を[三四]和したる墨すり湛えてさゝげ、一人は[三五]鮫人の絹一丈をもちて真上にすゝむ。[三六]あきな君辞するにことばなく、筆をそめて書たり。

[三七]天地のあひだには蒼海を最大なりとし、生物のなかには[三八]竜神を殊に[三九]霊とす。[四〇]すでに世を潤すの[四一]功あり。いかでか福を[四二]衍の恵なからんや。この故に[四三]香をたき、灯をかゝげて依いのる。[四四]飛竜は大なる人をみるに利ことあり。またもちひて不測の迹に象れり。[四五]維歳次今月今日、[四六]新に玉の殿をかまへ、昭けく精き華をいとなめり。[四七]水晶・珊瑚のはしらをたて、[四八]琥珀・[四九]琅玕のうつばりを掛。[五〇]たまのすだれをまきぬれば、山の雲あをくうつり、玉の戸をひらけば、洞のかすみ白くめぐる。[五一]天高く地厚して、[五二]南溟八千里をしづめ、雨順風調て、[五三]北渚五

ト惟レ明ナリ。子ハ必人間文章ノ鉅公(きよこう)ナラン。神王是レ命ズ。請フ拒(こば)ムコト勿レ」。「鉅公」は大家。

一九「ニンガイ…また、人間の生存している現世」(日葡)。

二〇 原話に「今別ニ一閣ヲ構ヘテ名ヲ佳会ニ命(なづ)ケント欲ス。工匠已集リ、木石咸(ことごと)ク具(そな)ハレリ。而モ乏キ所ノ者ノハ上梁ノ文耳(ノミ)。側(ホノカ)ニ聞ク、秀才名三韓ニ著(シル)ク、才百家ニ冠(カフ)レリ。故ニ特ニ遠ク招ク。幸ニ寡人ガ為ニ製セヨ」。

二一 宮中の造営を司る木工寮(もくりよう)の長官。

二二「たくみ」は「内匠」を通用。宮廷の工匠。

二三 虹梁(こうりよう)。虹のように上方に反りを持たせた梁。「コゥリャゥ(ニジノ・ウツバリ)」(日葡)。「梁 ウツバリ」(字集)。

二四 棟の木材。「棟 ムナギ」(同)。

二五 美しい模様を施した柱。

二六 原話に「言未(いま)ダ既(ツ)キザルニ二リノ丫童有リ。一リハ碧玉ノ硯リ、湘竹ノ管ヲ捧ゲ、一リハ氷綃一丈ヲ捧テ跪テ前ニ進ム」。

二七 髪唐輪。児童の髷。頭上で髪を分け、二つの輪を作るもの。

二八 緑や青の玉で作った硯。

二九「湘竹」は斑竹の異称で、ここはその筆軸。「湘竹」は、湘妃(娥皇と女英)が夫の舜の死を悲しみ、その涙で竹がまだらに染まったという故事に基づく呼称(語園・上・涙竹ヲ染事ほか)。

三〇「文犀 武帝ノ時、吠勒国ヨリ文犀四頭ヲ貢ズ。状ハ水犀ノ如シ。角ノ表ニ光有リ。因リテ明犀ト名ヅク。暗中ニ置キテモ光影有リ。亦影犀ト曰フ。織ハ簞ヲ為スヲ以テシ錦綺ノ文ノ如シ洞冥記」(天中記六十・犀)。「文犀之管」(剪灯新話)。

三一 藜(あかざ)の灰は古く染料に用いた(本草綱目七・冬灰)。「神藜」は神聖な藜の

百淵をおさむ。空にあがり泉にくだりては、[一]蒼生の望みをかなへ、かたちをあらはし身をかくしては、上帝の[二]仁を祐く。その威古今にわたり、その[三]徳[四]磧礫に[五]瑩ぼす。[六]玄亀・赤鯉をどりて祝ひ、[七]木魅・山魈あつまりて賀ぶ。こゝ[八]に歌一曲をつくりて、雕ばめたるうつばりのうへに掲す。

[九]扶桑海淵[一〇]落ニ[一一]瑶宮一　[一二]水族駢蹎　承ニ徳化一
[一三]万籟唱和　慶賛歌　[一四]若神[一五]河伯朝宗駕

[一六]○おさまれるみちぞしるけき竜の宮の
　　世はひさかたのつきじとをしる

[一七]伏てねがはくは、上棟の後[一八]百の福ともに臻り、千のよろこびあまねく来り、瑶の宮安くをだやかにして、溟海平けくおさまり、あまつそらの月日にひとしく、
　そのかぎり有べからず。

と書て奉る。

竜王大によろこび、三人の客に見せしむるに、みな感じてほめたり。すなはち上梁の宴をひらきていはく、「[一九]あきな君は人間にありて、いまだつゐにしり給はじ。[二〇]ひとりは江の神、ひとりは河の神、ひとりは淵の神なり。君と友となり、けふのあそびには更に心をとけ給へ。何かはゞかる事あらん」とて、[二一]盃をめぐらし酒をすゝ

意か。三二 紅花(べにばな)の異名。墨にいれると強い光を出すという(万金産業袋一)。三三 麝香。韋仲将合墨法の中に、真朱一両麝香一両を鉄臼の中で合わせる法が見える(事文別集十四・墨・仲将墨法)。三四 合わせる。「和 クハ」(合類)。三五 南海の海中に住むという海人。鮫綃紗という百余金に価する絹布を織る(述異記・上)。三六 原話に「生俛伏シテ起チ翰(フデ)ヲ染メテ立(たちどころ)ニ成ル」。三七「天壌之間、海最モ大ナリト為ス。人物ノ内、神最モ霊ナリト為ス」(剪灯新話)。三八 海の神。「海神 ワタツミ」(温故知新書)。三九 くしみたま(奇魂)の意で、不思議な威力を持つ神霊のことか。四〇 原話に「既ニ物ヲ潤スノ功(イサヲシ)有。福ヲ衍(ノ)ルノ基ヒ無ル可(ベ)ンヤ」。四一「衍 ノフル」(同)。四二「功 イサヲシ」(字集)。四三 句解「香火…」の注による行文。四四 原話に「飛竜見(み)ル二利アリ。亦以テ霊変ノ迹(あと)ニ象(かた)ドル」。四五 祭文などの常套句。始めに年時を記し、以下願人、願いの対象などを述べる。四六 原話に「新ニ阿房ヲ構へ、昭(あきらか)ニ盛号ヲ掲グ」。四七 原話に「水晶珊瑚ノ柱ヲ竪テ、竜骨琅玕ノ梁リヲ掛ク」。四八 黄色または透明の美石。七宝の一。四九 碧緑色の美石。五〇 珠の簾。原話に「珠簾捲テ山靄青葱タリ。玉戸開テ洞雲繚繞ス」。五一「雨順ヒ風調(ト)フテ南溟八千余里ヲ鎮(シヅ)ム。天高ク地厚クシテ」(剪灯新話)。五二「溟 ウミ」(字集)。五三 多くの淵。

以上一七頁

一「蒼生」は通常、民(たみ)を指す。「蒼生 タミ」(書言字考)。「かんだから」は神宝。「人民(ひとくさの)蒼生(かんだから)をめぐみ」(本朝武家根

む。廿ばかりの女房十余人を出し、[二二]雪の袖をかへしうたひ舞。その面かたち、世にいまだみず、うるはしくたをやかにして、玉のかんざしに花をかざり、白き[二三]羅に袖つけて、うたふ声雲にひゞきつゝ、しばし舞てしりぞきければ、又[二四]びんづら結たる童子十余人、そのうつくしさ[二五]ひいなのごとくなるが、[二六]繍の[二七]ひたゝれに錦のはかまを着て、花をかざし立めぐりて、袂をひるがへす。歌のこゑすみのぼり、[二八]梁の塵や飛ぬらん、[二九]糸竹の音に和しておもしろさ限りなし。

舞すでにをはりければ、あるじの竜王よろこびにあまり、[三〇]爵をあらひ銚子をあらため、あきな君が前にをき、みづから玉の笛を吹ならし、[三一]嶰谷吟をうたひて後、[三二]「その座にありけるものども、まかり出て客のために戯の芸をつくせ」とあり。かしこまりて出たる人、みづから[三三]郭介子と名のる。これ蟹の精なり。そのうたひけることばに、

我は谷かげ岩まにかくれ、[三四]桂の実のる秋になれば、月清く風涼しきにもよほされ、河にまろび海にをよぐ。[三五]腹には黄をふくみ、外はまどかにいと堅く、二のまなこそらに望み、八の足またがり、そのかたちは乙女のわらひをもとめ、その味は兵のかほばせをよろこばし、[三六]甲をまとひ戈をとり、沫を噴瞳をめぐらし、[三七]無腸公子の名をほどこし、[三八]つな手の舞を舞けらし。

元・上・序)。「尽ク蒼生ニ与ヘテ禍瘴ヲ除(ハ)フ」(剪灯新話)。原話に「上帝ノ仁心ヲ祐ク」。二「仁 アハレム」(字集)。三「徳 サイハイ」(字集)。四「磧礫 セヾラキ〈文選註 浅水見ニ沙石一皃〉」(書言字考)。五「蟹 ヲヨブ」(易林本)。六 原話に「玄亀赤鯉踊躍シテ唱ヲ助」。七 原話に「木怪山魈次第シテ来リ賀ス」。「魈」はカタアシオニ。「木魅 コタマ」(合類)。八 原話に「宜シク短歌ヲ作テ用テ雕梁ニ揭グベシ」。九 中国で、東海の中にあると言われた神木。転じて日の出る東方の国、即ち日本国の異称。以下、漢詩は、剪灯新話の上梁の文より語句を抜き出して、新御殿の落成と竜宮の繁栄を祝う。一〇「落 ハジメ」(字集)。一一 美しい宮殿。一二 連なり、並ぶこと。一三 風の音。一四 海の神。「東海若ト云ハ東海ノ神ゾ。海若トモ切タゾ」(蠡測集)。一五「河伯 カハノカミ カハク」(合類)。一六 竜宮界の永続を祝う賀歌。「久方の月」と「尽きることがない」とを掛ける。一七「伏シテ願クハ上梁ノ後」(剪灯新話)。一八 原話に「合沓(ソキ)ノ晨、万福咸(みな)臻(いた)リ、千祥畢(ことごと)ク至テ」。一九 原話に「秀才ハ陽人、固(まこと)ニ知ラジ」。二〇 原話に「一リハ祖江神、二リハ洛河神、三リハ碧瀾神ナリ」。二一 原話に「酒進ミ楽作(オコ)ツテ蛾眉十余輩有、翠袖ヲ揺シ瓊花ヲ戴テ」。二二 風に舞う雪のように巧みに舞うこと。回雪の袖(=袂)とも。「五人の神楽男、雪の袖をかへし」(謡曲・蟻通)。二三 薄い絹織物。「羅 ウスモノ」(天正本)。二四 左右にわけた髪を耳のあたりで輪にしたもの。二五 雛人形。二六 唐縫。よった糸

とて、[一]前にすゝみ後に退き、右にかけり左にはしりければ、その類の者拍子をとる。[二]座中えつぼに入てわらひにぎはふ。

[三]その次に玄先生と名のりてかけ出つゝ、袖をかへし拍子をとり、尾をのべ頸をうごかす。これ亀の精なり。そのうたひける詞に、

我はこれ[四]蓍の草むらにかくれ、[五]蓮の葉にあそび、[六]書を負て水にうかび、[七]網をかうふりて夢をしめす。殻は人の[八]兆をあらはし、胸に士の気をふくむ。世の宝と

で文様を刺繡すること。 二七 直垂。袴と共に着した礼服。 二八 歌がうまいこと。「歌動ニ梁塵ニ」の故事に基づく。「動ニ梁塵ニ」劉向別録 魯人虞公、声ヲ発ス、清哀歌ノ梁塵ヲ動ス」(五車韻瑞)。 二九 管絃の音。 三〇 「爵サカツキ」(温故知新書)。原話に「爵キヲ洗ヒ、觥ヲ捧テ、生ガ前ニ致シ、自(みづから)玉竜ノ笛ヲ吹キ、水竜ノ吟一闋ヲ歌テ」。 三一 「嶰谷」は崑崙の北谷の名。黄帝の時、伶倫がここの竹を取って吹き、音律を定めたという。「棟上之吉日 吉日の事史略にいはく…又伶倫、嶰谷の竹を取て、十二律の笛を制(つくる)」」(新撰庭訓抄・三月返状)。 三二 原話に「此ノ間伎戯、人間ニ類セズ。爾等(なんぢら)嘉賓ノ為メニ呈セヨ」。 三三 原話に「一人有、自(みづから)郭介士ト称ス」。蟹が動くのを「郭索」と言い、蟹の異名でもあることによる命名か。「介子」は介士、甲冑を着た武人。 三四 花期は五月頃で、円柱形の果実を結ぶ。ここは月の桂か。「他の事はともあれ、月の桂ばかりは、花をば貫之の歌を証歌にし春とし、桂は実のる三五の秋と詩にも侍れば、実をば秋に定度(さだめたき)もの也」(俳諧御傘四・月の桂の花)。 三五 原話に「中黄ニ外円ニシテ堅キヲ被リ、…滋味風流、壮士ノ顔ヲ解ク可(べ)く、…終ニ婦人ノ笑ヲ貽ス。…甲ヲ負ヒ戈ヲ執テ、沫ヲ噴キ瞪視シ、瞳(ヒトミ)ヲ回シ、…八風ノ舞ヲ作ス」。 三六 「甲 ヨロヒ」(伊京集)。「鎧甲 ヨロイ〈二字義同。然日本俗呼レ甲(ヨロ)為レ冑(カブト)読大誤歟〉」(下学集)。 三七 原話に「我ヲ腸無シト謂フ」。「抱朴子ニ、山中ニ無腸公子ト云者ハ蟹也ト云フ。蓋シ外剛介ニシテ、内チ柔空ナルニ名(づな)ク」(新語園九・蟹説)。

なり道のをしへをなす。九六の蔵して伏し千年の寿をたもつ。一〇気を吐ば糸すぢのごとく、一一尾を曳て楽をきはむ。一二青海の舞を舞べし。

と、頭をうごかし一三頸をしゞめ、目をまじろき足をあげ、しばしかなでゝ引入けれは、一四満座の一五輩声をあげ一六腹をさゝげ、おきふして笑ひどよみ一七興をもよほす。その外蝦・蛤・一八木玉・山びこ、よろづの魚、をのれ〱が能をあらはし芸をつくす。すでに一九酒酣をにして酔に和しつゝ、三神の客座をたち、拝謝てかへりしかば、あるじの竜

三八 未詳。「綱手」は船を曳航する綱。その仕草を有する舞か。原話は「八風ノ舞」。

以上一九頁

一 原話に「是ニ於テ左ニ旋リ、右ニ折(く)キ、後ヘニ殿トシテ前ニ奔リ、満座皆輾転トシテ失笑ス」。 二 笑壺に入る。笑い興ずること。 三 原話に「又一人有(あ)り、自(みづから)玄先生ト称ス、尾ヲ曳キ頸ヲ延べテ気ヲ吐」。亀の異名を「玄衣督郵」(事文後集三十五・亀・群書要語)とも。 四 マメ科低木多年草の蓍萩(めどはぎ)。この茎で易の占筮(せんぜい)をなした。「蓍 メドギ 霊草」(易林本)。原話に「僕ハ蓍叢ノ隠者、蓮葉ノ遊人ナリ」。 五 「史記ニ亀策伝ヲ立ツ。是千歳ノ亀乃(ない)シ蓮葉ノ上ニ游ト云」(新語園九・亀付元君之夢)。 六 「尭、璧ヲ洛ニ沈ム。玄亀書ヲ負テ出ヅ。背ノ上ニ於テ赤文朱字アリ」(事文後集三十五・亀・出ニ洛書一)。原話に「洛水ニ文ヲ負ヒ」。 七 漁師の網にかかった神亀が夢枕に立ったので都に召し寄せ、国の繁栄を計ったという宋の元王の故事(史記・亀策列伝)。原話に「清江ニ網ヲ被テ曾テ元君ガ策ニ著ル」。 八 亀卜。亀の甲を焼き、そのひびの割れ方で吉凶を占った。「兆 ウラカタ」(字集)。原話に「殻ハ蔵公ノ珍ト為…胸ニ壮士ノ気ヲ吐ク」。 九 頭尾手足両対を身内にしまうことから亀の異名を「蔵六」という。「当ニ亀ハ蔵六ノ如ク、自ラ六根ヲ

絵 竜宮内の饗宴の場面。左頁、中央の人物が竜王、その左に真上。右に江の神、河の神、淵の神。着衣は各人相違。舞姫三人、天衣をまとい玉簪を差す。玉床に食籠(じきろう)、鼎上に杯、注子(酒瓶)などが置かれる。

王階(みはし)のもとまで送られたり。

真上(まかみ)袖かきおさめて、「たのしみ[一]はこゝにきはめぬ。ねがはくは、竜宮城のありさまあまねくみせたまへ」とのぞみしに、「いとやすき事」とて、階(みはし)をくだり庭(には)に出て歩(あゆま)せらるゝに、雲とぢ[二]て何も見えず。竜王すなはち吹雲(すいうん)[三]の官人(くはんにん)をめされたり。そのすがた首(かしら)[四]に七曲(なゝわた)[五]の甲(かぶと)を着(ちやく)し、鼻(はな)たかく口大なるもの、これ蜃(おほはまぐり)[六]の精なるべし。[七]口をしゞめて天にむかひ吹ければ、世界ひろく平(たいら)かに、山もなく岩(いはほ)もなし。霧(きり)[八]雲数(す)

蔵シ、魔ハ便ナルヲ得ザルベシ雑阿含経」(天中記五十七・亀・亀六)。原話に「千年蔵六ノ胸懐ヲ舒ブ」。一〇 原話に「席前ニ於テ気ヲ吐ク、裊裊(じようじよう)トシテ縷(イト)ノ如シ」。一一 泥中に尾を引きずる気ままな生き方。宮仕えの束縛を逃れて貧賤に甘んじる楽しさをいう故事の「曳二尾於塗中一哉」(事文後集三十三・隠逸・寧為二生亀一)による表現。原拠は荘子「秋水」。一二 青海波(せいがいは)。雅楽の曲名。舞人の装束に青海波の地紋が使われている。舞楽のうち最も優美なものとされる。一三 ちぢめる。「縮 シジムル」(天正本)。一四 原話に「万座嗢噱(をつきやく)ス」。「嗢噱」はとめどなく大笑いすること。一五 「輩 トモカラ」(字集)。一六 腹を抱えること。一七 「ドヨミ 遠方から大声でわめく」(日葡)。一八 「木玉 コタマ」(運歩色葉集)。原話に「木石ノ魍魎、山林ノ精怪、起て各(をの)(く)能スル所ヲ呈ス」。一九 「酣 たけなわなり」(大全)。

一 原話に「竜宮ノ勝事已ニ尽(ことごと)ク見ツ。且ツ宮室ノ広コト、疆域ノ壮ンナル、周覧ス可ケンヤ不(いな)ヤ。神王ノ曰、可ナリ」。
二 原話に「但(ただ)綵雲ノ繚繞タルヲ見テ東西ヲ弁(ワキ)ヘズ」。
三 原話に「神王吹雲ノ者ニ命ジテ之(これ)ヲ掃ハシム」。
四 頭。「首 カシラ」(天正本)。
五 「七曲り」と同意。幾重にもくねくねと曲るさま。
六 「蜃 大蛤ヲ総テ蜃ト曰」(和漢三才図会四十七・車螯(オホハマ

十里はれひらけ、玉の樹[九]庭に列うへ、金[一〇]のいさごを敷わたし、こずゑに五色の花ひらけ、池には四色のはちすさきて、にほ[一一]ひまたこまやかなり。めぐれば金の廊あり。庭には瑠璃の塼[一二]をしきたり。官人をさしそへ見せしめらる。ひとつの楼閣あり。玻梨[一三]・水晶にてつくりたて、珠をちりばめてかざりたり。是にのぼれば虚空をしのぐこゝちして、一の重にはあがり得ず。「こゝ[一四]は下輩凡人ののぼることかなはず、神通[一五]のものこそ行いたれ」と。それよりまたひとつの楼台にのぼれば、かたはらに

リグ)では、「和産ナシ」とする。
七 原話に「口ヲ蹙(シ)メテ一(ひとたび)天宇ヲ吹ク。…但ダ世界ノ平闊タルヲ見ル」。
八 「雺 キリ」(下学集)。
九 「樹 ウヘキ」(字集)。原話に「瓊花琪樹其ノ中ニ列植ス」。
一〇 原話に「布(シ)ニ金沙ヲ以シ」。
一一 色どりが美しい。
一二 しきがわら。「塼 カハラ」(字集)。原話に「皆碧琉璃ノ塼ヲ鋪キ」。
一三 玻璃。七宝の一。「玻璃 ハリ〈千年氷化成ニ玻璃ニ〉」(伊京集)。
一四 原話に「神主神力ヲ以(もって)自(みづから)登ル。僕等(ラ)モ亦タ尽ク覧コト能ハズ」。
一五 →九頁注一九。

絵 真上、竜宮城内を巡覧の場面。室内四間にあるのが、右より雷公の鼓、電母の鏡、哨風の革袋、洪雨の瓶と箒。先導するのが吹雲の官人。蜃の精として頭部の甲は水管など貝の内臓の一部を模したものか。真上は狩衣、指貫。

円き鏡のごとくなるものあり。きら〳〵とひかりかゝやき、睛をくるめかして立むかひがたし。官人いふやう、「これは電母の鏡とて、すこしうごかせば大なるいなびかり出て、世の人の目をうばふ」といふ。

又かたはらに太鼓あり。大小その数おほし。真上これをうちてみんとす。官人とゞめていふやう、「若つよく打ならせば、人間界の山川・谷・平地、震鳴はためき、人みなきもをうしなひいのちをほろぼし、死なずとも耳をうしなはん。これは雷公のつゞみ也」といふ。又かたはらに橐籥のごとくなるものあり。真上これをうごかさむとす。官人またとゞめていふやう、「これは哨風のかわぶくろなり。これをつよくうごかさば、山くづれ岩石とびて空にあがり、人の家はみな吹破れて四方にちりみだれん」といふ。その傍に水瓶あり。箒のごとくなる物を上にのせたり。真上これをとり、水にさし入て打ふらんとす。官人をしとゞめて、「是は洪雨の瓶なり。此箒にひたしてつよくうちふらば、人間世界は大雨洪水をしながれ、山もひたり、陸は海にぞなりなむ」といふ。あきな君とひけるやう、「さてこれらを司どる官人はいづくにありや」と。こたへていふやう、「雷公・電母・風伯・雨師は、極めて物あらき輩なれば、常には獄にをしこめられ、心のまゝにふるまふ事かなはず。若出してその役をつとむるときは、此所にあつまり、雨風・いかづち・いな

一 原話に「一物有リ、円鏡ノ如シ。睒睒トシテ光有、目ヲ眩シテ諦ニ視ル可ズ」。 二 清音。「カカヤク」（日葡）。 三 「睛 ヒトミ」（黒本本）。 四 くるくる回す。 五 原話に「此レ何ノ物ゾ。曰、電母ノ鏡」。 六 原話に「又鼓有、大小相称フ」。 七 原話に「生撃ト欲ス。使者止テ曰」。 八 原話に「若シ一ビ撃ナバ、則百物皆震フ。即雷公ノ鼓ナリ」。 九 鞴。鍛冶屋などで使用する送風機。底本「橐籥」。 一〇 原話に「哨風ノ橐ナリ」「一揺ストキハ山石尽ク崩レ、大木斯ニ抜ク」。 一一 原話に「又一物有、払箒ノ如ニシテ」。原話に「若シ一洒トキハ洪水滂沱トシテ山ヲ懐カネ陵ニ襄ル」。 一二 「陸 クガ リク」（合類）。 一三 原話に「雷公、電母、風伯、雨師何ニカ在ル。曰、天帝幽処ニ囚テ遊ブコトヲ得ザラ使」。 一四 「獄 ヒトヤ」（字集）。 一五 「ブンリャウ（ワクル・カギリ）…限度、など」（日葡）。 一六 「科 トガ」（字集）。 一七 原話に「周覧許時ニシテ遍ク見コト能ズ」。 一八 原話に「珊瑚ノ盤ヲ以、明珠二顆冰綃二匹ヲ盛リ、贐行ノ資ト為ス」。 一九 「氷綃」の意訳で、薄い白絹。 二〇 原話に「急ニ其ノ懐ヲ探テ視レバ、則珠綃在リ。生巾箱ニ蔵メテ、以テ至宝ト為」。 二一 原話に「其後、生、利名ヲ以、懐ト為サズ、名山ニ入テ終ル所ヲ知ズ」。

1-2 剪灯新話一ノ二「三山福地志」を松永弾正の領国大和に移し、織田信長に反逆して滅ぼされるに至る直前の時期に時代を設定して、道義に外れた家臣にまつわる一件に翻案する。松永弾正の滅亡を永禄十三年（一五七〇）とするが、史実は天正五年（一五七七）

びかり、みな分量[15]ある事にて、それより過ぬれば科[16]におこなはれ侍べる」。をよそあらゆる宮殿・楼閣は[17]みつくす事かなはず。それより立かへれば、竜王さまぐ\もてなし、瑠璃の盆に真珠[18]二顆、氷の絹[19]二疋をかへるさのはなむけとし、礼儀あつく竜王階に送り出て、官人に仰せて送り返さる。あきな君目をふさげば、空をかける心地して、勢多の橋の東なる竜王の社のまへに出たり。珠と絹[20]をもちて帰り、宝とす。その後名を隠し、道をおこなひ、[21]そのをはる所をしらず。

(二) 黄金百両

河内国[22]平野と云所に、文兵次とて有徳人[23]あり。しかも心ざし情ある者也。同じ里に由利源内とて生才覚[24]の男、兵次としたしき友だち也。松永長慶[25]にめし抱られ[26]代官になり、老母・妻子共に大和国に引こしけり。そのまかなひ[27]につまり、兵次に黄金百両を借。もとより親き友なれば、借状[28]・質物[29]にも及ばず。

こゝに此ころ、細川[30]・三好の両家不和にして、河内・津の国わたり騒動す。兵次は一跡[31]のこらず乱妨[32]せられ、一日を送る力もなし。弘治[33]年中しばらく物しづかに成ければ、三好は京都にあり。其家老[34]松永[35]は和州に城を構へ[36]、大に民百姓をむさぼ[37]る。去ほどに兵次は妻子をつれて和州にゆき、源内を尋ぬるに、松永が家にして権[38]

の十月。
二二 大阪府柏原市山ノ井町。
二三 裕福な人。「ウトクジン、または、ウトクニン、または、ウトクシャ」(日葡)。
二四 中途半端な創意着想力。
二五 松永久秀のこと。「長慶」は久秀の主君であった三好長慶と混淆した誤りか。
二六 「抱 カヽユル」(合類)。
二七 出費。引越しの費用に困って。
二八 借用証文。 二九 「質物 シチモツ〈借レ物時置レ物也〉」(易林本)。
三〇 執権細川晴元とその被官であった三好長慶との間の、将軍職を巻き込み幕府を二分した争い。天文十七年(一五四八)摂津・河内の各地で戦火を交えたのち、永禄五年(一五六二)に三好方の勝利に終わる。 三一 「イッセキ(ヒトツノ・アト)…全財産あるいは全相続財産」(日葡)。
三二 「ランバウ 略奪スルコト」(同)。「乱妨ランハウ」(合類)。 三三 一五五五―五八年。
三四 大名・小名家の家政をゆだねられた重臣、また守護代をも言う。
三五 「松永弾正は和州にありて城(じやうを)かまへ国中をなびかし欲心あくまでふかく民百姓をむさぼりけるほどに」(古老軍物語六・三好修理太夫并松永弾正が事)。
三六 永禄三年に奈良市法蓮町の眉間寺山に多聞山城を築いて本拠とした。
三七 貪欲に収奪する。「件の松永、和州に居住しけるに…種々貪(ムサボリ)諂(ヘツラヒ)たる仕置なれば民悉(コトゴト)迷惑す」(甲陽軍鑑一・信玄公御時代諸大将之事)。
三八 「権威とは、其時のけんもんのゐせいするものを云」(御成敗式目注二十五条)。

威高く、家の内にぎ〳〵し[一]。兵次はをとろへて形[二]ちかしけ、おもがはり[三]したり。その近きあたりに宿かりて、妻子をゝき、わが身ばかり源内に逢て、「かう〳〵」といふ。源内はじめはわすれたりけるが、故郷・名字こま〴〵と聞て、「誠に」とおどろき、酒すゝめてのませながら、借金の事は一言もいはず。兵次もいふべきつゐで[四]なく立かへる。

妻いふやう、「これまで流浪して来るも、源内が恵[五]あるべきかと思ふに、わづかの酒飲たるとて、百両の金に替て、一言をもいはずしてかへる事やある。かくのごとくならば、我らはやがて道のかたはらに飢て死すべし」といふ。兵次これを聞に、ことはりに過ておぼえしかば、夜あくるを待かね、又源内がもとに行たれば、源内出て対面して、「誠にそのかみ[六]金子[七]を借たる事今も忘れず。その恩[八]をおろそかに思はんや。其時の手形[九]あらば持来り給へ。数[一〇]の限り返しまいらせむ」といふ。兵次こたへていふやうは、「同じ里に親しき友と、たがひに住たる契り浅からねば、手形・質物にも及ばず借奉りし金子なり。今我劫盗[一一]のために一跡をうばひとられ、身[一二]のたゝずみなきゆへに、いかにも此金子を給はらば、然るべき商買をもいたして、妻子をやしなひ侍べらばやと思ふ也。只今我をとり立る[一三]よとおぼして、右の金子をめぐみ返し給へ」といふ。源内うち笑ひ、「手形なくしては算用[一四]なりがたし。され

一 「ニギニギシイ 大勢の人々が集まり、さまざまの催しや祝い事などのある(こと)」(日葡)。
二 顔だちがやつれ。「悴 カシクル」(広本節用集)。
三 「ヲモガワリ 変わった姿や外面、ただ人間だけに言う」(日葡)。
四 「ツイデ 好機会、または、折」(同)。
五 「メグミ 天の授け、または扶助、あるいは、恩恵」(同)。
六 「昔時 ソノカミ〈又昔日・往代並同〉」(合類)。
七 お金。金貨。
八 「ヲロソカニ ヒトヲヲロソカニスル その人を思い出しもせず、訪問などもしないで、疎略な、冷たい扱いをする」(日葡)。
九 印判を捺した文書。借用証文。
一〇 証文にある金額をすべて。
一一 「強盗」の当て字か。「劫…シヒテトル、ヲヒヤカス、ウハヒサル」(字集)。
一二 日々の生活の立てよう。
一三 面倒をみて立ち直らせる。
一四 貸借金などの清算。

ども思ひ出さば数のごとく返し侍べらん」とて、兵次を帰らせたり。

かくて半年ばかりを経て[一五]極月(ごくげつ)になりぬ。[一六]古年をばをくりけれ共(ども)、あたらしき春をむかゆべき手だてなし。[一七]食ともしく衣うすければ、妻子は飢凍(うへこゞえ)て、たゞなくより外のことなし。兵次これをみるに堪(たへ)がたくて、源内がもとに行いたり、なみだをながしていふやう、「年すでに推(をし)つまり、新春はちかきにあれども、妻子は飢凍(うへこゞ)えて又一銭のたくはへなく、[一八]炊(かしき)て食(しよく)すべき[一九]米(よね)もなし。たとひ[二〇]借(かし)奉りし金子みな返し給はらずとも、年をむかゆるほどの妻子のたすけをなし給はゞ、これにすぎたるめぐみはあらじ」といふ。源内うち聞て、「誠に痛はしく思ふといへども、我さへわづかの[二一]知行なれば、今みな返しまいらせむ事はかなふべからず。明日まづ[二二]米二石、銭二貫文を奉らん。これにて兎(と)も角(かう)も年とり給へ」といふ。兵次大(おほき)によろこびわが家にかへり、「明日かならず恵(めぐみ)つかはされん。待まうけてこのほどの[二三]わびしさをなぐさまん」といふに、妻子かぎりなくうれしとおもひ、夜のあくるをおそしと、その子を門に出して、「銭米をもちて来(く)る人あらば、「こゝぞ」とをしへよ」とて待(また)せをく。

[二四]須臾(しばらく)ありて内にはしり入(いり)ていふやう、「米を負(をひ)たる人こそ来れ」と。いそぎ出(いで)てみれば、その家の門は見むきもせずして打過る。もし家を忘れて打通(とを)るかと思ひ、「その米は文(あやの)兵次が家に給はるにてはなきか」ととへば、「いやこれは城の内より

一五「極月 ごくげつ〈十二月也〉」(大全)。

一六 去りゆく年。

一七 食物にもこと欠いて。

一八「炊 かしく〈炊ㇾ飯〉」(大全)。

一九「米 よね」(同)。

二〇「借 カス」(字集)。

二一「チギヤウ リヤウチに同じ、領地」(日葡)。

二二『読史備要』によれば、この一話の設定されている永禄十年(一五六七)には、銭百文で米一斗三升前後、銭一貫五百文で金一両、それゆえ米二石と銭二貫文は金二両少々に当たる。

二三 心細さ、困ったさま。

二四「須臾 シバラクアリテ」(合類)。

肴(さかな)の代(かはり)[一]につかはさるゝ米也」といふ。又しばしありて、その子はしり入(いり)て、「只今銭をかたげたる人[二]こそ来れ」と。兵次かけ出てみるに、その門口をば空[三]しらずしてうち通る。これも家をしらざるかとて引とゞめて、「此銭は由利(ゆり)源内殿より兵次がもとへつかはさるゝにや」と問(とへ)ば、「これは弓削(ゆげ)[四]三郎殿より矢括(やはぎ)[五]の代物[六]に送らるゝ」とて過(すぎ)ゆけば、兵次はづかしき事いふはかりなし[七]。

[八]正月まかなひの用意とて、銭米もちはこぶ事いそがはしきを、引とめ〳〵尋問(たづねとふ)

一 代金として。
二 「夯 カタゲル〈以レ肩挙レ物也〉」(合類)。
三 少しも気にかけず。
四 松永弾正没落の引金を引いた家臣。「和泉の堺へ文をつかはし加勢をこせといはせたり。その使は筒井が若党弓削の三郎とかや、すくやかものなるを筒井討れて後めしかゝへけり。主君の敵なれ共世にしたがひてつかはれしが」(古老軍物語六・三好修理大夫并松永弾正が事)。弓削の三郎はこの文を持ってそのまま信長の陣中に駆け込む。この逸話は本朝将軍記十二・織田信長・天正五年十月にも載るが、救援を要請する先を雑賀の一揆と大坂の門跡とし、また弓削三郎の名も記さない。
五 矢に羽を付けること、矢作、矢矧。「矢括」は「矢筈」とも書き、矢の末にあって弦を受ける部分の名称で、ここは漢字の当て誤り。「筈 ヤハヅ 括 同」(合類)。
六 代金。「代物 だいもつ」(大全)。
七 ことばでは言いつくせない。
八 正月の用品や料理。

に、いづれも源内がもとより出(いづ)る銭米ならで、一日のうち待くらし、漸(やうやう)人影も見えざりければ内に入ぬ。油もなければともしびたつべきやうもなく、いとゞ闇(くら)き一間(ま)の内に妻子うちむかひ、今は頼もしき事もなし。米薪をもとむべきたよりもなければ、夜もすがら寝(ね)もせず泣(なき)あかす。兵次いよ〳〵堪(たへ)かね、「口おしき事かな。さしも堅(かた)く契約(けいやく)しながら、我を欺(あざむき)けることよ。只(ただ)源内を指(さし)ころして九此(この)鬱忿(うつぷん)一〇をはらさん」とおもひ、夜もすがら刀をとぎ一一、源内が門に忍び居(ゐ)たりしが、又思ひ返すやう、

九 刺し殺して。
一〇 心に積もる恨み。諸節用集に「鬱憤」とする。
一一「礪 とぐ〈礪レ刀也〉」(大全)。

絵 文兵次、由利源内からの弁済の銭米を待ち受ける場面。右頁、兵次が米俵を担いだ下人を呼び止めるところ。下人達は怪訝な顔をして先を急ぐ。左頁、家の戸口に立つ、角ぐり髷をした兵次の妻。家の屋根は、石を重しにした粗末な取葺(とりぶき)。入口に縄のれん。兵次の子供が銭負い人の通過を走り告げる。片肌脱ぎ、貫ざし(推定、一貫文＝一千文)を担いだ弓削家の者が通り過ぎる。

「源内こそ我に不義をいたしけれ、又源内が老母・妻子には何の咎もなし。今源内を殺さば家たちまちに滅して、科もなき老母・妻子は路頭に立べし。人こそ我に不義ありとも、我は人をば倒さじものを。天道まことあらば、我には恵もあるべきものを」と、思ひ直して家に立帰り、菟角して小袖・刀売しろなして、正月元三のいとなみはいたしぬ。

かくて兵次ある朝、家を出て泊瀬の観音にまうで、行末ふかくいのり申て、山のおくにわけ入しが、おぼえずひとつの池のほとりにいたり、あやまちて池の中におちたりしに、その水両方に別れて道あり。道をつたふて二町ばかり行ければ、城の惣門にいたる。楼門のうへに清性館といふ額をかけたり。内に入てみれば人気もなく物しづかにて、幾年経たりともしられぬ古木の松、枝をかはして生ならべり。廊下をめぐりて奥のかたにいたり、御殿の階にのぞめ共人も見えず、とがむる者もなし。たゞ鐘の声はるかに、振鈴のひゞきに和してきこえたるばかり也。兵次あまりに飢つかれて、石礎を枕として臥て休み居たり。

かゝる所に眉ひげながく生のび、頭には帽子かづき、足にはくつをはき、手に白木の杖をつきたる老翁来りて、兵次を見てうちわらひ、「いかに久しく対面せざりしや。昔の事どもおぼえたるか」といふ。兵次おきあがり跪て、「我更に此所に来

一 人の道に外れた行い。
二 誤ちや非難されるべき行い。「咎 とが」(大全)。
三 「科 とが」(同)。
四 「ロトゥニタツ …また、比喩。家なしの貧乏人などが、家に泊らないでいる」(日葡)。
五 「タヲス …また、比喩、人をひっくりかえす、すなわち、その人を破滅させる」(同)。
六 天の神というほどの漠然とした存在として戦国期以後広く信じられた人格神、お天道さま。清音。「天道 テンタウ」(書言字考)。了意の場合は、宋学に言う「天」の理念の混入も見られる。「てんたうとて空にあふぎてかたちをもとむべからず、人〳〵こゝろのうちに、みなそなへてこれあり」(浮世物語五・天道をおそるべき事)。
七 何はともあれ。「菟」は「兎」に同じ。
八 品物を売って金に代える。
九 正月元日。ただし庭訓抄・正月往状に「元三ハ三日也」として正月の三が日とする。諸節用集に「グワンザン」。
一〇 準備。
一一 奈良県桜井市初瀬にある長谷寺の本尊十一面観音。平安時代以来多くの貴族が参詣し、人々の信仰を集めていたが、永禄年間(一五五八―七〇)には戦乱のため衰微していた。
一二 年頭に当たって将来のことを。
一三 正門。
一四 二階造りにして裳層を設けてない門。「惣門 そうもん」(大全)。
一五 「無二中人一 ヒトゲナシ」(慶長五年本節用集)。
一六 声をかけて名前や用件を問いただす。

れることは今ぞ初(はじめ)なる。いかでか昔の事とて知(しる)べき道侍(はべ)らん」といふ。老翁きゝて、「げにも汝(なんぢ)は[二二]飢渇(きかつ)の火にやかれて、昔をわすれたるも理(ことわ)り也」とて、懐(ふところ)より[二三]梨(なし)と棗(なつめ)とをとり出して食(くら)はしめたるに、兵次胸(むね)涼しく心さはやかに、雲霧(きり)のはれ行(ゆく)空に月の出(いづ)るがごとく、[二四]まよひの暗(やみ)みな[二五]除(のぞこ)りて、[二六]過去(くはこ)の事共猶(なほ)きのふのごとくにおぼえたり。老翁のいはく、「汝昔過去(くはこ)の時、初瀬(はつせ)の近郷(きんがう)を[二七]領(りやう)ぜし人なり。観音(くはんをん)を信じて[二八]花(け)香(かう)・灯明(とうみやう)をそなへ、常にあゆみをはこびしか共(ども)、たゞ百姓をむさぼり、[二九]賦斂(ふれん)をおも

一七 「シンレイ 坊主がその勤行の時に鳴らす振鈴」(日葡)。
一八 音が混じりあって快く響く。「和 クワ」(字集)。
一九 建物の土台に据える石、礎石。通常は「礎」または「石居」を当てる。
二〇 眉とひげ。
二一 「跪 ヒザマヅク」(合類)。
二二 激しい飢えとのどの渇き。「飢渇 キカツ」(同)。中世にはケカツと読んだ語。
二三 句解にいずれも仙薬とする。
二四 理性を乱す迷いという名の闇。
二五 とり除かれる。「のぞく」の自動詞。
二六 前世。
二七 所領としていた。
二八 「香花」に同じ。花と香。
二九 苛酷な公租。「賦ハ兵賦トテ民屋ニアテテ士卒ヲ出サシムル名也」「歛トハ民ノ分限ニ過ギテ年貢正税徴リ取ル事ナリ」(聖徳太子御憲法玄恵注抄)。「賦歛(ふれん)重く課役しげふして国民を貪(むさぼ)り」(狗張子七・五条の天神)。

絵　観音の霊験の老翁が現われて兵次に告示する場面。老翁、帽を被り、白木の杖をつく。足には履(くつ)。跪き、畏まってお告を拝する兵次。脛巾(はばき)をつけた泊瀬参詣の格好。

く課役を茂くして、人のうれへをしらず。此故に死して悪趣におつべかりし処に、観音の大悲をもつて、悪を転じて二たびこの人間に返し給へり。しばらく富貴を極めしかども、昔の業感によりて今かく貧なれり。然るを汝、源内が不義を忿て一念の悪心をおこせしかば、悪鬼たちまちに汝が後にしたがひ、妻子一家跡なくほろぶべかりしを、又たちまちに心をあらためしかば、神明すでにこれをしろしめし、福神これに立そひて悪鬼は遠く逃去ぬ。すべて悪業・善事そのむくひある事は、形に影のしたがひ、声のひゞきに応ずるがごとし。今より後も、かりそめの事といふとも、悪を慎しみ善をもとむべし。然らばかならず安楽の地に一生ををくらん」と、をしへられたり。

兵次、さては此所は人界にあらず、神聖の住所なりとおもひつけて、ことのちなみに当世の事をさして問けるやう、「今世の中糸の乱れのごとくにして、諸方に側おこるもの蜂のごとし。いづれか栄へ、いづれかをとろへん。ねがはくはその行先をしめし給へ」といふ。老翁こたへられけるは、「人の心更に豺狼のごとく、彼をころして我たち、余所を打てをのれに合せんとす。此故に王法ひすろぎ朝威おとろへ、三綱五常の道たえて、五畿七道たがひにあらそひ、国ミ乱れざる所なし。臣としては君を謀り、君としては臣をそむけ、あるひは父子の間といへどもこゝろよか

一 年貢のほかに臨時に課す労役や租税。
二 悪の報いとして赴く地獄、餓鬼、畜生など。これを三悪趣と言い、修羅、人間、天上を加えて六趣また六道と言う。
三 六道の一の人間界。
四 前生に行なった善あるいは悪の結果として受ける報い。
五 「忿 イカル」(字集)。
六 悪心を一度だけ。大晦日の夜に源内を刺殺しようと考えたこと。
七 日本の神々。「神明トハ、日本ノ天照太神始トシテ、其外諸神ノ惣名也」(謡抄・船弁慶)。
八 福をもたらす神。
九 悪業が必ず苦果となり、善業は楽果となる報い。
一〇 「善悪ノ影ヒヾキノ如シ　善ヲスレバ善ニナリ、悪ヲスレバアシキハ形ニ影ガソヘル如キナリ。善悪ノ影ノウツルハ、声アレバ、ヒヾキノアル如クナリト云フノ心也」(謡抄・放生川)。
一一 人間を越えた優れた徳を備える存在。
一二 ついでのこととして。
一三 そそり立つかのごとく存在を顕示する者。「欹 ソバダツ〈又側(ソク)同〉」(合類)。
一四 巣からいっせいに飛び立つ蜂。
一五 ヤマイヌとオオカミ。極悪非道の悪人を喩える。
一六 国王の政治。「王法(ワウボフ)　テイワウノマツリ事也」(謡抄・殺生石)。
一七 勢いが弱まる。
一八 朝廷の権威。
一九 「三綱ハ君父男ナリ。君ハ臣ノ綱ナリ。父ハ子ノ綱ナリ。男ハ女ノ綱ナリ」「五常ハ

らず、兄弟たちまちに敵となり、運つよく利にのるときは、いやしきが高くあがり、小身なるが大にはびこり、運をとろへ勢つきては大家[二二]・高位もをし倒され、聟をころし子をころせば、一家一族[二三]のわりなきも、たゞあやうきにのみ心をくだきて、安きいとま更になし」とて、当時諸国の名ある輩[二四]、それかれと指をゝり、その身の善悪と行末の盛衰を、鏡[二五]にかけて語られたり。

兵次かさねていふやう、「由利源内、今すでに人の債[二六]を返さず、己威をたもち勢にほこる。此者とても行すゑ久しかるべしや」と。老翁のいはく、「源内が主君、まづ大なる不義をおこなひ、権威よこしまに振ふて民を虐[二七]、世をむさぼる。冥衆[二八]これをうとみ、神霊これを悪み、福寿の籍[二九]をけづられて、その身杻[三〇]・械にかゝり、その首に縲紲[三一]の縄をかけて肉を腐、骨を散されん事何ぞ遠からん。源内又これにしたがひ、悪逆[三二]無道なる事たとふるにことばなし。人の債を返さゞる、かれが財物はみなこれ他のたから也。をのれいたづらに守護するのみ。今見よ、三年を出ずして家運つきてわざはひ来るべし。汝かならずそのわざはひをおそるべし。源内が家ちかく住せば悪かりなむ。京都も静なるべからず。はやくかへりて、山科のおく笠取[三三]の谷にうつりゆけ」とて、黄金十両をあたへ、道すぢをしへて出し返す。

一里あまりをゆくかとおぼえて、山のうしろなる岩穴より出ることを得たれば、

仁義礼智信ナリ。此道理ハ人ノ心ニ常ニアルユヘニ五常ト名ヅク」(童観鈔・上)。
二〇 主君をだまし。
二一 信頼関係をないがしろにする。
二二 身分ある家柄。
二三 親密な間柄でも。
二四 「輩 トモガラ」(合類)。
二五 鏡に映し出すがごとく具体的に。
二六 負債。「債ハヲイモノトヨムゾ。物ヲ人ニカリテカヤサヌヲ云ゾ」(詩学大成抄六)。
二七 虐待する。「せいたぐ」「せたぐ」の古めかしい言い方で「虐」また「寃」を当てる。
二八 梵天、帝釈、鬼神、閻魔王などの諸天諸衆。
二九 冥府で衆生の行いを考課して福分と寿命を定め、それぞれを記しとどめておくという札。一九二頁一一行に「福分の符」「命の籍(ふだ)」とする。
三〇 句解の「在レ手曰レ杻、在レ頸曰レ械」に従った行文。この二字につき、本書における了意の用法は「杻(くびかせ)」「手械(てがせ)」(七二頁六行)、「手杻(てがせ)」「首械(くびかせ)」(一〇四頁一行)と揺れる。
三一 罪人を縛る縄、また罪人を捕えること。「縲紲ノセメヲウクル 縲ハ黒索(クロキナハ)也。紲ハ攣也。攣ハ係(カヽル)也。拘攣也。トラヘカクル也」(謡抄・千手重衡)。
三二 悪逆を強めていう語。「アクギャクブタゥナルモノ 非常に放埒な極悪の人」(日葡)。
三三 京都府宇治市北東部の笠取川上流の一帯。

家を出てより三十日に及ぶといふ。妻子待うけてよろこぶ事かぎりなし。やがて縁[一]をもとめ、山科のおく笠取の谷に引こもり、商人となり薪を出し売て世を渡るわざとす。家やう／＼心やすく、妻子もゆるやかなる心地す。

そのゝち、永禄[二]庚午の年、松永[三]反逆の事ありて、織田家のために家門[四]滅却せらる。由利源内此時にいけどられてころされ、日比非道にむさぼりたくはへし財宝、みな敵軍の得もの[五]となれり。これを聞つたへて年月をかぞふれば、わづかに三年に及べり。兵次は今もそのすゑ[六]残りて住けりといふ。

伽婢子巻一 終

一 人脈を捜して。
二 永禄十三年(一五七〇)。「弾正は永禄十三年に腹かき切て死けり」(古老軍物語六・三好修理大夫并松永弾正が事)。「永禄十三年庚午年、松永弾正切腹す」(甲陽軍鑑二・信玄公御時代諸大将之事)。ただし甲陽軍鑑の写本に当該箇所を「天正七年己卯に、筒井むほんにて、松永弾正せつぷくす」とする。
三 永禄十一年に織田信長に服従して領国を安堵されたが元亀三年(一五七二)に離反、この時は許されたが、天正五年(一五七七)に再度謀反を企てて自滅した。「反逆 ホンギヤク」(饅頭屋本)。
四 名門とされる一族。
五 分捕品。
六 子孫。

伽婢子　巻之二

（一）十津川[一]の仙境

和泉の堺に、薬種[二]をあきなふものあり。その名を長次といふ。久しく瘡毒[三]をうれ[四]へて、紀州[五]十津川に湯治しけり。病[六]に相当せしにや、十四五日の間に、平復[七]し侍べり。

長次ある日思ふやう、「年比聞つたへし十津川[八]の温泉の奥[九]には、人参[一〇]黄精[一一]といふもの生出て、尋ねあたれば、おほくありといふ。此なぐさみに近き所をさがし見ばや」と思ひ、僕[一二]をば宿にとゞめ、たゞ一人山ふかく入しかば、道にふみまよへり。ひとつの谷にくだりてみれば、[一三]うつくしき籠の流れ出ければ、「此水上[一四]に人里あり」と思ひ、水にしたがふてのぼるに、日はすでに暮かゝり、鳥の音[一五]、かすかにねぐらをあらそふ。かくて十町ばかり行かとおぼえし、岩をきりぬきたる門にいたり、内に入てみれば、茅ぶきの家五六十ばかり軒をならべて立たり。

2-1　本話は、採薬行における邂逅説話(中国の劉阮説話など)の類で、剪灯新話二ノ二「天台訪隠録」を原話とし、源平盛衰記三十九、同四十ならびに本朝将軍記十・源義輝の条などを利用したもの。

一 奈良県吉野郡十津川村。十津川の流域で、東に大峰山脈を控えた秘境の地。薬草も産出。「十津川 トヅガワ〈和州〉」(合類)。

二 薬材。「薬種屋」(人倫訓蒙図彙四)。

三 かさ、腫れもの。「瘡毒 サウドク」(合類)。

四 「病 ウレウル」(字集)。

五 「和州」が適するか。現十津川(新宮川)は七色で和歌山県本宮町に入り、熊野灘に注ぐ。

六 病に効いたのか。

七 「平復 ヘイフク」(書言字考)。

八 戦国武将も療養した武蔵の湯泉地(とうせんじ)温泉や平谷の下湯温泉など著名。「十津川の温泉は縁起二通あり」(大和名所記十一・十津川付温泉事)。

九 もっと奥に入った所には。

一〇 朝鮮人参。五臓に効く強壮剤。薬種の代表。「薬の中には人参」(尤之双紙・下・用いらるゝ物の品々)。

一一 和名、鳴子百合(なるこゆり)。地下茎を煎じて薬用とする。「脾胃ヲ補ヒ気力ヲ益シ五臓ヲ安ジ」(和語本草綱目十・黄精)。

一二 下僕。「僕 ボク」(合類)。

一三 原話に「巨瓢流レ出ル」。

一四 「水上 ミナカミ」(書言字考)。

一五 「音 コエ」(字集)。

家〳〵のありさま、石垣苔生て壁みどりをなし、竹の折戸物さびしく、蔦かづら冠木をかざる。犬ほえて砌をめぐり、鶏鳴て屋にのぼる。桑の枝茂り、麻の葉おほひ、誠に住ならしたる村里也。樵つみける椎柴、舂づきてほす粟粳、さすがにわびしからずぞ見えたる。人の形勢古風ありて、すはうはかまにゑぼうしきて、行還しづかに威儀みだりならず。長次が立やすらひたるすがたを見て、大にあやしみ、おどろきてとひけるやう、「いかなる人なればこの里にはさまよひ来れる。世

一「ヲリド はまっている所から外さないで、重ね合わせて折り畳んだり、閉じたりする戸」(日葡)。「織戸(をりど)」(庭訓往来・三月返状)とも。 二 門などで、両方の支柱の上に横に渡した木。「冠木 カブキ」(下学集)。 三「砌 みぎり〈庭也〉」(和漢通用集)。 四「屋 イエ」(書言字考)。 五 四木の一。「四木 シボク〈桑、楮、漆、茶〉」(書言字考)。 六 同じく三草の一。「三草 サンサウ〈麻、藍、紅花。木綿、麻、荏〉」(同)。 七「樵 コル〈文析同。樵レ木〉」(合類)。 八 椎の木の小枝。燃料とする。紀伊は「樵木(コリキ)」の産地(毛吹草四)。 九 穀物を臼に入れて杵でつくこと。「舂 ウスヅク〈搗レ臼也〉」(合類)。 一〇「粳 ウルシネ」(同)。「粳ハ此レ即チ常ニ人ノ食スル所ノ米。但シ赤白ニシテ小大ノ異族四五種、尤モ同ジ一類也」(庭訓往来註・三月七日往状)。 一一「形成 アリサマ」(合類)。「形勢 アリサマ」(書言字考)。 一二 素袍。直垂の一種で烏帽子、小袖、袴とともに着用。 一三「蓬 エモギ」(易林本)。「蓬の沓」は未詳。蘇東坡の「於潜女詩」にいう「蓬沓」は銀の櫛のこと。 一四 一年草。干した茎は軽くて強く、老人の杖に適した。 一五 平重盛嫡男維盛。従三位は養和元年(一一八一)十二月四日叙(公卿補任)。また、その年齢を二十二歳とする)。寿永三年(一一八四)、二十七歳没(平家物語十・維盛入水など)。 一六「岩」または「巌」の当て字。「岩 イワヲ」(合類)、「巌 イワホ」(字集)。 一七 木に宿るという精霊。「木玉 コタマ」(運歩色葉集)。 一八「嫂溺レテ援ハザルハ是レ豺狼也」(孟子・離婁上)。

の常にして知(しる)べき所にあらず」といふ。長次ありのまゝにかたる。

こゝにひとりの老人衣冠(いくはん)たゞしきが、[一三]蓬(えもぎ)の沓(くつ)をはき[一四]藜(あかざ)のつえをつきて、みづから[一五]「三位中将」と名のり、長次にむかひていはく、「こゝは山ふかく、[一六]岩ほそばだち、熊狼(くまおほかみ)むらがりはしり、きつね[一七]木玉(こたま)のあそぶ所にして、日は暮(くれ)たり。此(この)まゝうちすてなば、これぞ[一八]水におぼれたるを見ながら援(すくは)ざるにおなじかるべし。こなたへおはせよ。宿かし侍べらん」とて、家につれてかへりぬ。

以下三八頁

一 礼儀正しい。 二「マユヲヒソムル 悲しみや驚きなどのために、しかめ面をする、あるいは、いやな顔をする」(日葡)。 三「ソノカミ 副詞。昔、古い時代に」(同)。 四「アナガチ。または、アナガチニ シキリニに同じ。無理に、あるいは、どうしても、あるいは、しつこく」(同)。 五 一一三八―七九。平清盛長男。邸が六波羅小松にあったので「小松内大臣(内府)」とも称する。「内府 ダイフ〈内大臣ノ唐名〉」(合類)。 六 一一一八―八一。平忠盛嫡男。太政大臣(唐名「大相国」)に至り、平家全盛の世を築くが、専横を極め熱病に罹り死ぬと伝える。 七「ぢうてう」の訓み不詳。「重畳 テウデウ」(合類)。 八「サゥセイ ヨヲハヤゥス すなわち、ヨヲハヤゥサル 若くして死ぬこと、または、早く死ぬこと」(日葡)。 九 一一四七―八五。平清盛三男、維盛叔父。寿永四年(一一八五)三月壇ノ浦で敗れ、近江で殺される。 一〇 一一四七―九九。源義朝三男。「兵衛の佐」は左・右兵衛の次官。平治の乱時、右兵衛権佐。治承四年(一一八〇)挙兵。 一一 譜代の家臣や奉公人。「家人 けにん」(大全)。 一二 正義の兵。「義兵 キヘイ」(合類)。 一三 父は源義賢。木曾の中原兼遠に養われ、「木曾の冠者」を名乗

絵 主人公の長次が十津川の奥に迷い、仙境の山家を訪れる場面。右頁、犬・鶏・門・庭など本文を忠実に描写。左頁、縁に跪く長次、座敷上座に維盛、左側に貞能・重景・石童丸。建物には屋根、壁が描かれずいわゆる吹抜屋台(ふきぬきやたい)の描法(以下全巻にわたって使用)が用いられている。

内の躰きたなからず。めしつかはるゝ男女さらに[一]みだりならず。すでに一間のところによびすへ、ともし火をかゝげ座さだまりてのちに、長次問けるやう、「此所はありともしらぬ村里なり。いかに住そめ給ひしやらん」といふ。あるじ[二]眉をひそめて、「これはうき世の難をのがれし人のかくれて住ところなり。若しゐて[三]そのかみの事をかたらば、いたづらにうれへをもよほすなかだちならん」といふ。長次[四]あながちにその住初し故をとふに、あるじ語りけるは、「我は平家没落して西海のなみにしづみけるころより、此所に住初たり。我はこれ[五]小松の内府重盛公の嫡子、三位中将維盛といひしものなり。[六]祖父大相国清盛入道は、悪行[七]重畳して人望にそむき、父内府は、[八]世をはやうし給ひ、伯父[九]宗盛公世を取て、非道不義なる事、法に過たり。一門のともがら、おほくはみな奢を極め、栄花にほこり、家運たちまちにかたふき、東国には兵衛の[一〇]佐頼朝譜代の[一一]家人をもよをして[一二]義兵をあげ、北国には[一三]木曾冠者義仲一族郎等をすゝめて謀反す。其外諸国の源氏[一四]蜂のごとくにおこり、[一五]蟻のごとくにあつまりけるを、こゝにはせむかひ、かしこに責よするに、更に軍の利なく、[一六]味方の軍兵たび〳〵に打れて、つゐに木曾がために都を追落され、[一七]摂津国一の谷にこもり、しばらく心も安かりしに、[一八]九郎義経がためにこゝをもやぶられ、一門の中に[一九]通盛・[二〇]敦盛以下おほくほろび給ひ、まのあたり魂をけし、[二一]むねをひやし、う

る。寿永二年入京、翌年朝廷に背き近江で戦死。一四「蜂起」の訓読。一五 一斉に集まってくること。
一六 寿永二年五月、義仲は平家の大軍を富山県倶利加羅谷(くりから)で破り、七月に平氏は都から敗走した。
一七 神戸市須磨区一ノ谷町。寿永三年二月源義経・範頼軍との攻防があった源平の古戦場。一八 源義経、通称九郎。一一五九-八九。一ノ谷の合戦では鵯越(ひよどりごえ)の奇襲で平家を破る。一九 平清盛弟教盛の長男。一ノ谷の合戦で討死。没年は三十歳頃か。二〇 一一六九-八四。平清盛弟経盛の末子。一ノ谷の合戦で熊谷直実に討たれる。二一「寒ㇾ心 ムネヲヒヤス〈文選註 謂ニ戦慄(ワノノキ/ワソルヲ)ー也〉」(書言字考)。二二 生まれ変わること。二三 屋島。香川県高松市。寿永三年二月、宗盛は安徳天皇を擁して此の地に逃れた。二四 洲が海に延び浅瀬になったところ。かつて屋島は島であった。二五「讃岐の八嶋にかたのやうなるいた屋の内裏や御所をぞつくらせける」(平家物語八・太宰府落)。二六「楯籠 たてごもる」(大全)。二七「故郷ハ雲井ノ余所ニ成果テ、思ヲ妻子ニ残シツヽ、…其身ハ屋嶋ニ在ナガラ、心ハ都ヘ通ヒケリ」(源平盛衰記三十九・維盛出ニ屋嶋ニ参ニ詣高野ニ)。二八「あぢきなし 無風情せんかたなき心なり」(藻塩草二十)。二九 楽しみや喜びもすべて終わった気分になって。
三〇「与三兵衛尉重景、石童丸ト云童、船ニ心得タル者トテ、武里ト申舎人、此三人ヲ具シ給ヒ…由木浦ニゾ著給フ」(源平盛衰記三十九)。三一 父は重盛臣下、与三左衛門尉景康。平治の合戦で父を悪源太義平に討

きめを見聞(みきく)かなしさ、生(しやう)[二二]をかゆるともわするべき事かや。

　とかくするほどに、さぬきの国、八嶋[二三]の洲崎[二四]に城墎[二五]をかまへ、一門の人〳〵楯[二六]ごもりしかば、故郷[二七]は雲井の余所に隔たり、思ひは妻子の名残(なごり)にとゞまり、身は八嶋にありながら、心は都に通ひければ、よろづにつけてあぢきなく、[二八]「行末(ゆくすゑ)とても頼みなし」と、うかれ果(はて)[二九]たる心より思ひ立(たち)て、譜代[三〇]の侍与三兵衛重景[三一]、石童丸[三二]といふわらはは、武里[三三]といふ舎人は、舟に心得たるものなれば、此三人をめし具して忍びて八嶋の内裏を出て、阿波の由木[三四]の浦につきて、

　おり〳〵[三五]はしらぬうらぢのもしほぐさかきをく跡をかたみともみよ

重景返しとおぼしくて、

　わがおもひ[三六]空ふくかぜにたぐふらしかたぶく月にうつる夕ぐれ

石童丸涙をさへて、

　たまぼこ[三七]の道ゆきかねてのる舟にこゝろはいとゞあこがれにけり

　それより紀伊国、和歌[三八]・吹上[三九]の浦をうち過(すぎ)て、由良の湊[四〇]よりふねをゝりて、恋しき都をながめやり、高野山[四一]にまうでゝ、滝口時頼[四二]入道にあふて、案内せさせ、院ゝ谷ゝおがみめぐり、これよりくま野に参詣すべしとて、三藤[四三]のわたり、藤代[四四]より和歌のうら、吹上の浜、古木の杜[四五]、蕪坂[四六]・千里[四七]の浜のあたりちかく、岩代[四八]の王子をう

たれ、維盛に育てられて重景の名を賜わる。当時二十七歳(同四十、平家物語十)。 三二 同じく維盛の臣下で、八歳から従う。当時十八歳。 三三 維盛等三人の入水を見届けた後、屋島に帰り、資盛にその最期を伝えた(同)。「舎人」は貴人に仕え雑事を行う者。 三四 徳島県海部郡由岐町。 三五 見知らぬ海辺の藻塩草をかき集めるように書きつけたこの歌を、時折は私の形見と思って見て下さい。「かき(をく)」に「掻く」と「書く」を掛ける。 三六 私の思いは空吹く風に比べられるかのようだ。傾く月に移ってゆくこの夕暮れ時には。「我恋ハ空吹風ニサモ似タリ傾ク月ニ移ルト思ヘバ」(源平盛衰記三十九)。 三七 道中を行きかねて乗る船に、行き着く先は或いは西方浄土かと思うとますます心がひかれる。「玉鉾ヤ旅行道ノユカレヌハウシロニカミノ留ルト思ヘバ」(同)。 三八 和歌の浦。和歌山市。歌枕。 三九 紀ノ川河口の南岸から雑賀山にかけての一帯。歌枕。 四〇 和歌山県日高郡由良町。 四一 伊都郡高野町。真言宗総本山金剛峯寺のある聖地。 四二 平重盛の臣、斎藤時頼。横笛に恋し、女の死後高野山に入った。 四三 和歌山市山東中(さんどうなか)近辺。熊野街道が通り、高野山から下る道筋との合流地域。 四四 海南市藤白。熊野九十九王子社五体王子の一、藤代王子が祀られる。 四五 「日前(ニチゼン)、国懸(コツケン)ノ古木(フルキ)ノ森、面白カリケル名所哉」(源平盛衰記三十九)。日前国懸(ひのくまくにかかす)神宮は和歌山市秋月にあるが、「古木の杜」については未詳。これを「コキ」と読んで熊野街道に探すと、大阪府貝塚市王子町の南近義神社に合祀されてい

ちこえ、岩田川にて垢離をとりて、

岩田川ちかひのふねにさほさしてしづむわが身もうかびぬるかな

それより本宮にまうでつゝ、新宮・那智のこりなくめぐりて、浜の宮より舟にのり、磯の松の木をけづりて、

権亮三位中将平維盛戦場を出て、那智の浦に入水す。元暦元年三月廿八日維盛廿七歳、重景同年、石童丸十八歳

生れてはつゐに死てふことのみぞ定なき世にさだめありける

と書て、世には入水としらせけれども、今この山中にかくれしかば、肥後守貞能跡をもとめて尋ね来れり。「平氏の一門没落して、みなことぐく壇の浦にて、水中に入給ふ。都にかくれし平氏の一類も根を断、葉を枯しけり」と、貞能かたり侍べるにぞ、よくこそのがれけれと、かなしき中に心をなぐさめ、田をうへ薪とり、みづから清風朗月にこゝろをすまし、物静にして、たましゐをやしなふ。人里絶て音づれもなし。花の咲を春と思ひ、木の葉のちるを秋としり、月のいづるをかぞへつくして、月なき時を晦とあかしくらす身となり侍べり。貞能・重景・石童丸が子孫ひろごりて、家居をならべて住ける也。さだめて頼朝世をとりぬらん。今はこれ誰の世ぞ、ねがはくは物がたりせよ」とあり。長次大におどろきおそれ、「只か

る鞍持王子が、胡木新王子または近木王子とされる(那智叢書七『九十九王子巡拝記』)。また、仁和寺蔵熊野縁起では貝塚市、麻生河王子の次に、「古□」(「古木」か)とある(『神道史の研究』第二「熊野九十九王子考」)。これらとの関係は未詳。 四六 海草郡下津町。有田市との境に蕪坂峠。峠を越えた所に蕪坂塔下(とうげ)王子がある。 四七 日高郡南部町。千里王子社がある。 四八 日高郡南部町西岩代。この拝殿の板に熊野参詣者の名前や和歌を書きつけて奉納した。

一 西牟婁郡富田川中流、岩田付近の呼称。垢離場として著名。歌枕。 二 岩田川で仏の弘誓(ぐぜい)の舟に乗り、悪趣に沈んだ我が身も浮ばれたことよ。「誓いの舟」は弘誓の舟で、仏の救いを舟に喩えたもの(源平盛衰記四十・維盛入道熊野詣付熊野大峯事)。 三 熊野本宮大社。東牟婁郡本宮町。新宮・那智と共に熊野三山を成す。 四 熊野速玉神社。新宮市。 五 東牟婁郡那智勝浦町那智山。 六 東牟婁郡那智勝浦町浜ノ宮。一行は浜の宮王子の前より舟を出し、沖の小島の金島で松の木を削り名籍を書いた後、再び沖に出て入水した(源平盛衰記四十・中将入道入レ水事)。 七 日付、年齢は源平盛衰記四十と同じであるが、重景、石童丸の年齢の記載はない。また、寿永三年の元暦改元は四月十六日。三七頁注一五の公卿補任記載の維盛年齢に従うと二十五歳に当たる。 八 源平盛衰記四十に同歌。生まれたら最後は死ぬということだけであり、これが定めないこの世のただ一つの定めであるようだ。 九 源平盛衰記四十には、異説と

りそめの山住、世の常の事にこそ思ひ奉りしに、かゝる止事なき御身とは、露も思ひよらざりけり」とて首を地につけ、礼義をいたす。三位中将、「いやとよ、今は然るべからず。それ〳〵」との給ふに、貞能・重景・石童丸立出たり。いづれもその歳六十ばかりに見えたるが、貞能いふやう、「迚うちとけ給ひたる御事也。その世のうつり替りし事共、語りてきかさせ給へ」と也。長次居なをりて、

「さらばあら〳〵聞つたへし事かたり侍べらむ。扨も平氏の一門、西海の波にしづみ給ひ、兵衛佐頼朝天下をおさめ、いくばくもなく病死し給ふ。蒲冠者頼範・九郎判官義経みな頼朝にうたれ、頼朝の子息頼家世をとり、子なくして病死あり。頼朝の二男頼家の舎弟跡をおさめ給ふ。頼家の妾の腹に子あるよし、聞つたへ尋出して、鶴岡の別当になさる。禅師公暁と号す。和田・畠山・梶原等が一族、此君の時うちほろぼさる。実朝卿鶴岡社参の夜、かの禅師公実朝をころす。北条義時その跡をうばひて、天下の権をとる。これより九代にいたり、相模守高時入道宗鑑大におごりて国乱れ、新田義貞鎌倉をほろぼす。足利尊氏と新田といくさあり。足利つゐに義貞をほろぼし、その子息義詮を京の公方とさだめ、二男左馬頭基氏を鎌倉の公方とさだめ、天下しばらくしづかなりしかども、王道は地に落て、あるかなきかの有さまなり。武家世をとりて、権威たかし。後に京都かまくらの公方不会にな

して、維盛の入水は偽りで那智に生存していたとの伝承を記す。　一〇 平家貞の子。清盛譜代の家臣で、平家一門の屋島脱出に伴わず行方がわからなかったが、忽然として宇都宮朝綱のもとを訪れ、同人に預けられたという(吾妻鏡四・文治元年(一一八五)七月)。　一一 一族を残らず殺し、根絶やしにすること。「根を切り(掘り)」とも。　一二 清新な自然を賞でること。「清風朗月 セイフウラウゲツ」(書言字考)。　一三 「晦 つごもり〈晦 倭語之津古毛利(ツゴモリ)月籠(ツキコモル)之義也〉」(大全)。　一四 「ヤマズミ 山林に住むこと」(日葡)。　一五 「ヤゴトナキ ハ 無二止事一也。貴人ナドヲヤゴトナキ人ト云」(謡抄・小塩)。　一六 相手のことを強く否定することば。　一七 人を催促することば。さあさあ(出て来なさい)。　一八 「とてもかくても」の略。「迚 とても〈猶以の義〉」(和漢通用集)。　一九 「イナヲル 人が、坐っている場所で居ずまいを正す、あるいは、座に落ち着く」(日葡)。　二〇 落馬により発病、建久十年(一一九九)正月没。　二一 正しくは「範頼」。義朝第六子。遠江蒲御厨で育ったので「蒲冠者」と称す。建久四年(一一九三)没か。　二二 義朝第九子。文治五年(一一八九)奥州衣川にて没。　二三 一一八二―一二〇四。頼朝長男。鎌倉幕府第二代将軍。　二四 天下を治める。　二五 修善寺に幽閉されて殺された。　二六 一一九二―一二一九。源実朝。鎌倉幕府第三代将軍。　二七 鎌倉市雪ノ下、鶴岡(つるがおか)八幡宮。別当はその庶務を司る。　二八 一二〇〇―一九。頼家第二子。実朝刺殺後、その夜の内に自らも殺された。　二九 相模三浦郡の武将、和田義盛一党。　三〇 武蔵国の武将、畠山重忠一党。　三一 相

りて、鎌倉の執権、上杉の一族公方を追おとす。此時にあたりて、京都の公方も権威を失なひ、諸国の武士たがひにそばだち、天下大にみだれて、合戦やむときなし。三好修理大夫其家人松永弾正は畿内・南海に逆威をふるひ、今川義元は駿河遠州をしたがへ、国司源具教は勢州にあり。武田晴信甲・信両国にはびこり、北条氏康は関八州にまたがり、佐竹義重は常陸にあり。芦名盛高は会津を領じ、長尾景虎は越後よりをし出る。朝倉義景、越前を守り、畠山が一族は河内にあり。陶尾張守は周防長門を押領し、毛利元就安芸におこり、尼子義久は出雲・隠岐・石見・伯耆にひろごり、豊後に大友、肥前に竜造寺、その外江州に浅井・佐々木、尾州に織田、濃州に斎藤、大和に筒井、其外諸国群邑の間に党をたて、兵をあつめ、たがひに村里をあらそふて、せめたゝかひ、うばひとる。古しへ安徳天皇西海におもむき給ひし寿永二年癸卯より、今弘治二年丙辰の歳まで星霜三百七十四年、天子すでに廿六代。鎌倉は頼朝より三代、北条家九代、足利家十二代、京都の足利今すでに十三代新将軍源義輝公と申す也」と、かたりしかば、三位中将これを聞給ひて不覚の涙をながし給ふ。夜すでに更ゆけば、山の中物しづかに、こずゑをつたふ風の音、軒ちかくきこえて、長次がたましゐすみわたり、涼しくおぼえたり。あるじさまぐ\酒をすゝめらる。

模国鎌倉郡の武将梶原景時・景季一党。三二 建保七年(一二一九)一月二十七日。三三 一一六三-一二二四。鎌倉幕府二代目執権。三四 一三〇三-三三。鎌倉幕府十四代目執権。法名を日輪寺崇鑑。元亨(一三二一-二四)の頃田楽・闘犬に耽り、元弘三年新田義貞の鎌倉攻撃時に自刃。三五 鎌倉幕府を滅ぼした後、足利尊氏と対立。延元三年(一三三八)自死。生年未詳。三六 一三〇五-五八。室町幕府初代将軍。三七 一三三〇-六七。正しくは「よしあきら」。尊氏三男。室町幕府第二代将軍。三八 室町時代における幕府・将軍家の一族の呼称。三九 一三四〇-六七。尊氏四男。初代鎌倉公方。四〇 徳政を基とした理想的な君主道。ことは、武家政治に対する天皇による政治。四一 仲をたがうこと。「不会 フクワイ〈不合義〉」(黒本本)。

一 上杉憲顕以来代々の関東管領。二 対立しあうこと。三 以下、本朝将軍記十による行文。四 一五二三-六四。畿内を制圧した三好長慶(ながよし)。永禄三年(一五六〇)修理大夫となる。五 松永久秀。一五一〇-七七。三好長慶に仕え、将軍義輝を殺す。六 一五一九-六〇。武田・北条家と姻戚関係を結び、勢力を拡大。七 北畠具教。一五二八-七六。伊勢国司。八 武田信玄。一五二一-七三。甲斐・信濃を領した戦国大名。九 一五一五-七一。小田原北条氏第三代。鎌倉上杉家を滅ぼし関八州の大守となる。一〇 武蔵・相模・上野・下野・上総・下総・安房・常陸の関東八か国。一一 一五四七-一六一二。常陸領主。後、秋田に転封。一二 会津黒川城主。永正十四年(一五一七)没。一三 上杉輝虎、法名謙信。一五三〇-七八。越後守護大名。一四 一五三三-七三。越前守護大名。一五 畠山基国以来、足夜すでにあけて、山のはあかく横雲たなびきて、鳥の声さだかになれば、長次、「今は是(これ)までなり」とて拝礼(はいれい)つゝしみて立出(たちいづ)れば、あるじのたまはく、「[三五]我ら更に仙人にもあらず。幽霊(ゆふれい)にもあらず。おほくの年を重ねしこと、思はざる外のさいわひなり。なんぢかへりて、世にかたる事なかれ」とて、

[三六]みやまべの月はむかしの月ながらはるかにかはる人の世の中

とよみて、わかれをとり、内に入給(いり)へば、長次は、切(きり)どをしの門を出て、一町ばかりに一所づゝ竹の枝をさして記(しるし)とし、十津川の宿にかへる事を得て、来年の春、酒さかなとゝのへつゝ、又かの山路に分入(わけいり)て尋ぬるに、たゞ古松老槐(こせうらうくわい)[三七]によこたはり、岩ほそばだち、茅薄(ちがやすゝき)しげり、樵(きこり)[三八]のかよふところ、鳥の声かすかに、草かりの行(ゆく)ところ、谷の水ながれ、しるしの竹もみえねば、たづねわびつゝ立(たち)かへる。そも〳〵これは仙境(せんきやう)の道人(だうにん)[三九]なりけん。その流(たぐひ)[四〇]しりがたし。

（二）　真紅(しんくの)撃帯(うちをび)[四一]

越前敦賀(えちぜんつるが)[四二]の津に、浜田(はまだの)長八とて、有徳(うとく)人ありて、二人のむすめをもちたり。そのとなりに若林(わかばやし)長門守[四三]が一族檜垣(ひがきの)平太といふもの、武門(ぶもん)をはなれ商人となり、金銀ゆたかにもちて住(すみ)侍べり。

利三管領の一家。[一六] 陶晴賢。大内家重臣。主君義隆に背き自刃させる。弘治元年(一五五五)没。[一七]「押領 アウレウ」(合類)。[一八] 一四九七―一五七一。陶氏を破り、後、大内義長を討って周防全域を支配。[一九] 出雲国守護。永禄九年(一五六六)毛利氏に降る。慶長十五年(一六一〇)没。[二〇]「広(ひろ)ぐ」の自動詞形。「ひろがる」と同じ。[二一] 大友宗麟(一五三〇―八七)の時、北九州を中心に最大勢力を張る。[二二] 肥前国の大名。隆信(一五二九―八四)代が全盛。[二三]「近江〈江(ガウ)州〉」(黒本本)。[二四] 近江の大名。長政(一五四五―七三)の時に朝倉義景と組んで信長と対戦。[二五] 近江佐々木荘を拠点とする守護大名。[二六]「美濃〈濃(デウ)州〉」(易林本)。[二七] 美濃国領主斎藤道三。本話の弘治二年(一五五六)は道三死去の年。[二八] 筒井順昭・順慶父子。順慶は信長と組み松永久秀を破る。[二九] 多くの村。[三〇] 同族武士の軍事集団を結成すること。[三一] 一一八三年。[三二] 一五五六年。翌年には後奈良天皇から正親町天皇に朝権が移動。[三三]「星霜 セイザウ」(書言字考)。[三四] 天文二十三年(一五五四)将軍足利義藤(よしふじ)が義輝と改名。[三五] 原話に「我ガ輩仙ニアラズ亦鬼ニアラズ」。[三六] この山深い所に出ている月は昔と変わらないが、人の世はすっかり変わってしまった。原話の詩句「時移リ事変ジテ太ダ怱忙」を和歌に託したもの。[三七] 古木の槐(ゑんじゅ)の木。[三八]「樵 キコリ」(字集)。[三九]「ダウニン 悟りを得る人」(日葡)。[四〇] 句解の「豈有道ノ流歟(タグイナルカ)」の訓みに基づく。

2―2 剪灯新話一ノ四「金鳳釵記」を本朝将軍記十二・織田信長の記事に即しつつ越前敦賀に住む男女の話に翻案する。「按に、

これに一人の子あり。平次と名づく。長八がむすめとおなじ年比にて、いとけなき時は常に出あひてあそびけり。平太すなはち長八が姉娘を我子の妻とすべきよし、媒をもつていはせければ、やがてうけごひけり。さらばそのしるしにとて、酒さかなとゝのへ、真紅の撃帯ひとつむすめにとらせたり。

天正三年の秋、朝倉が余党おこり出て、虎杖・木芽峠・鉢伏・今条・火燧・吸津・竜門寺諸方の要害に楯ごもる。その中に若林長門守は河野の新城にこもりしかば、信長・信忠父子八万余騎を率して、敦賀に着ぢんあり。木下藤吉郎におほせて、河野の城をとりかこませらる。檜垣平太は、若林が一門なれば、敦賀にありて尤られむ事をおそれ、一家を開のきて、所縁につきて京都にのぼり、五年までとゞまりつゝ、その間に敦賀のかたへは、風のたよりもなし。

長八がむすめは、年すでに十九になり、容顔うつくしかりければ、人みなこれをもとむれ共、娘更に聞いれず。「みづからいとけなき時より一たび平次に約束して、今たとひすてられたりとも、又こと夫をまうくべきや。そのうへ平次、もし生てかへり来らば誠に恥かしきことなるべし」とて、朝夕はふかく引こもり居たりけるが、平次が行方の恋しさ露わするゝ隙なく、只かりそめの手ずさみにも、その人のことのみあらまされて、人しれぬ物思ひに涙をながすばかり也。つゐに思ひくづをれて、

これは原(剪灯新話)の金鳳釵記を翻案したるつくり物語なれども、金鳳釵を真紅撃帯につくりかへて、天正年中のことゝしたるは、当時此帯をもはら用ひたる事、寛文の比までもいひつたへたるゆゑなるべければ、一証に備へり」(骨董集・上の中・名古屋帯)。 四〇 糸組みの帯。別名、名古屋帯。組目をへらで打ち固めるところからの名。平打ち・丸打ちの二種があり、挿絵(四六頁)に見る縄状の帯は丸打ちで、近世初期(十六世紀末十七世紀初頭)に流行した。本書巻八ノ三にも「花田の打帯一すぢ縄のやうなる」(二三八頁一行)とある。当時の風俗画によれば、主に少女や若い女性が着用し、体に数回巻いて大きく蝶結びにしたのち、房のついた両端を長く垂らした。 四一 福井県敦賀市。敦賀湾の奥に位置し、日本海航路と琵琶湖水運との中継地として栄えた商業都市。 四二 若林九郎左衛門。天正三年(一五七五)八月の織田信長による朝倉残党攻めに越前の一向一揆衆に与して抵抗(信長記八)、同八年の信長・本願寺の和解の後、加賀国で捕えられて生害(同十三)。

以上四三頁

一 承諾する。また、承諾の意志を表明する。「諾 ウケガフ」(合類)。 二 婚約成立のしるしとして。結納に帯を贈る風習があった。「中より下のたのみには、帯又は金銀に樽さかなそゆるもあり」(女重宝記一・よめ取いひ入ならびに日とりの事)。 三 一五七五年。「八月越前国朝倉が余党おこりて下間和泉守虎杖の城にたてごもる。石田西光寺は木芽峠に要害をかまへ、阿波賀三郎兄弟は鉢伏の城にこもり、下間筑後守は今条と

病のゆかにふし、半年あまりの後、つゐにむなしく成ければ、二人の親大(おほき)に歎き悲しみつゝ、小塩(をしほ)[二四]といふ所の寺にうづみけり。母そのむすめの額(ひたい)をなで、平次がつかはしける真紅(しんく)の帯をとり出し、「これは汝(いまし)[二五]の夫(をつと)のとらせたる帯(をび)ぞや。跡にとゞめて何にかせむ。黄泉(よみぢ)[二六]までも見よかし」[二七]とて、むなしきむすめが腰(こし)にむすびて[二八]をくり[二九]埋(うづ)みけり。

三十日あまりの後、平次[三〇]すなはち来りぬ。長八これをよびいれて、「いかに」といへば、こたへていふやう、「若林(わかばやし)長門守が河野の新城に楯(たて)ごもりしかば、信長公八万よ騎にて此(この)敦賀に着陣(ちやくぢん)あり。もし若林が一族(ぞく)なりとて尋ねいましめられん事をおそれて、とる物もとりあへず、京都にのぼり所縁(しよえん)につきて、しばらく住居(すまゐ)せし所に、打(うち)つゞきて二人の親、むなしくなりければ、往昔(そのかみ)[三一]の契約(けいやく)わすれがたくて、こゝに帰り来れり」といふ。浜田夫婦(はまだふうふ)なみだをながしていふやう、「姉(あね)むすめは、そのころより、そこ[三二]の御事を思ひあこがれ、病をうけて去(さん)[三三]ぬる月の初めつかた、つゐにむなしくなり侍べり。久しくたよりのなかりつる事を、さこそ恨み思ひけむ、これ見給へ、硯[三四]のふたに書(かき)をきたり」とて、なく／＼とり出して平次にみせたり。その歌に、

[三五]せめてやは香(か)をだににほへむめのはなしらぬ山ぢのおくにさくとも

火燧が城と二箇所をかため、大垣円幸寺は吸津の城にこもり、河野の新城には若林長門守たてごもり、三宅権之丞は竜門寺にこもる」(本朝将軍記十一・織田信長・天正三年)。　四 朝倉義景の残党、実は一向一揆のこと。天正元年八月に朝倉氏を滅ぼして織田軍が撤退したのち、越前は一向一揆の支配するところであった。　五 福井県南条郡今庄町板取。北陸街道の宿駅であるとともに軍事的な要衝としてしばしば合戦の場となり、虎杖城、西光寺丸城などが築かれた。　六 今庄と敦賀との間にある木ノ目峠。敦賀を経由して京都へ向かう北陸街道の枝道、西近江路の要衝。峠道を挟むように城の遺構がある。　七 今庄と敦賀の境にある鉢伏山頂に設けられた城。遺構は東西一二〇メートル、南北一八〇メートル。　八 福井県南条郡今庄町今庄。北陸街道の宿駅で南に木ノ目峠、西に山中峠、北に湯尾峠を控えた交通の要衝。　九 火打(燧)は今庄町北部の集落であるが、信長公記八に「火燧が城…往古のごとく、のうみ川新道川二つの川の落合を関切り水を湛へ」とあって、城は眼下に新道川(鹿蒜川)と日野川の合流点を望む今庄町今庄の燧山に比定される。「往古」とは平家物語七の火打合戦をいう。　一〇 福井県敦賀市杉津(すいづ)。敦賀湾に面し、鉢伏山、木ノ目峠、虎杖はほぼ東西横一線に位置する。　一一 福井県武生市本町にある曹洞宗の寺。天正元年の朝倉攻め以降しばらくの間、城に転用された。　一二「楯籠 たてごもる」(大全)。　一三 福井県南条郡河野村。府中(武生市)と西街道で結ばれ、敦賀へ船の便があった。　一四「信長信忠八万余騎を率して十四日に敦

平次これをみるに、我身の[一]つらさ今さらに思ひしられて、かなしき事かぎりなし。持仏堂(だう)にまいり、位牌(ゐはい)の前に[二]花香(けかう)たむけ、念仏となふれば、二人の親うしろに来りつゝ、「これこそなんぢが恋ける平次の手向(たむけ)なれ。よく〳〵うけよ」とて、[三]ふしまろび悲しみ歎きければ、平次をはじめて家にある人、みな一同に声をそろへてなきけるもあはれなり。浜田夫婦いふやう、「今は父母もおはせねば[四]独身となりて心ぼそかるらむ。今姉娘の死したればとて、[五]余所(よそ)にやはみるべき。おなじくは此(この)家にお

賀に着陣あり。…信長公木下秀吉に仰せて此風雨のまぎれに敵さだめて怠るべし、不意を(ママ)うつに便あり、若林が城をうちとれとあり」(本朝将軍記十二・織田信長・天正三年八月)。一五 詮議を受けて罰をこうむる。「尤 トガムル トガメ」(合類)。一六 居所を立退く。一七 縁故を頼って。一八 自称の代名詞。かつて男女ともに用いられたが、のち、女性が用いた。一九 結婚の約束をして。二〇 同類ではあるが別個なことを言う接頭語。別の夫を。二一 「テズサミ わざわざするのではなくて、気晴らしに、字を書いたり何か物事をしたりすること」(日葡)。二二 次から次へと心に浮かんできて。二三 思いどおりにならなくて心がくじける。二四 未詳。似た地名に越前国南仲条郡王子保(福井県武生市大塩町)があるが、菩提寺としては遠過ぎるか。二五 二人称の代名詞。ただしこの読みは古風。二六 あの世。「黄泉 ヨミヂ」(書言字考)。二七 持っていって平次を偲ぶよすがにせよ。二八 もはや締めても飾りばえしない。二九 野辺送りをして。三〇 何の前触れもなく、の意か。三一 五年前に交わした結婚の約束を。三二 親しい間柄や、やや見下した相手に用いる二人称の代名詞。そなた。「足下 ソコ」(合類)。三三 「サンヌル 例、サンヌルコロ さきごろ」(日葡)。三四 硯箱のふた。三五 せめて香りだけでも送り届けて下さいな、どことも知らぬ山路の奥に咲く梅であっても。「香」に音信、「しらぬ山ぢのおく」に異境を当てて、「梅」すなわち平次への願いを託す。

以上四五頁

はして、ともからうも身の業(なりはひ)をいとなみ給へ」とて、家の後(うしろ)に[六]住所(すみどころ)しつらひて、とゞめをきたり。

かくて四十九日の[七]中陰(ちうゐん)とりおこなひ、家こぞりて小塩の墓(はか)にまうでつゝ、平次をば留主(るす)せさす。[八]下向のとき、日すでに[九]誰(たそ)かれに及びて、平次は門に出(いで)むかふ。みなをのく内に入(いり)たりけるに、いもうと娘今年十六歳(さい)なるが、[一〇]乗物(のり)の内より何やらむおとしけり。平次ひそかにひろふてみれば真紅の帯也。[一一]ふかくおさめて内に入つゝ

一 相手につらい思いを強いる冷酷さ、薄情さ。
二 「香花」に同じ。花と香。
三 倒れてころげ回る。「蜿転 ふしまろぶ〈法華文字〉」「蹉跎 ふしまろぶ〈文選読也〉」「辷 ふしまろぶ」(大全)。
四 身よりもなくなって。「独身 ヒトリ」「独身 ヒトリミ」(書言字考)。
五 あかの他人と見なせましょうか。
六 住居。
七 死後七日目ごとの追善の法事。
八 寺社などに参詣して帰ること。
九 「黄昏 タソカレ〈又云誰彼〉」(合類)。
一〇 女性の外出時に用いる自家用の駕籠。
一一 ふところ深く。

以下四八頁

一 妻すなわち建物の側面にある開き戸。部屋に直接出入りできる。 二 戸をたたく。 三 先立たれて。 四 「以前 サキニ〈又往時・向・郷並同〉」(合類)。 五 前世からの因縁。スグセと濁る読みは未詳。五〇頁三行にも「ふかきすぐせの縁」とする。 六 「偕老トハ、毛詩ニ夫妻ノ契(チギリ)也。形ヲ双テトモニ老ヲ送ル心也」(謡抄・女郎花)。 七 底本「事ども」。 八 道理に外れたこと。 九 婿にしたつもりで。 一〇 夜毎の逢瀬を妨げる者。

絵 駕籠に乗った妹娘がうち帯を落とす場面。右頁、二枚肩の引戸・窓の付いた上等な女乗物(→二〇五頁挿絵)。尻ばしょりに向こう鉢巻をした駕籠舁。前に被(かず)きの女達。左頁、平次が門前で一行を待ち受ける。小袖の紋は釘貫(くぎぬき)、脇差一本を差す。供人の中に挟箱(はさみばこ)を担いだ下男。

わが住(すむ)かたにかへり、ともしびのもとに物思ひつゞけて、ひとり座し居たり。夜ふけ人しづまりてのち、妻戸(つまど)[一]を音づるゝ[二]ものあり。戸をひらきて見れば妹娘なり。そのまゝ内に入て、さゝやきいふやう、「みづから姉(あね)に[三]をくれて歎きにしづめり。向(さき)[四]に真紅(しんく)の帯(をび)を投(なげ)しを、君ひろひ給ふや、ふかき宿世(すぐせ)[五]わすれがたくして、これまでしのびてまいり侍べり。契りをむすびて偕老(かいろう)[六]のかたらひをなさん」といふ。平次きゝておどろきいふやう、「ゆめ〳〵あるべき事[七]ともおぼえず。御父母のなさけありて、我をやしなひ給ふだにあるを、ゆるされもなくして、正(まさ)[八]なきことをおこなひ、もしもれなん後をばいかゞせむ。とく〳〵帰り給へ」といふ。妹大(おほき)にうらみいかりて云(いふ)やう、「わが父すでにむこ[九]の思ひをなし、此家にやしなへり。みづからこゝに来れる心ざしをむなしくなし給はゞ、身をなげて死(し)なんに、かならず後のくやみをなし、生(しやう)をかへてもうらみまいらせむ」といふ。平次力なくその心にしたがひけり。あかつきになりて、妹はおきていにけり。

それよりはひたすらに、暮に来りて朝(あした)にかへる。よひ〳〵[一〇]ごとの関守(せきもり)をうらむるばかりうちとけて、わりなく[一一]契りけり。三十日(みそか)ばかりの後、ある夜又来りて平次に語るやう、「今までは人更(さら)にしらず。されどもことは[一二]もれやすければ、もしあらはれて、うきめをやみん。君我をつれて垣(かき)[一三]をこえて、跡をくらまし給へ。心やすく偕(かい)

「人知れぬ我が通ひ路の関守はよひ〳〵ごとにうちも寝ななむ」(伊勢物語五段)。

一一 やむにやまれぬ気持になって。

一二 秘密の漏れやすいことをいう諺の「言(こと)洩レ易キハ禍(わざはひ)ヲ召ク之媒(なかだち)也」に即した表現。原拠は臣軌・慎密章。

一三 家の垣を踏み破って。「垣を越す」には道理や決まりを破るの意味もある。

一四 福井県坂井郡三国町。九頭竜川河口に位置し、日本海航路の港として古来知られたが、天正三年(一五七五)に入府した柴田勝家が北庄(福井)の外港として整備を計り、繁栄した。

一五 本百姓に隷従する水呑百姓や商家の下男下女など身分の低い者。本話と同じ話を翻訳した奇異雑談集五ノ四に「わが父崔郎君の時より譜代の被官あり」とする。ここも平次の家で侍の時分に召し使っていた下人か。

一六 積極的に。好意的に。

一七 不義や不作法に対する懲らしめ、懲戒。

一八 思って心配して下さっているでしょう。

一九 きっと必ず。

二〇 そう言うのなら。

二一 来意を告げて取次を頼み。

二二 私のことをあれほどまでに。 二三 同情して親身にお考え下さったのに。

二四 道理にかなっているとはとても認められない。

二五 道義に外れたこと。特に道ならぬ男女関係を持つこと。

二六 船乗り。特に船頭、または船長(ふなおさ)。「船奴 フナカタ」(書言字考)。

以下五〇頁

老を契らん」といふ。平次も此うへはわりなき情のすてがたくして、うちつれて忍び出つゝ、[一四]三国の湊に[一五]被官のものありける、それがもとに行て、かう〳〵と名のり、頼むよしいひければ、[一六]かひ〴〵しくうけいれて、一年ばかりかくれ住侍べり。

女ある時いふやう、「父母の[一七]いましめのおそろしさに君とつれて、こゝには逃来りけれ、すでに一年の月日を過したれば、二人の親さこそみづからを[一八]思ひ給ふらめ。[一九]今はいかにもつみゆるし給はん。いざや古郷にかへらん」といふ。平次、[二〇]「此上は」とて、つれて敦賀にかへり、まづ女をば舟にをきて、我身ばかり浜田が家にいたり、[二一]案内して、対面をとげていふやう、「さても[二二]我さしも[二三]いたはりおぼしけるを、御ゆるされもなく、[二四]まさなきわざして[二五]不義の名をかうふりし事、そのつみかろからずといへども、すでに年を重ねぬれば、今はいかりもゆるくなり給はん。此故にこれまでつれて帰り侍べり。罪ゆるし給はんや」といふ。浜田聞て、「それはいかなる御事ぞ。更に心得がたし」といふ。平次ありのまゝにかたりて、真紅の帯を取出してみせたり。その時浜田大におどろき、「此帯はそのかみ姉に約束せし時に給はりし物也。姉むなしくなりければ、棺におさめてうづみ侍べり。又妹はやまひおもく、床にふしてあり。君とつれて他国にゆくべき事なし」とて、「舟にとゞめをきたり」といふをきゝて、人をつかはしてみするに、[二六]舟にはふなかたの外は更に人なし。

一 心神喪失状態にある妹の口を借りて姉娘が話す。 二 若死する。「早レ世 ヨヲハヤウス〈文選註早死也〉」(書言字考)。 三 捨てるがごとくに葬られて。 四 墓。 五 尊敬の補助動詞「賜(た)ぶ」の命令形。 六 「愈 イユル〈又…病愈〉」(合類)。 七 奪い取って。 八 身振り。 九 「執心 死ノ後(チ)マデノコル妄心ヲ云フ。マヨヒノ心也」(謡抄・夕顔)。 一〇 人に取りついて、死や病いをもたらす悪霊。「物怪 もののけ」「妖怪 もののけ」(大全)。 一一 前世からの深い因縁。 一二 「迷途」の当て字。「迷途」は「冥途」に同じ。 一三 確固のほどを念押しすることば。きっと、必ず。 一四 「孝行 カウカウ〈父母孝行〉」(合類)。 一五 「ワナワナト 副詞。ぶるぶる震えるさま。例、ワナワナトフルゥ」(日葡)。 一六 「シニイル 気絶する、または、仮死状態の発作を起こす」(同)。 一七 「容止 カヲハセ」(合類)。 一八 「洒 ソヽグ〈又注灌瀉並同〉」(同)。日葡辞書に「ソソク」と清音にするが、この頃すでに濁音に変化したものか。 一九 「キドク 不思議、または、奇蹟」(日葡)。

2-3 剪灯余話三ノ五「胡媚娘伝」が原話。新鄭の駅に駅卒として働く黄興は狐が美女に化ける現場を目撃して「奇貨居くべし」と連れ帰り、耀州に判官として赴く途中の進士蕭裕に売り付ける。美女は聡明な妻として振舞ったが、道士尹澹然に正体を見破られて身を滅ぼすという物語。これを織田信長の家臣の身の上に翻案する。了意は、無量寿経鼓吹十五「妖狐迷レ人之実事」にも髑髏をかぶって美女に化ける話を載せるが、直接の関連は見出せない。

「是(これ)はそもいかなる事ぞ」とて浜田夫婦は驚き、うたがふ処に、妹(いもうと)の娘(むすめ)そのまゝ床より立(たち)あがりて、さま〴〵口[一]ばしりて、「我すでに平次に約束ありながら、世をは[二]やうせしかば、[三]をくり捨(すて)られて、[四]塚(つか)の主となされしかども、平次にふかきすぐせの縁あり。此故(このゆゑ)に今又こゝに来れり。ねがはくは我が妹をもつて、平次が妻となして[五]たべ。然らば日比(ひごろ)の病もいゆべし[六]。これみづからの心に望むところなり。もし此事をかなへ給はずは、妹が命をもおなじ道に[七]ひきとりて、我が黄泉(よみぢ)の友とせむ」といふ。家うちの人みな驚(おどろ)きあやしみて、其身をみれば妹のむすめにして、その身のあ[八]つかひ、ものいふ声ことばは、みな姉(あね)のむすめにすこしもたがはず。父の浜田いふやう、「汝はすでに死したり。いかでかその跡までも執心[九]ふかくは思ふぞや」と。[一〇]物の気(け)こたへていふやう、「みづから先世(ぜんせ)[一一]に深き縁ある故に、命こそみじかけれ共閻魔大王(えんまだいわう)にいとまを給はり、此一年あまりのちぎりをなし侍べり。今は迷塗(よみぢ)[一二]にかへり侍べる。必らず、みづからがいふ事たがへ給ふな」とて、平次が手をとり、涙をながし、いとまごひして、又手を合せ、父母をおがみつゝ、さていふやうは、「か[一三]まへて平次の妻となるとも、女の道よくまもり、父母にかう〴〵[一四]せよや、今は是まででぞ」とて、わな〳〵[一五]とふるひて地にたをれて死入(しにいり)[一六]たり。人〴〵おどろき容(かほ)[一七]に水[一八]そゝぎければ、妹よみがへり、病はたちまちにいへたり。

二〇 滋賀県近江八幡市武佐町。中山道の宿場。二一 竹を割るほどの強力の持ち主の意を込めた命名か。あるいは「割竹」は丸竹の先を割った、罪人をたたく刑具のことで、情容赦を知らないの意か。二二 滋賀県甲賀郡。二三 相撲は戦国武将の間でも好まれ、信長も度々国中の相撲取を召して観戦した。二四「フテキ 高慢で押しが強い大胆さ」(日葡)、「不敵 フテキ」(合類)。二五 中年になってから。二六「旅籠」の当て字。旅籠は、古くは旅の必需品や食料を運搬する籠を意味し、後には旅館また旅館で出す食事をいう。ここは後者で旅籠飯のことか。「ハタゴ 旅館の食事・食物」(日葡)、「昔料理茶屋と云ものなし、食事は旅店にすることなり。故に店屋にて物食ふをば、はたごと云り」(嬉遊笑覧・或問付録)。二七 滋賀県野洲郡野洲町。中山道武佐宿と守山宿との間にある西池の堤防。東西に長いこの堤の上を街道が通る。「堤の右大池あり、此辺篠原堤といへり」(木曾路巡覧記・大篠原村)。二八 人の往来。「ジンセキタヱテ 人跡断ノ字也。人ノユキ、ナキ処ヲ云ゾ」(謡抄・遊行柳)。二九 原話に「一狐、人ノ髑髏ヲ拾テ之(これ)ヲ戴テ月ニ向テ拝スルヲ見ル」。三〇「野狐名ハ紫、夜尾ヲ撃テ火ヲ出ス。将ニ怪ヲ為ントスル時ハ、必ズ髑髏ヲ戴テ北斗ヲ拝ス。髑髏墜チザル時ハ則チ化シテ人ト為ル矣酉陽雑俎」(事文後集三十七・狐・妖狐化人)。「抱朴子といへる書に、しるしけるは、きつねのばけならひには、しやれかうべをかしらの上にいたゞきて、うしろ足にて立て北斗の星を礼拝し、またつくばふて礼拝し、立居わがまゝになり、いたゞき先の事共をとひけるに、ひとつもおぼえたる事なし。これによりてつゐに妹娘をもつて、平次と夫婦になしつゝ、さまぐ\仏事をいとなみ、姉娘が跡をとぶらひ侍べり。これを聞人きどくのためしに思ひけり。

（三）狐の妖怪

江州武佐の宿に、割竹小弥太といふものあり。もとは甲賀に住て、相撲をこのみ、力量ありて、心も不敵なりけるが、中比こゝに来り、旅人に宿かし、旅飯をもつていとなみとす。

ある時所用の事ありて、篠原堤を行けるに、日すでに暮かゝり前後に人跡もなし。只我独り道をいそぐそのあひだ、道のかたはらにひとつの狐かけいでゝ、人の曝髑髏をいたゞき、立あがりて北にむかひ礼拝するに、かの髑髏地に落たり。又とりていたゞきて礼拝するに又落たり。落れば又いたゞくほどに七八度に及びて落ざりければ、狐すなはち立居心のまゝにして、百度ばかり北をおがむ。小弥太ふしぎにおもひて立どまりてみれば、忽に十七八の女になる。そのうつくしさ国中にはならびもなくおぼえたり。日は暮はてゝ昏かりしに、小弥太が前に立て声うちあげ、物あはれに啼つゝゆく。もとより小弥太は不敵ものなれば、すこしもをそれず、女

たるしやれかうべのおちざるほどに練磨すれば、其後自由に妖(ば)るといへり」(堪忍記四ノ十四ノ一)。三一 頭の上も気にならず、動作が軽快になって。三二 原話に「俄ニ化シテ女子ト為ル。年シ十六七、絶(はなは)ダ姿容有リ」。三三 原話に「新鄭ノ道上ニ哭シ、且ツ哭シ且ツ行ク」。三四 「啼 ナク〈人啼〉」「鳴 ナク〈鳥鳴〉」(合類)。

以下五二頁

一 原話に「乃(すなは)チ問テ曰、誰レ氏ノ女子ゾ敢テ深夜ニ独リ行ク乎」。二 「誰」を強めて言う語。「タレビトカ シニ ショウゾト(誰人か師にせうぞと)」(エソプのハブラス)。三 →四四頁注一八。四 伊香郡余呉町。五 元亀三年(一五七二)七月の山本山城攻めのことか。六 東浅井郡湖北町山本の山本山に設けられた、小谷城の支城。浅井方の阿閉淡路守貞征が守っていた。「翌日廿二日ニ木下藤吉郎秀吉ハ、勢ヲ引分。阿閉淡路守ガ居城山本山へ押寄…、城中ヨリモ三百騎計打テ出支ヘントスル所ヲ、藤吉郎面ヲモフラズ撞懸リ手本ニ進ム兵五六十騎討捕テ」(信長記五・浅井郡発向事)。七 豊臣秀吉の若輩の時の名乗り。天正元年(一五七三)七月にこの合戦の戦功を認められ浅井氏の旧領を得て、木下から羽柴に改姓。八 兵を引くこと。この時の攻撃で山本山城は落ちなかった。九 伊香郡木之本町。「翌日、与語、木本辺ノ堂社仏閣ニ至ルマデ一宇モ不レ残焼払ケリ」(同)。一〇 恐ろしさの余り寝込んでしまった。一一 「軍兵 ぐんびやう」(大全)。一二 原話に「独リ奴(われ)、深草ニ伏テ存(いきながらふ)ルコトヲ得テ」。一三 危うい命を助かったものの。一四 原話に「今孤

のそばに立(たち)より、「一いかにこれは誰人(たれびと)二なれば、何故(なにゆゑ)に日暮て、たゞひとり物がなしく啼(なき)さけび、いづくをさしておはするやらん」といふ。かの女なく〳〵こたへけるは、「三みづからは、是(これ)より北の郡余五(よご)四といふ所のものにて侍べり。五このほど山本山(やまもとやま)六の城を責(せめ)とらんとて、木下藤吉郎七とかやきこえし大将、はせむかひ、その引足八に余(よ)五(ご)・木下(きのもと)九のあたり、みなやきはらひ給へば、みづからが親兄弟は山本山にして打死(うちじに)せられ、一〇母はおそれて病出たり。かゝる所へ一一軍兵打入(うちいり)て、家にありける財宝はひと

苦、一身依リ託スル所無シ」。「孤苦」は孤独で貧しいこと。一五「孤子　みなしご」(大全)。一六「たぶらかす」の転訛。一七金もうけしたい。「徳　トク　サイハイウル」(字集)。

以下五四頁

一全員亡くなる。二頼れる庇護者。「たちよらば大木のかげ」(毛吹草二)。三原話に「吾ガ家貧賤ナリト雖ドモ幸ニ饘粥ニ乏カラズ」。「饘粥」は濃い粥と薄い粥。四私の家のことを大事に思って家事に従ってくれるなら。五「マカナゥ　家の事、領地に関する事などを処理する、または、管理する」(日葡)。六「タノモシゥオモゥ　期待をかける、あるいは、信頼する」(同)。七原話に「女涙ヲ忍(しの)テ拝謝シテ曰、長者憐マルル。真ニ再生ノ父母ナリ」。八原話に「復(ま)タ前(さき)ノ語ヲ以テ興ガ妻ニ告グ」。九「カキクドク　恨みごとや嘆きごとを言いながら、泣いたり、悲しんだりする」(日葡)。一〇原話に「妻、女ノ婉順ナルヲ見テ亦善ク視ル」。「視ル」は世話をやく。一一「カタチ　姿形、または、顔つき。ミメ、カタチヨニスグレタヒト。非常に美しい人」(日葡)、「形　カタチ〈又貌(バウ)皃(バウ)像(シヤウ)状(ジヤウ)・骨(コツ)法(ホウ)　並同〉」(合類)。一二憐れんでかわいがった。一三原話に「而テ興終(ひつ)ニ其ノ故ヲ言ハズ」。一四「天正元年信長すでに浅井朝倉を打ほろぼし浅井が領地を秀吉に賜はる。秀吉すなはち小谷の城にうつり…」(本朝将軍記十四・豊臣秀吉)。一五近江国琵琶湖北岸諸郡の総称、浅井氏の領国にほぼ重なる。「角テ浅井ガ領分ニ、感状ヲ被レ添、秀吉卿ニ思補シ給ヒケリ」(信長記六・浅井父子生害

つも残さずうばひ取(とり)たり。母声をあげてうらみしかば、切(きり)ころしぬ。一二みづからおそろしさに、草むらの中にかくれて、一三やう〳〵に命をつぎけれども、親もなく兄弟もなし。一四頼むかげなき一五孤子(みなしご)となり、いづくに身をゝくべきたよりもなければ、今はたゞ身をなげて死なばやとおもひ侍べるに、かなしさは堪(たへ)がたくて、人めをもしらず啼(なき)侍べるぞや」といふ。小弥太聞(きき)て、「まさしく狐のばけて我を一六たぶろかさんとす。我は又このきつねをたぶろかして一七徳つかばや」と思ひ、「げに〳〵あはれなる

事)。一六「市令」は市正(いちのかみ)の唐名。「市令助」も官名のつもりであろうが、市司(いちのつかさ)の次官は市佑(いちのすけ)。(倭玉篇)。一七「次 ツイデ」(倭玉篇)。一八 原話では、任地へ赴く途中の進士蕭裕を見かけて、小弥太に当たる黄興が妻に「吾ガ貧行脱ス可(ベ)シ」と豪語し、小弥太の方から積極的に仕掛ける。一九 恋慕に狂って。二〇 原話に「時ニ進士蕭裕ト云者…即チ娶テ妾ト為ント求ム」。二一 家柄が高く、由緒のあるさま。二二「イマニ 今、または、今に至るまで」(日葡)。二三 生活を維持するためのようすが、つまりお金。二四 お下しくだされば。「宛(充)て行ふ」は多く役職や知行を下し与える場合に用いる語で、ここは、戯れて主従関係に擬しおもねっている。二五 原話に「裕、吝(をし)マズ貲(たから)ヲ傾テ之ヲ成シ、携テ以テ任ニ抵(いた)ル」。二六 中世の金一両の重さは、およそ四―五匁(一五―一九グラム程度)。元亀三年に金一両は米三石一斗七升余(『読史備要』「金銀米銭相場一覧」)に当たる。二七 信長は、美濃稲葉城を攻略した翌年の永禄十一年(一五六八)に、「井ノ口」を旧名の「岐阜」に復したという(信長公記・首巻)。二八 才気煥発で。原話に「娟娘賦性聡明ニシテ人ト為リ柔順ナリ」。「賦性」は生れつき。

絵　主人公の割竹小弥太、狐が美女に化けるのに出会う場面。右頁、篠原堤の上の小弥太。大小二刀に脛巾、尻ばしょり。着物は格子文様。髑髏を被って北に礼拝する狐。左頁、根結いの下げ髪の美人に変身した狐と、それに連立つ小弥太。女の着物は四ツ目菱(よつめひし)紋。両者とも黒帯。

御事かな。親兄弟もみな[一]になりて、立(たち)[二]よるかげもおはしまさずは、幸[三]にそれがしの家まことに貧けれども、一人をやしなふほどの事は、ともかうもし侍べらん。わが[四]家の事心にしめてまかな[五]ひつかはれ侍べらば、たのもしく[六]見とゞけ侍べらん」といふ。女、大(おほき)[七]によろこびて、「あはれみおぼしめし、やしなふて給(たまは)らば、みづからがため、父母の生れかはりとおもひ奉らん」とて、うちつれて、武佐の宿(しゆく)にいたり、小弥太[八]が妻にたいめんしてさきのごとくにかきくどき[九]なきければ、妻もあはれに[一〇]思ひ、ことさら形[一一]のうつくしきを見ていたはり[一二]いつくしむ。小弥太[一三]露(つゆ)ばかりも妻に狐の事をかたらず。

天正[一四]のはじめ江州漸やくしづかになり、北郡[一五]は木下藤吉郎是(これ)を領知し給ふに、石田市令助[一六]京よりくだりける次(ついで)[一七]に武佐の宿、小弥太が家にとゞまり、かの女を見て[一八]かぎりなく愛[一九]まどひ、「いかにもして此(この)女を我にあたへよ」[二〇]といはれしかば、小弥太いふやう、「歴ゝ[二一]の諸大名みな望み給へども、今にいづかたへ[二二]もまいらせず。それがし身すぎ[二三]のたよりよろしく宛[二四]おこなひ給はゞ、奉らん」といふ。石田[二五]聞て、金子百両[二六]を出しあたへ、女を買(かひ)とり打(うち)つれて、岐阜[二七]に帰られたり。

女いと才覚あり。よろづにつきてさか[二八]〲しう利根にして、人の心にさきだち、物をまかなふ事、石田がおもふごとくなれば、本妻[二九]をもかたはらになし、只(ただ)此女を

二九 そっちのけにして。 三〇 「タカブル おごり高ぶる」(日葡)。 三一 気持を察して。 三二 「妾 おもひもの」(大全)。 三三 お屋敷お出入りの衆に。原話に「上(かみ)太守ノ妻ヨリ次ギ衆官ノ室ニ及マデ各(おのおの)緑羅一端臙脂十貼ヲ奉テ、長ニ事(つか)ヘ幼ヲ撫シテ皆ナ其ノ歓心ヲ得タリ」。 三四 それぞれの分際に応じて。 三五 絹の小袖。 三六 「覆茶(フクサ)物 オヨソ茶器ヲ裹(ツツ)ミ、茶杓ヲ拭フノ紫方巾、スベテ覆茶物トイフ。アルイハ覆茶絹(ヌキ)ト称ス」(雍州府志七)。 三七 おしろいその他ちょっとした化粧品。「白粉 おしろい」(大全)。 三八 「賦 クバル〈又配同〉」(合類)。 三九 自ら率先して。原話に「暇アレバ則躬自(みづから)紡績シ親(みづか)ラ蚕糸ヲ繰ル」。 四〇 苧麻の繊維を撚って糸にする作業。「績む」「つむぐ」は糸にするの意、麻(苧麻)の場合を「績(う)む」、絹や木綿の場合を「紡(つむ)ぐ」という。 四一 花結びとともに女性の嗜みとされた手芸。「源平盛衰記、清盛の息女数多のうち…、八は大納言有房卿の北方なり、画かき花結諸道に達し給へり云々、女の芸にこれをむねとするは、常の画はさらなり、葦手また衣服のうは画などに用あればなり」(嬉遊笑覧三)。 四二 「花結は糸もて種々の花を結び、衣服に用るは菊とぢなどなり、其外調度の緒を風流に結ぶ、今いふむすび方なり」(同三)、「花むすび …女工の肝要のことなり、この故に女の能を云には画かき花結びと云り」(同二上)。 四三 原話に「僚寀ノ間亦其ノ賢婦人為(た)ル事ヲ信ズ」。「僚寀」は同僚の官吏。 四四 原話に「未ダ幾(いく)クナラザルニ、藩府、裕ガ才能ヲ聞テ、檄シテ催糧ヲ各ノ府ニ委ヌ」。

寵愛す。されども女は少もたかぶるけしきもなく、本妻の心[三一]をとりて、「みづからは[三二]妾なり。いかでか本妻の心をそむきたてまつらんや」とて、夜る昼まめやかにつかへ侍べりしかば、本妻もさすがに憎からず、ねんごろにいとおしみけり。[三三]出入ともがらにも、[三四]ほど／＼につきて物なんどとらせけり。あるひは[三五]絹小袖・ふ[三六]くさ物、針、[三七]白粉やうのたぐひ、いつもとめをくともみえねど、とり出して[三八]賦つかはす。しかも[三九]その身、[四〇]麻績つむぎ、物縫・[四一]ゑかき・[四二]花結びまでくらからず侍べり。「[四三]石田が家にこそ賢女をもとめけれ」ととり沙汰あり。半年ばかりの後、[四四]石田又京都にのぼる。[四五]女いふやう、「かならず忠義をもつぱらとして私をわすれ、千金よりをもき御身を、[四六]小細の事に替給ふな。[四七]御内の事はみづからに任せたまへ」とて出し立て、京にのぼせたり。

京にして[四八]高雄の僧、祐覚僧都に対面す。[四九]祐覚つく／″＼と見て、「石田殿は、[五〇]妖怪に犯されて、[五一]精気を吸れ給ふ。はやく療治し給はずは、命を失給ふべし。[五二]此相それがし見損ずまじ」といふに、[五三]石田更に信ぜず、「我をあざむく[五四]売僧の妄語、[五五]今にはじめず」とて打わらひしが、[五六]程なく心地わづらひつき、面の色、黄に痩て、身の[五七]肉かれて膏なし。たゞうか／＼[五八]として[五九]物ごと正しからず。[六〇]家人等おどろきさま／″＼[六一]医療すれどもしるしなし。此時に高雄の僧のいひし事を思ひ出して、[六二]祐覚を請

「催糧」は年貢のとりたて。[四五] 原話に「媚娘裕ニ語テ曰、力ヲ公門ニ努(つとめ)テ、心ヲ王事ニ尽セ」。[四六]「些細」の当て字。[四七] 原話に「閨闈ノ細務ハ妾之(これ)ニ任ズ可シ。惟(もっぱら)当(まさ)ニ千金ノ身ヲ保重シテ、以テ涓埃ノ万一ニ報ルコトヲ図ルベシ」。「閨闈」は私生活、「涓埃」は些細、わずか。[四八] 高雄神護寺の文覚に重ねるか。文覚は法力のある験者で、優れた相人ともされ(源平盛衰記十九)、幸若の「文学」では、壇を築き、一八〇本の幣串(へいかん)を立てて、平氏に対する調伏の法を行なっている。[四九] 原話に「道士尹澹然之ヲ見テ、私(ひそか)ニ裕ガ吏周栄ニ語テ曰」。[五〇]「妖怪 ようくわい 化生物也」(大全)。[五一] 生命活動の根源となる気力。原話に「爾(なんぢ)ガ官、妖気甚(はなはだ)盛ナリ。治セズンバ将ニ性命ノ憂イ有ント」。[五二] この程度の見立てを誤る拙僧ではない。[五三] 原話に「裕之ヲ叱(しっ)シテ曰、何物ノ道士ゾ敢テ妄言スルヤ」。[五四]「売僧 マイス 悪僧ヲ云」(合類)。[五五] 今さら聞き飽きた。[五六] 原話に「春暮届(きはまり)テ裕病メリ。面色萎(しぼ)ミ黄ニシテ身体消痩シ」。「消痩」は痩せおとろえる。[五七]「肉 ニク シ、ムラ」(合類)。[五八]「ウカウカト 副詞、不安定な、ぼんやりしているさま、または、気がふれたように放心しているさま、など」(日葡)。[五九] 何ごとも正しい判断が下せない。[六〇] 譜代の家臣や奉公人。「家人 けにん」(大全)。[六一] 原話に「為ニ医ヲ請テ薬ヲ服スルコト百ニ一効無シ」。[六二] 原話では下僚の周栄が道士の言を思い出して耀州の太守に言上し、太守が道士を招請する。

じて見せしむ。僧のいはく、「此事は、我更に見そんずまじ。初めわがいふ事を信ぜずして、今この病あらはれたり。仏法の道は慈悲をさきとす。祈禱をもつて、これを治せむ。はやく国に帰して待べし。我もくだりてしるしをあらはさん」といはれしかば、家人等おどろき、祐覚と[一]もろ友に、夜を日につぎて岐阜に帰り、[二]壇をかざり、[三]廿四行の[四]供物・廿四の灯明・十二本の[五]幣をたて、[六]四種の名香をたきて、一紙の[七]祭文をよみて、[八]禳していはく、

一 了意の書きぐせ。「もろ友に城をせむ」(本朝将軍記九・源義尚・長享元年九月)。「諸友(もろとも)に塚に埋みしに」(狗張子五・杉谷源次)。また本作にも「もろ友に跡なく消うせたり」(二一三頁七行)、「二人の女房もおなじばけものの類なるべし。諸友に打ころさん」(三一三頁八行)等の例がある。 二 祭壇。 三 未詳。 四 お供え物。「ぐもつ」とも。 五 神に祀る幣帛をはさむ串。 六 原話に「香ヲ焚キ神ニ誓テ曰」。 七 神を祀る時読む文。祝詞に対し、個人的或いは中国伝来の祭などに読まれる。「宮咩(コツ)祭文　維(これ)永承△年歳次△其月壬午年ガ中ニ月ヲ択ビ月ガ中ニ日ヲ択ビ日ガ中ニ時ヲ択テ…」(拾芥抄上本・世間不レ静時方部第二十)。 八 「禳 ハラウ」(字集)。 九 祭文に発語として置かれることば。 一〇 天正二年(一五七四)。「歳次」はその年の干支。 一一 天地が開け初めて陰陽が別れ。「二気　ニキ〈陰陽〉」(合類)。原話に「二気始テ判テ」。 一二 天地人の違いが次第にはっきりして。原話に「三才已ニ分レテ、物化シ、人生ズ。亦各々其類ニ従フ」。 一三 人間と人間以外とがそれぞれ。 一四 未詳。性質を異にし、それぞれの外形を与えられて、の意か。 一五 人間を化かす狐。「時人カヤウノ女ノ五色ノ衣キテ出行モノヲ、号シテ狐魅ト云フ」(狐媚抄・孫岩)。原話に「狐魅ノ滋々多ヲ慨(かな)(し)ム。木葉ヲ緝(あつ)(め)テ以テ衣ト為シ、髑髏ヲ冠テ貌(かた)(ち)ヲ改メ、尾ヲ撃チ火ヲ出シテ以テ崇リ作(な)シ、氷ヲ聴キ水ヲ渡テ疑ヲ致ス」。「滋々」は勤勉なさま。 一六 頭蓋骨。「髑髏　シヤレカウベ」(合類)。古本節用集には「シヤリカウ(フ)べ」と読む。 一七 「皃　古貌字」(字集)。

九維年天正歳一〇次甲戌今月今日、石田氏某妖狐のためになやまさる。夫一一二気はじめてわかれ、一二三才すでにきざし、一三物と人とをの〳〵その類にしたがふて、一四性分その形をうけしよりこのかた、品位みなひとしからず。こゝに一五狐魅の妖ありて、恣まゝに怪をなし、木の葉をつゞりて衣とし、一六髑髏をいたゞきて髪とし、一七皃をあらため、媚を生ず。一八渠常に一九氷を聴て水を渡り、疑をいたす事時として忘れず。二〇尾を撃て火を出し、祟を作こと、更に止ず。この故に二一大安は二二羅漢の地に

一八 「彼」に同じ。「渠儂 カレラ」(書言字考)。
一九 疑い深いことをいう成語の「狐疑」を説明する故事。「北風勁(つよ)ク河氷始テ合テ、要ニ狐ノ行ヲ須(ま)ツ。云ク此ノ物善ク氷下水声無コトヲ聴テ、然シテ後ニ河ヲ過グ」(北征録)(事文後集三十七・狐・聴氷渡河)。「狐アリ夜ル河ヲ渡ルニ水奇ヲ疑フ、且(カツ)聴、且渡リテ果サズ、是故ニ物毎ニ疑滞スルヲ狐疑ト名ク述征見ニ見」(往生拾因直談四ノ三十二)。
二〇 →五一頁注三〇。
二一 原話に「所以(ゆゑ)ニ百丈因果ノ禅ヲ破リ、大安羅漢ノ地ニ入ル」。「大安」は唐代の僧。則天武后の寵用する読心術に長けた女人と対決し、その正体を狐と見破った(太平広記四四七・大安和尚)。
二二 心を阿羅漢地に馳せた。「唐ノ則天皇后ノ時女人有リ、生処ヲ知ラズ。宮中ニ来リテ皇后ニ近ヅキ数(シバ)奇特ヲ現ズ。又能ク諸人ノ心念ヲ識(サト)リソノ思フ所ロ悉ク是ヲ知ル。…大安和尚或ル時キ禁中ニ参内シテ彼ノ女尼ニ逢フ。其心念ヲ云フコト見ルガ如シ。和尚座シテ問テ曰、我ガ心ハ如何。女ノ曰、胸中ニ在リト。復タ問、今マ何(イヅ)ニ在リヤト。女ノ曰、塔ノ露盤輪相ノ間ダニアリト。復

絵 祐覚祈禱の場面。右頁、祭壇を構え、祭文を読む祐覚。壇には、紙を切って木にたらした六本の幣串と五本の灯明、供物など。後ろに二人の家人。左頁、縁のついた茵(しとね)の上に病臥する石田。夜着は桜に丸紋。枕頭に妖狐の変じた女とそれから抜けだした狐、頭には髑髏。捕えんとする木瓜紋(推定)の長袴の家人。上天には黒雲に乗った雷神。

奔り、百丈は因果の禅を詰る。千年の怪を両脚の譏にあらはし、一夫の腹を双手の賜に破らしむ。粤に石田氏某は、軍戸の将帥、武門の命士なり。何ぞ妄に汝が腥穢をほどこして、その精気をうばふや。身を武佐の旅館によせて、愛を良家の寝席に興さしむ。汝が状は綏〻、汝が名は紫〻、式てその醜をいひ、唱てその恧をしめす者也。首丘はその本を忘れざることをいふといへども、虎威を仮の奸ことは隠すべからず。汝今すみやかに去、速かに去。汝しらずや九尾誅せられて、千載にも赦なきことを。誰か汝が妖媚をいとひにくまざらん。もしすみやかにしりぞき去ずは、州郡大小の神社をおどろかし、四殺の剣をもつて殺し、六害の水に沈めん。

とよみ終りしかば、俄に黒雲たなびき、大雨ふり、雷電おびたゝしく鳴渡りければ、女はなはだをそれまどひ、そのまゝたをれて死けり。家人等おどろき立よりてみれば、大なる古狐なり。首に人のしやれかうべをいたゞきて落ずしてあり。此女の手より人につかはしあたへたる物ども、取よせてみれば、絹小袖とみえしはみな芭蕉の葉、白粉といひしは糠埃なり。針かとおもひしは松の葉也けり。

石田氏が心地快然と涼やかになり、忽に平復して、此物どもをみるにあやしき事かぎりなし。狐の尸をば遠き山のおくにうづみ、符を押て跡を禳ひ、丹砂・蟹黄

問フ、答テ曰、兜率天弥勒ノ宮殿中ニ在リト。大安和尚即チ心ヲ阿羅訶ノ無生地ニ置テ曰、如今我ガ心何クニ在リヤト。女知ルコト能ハズ辞屈シテ変ジテ狐トナリテ逃去リヌ太平広記ニ見」(無量寿経鼓吹十・狐魅知ニ人心ニ大安問詰)。

一 百丈懐海禅師。福州長楽の人、馬祖道一禅師の法嗣。百丈清規を著して禅門の規範を定めた。伝記が五灯会元三、景徳伝灯録六に載る。 二 「不昧因果」の語を与えて五百生の間の野狐身を解放した。無門関にこれを「百丈野狐話」として第二則とする。 三 原話に「再思多佞ナレドモ両脚ノ譏リヲ逃(がの)レ難シ。司空博聞ニシテ能ク千年ノ佐ヲ識ル」。捜神記に載る張華の故事か。「燕ノ昭王ノ墓ニ老狐有リ、男子ニ化シテ張華ニ詣デ講説ス。華之ヲ怪デ雷孔章ニ謂テ曰ク、今男子有リ、少美高論ス。孔章ガ曰ク、当(サマ)ニ是レ老精ナルベシ。聞ク燕ノ昭王ノ墓ニ華表柱有リ、千年ニ向(なん)ナントス。取テ之ヲ照ス可シ。当ニ見ルベシ。言ノ如クス。化シテ狐ト為ル捜神記」(事文後集三十七・狐・妖狐聴講)。 四 腹黒い人を罵る語。二本足の狐。「左補闕戴ハ令言タリ。両脚野狐ノ賦ヲ作リ以テ之ヲ譏刺ス。再思之ヲ聞キテ怒ル」(唐書・楊再思伝)。 五 未詳。 六 原話に「蕭裕ハ乃チ八閩ノ進士七品ノ命官」。 七 武家。 八 選ばれた者。精鋭。 九 原話に「而(かし)モ敢テ爾(ちなん)ガ腥臊ヲ薦メテ其ノ精気ヲ奪ヒ」。「腥臊」はなまぐささ。 一〇 なまぐさい穢れ。 一一 原話に「身ヲ駅伝ノ率ニ投ジテ配ヲ縉紳ノ流ニ作(な)シ」。「率」は「卒」に同じ。駅卒。 一二

なんど、調合の薬を服せしめて、その根本を補なひ、さて武佐の小弥太をたづねさするに、女を売て徳つき、家をうつして、いづち行けるともしらず。まさに狐魅よく人を惑はし、祐覚僧都の法験を感歎しけるとぞ。

伽婢子巻二終

原話に「綏綏タル厥(そ)ノ状チ、紫紫タル其ノ名、過チ文(かざ)ザル可ンヤ、言ノ醜キ也」。「綏々」は配偶を求めてさまよう姿とも、配偶とともにさまよう姿とも。「詩ノ斉風ニ雄狐綏々、註ニ独行テ匹ヲ求ル之貌」(剪灯新話句解二・牡丹灯籠)。「狐有リ綏綏。彼ノ淇梁ニ在リ有狐」(事文後集三十七・狐・群書要語)。　二三「狐ハ、古先ノ淫婦ナリ。其ノ名紫。化シテ狐ト為ル。故ニ其ノ姓阿紫ト自称ス名山記」(同・狐・淫婦化狐)。二四「式 モチユル」(字集)。　二五「恧 ハチハツル」(字集)。　二六「原話に「究テ其ノ青丘ノ正犯ヲ治シ」。古ノ人言ルコト有リ曰ク、狐死スル時ハ正ニ丘ニ首(ムカ)ス、仁也檀弓」(事文後集三十七・狐・群書要語)。二七 文選や戦国策にいわゆる「狐虎の威を藉る」の故事。原話に「虎ノ威ヲシテ之レ仮ルコト莫ク、庶(ねがはく)ハ兎悲ンデ懲ルコト有ラシメ」。　二八 陰険な、邪悪な。「奸 カタマシ」(字集)。　二九 原話に「九尾尽ク誅シ、万劫赦ズ」。「青丘之国ニ、九尾ノ狐有山海経」(事文後集三十七・狐・群書要語)。なお剪灯新話二ノ四「牡丹灯記」の「如下鄭子逢二九尾狐一而愛憐上」の句解をも参照。　三〇 四殺・六害は易の算木占いの盤を九つに区切った四区と六区の名称。「四殺剣鉄金、五鬼欲界土、六害江河水」(簠簋二・九図之名義)。算を置きながら九図の名を呪文のように唱えたものか(狂言・居杭)。ここでは霊力を備えたものの喩え。「四殺剣鉄金　金ヲ煉リ剣戟ヲ作ル象也。是刑罰ノ令ナル故ニ身上破レ易シ。願望ヲ企ルコト勿レ」(簠簋秘決伝)。　三一「六害江河水　水江河ニ溢レテ堤ヲ破ル象也。身上住処等破レ易シ。

兼テ色欲ヲ愼ム可シ」(同)。二二 原話に「俄ニシテ黒雲墨ヲ瀚(に)ゴシ、白雨盆ヲ飜シテ霹靂一声アリ」。「瀚ス」は空を暗くする。二三 清音。「夥 ヲビタ、シ〈…文云大多数(ヲビタヽシキ)〉・生便敷(ヲビタヽシキ)」(合類)。二四 原話に「媚娘已ニ闤闠ニ震ヒ死ス」。「闤闠」は市街地の道路。二五 原話に「守卒僚属往テ視レバ、乃チ真ノ狐ナリ。而シテ人ノ髑髏猶ヲ其ノ首ニ在リ」。二六 原話に「其ノ緑羅ハ則(すなはち)芭蕉ノ葉数番、臙脂ハ則桃花ノ弁数片」。二七「白粉 おしろい」(大全)。二八 ヌカとホコリと。二九 底本の振仮名「くわいてん」。三〇 原話に「尹公命ジテ死狐ヲ焚テ之ヲ僻処ニ瘞(ごう)ム。鎮ルニ鉄簡ヲ以シテ跡ヲ絶タ使ム」。三一 護符。三二 原話に「丹砂蟹黄篆箱ヲ取テ裕ニ与テ服シテ」。「丹砂」は水銀と硫黄の化合物。辰砂、朱砂、丹朱とも言う。薬種。「…毒ヲ解シ汗ヲ発シ精神ヲ養ナヒ魂魄ヲ安メ気ヲ益シ邪鬼ヲ殺シ…百病ヲ治ス」(霊宝薬性能毒六・辰砂)。仙人あるいは不老長寿の薬か。三三 蟹の味噌。「塩水ヲ用テ煮熟スル時ハ則全体変シテ純赤色ヲ作ス、甲ヲ脱シテ白肉ヲ取リ薑醋ヲ和シテ食ス。其ノ黄最モ美也」(本朝食鑑十・蟹)。薬種としてはウルシかぶれを治す(薬性本草約言四・蟹)。三四 薬を飲む。「ブク 単独では用いられないで、必ずシ、スルと共に用いられる。例、ブクスル 食う。また、薬や茶を飲む」(日葡)。三五 生命力の根本。「根本 こんぽん」(同)。三六 原話に「人ヲ新鄭ニ遣シテ黄興ヲ問フ。興已(せ)ニ居ヲ移ス。家道殷(かき)ンニ富テ復タ駅ノ卒為(た)ラズ」。三七 行法のききめ。三八 感動してほめたたえる。「歎」は節用集その他に清音。

伽婢子　巻之三

（一）妻の夢を夫面に見る

周防山口の城主大内義隆の家人、浜田与兵衛が妻は、室の泊の遊女なりしが、浜田これを見そめしより、わりなく思ひて、契りふかくかたらひ、つゐにむかへて本妻とす。かたちうつくしく、風流ありて、心ざま情深く、歌のみちに心ざしあり。手もうつくしう書けるが、しかるべき前世の契りにや、浜田が妻となり、たがひに妹背のかたらひ、此世ならずぞ思ひける。

主君義隆、京都将軍の召によりて上洛し、正三位の侍従兼太宰大弐に補任せられ、久しく都に逗留あり。浜田もめしつれられ、京にありけり。妻これを恋て、間なく時なく待わび侍べり。比は八月十五夜、空くもりて月のみえざりければ、

おもひやるみやこの空の月かげをいくえの雲かたちへだつらむ

とうちながめ、ねられぬ枕をひとりかたふけて、あかしかねたる夜をうらみふした

3-1　五朝小説の夢遊録「張生」を原話とし、女主人公をもと遊女に変え、一部原話を改変した夢中怪異談。

一「面 マノアタリ」(字集)。　二 山口県山口市。　三 一五〇七-五一。戦国時代、中国地方の大名。天文二十年(一五五一)、家臣陶晴賢の謀反により自刃。西国きっての文化大名であったが、舞曲や猿楽、犬追物などに政治を忘れたとも言われる(大内義隆記)。　四 譜代の家臣や奉公人。「家人 けにん」(大全)。　五 兵庫県揖保郡御津(みつ)町室津。古代からの瀬戸内航路の要港。　六 港。作者独特の用字か。「そのかみは津々浦々の迫(とまり)〳〵にこれありて、旅人をなぐさめける故に」(浮世物語一ノ五)。　七「室津の遊郭は…日域(じちいき)遊女の根元なり」(色道大鏡十三)。　八 この上なく。　九 睦み合い。　一〇「フゥリュゥ 優美な衣服などのように、見た目に趣があって優雅なこと」(日葡)。　一一 歌道にも優れていた。室津賀茂神社では、遊女が舞楽を舞って神事に参加するなど、古来優美で知られていた(謡曲・室君)。　一二 筆跡。　一三「前世 ゼンゼ」(合類)。　一四 夫婦の深い契りは、この世限りでは終らせないと。　一五 室町幕府第十二代将軍足利義晴。　一六「上洛 じやうらく」(大全)。　一七 正三位昇位は、本朝将軍記に「同(天文)十六年二月大内介義隆年貢運送御納物舟を大明国につかはす。此時義隆正三位の侍従兼大宰大弐になり」(源義晴の条)とするが、公卿補任では天文十五年。　一八「侍従 ジジウ〈天子近習之官、豊臣秀吉公以来、武家又為₂兼任₁〉」(書言字考)。義隆は天文十三年侍従職兼任(公卿補任)。

り。その日義隆(よしたか)国にくだり給ひて、浜田も夜更(ふく)るまで城中一にありて、漸(やうやく)家にかへる。その家は惣門(さうもん)二の外(そと)にあり。

雲三おほひ月くらくして、さだかならざりける道のかたはら、半町四ばかりの草むらに幕(まく)五打まはし灯火(ともしび)あかくかゝげて、男女十人ばかりこよひの月にあこがれ六、酒宴(しゆえん)するとみゆ。浜田おもふやうは、「国主かへり給ひ、家〳〵よろこびをなす。誰人(たれびと)七か、こよひこゝに出てあそぶらん」とあやしみてひそかに立(たち)より、白楊(やなぎ)八の一樹(き)しげりた

一九 大宰府の次官。天文五年二月、義隆は奏請して後柏原天皇即位の費用を弁じ、その功により、五月当位に補任(同)。九月、少弐氏を滅ぼす。
二〇 官職に任命する。「フニン」(日葡)。
二一 絶えず、の意。「間なく時なく思ほゆるかな」(謡曲・葛城)。 二二 眺めやる都の空の月の光を、幾重の雲が隠して今宵のくもり空となっているのでしょう。類歌「都だにとほしと思ひし山のはをいく重へだてん峰の白雲」(新後撰集・離別・高弁)。
二三 「うち」は接頭辞。歌を吟ずること。
二四 眠れぬ夜を一人過ごして。「マクラヲカタムクル 寝るために枕を整える」(日葡)。

以上六一頁

一 大内氏館跡は、現在の竜福寺境内一帯(山口市大殿大路)。四方に堀を掘り、その土で土居を築いた。
二 居城外郭の表大門。「惣門 そうもん」(大全)。大内氏館の惣門は、館跡の南方下竪小路と久保小路の交わる辺りに位置した。門以南が町地であった。
三 原話は、汴州(べんしゆう)の張生が妻子と別れ、五年間河朔(黄河より北の地)に遊んだ後、故郷に還ろうとして、夜、板橋(はんきよう=河南省開封県)に到着した時とする。
四 原話に「忽チニ草莽中ニ灯火熒煌トシテ賓客五六人マサニ宴飲スルヲ見ル」。
五 宴遊のための打幕。
六 浮かれ出て。
七 「誰か」を更に強めた言い方。
八 原話に「生乃チ形ヲ白楊樹ノ間ニ蔽(かく)シ、以テ之(これ)ヲ窺ヒ見ル」。「白楊樹 和名也奈岐」(本草和名)。

る間に、かくれてうかゞひみれば、九わが妻の女房もその座にありて物いひわらひける。「是(これ)はそもいかなる事ぞ。一〇まさなきわざかな」と、うらみふかく、猶(なほ)その有様をつく〴〵と見居たり。

座上一一にありける男いふやう、「いかにこよひの月こそ残りおほけれ。一二心なの雲や。是になど一三一詞(ことば)のふしもおはせぬか」といふ。浜田が妻辞(じ)しけれども、人〳〵しゐて「歌よめ」とすゝむれば、

九 原話に「其ノ妻モ亦坐中ニ在リテ、賓客ト語笑シ方(ま)ニ洽(うちとく)ルヲ見ル」。
一〇 けしからぬ。あってはならないことだ。
一一 原話に「長鬚(ちょうしゅ)者有リテ、盃ヲ持チ、措大(そだい)夫人ニ歌ヲ請フ」。
一二 思いやりのない。「あら、心なの村雨やな」(謡曲・熊野)。
一三 「ナド。または、ナドカ ナジョニに同じ。なぜ。文書語」(日葡)。

以下六四頁

一 声も嗄(か)れがれに枯野に鳴くキリギリスよ、今宵は月もいっそう暗い、さらに哀切の音色を響かせよ。「声も嗄れ」に「枯れ野」を掛ける。原話の張生の妻の歌、「衰草

絵 浜田与兵衛、自分の妻が草むらの中で酒宴するのを眺める場面。右頁、白楊の樹陰に隠れ見る浜田。足下には草が生える。左頁、鶴の紋の幕を張り酒宴する男女。上座の者が大杯を手にする。右に下げ髪の女達、眉の様子から左が年配の浜田の妻。毛氈の上には、燭台、三方、破子(わりご)、燗鍋、大盤など。

きり〴〵すこゑもかれ野のくさむらに月さへくらしこと更になけ

とよみければ、柳陰にかくれて聞ける浜田も、あはれにおもひつゝ涙をながす。座中の人はさしも興じてさかづきをめぐらす。かくて十七八とみゆる少年の前に、さかづきあれども、酒をうけざりしを、座中しゐければ、「此女房の歌あらば飲侍べらん」といふ。女房、「一首こそ思ふ事によそへてもよみけれ。ゆるし給へ」といふに、きかず。さてかくなむ、

ゆく水のかへらぬけふをおしめたゞわかきも年はとまらぬものを

さかづきあるかたにめぐりて、浜田が妻に、「又歌うたひ給へ」といふに、今やう一ふしをうたふ、

さびしき閨の独ねは、風ぞ身にしむ荻はらや、そよぐにつけて音づれの、絶ても君に恨はなしに、恋しき空にとぶ鴈に、せめてたよりをつけてやらまし

その座に儒学せしとみえし男、いかゞ思ひけん、うちなみだぐみて、

蛍火穿白楊　悲風入荒草　疑是夢中遊　愁斟一盃酒

と吟詠するに、「いかでかこよひばかり夢なるべき。すべて人の世はみな夢なるものを」とて、浜田が妻そゞろに涙をながす。座上の人大にいかりて、「此座にありて涙を流す、いま〳〵しさよ」とて、浜田が妻に盃をなげかけしかば、額にあたる。

ニ歎ズル絡緯ノ声切切タリ、良人一タビ去リテ復タ還ラズ、今夕愁ヒニ坐シテ鬢雪ノ如シ」の翻案歌。「衰草」は枯れかかった草、「絡緯」はきりぎりす。

二 程度の強調。いちだんと。

三 原話に「酒、白面ノ年少ニ至ル、復タ歌ヲ請フ、張ノ妻ノ曰ク、一ニ之レスデニ甚シ、其レ再ビナス可ケンヤト」。

四 「酒をすすむるをしふといへる。如何。しふは強也」(名語記)。

五 ことよせて。「准 ヨソヘテ」(合類)。

六 原話では、長鬚者が、歌を拒む者は一鍾(酒壺)の酒を飲めと言い、その後居合わせた面々が張の妻に歌を請う。

七 流水が二度とめぐってこないように、今日を大切にせよ。いくら若いといっても年月は止まることがないもの。原話の「落花徒ラニ枝ヲ繞リ、流水返ル期無シ、少年ノ時ヲ恃(たの)ムコト莫(な)カレ、少年能ク幾時(いくばく)ゾ」の翻案歌。

八 今様歌。平安中期に、それまでの催馬楽などに代わって流行した七五調四句の形式を持つ歌。ここは当世風の歌謡、つまり室町小歌のこと。

九 「閨 ネヤ」(饅頭屋本)。以下は原話の「空閨ヲ怨ミ、秋日亦暮レ難シ、夫壻ハ音書ヲ断チ、遥天ヲ鴈ノ空シク度(わた)ル」の翻案歌。

一〇 「こよひこそ秋とおぼゆれ月かげにきりぎりすなきて風ぞ身にしむ」(玉葉集・秋下・雅有)。

一一 荻が茂っている原。荒涼たる秋の一景として和歌にもよく詠まれる。

一二 「風そよぐをぎのうは葉の露よりもたのもしげなき世をたのむかな」(玉葉集・雑一・赤染衛門)。

一三 音を立てる、訪れる、の両意を掛ける。

一四 雁書(匈奴に囚われた漢の蘇武が、雁の脚に書状を結んで、漢朝

妻いかりて、座の下より、石をとり出しなげたりければ、座上の人の頭にあたり、[二一]血ばしりて、ながるゝ事滝のごとし。座中おどろき立さはぐかと見えし、ともしびきえて人もなく、たゞ草むらに虫の声のみぞ残りたる。[二二]浜田大にあやしみ、「さてはわが妻むなしくなりて[二三]幽霊のあらはれみえけるか」と、いとゞ悲しくて、家に帰りければ、妻はふしてあり。

[二四]「いかに」と[二五]おどろかせば、妻おきあがりよろこびてかたるやう、「あまりに待わびてまどろみしかば、夢の中に十人ばかり草むらに酒のみあそびて歌をのぞまれ、その中にも君のみ恋しさをよそへてうたひ侍べり。座上の人[二六]みづからが涙をながす事をいみて、盃をなげかけしを、みづから石をとりて打返すに、座中さはぎ立とおぼえて夢さめたり。盃の額にあたりしとおぼえしが、夢さめて、今も頭の痛おぼゆ」とて、歌も詩も、かう〳〵とかたる。白楊の陰にして見きゝたるに、少も違はず。浜田つら〳〵思ふに、「白楊陰にかくれて見たりし事はわが妻の夢のうちの事にてありける」となむ。

（二）　鬼谷に落て鬼となる

[二七]若州遠敷郡熊川といふ所に、蜂谷孫太郎といふものあり。家とみさかえて、乏

に届けたこと）の故事。[一五] 儒教（孔子の教え、四書五経）を学んだ者。[一六] 以下、五言絶句の一・二・三句は原話に従うが、四句のみ改変。四句「愁ヒテ迷フ故園ノ道」。「斟 クム」（字集）。[一七] 原話に「長鬚歌ニ、…何ゾ必ズシモ夢中ト言ハン、人生尽(ことごと)ク夢ノ如シ」。[一八] 「ソヾロ 思ヒサダメズ、俄ナル意ナリ。坐ノ字ゾ」（謡抄・景清）。[一九] 「イマイマシイ 不吉な（こと）」（日葡）。[二〇] 原話では、長鬚者が妻に杯を投げたのを見た張生が、足許の瓦石をつかんで長鬚者の頭に投げつけて当たり、再び投げたものが妻の額に当たって、姿が消えたとする。[二一] 「チバシル」（日葡）。[二二] 原話に「闃然(げきぜん)トシテ見ル所無シ、張君、其ノ妻スデニ卒スト謂(おも)ヒ慟哭ス。夜ヲ連テ帰リ、明ニ及ンデ門ニ至ル」。「闃然」は静かなさま。[二三] 「幽霊 死霊也」（謡抄・船弁慶）。[二四] 原話に「張君室ニ入リ妻ノ病ノ由ヲ問フ、曰ク、昨夜草莽之処ヲ夢ミル、六七人有リ、遍ク酒ヲ飲マシム、各歌ヲ請フ、孥(われ)凡ソ六七曲ヲ歌フ、長鬚者有リテ頻リニ觥ヲ抛ゲ、方(まさ)ニ飲ム、次ニ外ヨリ発瓦来ル有リ、第二、孥ノ額ニ中(あた)ル、因リテ驚キ覚ム、乃チ頭痛ス。張君因テ昨夜見ル所ハ乃チ妻ノ夢ナルヲ知ルノミ」。[二五] 目を覚まさせる。[二六] 自称の代名詞。

3-2　剪灯新話四ノ二「太虚司法伝」にほぼ忠実に従い、「絵入本往生要集」型の挿絵を利用しつつ、終末部を仏事供養という仏教的な話に改削した。

[二七] 福井県遠敷郡上中町熊川。小浜と近江・京都を結ぶ若狭街道の要地。

き事なし。このゆへに耕作商売[一]の事は心にもかけず、只儒学をこのみて、わづかにそのかた端をよみ、「是に過たる事あるべからず」と、一文不通[二]の人を見ては物の数ともせず、文字学道[三]ある人を見ても、「我にはまさらじ」と軽慢[四]し、剰[五]へ仏法をそしり、善悪因果[六]のことはり、三世流転[七]のをしへを破り、地ごく・天堂[八]・娑婆[九]、浄土[一〇]の説をわらひ、鬼神[一一]・幽霊[一二]の事を聞ては、更に信ぜず、「人死すれば[一三]魂は陽に帰り魄は陰にかへる。形ち[一四]は土となり、何か残るものなし。美食[一五]に飽、小袖着て、妻

一 農業・商業など常人の行う生業につくこと。
二 学に通ぜざる人。「一文不通のしづの身」(絵入往生要集一。以下同)。原話に「…才ヲ恃(タノ)ミ物ニ奢リ、鬼神ヲ信ゼズ…至ルトキハ則チ凌慢毀辱シテ、而シテ後ニ已ム」。
三 読み書きできる人。「俗人文字有」(尤之双紙・上・うるはしき物のしな〳〵)。
四 「軽慢 きやうまん」(大全)、「キャゥマン おごり高ぶること」(日葡)。
五 さらに加えて。「あまつさへ」の促音が無表記化された形。「剰 アマサヘ」(合類)。
六 仏教における善因善果、悪因悪果の道理。
七 迷妄のため、過去・現在・未来にわたりさまようこと。輪廻。
八 天上界。六道(地獄・餓鬼・畜生・修羅・人間・天)の一。
九 現実のこの世。人間界。六道の人間道に当たる。
一〇 「地獄・天堂・娑婆などと説く浄土宗の教えを」の意であろう。
一一 人間を超える力を有するもの。
一二 →六五頁注二三。
一三 「朱褒ガ詩ニモ、魂帰二溟漠一魄帰レ泉トアリ。言(イフココロ)ハ、溟漠ハ天也、泉ハ地下ノ黄泉ナリ、人ノ死シテ後、魂ハ天ニ、魄ハ地ニ帰ルト云義也」(謡抄・短冊忠度)。「…魂ハ陽ノタマシヒ也…魄ハ陰ノタマシヒナレバ…」(同・真盛)。
一四 遺骸。
一五 以下に、六道が来世のものでなく現世にあることを言う。
一六 「楽―仏〈付合語〉」(俳諧類船集)。
一七 「ソシイ 粗末で悪い食物」(日葡)。

子をゆたかに、[一六]楽をきはむるは、仏よ。[一七]麁食をだに腹に[一八]あかず、[一九]麻衣一重だに[二〇]肩を裾に、妻子を[二一]沽却し、辛苦するは、[二二]餓鬼道よ。人の門にたち、[二三]声をはかりに物をこふて、[二四]わけをくらひて、きたなしとも思はず、[二五]石を枕にし、草に臥て、雪ふれども赤裸なるものは、[二六]ちくしやうよ。[二七]科ををかし、牢獄に入られ、[二八]縄をかゝりくびをはねられ、[二九]身をためされ、骨をくだかれ、あるひは[三〇]水ぜめ・[三一]火あぶり・[三二]はりつけなんどは、[三三]地ごく道なり。これをとりあつかふものは、[三四]獄卒よ。此外にはすべて何もな

一八 満足できずに。動詞の「飽く」に打消の助動詞「ず」がついたもの。副詞的に用いられる。「不レ飽 アカズ」（運歩色葉集）。
一九 麻織りの粗末な着物。
二〇 肩を裾にとりちがえて結ぶほど、なりふりかまわず懸命に働くこと。
二一 売り払うこと。
二二 六道の一。飢渇に苦しむ餓鬼の世界。自分だけ美食し、妻子を苦しめるのは餓鬼道に落ちる一因でもある（往生要集(二)）。
二三 声の限り。「ハカリニ 副詞。例、コエヲハカリニナク 出せるだけの大声をあげて泣く」（日葡）。 二四 食べ残しの余りもの。「食余 ワケ クヒノコシ」（合類）。
二五 「夫（ソ）石ヲ枕ニシ」（太平記二十・義貞夢想事付諸葛孔明事）。「枕石漱流」（晋書・孫楚伝）に基づく。
二六 畜生道の住人。
二七 「科 トガ」（字集）。
二八 縄をかけられ。
二九 胴を刀の試しものにされ。
三〇 「ミヅゼメ 水による責苦」（日葡）。
三一 火刑。主に放火犯に適用。
三二 体を板や柱に打ち付けて処刑するもの。「はつつけ」とも。 三三 六道の一。底本「地」に濁点を打つ。
三四 仏語。地獄の悪鬼。

絵 蜂谷孫太郎、今津河原で死体に襲われる場面。右頁、狐二匹。散乱する髑髏。死体は腹が膨れ（餓鬼の様か）、手足が干からび、褌姿。左頁、松の木の下に佇む蜂谷。格子紋の小袖に袴、脛巾姿。樹上にふくろう。空は先端に雷紋を型どり、雷雨の状。

し。目にもみえぬ来世の事、まことにもあらぬ幽霊の事、僧[一]・法師・巫[二]・神子[三]のいふところを信ずるこそ、をろかなれ」と、いひのゝしり、たま〳〵いさむる人あれば、四書・六経[四]の文をひき出し、邪に義理をつけて[五]、弁舌[六]にまかせていひかすめ[七]、放逸無慙[八]なる事いふはかりなし[九]。時の人鬼孫太郎と名づけて、ひとつものにしてとりあはず[一〇]。

ある時所用の事に付て、敦賀[一一]におもむくとて、たゞ一人行けるが、日たけて[一二]家を出たりければにや、今津[一三]川原にして日は暮たり。江州[一四]、北の庄[一五]、兵乱[一六]の後なりければ、人の往来もまれなり。たやすく宿かす家もなし。河原おもてに出て見渡せば、人の白骨こゝかしこにみだれ、水のながれものさびしく、日は暮はてゝ、四方の山ゝ雲とぢこめ[一七]、立よるべき宿もなし。いかゞすべきとおもひわびつゝ、北の山ぎはにすこし茂りたる松の林あり。こゝに分入て、樹の根をたよりとし、すこしやすみ居たれば、鵂鶹[一八]の声すさまじく、狐火[一九]の光り物すごく、こずゑにわたる夕嵐いとゞ身にしみて、何となく心ぼそく思ふ所に、左右をみれば、人のしがひ七つ八つ西枕[二〇]南かしらに臥たをれてあり。蕭ゝ[二一]たる風のまぎれに、小雨一とをり音づれ、電[二二]ひらめき雷なり出たり。かゝる所に臥たをれたる尸[二三]一同[二四]にむくとおきあがり、孫太郎をめがけてよろめきあつまる。おそろしさ限なく、松の木にのぼりければ、

一 「僧」は仏門に入って修行する比丘(男の出家者)で、「法師」は出家一般、もしくは俗人で法体の者。
二 神に仕える人。「巫 カンナギ」(合類)。
三 「神子 ミコ」(同)。
四 六の経書、詩・書・礼・楽・易・春秋。「六経 りくけい」(大全)。底本振仮名「りくげい」。
五 字句の意味や内容を定めて。
六 「ベンゼッ 話しかたがよどみなく、よくしゃべること」(日葡)。
七 ごまかして言うこと。
八 わがままで恥知らずのさま。「無慙 ムザン」(合類)。
九 言葉では言い尽くせない。
一〇 仲間外れにして相手にしないこと。
一一 福井県敦賀市。琵琶湖を経由して日本海と畿内とを結ぶ商業通路の要港。
一二 「ヒガ タケタ 太陽が高く昇っている」(日葡)。
一三 滋賀県高島郡今津町。琵琶湖の北西岸に位置し、若狭から大津方面への積み出し港としての要地。今津川は琵琶湖へ注ぐ。
一四 近江国でもこの一帯は。
一五 福井市の古称。天正三年(一五七五)柴田勝家築城。
一六 天正十一年、秀吉軍により北庄城落城(太閤記六)、この時の兵乱に託すか。柴田勝家も、その豪胆さから「鬼柴田」と称された(同)。
一七 夕暮の雲が辺りの山々に深く垂れこんだ様子。原話に「愁雲四ニ起ル」。
一八 「鵂鶹 ふくろふ」(大全)。
一九 燐火のこと。「燐ハ鬼火ト云テハカナド

尸どもは木のもとに立(たち)より、「今宵(こよひ)のうちには此者はとるべき也」とのゝしるあひだに、雨ふりやみ、空はれて、秋の月さやか[二五]にかゝやき[二六]出(いで)たり。たちまちにひとつの夜叉(やしゃ)[二七]はしり来れり。身の色青く角生(をい)て口ひろく髪(かみ)みだれて、両の手にて尸(しかばね)をつかみ、くびを引ぬき、手足をもぎ、これをくらふ事瓜(うり)[二八]をかむがごとくにして飽(あく)[二九]までくらひてのち、わがのぼりかくれたる松の根をまくらとして臥(ふし)たれば、鼾睡(いびき)[三〇]の音(をと)、地にひゞく。孫太郎思ふやう、「此夜叉(やしゃ)ねふりさめなば一定(いちぢやう)[三一]我を引おろしてころしくら

二ハ狐火ト云テ化生ノ者ナド火ヲトボイテミエツキエイツ、モドツ、スルゾ。鬼火ハバケ者ナドノトボス火ヲ云ゾ」(詩学大成抄九)。「世俗ニ狐火(クツネビ)トハ、馬ノ骨ヲ燃ナント申ニヤ」(塵添壒嚢鈔八)。

二〇 西の方や南の方に入り乱れて倒れ臥している さま。

二一 ものさびしく吹く風にまじって。

二二 「電 イナビカリ」「雷 イカヅチ」(書言字考)。

二三 「屍 しかばね〈通作レ尸〉」(大全)。

二四 揃って。清濁両訓。「一同 イチトウ」(合類)、「一同 いちどう」(大全)。

二五 「さやか さだかなり やとだと同ひゞき也」(匠材集四)。

二六 当時は清音。「カカヤク」(日葡)。

二七 容貌、姿が醜悪で猛悪な鬼神。「夜叉暴悪 顕宗論ニ云フ、薬叉、夜叉ハ梵語…亦神鬼ノ類ナリ」(義楚六帖十六・鬼将五・夜叉)。

二八 原話に「瓜ヲ噉(ムカ)ノ状ノ如シ」。

二九 「アクマデモノヲクゥ 飽きるまで、すなわち、それ以上は食べられないほど食べる」(日葡)。

三〇 「鼾睡 イビキ」(書言字考)。

三一 必ず。「一定 イチヂヤウ」(和漢通用集・慶長九年本)。

絵 石につまずいて倒壊した仏像。手足がもがれる。

はん。たゞよく寝入たる間に、にげばや」とおもひ、しづかに樹をくだり、逸足[一]をいだしてはしりにげければ、夜叉は目をさまし、すきまもなく[二]をひかくる。山のふもとに古寺あり。軒やぶれ、壇[三]くづれて住僧もなし。うちに大躰の古仏[四]あり。こゝにはしり入て、「たすけ給へ」と、ほとけにいのり、後にまはりたれば、仏像のせなかにあなあり。孫太郎[五]此あなのうちに入て、腹の中にしのびかくれたり。夜叉はあとよりかけ入て、堂のうちをさがしけれども、仏ざうのはらまでは思ひよらざり

一 早く走り逃げること。「逸足　いちあし」（大全）。「駿足の馬」から転じる。
二 少しの間も置かずに。直ちに。
三 仏壇か。
四 「コブツ」（日葡）。
五 鬼に追われ、食べられる寸前に穴に逃げ込んで危うく助かる話が、今昔物語集十二ノ二十八に見える。

けむ、出て去ぬ。今は心やすしとおもふ所に、この仏ざう足[六]びやうしふみ、腹をたゝきて、「夜叉はこれをもとめてとりにがし、われはもとめずしてをのづから得たり。今夜の点心[七]まうけ[八]たり」とうたふて、から〱[九]とうちわらひ、堂を出てあゆみゆく。かしこなる石につまづきてはた[一〇]とたふれ、手もあしもうちくだけたり。

孫太郎、穴より出て仏ざうにむかひ、「われをくらはんとしてわざわひその身にあたれり。人[一一]をたすくるほとけの結構」とのゝしりながら、堂より東にゆけば、野中にともしびかゝやきて、人おほく座してみゆ。これにちからを得て、はしりおもむきければ、くびなきもの、手なきもの、あしなきもの、みなあかはだかにてならび座したり。孫太郎きもをけし、はしりぬけんとす。ばけものおほきにいかりて、「我ら酒宴する半[一二]に座[一三]をさます事こそやすから[一四]ね。とらへて肴にせむ」とて、一同に立て追かくる。孫太郎山ぎはにそふてはしりければ、川あり。ながるゝ[一五]ともなく、渡るともなく、むかひにかけあがれば、妖[一六]は立もどりぬ。

孫太郎足にまかせてゆく。耳もとに猶どよみ[一七]のゝしる声きこえて、身の毛[一八]よだち、人心ちもなく、半里ばかりゆきければ、月すでに西にかたふき、雲くらく草しげりたる山間[一九]に行かゝり、石につまづきてひとつの穴に落入たり。その深き事百丈[二〇]ばかり也。やう〱落つきければ、なまぐさき風吹、すさまじき[二一]事、骨にとをる。光り

六 足を踏みつけながら拍子をとること。歓喜の表現。
七 間食。句解に「少食鎮㆑心也」。「点心 テンシン」(合類)。
八 手に入れ、結果として利を得る。「マウケ 利を得る、または、取得する」(日葡)。
九 「カラカラト 大笑いするさま」(同)。
一〇 「ハタト 副詞。不意に、または、突然」(同)。
一一 人を助けるのが仏の役という文句を皮肉って使用したもの。原話では「胡鬼弄㆓汝公㆒」。
一二 「半 なかば」(大全)。
一三 一座の盛り上がりに水をさすとは。
一四 「ヤスカラズ …また、悔しく思う、あるいは、怨みを抱く」(日葡)。
一五 水流に流されるようにして渡る。
一六 「妖 ハケモノ」(字集)。
一七 「ドヨム 遠方から大声でわめく」(日葡)。
一八 「ヨダツ 髪の毛が逆立つ。ただし、いつもミノケと共に用いられる。例、ミノケヨダツ 髪の毛が逆立つ」(同)。「身毛竪 みのけもよだつ」(大全)。
一九 「ヤマアイ 山と山との間の所」(同)。
二〇 一丈は一〇尺(約三㍍)。
二一 恐ろしくて、気味が悪いこと。「冷 スサマジ」(合類)。

絵　蜂谷、再び死体に追いかけられ、川に逃げる場面。死体は首や手足がなく、褌もつけない真っ裸の様。蜂谷の向こうに川や山々。

あきらかになりて、見めぐらせば、鬼のあつまり[一]すむところなり。あるひは髪赤く、両の角火のごとく、あるひは青き毛生て、つばさあるもの、又は鳥のくちばしありて、牙[二]くひちがひ、又は牛の頭けだものゝおもてにして、身の色あかきは靛[三]のごとく、青きは藍に似たり。目のひかりはいなびかりのごとく、口より火焰をはく。孫太郎が来るを見て、たがひにいはく、「これこの国のさはりとなるものぞ。とりにがすな。たゞつなげよや」とて、鉄の杻[四]をいれ銅の手械さして、鬼の大王の庭の

一 原話の「群鬼萃（アツマ）焉（レリ）」の読みに従ったもの。

二 上下の牙が交錯して。「クイチガイ…例、ジャウゲノキバクイチガウテ 上の歯または牙が、下の歯または牙とぴったりと合わないで」(日葡)。原話の「獠牙」(句解では南夷〈南蛮〉の別種とする)を改変。

三 「べに」の訓み未詳。「靛」は藍染(あいぞめ)のような青色。「靛 テン アイソメ」(字集)。

四 →三三頁注三〇。

前に引すゆる。鬼の王大きにいかりていはく、「汝人間にありてみだりに三寸をうごかし、唇をひるがへし、鬼神幽霊なしといふて、さま〴〵我らをないがしろにし、辱をあたふるいたづらものなり。汝書典にまなこをさらす。中庸にいはく、鬼神の徳、それ盛なるかなと。論語にいはく、鬼神を敬してこれを遠ざくと。易の睽卦にいはく、鬼を一車にのすと。詩の小雅にいはく、鬼をなし、蜮をなすと。その外左伝には晋の景公の夢、鄭の大夫伯有が事、みな鬼神をいへり。たゞ怪力乱神をい

五 六道の一。人間界。
六 「ミダリニ　副詞。無秩序に、むやみやたらに」(日葡)。
七 舌のこと。「三寸舌　サンズンノシタ」(書言字考)。
八 批難すること。「唇を返す」と同じ。
九 「イタヅラモノ　無精者、だらしのない者、怠け者。また、ろくでなし、悪賢い者、など」(日葡)。
一〇 「ガクモンニマナコヲサラス　いつも書物に向かって勉強している」(同)。
一一 以下の故事については句解に詳しい。「鬼神之為レ徳、其盛矣乎」(中庸五)。「敬二鬼神一而遠レ之」(論語・雍也)。「載二鬼一車一」(易経・睽卦)、鬼が車一杯に載る、怪異なことのたとえ。「為レ鬼為レ蜮」(詩経・小雅)、「蜮」は、いさごむし、射工虫のこと。晋景公(春秋左氏伝・成公十三年)、鄭伯有(同・昭公七年)などを引用。
一二 「卦 クハ」(字集)。
一三 →九頁注七。

絵 蜂谷、獄卒どもに捕まり、鬼王の前に引き出される場面。右頁、首かせをはめられ、背もひょろ長くされた蜂谷。牛頭の獄卒は手に金棒、鳥嘴は鑓。左頁、玉床上の獣皮を敷いた椅子に座す鬼王。風にたなびく旗ほこ。

はずといへる一語を邪に心得て、みだりに鬼神をあなどることはなにのためぞ」[一]とて、すなはち下部[二]のおにゝおほせて、散〴〵に打擲[三]せしむ。鬼の王のいはく、「その者の長たかくなせ」と。鬼どもあつまりて、くびより手足までひきのばすに、にはかに身の長三丈ばかりになり、竹の竿のごとし。鬼ども笑ひどよめき、をした[四]てゝあゆまするに、ゆらめきて打たをれたり。鬼の王又いひけるは、「そのものを、身の長みじかくせよ」と。鬼ども又とらへて団子のごとくつくね[五]、ひらめ[六]しかば、

一 底本「ごと」。
二 下僕。「下部 シモベ」（易林本）。
三 「打擲 チヤウチヤク」（合類）。
四 起こし立てて。
五 手で丸め固める。「ツクヌル」（日葡）。
六 平らにすること。「ヒラムル」（同）。
七 足を横に広げて立つ。「ハタカル 両脚を開き、踏み広げて立つ」（同）。「佇立 ハタカリタツ チヨリウ」（合類）。
八 丈短く、歩行の困難な状態。
九 「イイヤブル …また、言葉によって、物事や交渉事をぶちこわしにする」（日葡）。
一〇 かわいそう。「不便」の当て字。「我故ニ親ヲウシナワワスワ、不敏ナゾ」（漢書抄一）。
一一 罰をゆるめる。許す。「宥 ナダム〈又寛同〉」（合類）。

にはかによこはたかりにみじかくなる。突立てあゆまするに、むぐ〳〵として蟹のごとし。鬼共手を打て大にわらふ。こゝに年老たる鬼の云やう、「汝常に鬼神をなきものといひやぶる。今この形ちを長くみじかく、さま〴〵なぶりもてあそばれ、大なる辱を見たり。まことに不敏の事なれば、宥あたへん」とて、手にて提なげしかば、孫太郎もとのすがたになる。「さらば是より人間に返すべし」といふ。鬼どもみないはく、「此者を只返しては詮なし。餞すべし」とて、ある鬼、「われは雲路を分る角をとらせん」とて、両の角を孫太郎が額にをく。ある鬼は、「われ風にうそぶく嘴をあたへん」とて、くろがねのくちばしを孫太郎がくちびるにくはへたり。ある鬼、「我は朱にみだれし髪をゆづらん」とて、紅藍の水にて髪をそめたり。ある鬼、「我はみどりにひかる睛をあたへん」とて、青き珠ふたつを、目の中にをし入たり。

　すでに送られて、あなを出つゝ、家にかへらんと思ひ、今津川原より道にさしかゝれば、雲ぢを分る両の角さしむかひ、風にうそぶくくちばしとがり、朱にみだれし髪さかしまにたちて、火のごとく、碧の光りをふくむまなこかゝやき、さしもおそろしき鬼のすがたとなり、熊川にかへり、家に入たれば、妻も下人もおそれおどろく。孫太郎なみだをながし、「かう〳〵の事ありて、此すがたになりしか共、

一二「提 ヒツサグル ヒツサゲ テイ〈文挈〉」(同)。
一三 無益で意味がない。「無詮 せんなし」(大全)。
一四 音を立てる。
一五「紅藍花 ベニノハナ コウランクハ」(合類)。
一六「睛 まなこ〈睛 眼中ノ睛(ヒトミ)也〉」(大全)。
一七「さかさま」の転。「倒 サカシマ」(運歩色葉集)。
一八「ゲニン シタノヒト 従僕・家来または、奉公人」(日葡)。

以下七六頁

一 事態を容認し難いさま。
二 ひとえの着物。
三 驚きの余りに手を打ち鳴らすさま。
四 原話で太虚殿の司法職に任命された主人公は、再びこの世には戻らないと言って手厚く葬られた。

3-3 剪灯新話二ノ四「牡丹灯記」に基づき、実在の武将二階堂家の末裔を女主人公として、結末を仏教色の強い回向談に改変した。

五 盂蘭盆すなわち盆のこと。盆は「魂迎え」を七月十三日ないし十五日として、時代や地域によって違え、終わりも十六日が一般的であるが、二十日、二十四日、八月三日などと、さらに幅がある。

絵 蜂谷、我が家に帰宅する場面。頭から帷子を被った、頭角、朱髪、碧眼の蜂谷。泣き崩れる下げ髪の妻。恐れまどう幼児。呆れる釘貫紋の家人。

心はゆめ〳〵かはらず」といふに、妻は、「中〳〵[一]此有(あり)さま、めのまへに直に見るもなさけなく、かなし」とて、孫太郎がかしらにかたびら[二]うちかけて、たゞなきかなしむより外はなし。いとけなき子どもはおそれなきてにげ、あたりの人あつまりて、手[三]をうちてあやしみ見る。孫太郎も物うくおぼえ、戸をとぢて、人にもあはず物をもくはず、うちこもり、おもひにみだれてわづらひつき、つゐにむなしくなりぬ。そのゝち時〳〵はもとの孫太郎がすがたにて、まぼろしのごとく、家のめぐりをありきけるを、仏事[四]いとなみければ二たび見えずとぞ。

（三）　牡丹灯籠

年毎[五]の七月十五日より廿四日までは、聖霊[六]のたなをかざり、家〳〵これをまつる。又いろ〳〵の灯籠[七]をつくりて、あるひはまつりの棚にともし、あるひは町家[八]の軒にともし、又聖霊[九]の塚にをくり[一〇]て石塔のまへにともす。その灯籠のかざり物、あるひは花鳥あるひは草木、さま〴〵しほらしく[一一]つくりなして、その中にともしびともして[一二]夜もすがらかけをく。これを見る人、道[一三]もさりあへず。又そのあひだにをどり[一四]子どものあつまり、声よき音頭[一五]に頌歌[一六]出させ、ふりよくをどる事、都の町〳〵[一七]上下みなかくのごとし。

六 盆に供え物をして死者の霊を祭る棚。「聖霊 しやうりやう」(大全)。「精霊」とも。「盂蘭盆会 今日ヨリ十六日ニ至テ人家棚ヲ設ケ各位ノ牌ヲ安ジ盂蘭盆会ヲ修ス。其式、飯器ヲ公卿ノ台破子加牟奈加計ニ載セ、丼ニ茶菓香華ヲ供シテ之ヲ祭ル。…盂蘭盆会ノ中、俗ニ三方ノ台ヲ謂テ公卿ト曰フ。是レ公卿ノ食膳ニ因テ也。倍木(へぎ)ヲ加牟奈加計ト謂」(日次紀事・七月十四日)。

七 灯籠を灯して供養する古来からの盆の行事の一。中世では、宮中や公家方に灯籠が進上され、見物衆が訪れたり、踊が催されたりした。「十四日　御とうろどもとし〴〵のごとくまいる。むろまち殿よりもまいる。御とうろとぼさるゝ。十五日　御とうろとぼさるゝ　…十七日　御とうろの御返しどもいたさるゝ。いくとし〳〵もめでたし」(お湯殿の上の日記・天文十七年七月)。「昨宵より十七八夜まで商坊(まち)には家々の戸外に灯籠を燃す。或工を尽していろ〳〵の作物(つくり)をこしらへ人の見ものとす」(日本歳時記・七月十五日)。

八「マチヤ 町の家」(日葡)。

九「きのふ父母先祖の墓を掃除し、今日墓を拝し、昨夜今宵墓前に灯籠を燃す」(日本歳時記・七月十五日)。

一〇 持って行って。

一一 可憐につくり上げて。中世では「細工」とも称した作り物であった。

一二「盂蘭仏ニ荐(あつまり)テ、墳塋(ふんえい)ヲ祀ル、粧点ス千灯百果ノ棚少婦壮男巷陌ニ裒(あつま)リ、長安半夜踏歌ノ声」(覆醤集・上・乙亥中元ノ夕洛ニ在リ戯為)。

一三 行き過ぎ難い。

一四 天文から永禄年間にかけては、盆の前後に風流(ふりゆう)の灯籠踊が盛んとなり、公家

[一八]天文戊申(つちのへさる)の歳(とし)、[一九]五条京極に荻原(おぎはら)新之丞といふものあり。近きころ妻に[二〇]をくれて、[二一]愛執(あいしう)の涙袖に[二二]あまり、恋慕(れんぼ)の[二三]ほのほむねをこがし、ひとりさびしき窓(まど)のもとに、ありし世の事共思ひつゞくるに、いとゞかなしさかぎりもなし。「聖霊(しやうり(や)う)まつりのいとなみも、今年は[二四]とりわき此妻さへ、[二五]なき名の数に入(いり)ける事よ」と、経よみ、[二六]ゑかうして、つゐに出てもあそばず。友だちのさそひ来れども、心たゞうきたゝず、門(かど)にたゝずみ立(たち)て[二七]うかれおるより外はなし。

方から町へ繰り出されて、路次の万灯会とも称されて隆盛を見た。以後様々な風流踊が出現し、盆の行事として継承された。「踊躍(ヲドリ)洛ノ内外今夜ヨリ二十四日或ハ晦日ニ至テ、戸々灯火ヲ点ズ。中華上元ノ夜ノ如シ。少年ノ男女踊躍ヲ為ス」(日次紀事・七月十四日)。

一五 音頭取り。「音頭　ヲンドウ」(書言字考)。

一六 仏徳を褒め讃える歌。一般の唱歌(「シヤウガ」〈書言字考〉)の意にも用いられた。

一七 公家衆も町衆もひとしなみに万灯や踊を楽しむこと。

一八 天文十七年(一五四八)。

一九 五条通と東京極通(現寺町通)の交差する辺り。平安京以来の五条通は、現在の松原通を指したが、秀吉が方広寺建立(天正十七年〈一五八九〉)のために大橋を移築して以来、二筋南の通を称するようになった。

二〇 先立たれて。

二一 物に深く執着すること。「恩愛愛執の涙」(謡曲・身延)。「涙―恋慕〈付合語〉」(俳諧類船集)。

二二 「袖に余れる涙の雨の」(謡曲・砧)。

二三 「ほのほ　炎　焰　焱」(仮名文字遣)。

二四 「トリワキ　特に」(日葡)。

二五 鬼籍に入る(死ぬ)こと。

二六 供養すること。「ゑかう　回向」(新撰仮名文字遣)。

二七 魂が抜けたように茫然とした様子。「浮岩　ウカル、フガン〈又狂浮同人浮岩〉」(合類)。

絵　荻原新之丞、月夜に牡丹の灯籠を持つ女達に出会う場面。二花の飾り灯籠を持つのが浅茅。髪は二輪の唐子髷風。両手で褄を取り、振り返る下げ髪の美人、弥子。月が半分雲間に見える。

[一]いかなれば立もはなれずおもかげの身にそひながらかなしかるらむ
[二]とうちながめ、涙をゝしぬぐふ。

十五日の夜いたくふけて、あそびありく人も稀になり、物音もしづかなりけるに、ひとりの美人、その年廿ばかりとみゆるが、十四五ばかりの女の[三]童にうつくしき[四]牡丹花の灯籠もたせ、さしもゆるやかに打過る。[五]芙蓉のまなじり[六]あざやかに、[七]楊柳の[八]すがたをやかなり。[九]かつらのまゆずみ、[一〇]みどりのかみ、いふはかりなく[一一]あてやか也。荻原、月のもとにこれを見て、「これはそも[一二]あまつをとめのあまくだりて、[一三]人間にあそぶにや、[一四]竜の宮の乙姫のわだつうみより出て、なぐさむにや。まことに[一五]人の種ならず」とおぼえて、たましゐとび、心うかれ、みづからをさへとゞむる思ひなく、[一六]めでまどひつゝうしろにしたがひてゆく。前になり、後になり、[一七]なまめきけるに、[一八]一町ばかり西のかたにて、かの女うしろにかへり見て、すこしわらひていふやう、「[一九]みづから人に契りて待わびたる身にも侍べらず。たゞこよひの月にあこがれ出て、そゞろに夜ふけがた帰る道だに[二〇]すさまじや。をくりて給かし」といへば、荻原やをらすゝみていふやう、「君帰るさの道もとをき[二一]には、夜ぶかくして[二二]びんなう侍べり。それがしのすむところは、[二四]塵つかたかくつもりて、[二三]見ぐるしげなるあばらやなれど、[二五]たよりにつけてあかし給はゞ、宿かしまいらせむ」[二六]とたはふるれば、

一 あの人の面影は、ずっと私の身から離れないというのに、どうしてこんなに悲しいのでしょう。題林愚抄・恋四・寄面影恋・寿暁法師(新拾遺集・恋四)。二句「立もはなれぬ」、五句「恋しかるらん」。
二 歌を口ずさみ。
三 「メノワラワ　奉公する少女」(日葡)。
四 牡丹を鮮やかに描いた灯籠。挿絵(七七頁)参照。原話は「双頭ノ牡丹灯」。深夜に提灯代わりに切子灯籠を提げた女性二人が通る状景は異様。
五 蓮の葉のような広くて長い目もと。「芙蓉の御目も鮮かに」(浄瑠璃御前物語)。
六 きわだって美しいこと。
七 柳のように細やかな姿態。
八 「婀娜トハ、美人ノウックシキカタチ也。婀娜ト書テ、即タヲヤカトヨム也」(謡抄・卒都婆小町)。
九 「桂」は月の異名。三日月形に美しく引かれた眉墨。「花の形曄(かがやか)き、桂の黛青うして…」(謡曲・卒都婆小町)。
一〇 黒髪。
一一 「アテヤカナ　容姿が立派で美しい(もの)」(日葡)。
一二 天女。あまおとめ。仏教でいう欲界六天に住む女性の天人。舞楽を奏し、下界に天下り、駿河舞などの起源説話をなした。「雑阿含経第十ノ巻ニ云ク、時有二六天女一、各乗二宮殿一凌レ虚而行、弾二奏清琴一、我当二歌舞一ト云ヘリ」(謡抄・羽衣)。
一三 人間世界。
一四 竜宮。「竜の都」とも。浦島伝説に見える竜宮城の乙姫は、神女が亀に化身したものとされ(古事談一・浦島子伝)、説話でも天人としての伝承が見える。「うらしま、この女ばうの御すがたを見たてまつるに、てんにんのやうがうか、あるいは、やうきひなどいへる人か」(近世初期

女うちえみて、「窓もる月をひとり詠(なが)めて、あくるわびしさを、うれしくもの給ふ物かな。情によはるは人の心ぞかし」とて立(たち)もどりければ、荻原よろこびて、女と手をとりくみつゝ家に帰り、酒とり出し、女(め)のわらはに酌(しやく)とらせ、すこしうちのみ、かたふく月にわりなきことの葉を聞にぞ、「けふをかぎりの命ともがな」と、兼ての後ぞおもはるゝ。荻原、

また後のちぎりまでやはにゐまくらたゞこよひこそかぎりなるらめ

写・古梓堂文庫蔵絵巻「浦島太郎」)。
二五「ヒトダネ すなわち、ヒトノタネ 人間の血統、あるいは、種」(日葡)。
二六 美しさに魅かれつつ。
二七 あだっぽい振舞いをする。
二八 六十間。約一〇九メートル。
二九 自称の代名詞。私は。
二〇「スサマジイ ぞくぞくして恐ろしく、気味のわるい(こと)」(日葡)。
二一 遠いのであれば。
二二「ヨブカイ 深夜」(日葡)、「三更 ヨブカシ」(書言字考)。
二三 都合が悪い。「便なう候へども、そと見参に入れ候べし」(謡曲・熊野)。
二四 掃きだめのようにむさくるしい陋屋。「ちりつか 塵をすつる所也」(野槌七十二段)。
二五 たのみに思って。
二六 ここは好色の態度で接すること。
二七 窓から漏れてくる月の光。
二八 一人眠れぬままに明け方を迎えるのは侘しいものですのに。「ひとり詠めて」「あくるわびしさ」は和歌によく用いられる表現。
二九 親切心にほだされるのが人の常です。
三〇 深い思いの。
三一「わすれじのゆくすゑまではかたければけふをかぎりの命ともがな」(新古今集・恋三・儀同三司母)。
三二 契った後のことが。
三三 また後の契りまでをも願ったりはしません。ただ、今宵が最後と思って初めて枕を交わすことにしましょう。題林愚抄・恋二・初遇恋・国冬(嘉元御百首)。二句「ちぎりたのまぬ」。当歌は巻八ノ三「歌を媒とし

絵　隣翁、荻原の部屋を覗く場面。燭台の下でお互い立膝をついて語らう荻原と骸骨。縁は竹の簀の子縁。明かり障子。

といひければ、女とりあへず、

　ゆふな〳〵まつとしいはゞこざらめやかこちがほなるかねことはなぞ[一]

と返しすれば、荻原いよ〳〵うれしくて、たがひにとくる下紐(したひも)[二]の、結ぶ契りやにゐまくら、かはす心もへだてなき、むつごと[三]はまだつきなくに、はや明(あけ)がたにぞなりにける。荻原、「その住給(すみたま)ふ所はいづくぞ。木の丸殿[四]にはあらねど、名のらせ給へ」といふ。女聞て、「みづからは藤氏(ふぢうぢ)[五]のすゑ、二階堂政行(かいだうまさゆき)[六]の後也[七]。そのころは時めきし世もありて家さかえ侍べりしに、時世うつりてあるかなきかのふぜいにて、かすかに住侍べり。父は政宣(まさのぶ)[八]、京都[九]の乱れに打死し、兄弟みな絶て家をとろへ、わが身ひとり女(め)のわらはと万寿寺[一〇]のほとりに住侍べり。名のるにつけてははづかしくも悲しくも侍べる也」と、かたりけることばやさしく、ものごしさやかにあいぎやう[一一]あり。すでに横雲[一二]たなびきて、月山のはにかたふき、ともし火白(しろ)うかすかに残りければ、名ごりつきせずおきわかれて帰りぬ。それよりして日暮(くる)れば来り、明がたにはかへり、夜ごとにかよひ来(く)る事、更にその約束をたがへず。荻原(おぎはら)は心まどひてなに[一三]はの事も思ひわけず、たゞ此(この)女のわりなく思ひかはして、「契りは千世もかはらじ」と通ひ来るうれしさに、昼(ひる)といへども、又こと人に逢(あふ)ことなし。かくて廿日あまりにをよびたり。

て契る」にも二句「ちぎりはしらず」として重出。→二三八頁九行。

一 待っていると言ってくだされば、夕方になるたびにやってきますよ。どうして諦めたようなことをお口になさるのですか。「アサナユフナノ心如何…アシタニアタリユウベニアタリトイヘル義ニヤト推セラレタリ」(名語記)。

二 「下紐」は肌着の紐。「下紐解く」は、男女が肌を許し合うことで、「下紐」は歌語。

三 「むつごともまだつきなくにあけぬめりいづらは秋のながしてふよは」(古今集・雑体・凡河内躬恒)。

四 丸木で作った御殿。筑前国朝倉(現福岡県朝倉郡朝倉町)にあった斉明天皇の行宮で、のち天智天皇の御所と伝承される。用心のために往還の人々を名乗らせて通したという故事による。「アサクラヤ木ノ丸殿歌、橘ノ木ノワカ殿ニワレヲレバ名ノリヲシツヽ行ハタガ子ゾ…天智天皇ノスヘ給ヘル関也。日本ニテハ是レ関ノ始也。木ノマル殿ハ丸木(マロキ)柱ニテ作リタルナルベシ」(謡抄・八嶋)。

五 底本「ののすゑ」。「の」字衍字。

六 藤原氏南家伊東氏流二階堂氏の初代は行政で鎌倉幕府政所の別当をつとめた。以来、室町幕府でも執事などをつとめた名家で、二階堂政行(山城守)は、長享元年(一四八七)九月の足利義尚による近江出兵に随陣している(鹿苑日録一)。「政行(まさゆき)　左衛門尉　文明五年七月二十五日従五位上に叙し…長享二年九月十七日中務権大輔に任ず」(寛政隣の家によく物に心得たる翁のすみたるが、「荻原が家に[一四]けしからずわかき女のこゑして、夜ごとに歌うたひ、わらひあそぶ事のあやしさよ」と思ひ、壁のすき間よりのぞきてみれば、一具の白骨と荻原と、灯のもとにさしむかひて座したり。荻原ものいへば、かの白骨手あしうごき髑髏うなづきて、口とおぼしき所より声ひゞき出て物がたりす。翁大におどろきて、夜のあくるを待かねて荻原をよびよせ、「此ほど夜ごとに客人ありと聞ゆ。[一五]誰人ぞ」といふに、さらにかくしてかたらず。

重修諸家譜八八九・藤原氏為憲流)。

七 子孫。末裔。

八 「政宣」の名は寛政重修諸家譜に見えない。政行の次は有泰。「有泰(ありやす)　天文五年正月二十日従四位下」(同)。戦死の記事もなく、この女(弥子)の父には相応しない。

九 特定はできないが、本話の二十年前の大永七年(一五二七)には、京都桂川で細川高国が柳本賢治方に敗北し、将軍足利義晴を奉じて近江に逃れるという大きな戦乱があった。以後、京都周辺では細川方と三好方の戦いが続き、これらを背景にしたか。

一〇 京都五山の一。白河天皇の皇居六条内裏跡(現下京区大津町一帯)にあったが、一揆や火災等で荒廃し、天正年間(一五七三―九二)、東福寺北総門内三聖寺に寺地を移した。現東山区本町。なお、松原通の一筋南の通を、寺地に因んで万寿寺通と称する。

一一 「アイギャウ　愛想のよい言葉のやりとりと愛情にみちた交際」(日葡)。

一二 明け方、東の空に棚引く雲。

一三 事の次第。「難波」によく掛けられる。「難波のことのよしあしもげに隔てなき友とかや」(謡曲・松虫)。

一四 不思議なことに。

一五 「誰」を強めた言い方。「たれの人」とも。

絵　荻原、万寿寺の御魂屋で弥子の棺名に気付く場面。軒に牡丹の灯籠が掛かっている。伽婢子は見えない。

翁のいふやう、「荻原はかならずわざはひあるべし。何をかつゝむべき。今夜かべよりのぞき見ければ、かう〳〵侍べり。をよそ人として命生たる間は、陽分[一]いたりて盛に清く、死して幽霊となれば、陰気はげしくよこしまにけがるゝ也。此故に死すれば忌[二]ふかし。今汝は幽陰気の霊とおなじく座してこれをしらず。穢てよこしまなる妖魅とともに寝て悟ず。たちまちに真精[三]の元気を耗し尽して、性分[四]を奪はれ、わざはひ来り、病出侍べらば、薬石[五]鍼灸[六]のをよぶ所にあらず。伝尸[七]癆瘵[八]の悪証[九]をうけ、まだもえ出る若草[一〇]の年を老さきながく待ずして、にはかに黄泉[一一]の客となり、苺[一二]の下に埋もれなん。諒[一三]に悲しきことならずや」といふに、荻原はじめておどろき、おそろしく思ふ心つきて、ありのまゝにかたる。おきな聞て、「万寿寺のほとりに住といはゞ、そこにゆきて尋ねみよ」とをしゆ。荻原それより五条[一四]を西へ、万里[一五]小路よりこゝかしこをたづね、堤のうへ柳の林にゆきめぐり、人にとへどもしれるかたなし。日も暮がたに万寿寺に入てしばらくやすみつゝ、浴室[一六]のうしろを北に行てみれば、物ふりたる魂屋[一七]あり。さしよりてみれば、棺の表に二階堂左衛門尉政宣が息女弥子吟松院冷月禅定尼[一八]とあり。かたはらに古き伽婢子[一九]あり。うしろに浅茅といふ名を書たり。棺の前に牡丹花の灯籠の古きをかけたり。疑もなくこれぞと思ふに、身の毛よだちておそろしく、跡を見かへらず、寺をはしり出てかへり、此日[二〇]

一 原話に「人ハ乃シ至盛之純陽、鬼ハ乃シ幽陰之邪穢」。
二 深く遠ざけ、穢れを嫌う。
三 「真元〈真精ノ元気也〉耗尽ス」(句解)。心身の活動力となる精気。
四 「精分」の当て字か。「精分」は生命力。
五 薬や治療。　六 針と灸の治療。
七 「伝尸病(デンシビヤウ) 癆瘵ノ病ノ中ニ伝尸ノ一証アリ。尸ハ三尸虫トテ人ノ腹中ニテ臓腑ヲクラフ虫ナリ。癆瘵ヲ一人ワヅラヒソレヨリ身近キ親類ニヒタモノウツリテ一家ヲツクシテ死スルノ症也」(病名彙解五)。
八 肺の病気。労咳。「癆瘵 ラウサイ」(合類)。「癆瘵(ラウサイ)…咍々トシテ咳嗽シ倦怠無力ニシテ飲食少シ進ム。甚シキ則ンバ痰涎ニ血ヲ帯ビ、咯唾ニ出血ス。或ハ咳血、吐血、衂血(ヂク)、身熱、脉沈数ニシテ肌肉痩ス。此レ癆瘵ト名ク」(病論俗解集・癆瘵)。「衂血」は鼻血。
九 「悪症」の意か。
一〇 年少の者の喩え。
一一 あの世の者。「黄泉 ヨミヂ」(書言字考)。
一二 「苔 コケ〈又苺同〉」(合類)。
一三 「諒 マコト」(字集)。
一四 「東福寺北の門内左の方に万寿寺あり。いにしへは五条高倉の東にありし。今もその町を万寿寺の町といふ」(出来斎京土産七・東福寺付万寿寺)。高倉は万里小路より二筋西の通。
一五 現在の柳馬場通。天正十七年(一五八九)五月二条柳町の遊郭開設に際し、道路の左右に柳が植えられたため、柳馬場と称された(京都坊目誌五)。「万里小路 までのこうぢ」(大全)。

比(ごろ)めでまどひける恋もさめはて、我が家もおそろしく、暮(くる)るを待かね、あくるをうらみし心もいつしか忘れ、「今夜もし来らば、いかゞせん」と、隣(となり)の翁が家に行て、宿をかりて明(あか)しけり。さて、「いかゞすべき」とうれへなげく。翁をしへけるは、「二一東寺(とうじ)の二二卿公(きやうのきみ)は二三行学兼備(ぎやうがくかねそなへ)て、しかも二四験者(げんじゃ)の名あり。いそぎ行てたのみまいらせよ」といふ。荻原かしこにまうでゝ対面(たいめん)をとげしに、卿公(きやうのきみ)おほせけるやう、「汝はばけものゝ気に二五精血(せいけつ)を耗散(がうさん)し、二六神魂(しんこん)を二七昏惑(こんわく)せり。今十日を過(すぎ)なば命はあるまじき也」と

一六 「ゆどの」「ゆや」とも。禅門では山門の右に位置し、跋陀婆羅の像を安置する。「湯屋 風呂也。北嶺相国寺よりはじまる。鈸陀(せはっ)菩薩は湯の音(ゐこ)に得導(とくだう)するゆへにもちゆ」(新撰庭訓抄・九月往状)。
一七 霊殿。みたまや、おたまや。
一八 仏語。「禅定門尼」の略。仏門に入り僧形となった女子を言うが、ここは戒名に与えられた称号。
一九 原話は「盟器婢子」。「盟(明)器(めいき)」は中国古代からの習俗としての死者への副葬品。「婢子(ひし)」は婢女の意で、埋葬時に添えられた人形のことか。句解注「芻人」も葬具の人がた。ここも弥子葬礼時に添えられた人形のこと。「伽婢子 トギボフコ〈又云露払。本名天倪(アマカツ)〉」(書言字考)、「ハゥコ 大きな人形」(日葡)。
二〇 →七一頁注一八。
二一 京都市南区九条町の教王護国寺。真言宗。平安遷都時、西寺とともに創建。空海勅賜以来伽藍が整備され、一大道場となり、江戸時代には幕府の厚い保護を得た。
二二 高僧を敬った言い方か。
二三 「ギャウガク 善徳・徳行と学問」(日葡)。
二四 加持・祈禱を行なって効験ある人。「ゲンジャ」(同)。「げんしゃ」「けんざ」とも。
二五 生命力の源としての、真精な血、の意か。 二六 たましい。
二七 くらまし惑わせること。

絵 荻原、万寿寺の門前で弥子に会い、内に引き込まれる場面。弥子の着物の紋は杉か。やや幅広の横縞の帯、下げ髪。下男、驚き逃げる。

のたまふに、荻原ありのまゝにかたる。卿公すなはち符[一]を書てあたへ、門に[二]をさせらる。それより女二たび来らず。

五十日ばかりの後に、ある日荻原東寺にゆきて卿公に礼拝して、酒にえひて帰る。さすがに女の面かげこひしくや有けん、万寿寺の門前ちかく立よりて、内を見いれ侍べりしに、女たちまちに前にあらはれ、はなはだ恨みていふやう、「此日比契りしことの葉の、はやくもいつはりになり、うすき情の色みえたり。はじめは君が心ざしあさからざる故にこそ、我身をまかせて、暮にゆき、あしたにかへり、[三]いつまで草のいつまでも絶せじとこそちぎりけるを、卿公とかやなさけなき隔のわざはひして、君が心を[四]余所にせしことよ。今幸に逢まいらせしこそうれしけれ。こなたへ入給へ」とて、荻原が手をとり、門よりおくにつれてゆく。めしつれたる荻原が男は、肝をけし、おそれてにげたり。家に帰りて人〳〵につげゝれば、人みなおどろき行てみるに、荻原すでに女の墓に引こまれ、白骨とうちかさなりて死してあり。寺僧たち大にあやしみ思ひ、やがて[五]鳥部山にはかをうつす。その後、雨ふり空くもる夜は、荻原と女と手をとりくみ、女のわらはに牡丹花の灯籠ともさせ出てありく。これに行あふものはおもくわづらふとて、あたりちかき人はおそれ侍べりし。荻原が一族これをなげきて、一千部の法華経をよみ、[六]一日頓写の経を墓におさめてとふ

一 護符。守り札。
二 しっかり貼りつける。
三 木蔦(きづた)の異名。「イツマデ草 古キ壁ニオフル草也」(謡抄・松虫)。「いつまで」の序詞として用いられることが多い。「かべにおふるいつまで草のいつまでかかれず問ふべきしのはらの里」(題林愚抄・雑上・山家・公実〈堀河院百首〉)。
四 ほかに向けた。「余所 ヨソ」(易林本)。
五 東山区今熊野阿弥陀ケ峰町の阿弥陀ケ峰。葬送の地として名高い。
六 追善供養のため、大勢の者が一日で法華経などを書き写すこと。

3-4 剪灯余話四ノ四「芙蓉屏記」を、兵庫県西宮市甲山町の神呪寺(かんのうじ)の本尊如意輪観音の縁起とからめつつ、本朝将軍記を用いて、周防長門の守護大名大内氏滅亡の争乱に巻き込まれた京下りの公卿とその妻の身の上に翻案する。話の後半、再会に尽力する高納麟という人物の影を薄めて夫婦に焦点を絞り、純愛という観点から物語を凝縮させる。

七 一五三二―五五年。
八 管領細川家の被官三好元長とその子長慶とは主家の内紛に介入し、とくに長慶の代には細川氏綱と組んで細川晴元を滅亡に追いやった。その争いは天文十七年(一五四八)に始まって同二十一年に至った。
九 将軍のこと。「シャウグン クバゥサマに同じ」(日葡)。
一〇 室町幕府第十三代将軍。一五四六―六五在職。
一一 威勢も足りず権勢も少なかったので。
一二 山口県山口市。 一三 →六一頁注三。
一四 義隆の従二位兵部卿侍従の任官は天文

らひしかば、かさねてあらはれ出(いで)ずと也。

（四）梅花屏風

天文のすゑ、京都の兵乱うちつゞき、三好と細川家、年をかさねて合戦に及び、その時の公方は光源院源義輝公しば／＼これをしづめんと謀給へども、威かろく、権うすくして、更にこれをもちひ奉る人なし。こゝに周防の国山口の城主太宰大弐大内義隆は、そのころ従二位の侍従に補任せられ、兵部卿を兼官して権威たかく、西海にかゝやきしかば、公卿殿上人おほく義隆をたのみて、周防の国にくだり、山口の城に身をかくし、世のみだれをのがれ、京のさはぎをまぬかれ給ふ。しかるに義隆久しく武道をわすれ、詩歌風詠のあそびを事とし、佞人をちかづけ国政をないがしろにし、物の上手といへば、諸芸者おほくあつめて、昼夜栄耀をほしゐまゝにせられしかば、その家老陶尾張守晴賢むほんして義隆を追出し、長門の大亭寺にをしつめ、義隆つゐに自害せらる。尾張守は、豊後の国主大友入道宗麟が舎弟三郎義長を山口の城にむかへて主君とし、政道執おこなふ。

此時にあたつて、前関白藤原尹房公、前左大臣藤原公頼公は、山口の城をにげ出るに度をうしなふて、ながれ矢にあたりて薨じ給ふ。従二位藤原親世は髪をそりて

十七年。「義隆すでに従二位の侍従に叙せられ兵部卿を兼たりしかば、権威たかく西国にかゝやきしかば、京都の乱をのがれて公卿殿上人おほく義隆を頼みて城中におはしけるを」（本朝将軍記九・源義輝・天文二十年八月二十九日）。一五 任命されて。諸節用集に「補任 フニン」と清音。
一六 「西海道」の略。九州。ただし周防は山陽道。一七 当時は清音。一八 →六二頁注一。
一九 「をよそ義隆久しく武道をわすれ、詩歌風詠のあそびを事とし、功臣はしりぞけられて佞人すゝみ」（本朝将軍記九・同）。
二〇 詩歌を作ったり詠じたりすること。
二一 学問技芸のそれぞれの分野に達した者。
二二 権力におごって華やかにときめくこと。
二三 「陶晴賢が兵追かけて、九月二日長門大亭寺にをしつめければ、義隆のがるゝ事あたはず、つゐに自害せらる」（同）。
二四 大内義隆の重臣。尾張守受領は天文十五年。→四二頁注一六。
二五 林羅山の京都将軍家譜・下・義輝にも大亭寺とするが、正しくは瑞雲山大寧寺。山口県長門市深川湯本にある大内家の菩提所。「死ほろびし深川の大寧寺」（狗張子三・大内義隆の歌）。二六 「晴賢すなはち豊後の国主大友入道宗麟が弟三郎義長をむかへて主君とさだめ、国中の政道をとりおこなふ」（本朝将軍記九・同）。
二七 大友義鎮（宗麟）の弟晴英。母は大内義隆の姉。陶晴賢に迎えられて大内氏を継ぎ、名を義長と改めた。二八 「前左大臣従一位藤（二条）尹房五十六、前関白。准三宮。八月廿九日於周防国義隆卿没落之剋御生害云々」（公卿補任・天文二十年）。

のがれ出給ふ。其中にも中納言[一]藤原基頼卿は謀[二]たくましく、しかも諸芸に渡り、絵よく書給ひ、手跡・歌の道にかしこきのみならず、武道を心にかけ、馬にのりて手綱[三]の曲をきはめ、水練[四]にその術をつたへ[五]、半日ばかりは水底にありても物ともおもはず、又よく水をよぎくゞる事魚のごとし。[六]これはこと更に義隆みやこにのぼられける時は、官加階[七]の事よろづ執[八]し申給ひて、禁中[九]の事、とかくねんごろにとりまかなひ給ふ故に、此度京都の兵乱にも別義[一〇]をもつて山口によびくだしまいらせ、

二九「前左大臣従一位藤(三条)公頼五十四、八月廿九日於周防生害云々」(同)。
三〇 正しくは従三位。「従三位藤親世五十八、右兵衛督。九月日於防州落髪云云」(同)。

一 京都将軍家譜・下・義輝に「中納言藤基頼従二位藤親世等剃髪逃走」とする人物の名を借りるが、これは陶晴賢謀反のとき山口にあって落髪した(公卿補任・天文二十年)という権中納言藤原(持明院)基規を誤ったものか。
二 策略に長じていて。「謀 ハカリコト〈又謀(ボウ)計(ケイ)策(サク)略(リヤク)図並同〉」(合類)。
三 手綱さばきの秘術。「曲」は観客を酔わせる妙技のこと。
四 川で泳ぐこと。水練が武術として成立するのは近世中期で、それまでは軽輩の学ぶ術とされていた。
五 伝授を受けて身につけ。
六 基頼は他の公卿殿上人とは違い。
七 従二位という、武家では将軍以外に例のない官位への昇進。「官加階 クワンカカイ」(合類)。
八 義隆のために熱心にかかわって。
九 朝廷におけるさまざまの周旋を。
一〇 特別に。他の公卿は勝手に下ってきたが、基頼の場合は義隆が使いを遣わしてお招きした、の意。

かしづきもてなし、城の外に家つくりしてをき奉らる。一一 此上(このうへ)はとて、一二 妻妾奴婢(さいせうぬび)までよびくだし、しばらくは心やすくおはしけるに、にはかに陶(すへ)が一三 むほんおこりしかば、中納言殿は一四 北の方、一五 家人(けにん)等、重宝(てうほう)の道具どもふねにとりつみ、一六 夜もすがら山口の城をにげのがれて、京都を心ざしてのぼられたり。安芸(あき)の国に入て一七 高砂(たかさご)一八 たゞの海までこぎつけて、風あしければ一九 塩がゝりし給ふ。北の方なく〳〵かくぞ聞えし、

二〇 たゞのうみいかにうきたるふねのうへさのみにあらきなみまくらかな

一一 これほどまで厚遇してくれるのならば。
一二 下働きの者たちまで。「奴婢 ぬび〈…奴ハ男ノツカヒモノ婢ハ女ノツカヒモノナリ〉」(大全)。
一三 「謀叛 ムホン」(合類)。
一四 公卿の正妻の尊称。
一五 譜代の家臣や奉公人。「家人 けにん」(大全)。
一六 少しでも遠く離れたいと夜を徹して。
一七 安芸国の高崎浦(現広島県竹原市高崎町)か。
一八 広島県竹原市忠海町。高崎、能地(八八頁注五)と海上一里を隔て、三港ともに瀬戸内地乗り(沿岸)航路の古来の舟泊り。
一九 潮待ち。この一帯は瀬戸内海の中間地点に当たり、東西の潮目が変る。
二〇 忠海に舟を浮かべた旅の仮寝は、なぜこれほどまでに波立って眠りを妨げるのでしょう。

絵 藤原基頼卿一行、瀬戸内の忠海で舟人から海に放り出される場面。右頁、船内で衣冠の基頼卿を突き落とそうとする舟人。あわてて止める北の方。酒宴をした跡の重箱、渡盞、杯、瓶子(へいじ)など。船尾に財宝の荷物。船は帆を掛けるが櫓も併用。左頁、海中に投げ出された家人達。角ぐり髷の女房も見える。

夜ふけがた、月かたふきけるに、中納言殿酒とりいださせ、北の方もろ友[一]にすこしづゝうちのみ、破子（わりご）[二]やうのものとりひらき、舟人にもくはせなむど[三]し給ふ。舟人はこゝ[四]より一里（り）ばかり東のかた能地（のうち）[五]といふ所のものなるが、船[六]につみたる諸（しよ）道具（だうぐ）・財宝（ざいほう）みな金銀をちりばめ、絹（きぬ）小袖おほくみえしかば、舟人たちまちに悪心をおこし、「こよひ此（この）ともがらをころし、財宝をうばひとり、徳（とく）[七]つかばや。今の世は所〳〵みだれ立（たち）て、さしてとがむる人もあるまじ」とおもひ、夜いたく更（ふけ）て月も入

一 了意の書きぐせ。→五六頁注一。
二 檜の白木で作ったふた付きの容器。内部に仕切を設けて料理を盛り、携帯する。
三 「なんど」に同じ。など。
四 「能地よりたゝのうみへ一り」(大道中名所鑑・下)。
五 広島県三原市幸崎町能地。
六 原話に「舟人其ノ飲器皆ナ金銀ナルヲ見テ遽（にはか）ニ悪念ヲ起シ」。
七 金もうけをしたい。「徳 トク サイハイウル」(字集)。
八 原話に「英ヲ水中ニ沈メ、婢僕ヲ幷（ならべ）テ殺シ」。「英」は役人となって妻の王氏を連れ、温州に赴任する途中の崔英。
九 原話に「王氏ニ謂テ曰、爾（なんぢ）死セザル所以（ゆゑん）ノ者ヲ知ヤ。我ガ次子尚（なほ）未（いま）ダ室有ズシテ…、帰リ来（きた）リテ汝ヂ与（と）親ヲ成ン」。
一〇 「新婦 ヨメ」(書言字考)。
一一 息子の妻。舟人から見て嫁舅の関係。
一二 後の名月。原話に「中秋ノ節ニ値フ。舟人盛ニ酒殽ヲ設、雄飲シテ痛ク酔フ。王氏其ノ睡リ沈ムヲ伺テ、身ヲ軽クシ岸ニ上テ走コト二三里、忽チ路ニ迷フ」。
一三 備後国の沼隈半島先端の岬。広島県福山市鞆町後地（うしろぢ）に当たり、能地から海上九里。「ともよりあぶとのくわんおんへ壱

はて、くらきまぎれに、[八]家人等男女三人は海へなげ入たり。中納言殿聞つけておきたち給ふ所を、後にまはりてはねあげ、海になげ入たり。北のかた、「これはいかに」とのたまふを、舟人[九]とらへていふやう、「心やすく思ひ給へ。君をばころすまじきぞ。わが子二人あり。太郎には[一〇]新婦むかへて、次郎にはまだ妻もなし。わが[一一]新婦にすべし」とて、舟を出し、能地の家にかへり、財宝・小袖やうの物出しうりけり。北の方、「心地すこしあしければ、よくならんまで待給へ。次郎殿と夫婦になり侍べらん」とありしに、舟人うれしげなり。

[一二]九月十三夜、舟人、子ども新婦姑うちつれて、ふねにのりつゝ出てあそび、夜ふけがたみな酒に酔て前後もしらず臥たりけるを、中納言殿の北の方ひそかに岸にあがり、足にまかせて夜もすがらはしりにげつゝ、夜の明がたに[一三]狐崎の[一四]かれいの山もとに[一五]かゝぐりつき給ふ。[一六]あゆみもならはぬ浜路・山道をしのぎこゆるに、跡より追手やかゝるらんと悲しくおそろしく、足は[一七]千しほのくれなゐのごとく、[一八]いばらにかきやぶり、石に損ぜられ、とかくして[一九]明はなれたる霧のまぎれよりみれば、林の中に家あり。門の内にはしり入ければ、経よみ念仏する声聞え、[二〇]尼一人立出て、「これは[二一]こゝもとにはみなれぬ人なり。いかなれば[二二]朝まだきに、[二三]かちはだしにてこれへはおはしける」と問に、北のかた、「[二四]みづからは[二五]和布苅のとまりに住ものにて侍べ

里。付、右の間にきつねさきと申山はな有」(大道中名所鑑・下)。

一四「きつねさきより三町ほど下にかれいと申山あり」(同)。「下」は西の方角を意味する。

一五 かろうじてたどり着く。「三浦は命計はたすかりけれども、…三川の高天神の城にかゝぐりつきて、小笠原与八郎を頼みけり」(狗張子五・今川氏真没落付三浦右衛門最後)。「疎歩付 カ、クリツク」(温故知新書)。

一六 原話に「良家自(よ)リ生(うま)(れ)テ双鸞繊細ニシテ、跋渉ノ苦ミニ任ヘズ、又追イ尋ル者ノ至ンコト恐ル」。「双鸞」は両足。

一七 血で真っ赤に染り。

一八 野バラのとげで。

一九 原話に「東方漸ク白ク、遥ニ林木ノ中ヲ望メバ、屋宇有リ。急ニ往テ之(これ)ニ役ズ」。

二〇 原話に「院主来ル所以ノ故ヲ問フ」。

二一「ココモト こちら、または、ここ」(日葡)。

二二「朝マダキ 早朝也。マダキハ、、ヤキ也」(謡抄・白楽天)。

二三「カチハダシ 履物をはかないで〔素足で〕歩くこと」(日葡)。

二四 自称の代名詞。私は。

二五 未詳。和布苅の瀬戸近くに舟泊りがあったものか。「めかりより能地へ二里」(大道中名所鑑・下)。

絵 北の方、かれいの山に逃げ、そこの寺の院主の尼公に救いを求める場面。門は茅葺の粗末な造り。門際に松の木。海が近いのか波頭が見える。裏は山。

り。わが夫[一]は去年都にのぼりてうたれ[二]、孀[三]となりて姑につかへまいらするに、姑の心はしたなく[四]、又こじうとめ[五]つらくあたり、剰[六]あらざるぬれぎぬ[七]きせてうきたち[八]、よる昼ものうき事いふはかりなし。今夜[九]十三夜の月見にとて、家うち舟にのりて酒のみつゝ、みづからに酌とらせ侍べり。あやまちて盃を海にをとしぬ。さだめておそろしき責にあひ侍べらん事のかなしさに、夜[一〇]にまぎれて逃はしり、これまでさまよひまいりて侍べり」といふて、なみだをながす。尼いふやう[一一]、「おなじくはこれより家にかへり給へ。われらをくりて姑にわびこと[一二]すべし。もし又こゝもと[一三]にして夫もち給はんには、しかるべき媒をたのみてまいらせむ。とにかくに世[一四]のつねならぬ御有さまのいたはしさに申すぞや」といふに、北の方更にうけごはず、たゞ、「尼になしてたべ」とばかりおほせけり。

尼のいふやう、「此所はむかし[一五]淳和[一六]天皇の后[一七]、出家して武庫[一八]の山にこもり、如意比丘尼と申き。此人修法のいとまこゝに来り[一九]、浦嶋子[二〇]が箱をおさめ、空海[二一]和尚をもつて供養したまへる寺なれども、時世[二二]うつりしかばかすかなる跡[二三]となり、其時つくり給へる桜木[二四]の如意輪観音の胸のうちに、かの箱をおさめられ、霊仏にておはしけるに、国の守[二五]かすめとり、その家ともに焼ほろび[二六]給へり。しかるに此寺[二七]は浜ちかくして波の音さはがしく、人影まれに蓬葎しげりつゝ、たま〳〵友とするものは、う

一 原話に「良人歿セリ。孀居スルコト数年、舅、以テ永嘉ノ崔尉ノ次妻ニ嫁セシム。正室悍戻ニシテ事(かつ)ヘ難シ。箠(ちむ)ウチ辱ムルコト万端」。「悍戻」は、荒々しく道理に外れた性格。 二 討ち死して。 三 「孀 ヤモメ」(易林本)。 四 「ハシタナイ きびしくて無愛想な(こと)」(日葡)。 五 夫の姉妹。 六 「剰 アマッサヘ」(字集)。 七 無実の罪。 八 騒ぎ立てるので。 九 原話に「中秋ニ因テ月ヲ賞スルニ、妾ニ命テ酒杯ヲ取ラシム。料(はか)ラズ手ヲ失シテ金盞ヲ江ニ墜(おと)ス。必ズ之ヲ死地ニ宥ント欲シ、遂ニ生ヲ逃レテ此ニ至ルトイフ」。 一〇 底本「世」。 一一 原話に「尼ノ曰、娘子既ニ敢テ舟ニ帰ラズンバ家郷又遠シ。別ニ匹偶ヲ求ント欲トモ、率(にはか)ニ良媒ニ乏カラン。孤苦ノ一身将ニ何レノ所ニカ託ストイフ」。 一二 「託言 ワビコト」(合類)。 一三 この地で。 一四 この辺ではお目にかからない上品な雰囲気。 一五 以下は元亨釈書十八、本朝神社考五、本朝列女伝九等に伝える如意尼の伝承を備後鞆の海辺に立つこの尼寺に付会する。また如意尼の伝承は、ほぼそのまま狗張子巻二「武庫山の女仙」に用いられる。 一六 第五十三代。在位弘仁十四年(八二三)―天長十年(八三三)。 一七 元亨釈書、本朝列女伝に「次妃」、本朝神社考に「第四ノ妃」とする。 一八 摂津国武庫郡の山々。元亨釈書に如意尼の籠った地を「号二此地一名二神呪寺一」とする。 一九 備後国かれい山麓にあるこの尼寺に。 二〇 浦島子の玉手箱。右の諸書に如意尼を丹後国の出身として浦島子に関連づける。 二一 帝王編年記十三に、神呪寺は淳和天皇の皇后の発願により、空海を派遣して

しろの山にさけぶ猿のこゑ、前なる[二八]うしほに千鳥のなく音、松ふく風、岸うつなみ、これより外にはこと[二九]ゝひかはすものなし。[三〇]同行の尼三人何れも五十ばかりの年にて、めしつかはるゝ[三一]侍者の尼もよ[三二]はひはわかけれども、おこなひはつゝしめり。[三三]今君うつくしき花のすがたを[三四]墨染にやつし、[三五]柳の髪をそりおとして尼と成たまはんはい[三六]とおしき事ながらも、[三七]愛着[三八]執心をき[三九]りはなれて、[四〇]まことの道に入ぬれば、[四一]身はまぼろしのごとく命は露に似たり。今出家し給はゞ、座禅の床に[四二]妄念の雲をはらひ、灯明のひかりに[四三]無明の闇をてらし、香の煙はをのづから[四四]心法のけがれをはらひ、花をつめば、ひたすら[四五]煩悩のほのほ涼しくなり、[四六]朝には粥を食し、午の剋に[四七]斎をおこなひ、[四八]縁にしたがひあるにまかせて年月を送る。うらみもなくねたみもなし。心静かに身をだやか也。いたづらに世にかゝはりて、[四九]くるしき物おもひに来世のうれへをもとめむよりは、世を[五〇]いとふて[五一]出離の道をおこなはんにはまさるべからず」と、のべられたり。[五二]北の方やがて仏前にまうで髪きりてそらせ、法名梨春とぞいひける。もとより[五三]この女房はいとけなき時より[五四]歌さうしよみ手ならふ事をの[五五]み、[五六]書典をよみては文字こと〴〵くおぼえし人なりければ、出家していくほどもなきに、[五七]内典・[五八]経論のふかき理をさとれり。院主の尼公も、後にはみなこの梨春に尋ねてこそ、仏法の理、経論の[五九]文義をも会得せられけれ。梨春かくぞ口ずさびける、

建立したものとする。二二 歳月がおし移って。二三 昔をしのぶこともむずかしい廃墟と化し。二四 空海が刻んだと伝える。
二五 この尼寺から備後の国守が。
二六 この像は兵庫県西宮市甲山の摩尼山神呪寺に本尊として現存し、日本三如意輪観音の一と称される(『西宮市史』一)。
二七 原話に「此ノ間僻シテ荒浜ニ在リ。人跡致ズ茭葑之レ与ニ隣リ、鷗鷺之レ与ニ友トス」。「茭葑」はマコモとカブラ。
二八 海面に。「潮 ウシヲ」(合類)。二九 ことばを交す。三〇 ともに修行にはげむ仲間。「同行 ドウギヤウ」(合類)。原話に「幸ニ一二ノ同袍ヲ得(ウ)。皆ナ五十以上、侍者数人又皆淳謹ナリ」。三一 禅宗で住持に侍して雑用を勤める僧をいう。院主の以下の説法にも表れているように、この尼寺を禅寺に設定している。三二 「齢 ヨハヒ」(合類)。
三三 原話に「娘子年芳(わか)ク貌美ナリト雖ドモ命蹇(かたくな)ニ時乖(そむ)クヲ奈(いかんせ)ン」。
三四 姿を変えて。三五 長く美しい髪。
三六 「イトゥシイ 憐れみや同情の念を起こさせる(もの)、または、同情し、かわいいと思う(もの)」(日葡)。三七 「アヒヂヤクノ心 愛ハ、イトウシガル事也。着ハ、ヽナレヌ義也」(謡抄・梅枝)。原話に「愛ヲ捨テ痴ヲ離レ身ノ幻為ルコトヲ悟リ」。
三八 「執心トハ、夫〴〵ノ事ニ深(フカ)ク心留テ離ヌ心ヲ云也」(謡抄・鉄輪)。三九 捨て去って無関係な状態になり。
四〇 仏道。四一 「如夢幻泡影、如露亦如電」(金剛般若経)を踏まえた表現。金剛般若経は禅宗所依の経典。
四二 「妄念トハ、ミダリナル念トヨム也」(謡

中〳〵[一]にうきにしづまぬ身なりせばみのりのうみのそこをしらめや

まことに仏種[二]は縁よりおこるとはこれらぞためし也ける。常には奥ふかく引こもり、聖教[三]にまなこ[四]をさらし、たやすく人にもあふ事なし。ある日[五]一人の俗[六]来りて、院主の尼公に、「心ざす事[七]侍べり。経よみて給」とて、布施物[八]まいらせ、一幅の梅の絵をくやう[九]のためとて、仏前にうちをきたり。尼公これをとりて屛風にをされた[一〇]り。梨春[一一]これを見るに、まさしく、わが箱[一二]に入たる絵なり。尼公に、「いかなるも

抄・東岸居士)。　四三 無知暗愚ゆえに迷う状態。　四四 心。　四五 炎のごとく燃えあがる煩悩。「煩悩」は、人の心を悩まし、仏道修行を妨げる妄念や欲望。　四六 原話に「晨(あした)ニ飡シ暮ニ粥シ聊カ縁ニ随テ以テ歳月ヲ度(わたる)」。　四七 僧侶の食事のこと。午の刻(十二時から二時)以前に食するものと定められ、午後に食すときは非時と称する。　四八 仏道修行によって生ずる縁を大事にして。　四九 この世で苦しい思いをするだけでなく、それが因となって来世に憂えを求めた結果となる。　五〇「厭 イトフ」(合類)。　五一 輪廻から解脱するための修行。　五二 原話に「王拝謝シテ曰、是レ志ス所ナリト。遂ニ仏前ニ落髪シ法名ヲ立テ、慧円トイフ」。　五三 原話に「王ノ書ヲ読ミ字ヲ識リ、写染倶ニ通ズ。期セズシテ月間ニ悉ク内典ヲ究ム。大ニ院主ノ為メニ礼待セ所(ル)」。　五四 歌草紙。歌書。　五五 もっぱらとし。　五六 書物とくに儒書。　五七 仏書。「内典 ホトケノノリ ナイデン」(合類)。　五八「経論聖教トハ、仏ノ説タル経也。聖ハ聖者トテ、仏ノ弟子タチノ論ジテ記タルヲ論トイヒ、教ト云ゾ」(謡抄・殺生石)。　五九 文章の意味。

以上九一頁

一 もしも私がこのつらい人生を体験しない身の上であったとしたなら、仏法という海の深奥を知ることがあったろうか。

二 仏の道に入るきっかけは、ふとした機縁に発することをいう諺。「知法常無性、仏種従縁起」(法華経・方便品)に基づく。「仏種」は仏果を得る発端。　三 →九一頁注五八。「聖教 しやうげう」(大全)。　四 つねに目を向ける。「ガクモンニ マナコヲサラス い

の丶一三奉り」ととふに、「これは能地の舟人、この寺の一四檀那(だんな)にて来る。一五世にいふ、この者(もの)は人をころし一六剝掠(はぎかすめ)て世を渡るといふ。一七誠かしらず」とかたる。梨春、「さてはうたがひなく、かの舟人よ」と思ひながら、一八色にも出さず、一九筆をとりて絵の上に書けるは、

二〇わがやどの梅の二一立枝(たちえ)を見るからに思ひの外に君やきまさむ

二二尼公更にその二三下心(した)をしらず。たゞうつくしき筆の跡をほめたるばかり也。二四古歌の

つも書物に向かって勉強している」(日葡)。 五 原話に「歳余アリテ忽チ人有。院ニ至テ随喜シ、留リ斎シテ去ル。明日芙蓉ヲ画ル一幅ヲ持シ来テ施ス。老尼、素屛ニ張レリ」。 六「ゾク 俗人」(同)。 七 忌日の供養、故人の追善など。 八 お布施。「フセモッ 何かのお勤めや法事などに対して、坊主に与える寄付」(日葡)。 九「供養 クヤウ」(合類)。 一〇 装訂なさった。 一一 原話に「王、過(たち)テ之ヲ見テ英ガ筆為(た)ルコトヲ識ル。因テ自(よ)ル所ヲ詢(と)フ。院主曰、近日檀越ノ布施ナリ」。 一二 山口から引き上げるとき、長持に入れた。 一三「奉り物」の略。進上の品。 一四 檀家、施主。「檀那 ダンナ 〇浮屠より施主をさしていふ言葉也。梵語には、本陀那鉢底といへり。今檀那といへるは、陀誤て檀として鉢底の二字をのぞけるなるべし。詳に書言故事にみえたり」(世話支那草・上)。 一五 原話に「人頗ル其ノ江湖ノ間ニ劫掠スト道(い)フ。未ダ誠に然ルヤ否トイフコトヲ知ラズ」。 一六 衣服をはぎとり、財宝を強奪して。 一七 噂のかぎりではない。 一八 表情に表さず。 一九 原話に「乃チ筆ヲ抜テ屛上ニ題シテ曰」。 二〇 わが家の高く伸

絵 北の方、山名玄蕃頭の邸宅で基頼卿に再会する場面。右頁、縁に跪いていきさつを説明する品地九兵衛。庭には立派な松の木。屛風(六曲半双)は梅の絵とともに本文の同歌が記され、裏は七宝中菱つなぎ。左頁、中央に立膝姿の尼僧梨春(北の方)、喜びの涙にくれる。対するは山名の家人。上座右側に基頼卿、左側に黒菱紋の山名。

ことばをすこし引なをしける、[一]いと思ひ入たる心ありけむ。[二]備後の国鞆[三]の住人品治九兵衛といふもの、子細ありてこの寺に来り、屛風の絵と歌といづれもふしぎの筆跡なりと見とがめ、[四]尼公に請うけてかへり、わがすむ所に立てもてあそぶ。

こゝに中納言基頼卿は、[五]あえなく[六]水中につきおとされたまひしか共、もとより水練の達者なれば、なみをくゞりうしほをしのぎて、十町ばかりの末にて岸にあがり、それより足にまかせて備後の国、鞆の浦まで落来り、[七]山名玄蕃頭が家にいたり、「[八]奉公せん」とのたまふを、人〳〵[九]世のつねならぬ有様を見とがめ、山名に、「かう〳〵」といひければ、出てた[一〇]いめんし、おくによび入て、こま〴〵ととひ聞けるに、ありのまゝにかたり給ふ。「さてはい[一一]たはしき御事かな。京都もいまだしづかならねば、[一二]のぼり給ふとも住所あるべからず。しばらくこれにおはして、世の変をも見給へ」とて、とゞめをく。品治九兵衛は玄蕃頭が家人なりければ、「かやうの物もとめたり」と物語するに、[一三]中納言殿[一四]心もとなく、とりよせて見給ふに、おぼえず涙ぞ流れける。山名あやしみて問ければ、中納言殿、「是はそれがしの書たる絵なり。此歌はまさしくわが妻の手跡也。たゞの海にて、妻子家人みな水中にしづめられし。財宝は残らず舟人のためにとられぬらん。妻はいかにして命生けん。此画は何の故に此歌をかきて出し[一五]ぬらん」とのたまふ。山名すなはち品治をめしてつぶ

びた梅の枝が目にとまって、思いがけなく恋しい人が訪れてくるかもしれない。
二二 空に向かって伸びた枝。「タチエ」(日葡)。 三 原話に「尼皆其ノ所謂ヲ暁ラズ」。 二三 裏の意味。 二四 歌詞をいささか入れかえただけだが。古歌は「わがやどの梅のたちえや見えつらん思ひの外に君がきませる」(拾遺集・春・平兼盛)。

一 古歌の因みで梅花が恋しい人を呼び寄せてくれるはずとの強い思い入れ。
二 原話に「城ニ在テ郭慶春トイフ者ノ有リ。他ノ事ヲ以テ院ニ至、画と題与ヲ見テ其ノ精緻ヲ悦テ、買テ帰テ清玩ト為ス」。
三 広島県福山市鞆町および鞆町後地。瀬戸内航路屈指の潮待ち港としてにぎわうとともに、中心部の古城山には城郭が設けられ、侍の居住する町でもあった。
四 見つけて不審を問い。
五 哀れにも。
六 原話に「舟人ノ為ニ図ラレテ英を水中ニ沈ム。…幸ニ幼キ時、水ヲ習ヘリ。潜ニ波間ニ泅ギ既ニ遠ヲ度テ岸ニ登リ」。
七 未詳。備後国は康暦元年(一三七九)以来山名氏が守護職に任じられたので、その一族であろう。
八 主君に仕えること。「奉公とは、上によくつかへ奉るを云」(御成敗式目注十六条)。
九 常人とは違った風貌。
一〇 「対面 タイメン〈与レ人対面〉」(合類)。
一一 同情に価する。
一二 上京なさっても。
一三 原話に崔英は御史大夫をも勤めたこと

さにたづねければ、院主の尼公(あまぎみ)はじめよりの事をかたりけり。梨春に対面(たいめん)して、「ありのまゝにかたり給へ」といふに、「今は何をかつゝみ[一六]侍べらん」とて、舟人のありさま語り給ふにぞ、うたがひもなく中納言殿の北の方とはしられけれ。「さては」とて、鞆(とも)のうらへよびむかへまいらせ、中納言殿と対面しては、たゞ夢のやうにぞおぼえ給ひける。かはる姿とて互(たが)ひにおとろへ[一七]給ふありさま、今更あはれぞまさりける。

しばらく鞆におはしけるあひだに、京都の世の中うつり替り、三好(みよし)[一八]・松永ほろびて義昭(よしあき)[一九]将軍武運(ぶうん)[二〇]ひらけしかば、都にのぼらむとし給ふ処に、中納言殿俄(にはか)[二一]にいたはりつきてむなしくなり給ふ。梨春は直(すぐ)に尼になり[二二]給ひ、廿日ばかりのゝち、うちつゞきて夢に中納言殿さそひ来り給ふと見て、ほどなく北の方もむなしくなりたまふ。山名これをおなじ所にうづみ奉りけり。中陰(ちうゐん)[二三]のはての日、ふたつの塚(つか)より白き雲立のぼり、西[二四]をさして行かと見えし、異香(いきやう)[二五]すでに山谷にみち〳〵たり。時の人、きどく[二六]の思ひをなしけり。

伽婢子巻之三終

のある高納麟の知遇を得て、そのお屋敷で郭慶春から献上された芙蓉の屛風に出合う。原話に「英、忽(たちまち)屛間ノ芙蓉ヲ見テ泫然トシテ涙ヲ垂ル。公、恠ミテ之ヲ問フ。曰、此レ舟中失物ノ一、英ガ手筆ナリ」。「泫然」は涙の盛んに流れるさま。

一四 胸さわぎがして。

一五 寺外へ持ち出すことを許したのか。

一六 包みかくす。

一七 年をとって若いころのおもかげを失う。

一八 三好長慶の子義継の滅びたのは天正元年(一五七三)、松永久秀の滅びたのは同五年。

一九 足利十五代将軍。織田信長と不仲になり、天正四年(一五七六)に毛利氏を頼って鞆に下り、古城山に滞在していた。

二〇 天正五年に入って本願寺・上杉・武田・毛利などによる織田信長包囲の態勢が整い、将軍足利義昭にとって戦況が好転するかに見えた。

二一 病気になって。大内氏滅亡以来二十五年を経過し、中納言殿のモデルが持明院基規とすると、八十五歳を越えている。

二二 梨春は中納言殿と再会したのち還俗したのであろう。

二三 死後四十九日目。

二四 阿弥陀仏の浄土を目指して。

二五 妙なる香り。聖衆の来迎には紫雲たなびき、異香薫じ、花降り、妙なる音楽が聞こえる。

二六 「キドク 不思議、または、奇蹟」(日葡)。

伽婢子　巻之四

（一）地獄を見て蘇[一]

浅原新之丞は、相州かまくらの三浦道寸[二]が一族の末なり。才智ありて弁舌[三]人にすぐれ、儒学をもつぱらとして、仏法を信ぜず。迷途流転[四]の事、因果変化のことはりを聞ては、さま〴〵言かすめて[五]、誹あなどり[六]、僧・法師[七]といへどもうやまはず、口にまかせて誹謗[八]し、理[九]を非にまげて難じやぶる[一〇]。

その隣に孫平とて有徳[一一]なる者あり。若かりしときより欲心ふかく慳貪放逸[一二]にして、更に後世[一三]をねがはず、川狩[一四]をこのみて常のなぐさみとす。ある時心地わづらひて[一五]、[一六]にはかにむなしく成たり。妻子一門おどろき歎きて、願[一七]たて祈禱しけり。むねのあたりいまだあたゝかなりければ、まづ葬礼をばせず、まづ僧を請じ、仏前をかざり経よみけるに、三日といふ暮がたによみがへりて語りけるやう、「我死して、迷途におもむきしに、その道ははなはだくらし。又こと〻ふべき人もなし。かくて一里ば

4–1 剪灯新話二ノ一「令狐生冥夢録」にほぼ即し、後半は地獄巡りの構想を主とするが、代官など支配階級への批判が見られ、戦国武将の逸話も利用される。

一「蘇 ヨミカヘル」(字集)。

二 鎌倉扇ヶ谷上杉高救(たかひら)の息、義同(よしあつ)。三浦時高の養子。道寸は法名。永正十三年(一五一六)北条早雲に攻められ討死。勇壮な武将として知られる。

三「ベンゼッ 話しかたがよどみなく、よくしゃべること」(日葡)。

四「迷途」の当て字。「迷途」は「冥途」に同じ。「冥途 メイド〈又云迷途〉」(合類)。冥途・流転・因果・変化ともに仏教語。「流転」は四生の迷いの生死を繰り返すこと。「変化」は種々に形相を変えて現われること。

五 理屈をこねて言いごまかすこと。

六「誹 ソシル」(字集)。

七「法師」は出家一般を指し、俗人で法体の者をも含む。

八「ヒハゥ 人の悪口を言うこと、あるいは、ぶつぶつ不平を言うこと」(日葡)。

九「リヲマグル 道理をゆがめる」(同)。

一〇 論破する。

一一 裕福。金持ち。

一二 残忍無慈悲にして勝手気まま。「ケンドンハウイツ ドウヨクナモノ」(エソポのハブラス・コトバノヤワラゲ)。

一三「後世 ごせ」(大全)。

一四 川で魚をとること。「河狩 かはがり」(大全)とも。

一五 病みつく。病気になる。

一六 急死してしまった。

一七「グヮンヲタツル 祈願をする」(日葡)。

かり行かとおぼえし、ひとつの門にいたり、内に立入しかば、ひとつの庁場あり。冥官きざはしに出て我をまねきて、「汝死してこゝに来る。妻子なげきて金銀をちらし、祈禱仏事とりぐ〵にいとなむゆへに、此功力によつて二たびしやばにかへしつかはす也」とのたまふ。我うれしくて門を出て帰るとおぼえてよみがへりたり」といふ。「まことに祈禱仏事の功力はむなしからざりけり」とて、よろこぶ事かぎりなし。

浅原これを聞て、大にあざけり笑ひていはく、「世のむさぼりふかき邪欲奸曲の地頭・代官どもは、賄を得ては非道をも正理になし、物をあたへざれば科なきをもつみにおとす。此故に富ものは非公事にも勝、まづしきものは道理にも負をとる。これ此世ばかりの事かとおもふに、迷途の冥官も私あり。金銀だにおほく散じて仏事をだによくいとなめば、あるひは死してもよみがへり、或は地ごくもうかぶとかや。貧ものは力なし。善悪のむくひは、おほく銭金を散す人こそ来世もこゝろやすけれ。むかし漢の韋賢がことばに、「子に黄金万籯をのこさむより、如じ子に一経をゝしへんには」といへり。地ごくの沙汰も銭によるべし。閻魔王も金だにあれば罪はゆるす。韋賢がことばは全なし」といふて、手をうちてわらひあざける。さてかくぞよみける、

一「庁庭」の当て字。役所。　二 冥府の役人。「冥官 ミヤウクハン〈五道冥官[法苑珠林]地獄有二五官一。一鮮官。二水官。三主官。四立官。五天官。〉」(書言字考)。　三 階段。　四 湯水のごとくに使って。　五「トリドリ 種々様々」(日葡)。　六「功力 くりき」(大全)。　七 この世。「娑婆 シヤバ」(合類)。　八 人の道に外れた野心、欲望。　九 心がゆがみ、人を陥れてよろこぶこと。「奸曲 かんきよく」(大全)。　一〇 大名から知行を与えられて支配を行なった家臣。「按に…織田豊臣の世となりては…地頭といふとなへは、其国内の武士なべて旗本に祗候する一郷一村の領主にのみ残れり」(武家名目抄・職名部三十・地頭)。　一一 領主の命に従って所領の管理を代行し、年貢の徴収や公事訴訟も扱ったが、とかく非道が絶えなかった。「按に…主人もしくは嫡家惣領家などに代りて事を沙汰するものをば何れも代官といへり。中頃より所領の地をあづかり、年貢収納の事を司どるものは必ず代官とよぶことゝなりしも、其領主に代わりて沙汰しものする故なり」(同三十一下・代官)。　一二「賄 マヒナイ」(字集)。　一三 正しい筋道。「正理 しやうり」(大全)。　一四「科 トガ」(字集)。　一五 道理のない不当な裁判。「老・出頭・奉行になしては贔屓偏頗のわたくしありて、非公事も勝になり」(浮世物語二ノ十)。　一六 道理にかなっていても負ける。　一七 地獄に落ちても成仏するという。　一八「ココロヤスイ 安心している、心配がない」(日葡)。　一九 前漢鄒(すう)の人。句解注「漢ノ韋賢ガ伝ニ、子ニ黄金満籯ヲ遺ランヨリ、子ニ一経ヲ教ヘンニハ如(し)カジ」に

[二三]おそろしき地ごくの沙汰も銭ぞかし念仏の代[二四]に欲を[二五]ふかゞれ

家にかへり、ともしびのもとにたゞひとり座し居たりけるに、忽に二の鬼来れり。その有様すさまじく、[二六]身の毛よだちけるに、[二七]「これは[二八]閻魔王よりの使なり。いそぎまいるべし」とて、浅原が両の手を引たて、門を出てはしる。あゆむともなく飛ともなく、[二九]須臾のほどにひとつの庁場にいたりぬ。世間の[三〇]評諚場のごとし。御殿のおくには大王とおぼしき人、玉の冠をいたゞき、[三一]裀の上に座し、[三二]冥官はその左右に位によりて座せり。二の鬼、浅原をその前の庭に引すゆる。大王いかれるこゑを出して、「汝は儒学を[三三]綷として仏法を異端と貶め、ふかき道理をしらずして、みだりにそしりあざける。いでや迷塗の事はなしといふ、この科、口より出たり。はやく[三四]抜舌[三五]奈梨につかはし、その舌をぬき出し、[三六]犂をもつて鋤返せ」との給ふ。浅原[三七]首を地につけて、「我更に[三八]非道のつみなし。儒のをしへをまもりて、君臣父子夫婦兄弟朋友の[三九]五倫の道よこしまならじと[四〇]たしなみ、[四一]天理性分の[四二]本然を説て、その徳を仰ぐ。更に仏道を修せずといふとも、地ごくに[四三]落べきいはれなし」といふ。大王のたまはく、「冥官も私あり、善悪のむくひは[四四]貧富によるとて、念仏の代に欲を深がれといふ歌は誰よみしぞ」といかり給ふ。浅原こたへていふやう、「古しへ[四五]三皇五帝の世には[四六]天堂・鬼神のことをのべず。[四七]三代の時にいたりて山川の神をまつる事

拠る。この文言は補注蒙求・中「韋賢満籯」や明心宝鑑十・訓子篇にも登載されて著名。「籯」は三、四斗の量の入る籠。句解の底本では「経」を「経」と誤刻する。慶長・元和頃古活字版句解には「経」。 二〇「地獄の沙汰も銭がするといふ事…剪灯録に令狐譔といふ人…貧乏なるものは、銭なふしてつみにあふ。なむぞおもはむ冥官このともがらよりはなはだしからんとはとて、詩つくりてそしりし事侍る」(世話支那草・下)。 二一 空しい。「諠」の当て字か。 二二 驚き呆れた時に両の手を打ち鳴らす仕草。 二三 恐ろしい地獄の沙汰も金次第だぞ。念仏を唱えるよりは欲の皮を突っ張らせろ。原話の「一陌ノ金銭便チ魂ヲ返ス」を、当時の世話表現を利用して狂歌に翻案。 二四 語調からして「念仏(ねぶつ)の代(しろ)」と読ませるものか。 二五 深く思う意の動詞「深がる」の命令形。 二六 恐ろしさでぞっとする。「身毛竪 みのけもよだつ」(大全)。 二七 一人称の人称代名詞。わたし。 二八 地獄を司る十王の一。「地獄とは仏経に、地下に十王ありて、各(ヲノ〳〵)呵責の役をつかさどる。…閻摩王殿は刀山地獄をつかさどる。…秦広王殿は抜舌地獄をつかさどり」(世話支那草・下・地獄の沙汰も銭がするといふ事)。 二九 短い時間。 三〇 公事訴訟を裁く、いわゆるお白洲のことか。 三一 敷物。「裀 シトネ」(色葉字類抄)。 三二「大王は七宝の殿の内に、玉の床に座し給ふ。冥官、司録神をの〳〵位によりて並ゐたり」(堪忍記四ノ十六ノ七)。 三三 専らとすること。「綷 コト」(字集)。 三四 抜舌地獄。地獄絵に、亡者を柱に縛り付け、引き出した舌をたたき広げ

初めてこれあり。後漢の世に仏法つたはり、それより天堂・地ごく因果の理をしめす。こゝにをひて、山川にも霊あり、社頭にも主あり、木仏・絵像みな奇特を現ず。世の人これにおぼれて性理をうしなひ、悪をなしてあらためず、科を犯してほしゐまゝ也。つよきは弱をしのぎ、富は貧をあなづり、親に孝なく君に忠なく、一家むつまじからず。財宝をむさぼり、邪欲をかまへ、義をしらず節をまもらず、利にはしりて恩をわすれ、たゞ金銀だに散して仏事くやうをいとなめば、罪ふかきも科

て杭で固定し、その上を牛に引かせた犂(からすき)で鋤き直す図として描かれる。三五 泥梨(ないり)とも。梵語で地獄のこと。「泥犂 ないり〈原人論解ニ云ク泥犂ハ即地獄ノ名也〉」(大全)。三六「犂 カラスキ〈又犂同〉」(合類)。三七「首 カウベ」(同)。三八 人の道に外れること。三九 人のよるべき五つの道。「五倫ハ君臣、父子、夫婦、兄弟、朋友ナリ。五典トモ名ク」(童観鈔・上)。四〇 修学に励む。四一 生まれつき天理が備わっていること。四二 天から与えられた純然たる性質。「本然 ホンゼン」(書言字考)。四三 底本「地」に濁点を打つ。以下、「地」に「ぢ」と振仮名を付したものは同様。四四「貧富 ヒンフウ」(文明本)。四五 中国古代の伝説上の三天子と五聖帝。「三皇 大昊〈伏羲氏〉、炎帝〈神農氏〉、黄帝〈有熊氏〉」「五帝 少昊、顓頊、帝嚳、帝尭、帝舜」(合類)。四六 六道の一。天の世界。「天堂」は天上、浄土と同意。四七 中国古代の夏・殷・周の時代。原話に「中古ヨリ」、句解注に夏・殷以降とある。

以上九九頁

一 仏教の中国伝来には諸説あるが、後漢の明帝の時とするのが通説。「後漢ノ明帝ノ永平七年、帝、金人ヲ夢ミ、中郎将蔡愔、秦景博士、王遵等十八人ヲシテ西域ニ往キ仏法ヲ訪ネシム」(仏法伝来次第)。「後漢ノ第二代顕宗明皇帝ノ永平七年歳次甲子ノ秋九月ニ…十八人ヲ西域ニ遣ハシテ仏法ヲ求メシム」(法林樵談一ノ二・仏法震旦将来)など。

二「社頭 しやとう〈神宮〉」(和漢通用集)。

三「木仏 モクブツ」(書言字考)。

重きも、地ごくをのがれて天堂に生ずといふ。もしよくかくのごとくならば、悪人といふとも富貴なれば天上に生れ、貧者は、善人も地ごくに落べし。閻魔の庁といへども、富貴なる悪人大仏事をなせば浄土につかはすといはゞ、貧者のうらみなきにあらず。一〇是廉直の一一批判にあらず、一二私と云べし。我この事を思ふが故に、一首の狂歌をよみて此責にあふ。大王ふかく察し給へ」といふ。大王聞てのたまはく、「此理よこしまならず、一三陳るところ実なり。みだりに罪をくはへがたし。一四此誹ある

四「キドク 不思議、または、奇蹟」(日葡)。

五 人間の本性。

六「あなどる」の古形。「匆軽 ナアナヅリソ」(合類)。

七 日葡辞書では清音であるが、寛文期には濁音化した。「睦 ムツマジ」(合類)。「親むつまじ」(大全)。

八 利益を求めて。「走レ利 リニワシル」(広本節用集)。

九「供養 クヤウ」(合類)。

一〇「廉直 レンチヨク〈正直義〉」(合類)。

一一 判決。「ヒハン …詮議、あるいは、吟味」(日葡)。

一二「私 わたくし〈公儀にあらざる也〉」(和漢通用集)。

一三「陳 ノブル」(易林本)。

一四 (浅原が)このように誹ったのは。

絵 主人公の浅原新之丞が閻魔大王の前に引き出される場面。右頁、御殿の前に跪く浅原、髷は乱れる。鉄棒、鉄叉、長刀を持つ獄卒の鬼共。玉床上にあるのは浄玻璃の鏡か。左頁、座上の大王、司録・司命の冥官二人。司録神が浅原の記録を奏上している。司命神が持つのが命のふだか。柱の前に首二体が高々と柱台上に置かれる。

事は、孫平が仏事祈禱に金銀おほく散したる故に、二たび娑婆に帰されたりと沙汰せし故也。いそぎ孫平をめし来れ」との給ふ。須臾[一]の間に、孫平をめし来る。「手[二]杻首械をいれて、直に地ごくにつかはし、浅原をば娑婆にをくり帰せ」とあり。二人の冥官座を立て、浅原をつれて庭[三]を出る。

浅原いふやう、「我[四]人間にありて儒学をつとめ、仏経[五]に説ところ地ごくの事を聞ながら、信をおこさず。今すでにこゝに来る。ねがはくは、地ごくのありさまを見せて、我にいよ〳〵信をおこさしめ給へかし」といふ。冥官きゝて、「さらば司録[六]神にとふべし」とて、西のかた廊下を過て、一の殿にゆく。善悪二道の記録山のごとくにつみたり。冥官しか〳〵[七]といふに、司録神簿[八]を出したり。冥官これをとりもち、浅原をつれて、北のかた半里ばかり行けるに、銅[九]のつゐ地たかく、くろがねの門きびしき城にいたる。黒煙天におほひ、さけぶこゑ地をひゞかす。牛頭馬頭[一〇]のをにあまた、鉄棒鉄叉[一一]をよこたへ、門の左右に立たり。二人の冥官さきの簿を渡し、浅原をつれて内に入て見せしむ。罪人かずしらず、ごくそつ[一二]とらへて地にふせ、皮をはぎ血をしぼり、腹をさき、目を刳[一三]り、耳をそぎ、はなをきり、手足をもぎて、肉をそぐ。罪人なきさけび、苦をかなしむこゑ地にみちたり。これはむかし人間にありしとき、山海に猟漁[一四]殺生をいとなみしもの也。又ある所には、銅のはしらを

一 「須臾　シバラク」(書言字考)。
二 →三三頁注三〇。
三 庁庭、すなわち裁きの場。
四 六道のうちの人間界。
五 仏教の経典。
六 地獄の八神のうちの司録記神のこと。「司録記神トハ…衆生諸有ノ善悪ヲ記録シテ王ニ奏スルコトヲ司トル神也」(地蔵十王経注解二・獄司幷司命司録神)。
七 記さずとも内容の明らかな表現を省略するときの語。かくかくしかじか。
八 「簡　フタ　簿」(いろは字)。
九 高々と続いた銅の城壁。等活地獄の二番目刀輪処(とうりんしよ)は、鉄壁で囲まれ、内に猛火が燃えさかっている。
一〇 首から上が牛や馬の形をした地獄の鬼。「牛頭(ごづ)馬頭(めづ)は獄卒とて罪人を呵責する、獄中の雑色(ざうしき)の事也」(可笑記評判八ノ二十四)。
一一 鉄製の指叉(さすまた)の類。
一二 「獄卒　ゴクソツ」(合類)。
一三 句解は「サク」と読み、「刳ハ割也」と注する。
一四 「猟　カリ」「漁　スナトリ」(字集)。「むかし、物をむさぼりて、殺生したるもの此ぢごくにおつる也」(絵入往生要集一・等活地獄の事)。
一五 「磔　ハツヽケ」(合類)。
一六 酒を入れてつぐ取っ手の付いた器。
一七 正しくは「五臓六腑」。「苻」は多く「符」の慣用。また、「腑」にも用いた。「胃の苻」(浮世物語四ノ五)。一八 清濁両訓。「りやうぢ」(大全)、「レウチ」(合類)。
一九 「まさなし(き)」は、正しくないこと。

二本立ならべ、男と女と二人を[一五]磔にして、ごくそつ剣をもつて腹を断さき、あかゞねの湯を[一六]銚子に盛てながしかくるに、[一七]五蔵六苻たゞれ燃て、わきながるゝ。男も女もたゞ首ばかりはしらに残りてなきさけぶ。浅原その故をとふに、冥官こたへていはく、「これは娑婆にありしとき、この男は医師なり。此女の夫病ふかきを[一八]療治せしむるに、医師と女と[一九]まさなきみそかごとして、夫にあしき薬をあたへ、女[二〇]あらけなくあたりて[二一]ころしつゝ、夫婦となりき。[二二]二人ながら死して、今此苦をうくる」といふ。

又ある所には、尼・法師おほく裸にて[二三]熱鉄の地に[二四]蹲まり居たるを、獄卒来りて牛馬の皮を着覆に、尼も法師もそのまゝ牛馬になる。これに[二五]磐石を負せ、くろがねの鞭をもつてこれをうつに、皮やぶれ肉[二六]うげて、血のながるゝ事滝のごとし。浅原又とふて[二七]いはく、「これは人間にありし時、尼となり、法師となりて、田つくらずして[二八]飽までくらひ、織をらずして暖に着て、かたちは出家ながら戒律をまもらず、心に慈悲なく学道なくして、いたづらに[二九]施物をくらひけるもの共也。此故に畜生となりて[三〇]信施を[三一]つくなふ」といふ。又ある所をみれば、俗人おほく牛馬となりて苦をうく。「これは昔代官として百姓を[三二]とりたをし、妻子を[三三]沽却せしめたり。[三四]百姓辛苦の肪を虐とる、これも施物におなじからずや」といふ。最後にある地ごくにいたる。

ここは、不義密通。「邪　マサナク」(書言字考)。
二〇 つらく当たって。「アラケナイ　むごたらしい(もの)、また、険しくきびしい」(日葡)。
二一 原話では、夫は病死であり、二人が直接殺したわけではないが、情において殺したも同然とする。「つゝ」は強い反復や動作の並行の意が薄れ、「て」「ながら」などのように動作の推移を示す意に近い。
二二 「フタリナガラ　双方ともに」(日葡)。
二三 「ネッテッ　火の中で真っ赤になっている鉄」(同)。
二四 「蹲　ウヅクマル」(字集)。　二五 「バンジャク　非常に大きな石」(日葡)。　二六 「そげて」の誤刻か。　二七 「に」の誤刻か。　二八 「景行録ニ云…飽クマデ食、煖(アタヽカ)ニ衣(キ)テ、怡然トシテ自ラ衛ル者ハ」(明心宝鑑七・存心篇)。「身にあたゝかに着て、口に飽までくらひ」(可笑記評判七ノ十二)。　二九 「施物セモツ〈布施也〉」(合類)。
三〇 清濁両訓。「シンセ　寄進・布施をすること」(日葡)。後に濁音化したか。「信施　シンゼ」(書言字考)。
三一 清音。弁済すること。「償　ツクナフ」(合類)。
三二 年貢などを残らず奪い取ること。
三三 売り払うこと。「沽却　コキヤク〈売レ物云〉」(合類)。
三四 百姓が苦労して手に入れたものを絞りとること。「肪　アブラ」(書言字考)。「はたる」は、催・責・債・徴・懲など種々の用字がある。「官家ハ、コレヲ虐(ハタ)リ取リテ」(北条九代記二・新田開作)。

猛火こと更にもえあがり、数百人くろがねの地に座し、手杻首械をさゝれ、五躰さながらもえこがれ、ほのほみち〳〵たり。毒蛇来りてその身をまとひ、血を吸。又くろがねのくちばしある鷹とび来り、罪人の肩をふまへてまなこを啄はみ、肉を引さきくらふ。なきさけばんとすれば、猛火のけふり咽にせまり、くるしみいふはかりなし。肉つきて骨あらはれ、死すれば涼しき風ふき来り、又もとのごとくにして、よみがへる。浅原そのゆへをとふにいはく、「これは往昔かまくらの上杉則

一「猛火　ミヤウクワ」(下学集)。　二 体全体がすっかりそのまま。「全　サナカラ」(温故知新書)。　三「ほのほ　焔」(新撰仮名文字遣)、「ほのを」(仮名文字遣)。近世前期は「ホノヲ」(合類ほか)が多いか。

四 底本に「毒蚫」。原話「毒虺」。「虺　キクチハミ」(倭玉篇)。　五 衆合地獄の中に、鉄の炎のくちばしを持つ鷲が人の腸をついばむという(絵入往生要集一・等活地獄の事)。

六「啄　ツイハム」(合類)。　七 原話に「業風」。「業風(ごうふう)」は仏教語で、地獄に吹く風。

八「昔時　ソノカミ」(合類)。

九「則政」は正しくは「憲政」。鎌倉山ノ内上杉家で関東管領。天文二十年(一五五二)に北条氏康に攻められ越後に敗走。「十二月大　是歳…越後ニ出奔」(後鑑)。嫡子竜若は小田原で斬首された。　一〇 乳母の子で、育てられた貴人の子とは乳兄弟。

一一 竜若を氏康に渡した上杉家家臣。「竜若殿のおつぼねの子に妻鹿田(めかた)新介、舎弟長三郎、そのをとゝ三郎介、伯父に久里采女(くりうねめ)、その子与右衛門、御局以上六人、そのほか親類合て廿人くみて御ざうし竜若殿をつれて北条氏康へわたし、降人(かうにん)に出たり。…一人ものこらず首をきらる」(古老軍物語五・上杉則政公の子息を敵氏康へ出す事付町人はたのもしげなき事)。また、甲陽軍鑑十・上など。　一二 →四二頁注九。

一三 清濁両訓。「降人　ガウニン」(饅頭屋本)、「カウニン　降伏して憐れみを乞う人」(日葡)。　一四 きわめて長い時間のこと。「劫」は仏教語。古代インドの最長の時間単位。

一五 成仏すること。「ウカブ　または、ウカム　物が水面上にある。また、助かる」(日

政の子息竜若殿の[一〇]めのとご[一一]妻鹿田新介、その弟長三郎、同三郎助、その外親類都合廿人、すでに則政没落のとき、主君竜若殿をつれて[一二]敵北条氏康に渡して[一三]降人に出たり。主君をころしたる天罰あたり、此廿人みな氏康にころされ、死して此地ごくに落て、[一四]億万劫を経るといふとも[一五]うかふ時あるべからず。其外の輩も、みな主君をころし、不忠をいだき、国家をほろぼしけるもの共也」と、こまぐとかたる。

それより浅原冥官につれて門を出るとおぼえしかば、たちまちによみがへり、

蔔)。寛文期には「ウカム」と発音したか。

以下一〇六頁

一 臨済宗建長寺派総本山、北条時頼開基。鎌倉五山の一つ。 二 禅宗の宗門の要諦を学ぶこと。「サンガク」(日葡)。 三 迷いが晴れて悟ること。 四「ダゥニン 仏法語、禅宗の観念・瞑想において完全の域に達した人」(日葡)。

4-2 剪灯新話二ノ五「渭塘奇遇記」。夢の中での出会いがそのまま現実となるという一話であるが、和歌的表現を随所に配しながら、原話をほぼそのままになぞる。 五 一五二一―二八年。 六「船田 フナタ」(書言字考・本朝通俗姓氏)。 七 武士の身分を捨てて。 八 庶民。「ボンゲナ、または、ボンゲノモノ 学問もなければ、官位もない下賤な者」(日葡)。 九 京都市伏見区南端に位置し、淀川を利用する水運の要衝。また一帯は巨椋池があり、宇治川、木津川、桂川などの合流する水郷。 一〇「無双 ブサウ」(合類)。 一一 女性との浮名をたてる人。「色好 イロゴノミ」(合類)。 一二 京都府八幡市橋本。淀川を淀から一里下った舟泊り、また石清水八幡宮の門前町、京坂を結ぶ大坂道中の宿場町としてにぎわった。

絵 浅原、地獄のさまを回覧する場面。右頁、上部に横縞の筒袖に四幅袴(よのばかま)を着した浅原と案内の冥官。中央、銅柱に磔にされ、金属の溶けた熱湯を銚子で注がれる殺生者達。石で潰される罪人。左頁、牛馬に転身させられた尼・法師、背中に大石を負う。首かせをはめられた罪人、大蛇が取り巻き、或いは、鷹が眼を啄んでいる。

「隣の孫平はいかに」と問ければ、その夜又むなしくなれり。これによりて、浅原儒学をすてゝ[一]建長寺にこもり、[二]参学して、[三]醒悟発明の[四]道人となりけり。

(二) 夢のちぎり

[五]大永の比ほひ、[六]船田左近といふものあり。[七]武門を出て[八]凡下となり、山城の[九]淀といふ所にすみけり。心ざま優にしてなさけふかく、しかも[一〇]無双の美男なり。家富てゆたかなりければ、人みなあしくもいはず。年廿二になるまで妻をもむかへず、たゞ[一一]色ごのみの名をとりたり。[一二]橋本といふ所に[一三]田地をもちければ、秋のすゑつかた田を[一四]からせむとて、舟にのりつゝ、ゆく／＼橋本の北に酒うる家ありて、[一五]すまゐ[一六]にぎ／＼しう、内の躰[一七]奇麗にみゆ。

舟田は舟を家のうしろの岸につけて、酒を買てのまんとす。あるじ出て、「こなたへ」とてよび入しに、[一八]かけづくりにしたる[一九]亭にのぼる。亭の西の方には、[二〇]ふりたる柳枝たれて、紅葉にまじはり嵐にちりおち、[二一]下葉うつろふ萩が露、[二二]枝もとをゝにおもげなり。秋をかなしむ虫の声、[二三]おばながもとによはりゆき、[二四]籬の菊は咲にほひ、[二五]袖のかほりをたれぞとも、あだにゆかしき心地ぞする。北の方を見渡せば、[二六]淀の川波うきしづむ、かもめの声はをちこちに、あそぶ心ぞしらまほし。[二七]楊枝か島もほど

一三「田地 でんぢ」(大全)。 一四 稲刈りの監督をするための。 一五「すまゐ 住居」(新撰仮名文字遣)。 一六「ニギニギシュゥ」(日葡)。 一七「キレイ すなわち、イサギヨイコト、清潔」(日葡)。当時の慣用は「奇麗」(合類)または「暉麗」(大全)。 一八 傾斜地や泉池に張り出して作った建物。 一九 座敷。「亭 デイ」(易林本)、「出居 デヰ〈倭俗座敷也。或作二亭居一也〉」(伊京集)。 二〇 原話の「高柳古槐、黄葉交リ墜ツ」を改変。 二一 下葉が色を変えてゆくこと。「萩 はき色付(又下葉共いへり)」「萩 うつろふともいへり」(藻塩草八)。「夜をさむみ衣かりがねなくなへに萩のしたばもうつろひにけり」(古今集・秋上・読人知らず)。 二二「秋はぎの枝もとををになり行くは白露おもくおけばなりけり」(後撰集・秋中・読人知らず)。「枝も遠(とを)、枝も橈(たは)同事也」(伊勢物語集注三)。 二三「波をこすを花がもとによわるなりよさむの末の松虫のこゑ」(題林愚抄・秋二・虫・国冬〈新後拾遺集〉)。 二四「さきにほふ菊のまがきの夕かぜに花の宿かす袖のしら露」(同・秋四・籬菊露芳・伏見院〈新千載集〉)。 二五「香 袖の香」(藻塩草十七)。 二六「雲雀あがるみづ野うへ野を詠れば霞流るゝ淀の河波」(出来斎京土産七・美豆野)。 二七 改修前の宇治川が淀川に合流する淀小橋近くにあった小島。千鳥の名所。 二八 大阪府枚方市渚にあった離宮。伊勢物語八十二段の舞台。 二九 道行文によく使われる言い回し。「西行法師が住みたりし、雲林院も此処(ここ)なれや」(浮世物語一ノ十)。 三〇 京都市伏見区美豆町。「淀より南のかたなり。みづの御牧とつゞけたる

ちかく、[二八]渚の院も[二九]こゝなれや。[三〇]水野を過て[三一]山崎や、[三二]うど野につゞく[三三]三島江まで、たゞ一目にぞ見わたさるゝ。あるじ盃出し酒すゝめて、「これは[三四]松江の[三五]鱸魚にはあらねども、かの[三六]玄恵法印が[三七]庭の訓に名をほめたる[三八]淀鯉の鱠」とて、とりそなへて出したり。又、「これは[三九]呉中の蓴菜には侍べらねど、[四〇]貫之が詠めにつみたる水野の沢の[四一]根芹にて侍べる」など、[四二]心ありげにもてなしければ、舟田あるじの心を感じて数盃をかたふけたり。その家にむすめあり。年十八ばかり、いまだいづかたにも縁をむすばず、亭につゞきたる一間の部屋にすみけり。親もとよりゆたかなりければ、[四三]歌双紙なんどおほくもとめてよませ、[四四]手はすぐれねども物かく事ながるゝがごとし。心ざまやさしくなさけあり。舟田が亭にありけるを見て、[四五]心まどひしつゝ[四六]帳の隙よりさしのぞき、あるひは顔をみなながらさしあらはし、あるひは帳の外に立、又内に引こもり、又帳より外に出つゝ、恥かしさもわすれて[四七]こがるゝばかり[四八]なまめきたり。舟田これをみるに、女のかほかたち世にたぐひなく、うつくしく[四九]かゝやくばかりにおぼえて、[五〇]しらずわがたましゐも女のたもとに入ぬらん、たがひに心を通はせて[五一]目とめを見合せ侍べりしか共、さらに[五二]一ことばをいふべきよしもなく、日すでにかたふきしかば、舟田はいとまごひし座を立て、舟にのり、わが宿に帰りしかども、たゞその人の面かげのみ、[五三]身にしむ秋の風さえて、[五四]ひとりまろねの床のうへ、[五五]しら

もここの事也」(出来斎京土産七・美豆野)。三一 大阪府三島郡島本町山崎および京都府乙訓郡大山崎町の一帯。三二 大阪府高槻市鵜殿。三三 同市三島江。歌枕。三四 中国江蘇省の呉淞江に産するスズキ。「呉都松江鱸魚ヲ献ズ。煬帝ノ曰ク、所謂金齏ノ玉膾、東南之佳味也」(事文後集三十四・魚・金齏玉膾。諸儒箋解古文真宝後集一・後赤壁賦「巨口細鱗、状如二松江之鱸一」の注にも同文)。三五「松江の鱸を松江(ずんがう)のすゞきとなへさせ、南京を南京(なんきん)とよぶ例」(難波土産四・国姓爺合戦)。「鱸魚ハ呉中ニ出テ松江(ズンコウ)尤盛ニ多シ。状チ鱖(ケツ)ニ似て色白クシテ黒点アリ。巨口細鱗、頗ル佳肴ノ者ノトス」(新語園九・張翰思鱸魚鱠)。三六 鎌倉末、南北朝期の天台宗の学僧。古来、庭訓往来の作者に擬せられる。三七 庭訓往来のこと。四月復状の諸国名産を羅列するうちに「淀鯉」がある。「四十あまりなる男の…したりがほに、この川の鯉は名物にて、庭訓往来にも淀鯉、土佐材木と有といふ」(千種日記・天和三年四月四日)。三八「鯉は河魚の第一上品、神農本草に鯉を魚の王とすといえり。山城国淀の産を名物とす。中にも淀城の水車のあたりに住鯉一しお玩賞する也」(日本山海名物図会五・淀鯉)。三九 中国呉郡の千里湖に産するジュンサイ。「晋ノ張翰字ハ季鷹ト云フ、呉国人ナリ。…斉王冏是ヲ辟(メ)シテ大司馬東曹掾トシテ洛京ニ在リ。張翰因(ヨッテ)秋風既ニ起テ粛颯タルヲ見テ乃(イマ)シ呉中ノ菰菜蓴ノ羹松江(スンカウ)ノ鱸魚ノ鱠ヲ思ヒテ曰、人生ハ其志ザシニ適ヲ以テ貴トス、何ゾ官ニ数千里ノ外ニ羈レテ以テ

ぬ涙ぞおちにける。

その夜の夢に、橋本の酒うる家にゆきて、後の川岸より門に入(いり)、直に女の部屋にいたりぬれば、部屋の前にはちいさき[一]つくり庭ありて、さま〴〵に畳[二]たる岩ぐみ、峰よりくだる谷のよそほひ、ふもとよりつたふ道のつゞき、ふぜひおもしろく、山より山のかさなれるに、洲浜[三]の池は水きよく、さゝやかなる魚[四]おほくあそび、汀に生るしのぶ草[五]、窓[六]に飛(とび)かふ蛍火の、きえ残りたる秋の暮、すゞむしの声かすかなり。

名ヲ要(モトメ)メ禄ヲ貪ラン乎ト云テ遂ニ官禄ヲ委(ステ)テ故郷ニ帰ル」(新語園九・張翰思鱸魚鱠)。事文続集四・思郷・秋思蓴鱸にもあり。四〇 貫之集他に見出せないが、「沢の根芹」は、恋の歌に用いられる。四一「ネゼリ 城州宇治ノ産根最長シ、茎葉ヲ去テ根ヲ賞ス」(本草綱目啓蒙二十二)。四二 好意をあらわに。四三 歌書。四四 筆跡。四五 平常心を失って。四六 几帳。四七 恋こがれていると告白するかのように。四八 色っぽい表情をした。四九 清音。五〇 文頭に置いて、以下不明の意を強調する。魂がわが身を抜け出して、女のもとに飛んでいってしまったらしいことにも気づかず。五一 句解注に「目成ス、註ニ睨テ相視テ以テ親好ヲ成ス也」。五二 ひとこと。「拑口不言、一コトバモ云テハサテト心得タホドニ」(史記抄四)。五三 娘の面影が身にしみるうえに、冷たい秋風で寝られない。五四「まろ寝」と同じ。「マロネ」「マルネ 着物を着、帯をしたままで夜寝ること」(日葡)。五五 他人に明かすべくもない涙。

以上一〇七頁

一「ツクリニワ たくさんの小さな木や花や、またそれに類した物で人工的に造り整えた所」(日葡)。二「タタム 折り重ねる」(同)。三 庭園に作った池。「倭俗仮山ノ池水ヲ洲浜ト謂フ。泉石ノ模様水隈洲浜ヲ象ルノ謂ヒナリ。今専ラ洲浜ト称シ或ハ泉水ト謂フ」(雍州府志八・洲浜町)。四 小魚。五 シダ植物「忍(しのぶ)」の別称。また「忘草(わすれぐさ)」などの別称。野生や水生など多品種があり、異称も多い。人を思慕する意の草名として和歌にも多出。原話の詩第二幅に

[七]軒には小鳥の籠ひとつかけて、[八]たきしめらかしたる香(かう)のにほひ、[九]心もつれてこがるらむ。つくえにはうつくしき瓶(かめ)に菊の花すこしさして、[一〇]硯ばこあり。床(とこ)には[一一]源氏伊勢物語その外おもしろく書(かき)たる双紙(さうし)[一二]をつみかさね、壁(かべ)によせたる東琴(あづまごと)[一三]は思ひをのぶるなぐさめかと、目とまる心地して立たりければ、女はこれを見てうれしげに近づき、うちえみて舟田が手をとり、閨(ねや)に入て、心につもることの葉百夜(もゝよ)もつきじとうちわび、[一四]たがひに契りをかはしまの、水のながれて終(つゐ)にまた、[一五]末はあふせをならし

「萱草」。六「窓」と「蛍」は付合。原話の詩第三幅に「羅扇蛍ヲ撲チテ定マル影無シ」。七原話は、一羽の緑の鸚鵡が入った、美しい鳥籠。八他動詞「た(薫)きしむ」あるいは「たきしめる」に、さらに他動詞的な意味を加える接尾語「かす」がついた形。九たきしめた香に、恋心が募って胸もこげてしまいそうだ。一〇筆・墨・硯の一式を入れた、蓋のある箱。蓋には蒔絵などを施し、置物としても利用。「蒔絵手箱硯箱」(庭訓往来・七月往状)。一一挿絵に見える書名には「こきん」「万やう」とある。一二「双紙 さうし〈物の本〉」(和漢通用集)。「サウシ ナラブカミ 詩歌の書、あるいは、日本のやさしい言葉で書かれた歌や物語の書物」(日葡)。一三和琴、六絃琴。一四「契りを交はす」に「川島」を掛ける。川島は川中島のことで、二分された流れがやがて合流するごとく、離れ離れになった二人が末に再会する喩えに使われる。「この河島の行末は逢ふ瀬の道になりにけり」(謡曲・賀茂物狂)。

絵 船田左近、橋本の酒家を訪れ、娘と婚姻の儀を取り結ぶ場面。右頁、娘の家の作り庭。泉池に掛け渡した亭。回りに樹木の柳や楓(紅葉)。草花は菊か。左頁、左側髭の男性が酒家の主。右に左近、四ツ目菱の袴。対する右側の華やかな女性が娘、左は母親か。いずれも根結いの下げ髪。三方にのし昆布など固めの品が置かれる。床に見える古今、万葉の書物は、江戸時代には婚礼の時、黒棚の中の棚に飾られる書物でもあった(女重宝記二・御厨子黒棚飾り様の事)。

ばや、しばし人めをしのぶぐさ、その関守[一]こそつらからめ[二]など、さま〴〵かたらひけるほどに、人のわかれを思ひしらぬ、八(や)[三]こゑの鳥もけうとげに[四]、はや明(あけ)がたと打[五]しきれば、灯火(ともしび)の色いとしろく、窓(まど)[六]の本(もと)に夢はさめたり。これより毎夜、夢のうちに行通(ゆきかよ)ひて、ちぎりをなさぬ夜はなし。ある夜の夢には女琴(こと)をひきて、想夫恋(さうふれん)[七]の曲をなす。その爪音(つまをと)[八]たえにして、ひゞき[九]は雲路(ち)にいたるらむと、いとゞ情(なさけ)ぞ色まさりける。ある夜の夢には又かの家に行たりければ、女白き[一〇]小袖を縫(ぬい)たりしに、舟田ともし火をかきあぐるとて、小袖のうへに灯花(ちやうじがしら)[一一]をおとして痕(あと)つきたり。又ある夜の夢には、女白[一二]がねの香合(かうばこ)[一三]をおくる。舟田水精(すいしやう)の玉をあたへたり。夢さめぬれば、香合は舟田が枕もとにあり。わが水精の玉はなし。大きにあやしみ思ひて、

[一四]君にいま逢夜あまたのかたらひを夢としりつゝさめずあらなむ

とうちながめて、あまりに堪(たへ)がたかりければ、舟に棹さして橋本にゆきつゝ、かの家に立いり、酒をもとめしに、あるじ出て、舟田をみてはなはだよろこび、内によびいれて、[一五]こと更にもてはやす。

かくて物語しけるやう、「それがし、たゞひとりのむすめをもつ。年いまだ廿(はたち)に足(た)らず。去年秋のくれに君こゝに酒のみ給ふとき、むすめ見まいらせしより思ひ初て、つゐに病(やまひ)となり、たゞ鬱〻(うつ〳〵)[一六]としてねふれるがごとく、[一七]ひとりごとするありさま、

一五「逢ふ瀬を為す」に「楢柴」を掛ける。楢柴はナラの枝を集めた薪ともコナラの別称とも言う。ここでは「しばし」と言うための序詞。

一 二人の出合いを妨げる邪魔者。
二 情け容赦もないことだろう。
三「八声ノ鳥　雞(トリ)ノ事也」(謡抄・盛久)。
四 耳をふさぎたくなるような様子で。
五 続けざまにくりかえすと。
六 原話は、船の「篷窓」の所。
七「想夫恋」と書いて、「夫をおもふてこふとよむ想夫恋といふ楽」(平家物語六・小督)の意とするが、もとは「相府蓮」(徒然草二一四段)、また「想夫憐」(白氏文集六十八)という唐楽の曲名。「想夫恋　さうふれん」(大全)。
八「妙　タヘナリ」(合類)。
九 天上界に至って天人をも感動させようかと。
一〇 原話は「紅ノ羅ノ鞋ヲ綉ス」。「紅ノ羅ノ鞋」は赤い絹のくつ。
一一 行灯(あんどん)の灯心の先端にできることのある黒いかたまり。これを吉兆とした。「灯花を丁字頭とて、児女子甚喜びをなす。清土(らか)にも如レ此と見えて、小説の書に灯花の報、喜鵲の譟と云事見へたり」(嗚呼矣草三・灯花)。「灯花　チヤウジガシラ」(合類)。
一二「銀　シロガネ」(合類)。
一三 香木を入れる小函。「香函　かうばこ〈香合同〉」(大全)。
一四 原話の詩末部「良夜虚ク度リ難シ、芳心

酒に酔たるに似たり。医師をたのみて治すれども、露ばかりのしるしもなし。陰陽[一八]師にはらひせさするに、猶おもくわづらひて、心地たゞしからず。折〻は舟田左近と名をよぶ事あり。しかも昨日いふやうは、「明日は君かならずこゝにおはしまさん」といひけれども、「例の狂気よりいふ事ならん」と思ひ侍べりしが、君けふ来り給へり。これひとへに神の告給ふ所ならん。ねがはくは君これを妻とし給へ。侘[一九]てすむそれがしの跡[二〇]残りなくまいらせむ」といふ。たがひに名字[二一]をあらはし、やがて領掌[二二]して娘の部屋に入ければ、部屋の躰、庭の面、みな夢に見たるに違はず。女そのまゝまくらをあげ、心地たゞしくなりぬ。その顔容ものいひ声つき、いさゝかも夢にかはらず。かくて女かたるやう、「去[二三]ぬる秋のころ、君を見そめまいらせしより、その物思ひむねにふさがり、面影すでに身をはなれず。夜ごとに君に契るといふ夢をみる事いかにともいはれをしらず」といふに、舟田が夢もそのごとく、小袖に灯花の落たる痕あり。琴を弾たる曲の名、香合の事、みな夢はおなじ夢也。これを聞に、おどろきあやしまずといふことなし。まことに神[二四]の行かよふてちぎりあさからず、[二五]わりなきなからひとぞ聞[二六]えし。

イマダ肯テ擢ケズ」の翻案歌。
一五 下にもおかぬ扱いをする。
一六 「ウゥウゥ 不愉快であること、または、ひどく心がふさいでいること、文書語」(日葡)。
一七 原話に「独語酔ヘルガ如ク」。
一八 天文暦数をつかさどり吉凶を占う役人。律令制度が崩れたのちは民間にあって呪いや祈禱を職業とする者も現われた。「陰陽師 ヲンヤウジ〈相当従七位上、唐名大卜師〉」(合類)。
一九 みすぼらしい暮しをする。卑下した言い方。
二〇 遺産。聟にして跡を継がせたいと言っている。
二一 氏素性を明らかにして。「名字」は氏名のうちの氏のこと。「名字 みやうじ」(大全)。
二二 「領掌 リヤウジヤウ」(下学集)。「リヤゥジャゥ ウケガフ 同意すること。リヤゥジャゥスル」(日葡)。
二三 「サンヌル 例、サンヌル コロ さきごろ」(日葡)。
二四 霊魂、精神。人間を精神と肉体に分けたときの精神のこと。「神 タマシイ」(字集)。
二五 切っても切れない二人の仲。
二六 評判になった。

以下一一二頁

4-3 原話は五朝小説の夢遊録「桜桃青衣」で、唐代天宝年間の范陽に住む盧子が、路

（三）一睡卅年の夢

享禄四年六月に、細川高国と同名晴元と摂州天王寺にして合戦す。高国敗北して尼崎まで落行つゝ、道せばくして自害したり。

家人遊佐七郎は、牢浪して芥川の村にかくれ居たりしが、京都にのぼりていかなる主君にもつかへ奉らんとおもひ、中間一人めしつれて、都におもむく。山崎の宝寺にまうでゝやすみ居たるに、しきりにねふりきざしければ、東の廊下にしばらく臥侍べりし。夢にみるやう、寺の門前に出ければ、一人の夫男ひとつの籃に楊梅子をいれてやすみ居たり。遊佐立よりて、「誰が家の者ぞ」と問ば、「山崎の住人交野次左衛門が家にめしつかはるゝもの也。交野殿は将軍家に属して打死し給ひ、一人のむすめおはします。西の郊の石尾源五殿の妻となり、源五殿は三好に打れたまひ、今は孀にてかへり住給ふ。年いまだ廿一なり。母は六十有余にて才覚すぐれ給へり。「一門の末ならば重ねて聟にとり、家督をゆづりまいらせむ」とおほせあり」と語る。遊佐これを聞て、吃とおもひめぐらせば、「交野が妻は我が姨也。久しくたよりをうしなひ、何方にありとも聞ざりける。さては山崎に住給へり。尋行て名のらばや」と思ひ、男に具して尋行たりければ、姨にまがひもなく、たがひに名のりあ

傍の寺に入って僧の説経を聞きつつ寝入り、夢に科挙に及第して高位高官に昇りつめるが、説経僧にゆり起こされて目覚め、栄華の空しさに気づくという「邯鄲一炊夢」に類する物語。この一話を武門栄達を願う細川高国の遺臣遊佐七郎の場合に置きかえる。一 正しくは「きょうろく」。一五三一年。本朝将軍記に「享禄(カウロク)」。二 一四八四―一五三一。細川政春の子。細川政元の養子。幕府管領。享禄四年六月、摂津天王寺に三好元長・赤松政村の連合軍に敗れる。三 一五一四―六三。細川澄元の子。幕府管領。高国と対立。三好政長・元長に擁せられて挙兵。のち、元長とも対立。四「同四年六月細川高国と同名晴元と摂州天王寺にして合戦、高国敗北し尼崎にして自害す。高国法名は道永、後にあらためて常桓と号す(晴元は澄元が子なり)」(本朝将軍記十・源義晴・享禄四年)。六月四日、天王寺合戦、八日、高国自害(後鑑)。五 厳しい追撃に逃げ切れず。高国は尼崎市大物(だいもつ)町の広徳寺で自害した。六 管領畠山氏の家臣で、代々河内の守護代を勤めた遊佐氏の名を利用したか。ここは、高国方の家人とする。享禄以前に畠山尚順(ひさのぶ)は細川高国方についている。七 浪人の身の上となって。八 大阪府高槻市芥川町。村内を芥川が流れ、西国街道(山崎通)沿いに宿場町などがあった。九「中間と云は侍の下、小者の上也。侍と小者の間なる故中間と云也」(貞丈雑記四)。一〇 京都府乙訓郡大山崎町字大山崎銭原の宝積(ほうしゃく)寺。「宝寺」は通称。真言宗智山派。天王山の中腹にあり、戦国時代を通じて寺勢盛んであった。原話に「嘗テ暮ニ驢ニ乗リテ遊

ひけるに、姨うれしさのあまりなみだをながし、内によびいれて一族の行衛を尋ね問に、それかれおほくはみな打死して、七郎ばかりわづかにながらへたり。姨のいふやう、「我がたよりとては娘たゞ一人あり。[二八]和殿は又みづからが甥也。[二九]むつまじく恋しきぞや。京にのぼらずともあれかし。[三〇]聟になして心やすく見ばや」といふ。遊佐うれしく思ひ、やがて約束し、[三一]明日こそ吉日なれとて親しきともがらをよびあつめて、さまざま調て縁をむすぶ。[三二]妻の女房を見れば、かほかたちみやびやかにうつくしかりければ、いとゞうれしさ限りなし。[三三]婚礼の用意ははなはだ花麗なり。[三四]日ごとに客をあつめて、酒宴におよぶ。遊佐もたのしみにほこりて、思ふ事もなし。

ある日京都より両使あり。[三五]将軍よりめし給ふ。[三六]いそぎ上洛しけるに、[三七]公方の御気色こゝろよく、すなはち一万貫の所知を下され、[三八]河内守に任ぜらる。[三九]かくて京都に伺公する事二年、[四〇]そのあひだに公方の相伴衆になされ、[四一]威勢たかく、肩をならぶる人なし。すでに御いとま給はりて、山崎にかへり、要害の地を点じて家づくりおびたゝしうとり立たり。[四二]めしつかふ上下の侍、出入ともがら数しらず。[四三]門外にはつなぎ馬のたゆる隙もなく、[四四]諸方よりつどひ来る使者日ごとにおほし。はや三十年の星霜を経て、[四五]男子七人女子三人をもちたり。[四六]男子四人をば京都にのぼせて将軍家に奉公せしむ。女子二人は津国河内のあひだにつかはして武家の名たかき細川なにがし[四七]

行シ、一ノ精舎ノ中ニ僧有リテ講ヲ開キ聴徒甚ダ衆(おほ)キヲ見ル。盧子方(まさ)ニ講筵ニ詣(け)ミ、倦ミテ寝(まどろ)ム」。 一一 原話に「夢ニ精舎ノ門ニ至リ、一青衣ノ一籃ノ桜桃ヲ攜ヘテ下坐ニ在ルヲ見ル」。「青衣」は婢女。 一二 日雇人足風の男。 一三 「籃 カゴ」(合類)。 一四 ヤマモモの実。「楊梅 ヤマモヽ」(合類)。 一五 原話に「盧子其ノ誰ガ家ニ因ルカヲ訪(と)ヒ」。 一六 近くの地名の交野(大阪府枚方市)より命名したか。 一七 足利義晴か。義晴は、大永七年(一五二七)、柳本賢治に京都を追われ、近江に敗走した。その時の合戦か。 一八 従軍して。「属 ショク」(字集)。 一九 未詳。 二〇 三好元長軍か。 二一 「孀 ヤモメ〈高誘云、寡婦也〉」(書言字考)。原話に「青衣云ハク、娘子姓ハ盧、崔家ニ嫁シ、今孀居シテ城ニ在リト、因ツテ近属ヲ訪ヘバ、即チ盧子ノ再従姑ナリ」。 二二 実家に帰ってお暮らしなさっている。 二三 原話に「姑ノ衣ハ紫衣ニシテ、年ハ六十許(ばかり)ナル可ク、言詞高朗、威厳甚ダ粛ナリ」。 二四 「キット 副詞。速やかに」(日葡)。 二五 「姨 ヲハ」(字集)。 二六 音信も絶えて。 二七 同行して尋ねて行ってみたところ。 二八 原話に「姑曰ク、吾ニ一外甥女有リ、姓ハ鄭、早ク孤遺、吾ガ妹鞠養甚シ、容質有リテ頗ル令淑有リ。当(まさ)ニ児(なんぢ)ガ婦為(た)ルベク、平章シテ必允ヲ計ラン」。「平章」は結婚の仲介。 二九 対等以下の男性に親近感を込めて呼びかける二人称の代名詞。 三〇 「睦 ムツマジ」(合類)。 三一 安否を気づかう必要のない一緒の暮らしをしたいものよ。 三二 原話に「遂ニ暦ヲ検シテ日ヲ択ビテ云ク、後日吉日ナリト」。 三三 原話に「其の新婦[一]となし、兄弟をむことす。内外[二]にかけて八人の孫をまうけ、一家の繁昌[三]この時にあたれり。かゝる所に思ひかけず、敵三千よ騎にてをしよせ、四方より要害[四]に火をかけ、鬨[五]をつくりてせめ入たり。妻子おどろきてなきさけび、家人[六]はおそれて落うせければ、ふせぐべき力なく、腹をきらんとする所に、敵はや打入て引くみいけどるほどに、これにくみあふてをしかへしはね返すとおぼえて、汗水[七]になりて、夢[八]はさめたり。

ノ妻ノ年ハ十四五ナル可ク、容色美麗ニシテ宛(さながら)神仙ノ如シ、盧生心ニ喜ビニ勝ヘズ」。三四 原話に「其ノ夕ベ結事ヲ成ス、事華盛ニシテ殆ド人間ニアラズ、明日席ヲ設ケ大会ス」。三五 振仮名、原文のまま。「遊佐 ユサ」(書言字考)。三六 正使と副使との二人づれの使者。三七「上洛 じやうらく」(大全)。三八 征夷大将軍のこと。「大樹将軍 だいじゆしやうぐん〈公方(クバウ)様也〉」(大全)。三九 領地、知行。原話では、盧子はその秋の科挙に臨み、有力な縁戚の助力を受けて次々と合格し、立身してゆく。四〇 貴人のお側近くに仕えること。「伺候 シコウ〈又云伺公〉」(合類)。四一 室町幕府の要職。「譜代歴々の輩なり。されば山名、一色、細川、畠山、赤松、佐々木の外、この衆に加はることを得ず」(武家名目抄・職名部付録一・相伴衆)。羅葡日対訳辞書の Conviva の項に「フルマイノシュゥ、たとえばシャゥバンシュ」。四二 場所を選び定めて。四三「オビタタシイ 大きくてひどく驚かすような(もの)」(日葡)。「夥 ヲビタヽシ」(合類)。四四 杭に繋いだ来客の乗馬。四五 原話に「婚媾ヨリ後是ニ至ルマデ三十年ヲ経テ七男三女有ッテ婚宦倶ニ畢リ、内外ノ諸孫十人」。四六 歳月。「星霜 セイザウ」(書言字考)。四七 摂津国。代々細川家の所領であった。

以上一一三頁

一「新婦 ヨメ」(書言字考)。二 内孫と外孫。「ウチト 内外 ウチトホカトノ心也」(謡抄・錦木)。三 絶頂にあった。四「ヨゥガイ 城砦、城郭、など」(日葡)。五 鬨の声をあげて。「鬨」は戦闘開始に当たって士気高揚

九遊佐おきあがりて中間に「一〇今は何時ぞ」と問に、「日はいまだ一一未の刻」とこたふ。たゞ一時のあひだに卅年を経たり。思へばこれ一二邯鄲一炊の夢、一三よきもあしきも此世は夢也とさとりて、中間にはいとまとらせ、一四我身は直に発心して高野山にこもりて、道心堅固の一五修行者となりぬ。

のために声を揃えて発する雄叫び。「鬨声トキノコヘ」(合類)。六 心理的な衝撃を受けて動揺し、汗を流すさま。七 原話は、再び立身して多くの従者を従えた盧子は、かつての精舎を訪れたが、殿上で忽ち昏睡し、「だんな」と呼ばれて夢から覚めたというもの。八 譜代の家臣や奉公人。「家人けにん」(大全)。九「アセミズニナル 汗にまみれる」(日葡)。一〇 原話に「盧、其ノ時ヲ訪フニ奴ガ曰ク、日ハ午ニ向(かち)シト」。一一 午後二時前後。一二 唐の開元年中に盧生という若者が邯鄲の道士呂翁の家に憩い、青磁の枕を借りての仮寝の夢に、科挙に及第し、官途を遍歴して燕国公の位にまで登り詰め、五子と孫十余人に恵まれて八十歳の生涯を終えると見て目覚めるが、その間が黍の飯も炊き上がらない短い時間であったと知って人生もまた夢と悟る。太平広記や文苑英華に「枕中ノ記」として載るが、わが国では謡曲・邯鄲によって知られ、「盧生の夢」「邯鄲の枕」「黄粱一炊の夢」とも呼ばれる。一三 原話に「盧子罔然ト歎ジテ曰ク、人ノ世ノ栄華ト窮達ト、富貴ト貧賤トハ、亦(たま)当然ナリ。而今而後、更ニ宦達ヲ求メズト」。一四 原話も「遂ニ仙ヲ尋ネ、道ヲ訪ヒ、蹟ヲ人世ニ絶ツ」と、世を捨てた。一五「シュギャウジャ」(日葡)。

絵　遊佐七郎、山崎の宝寺で眠り込み、夢で交野の家人に出会う場面。右頁、遊佐、寺の門前で男に出会う。男、竹かごを地に置く。中に見えるのが楊梅。左頁、寺の廊下で眠る遊佐。左に従者の中間と荷物。建物に格子の蔀。樹木は松。

（四）入棺之[一]尸[二]甦[三]怪

いにしへより今につたへて世にいふ、をよそ人死して棺[四]におさめ、野辺[五]にをくりて後に、あるひはうづむべき塚の前によみがへり、あるひは火葬[六]する火の中よりよみがへるものあり。みな家にかへさず打ころす事、若は病おもくして絶死[七]するもの、若は気の[八]はづみて息のふさがりしもの、あるひは故ありて迷塗[九]をみるものあり。これらは定業[一〇]天年いまだ尽ず、命籍[一一]いまだ削ざるものなれども、本朝の風俗は死するとひとしく、かばねをおさめ、棺に入て葬礼をいそぐ故に、たとひよみがへるとても、葬場[一三]にて生たるをばもどさずして、打ころす。誠に残り[一四]おほし。されば異国にしては、人死すればまづ殯[一五]といふ事をして直に葬送はせず。此ゆへに書典[一六]の中に、[一七]死して三日七日十日ばかりの後によみがへり、迷途の事共かたりけるためしをおほく記せり。それも十日以後はまたよみがへるべき子細もなし。頓死[一八]魘死[一九]などは心すべし。されば又、葬礼の場にてよみがへりしをば、家にはもどさず打ころすもの也といひつたふる事も、故ありといふ。

京房[二〇]が易伝に至陰[二一]為レ陽 下人為レ上 厥妖人死復生 といへり。死人久しくありて後によみがへる事は、これ下剋上[二二]の先兆[二三]なりといふ。このゆへによみがへりて

4-4　五朝小説の集異志「晋武帝咸寧二年十二月云々」の顔畿説話に基づき、死人の蘇生が反乱の予兆であるという構想を、大内家に対して陶晴賢の謀反をおこした史実に取りなしたもの。顔畿説話は、再生記や太平広記三八三（出典「捜神記」）等にも見られるが、京房易伝引用の有無から集異志を典拠と見なしうる。

一「入棺　ニックワン」（慶長九年本節用集）。
二 屍、死体。「屍　シカハネ　尸」（いろは字）。
三「甦　ヨミガヘル〈詩格注通作レ蘇死而更生也〉」（書言字考）。
四 挿絵に棺は見えないが、江戸時代には座棺（四角や桶型）が主。
五 葬事。埋葬場まで人々が付き従うこと。
六 仏教の葬法の一。他に水葬・土葬・林葬など（釈氏要覧・下・葬法）。
七 死ぬことか。意識を失い仮死することを、「絶入（ゼッシュ）」（色葉字類抄）、「殺入（ジセッ）」（饅頭屋本）、「刹死（シセッ）」（合類）等と言う。
八 息が切れること。「イキガハヅム　あえぎあえぎ呼吸する」（日葡）。
九「迷途」の当て字。「迷途」は「冥土」に同じ。
一〇 前世から定まっている業報。
一一 自然の命数。
一二 死籍（仏語。閻魔庁にある死人の名を記した帳面）に類したもので、寿命などを記した札か。「薬師経ニ云、閻羅王者世間ノ名籍ヲ主領ス」（義楚六帖十六・幽冥鬼神部・閻羅一・閻王主断）。「寿（いのち）の籍（ふだ）」（堪忍記六ノ二十ノ一）とも。「籍　フダ」（易林本）。
一三「サウバ　人を埋葬する場所」（日葡）。
一四 心残りだ。
一五 直ぐに埋葬せず、暫く死体を仮安置して弔うこと。「殯　カリモガリ」（合類）。
一六 伝来の書物や注釈書。「書典（シヨデン）　其ノ家々ノ書物ノ本ゾ。典ノ字ヲ

もうちころす事なりときこゆ。

大内義隆[二四]の家の女房[二五]死けるを、野に送り出し埋まんとせしに、にはかによみがへりぬ。打ころさんは無下にかはゆし[二六]とて、つれてかへりしに、髪[二七]はそりをとしぬ。是非なく尼になり、衣[二八]を着て半年ばかりありて、又死たり。[二九]その年果して家臣陶尾張守[三〇]がために義隆は国を追出されたり。永禄年中に、光源院殿[三一]の家の下部[三二]にはかに死せるを、二日までをきけれども生出ざりければ、わかき下部どもかばねを千本[三三]に

又ハ伝ニカヘテモ不レ苦」(謡抄・鸚鵡小町)。 一七 蘇生説話の多くは十日以内。中には塚中より十数年後に蘇り、父に帰還を拒絶される話(太平広記三七五・崔涵)もある。「趙簡子死シテ七日ニシテ甦ル。…程子ノ曰ク、死シテ復(たま)甦ル者有リ。故ニ礼ニ三日ニシテ斂ス。イマダ三日ナラズシテ斂スルハ皆之(これ)ヲ殺スノ理有リ遺書」(事文前集五十一・死・七日復甦)。 一八 「頓死 トンシ〈痾卒然就レ死曰ニ頓死ニ〉」(書言字考)。 一九 「嚇死 ヲビヘシニ〈時珍云、驚怖死俗曰ニ嚇死ニ〉」(同)。 二〇 漢代の易学者。本姓李(後、京と改姓)。 二一 原話に同文。范氏二十種奇書収載京氏易伝には見えない。 二二 京房易伝第二句「下の者が上に剋(か)つ」の思想。鎌倉中期から応仁の乱の最盛期を経て、戦国時代を通じる時代精神となった。 二三 「先兆 サキノキサシ」(色葉字類抄)。 二四 →六一頁注三。「大内 ヲヽチ〈今称ニ山口ニ〉」(書言字考・本朝通俗姓氏)。 二五 侍女、もしくは側室。後者とするなら、義隆の最初の正妻は万里小路殿の息女で、次いでそのお付きであったおさいの方が、さらに広橋殿の息女も側室であったという(大内義隆記)。なお、室町殿物語一・大内義隆、九州発向の事では、持明院基規の息女も妻とされ、義隆自害後、入水したと記す。 二六 不憫だ。 二七 浄土への成仏を祈り、僧形にした。 二八 僧衣を着る。 二九 「八月廿九日、周防山口の城主太宰大弐大内義隆が

絵　大内義隆の家の女房死んで蘇る場面。尼姿の女房を打ち殺そうとする下人達。右にすきを持つ者、左にくわ。

送りて埋まんとするに、たちまちによみがへる。打ころして埋まんといふに、此もの手を合せなきさけびて、「[一]たすけよ」といふ。さすがに[二]不敏の事とてつれてかへり、部屋にをきければ、四五日のうちに、日ごろのごとくに成たり。その年[三]五月に、三好・松永[四]反逆をおこしぬ。かばねは陰気にして、よみがへれば陽に成たる也。是下として上を[五]ゝかす先兆也といふが故に、葬所[六]にしよみがへりしものは、二たび家にもどさずうちころすと也。この理はある事歟、なき事歟。さもあれ、死人の一族は残りおほく侍べらんものを。

（五）　幽霊逢レ夫話

[七]野路忠太は江州のもの也。妻はおなじ国、[八]野洲の郡[九]地下人のむすめ也。[一〇]一人のむすめをうみけれども、半年の後死して又子なし。[一一]永禄のすゑの年、[一二]商買の事によりて[一三]鎌倉にくだりしに、自国他国乱れ立て道中の通路ふさがり、三年あまりかへりのぼらず。ある夜の夢に、我が妻[一四]桜の陰に居て、花のちりおつるをみて悲しみ泣、また俄に井のもとをのぞきてわらひけりと、[一五]夢さめてあやしみ、[一六]易者にとひければ、「[一七]花は風に依て散、井は泉路をかたどる。此夢よろしからず」といふ。三日の後、[一八]たよりにつけてきけば、妻[一九]風気をいたはりて死せりといふ。[二〇]忠太悲しさかぎりなし。

家老陶尾張守晴賢、謀反をおこし義隆を追出して国をうばひとる」(本朝将軍記十・源義輝・天文二十年)。二〇 →八五頁注二四。二一 室町幕府第十三代将軍足利義輝の法号。二二 三好・松永軍の謀反により自死。二三 下僕。「下部 シモベ」(易林本)。二四 京都市上京区今出川町から北の地域。蓮台野の墓地を控え、閻魔堂や釈迦堂があった。

一 原話に「家人、咸(みな)畿ヲ夢ミル、已(すで)ニ謂ヒテ曰ク、我マサニ復タ生キン、急ギ棺ヲ開クベシ、遂ニ之ヲ出ス。…二年ニシテ復タ死ス」。二 「不便」の当て字。かわいそう。→七五頁注一〇。三 「五月十九日三好左京大夫義継、松永右衛門佐久通〈弾正か子〉等…やがて反逆(ほんぎやく)をおこし、俄に御前におしよせ、急に打入けるを」(本朝将軍記十・源義輝・永禄八年)。原話に「劉石、僭逆(せんぎやく)シ倶ニ亡ブ」。「劉石」は前趙の劉淵と後趙の石勒。石勒は、当初行動を共にした前趙の一族を倒し、帝位についた。「僭逆」は上を犯すこと。四 「反逆 ほんぎやく〈むほんなり〉」(和漢通用集)。五 「侵ヲカス」(合類)。六 「にて」の誤りか。

4-5　五朝小説の霊鬼志「唐晅」を永禄年間の江州野路の旅商人忠太の身の上に翻案する。妻の亡霊との問答によって冥界の習俗が解き明かされるが、それらはほぼ原話に従ったもの。

七 滋賀県草津市野路町。八 現在の滋賀県守山市およびその一帯。九 位階を持たず、宮仕えもしてない者、つまり一般庶民。「地下人 チゲニン」(大全)。一〇 亡くなった娘の件は、原話では後半に判明する。

とかくして江州に帰り、そのあとをしたひ妻が手なれし[二一]調度を見るに、[二二]今さらのやうに思はれ、涙のおつる事隙(ひま)なし。日ごろの心ざし[二三]わりなき中の[二四]その期に及びてはさこそ思ひぬらんと思ひやるにも、[二五]なにはにつけて歎きの色こそ深くなりけれ。ねてもさめても面(おも)かげをだに恋しくて、

　[二六]思ひねのゆめのうきはしとだえしてさむるまくらにきゆるおもかげ

とうち詠じ、「[二七]若(なんぢ)わが恋かなしむ心を感ぜば、せめて夢の中にだにも見え来りてよかし」と、独りごととして日をくらす。

比(ころ)は秋もなかば、[二八]月ほがらかに風きよし。壁に吟ずる[二九]きり／＼す、草むらにすだく虫の声、折にふれ事によそへて、[三〇]露も涙もをきあらそひ、[三一]枕をかたふくれどもいもねられず。はや[三二]更(ふけ)がたに及びて、[三三]女のなく声かすかに聞えて[三四]漸(ぜんぜん)に近くなれり。よく／＼聞ば、わが妻の声に似たり。忠太心にちかひけるは、「[三五]わが妻の幽霊ならば、何ぞ一たび我にまみえざる。娑婆と[三六]迷途とへだてありとはいへ共、そのかみのわりなき契り、死すともわすれめや」と。その時妻は窓ちかく来り、「[三七]我はこれ君が妻なり。君がかなしみなげく心ざし、[三八]黄泉にあれどもたへがたくて、[三九]今夜こゝに来り侍べり」と。[四〇]忠太涙をながしていふやう、「心のうちに思ふ事、筆にもなどかかきつくさん。歌につらね詩につくるとても、[四一]ことの葉のすゑには残りおほし。ね

「阿美ハ即チ晅之亡女也」。一一 一五五八―七〇年。一二「商買 シヤウバイ」（饅頭屋本）。一三 室町期の鎌倉は関東管領の所在地として、また庭訓往来に「鎌倉の誂物」（四月返状）、「交易売買の利潤は四条五条の辻に超過セリ。往来出入の貴賤は京都鎌倉に異ならず」（同）とするように商工業都市として栄えた。原話に「晅、故ヲ以テ洛ニ入リ、月ヲ累ネテ帰ルヲ得ズ」。一四 原話に「夜其妻ヲ夢ミルニ、花ヲ隔テテ泣キ、俄ニシテ井ヲ窺ヒテ笑フ」。一五 原話に「覚ムルニ及ンデ心之(これ)ヲ悪(わづら)フ。以テ日者ニ問フニ曰ク」。「日者」は易者。一六「エキシヤ（エキヲトル・モノ）上述のようなことを占う人」（日葡）。一七 原話に「花ヲ隔テテ泣クハ顔風ニ随ヒテ謝(おとろ)ヘ、井ヲ窺ヒテ笑フハ泉路ニ於イテ喜ブ也」。「泉路」は、あの世。一八 原話に「居ルコト数日ニシテ果シテ凶信アリ」。一九 風邪をわずらって。「風気(フウキ)唯ダカゼト云事」（病論俗解集）。二〇 原話に「晅、悲慟スルコト常ニ倍セリ」。二一 原話に「寝室ハ長簟悲シク、装楼ニハ鏡台ニ泣ク」。「長簟」は長い敷物、「装楼」は高楼造りの化粧部屋か。二二 はじめて気づいたように、こと新しく。二三 水ももらさぬ仲。二四 いまはの時。二五「ナニワニツケテモ ナニゴトニツケテモに同じ、すべてについて、あるいは、全体的に」（日葡）。二六 思い寝の夢に恋しい人が現われてくれたが、夢が途絶えて目が醒めると、面影も消えてしまった。題林愚抄・恋四・寄夢恋・俊成女（新拾遺集・恋一・千五百番歌合）。「夢のうきはし 只ゆめまで也」（藻塩草十六・人事部・夢）。二七「若 ナン

がはくは、ひとたびすがたをあらはして、まみえたまはゞ、うらみはあらじ」とかきくどきしかば、妻なく〳〵こたへけるは、「人間(にんげん)と黄泉(よみぢ)とその道別(べち)にして、逢まみゆる事難(かた)し。又あらはれて見えまいらせんには、君もしうたがひあやしみ給はん」と。忠太いよ〳〵かなしく思ふに、余志子(よしこ)といふめの童(わらは)をめしつれて、妻のかたちほのかにあらはれ出たり。忠太問(とひ)けるは、「余志子(よしこ)は三とせのさき故郷に帰りてむなしくなりけりと、風のたよりに聞侍べりしに、今いかにしてこゝに来りし

チ」(字集)。原話に「若(なん)感有ラバ、髣髴トシテ夢中ニ来レ」。「髣髴」は形のさだかならぬさま。 二八「清風朗月」の言いかえ。原話に「是ノ夕べ風露清虚」。 二九 蟋蟀。今のコオロギ。壁に鳴く虫とも。「礼記曰、季夏之月蟋蟀居レ壁」(新語園九ノ十四)。 三〇 夜露と争うように涙が枕を濡らして。 三一「マクラヲカタムクル 寝るために枕を整える」(日葡)。原話に「晅、耿耿トシテ寝ズ」。「耿耿」は眠れないさま。 三二 夜更け。 三三 原話に「忽チ暗中ニ泣クガ若(ごと)キノ声ヲ聞ク、初メ遠ク漸ニ近シ」。 三四 次第に。「漸々 ゼン〳〵」(合類)。 三五 原話に「儻(も)シ是レ十娘子ノ霊ナラバ、何ゾ一見ヲ惜シムヤ。幽冥ヲ以テ宿愛ヲ隔礙(かくがい)スルコト勿レ」。「隔礙」は隔てること。 三六「冥途」に同じ。 三七 原話に「児(みづから)ハ張氏也、君ノ悲吟ヲ聞テ、陰冥ニ処ルト雖モ、実ニ惻愴スル所ナリ。是レ此夕べヲ以テ、君ト相聞セン」。 三八「黄泉 ヨミヂ」(書言字考)。 三九「今夜 コヨヒ」(書言字考・自筆稿本)。 四〇 原話に「晅、驚泣シテ曰ク、心ニ在ルノ事、卒(にわか)ニ申シ叙べ難シ。須(しばら)ク一見ヲ得バ、顔色ノ死ストモ恨ミズ」。「死ス」は活気を失う。 四一 いい尽くせずに心残りが多いもの。

以上一一九頁

一 人間界。原話に「隠顕道別レテ、相見(まみ)ユルコト殊ニ難シ。亦、君ニ疑心アランコトヲ慮(おもんぱか)ル」。 二「ベチまたは、ベチナ、または、ベチノ 他の(もの)、または、違った、相異なった(もの)」(日葡)。 三 召使いの少女。原話の女性「羅敷」に当たる。 四 原話に「我開元八年ニ汝ヲ典(う)リテ仙州

や」と。余志子こたへけるやう、「君の御事いかにぞやとおきふし案じまいらせしかば、思ひの外なる病をうけ、故郷に帰りても心地[五]やましさ[六]いやまさりて、つゐにはかなくなりまいらせたりけれども、[七]黄泉にして又この君打つゞきて来り給へば、それにまいりてつかへ奉り、今もしたがひまいりたり」といふ。忠太灯火とり、[八]内によびいれしに、ひとりの[九]姥あり。「あれは誰ぞ」といへば、妻の云やう、「これこそ[一〇]みづからが[一一]乳母にて侍べれ。みづからむなしくなりしをかなしみて、「今は頼む[一二]かげなし」とて、身を[一三]なげむなしくなり、こよひもしたがひ来り侍べり。[一四]生てあるは陽の人なり。死すれば陰に帰り、道へだゝり、すみか替れども、思ひし心は替ることなし。[一五]冥官すでに君がまことの心ざしを感じ、今すこしのいとまをたびたり。千年に一たびあひ見たてまつるうれしさ、やがて別れんことをおもふに、又かなしくこそ」とて、涙は雨とふりにけり。忠太いふやう、「さて死しゆきてのちは、[一六]何をか珍味の食とするや」と。妻いふやう、「[一七]黄泉は臭腥さきをきらふ。たゞこと更に用ひるものは粥なり」といふ。忠太これをとゝのへてすへ渡す。妻・余志子・[一八]姥三人ながら口にむかへて食せしとみえし、夜あけて後みれば、たゞそのまゝに残りたり。妻のいふやう、「六とせそのかみ[一九]襁褓の中にして[二〇]むなしくなりける子を、[二一]見まくおぼすや。今は[二二]おとなしくなり侍べり」といふ。忠太いふやう、「[二三]その死ける

ノ康家ニ与フ。汝已ニ康家ニ於テ死スト聞ク。今何ゾ尚、爾(なんぢ)此ニ在ルヲ得ルヤ」。 五「病ましい」の名詞形で、病気がちであること。 六「いやましに」と同じ。ますますひどくなること。 七 原話では、唐晅の亡女阿美の面倒を見るためと言う。 八 原話に「灯燭ヲ阼階(そかい)之北ニ立タシメ」。「阼階」は、主人が上る東階段。 九「姥 ウバ〈韵瑞 老女称〉」(書言字考)。 一〇 自称の代名詞。 一一「乳母 おち」(大全)。 一二「カゲ また、比喩。庇護、あるいは、保護」(日葡)。 一三 入水して死に。 一四 原話に「陰陽道隔リテ君ト久シク別レ、冥ハ寘トシテ拠(よんどこ)ロ無シト雖モ、相思ニ於イテ至(きはま)レバ、嘗テ心ヲ去ラズ」。 一五 原話に「冥官君ガ誠懇ヲ感ジテ児(みづから)ヲ放テバ暫(しばら)ク来ル。千年ノ一遇悲喜兼(ふたつ)ナガラ集マル」。 一六 原話に「晅、因リテ問フ、何ノ膳ヲカ欲スルト。答テ曰ク、冥中ノ珍羞、亦備ヘテ最モ重ンズルハ唯漿水ニシテ、粥ハ致ス可カラザルノミト」。「珍羞」は珍しい料理、「漿水」は水。 一七 肉や魚介類を用いた料理。「臭 クサシ」「腥 ナマグサシ」(字集)。 一八 原話に「食スルニ口ニ向ケテ尽スガ如ク、之ヲ徹スルニ及ンデ粥宛然タリ」。「宛然」は、そのままの状態。 一九「襁褓 むつき」(大全)。 二〇 原話に「美娘ヲ見マク欲リスヤ。今已ニ長成セリ」。 二一 見

絵　主人公の野路忠太のもとに、亡くなった妻の幽霊が出現する場面。女達は白装束、額に三角のもの、何か文字も見える。右の女は余志子。腰板のある明かり障子を開けて見つめる忠太。着物の帯はといている。

時わづかに二歳、来世にして年月をかさねて身にうけ侍べるか」ととふ。妻こたへけるやうは、「更に年月を身にうけてつもる事、人間にかはらず。さればこそ死して四十九日の[一]中陰、一周忌より初めて五十年忌をとふらふ事、この世の年月にてかぞふる也」といふに、死したる子あらはれ来り、父が前にひざまづく。その年[二]七歳、かほかたちうつくしく、[三]利根才智の[四]むまれつき、おとなしやかにみえたり。忠太涙をながし、髪かきなで、「これだに此世にあらば、妻がわすれがたみとも見るべきを、汝死して後二たび子なし。汝こゝにあらば、さこそおとなしく、我もうれしう侍べらんに、今夜をかぎりに又も見まじきや。あなうらめし」と、ゆかしきものかなとて[五]かきいだかんとすれば、雲煙のごとくにて、[六]手にもたまらず消うせて形ちもなし。

忠太とひけるは、「[七]黄泉にてはいづくに住給ふ」と。妻いふやう、「君の先祖野路の姓のはじめ、第一代は[八]一の座におはします。そのかたち[九]鬼王のごとし。その次〳〵は天地に満かへりて座にあらず。君の祖父祖母父母姉弟おなじ所におはします。みづからは[一〇]姑の右のかたに座し侍べり」といふ。又問けるは、「かくすみどころさだまりて[一一]神霊ものしる事侍べらば、いかでもとのかたちの中に[一二]立かへりて生給はざるや」。妻こたへけるやう、「[一三]人死して[一四]魂は陽にかへり魄は陰にかへる。[一五]司命・[一六]司録

ることを。 二二 おとなびている。 二三 原話に「美娘亡(う)セシ時纔ニ襁褓、地下ニモ豈歳ヲ受ルカ。答テ曰ク、異(こと)ル無キ也」。

一 中陰　ちうゐん〈人死而四十九日間〉」(大全)。

二 原話に「五六歳可(ばか)リ、暄、之ヲ撫シテ泣ク」。

三 「利根聡明な」「利根才学な」とも。「孔子ハ利根聡明ナルガ困窮スル事ヨト云」(荘子抄三)。

四 「むまれつき　生得」(仮名文字遣)。

五 原話に「児、羅敷却(かえ)リテ抱クニ忽チ見ヘズ」。

六 手に取ることもできず。

七 原話に「又問フ、冥中何処ニ居ルヤト」。

八 最上の席。

九 閻魔大王のことか。

一〇 原話に「舅姑ノ左右ニ在リ」。

一一 原話に「暄曰ク、娘子ガ神霊此(か)ク如クナラバ何ゾ生ニ還返セザルト」。「還返」は、たちかえること。

一二 肉体。

一三 原話に「人死シテノ後魂魄処ヲ異ニシテ皆所録有リ、杳トシテ形骸ニ関ラザル也」。

一四 「魂　タマシイ〈又神同　陽魂也〉」「魄　タマシイ〈又鬼同　陰魄也〉」(合類)。

一五 閻魔王宮の冥官。衆生の善悪を調べて福寿を定める。

一六 同じく冥官。福寿を記録し閻魔王に報告する。

の官(くはん)ありて、みなしるしとゞめ、かたちは土(つち)となる。更に鬼録(きろく)[一七]にのせられて心のまゝに帰さず。たとへば[一八]夢の中には我身のある所をおぼえず、魂魄(たましゐ)[一九]ばかりさまぐの事を見るがごとし。みづから[二〇]死して後は、死(し)せし所もおぼえず、葬礼(さうれい)の場(には)[二一]をもしらず、かたちのあり所をもしらず」といふ。歎きうれへて物がたりするほどに、夜[二二]もはや深過(ふけすぎ)たり。又問(とひ)けるやう、「死して[二三]黄泉(よみぢ)にあつまる男女たがひに夫婦となる事ありや」といふ。[二四]こたへていはく、「ある事はあれども、[二五]道をしる男は二たび妻

絵　女達粥を食べ、死んだ子供も現われる場面。腰板なしの明かり障子の間。縁側に乳母の姿も見える。子供の髪は切り下げ髪の女児の体で、原話の亡女に即している。畳の上に燭台。

一七 閻魔王庁にあるという死者の名を記した帳簿。点鬼簿。
一八 原話に「君何ゾ験ベザル、夢中ニ安(いづ)ンゾ能クソノ身ヲ記(おぼ)ユルカト」。
一九 「魂魄 タマシヰ」(書言字考)。
二〇 原話に「児(みづか)ラ亡セテノ後、都(すべ)テ死時ヲ記(おぼ)エズ、亦殯葬ノ処ヲ知ラズ。…形骸ノ如キニ至ッテハ実ニ総テ管(つかさど)ラズ」。
二一 「場 ニハ〈仲良切音長、祭レ神所也〉」(合類)。
二二 原話に「既ニシテ綢繆、夜深シ」。「綢繆」は連続するさま。
二三 原話に「婦人地ニ没シテ亦再ビ適(とつ)グコト有ラズヤ」。
二四 原話に「答ヘテ曰ク、死生ハ流(たぐひ)ヲ同ジウシテ貞邪ハ各(おの)異ナリ」。
二五 人の道。

をもとめず、妻死してのちに又行逢てかたらひ、貞節の女はかさねて夫をもたず、娑婆の夫死して後に又あつまりて夫婦となる。それも心だてよこしまに、みだりに悪をつくるものは、死してのち男も女も地ごくにおとされ、夫婦となる事かなはず。たとへば世の人科をゝかせば牢舎にいれられて、夫婦一ところにすむ事かなはざるがごとし。みづからをも西の国なる高家の人の妻にせむとはからはれしを、貞潔の心ざしあるゆへに、のがれてひとり住侍べり」といふ。

忠太いとゞわりなくかなしくて、千夜を一夜にこよひはことさら夜も長かれとわびける中より、鳥の声、鐘の音、はや明がたのよこ雲より、遠近人の袖みゆるころになりしかば、妻なく／＼小袖の衣裏をとき、形見に残して、

　わかれてのかた見なりけりふぢごろもゑりにつゝみしたまのなみだは

忠太なみだとゝもにかたみの物うけとり、「黄泉の中にもわすれ給はずは、これを見てなぐさめとせよ」とて、白銀の香炉をとり出し、妻にあたへつゝ、

　なき魂よことなる道にかへるともおもひわするな袖のうつり香

「さてかさねてはいつか逢瀬の時成べき」と問ければ、「いまより四十の年を経て、ながき契りを待べき也」とて、声もおしまずなきさけび、出てゆく／＼、すがたはをのづから朝あけの霧間にかくれてうせにけり。忠太いまは世の中あぢきなく、髪

一「牢舎 ラウシヤ」(合類)。
二 原話に「児(みづか)ら亡(う)スルヤ、堂上児ガ志ヲ奪ヒテ、北庭都護鄭乾観ガ姪(をひ)ノ明遠ニ嫁シ与ヘントスレドモ、児ガ誓志ノ確然タリシカバ、上下矜閔シテ免ルルヲ得タリ」。「矜閔」は哀れむ。
三 大名に準ずる高い家柄。「高家人々 国を領せざれども位ある家高の人々也」(新撰庭訓抄・五月往状)。
四 今宵だけ特別に一夜が秋の長夜千日分であってほしい。「秋の夜の千夜を一夜になせりともことば残りて鳥や鳴きなむ」(伊勢物語二十二段)。
五 嘆く。
六 明け方の山にたなびく雲。「よこ雲 あかつき山にたつ」(藻塩草一・天象・雲)。
七「ヲチコチビト ヲチコチノヒトに同じ」(日葡)。
八 襟。「衣裏 ゑり」(大全)。「肌に着たる白き小袖の衣裏をときて」(狗張子二・形見の山吹)。
九 法華経の衣裏の珠はありがたい仏性のたとえ、私が藤色の衣の襟に包み込めて残し置くのは玉の涙、別れて後に私を思い出す形見にしてください。藤色は喪服の色。
一〇 妻の亡霊よ、あの世に帰っても今宵衣の袖に染み込んだこの移り香を忘れないでいておくれ。原話では、二人がそれぞれ五言の絶句の詩を交わし合った後、女は羅帛子(うす絹の布)を、男は金鈿の合子(金細工のほどこされた箱)を贈り、女は車に乗って去って行った。
一一 原話に「何(いつ)ノ時再ビ一見センカ。答ヘテ曰ク四十年ノミ」。

そりおとし、衣を墨にそめ、諸国行脚(あんぎや)して住(すみ)[一三]どころをさだめず。後つゐには高野の山にのぼり、経よみ念仏して、妻のぼだいをとふらひ、[一四]一座花台(けだい)の往生をねがひけり。

伽婢子巻之四 終

一二 「あぢきなし 無風情せんかたなき心なり」(藻塩草二十)。
一三 「住所 スミドコロ〈住居義仝〉」(書言字考)。
一四 妻と同じ蓮台に座す往生。「花台」は西方極楽浄土に生える白蓮華の台座。

伽婢子　巻之五

（一）和銅銭

京都四条の北、[一]大宮の西に、いにしへ[二]淳和天皇の離宮ありける。こゝを[三]西院と名づく。のちに[四]橘の[五]太后の宮すみ給へりといふ。時世うつりて宮殿はみなたえてわづかに名のみ残り、今は[六]農民のすみかとなれり。

[七]文明年中に[八]長柄僧都昌快とて、学行すぐれたる僧あり。世をいとふて西院の里にひきこもり、草庵をむすびて、しづかに[九]おこなはれしに、ある日あやしき人たづねて[一〇]入来る。年五十ばかり、そのすがたははなはだ世の常ならず。[一一]いたゞき円くして、下に角ある帽子をかづき、[一二]直衣の色[一三]浅黄にて、その織たる糸ほそく、かろらかにうすき事[一四]せみのつばさに似たり。みづから[一五]秩父和通と名のりて、僧都とさしむかひ座してさま〴〵物がたりす。「我はもとこれ[一六]武州秩父郡のもの、[一七]中比都にのぼり、それより本朝諸国のうち[一八]ゆかざる所もなく、みざる所もなし」といふ。僧都心におも

5-1　五朝小説の博異志「岑文本」を原話とし、中国古銭元宝の精霊を、我が国最初の貨幣「和同開珎」に改変した。同話は事文続集二十六・銭の部に「上清童子」としても掲出される。

一 京を南北に通る大宮通(かつての東大宮大路)のことか。ここはその西方、即ち今の西大路通に当たる。 二 第五十三代。在位弘仁十四年(八二三)-天長十年(八三三)。譲位後は西院に住む。 三 淳和天皇後院。京都市右京区西院(さいいん)東・西淳和院町一帯。古く「さい」「ざいん」とも呼称。「四条の北、大宮の西にあり。淳和天皇の離宮、橘太后住給へり」(出来斎京土産二・西院)。 四 西院は淳和天皇皇后正子が天皇薨去後、出家した後の住い。「橘の太后」はその母、嵯峨天皇の皇后橘嘉智子のこと。事実の誤認があるか。↓一五四頁注八。 五 皇太后のこと。「皇太后宮 クハウタイコウグウ〈天子母后尊称〉」「皇太后宮 ヲホキサイノミヤ」(書言字考)。 六 西院村一帯は、洛中への蔬菜の供給地。「今は農人のすみ家となれり」(出来斎京土産二・西院)。 七 一四六九―一八七年。将軍足利義尚の時代。 八 僧官名。僧正に次ぐ位。 九 勤行をつとめる。 一〇 原話に「乃(まい)シ年二十已下(かい)ノ道士」。 一一 原話に「衣服織異ナリ、浅青ノ円角ノ冠ヲ冠リ、浅青ノ円帔ヲ衣ル、衣服ヲ履クニ軽細ナルコト霧ノ如シ」。 一二 公卿の平常に着る服。「なをし 直衣」(仮名文字遣)。 一三 「浅葱」の当て字。薄い緑青色。 一四 「蟬の羽衣」「蟬の羽」と同じ。薄い衣の喩え。「蟬の羽　うすき事也」(藻塩草十二・蟬)。 一五 後出の「和銅通宝」にちなんだ命名。↓

はれけるは、「是まことの人にあらじ」とをしはかりながら、しば〳〵問答して時をうつす。真言三部[一]の秘経、両界[二]の曼荼羅、印明[三]陀羅尼[四]、灌頂[五]の事までも、その深き理をのぶるに、僧都いまだしらざる事おほし。それより世のうつりゆく有さま、昔今の事、親[六]あたり見たるがごとくにかたりけり。僧都問けるは、「君の帽子[七]は本朝の制法に似ず。外円くして内方[八]なるは何ゆへぞや」と。和通こたへけるは、「[九]をよそ天地万物のかたち品〻ありといへども、つゞまる所は、円き、方なる、ふたつの外なし。我外を円[一〇]かに心を方にす。天[一一]のかたちは円く、地のかたちは方なり。円きは物にかたよらざる所、方[一二]なるは物の正しき所也。されば我が道は万物にかたよらずして、しかも万物にはづれず。正しくして曲ゆがまず。これをあらはして頭にいたゞけり」といふ。僧都のいはく、「[一三]君の直衣ははなはだかろく細して薄し。これいづれの国より織出せる」と。和通こたへけるは、「これ五銖[一四]の衣と名づく。天上の衣は三銖といへども、下天[一五]の衣はみなをもき五銖・六銖なり」といふ。僧都、[一六]「さてはいよ〳〵人間にあらず」とおもひて、重ねて問けるは、「君まことはいか成人ぞ。名のり給へ」と云に、この人うちわらひ、「僧都の道心ふかきによりてこそ来りて物語はすれ。我が名をなのるには及ばず。やがて名のらずともしろしめされむものを。[一七]今は日も暮がた也。いとま申さむ」とて、座を立て出る。そのゆく跡

一二九頁注二五。　一六 埼玉県秩父郡。　一七 中年になってから。　一八 原話に「僕、上清童子ハ漢朝ヨリ成ヲ果(と)ゲ、本(も)呉ニ生レ、已ニ凝滞セザルノ道ヲ得ル」。

一 真言宗の重要な三経典。大日経、金剛頂経、蘇悉地経。　二 金剛界、胎蔵界の二種の曼荼羅。「曼荼羅」は、密教で宇宙の真理、仏の悟りの境地を表した図画で、神聖な領域に仏・菩薩が配置される。金剛界は金剛頂経、胎蔵界は大日経の説に基づいて作図された。　三 「印」は手に結ぶ契印(手印)、「明」は口に唱える真言。　四 修行者を守る、神秘的な力を持つとされる呪文で、比較的長句の呪。　五 密教で、伝法、結縁等に際しての重要な儀式。如来の五智を象徴する水を頭に注ぐ。「灌頂 クワンヂウ」(合類)。　六 「親 マノアタリ」(字集)。原話に「文本、詰ルニ漢魏宋斎梁ノ間ノ君王社稷之事ヲ以テスルニ、了了トシテ目覩(もくと)ノ如シ」。「目覩」は見ること。　七 原話に「文本曰ク、吾人ノ冠帔ハ何ノ制度ニシテ之レ異ナルヤ」。　八 四角いこと。「方 ケタ」(温故知新書)。　九 原話に「夫レ道ハ方円ノ中ニ在リ、僕ノ外服ハ円ニシテ心ハ方正、相(たが)ニ時儀也ト」。　一〇 「マトカナヒト 堅実で方正な人」(日葡)。　一一 「天ハ円ニシテ倚蓋ノ如ク、地ハ方ニシテ碁局ノ如シ」(事文前集二・天・群書要語)。「倚蓋」はかさを傾けてさすこと。　一二 「方 タヽシ」(字集)。　一三 原話に「又問テ曰ク、衣服皆軽細、何クノ土(ど)ヨリ出セル所ゾ」。「土」は地方。　一四 「銖」は重さの単位。二十四銖で一両、十六両で一斤。原話に「此レハ是レ、上清

を認[一八]てみれば、庵[一九]りの東のかた廿間ばかりにして、竹やぶの前にて、すがたは見うしなへり。

明日[二〇]里人をたのみて、その所を掘せらるゝに、三尺ばかりの下にひとつのはこあり。その中に銭百文を得たり。其外には何もなし。僧都これをとりてみるに和銅通[二一]宝の古銭なり。つら〳〵おもふに、秩父和通は此銭の精なる事うたがひなしとて、地をほりける里人をよびて、僧都物語せられけるやう、「この人の形ち初めよりあやしみ思へり。今これを案ずるに、むかし本朝人王四十三代元明[二二]天皇の御宇、七[二三]月に武州秩父の郡よりはじめて銅を貢る。そのときの都は津の国難波の宮[二四]におはしませり。これによりて慶雲五年をあらためて、和銅元年と改元あり。此年はじめて貢りし銅をもつて銭を鋳させらる。されば今この和銅通宝[二五]の古銭は、其時の銭なるべし。帽子の外円[二六]く内方なるも、これ銭の状なり。青き色[二七]のひたゝ[二八]れは、これ銅の衣ならん。五銖[二九]のをもさは、銭のをもさをあらはし、和通と名のりしは、和銅通宝の略せる名也。秩父の者といひしは、もと銅[三〇]の出そめし所なり。それよりみやこにのぼり、諸国あまねくめぐり見たるといひけるも、銭となり、諸国につかひわたされし事なるべし。それ[三一]銭のかたち外の円きは天にかたどり、穴の方なるは地にかたどり、表裏は陰陽なり。文字の数四つは四方にかたどり、その年号をあらは

ハ五銖ノ服ナリ、又問テ曰ク、比（との）六銖ト聞クハ天人ノ衣カ、何ゾ五銖ニ之レ異ナランヤ、対ヘテ曰ク、尤モ細キ者ハ則チ五銖也ト」。一五 仏語。欲界に属する下位の天。一六 原話に「文本、是レ異人ナルヲ知ル」。一七 原話に「談論シテ覚エズ日晩（くる）ル」。一八 跡をつけて行くと。「認 トム〈跡〉」（饅頭屋本）。一九 原話に「山亭ノ門ヲ出テ、東行数歩、院ノ墻下ニ瞥然トシテ見エズ」。二〇 原話に「文本、工カニ命ジテ之ヲ掘ルコト三尺、一古墓ニ至ル。墓中了（つひ）ニ余物ナク、唯古銭一枚ヲ得タルノミ」。二一 原話に「文本悟ル、上清童子ハ是レ銅名、元宝銭ノ文也ト」。「元宝」は、唐の高祖武徳四年に鋳造された開通元宝（開元通宝）のことか。二二 天智天皇第四皇女。在位七〇七―七一五。二三 正しくは和銅元年（七〇八）正月に献上。「和銅元年春正月乙巳、武蔵国秩父郡、和銅を献る…故、慶雲五年を改めて和銅元年として、御世の年号と定め賜ふ」（続日本紀四）。二四 当時は藤原宮（現奈良県橿原市）で治政。和銅三年三月平城京に遷都。二五 和銅元年五月十一日、「和同開珎」の銭文を持つ銀銭が発行され、八月十日に銅銭が発行された（続日本紀四）。丸銭で中央に四方形が刳り抜かれ、四方右回りに「和同開珎」と刻す。「珎」は「珍」の俗字（字集）。「通宝」の名称は、天平宝字四年（七六〇）三月発行の銅銭「万年通宝」に始まる。本話で「通宝」の称を用いたのは、明銭の洪武・永楽通宝また寛永通宝などが銭称として江戸初期一般的であったからか。二六 原話に「外円心方トハ銭ノ状也」。二七 原話に「青衣トハ銅衣也」。「銅の衣（ひ）」は緑青を指す

して、天下に賑はす宝とす。銭は[一]これ足なくして遠くはしり、翅なくして高くあがる。容曲わろきも銭にむかへば[二]笑ひをふくみ、詞すくなき人も銭を見ては口をひらく。[三]杜預に左伝の癖あり。楽天に詩の癖あり。[四]樊光は銭の癖ありとはいへ共、[五]銭の曲癖は人ごとにあり。[六]鬼をしたがへ兵をつかふも、みな銭に過たる術はなし。欲ふかきもの銭を見ては飢て食をもとむるがごとく、むさぼりおほき人、銭を得ては病人の医師に逢に似たり。まことに宝也」とて打わらひ、かの百文の銭をわかち、里

戯訓であろう。二八 袴と合わせて着す武士の礼服や公家の私服。二九 原話に「五銖服ハ亦銭ノ文也」。五銖銭は漢の武帝の時の銭。三〇「からかね」は青銅の別名。三一「円ハ天ノ形ニ取、穴ノ四角ナルハ地ヲ形取、四ノ文字ハ東西南北ト四方ヲ形取也。サテ表裏ノ有ハ善悪ノ二法也。迷悟ノ二也」（法華経直談鈔六本ノ二十六・銭之事）。

一「翼無シテ飛ビ、足無シテ走ル、厳毅ノ顔ヲ解キ、発キ難キノ口ヲ開ク」（事文続集二十六・銭・古今文集・銭神論）。可笑記評判四ノ八にも引用。

二「えみ」と発音した。

三 晋の人。字は元凱。春秋左氏伝に専念、これの癖有りという（晋書杜預伝）。「人各有一癖我癖在章句」（白氏文集七・山中独吟）。杜預、楽天の癖については浮世物語二ノ十にも見える。

四 宋代の役人。堪忍記二ノ八ノ六に、杜預、楽天の癖と共に「かの大欲人には銭の癖あるなり」として樊光の応報説話（出典、迪吉録）を掲載する。新語園四ノ九にも「王済ハ馬癖、樊光ハ銭癖」とある。

五「和嶠ノ富、王者ニ擬シテ、而（しかう）シテ至テ吝シ。人之ヲ銭癖ト謂フ」（事文続集二十六・銭・銭癖）。

六「銭有バ鬼ヲ使フベシ。而ヲ況ヤ人ニ於ヲヤ」（事文続集二十六・銭・古今文集・銭神論）。

七「真言」は陀羅尼で短句のもの。

八「ニギワゥ　盛大であり、裕福である」（日

人にあたへ、みづから真言陀羅尼[七]となへて供養をとげらる。里人それより家〱に[八]ぎはひゆたかになりて、僧都をうやまひかしづきしが、後に山名[九]が乱にあふて、里人みなちり〴〵になり、僧都も行[一〇]がたなく、古銭もみなとり失なへりといふ。

（二）　幽霊評ニ諸将ヲ

甲州の郡内[一一]に、鶴瀬[一二]安左衛門といふものあり。そのかみは恵林寺[一三]の行者[一四]にて、後

葡）。

九 本話の時代設定と多少齟齬するが、山名持豊(西軍)の応仁の乱と重ねたか。同乱は応仁元年(一四六七)から文明九年(一四七七)頃まで続いた。また持豊の子政豊が文明末から赤松氏と戦闘に入るが、戦場が主に京都外であり、相応しない。

一〇 原話に「中書令ニ至リ、十余年、忽チ古銭ノ所在ヲ失ヒ、文本遂ニ薨ズ」。

5-2 構想を剪灯新話四ノ一「竜堂霊怪録」にとり、甲陽軍鑑評判を取り入れて武将の評判談としたもの。末部の漢詩は、主に剪灯余話の詩句を利用。

一一 山梨県都留郡一帯を指す。戦国時代は小山田氏一族の領地で武田方配下。

一二 「安左衛門　是は坊主落にて…郡内の者なるゆへ小山田に是を付給ふ」(甲陽軍鑑八・同先衆)。「安蔵主と云出家かへりなり。信玄公御意に入、俗人に成、一疋に乗、会衆の中に入、御陣の御供申」(同十九・諏訪明神夢想事)。「鶴瀬」は郡内口に当たる栗原筋の村名でもあるが、関係は未詳。

一三 山梨県塩山市小屋敷(おやしき)の乾徳山恵林寺。臨済宗妙心寺派。夢窓国師開山。甲斐国における臨済禅の拠点。武田信玄菩提寺。

一四 禅林で諸種の役僧のもとで給仕する者。また得度、未得度を問わず寺内で諸種の用務を行う者。行堂(あんどう)とも。

絵 銭の精が昌快の庵室を訪れ、銭箱を掘り出す場面。右頁、庵室に座す法衣の昌快。銭の精は銭形の帽子を被る。左頁、竹藪のもとから掘り出された銭箱。もろ肌脱いだ人夫が手にするのはくわとすき。

に安蔵主と名づけしが、武田信玄[一]にとり入て心ばせ才覚ありければ、俗人になされ小知給はり、鶴瀬安左衛門とぞいひける。

[二]永禄丙寅七月十五日、[三]盂蘭盆供のいとなみしつゝ、[四]甲府に出て家中拝礼の事相つとめ、日すでに暮がたになりて、[五]恵林寺の快川和尚に対面せんとて、[六]西郡におもむき侍べりしに、いかゞしたりけむ、めしつれたる[七]中間・[八]小者あとを見うしなふて、一人も来らず。鶴瀬たゞ一人ゆく〱恵林寺にいたりしかば、門外にて[九]多田淡路守に行あひたり。鶴瀬思ふやう、「これは信玄公秘蔵[一〇]の[一一]足軽大将にて、[一二]武勇・力量すでに家中にゆるされ、名を近国の諸大将にしられ、[一三]信州戸隠山にをひて[一四]鬼を切たるほどのものなるが、去ぬる[一五]癸酉極月廿二日に、正しく病死せられたり。それに只今行逢たるは、若夢にてやあるらん」とあやしみながら立よりければ、「いざ恵林寺の庭に[一六]五三人あつまり、聖霊まつりの送りをいとなむによきつゐでなり。立入てあそび給へ」とて、打つれて門の内に入たりければ、寺の庭に莚しきわたし、中間・小者ばらおほく人を待まふくるとおぼえて、うづくまりゐ侍べり。しばらくありて、越後の[一七]長尾謙信の家臣[一八]直江山城守、[一九]北条氏康の家臣[二〇]北条左衛門佐、武田信玄軍法の師範[二一]山本勘介入道道鬼出来れり。山本は上座にあがり、直江その次にあり。北条左衛門その下に座して、さま〲軍法の事共たがひに物がたりす。

一 一五二一―七三。甲斐武田氏第十七代当主。長尾氏・北条氏・今川氏・織田氏などと熾烈な合戦を繰り返す。 二 永禄九年(一五六六)。この前年五月足利義輝殺される。 三 盂蘭盆と同じ。 四 甲斐国山梨郡府中(現甲府市)。永正十六年(一五一九)八月、武田信虎によって石和(いさわ)より政庁が移され、新城下町として発展した。 五 恵林寺の禅僧、紹喜(じょうき)。字は快川。永禄七年当寺に移住。天正十年(一五八二)没。 六 ここは、かつての山梨郡笛吹川以西の地を指すか。石和郷など甲府から恵林寺への途次に当たる(甲斐国志一・四郡ノ郷名)。 七 →一一二頁注九。 八 武家奉公のうちで最も軽輩の者。身分的には中間の下にあり、主に雑役に従事する。 九 武田家家臣、幼名三八。鬼切りなど有名。永禄六年十二月病死。「信虎公の御代より足軽大将を仕る」(甲陽軍鑑九上・甲州こあらま合戦之事)。 一〇 「ヒサゥ 大切にすること」(日葡)。 一一 「此職は弓、鉄砲の足軽同心を預り、それを指揮するものの総名」(武家名目抄一)。 一二 「武勇 ブヨウ」(饅頭屋本)。 一三 長野県上水内郡。信越国境近くの山。 一四 「虚空蔵山の城けいごに、多田淡路を指置なさるゝ時、鬼を切たる大剛の武篇者也」(甲陽軍鑑九上・甲州こあらま合戦之事)。多田満仲による戸隠山での鬼切の件が太平記三十二・直冬上洛事付鬼丸鬼切事にも見える。 一五 正しくは「癸亥」(永禄六年)。「多田淡路去年亥の極月末に病死也」(甲陽軍鑑十下・秘蔵大将四人死スル事)。 一六 日や人について数が少ない意を表す。数人。 一七 上杉謙信。長尾氏は山ノ内上杉家の越後守護代。 一八 後の米沢藩家北条左衛門いふやうは、「そも〳〵武田信玄は、智謀・武勇を兼そなへて思慮ふかく、[二二]軍立いつも堅固にして、兵気たはまず、いきほひをうしなはず。敵にむかふてたゝかふときは流水のごとく、勝軍にいたりては晴天に星の粲然たるに似たり。[二三]気象のいさぎよき事、[二四]水精輪にたとふべしといへども、みづから勇武にほこりて、諸将に[二五]和をもとめず。ひとり戦国の間に挿られて、一生さらに敵のためにくるしめらる。その軍のそなへ[二六]虚実の勢分を守るといへ共、更に[二七]奇正の術を兼ざるゆへに、[二八]小利を得て大に勝ことなく、たゝかひあやうからずして又大なる失もなし。その威はたかく[二九]かゝやきながら草創の功をとげず、たゞわが領国のさかひを犯されざるばかりにして、つゐにその[三〇]大業をたて給はず」といふ。

山本勘介入道いふやうは、「いづれの諸将もみな一徳なきはなし、たゞ一術をまもりて[三一]偏におぼれ、[三二]変化無方の理をわすれて大功を遂たまはず。されば[三三]長尾謙信は北越無双の猛将なり。[三四]その性[三五]強毅にして[三六]健なる事、肩をならぶる人なし。その身は越後にありながら威勢を東海・北陸にかゝやかし、敵とたゝかふては破らずといふことなく、[三七]軍立尖にして変化奇正の術更にわが物として、大軍をつかふ事又わが手足をはたらかすがごとし。大敵前にあれども[三八]昆虫かともおもはず、急にうつて散す事いさごをまくがごとくにし給ふ。誰かそのほこさきにむかはんや。[三九]されどもた

老直江兼続が山城守を称するが、永禄三年生まれで相応しない。謙信の家臣で直江を名乗った者に大和守景綱、その跡を継いだ信綱がいるが、ここは謙信の重臣景綱か。天正五、六年(一五七七、七八)頃没。　一九 →四二頁注九。　二〇 北条綱成か。左衛門太夫、上総介。「氏康公の家老北条左衛門太夫」(甲陽軍鑑七・武士諸道具之事)。天正十五年、七十三歳没。その子氏繁も左衛門太夫を名乗る。常陸守。天正六年、四十三歳没。両者とも永禄九年は生存中。　二一 武田家足軽大将。名は晴幸。道鬼は法名。武田信玄に仕え、軍法についての相談役となる(甲陽軍鑑九など)。永禄四年川中島の戦で戦死。　二二 「イクサダテ 陣営や軍勢の部署、編成、配置」(日葡)。「凡ソ信玄ハ智謀勇才兼具ッテ慮カリ長ジ、軍立チ堅固ニシテ内外ノ備等シク練リ、兵気実ニシテ勢イヲ失セズ、勝ツ事ハ碁ヲ布クガ如ク戦フコトハ水ノ流レニヨルガ如シ」(甲陽軍鑑評判十・家譜)。　二三 「気象 キシヤウ〈資性。義仝〉」(書言字考)。　二四 水晶の輪宝。「水精 スイシヤウ〈又云水晶〉」(合類)。　二五 和平。「和 クハ」(同)。　二六 「実虚ハ敵ト味方トノ間ヨク用心シテツヨクイサメルヲ実トシ、ヲコタリユダンシテヒマスキマノアリテソナヘナキ処ヲ虚トス」(孫呉摘語「治レ衆如レ治レ寡…」)。　二七 奇襲作戦と正面攻撃の両作戦。「奇正ハ先ニイデ、合戦スルヲ正トシ、後ニ出ヲ奇トス」(同)。　二八 「信玄一人其中ニ傑出セラレバ、草創ノ功ヲ不レ遂シテ何ンゾ自国ノ境ニ苦シマルベキヤ。按ズルニ信玄ハ身ヲ修ムルヲ本トトシテ不敗ノ地ニ立チ、小利ヲト(メシ)テ大勝ニホコラズ、人ニ勝ン事ヲ

ゞ武勇をたくましくし給ふのみにして、さしもなき一小軍につはものをつゐやし、後をかへりみて内にそなふる固なきをもつて二その身勇義をもつぱらとし、軍兵忠信ありといへどもつゐに大業なりがたし」といふ。

直江山城守つく〴〵と聞て、「さればいづれの諸大将にも、ほむる所にはその徳あらはれて、青天にもあがるべく、そしる所には瑕出て深淵にもしづむべし。三ほむるもそしるもともに四一定しがたし。五かれも一時也これも一時也。たゞ天命によらず

不レ思シテ専ラ己ノ失ナカラン事ヲ旨トス」(甲陽軍鑑評判十・家譜)。二九「カカヤカス」(日葡)。三〇「タイギョゥ　大事業、または、大修行。文書語」(日葡)。三一 戦術が偏っていること。三二 用兵は時により多種多様に変化し定まった方向性がないこと。孫子には「九変の術」が説かれる。三三「ながう」の振仮名は、本朝将軍記九などにも見える。「ながうを」(同)とも。また、鎌倉九代記下ノ八に「長尾(ながう)喜平次」など。三四「凡ソ謙信ハ其性強毅ニシテ允(トマコ)ニ離倫絶類ノ健将タリ。後越(コウエツ)ノ境イニ以(イ)テ東海北陸ニ威ヲ輝カシ、敵トシテ畏レシメ戦ツテ不レ破ト云事ナク…」(甲陽軍鑑評判十・家譜)。三五 何ごとにも臆せず立ち向かう性分。底本の振仮名「かぎ」。「ガウギ」(日葡)。三六 底本の振仮名「すくや」。「健　スクヤカ」(字集)。三七「軍サダチ衝疾(セウシツ)トシテ奇正変化ノ行、我ガ任ノ如ク…士卒ヲ使フニ四肢ノ身ニ相従フガ如クナラシム」(甲陽軍鑑評判十・家譜)。三八「這ふ虫」の当て字。地を這う虫。堪忍記一ノ七ノ四にも同訓。また、戒殺物語一ノ三には「傍虫(はむし)」とも。三九「其止善(シゼ)ノ極ヲ覚リ玉ワズ、空役ニ兵(つはもの)ヲ費シ、内ニ省ミル備ナフシテ軍ノ形ヲノミ似(ナ)ビ、タゞ兵道ノ流レヲ洒(イソ)デ源ノ深キヲ忘レ玉ヘル事ヲ」(甲陽軍鑑評判十・家譜)。

以上一三三頁

一 ちょっとした戦、小衝突。
二「然レバ謙信天生勇義ノ志シ身ニ具ハリ、己レヲ尽シテ士卒ニ能道ヲ進メリ。是ヲ以テ士卒常ニ二タ心ヲ不レ思、倹約ヲ守ツテ卑夫モ為ニ忠ヲ致サン事ヲ励ム」(甲陽軍鑑

しては、大業は遂べからず。その中に[六]北条氏康はそのむまれつきもつとも[七]温和にしてよく[八]人をなつけ、篤実にしてまた道をおさめ、軍立徐かにして本を固くし、敵に勝に[九]刃を借ず、わがいきほひを量りて兵をつゐやさず、天のさいわひを待て、あやうきことをせず。この故に取事は遅しといへども、得てこれをうしなはず。[一〇]つねに権威を内に隠して謙譲を外にほどこすといへども、時にのぞみては[一一]乱将にしかず。氏康はたゞ[一二]和をこのみて、つはものをおしみ給ひし故に、武勇は更に信玄・謙信に

評判十・家譜)。三「サレバ人々ノ善悪ハ偏ニ聞テ定ガタシ。褒ル人貶ル者タヾ其人ノ智愚ヲ見テ、褒ラル丶人貶ラル丶人倶ニ善悪ヲ知ベキ事ナリ」(甲陽軍鑑評判三・笛吹峠合戦之事)。

四「一定 イチヂヤウ〈確定義全〉」(書言字考)。

五「彼モ一時此モ一時也」(孟子・公孫丑下)。

六「凡ソ氏康ハ温良ニシテ衆ヲ懐(ナツ)ケ篤実ニシテ治道ニ術アリ、軍立チ徐(ヲモムロ)ニシテ勝ツ事ヲ刃(ヤイバ)ニ不レ借、彼我ノ勢ヲ校(ハカッ)テ空役ニ兵ヲ労セズ、帯(ホゾ)ヲ固フシテ天幸ノ到ルヲ得タリ、故ニ勝事婁(シバ〳〵)セズシテ得ル処ノ地広シ」(甲陽軍鑑評判十・家譜)。

七「温和 おんくわ〈心柔也〉」(大全)。

八「ヒトヲナツクル 人を手なずけておとなしくさせる」(日葡)。

九 武力に訴えないで。

一〇「氏康謙譲ヲ旨トシテ勢イ緊節ナラズ。兵ヲ害(ソコナ)フ事ヲ厭イ和ヲ好ミ他ノ力ラヲ借ツテ専ラ敵ヲ拉(トリヒシ)ガン事ヲ旨トスルガ故ニ信玄謙信ノ強毅ナルニ並ベテ武威聊カ後レテ聞フル者ナリ」(甲陽軍鑑評判十・家譜)。

一一 軍を統率できない無能の将軍。

一二 →一三四頁注二五。

絵　恵林寺の庭で諸将談論の場面。右頁、酒宴の準備をする中間ども。酒樽より酒を燗鍋にうつす。炉には火。重箱や盤(さら)に酒肴。左頁、莚の上に、山本・直江・北条・鶴瀬・多田の五人。松の木のもとが上座の山本か。三方の上には杯様のもの。

をくれたるに似たり。され共守文[一]の徳のみすぐれて草創の功業をはげむ事のをこたりあり。こゝをもつてつゐに大業を立給ふ事かなはずして、その威名いさゝか低[二]たるに似たり」といふ。

その時多田淡路守すゝみ出て、「諸将の評議一端その理ありといへ共、我らいかでか名将の奥義をはからひしらんや。定めて深き心あるべし。それ千丈[三]の堤も螻蟻の穴よりくづるといへり。信玄・謙信・氏康は今戦国の中諸国諸将の間にもつとも秀て良将の名ありといへども、亦諸国の間に、党[四]を結び権[五]を立るともがら、はなはだおほし。若その中に謀[六]不意におこりて、小身の大将に倒さるゝ事あるまじき時節にあらず。こゝをもつて信玄・謙信・氏康の三将は鼎[七]のあしのごとくそばだち、たがひに威をふるふといへども、かたはらに小身仕出[八]の大将をおそれざるにあらず。近頃尾州織田信長[九]すでに草創大業のこゝろざしありて、近国をしたがへ漸大軍に及べり。弘治丙辰[一〇]の年、駿河の今川義元[一一]さしも猛将のほまれありて、しかも大軍[一二]なりしを、一朝にほろぼしたり。信長ふかく謀り遠く慮ばかり[一三]、剛強[一四]・武勇・智謀兼備の信玄[一五]に対して親しみふかく縁をもとめ、伯母を秋山伯耆守[一六]が妻となし、その姪を武田勝頼[一七]の室にいれ、使節ひまなく甲府につかはし、さま〴〵音信[一八]をつくしてひたすら君臣の礼のごとく、信玄の機をとり、追従せらるゝ事は、これしばらく信玄

一国の成法を継承してゆくこと。「武威後ル、ヲ以テ名(ナ)人ヲ畏レシメズ。故ニ守文ノ徳アリト云ヘドモ、時乱将ニ不レ如ト見ヘタリ」(甲陽軍鑑評判十・家譜)。 二「低ウナタル」(合類)。 三 大事も小さな誤りから崩れること。「千丈之堤以螻蟻之穴而潰韓詩」(管蠡抄八)。「螻蟻」はけらとあり。 四 同族武士の軍事集団を結成すること。 五 権謀をめぐらす。 六「謀 ハカリコト」(合類)。 七「鼎立」の訓読。三者が牽制しつつ並び立つこと。 八 小身ながら新しく力をつけてきた武将。 九 一五三四-八二。弘治元年(一五五五)、尾張清洲城主となり、永禄二年(一五五九)頃までに国内を制圧した。 一〇 丙辰(ひのえたつ)は弘治二年。ただしここにいう桶狭間の合戦は永禄三年庚申(かのえさる)。 一一 一五一九-六〇。駿河府中城主。桶狭間の合戦で信長に討たれた。 一二 義元軍四万五千の兵に対して織田軍三千余(信長記一之上・義元合戦事)。 一三「深謀遠慮」の訓読。 一四「カウキャウ強くてはげしい人」(日葡)。 一五「信長卿信玄ニ親ミノ深カランコトヲ演(ノベ)テ縁ヲ求メ、或ハ伯母ヲ秋山ニ妻アワセ、其姪ヲ勝頼ノ室ニ入レ…使節甲府ニ不レ絶シテ宛(アタカ)モ君臣ノ礼儀ノ如クシ玉イシコト」(甲陽軍鑑評判十・天正元年)。 一六 武田信玄の侍大将、名は信友。信長の伯母にあたる岩村氏の寡婦を娶る。 一七 一五四六-八二。信玄四男。信長の養女で、姪でもあった濃州苗木城主遠山勘太郎の娘を娶る。 一八 贈り物。 一九 背後の備え。 二〇「一ツニハ前(サキ)将軍義輝公ノ御舎弟ヲ執立奉ツテ義兵ト称シテ敵ヲ駆(カリ)玉イシコト、二ツニハ軍ニ先後アリ、時ニ進退アリ、信長公先ヅ五畿ノ弱

の武勇をなだめ、うしろを心やすくして、前を打したがへんとす。一には光源院義輝公の御舎弟義昭公をとりたて丶義兵をあぐると号して、軍兵をあつめて敵をうち、二には軍の法に本末前後あり。まづ五畿内の弱兵をせめふせていきをひをまし、東海・北陸の強敵をばなだめてのちにうたんとす。三には中国・西海の弱敵には武威を鳴して大に威し、東北の剛敵をば謙くだりて宥め、すでに家中漫こり、軍兵おほく、人に先立て京都をしづめ給へり。今の世には大業さだめて信長に立べし。信玄・謙信・氏康は、いたづらにわが領国に労れ死給はんものを」といふに、座中この事を感じける処に、上州蓑輪の城主長野信濃守入来れり。

これは関東の上杉憲政の家臣、譜代の侍として智謀無双の者なるが、武田信玄といどみたゝかふ事七年にして、つゐに病死せしかば、その子息右京進いくほどなく蓑輪の城を信玄にうちとられて没落したり。しかるに信濃守今又この座に来り、左右を見まはしけるに、山本勘介入道は一の上座に居て最無礼なり。長野は会尺もなく勘介入道が座の上にあがり、刀の柄に手をかけていふやう、「山本が傍若無人の有様こそ心得られね。汝はいかなる大功をなして今かく高上のふるまひをいたすぞや」とて、すなはち山本を責ていふやう、「そもく\汝に三の大罪あり。世の人更にしらず。此故に千年の苔の下まで、ほしゐまゝに軍道煅煉の名を盗めり。今我

(ヨワキ)ヲ攻テ勢ヲマシ、東北ノ強ヲ後ニシ玉イテ利アリシコト、三ツニハ信長公西方ノ弱敵ヲバ武威ヲ鳴シテ之ヲ威シ、東北ノ剛敵信玄謙信ヲバ謙譲ノ言バヲ以テ宥(ナダ)メ玉イシ事」(甲陽軍鑑評判十・天正元年)。

二一 室町幕府第十三代将軍。一五四六―六五在職。

二二 室町幕府第十五代将軍。一五六八―七三在職。義輝亡き後、織田信長を頼って入洛を果たし、永禄十一年十月、将軍となる。

二三 「国ヲ治ルヲ本トシテ敵ヲ攻ルコトヲ末トス。軍ヲ全フスルヲ先トシ、敵ヲ破ルヲ後トス」(甲陽軍鑑評判三・笛吹峠合戦之事)。

二四 「セメフスル 攻めて屈服させ、あるいは、服従させる、または、武力をもって屈服させる」(日葡)。 二五 「ガウテキ」(日葡)。

二六 「謙 ヘリクダル〈又倹同〉」(合類)。

二七 「漫 ハビコル」(書言字考)。 二八 箕輪城。群馬県群馬郡箕郷(みさと)町。 二九 長野業正(なりまさ)。一四九一―一五六一。「箕輪衆」と呼ばれる軍団を率いて、武田氏に強く抵抗した。

三〇 →一〇四頁注九。 三一 「蓑輪の城、信玄公三十七歳の時より年々働給ひ、四十三歳にて七年目に箕輪、御手に入、是も三年以前辛酉の年、信濃守病死して、二十より内のせがれの代にも三年持」(甲陽軍鑑十下・上泉伊勢兵法修行事)。永禄六、七年頃までに武田勢は箕輪本城近くまで攻め入った。

三二 長野業盛(なりもり)。一五四八―六六。十四歳で家督を継いだが、永禄九年九月に箕輪本城は陥落し自害した。 三三 「最 イト」(合類)。

三四 高慢なさま。「カウジャウ(タカイ・ウエ)」(日葡)。

三五 「鍛錬」の当て字か。「煅煉(たんれん)すれば」(浮世物語二ノ三)。

これをあらはして、汝が罪過をかくさすべからず」。山本勘介更に色をも失なはずして、「さらば疾々の給へ。つぶさに聞侍べらん」といふ。

長野いふやう、「往昔信玄若かりし時、色におぼれて国家をわすれ給ひしとき、板垣信形よくいさめて、心ざしやうやくあらたまり、敵をうち国を幷る謀より外に他念なかりし所に、信州諏訪の祝部頼重降参して旗下に属し、甲府に来りし処に、「これを打て城をうばゝずは、馬の足を立べき地なし。しからば信州つゐに手に入べからず。頼重をたばかりころして信州手づかひの地をもとめ給へ」と、汝これをすゝめまいらせ、あえなく降参の人をころさせたり。窮鳥懐に入ば猟者も殺さずとこそいふに、したがひ来る頼重を打事は無道不仁の心ならずや。若これは軍道のならひ智略のひとつともいふべき歟、情なき所為これ更に武道の本意にあらず。虎狼の心にひとしといふべし。それに頼重がむすめ容顔美麗なるをもつて信玄すでに色にまどひ、めしいれて妾にせむ事を思ひて、勘介に密談せられしかば、「なにかくるしかるべき」といひたりければ、むかひとりて妾とせらる。汝が佞奸はなはだ悪べし。人の真性を破り、正道をうしなへり。眼前に首を白刃の下に刎られたる敵の娘をとりてわが妾とし、他のうれへを忘れて、をのれが愛にそなふる事は、これ仁者のする所にあらず。されば汝其時何ぞ正理をもつて諌ざる。かの妾の腹に

一 晴信十九歳の時、好色淫乱悪行を板垣が諌めた(甲陽軍鑑評判一・晴信不行儀)。 二 駿河守信方。武田家譜代の重臣。天文十七年(一五四八)没。 三 併合する。「幷 アハス」(塵芥)。 四 諏訪頼重。一五一六-四二。諏訪氏は代々諏訪上社の大祝(おおほふり)職で諏訪領主。信虎の娘を娶ったが、信玄の攻撃に遭い、自害。頼重の娘小見氏は晴信の側室。 五 配下。「旗下 ハタシタ」(書言字考)。 六 仕えて。「属 ショク」(字集)。 七 「テヅカヒ 敵などに攻めかかること、あるいは、討ち入ること」(日葡)。 八 「あへなく 由もなき心也」(匠材集三)。 九 「窮鳥入レ懐時ハ狩人モ哀レ之不レ殺事ニテ候」(太平記十八・比叡山開闢事)。 一〇 或いは。 一一 「所為 シワザ」(合類)。 一二 「妾 おもひもの」(大全)。 一三 頼重息女内室の件は、勘介が諏訪家懐柔策として進言したと記す(甲陽軍鑑九上・山本勘介工夫)。 一四 外は従順で内心は貪欲なさま。 一五 持って生まれた本性、天性。「山本勘助ガ言(ト)バ…便佞ノ才覚ニシテ人ノ真ヲ破ルニ似タリ、眼前ニ首(カウベ)ヲ鋒(サキ)ニカケタル敵ノ娘ヲ取リ、人ノ愁ヲ不レ知シテ、我ガ最愛ニ具フルコト仁者ノスル処ニアラズ」(甲陽軍鑑評判二・頼茂息女之事)。 一六 「ハクジン(シロイ・ハ)抜身の刀」(日葡)。 一七 武田勝頼。一五四六-八二。信玄四男。武田家最後の領主。 一八 武田義信。信玄長男。謀反の嫌疑によって永禄十年(一五六七)に自害(甲陽軍鑑十下・義信自害事)。 一九 私利に走り、人に諂い、口がうまいこと。「便佞」とも。「利根」は利口。 二〇 「蕩 とらかす」(大全)。 二一 甲陽軍鑑の板本に「イヽトミ」、写本に「おほ」と訓むが、

[一七]勝頼誕生あり。[一八]太郎義信のため継母として、しかも[一九]弁佞利根の女なれば、継子義信をにくみて、さまぐ〵讒言す。信玄は智慮あさからぬ人といへども、色に陥いりて[二〇]心を蕩れ、讒を信じて義信をところし、其外譜代忠義の家臣[二一]飯富兵部をはじめて、八十余人のさふらひ、多年旧功のともがら、[二二]科なくしてころされし事、ひとへにその源は汝が[二三]奸曲をもつて[二四]いさむべきを諫ず、非道にしたがふて口を閉たる所也、是一。信玄の父[二五]信虎は[二六]強毅不敵の人にして、[二七]偏屈無顧の性あり。信玄いまだ晴信といひし時、これを追放して[二八]次郎信繁に家督をゆづらんとせられしを、今川義元は[二九]信玄の舅なればこれに心をあわせ、信虎を[三〇]楯出し、信玄家督をうばひとられたり。信虎は駿河に浪牢して[三一]氏真の養をうけ、かすかなる有様にて月日を送られたり。後に信玄我身の不孝を思ひしりて、信虎を甲府によびかへし、孝をつくさんと思はれしを、汝これをいさめて、「信虎帰り給はゞ、又悪心をもつて家をみださるべし。たゞそのまゝに捨をき給へ」とて、今に駿府に流浪せさせ、後代までも不孝の名を信玄に残す事、これ汝が奸曲不義の所也、是二。[三二]川中嶋の合戦のとき、「今日の軍の支配勘介よく謀べし」とて[三三]軍媒を任せられしに、いたづらに謙信の陣を[三四]西条山にみやりて川端に備をたてず、夜の間に川を謙信に渡され[三五]露ばかりもこれをしらず、俄におどろきて備を立しに、武田方の右は[三六]謙信のため左にうけて打易き所なるを、[三七]義信・

「おぶ」が正しい(甲斐国志・人物部五)。永禄八年成敗される。「義信若気故、恨なき信玄に逆心を企さする談合相手の棟梁に、兵部成候事、此五ケ条御書立をもつて、飯富兵部御成敗なり。…此外、太郎義信公の衆、八十騎余あるを御成敗候て、其外は他国へ追払給ふ」(甲陽軍鑑十下・飯富(トミ)兵部御成敗事)。二二「科 トガ」(字集)。二三「奸曲 かんきよく〈心の不直也〉」(和漢通用集)。二四「非ヲ知ツテ諫ザルハ勘助ガ不覚ナルベシ」(甲陽軍鑑評判二ノ一・頼茂息女之事)。二五 一四九四-一五七四。天文初年頃までに国内を統一したが、同十年に駿河に追放される。二六 →一三三頁注三五。二七 偏屈この上もない性分。二八 一五二五-六一。信虎次男、典厩とも称す。晴信を廃し、信繁に跡目を相続させようとする気運があった(甲陽軍鑑九上・信玄公十九歳にて其一年無行儀之事)。二九 晴信姉が義元の妻。三〇 閉め出す。三一 今川氏真。一五三八-一六一四。義元の子。信虎は義元死後、駿河を追放され上京。足利義輝に一時抱えられたが、その後西国を流浪、信濃高遠で没す。三二 長野県長野市の地名。信玄、謙信の古戦場。ここは、永禄四年(一五六一)九月十日の第四回目の激戦を指す。武田方が勝利したが、甲陽軍鑑評判七・河中嶋合戦之事では、勘介が用兵配置を失敗したとする。三三 軍配。軍隊の配置、進退の指揮。三四 長野市松代町の妻女山。千曲川を挟んで川中島の対岸。当時の信玄方海津城の南。三五「九月九日の亥の刻に西条山を打立て、雨の宮の渡をこし、向ひへうつらるゝに、壱万三千の人数なれども、音もきこえざる」(甲陽軍鑑十下・河中嶋合望月なんどいふ尩弱[一]の大将を右の方に備させ、一時[二]の間に破られたり。謙信は急にとりひしがんとて、みづから真前にすゝみて信玄の本陣をきりくづされたり。西条[三]山に向られし軍兵引返してこそ、信玄すでにあやうきをのがれ、万死[四]を出て一生を全くせられ侍べれ、典厩信繁[五]・諸角豊後[六]・初鹿[七]源五郎をはじめて大勢うたれたり。軍は勝に似て人数おほくうしなひ、汝も恥て打死せしは、これもと備をあやまる故也。なにをか軍法煆煉の師範とすべき、是三。しかれば汝は三州の牛窪[八]より出て、武道修行とて諸国をめぐり、四国の尾形に逢て軍法を伝授し、城どり[九]の縄ばりに大事を得たりといふ。そも／＼汝が縄ばりの城今にいたりて何国にありや。今川家に嫌はれて甲府に吟よひ[一〇]、信玄に抱られて所知[一一]につき、これを花光[一二]て駿河に行たるは若輩の所行、世の笑種となれり。幸に武田の家に用ひられ、軍法師範の名をぬすみて星霜[一三]は重なれども、信玄さらに大業の功なし。しからば汝にをひて亦何の勲功ありといはん。汝は我が敵族也。目前に見ながら相宥、これ地府[一四]の大帝ゆるされざるがゆへに、いかにともすべき道なし」といふに、山本入道一言の返答にも及ばず、座をしりぞきて長野にゆづる。永野重ねて云やう、「諸家の名臣歴〻おはすれども、中にも我は一城のあづかり也。此故に一の座[一五]を卜侍べり。尾籠[一六]のふるまひはまげてゆるし給へ」といふ。多田淡路守、「今はゆめ／＼遺恨あるべからず。万事休し[一七]、

戦之事)。二六 謙信方の左翼。二七 武田方備えは、「右脇備は、一、太郎義信公…義信公右、一、望月殿」(甲陽軍鑑・同)。望月義勝は信繁の二男、御親類衆(六十騎持)。

一 とても弱いこと。「尩弱 わうじやく〈小義、委徒然参考有レ註〉」(大全)。二 「其間に謙信旗本にて信玄公味方の右のかたへまはり、義信公の旗本五十騎、雑兵四百余の備を追立」(甲陽軍鑑十下・河中嶋合戦之事)。三 「此合戦大かたは信玄公御まけとみる所に、西条山へかゝりたる先衆十頭…越後勢の跡より合戦をはじめ、追うちにうつ」(同)。四 窮地に陥り、かろうじて命を全うする。正しくは「万死ヲ出デテ一生ニ逢フ」(貞観政要一)。五 「典厩御うち死、諸角豊後守討死、旗本足軽大将両人は山本勘介入道道鬼討死、初鹿(ハジ)(カノ)源五郎討死」(甲陽軍鑑・同)。六 諱は虎定、侍大将。五十騎持。七 諱は忠次、足軽大将。三十騎持。八 「此山本勘助ハ参州牛窪ノ産士ナリ。長生ノ後九州ニ下リ、緒方ノ何某トカヤニ従ツテ軍法ヲマナビ、城取陣法惣テ兵道ノ旨ヲ得ケル。…イマダ足軽ノ一人ニテモ引廻シタルコトモナク、小城ノ一ツモ不レ持シテ城取知リタリト云フモ覚束ナシ」(甲陽軍鑑評判二・山本勘助之事)。牛窪は愛知県豊川市牛久保町。九 築城の図面引き。一〇 「吟 さまよふ」(大全)。一一 知行。当初は百貫の約束であったが、少ないとして即座に二百貫の知行にあずかったという(甲陽軍鑑評判二・山本勘助之事)。一二 自慢すること。「光(カヒ)ラスノ義カ」(志不可起七)。一三 「星霜 セイザウ」(書言字考)。一四 冥途

去ば一夢のごとし。たゞ酒のみてあそび給へ」とて、酒肴とり出せば、たがひに数盃をかたふけたり。長野うたふていはく、

一八義重 命軽如二鴻毛一 肌骨今銷没二艾蒿一
山宜レ平 重淵宜レ塞 残魂尚誓節操高

北条左衛門佐うたふていはく、

一九泉路茫々 隔二死生一 落魂何索 貽二武名一
古往今来凡是夢 黄泉峙レ耳聞二風声一

直江山城守うたふていはく、

二〇物換星移 幾度秋 鳥啼花落 水空流
人間何事 堪二惆悵一 貴賤同帰土一丘

山本勘介入道は、「一文不通のもの、たゞ軍道に煅煉して余事をしらざりしが、今この席につらなりぬれば、わづかに思ふところいはずして止なんや」とて、

二一平生智略 満二胸中一 剣払二秋霜一 気吐レ虹
身後何 謾 論二興廃一 可レ憐 怨魂 嘯二深叢一

多田淡路守うたふていはく、

二二魂帰二冥漠一 魄帰レ泉 却恨人世名聞権

の大王、閻魔。一五「トシムル」(倭玉篇)。一六 不作法。「尾籠 ビラウ」(合類)。一七 すべての事件に結着がつき。一八 義は重く命は鳥の羽のように軽い。肉体は滅び身は蓬が原に隠れる。たとえ山が砕け深淵が埋まろうとも、魂は止まって節の高さを誓うよ。「寒沙ニ骨ヲ暴シ蓬蒿ニ没ス…義重クシテ命軽キコト鴻毛ノ如シ」「山ハ平ナル可ク河ハ塞ガル可クモ」(剪灯余話三ノ三・鸞鸞伝)。一九 よみじへの途は果てしなく死生を分け、さまよう魂は空しく武名を残す。万事は夢、あの世で耳を傾けて風の音を聞くとしよう。「峙 ソバダツ」(合類)。「泉路茫茫トシテ死生ヲ隔ツ、…人腸ヲ断チ尽スハ是レ此ノ声」(剪灯余話二ノ二・両川都轄院志)。「古往今来只此ノ如シ」(同七ノ一・賈雲華還魂記)。二〇 天地万物は移り変り、幾秋か過ぎ去った。鳥は鳴き花は散って水も空しく流れる。人は悲しみにさいなまれ、貴賤の別なく土に還るのみ。振仮名「(ちうちやう)するに」は、底本「すへに」。全句(同七ノ一)。「鳥啼キ花落テ人何クニカ在ル」(同一ノ三・月夜弾琴記)。二一 智略は常に胸中にあふれ、剣は鋭く志気は高い。死後いたずらに興亡を説くのをやめ、怨みの魂が深やぶに吟ずるのをしみじみと聞こう。「平生ノ智略胸中ニ満ツ、剣秋霜ヲ払テ、気虹ヲ吐ク」「身後何ゾ須(もち)ン廃興ヲ論コトヲ、…憐ム可(べ)シ一片中原ノ地、虎嘯キ竜騰(をど)リテ幾ク戦争ゾ」(同三ノ一・青城舞剣録)。二二 魂は天に魄は地へ。ただ人の世の名声の空しきを恨むのみ。粗末な墳には苔が生え、しばし論客と恵林寺の辺りで出会ったのも夢まぼろしであったか。「魂ハ溟漠ニ

三尺孤墳苔累々　暫会幽客恵林辺

鶴瀬これを見聞にあやしさかぎりなし。「そも夢か、ゆめにあらざるか。庭は恵林寺の庭にして、その事は故人の事なり。しからずは、我死して、こゝは又迷途[一]か、子細を尋ねばや」とおもふ処に、貝[二]・太鼓の音聞えしかば、庭中のともがら、「心得たり」とて、傍なる太刀かたな、をつとり〳〵はしり出るとぞみえし、一人も残らず跡かたなく消うせて、鶴瀬たゞひとり恵林寺の庭に座して、夜はほの〴〵と明たり。あまりのふしぎさに、いそぎ甲府に立もどりて信玄公に対面して、ひそかに此事をかたるに、信玄あざわらひて、「汝はきつねにばかされて、かゝる化事[三]を見たりけるか」と無興[四]し給ひしかば、鶴瀬大きにおそれて、郡内にかへり、みづから筆にしるして、箱の中にとゞめしとかや。

（三）　焼亡有定限

[五]西の京に、冨田久内といふものあり。わかきときより、なさけふかく、慈悲あつき心ざしあり。ある日家を出て北野[六]の天神にまうでたり。下向[七]のとき、茶店[八]の床[九]に[一〇]踞て茶のみける所へ、十二三ばかりとみゆる小法師[一一]来りぬ。容の色青ざめて痩つかれたり。久内とひけるは、「小僧はいづくの人ぞ」といふ。こたへていひけるや

帰シ、魄ハ泉ニ帰ス。却テ恨ム青娥少年ヲ誤ルコトヲ、三尺ノ孤墳何レノ処カ是ナル」(同七ノ一、一ノ三〈一・二句のみ同〉)。

一「迷途」の当て字。「迷途」は「冥途」に同じ。
二 法螺貝。太鼓と共に出陣の合図。
三 いいかげんなこと。　四 機嫌を損うこと。「無興　ブキヤウ」(合類)。

5-3　原話は五朝小説の集異志「漢末糜竺　云々」。火神に仕える女性を小法師に代え、本朝将軍記の伝える文安元年(一四四四)の西京麴座と洛中の酒屋土倉との間の争乱に端を発した北野天満宮の焼亡をからませて一話を仕立てる。この争乱は羅山の京都将軍家譜のほか京羽二重織留二「古戦場」にも載り、また和漢合運、大日本王代記、日本王代一覧等の年代記にも記載されるがいずれも北野天満宮焼失の日付を記さず、本話の四月十二日(史実は十三日)が何に拠ったものかは未詳。

五 京都市中京区。東は、聚楽・二条御城廻、西は花園・安井、南は三条通西院、北は上京町地や大将軍の村々に接する地域。
六 上京区馬喰町の北野天満宮。菅原道真を祭神とする。　七 寺社へ参詣しての帰途。
八「近頃は六軒茶屋の外、茶店おほく軒をならべ、店屋の食物万不足なし」(出来斎京土産二・北野天神)。「茶店　チヤテン」(書言字考)。挿絵(一四四頁)参照。　九 横長に数人が掛けられるように作った簡略な腰掛け。床几。　一〇「踞　シリヲタクス」(字集)。
一一 下級の僧。ここでは年のいかない小僧。原話に「未ダ家ニ達セザルコト数里。路傍

う、「それがしは東山辺にあるもの也。今朝(けさ)よりこゝかしこ使(つかひ)となりて行(ゆき)めぐり、まだ何をもくはず。師匠(ししやう)坊主の命(めい)にしたがふばかり身も心もくるしき事は、又もあるべからず」といふ。久内聞(きき)て[一二]かはゆくおぼえ、[一三]餅買(もちゐかふ)てくはせなんどしけり。かの小法師(し)も久内もうちつれて茶店(ちやてん)を出て、[一四]内野のかたに出る。[一五]右近の馬場にして、かの小法師いふやう、「まことは我は人にあらず、[一六]火(ひ)の神(かみ)の使者(ししや)として[一七]焼亡火事(ぜうもうくはじ)の役(やく)にあづかる。[一八]君はなさけふかき慈悲者(じひしや)なればかたり侍べる。明日は北野・内野・西の京みなこと〴〵く焼ほろぶべし。君が家はやく[一九]まじけれども、私(わたくし)にこれをはからふ事かなはず。はや[二〇]縄(なは)ばり分量(ぶんりやう)の数に入(いり)たり。[二一]君はやく家にかへりて財宝(ざいほう)・[二二]家のぐとりのけて他所(たしよ)にうつり給へ」とて、[二三]「我は又跡よりをそくゆかん」とて、うせにけり。

久内ふしぎの事に思ひ、[二四]いそぎ家にかへり、財宝(ざいほう)・家の具(ぐ)どももちはこび他所にうつしければ、人みなあやしみて子細をとふに、更にかたらず。しゐて問(とひ)ければ、「かう〳〵の事」とかたる。これを聞人(きくひと)あざわらひて、「[二五]何条きつねに[二六]たぶろかされて、あるべくもなき事を聞てかへり、あはてふためきて家の具を[二七]打はづし、[二八]資(し)財(ざい)・雑具(ざうぐ)をとりはこぶ。さだめて[二九]普請(ふしん)の料(りやう)をつゐやさんためか」なんどのゝしりわらひたり。

ニ一婦人ヲ見ル。竺ニ従イ寄載ヲ求ム。行クコト数里可(ばか)リ、婦謝シテ去ル」。「寄載」は車駕への同乗。 一二 不愍に思って。 一三 「もちゐ 餅」(仮名文字遣)。 一四 「社(北野天神)の南の鳥居を出れば右近馬場也。…此馬場の上下を内野といふ」(出来斎京土産二・内野)。平安京の大内裏が荒廃したままに放置された広場。 一五 平安京一条大宮にあった馬場。その北西の一角に北野天満宮が造営された。 一六 原話に「我ハ天使也。当(まさ)ニ往(ゆき)テ東海ノ糜竺ガ家ヲ焼クベシ」。「糜竺」はこの天使を親切に扱った目前の人物。 一七 「焼亡 ジヨウマウ〈又曰焼失〉」(合類)。 一八 原話に「君ノ載セラルルヲ感ズル故ニ以テ相(あひ)語ル」。糜竺が婦人を乗り物に乗せてやったため。 一九 燃したくないけれども。原話に「竺因テ私ニ之ヲ請フ。婦曰ク、焼カザル可カラズト」。 二〇 図面に従って地上に縄を張り、区域を確定すること。ここでは焼失予定区域。「分量」は予定の戸数の意であろう。 二一 原話に「君ハ馳セ去ル可シ。我ハ当ニ緩ク行クベシ」。 二二 家具調度。 二三 避難するための時間を充分に与えてやる、の意。 二四 原話に「竺乃(マイ)シ還帰シテ遽(あわただ)シク財物ヲ出ス」。 二五 何たることだ。「何条 なんでう」(大全)。 二六 「たぶらかす」の転。 二七 戸棚、襖障子などまでを持ち出したのであろう。 二八 「シザイザヴグ 財宝と家財と」(日葡)。 二九 建て直しの手間賃を無駄使いするつもりか。

今年三月の比、[一]西の京[二]の住人等、東の京[三]の住人等と酒麹売買[四]の事につき、座[五]をくみて売けるを、座[六]をやぶりける故に、公方へうつたへたり。その時の管領[七]畠山入道徳本このうつたへを聞(きく)に、東の京かたに理[八]ありければ、対決[九]及びて西の京の方法[一〇]度をそむく科[一一]におちてまけたり。西の京の酒麹うる奴原[一二]うらみいきどをり、其外(そのほか)のあぶれ者[一三]どもおほくかたらひ、北野の社にあつまりて入(いり)こもる。管領さま〳〵申さるゝむねありといへども、更に聞いれず。是非に東の京のさけからうぢの者共を打は

一 文安元年(一四四四)。 二 西の京に住む北野天満宮の神人(じにん)。京都における酒造用麹の製造販売を応永二十六年(一四一九)以来独占していた。「四月北野社炎上す。これより前に西(にし)京の住人等、東の京の住人等と酒麹売買の事に付て訴論をいたす」(本朝将軍記九・源義政・文安元年)。「訴論」は「訴論」に同じ。 三 東の京に住むいわゆる酒屋土倉のこと。酒屋土倉は応永三十三年ごろ洛中洛外に三四二軒を数えた(北野天満宮史料古文書)という。 四 「西ノ京ノ住人ト東ノ京ノ住人ト酒麹売買ノ事ヲ訴論シ、西ノ京マケヽレバ憤テ北野ノ社ヘ籠ル。徳本、時ノ侍所佐々木京極持清ト相議シ、兵士ヲ遣シテ捕シム。悪党等火ヲ放ツ。社頭幷ニ西京悉ク焼亡」(日本王代一覧七・文安元年四月)、「日来西京ノ住人洛陽酒屋ト酒麹商売ノ事ニ就キ近年連々訴陳ニ及ビ、去年ノ春ヨリ西京住民等酒麹ヲ作ルノ間、東京ノ酒屋土蔵訴訟ニ及ビ」(康富記・文安元年四月十三日)。 五 西京麹座とも北野麹座とも呼ばれた。 六 西京麹座の特権を無効にして酒麹作りが広く認められたので。 七 畠山持国。一三九八―一四五五。嘉吉二年(一四四二)より管領職。文安元年は在職中。「徳本」は法名。 八 「これ東の京の方に理ありければ、対決に勝たり。西の京の奴原うらみいきどをりて、北野の社に入こもる。管領徳本さま〳〵申さるゝむねありといへども聴ず」(本朝将軍記九・同)。 九 法廷で弁論によって理非の決着をつけようとすること。「対決をするは、せうもんなき時の事なり。証文の上に、りひけんがくにして、きつかと見えば、対決にをよばず」(御成敗式目注四十

たさむとす。是(これ)[一四]によりて侍所(さふらひどころ)[一五]京極[一六]なにがしにおほせふくめ、武士(ぶし)をつかはして、かのともがらをからめとりて牢獄(らうごく)にいれんとするに、とらへられじとふせぎたゝかひて、文安元年四月十二日[一七]、社に火をかけ、自害(じがい)しけり。折ふし魔風(まふう)[一八]ふきいでゝ、社頭(しやとう)[一九]・僧坊(そうばう)・宝塔(ほうとう)・廻廊(くわいらう)一時(じ)に灰燼(くわいじん)となり、余煙民屋(よえんみんをく)にもえつきて、西の京こと[二〇]〴〵く野原[二一]となりぬ。

九条)。底本に「対決に」の「に」を落とすか。 一〇「法度 ハット〈又云法禁(ホツキン)〉」(合類)。 一一「トガニヲツル 罪科に陥る」(日葡)、「科 トガ」(字集)。 一二「奴原 ヤツバラ」(合類)。 一三「アブレモノ 向こう見ずで、何事にも頓着せず、命なども大事にしない者」(日葡)。 一四「これによつて侍所京極某に仰せふくめ、武士をつかはしてかの輩を捕(とら)しむる。かの党類とらへられじとふせぎたゝかひて、社に火をかけ自害しけるほどに魔風吹出て、北の社僧坊宝塔皆焼ほろび、余焔民屋にもえつきて、西の京悉野原となりぬ」(本朝将軍記九・同)。 一五 室町幕府の職制では洛中の治安を担当した。長官を「所司」と称し、山名・赤松・一色・京極の四家の当主が輪番で任命された。 一六 時の侍所所司は京極持清。 一七 史実は十三日。「今朝西京土民放火北野社」(建内記・文安元年四月十三日)。 一八 怪しげな風。「魔風 マフウ」(書言字考)。 一九 火元は西僧坊で、輪蔵と一夜松社を除く全てを焼失した(康富記・文安元年四月十三日)。

絵 北野天神鳥居前の茶店の場面。右頁、竹の支柱に簡単に天井を張っている。後幕は丸に雀の紋。京童跡追一「粟田口神明」前の同様の構図には屋根や幕がついていない。小法師が手にするのが餅。店内に、水桶・重箱・渡盞・杯・長箸・皿・魚肴なども見え、酒も供したかと思われるが、酒そのものは見えない。茶釜をかけた風炉の火焚口は女の方に向いているか。左頁、あわてて家財道具を持ち出す場面。つづらや鎧・刀・夜具・箱などを持ち出す。

(四) 原隼人佐鬼胎[一]

甲州武田信玄の家臣、原隼人佐昌勝[二]は、加賀守昌俊[三]が子なり。父当国高畠[四]といふ所より出て信玄にめしつかはれ、度々の勲功をあらはしけり。子息[五]隼人佐にをしへけるは、「鳥獣[六]・傍虫[七]の類まで、をのれ／＼ひとつの得手[八]あり。一芸なきものはこれなし。いはんや人とむまれ、こと更侍たらむものは、弓矢の事につけてはひとつの得手をよく煅煉[九]して、これをもつて主君の所用にたて御恩をほうじたてまつるべし。いたづらに俸禄をたまはり、飽[一〇]まで食ひ、あたゝかに着て、邪欲をかまへ、義理をしらず、一芸[一一]一能もなきものは、ちくしやうにもをとりて、これは天地の間の大盗賊[一二]なり。日月・雲霧・草木まで、をの／＼みなその益あり。無芸無能にして人のため益なく、かへつて害になるものあり。かまへて[一三]よく心得よ」と遺言せしとかや。

されば父が後に信玄につかへて、忠節わたくしなく軍功のほまれあり。その中に[一四]隼人はいつも諸軍にさきだち敵国にふかくはたらき入[一五]、ときには陣[一六]どりの場を見たて合戦の場をかんがへ、山川・谷峰しらぬところを、あんなひ[一七]者もなくてこれをさとり、みちすぢ・小通までもみな踏分て先登[一八]をいたすに、つゐにあやまちなく、諸

二〇「西京住民自焼(じゃ)ノ間、西京悉ク焼亡シテ荒野ト成ルト云々」(同)。二一「野原のばら」(大全)。

5-4 武田信玄の重臣原氏親子を主人公に、五朝小説の中朝故事「代説鄭畋云々」の鬼胎説話を取り込んだもの。原話中間部の構想は省き、大枠を利用する。一 幽冥界の者が子を産むこと。原話に「代説、鄭ノ畋(でん)ハコレ鬼胎ナリ。其ノ母卒シテ後、其ノ父ノ亜ト再合シテ畋ヲ生ム」。二 原隼人佐昌胤が正しいか(甲斐国志九十六・人物部)。信玄の侍大将(甲陽軍鑑末書結要本では陣場奉行)。百二十騎持。天正三年(一五七五)五月二十一日、長篠の合戦で戦死。三 原隼人佐の父。信虎、信玄の二代に仕えた譜代の家老。地理の検分に優れて、隼人佐にその技能を伝えた。天文十八年(一五四九)五月没か(甲斐国志九十六・人物部)。「原加賀守は他国を始て見る山中にても道をあて、人数をとをし、さきにてつかへまじきと、此方にてつもるに、少もちがはぬ者にて候」(甲陽軍鑑九下・晴信公山本勘介問答)。四 甲府市高畑。五「原加賀守…子息隼人佐に常々申訓は、侍たらん者は何にても弓矢の儀に一やう得物有様にと訓(ヲシヘ)をかるゝなり」(甲陽軍鑑十五・信玄公家老軍法云々)。六「鳥けだもの虫螻までも分々にしたがひて一能一徳はあるものなり…増て人は万物の長といはれてすぐれたる生をうけながら一芸一能もなからんは何をとりえとすべきや」(可笑記評判九ノ二十九)。七 →一三三頁注三八。八 得意とする技能。「得手 エテ」(運歩色葉集)。九 →

侍みならうたがひをのこさずとなり。他国といへども陣所(ちんしよ)・戦場(せんぢやう)よく見たて、閑道(うらみち)[一九]・[二〇]水の手をかんがふるに、更にあやまちなき事、神(しん)[二一]に通(つう)ぜしかと人みなあやしみ思ひけり。

そのかみ原加賀守が妻は逸見某(へんみのなにがし)[二二]がむすめなり。加賀守は諸方[二三]にはせむかひ、陣中に日をわたり、月をかさね、家にある事まれ也。その家は上条(かみでう)[二四]の地蔵堂(ぢざうだう)のほとりにあり。ある時妻、産(さん)[二五]にのぞみしが、はなはだくるしみなやみて、つゐにはかなく

一三七頁注三五。　一〇→一〇三頁注二八。
一一 芸に六芸(礼、楽、射、御、書、数)。「能といふは、弁舌、盤上、鞠、謡、庖丁、医術等の類なり」(可笑記評判三ノ十六)。
一二 役にも立たぬ人物を天地の利を盗む盗賊に喩えたもの。　一三「カマイテ、または、カマエテ 用心せよ、あるいは注意せよ」(日葡)。　一四「原隼人は敵の国ふかく御働の時は…陣取の場処見合ル事御家中の諸大将衆にすぐれたり。他国にて山中などに道のしれざる処をも此隼人見積り、道をふみ分る事、前代より今にいたる迄武田の家にも此一人なり。さるほどに陣取の場処、合戦ノ場処、山川の案内なき所を原隼人よきと申され候へば、諸人上下、大小共々に心よく存る也」(甲陽軍鑑八・組頭にても組子にてもなき人数持)。　一五「ハタラク 戦う」(日葡)。　一六「チンドリヲスル 陣営を設定する、または、軍隊を宿泊させる」(同)。
一七 地元の道案内人。　一八「先登 セントウ」(書言字考)。　一九 本通り以外の道。間道。「閑道(うらみち)より逃げて」(浮世物語二ノ三)。
二〇 水の利。　二一 神通力を持っている。
二二 逸見氏は、武田家の祖で名家の一。西郡を領地とする。甲陽軍鑑九・信州平沢大門到下等合戦之事には、「逸見殿」として信玄配下の城預り五将のうちの一人に名を連ねるが、加賀守との関係は未詳。　二三 諸方に転戦して長らく不在がちである。原話に「初メ亜ハ、イマダ諸処ヲ遨遊シテ達(いたら)

絵　原隼人佐の父の加賀守のもとを亡妻が訪れる場面。長袴姿で門に出迎える加賀守。左手に数珠の老僧。死装束の亡妻。

なりしを、加賀守大(おほき)になげきながらすべきやうなく、法成寺[一]のうしろにうづみて、塚(つか)の主となしけり。妻その死するとき、法成寺の地蔵堂にむかひ手を合せ、「年月[二]日比(ひごろ)念願し奉る。[三]かまへて本願[四]あやまり給ふな」とて、地蔵の宝号[五](ほうがう)をとなへておはりぬ。加賀守もおなじく此(この)ぼさつに帰依[六](きえ)して、「妻が後世[七](ごせ)みちびき給へ」と祈りしに、死[八](し)して百ケ日といふ夜半ばかりに、八旬[九](じゆん)ばかりの老僧[一〇](らうそう)まゆに八字(じ)の霜(しも)をたれ、[一一]鳩(はと)のつえにすがり、水精[一二](すいしやう)の数珠つまぐり、加賀守が家の戸をたゝき給ふ。ひらきて

ヾ」。二四 甲府の古上条(現甲府市国母八丁目)にあった地蔵堂。一四八頁一行の「法成寺」の別名。二五 原話に「娘子マサニ産マント欲シテ臥スルノ時、空中ニ語有ルヲ聞ク。曰ク、汝須(すべ)ラク観外へ出テ吾ガ清境ニ触ルルコト無カレ。然ラズンバ吾マサニ汝ヲ殺スベシト。妻祝(ねが)ツテ曰ク、某ハ婦人ナリ。出テ帰スルトコロ無シ。望ムラクハ聖者閔念シテ分娩ノ後、乃チ殯ヲ観内ニ絶(き)レト」。「観」は道教の寺院。

一 上条地蔵を本尊とする臨済宗妙心寺派法城寺。甲府開設に伴い、天正年中には東光寺(甲府市東光寺町三丁目)内に移され、その一院となった。
二 何年もの間、常日頃願って参りました。
三 必ず、是非。
四 本懐を遂げさせて下さい。
五 地蔵、菩薩の名。
六 「帰依 キエ」(合類)。
七 「後世 ごせ」(大全)。
八 原話では、妻の死後、夫の亜が五十歳程の奇僧に妻の蘇生を再三懇願し、奇僧の打擲に耐えて望みをかなえられる。
九 八十歳程の。
一〇 眉の毛が白く、八字に垂れ下がっているさま。「僧老イテハ眉八字ノ霜ヲ垂ル」(和漢朗詠集・下・僧)。
一一 老人用で、杖頭に鳩の形が刻してあるもの。「鳩杖 ハトノツエ〈老人杖頭刻二鳩之形一取ニ其不レ噎(ムセ)之義一也。鳩不レ噎鳥也〉」(下学集)。
一二 「すいしやうの数珠つまぐり、鳩のつえにすがり給へる八旬ばかりの老僧」(安倍晴

みれば、死したる妻よみがへり、老僧[一三]につれられて来れり。大にあやしみながらうちに入て、「さて老僧はいかなる人にてましませば、かくありがたき[一四]御事ぞ」と問ければ、「我は法成寺のうちにすむもの也。こよひあからさまに[一五]堂より出しかば、塚にはかにくづれて、内より女房の出たり。「なにものぞ」ととへば、「加賀守が妻」といふ。此故につれて来る。よく保養[一六]せよ」とて、かきけすごとくにうせ給ふ。ふしぎの事におもひ、人をつかはしてみれば、塚はくづれてあり。「さては」とて、粥なんどくはせけるに、はじめはうと〳〵[一七]として物のおぼえなきがごとし[一八]。漸やく七日のうちに日ごろ[一九]のごとくなりしかども、たゞあきらかなる所をきらへり。次の[二〇]年、男子をうめり。此子[二一]三歳のとき、妻ある日の暮がた、なみだをながしていふやう、「我はまことは人間にあらず。君といまだ縁深かりし故に、上条の地蔵ぼさつ冥官[二二]におほせて、たましゐをゆるしはなちて、三とせこのかたのちぎりをむすばせ給へり。今はえんすでにつき侍べり。いとまたびて帰るべし。あなかしこ[二三]わが塚をすてたまふな。跡よくとふらひてたべ」とて、子をばをきながら、行がたなく[二四]うせにけり。塚をみれば、くづれたりとおぼえしはまぼろしにて、草茫々[二五]として生茂り。地蔵ぼさつの御はうべん[二六]申すもをろかなり[二七]。信玄このよしきゝ及びたまひて、法成寺の地蔵堂をつくりあらため、くやうをとげたまふ。それより加賀守二たびつ

明物語一)。
一三 原話では、前の奇僧が妻を連れて来る。
一四 思いも及ばない。不思議な。
一五 ふと。ちょっと。
一六 いたわり養う。原話に「即チ妻ヲ引キ来リテ言ハク、本身ハ敗壊ヲ以テス。此レ即チ魂ノミ、善(よ)ク相イ保セト。之(これ)ヲ嘱(いいつけ)テ去ル」。
一七 意識がはっきりしないさま。
一八 底本「ご」の字が脱落。
一九 原話に「其ノ妻宛(あたか)モ平生ノ如シ。但(ただ)シ明処ヲ悪ム」。
二〇 原話に「二三年ノ間ニ乃チ畂ヲ生ム」。
二一 原話に「又数歳ニシテ妻乃(すなわ)シ辞シ去リナントス。言(ことば)自(よ)リ年数已ニ尽合セリ」。
二二 →九八頁注二。
二三 恐れ慎んで相手に呼び掛ける際の慣用句。
二四 原話に「涕泗シテ別ル。俄ニシテ之(ゆ)ク所ヲ知ラズ」。
二五 「茫々 バウ〳〵」(書言字考)。
二六 仏語。方便、法便。衆生を導く手段。
二七 言葉に表しようもない。

絵 亡妻、三歳の隼人佐を残して冥土に帰ってゆく場面。涙を流す妻や加賀守。母の跡を慕う隼人佐。妻は小袖の上に白帷子を着て、幽冥界の女であることを示す格好。縁は落縁か。

まをむかへず。かの男子は原隼人佐なり。[一]十八歳[二]にて初陣せしより、よろづ神に通ぜしごとく、奇特[三]の事おほかりしも、子細ある事なり。

伽婢子巻之五 終

一 武田家侍衆は原則として十六歳が初陣の年齢と定められているが(甲陽軍鑑九下・山本勘介問答)、「侍のうい陣十四にて仕るもあり、をそくは十八の時もいたす」(同十一下・信長家康氏政輝虎批判事)こともあった。
二 底本振仮名は「せい」。
三 「キドク 不思議、または、奇蹟」(日葡)。

伽婢子　巻之六

（一）　伊勢兵庫仙境に到る[一]

伊豆の国、北条氏康[二]は関八州[三]を手にいれ、威勢大にふるひて、しかも武勇のほまれ世に高し。ある時浦に出て、遠く南海にのぞみ、澳[四]の方をはるかにながめやりて仰せけるやう、「昔鎮西八郎為朝[五]伊豆の浦にながされ、夕暮がた[六]に鳥のかけりて[七]澳をさしてゆくを見て、「さだめて[八]海中に島ぞあるらん。しからずは鳥のかけりて夕暮がた沖におもむき飛べきや」とて、舟を出して鳥の飛行方にこぎ行しかば、鬼[九]のすむといふ島にいたりぬ。これ今いふ八丈が島成べし。それよりこのかたは誰人[一〇]の渡りしとも聞えず。ねがはくは誰か八丈が島にゆきて、その有様見てかへる人あるべきや」とおほせければ、坂見岡江雪[一一]・伊勢兵庫頭両人すゝみ出て、「我らかしこにおもむき、島の躰よく見てかへり侍べらん」といとやすくうけごひ[一二]、大船二艘をこしらへ、江雪・兵庫両大将として同心廿騎[一三]づゝさしそへ、吉日をえらびて海に

6-1

一　五朝小説の杜陽雑編・下「処士元蔵幾云々」が原話。南海の離島に漂着した元蔵幾が二百年を経て故郷に帰ったという話を、伊豆諸島探索を命じられた北条氏康の家臣のことに翻する。この島で主人公は奇品珍品に出あって驚くが、その中に同じく杜陽雑編・下に載る「武宗皇帝会昌云々」の利用を交える。それについては、以下の注に「杜陽・武宗」と略称した。
一　伊勢氏系譜(寛政重修諸家譜五〇二)によると、後北条氏に仕えた貞孝(永禄五年〔一五六二〕没)、貞為(慶長十四年〔一六〇九〕没)など伊勢氏の代々の多くが兵庫頭を歴任し、特定が難しい。　二　→四二頁注九。　三　相模・武蔵・安房・上総・下総・常陸・上野・下野の八か国。　四「澳　ヲキ〈或沖同〉」(合類)。　五　源為義の八男。保元の乱に敗れ、伊豆大島に流されて嘉応二年(一一七〇)に没する。剛勇の武将として、数々の逸話、伝説を残す。
六「去程ニ永万元年三月ニ、磯ニ出テ遊ケルニ、白鷺青鷺ニ連テ、沖方へ飛行クヲ見テ…」(保元物語三・為朝鬼嶋渡事)。　七　鳥が大空を飛ぶ。「翔　カケル」(字集)。

八「此ノ鳥ノ飛様ハ、定テ嶋ゾ有ラン。追テ見ント云儘ニ、早舟ニ乗テハセテ行ニ」(保元物語三・為朝鬼嶋渡事)。　九「嶋ノ名ヲ問給ヘバ、鬼ガ嶋ト申ス。然レバ汝等ハ鬼ノ子孫カ。…是ヲ八丈嶋ノワキ嶋ト定テ」(同)。　一〇「誰」を強めた言い方。
一一　北条氏直の家臣板部岡越中守融成か。剃髪して江雪と号す。秀吉、家康にも仕え、秀吉の時に岡野と改姓。北条五代記五「江雪入道一興の事」によると、秀吉のお伽衆の一人でもあったか。「板部岡江雪入

うかび、南をさしてをし出す、心のうちこそはるかなれ。

伊豆のおきには一七島(たう)ありといへり。いづれとはしらず島ちかくをしよせしところに、二にはかに風かはり、なみたかくあがつて雪の山のごとし。江雪(かうせつ)はとかくしてひとつの島につきてあがりしかば、年ごろ聞(きき)つたへし八丈が島につき、島のありさま人のよそほひよく見めぐりてかへりぬ。

兵庫頭は吹(ふき)はなされて南をさしてゆく。夜(よ)るひるのさかひもなく、三十日ばかり行(ゆき)

道は元来いづの下田の郷の真言坊主也。能筆ゆへ氏直公へめし出され右筆に召つかはれたり。是により伊豆嶋〻の事をよくしられたり。故に伊豆七嶋のさし引を仰付られ、一年江雪斎八丈嶋仕置として渡海の時節供して渡りたり」(北条五代記五・八丈嶋へ渡海の事)。　一二 承諾する。「諾 ウケガフ」(合類)。　一三 侍大将などの配下の武将。戦国時代は与力(よりき)と実質的には同じ(武家名目抄二)。騎馬同心、歩行(かち)同心などとも呼称。

一 大島・利島・新島・神津島・三宅島・御蔵島・八丈島の七島。

二 原話に「風浪ニ遇ヒテ船ヲ壊シ、黒霧四(よも)ニ合シ、同ジク済(わた)ル者ハ皆救ハレズ」。

三 原話に「蔵幾独リ破木ノ載スル所ト為(な)リ、殆ド半月ヲ経テ忽チ洲島ノ間ニ達ス」。

ければ、風すこし吹よはり、ひとつの島にながれよりたり。岸にあがりてみれば、岩石そばだちて、あをきは碧瑠璃のごとく、白きは珂雪のごとく、黄なるは蒸栗に似て、赤きは紅藍花に似たり。其外種〻の奇石、日本の地にしてはいまだ見ざる所也。草木のありさま又めなれざる花咲、このみ結べり。あやしき人いそちかく出たるをみれば、かしらに羅のぼうしをかづき、身にはもろ〳〵の草木をりつけたるひた〻れに、花形つけたるくつをはきたり。年のころ廿ばかりなるが色はなはだしろ

四 紺碧の宝石。「碧瑠璃　ヘキルリ」(書言字考)。
五 白玉と雪。真っ白なさま。「珂　シロキカイノタマ」(字集)。
六 蒸栗とも。「黄ナルコトハ蒸栗ノ如シ」(事文続集二十六・珍宝部・玉・群書要語)。「花色如二蒸栗一、俗呼為二女郎一、聞レ名戯欲レ契二偕老一　朗詠、女郎花ノ詩也。女郎花ノ色黄ニシテ、ムセル粟ニ似タリ」(謡抄・女郎花)。
七 「紅藍花　コウランクハ、ベニノハナ」(合類)。
八 「羅　ウスモノ〈又紗同〉」(同)。
九 「ヲリツクル　ある模様を入れて織る」(日葡)。
一〇 えりを方領にし、袖ぐくりがあって、飾りとして菊とじ・胸ひもを加えた衣服。袴と合せて公卿が平服とし、武士は出仕に当たっての公服とした。　一一 五弁の花を模した飾り。

絵　坂見岡江雪・伊勢兵庫頭、北条氏康の命を受けて八丈島に渡海する場面。右頁、氏康の家人と従者(馬の口取・鑓持)達。左頁、中央に礼服の衣冠姿(烏帽子・狩衣・指貫・履)の氏康。右に年少の刀持。命を受ける江雪(右)と兵庫頭(左)。

く、まみけたかく鉄漿くろうつけて、かたちはもろこし人に似て、物いひは日本のことばに通ず。兵庫頭を見て大にあやしみ、「いかなるものぞ」と問ければ、兵庫ありのまゝにかたる。此人いふやう、「こゝをば滄浪の国と名づく。日本の地よりは南のかた三千里に及べり。これより観音の浄土補陀落世界も程ちかし。いにしへ淳和天皇の御時に橘の皇后のおほせによつて、恵蕚僧都といふ法師ばかりこそ、かの補陀落世界には渡りけれ。そのついでに此島にふねをよせて物語せられしと聞つ

一 目元に気品があって。「まみのあたりうちけぶり 眉間也。源氏。まゆのあひだ也」(藻塩草十六・人事部・目)。
二 「鉄漿 カネ〈女児謂〓之歯黒水〓〉」(書言字考)。
三 原話に「洲人ソノ従来ヲ問ヒ、蔵幾具(つぶさ)ニ告グルヲ以テス」。
四 原話に「洲人曰ク、此ノ方(ところ)ハ滄浪洲ノ中ニシテ中国ヲ去ルコトスデニ数万里ナリ」。「滄浪」は青々とした水の色。
五 南海にあるという観音の浄土。
六 以下は、元亨釈書十六・唐補陀落寺慧蕚のほか、北条九代記七、同十一、阿弥陀経鼓吹一ノ十八等に載って著聞する。
七 第四十七代。在位は弘仁十四年(八二三)―天長十年(八三三)。承和年間(八三四―八四八)とされる慧蕚の入唐とは時間的にずれ、むしろ仁明天皇とあるべきところ。
八 第四十六代嵯峨天皇の皇后、橘嘉智子。七八六―八五〇。仏教を信じること厚く、檀林寺を建立して檀林皇后とも呼ばれた。↓一二七頁注四。ここも「橘の皇太后」とあるべきところ。ただし北条九代記十一・恵蕚入唐付本朝禅法興起にも「淳和天皇ノ御后ハ仁明天皇ノ御母ナリ。…橘皇太后ト申奉リ」と誤る。
九 平安前期の僧。「釈慧蕚ハ続国史ニ亦恵蕚ニ作ル」(元亨釈書和解十六)。底本の振仮名「へかく」。
一〇 慧蕚の補陀落渡海の事実は不明。再度の入唐に浙江省舟山群島の普陀山に止まって補陀落山寺を開き、その地に没した(元亨釈書和解十六)ことを付会するか。或いは、北条五代記五ノ五に記載する、天福元

たへたり。さしもはるかなる海上をしのぎてこれまで来れる、さぞやつかれ侍べらん。こなたへわたりて、心をやすめられよ」とて、家につれてかへり、九節の菖蒲酒、碧桃の花蘂酒をいだし、玉の巵をもつてこれをすゝむ。兵庫頭数盃をかたふけしに、神気さはやかにおぼえたり。あるじ物語する事、保元・平治のあひだのあり様、今見るやうにのべきこゆ。

その家のあり様、金をちりばめ、玉をかざり、家財・雑具にいたるまでみな此世

年(一二三三)三月の智定坊による補陀落渡海の際の八丈島漂着の件も影響したか。

一一「海上　かいしやう」(大全)。

一二 原話に「乃(マイ)シ菖蒲酒ト桃花酒ヲ出ス」。「九節の菖蒲」は九つの節を持つ菖蒲で仙薬。「漢武嵩高ニ上リ忽チ仙人ヲ見ル。曰ク吾ハ九疑ノ人ナリ。聞ク中岳ニ石菖蒲一寸九節ナル有リ、コレヲ食セバ以ツテ長生ナルベシ。故ニ来ツテコレヲ採ルト。忽然トシテ見エズ神仙伝」(事文後集三十二・菖蒲・菖蒲九節)。

一三「碧桃」は桃の一種。「碧桃花」は仙人の食する果実で、ここはその花のしべから作った酒。

一四 精神。原話に「コレヲ飲ムニ而(つも)テ神気清爽タリ」。

一五 原話に「コレト語ルニ中華ノ事、則チ歴歴トシテ目前ニ在ルガ如シ」。

一六 原話に「居スル所、或ハ金闕銀台、玉楼紫閣」。

一七「ザウグ　家財道具」(日葡)。

絵　兵庫頭、滄浪の国に漂着し、家に案内される場面。右頁、南海の島の滄浪国に着いた兵庫頭と国人(頭には羅の帽。草木文様の衣服は、本文に言う直垂にしては異風)。船の舳先(へさき)は折れ曲がる。左頁、家の前には花形の飾りを唐輪風に二つつけた髷の女達。家内には、床に盆山(松風石より松が生い出る)、帳台の内に、唐櫃(牡丹唐草文様か)、名酒の瓶、名香の壺。

の物とも思はれず。床のうへに方二尺あまりの石あり。[一]松風石と名づく。内外透通りて玉のごとく、色は青く黄なり。七宝の盆にのせて、又七宝のいさごを敷たり。その石、谷峰の道分れ、[二]滝の白玉とびちるかとあやしまれ、たゞ水音の落[三]たぎらぬにぞ、石の紋とはおぼえけれ。まことに絶世の[四]盆山也。石の腰より[五]一本の松生出て、高さ一尺七八寸もありなむ。年ふりたるかたち、さこそ千とせの春秋をいくかへり知ぬらんと、むかしの事もとはまほしきに、[六]枝の間より涼しき風ふき出て座中にみ

一 夫余国から唐の武帝に贈られたという石。「松風石ハ方一丈、瑩徹(えいてつ)シテ玉ノゴトシ」(杜陽・武宗)。
二 滝のしぶきを白玉に喩えたもの。「ぬけばちるぬかねばみだるあし引の山よりおつるたきのしら玉」(千載集・雑上・藤原長能)。
三 「激 タギル」(書言字考)。
四 「ボンサン 日本人が緑色の苔をつけたり、何か小さな木を植えつけたりして、水面に浮かぶ小さな岩のような格好につくる、ある種の石や自然木の材」(日葡)。
五 「ソノ中ニ樹形アッテ古松偃蓋ノ若(ごと)クニシテ颯颯タリ」(杜陽・武宗)。「偃蓋」は、ふせた笠の形をした松。
六 「而シテ涼颸ソノ間ニ生ズ。盛夏ニ至リテ、上、殿内ニ置カシムルニ、稍(やうやう)秋風颸颸タレバ即チ撤去セシム」(同)。
七 「サツ〳〵タル涼風トスイヒント 颯々ハ、スヾシキ風ノ声也」(謡抄・関寺小町)。
八 「九夏トハ、夏三月九十日ヲ云」(同・ウトフ)。
九 「六月ノ節来リテ始メノ庚ヲ初伏ト曰ヒ、中ノ庚ヲ中伏ト曰ヒ、後ノ庚ヲ末伏ト曰ヒ、極熱熾盛ノ日ナリ」(簠簋三・三伏日事)。
一〇 「内ニ玳瑁ノ帳ヲ設ケ」(杜陽・武宗)。「帳台」は、主人の居間や寝室。「帳台 チヤウダイ〈俗之奥室〉」(合類)。
一一 七宝の一。「馬脳ノ櫃ハ方三尺ニシテ深ク、色ハ茜ノ如ク」(杜陽・武宗)。「唐櫃」は調度品などを入れる足つきのひつ。挿絵(一五五頁左下)には波形の足がついている。
一二 「唐櫃 からひつ」(大全)。
一三 「製スル所ノ工巧ミニシテ比ブベキ無シ」(杜陽・武宗)。

ち、枝かたふき、葉うごき、さつ〳〵[七]たるよそほひ、九夏[八]三伏[九]の気もをのづからさめぬべし。玳瑁[一〇]の帳台には、馬脳[一一]の唐櫃あり。大さ三尺ばかり、その色茜のごとくにして、鳥・けだ物・草木の図いろ〳〵に彫つけたるは、更に人間[一二]の所為にあらず。[一三]又かたはらにひとつの瓶あり。大さ一石あまりを入べし。其色紫にして光[一四]かゝやき、[一五]内外透とをりて水精のごとく、厚は一寸ばかり、軽[一六]き事鴻の毛をあぐるに似たり。内には名酒をたゝへて上清[一七]珍歓醴といふ簡を付たり。その傍に大さ二斗[一八]をうく

一三「紫ノ瓷瓮ノ量斗斛ヲ容ルルアリ」（同）。

一四 当時は清音。

一五「内外通瑩シテソノ色ハ純紫、厚サ寸余タル可シ」（同）。

一六「之(これ)ヲ挙ル則(とき)ンバ鴻毛ノ若(ごと)シ」（同）。「鴻の毛」は「鴻毛」の戯訓。「コゥモゥ　コゥという鳥の羽根。軽いものの意味に用いられる」（日葡）。

一七「上清」は玉清・太清と並ぶ道教の三天の一。「醴」は酒で、客をもてなすための天酒の意か。

一八「斗　トウ」（合類）。

以下一五八頁

一「斉牀ニ火シテ竜火香ヲ焚ク」（杜陽・武宗）。「斉牀」は「斎牀」の誤植か。「降真香気勁クシテ遠シ。ヨク邪気ヲ辟(サ)クル」（事文続集十二・香・香譜）。二「百宝ノ屑ヲ舂キテ以ツテ其地ニ塗リ」（杜陽・武宗）。「屑　スリクツ」（字集）。三 つき砕いて、さらにふるいにかけること。「篩　フルイ」（同）。四「瑤ノ楹　金ノ栱　銀ノ檻」（杜陽・武宗）。「栱」は柱頭にある枡形の飾り。「栱　マスカタ」（字集）。五 欄干、てすり。「檻ヲバシマ〈字彙〉軒窓之下為レ櫺曰レ欄、以レ板曰レ檻〉」（書言字考）。六「上、神仙ノ術ヲ好ミ、遂ニ望仙台ヲ起テ以テ朝礼ニ崇ム」。

絵　兵庫頭、国人の家の庭を巡覧する場面。右頁、銀の欄檻を持つ楼台。庭上には左に孔雀、右は鳳凰に近いか。空中を翔る鸚鵡（尾がやや長い）。左頁、馬屋の右の間に連銭葦毛の馬、左に白馬。屋の後に茅に似たまぐさが生える。側にたわわに実った梨のような果実樹。

べきつぼあり。その色白く、ひかりかゝやけり。内に名香をいれて竜火降真香といふ箇あり。又百宝の屑を擣篩て壁にぬり、瑤の柱こがねのとばり、銀の檻高く見あぐる楼あり。降真台といふ額をかけたり。庭のおもてには目なれもせぬ草木の花咲みだれて、二三月の比のごとし。孔雀・鸚鵡のたぐひ、其外色音おもしろく名もしらぬ鳥おほく、木々の梢、草花の間に鳴さえづる。十五間の厩に立ならべたる馬共、或は毛の色碧なる、或は紺青色なる、その中に又連銭なる、白き黒きさまぐ

復タ降真台ヲ脩(ざか)ル」(杜陽・武宗)。「降真」は神仙の降臨すること。七 原話に「花木常ニ二三月ノ如シ」。八 仙界の霊鳥。「鳳凰孔雀霊牛神馬ノ属(たぐひ)ヲ出ス」(杜陽・武宗)。九 鳥の美しい鳴き声。一〇 厩の一間は、室町時代で七尺五寸程度。厩の規模は、公方で七間、管領家で五間、細川家は十三国拝領したので十三間の大きさという。「十五間」は良馬三十頭を収容できる最大の規模(武家名目抄四)。一一「連銭葦毛(レンゼンアシゲ)ハ尾髪黒クテ星アル也」(庭訓抄・六月返状)。一二 →一四頁注二一。一三「竜馬 りうめ」(大全)。一四 清濁両訓。「秣 マクサ〈馬草也〉」(合類)、「マクサ」「マグサ」(日葡)。一五「秦」は「榛」と同意に用いて、繁茂した珊瑚樹を指すか。一六 原話に「碧棗丹栗有リ、皆大キサ梨ノ如シ」。一七「ナリコダル 果実が木に垂れさがる」「ナリサガル…ブダゥガナリサガル 葡萄棚から房が垂れ下がる。カミでは、ナリコダレテアルと言う」(日葡)。一八 原話に「居スル所、或ハ金闕、銀台、玉楼、紫閣」。「金闕銀闕…などいふはみな仙人の住所なり」(やうきひ物語・中)。一九 いらかの美称。「雲の上に三の宮殿ありほうのいらかたかくそびえ虹のうつはりなかくわたかまれり」(蓬萊山由来・上・五)。二〇「虹梁」の訓読。上方に反りを持たせたウツバリ。「コゥリャゥ(ニジノ・ウツバリ)家を補強する目的で、家の中にさし渡す横材、すなわち、梁」(日葡)。二一 庭。「砌ハニワトヨムゾ」(詩学大成抄九・城闕門祠宇門)。二二 原話に「洲上久視山有リ。山下ニ澄緑水有リ。其ノ泉潤一百歩ニシテ、マタコレヲ流緑渠ト謂フ」。

の名馬、いづれも五寸・六寸、みな竜馬のたぐひなり。その飼ところの秣は茅に似て白き花あり。更に余の草をまじへず。碧瑠璃の色をあざむく棗、秦珊瑚のひかりをうつす栗、みなその大さ梨のごとくなる、枝の間なく生こだれたり。垣の外を見れば、金闕・銀台・玉楼・紫閣、鳳の甍、虹の梁雲をゝかして立ならべり。音楽空にひゞき、異香砌に薫ず。山際に行てみれば、峰よりおつる滝つぼにたゝえたる水みどりにて、ながれて出る川瀬のかたはらに池あり。二町四方もありなむ。その

二三 原話に「又良金池有リテ方数十里タルベシ」。

以下一六〇頁

一 原話に「コレニ金石ヲ投ズルト雖ドモ終ニ沈没セズ」。 二 原話に「故ニ洲人瓦鉄ヲ以ツテ船舫ト為ス」。 三 原話に「水石沙泥皆金色ノ如シ」。 四 京都府綴喜郡井手町の井手の玉川。歌枕。山吹と蛙(かはづ)の名所。「橘諸兄公この所の景地をおもしろく御覧じて新造をかまへ山吹を植させなんどして、…それより井手を山吹の名所とせり」(出来斎京土産七・井手)。 五 黄金がそのまま花となって地上に現われた。「万十八すめろきの御代さかへんと東なるみちのく山に金花さく 右、聖武天皇の天平勝宝元年に、みちのくにの小田といふ山にして、はじめて金を掘出し侍りし時、大伴家持長歌をよみて奉りし、其反歌三首の一なり」(歌林良材集・下・奥州金花山事)。 六 原話に「其ノ中ニ四足ノ魚有リ」。 七 原話に「更ニ金茎花有リ」。 八 中国では筆頭の花。「人、牡丹ヲ謂ヒテ華ノ王ト為ス」(新語園十ノ二)。 九 糸を束ね、その先をばらばらにしたふさ。「総 イトフサ」(色葉字類抄)とも。 一〇 原話に「其ノ花蝶ノ如ク、微風ノ至ル毎ニ則チ揺蕩シテ飛ブガ如シ」。 一一 原話に「婦人コレヲ競ヒ採リテ以ツテ首ノ飾リト為ス」。

絵 兵庫頭、滝つぼの池の回りを巡覧する場面。右頁、野辺に咲く牡丹のような金茎花。池中に泳ぐ四足のついた魚。左頁、何物をも浮上させる池水とそこに浮かぶ鉄の船。華麗な模様の覆いを施し、国人が遊覧する。

水はなはだつよくして、金銀[一]といへ共しづまず、石をなぐれども猶水のうへに浮あがる。此故[二]にくろがねをもつて舟をつくり、国人これにのりてこゝろをなぐさむ。[三]水底のいさごはみな金の色なり。井出[四]の山ぶき水にうつり、をのづから金花咲[五]よそをひ、今ぞおもひあはせらる。水中[六]に魚あり。そのいろあかくしてこがねのごとく、みなをの〳〵四の足あり。そのあたりはひろき野辺なり。金色[七]の茎に紺青色の葉ある草おほし。葉のかたちは菊に似て牡丹[八]のごとくなる花あり。花の色黄にして内赤し。白き糸のごとくなる蘂ありて糸房[九]のごとし。風[一〇]すこしふけば、その花うごきめぐりて、蝶のとぶに似たり。国中[一一]の女はこれをとりて首のかざりとす。十日を経れども萎まずといふ。をよそ国中の男女いづれもよはひ廿ばかりにて、老人はひとりもみえず。そのかほかたち[一二]のうるはしき事、日本の地にはいとまれなり。

兵庫、「おなじくは此所にすまばや」とおもひしかども、「主君の仰せによりて舟を出し、風にはなされてこゝに来り、世にたぐひなき事を見つゝ、此まゝ帰らずは、不忠不義の名をよばれ、身の後までもはぢをのこさむ事も口おし。いかに[一三]もして古郷にかへらむ」と思ひ、あるじに「かう〳〵」といひければ、あるじ大に感じて、「さらば凌波[一四]の風をおこして送りまいらせん。これまで来り給ふしるしには、馬一疋、鸚鵡[一五]一羽をふねに入たり」。それよりいとまごひして舟にのりければ、栗・棗

三「此嶋の女は形いつくしくゆうなる粧(よそほ)ひ人間にあらず天人かとあやまたる」(北条五代記五・江雪入道一興の事)。一三 原話に「蔵幾淹駐スルコト既ニ久シ、忽チ中国ヲ思フ」。一四 原話に「洲人淩風ノ舸ヲ遂製シテ以テ之ヲ送ル」。一五 原話に「二鳥大小有リ、黄鸝(こうり)ニ類ス」。「黄鸝」はカラウグイス。原話の鳥は、よく人語を解し、「伝信鳥」と呼ばれた。北条五代記の贈物は絹織物。これを「鸚鵡」に当てたか。一六 原話に「激水ハ箭ノ如ク、旬日ナラズシテ即(タス)ニ東莱ニ達ス。其ノ国ヲ問ヘバ、乃チ皇唐也」。一七 元亀二年(一五七一)十月三日病没。一八 永禄二年(一五五九)の末頃に家督を継いだか。原話では、隋の大業元年(六〇五)より唐の貞元末年(二十年〔八〇四〕)まで「殆ド二百年」とする。一九 第十二代。以下の橘請来譚は記紀の垂仁天皇九十年の記事によって博聞する。「又本朝には人王の第十一代にあたつて垂仁天皇と申すみことの御時に田道の間守といへる臣下におほせてとこ世の国につかはして香果(かくのみ)をもとめさせ給ひしに」(蓬萊山由来・上・四)。二〇 日本書紀に「田道間守」、古事記に「多遅摩毛理」としてタヂマモリと読ませるが、蓬萊山由来に「田(た)道(ぢみ)の間守(まもり)」と振仮名を振る。二一 橘の実。二二 原話では、その後蔵幾は数十年遍遊して行方知れずとなり、後、異人となって海上の小舟に現われたりした。

6-2　五朝小説の杜陽雑編・下「羅浮先生軒轅集云々」を原話とした神仙談。列仙全伝七にも「軒轅集」として記載。主人公を玉藻の前伝説にからませ、妖狐退治を行なった三浦介や上総介の人名との関連から、舞

やうの物おほく青磁の鉢にもりてあたへ、ともづなときてをし出せば、順風徐々として吹おこる。すでに帆をひきあぐれば、[一六]一日のほどに伊豆の浦につきたり。

舟よりあがりてまづ城中にまいりしかば、[一七]氏康ははや病死あり。[一八]氏政世をとりて、国家をおさめらる。兵庫大に歎きかなしみ、涙とゝもにかの島の物がたりして、これ今の橘なり。すでにとりて帰りしかば、帝ははや崩御まします。間守大になげきかなしみ、「わが心ざしのいたらぬ故也」とて、なき死侍べりといふ。氏康すでに病死ありてたゞ今かへり来る事、これ心ざしをうしなふなり」とて、腹きつて死たり。兵庫頭が物語を書とゞめをかれて、のちに世にひろまれり。

（二）　長生の道士[二三]

安房の国、[二四]里見義広は、[二五]武勇をもつて国家をおさめ、その威やうやくさかりならむとす。そのころ[二六]朝夷郡より老翁[二七]一人めしつれて城中に来る。その年をたづぬれば、さらに[二八]数百歳に及ぶといふて、年の数をばおぼえず。髪・鬚は白きを変じて[二九]黄金糸のごとく、眼の色碧く、[三〇]耳ながし。顔色はいまだ五十ばかりの男にて、[三一]髪は垂て座すれば地にたまり、名をとへば[三二]岩田刀自と号す。[三三]後鳥羽院の御時に、[三四]信州奈須野の

台を戦国時代の房総里見家の興亡にとったもの。
二三 道教における、仙方を学んだ方術士。「ダゥジ 仙人に同じ」(日葡)。「五等道士 ゴトウノダウジ〈天真、神仙、山居、出家、在家〉」(書言字考)。 二四 一五三五―七八。里見家第六代。上総佐貫城を拠点とし、北条氏と攻防を繰り返した。 二五 「武勇 ブヨウ」(饅頭屋本)。 二六 千葉県安房郡千倉町近辺。 二七 原話に「上ノ内庭ニ召シ入ルルニ及ビ、之(これ)ヲ遇スルコト甚ダ厚シ」。 二八 原話に「年数百ヲ過ギテ顔色老イズ」。 二九 黄金は不老不死の仙薬で、黄金の鬚を有する仙人もいた(太平広記十・神仙十・劉根)。 三〇 長耳も仙人の特徴。「長耳矩目」(列仙全伝一・老子)。 三一 原話に「牀前ニ立ツ則(とき)ンバ髪垂レテ地ニ至ル」。 三二 一般語としては、女官や老婦のこと。原話の主人公「羅浮先生」(軒轅集)は「老夫」。挿絵も同様。 三三 第八十二代天皇。在位は寿永二年(一一八三)―建久九年(一一九八)。玉藻の前との関連で、ここは第七十四代天皇鳥羽院(在位は嘉承二年〔一一〇七〕―保安四年〔一一二三〕)がふさわしい。「昔鳥羽の院の上童に、玉藻の前と申しし人の執心の石となりたるなり」(謡曲・殺生石)。 三四 「野州」の誤り。栃木県那須郡那須町。

狩に、三浦大輔に具せられて狩場におもむく。九尾のきつねをころせし事、砒霜の殺生石を砕きて人数おほく毒に中られ、大熱狂乱して死せし事、今見るやうに語る。

「そのとき年十八歳、狩場の跡に父母兄弟みな死せしかば、これをものうき事に思ひ、山にこもりて道を修す。いづ方ともなく仙人とおぼしき人来りて、薬をさづけたり。一粒の青丸を服せしより、身もかろく心もさはやかになりし所を、かの仙人我をめしつれて空をかけり、太山の峰に行。その所はいづくともしらず。七宝の床の上に座せしめ、丹栗のあかき栗、霞漿の霞の漿をあたふ。我これに酔て死せしかば、玄天の甘露半合ばかりを飲せしに、酔さめて心いさぎよし。その時仙人かたりけるやうは、「汝鶴亀を見ずや。気を伏し息をしづかにす。この故に神気耗散せず、命いたりて長し。又病ある事なし。今より九十年の後、両眼の色青くなりてひかりあり、よく闇の中にも物を見るべし。一千年にして骨を易、二千年にして皮を蛻け、毛を易べし。これより二たび形ちをとろへず、よはひかたふかず、命更に限りあるべからず。をよそ世の人、内には七情の気鬱滞し、外には風寒暑湿に陥溺し、色をほしゐまゝにし、食をみだりにす。心火たかぶり、君火みだれ、内に五蔵六苻をこがし、九百分の宍を爛かし、外には四十九重の皮、八万の毛の孔むなしくひすろぎ、十四の経十五の絡みなもぢれゆるまり、三百六十の骨つがひこと〴〵くはな

一 三浦大介義明。一〇九二―一一八〇。相模国三浦荘衣笠(現横須賀市)に居を構えた武将。「大介」は官名。上総介とともに那須野の化生を退治した三浦介に擬せられる(謡曲・殺生石)。 二 狩猟場。「狩場 カリバ」(書言字考)。 三 尾が九つある妖狐。「有獣焉其状如狐而九尾即九尾狐」(山海経・南山経)。殷紂王の妃の妲己も正体は「九尾ノ狐狸」(古注千字文・上・周発殷湯)。ここは鳥羽院の寵姫玉藻の前のことで、その姿は「白狐」「尾二つ」(玉藻の草紙他)、「七色之狐」(簠簋抄・上)、「面三つ、尾七つ」(枯杭集五・玄能)等多様。 四 砒素の化合物で毒物。「余按ズルニ殺生石ノ事ハ他書ニ見ヘズ、或ハ謂フ、砒礵ノ類ナリト」(本朝高僧伝三十八・伯州退休寺沙門玄妙伝)。 五 諸書に、玄(源)翁和尚が奥羽行脚の途中、殺生石を砕いて妖狐の怨念を散じたとするが、砕け散った毒による被害の伝承は未詳。 六「中 アタル」(合類)。 七 高熱を発し神経を侵されて。 八 仙薬。 九「ブクスル 食う、また、薬や茶を飲む」(日葡)。 一〇 深山。「太山 みやま」(大全)。 一一 七種の宝玉を敷きつめた床。 一二 未詳。「りち」は「りつ」の呉音。「あかき栗」は「丹栗」の文選読み。 一三 仙薬。霞の飲物。「流雲洒液有リ。是ヲ霞漿ト謂フ。コレヲ服セバ道ヲ得テ天ニ後レテ老ユ」(拾遺記一・炎帝神農)。 一四 濃い汁。「漿 こんづ」(大全)。 一五 自然の根源たる天。 一六 天より下す甘い露。天下太平になると下るという。「甘露ハ凝如脂美如飴、晋中興書ニアリ、一ニハ名天酒 瑞応図ニアリ」(謡抄・邯鄲)。 一七 長寿の代表。鶴は「木土ノ気ヲ内ニ養フ」(事文後集四十

れ、諸病これより生じ、寿命此故に縮[三五]まり、つゐに百年をたもつ人世にまれ也。その外もろ／＼のうれへよろづのかなしみ、かはる／＼心をまとひしばる事、夏[三六]の虫のともし火に入がごとし。名のため利のために物思ひ絶る事なし。流れの魚の毒餌をはむに似たり。いたづらにたましゐつかれ精くづをれ、わづかに方寸[三七]の胸のあひだに妄念のなみたかくあがり、たがひにねたみそこなふ事、たけきけだものよりもはげし。この故に仏経[三八]には世界[三九]をもつて火宅[四〇]と名づけ、道教には此身をもつて大なるうれへのもとゝす。すでにこれをまぬかるれば、人の世の中をみれば、沸[四一]湯のごとくすさまじくおぼゆ。何ぞ身をすてゝそのあひだにをくべきや。すでに三[四二]尺の形を練て一寸の心をみがくときは、天[四三]にのぼり地に入、雲[四四]にのり水をはしり、千変万化更に無方にして飛行[四五]自在なる事、たとひ万乗[四六]の君も及ばず。ましてよのつねの人たれかこれにまさらむ」とて、その方[四七]をしへられしに、我それより当国の山中に帰り、ふかくこもりて習ひ侍べり。食は松[四八]の葉をとり、茯苓[四九]をくらひ、薬は又兎糸子[五〇]・茅根[五一]をもとめ、石[五二]をねりて膏をとり、霜[五三]を煮て飴となし、百花の露を凝してこれをねり、しば／＼服するに、ながく五穀を断[五四]、更に飢る事をおぼえず。心を松風朗月[五五]にうそぶき滝水[五六]になぐさむれば、欲もなく怒もなし」といふ。

義広[五七]とはれけるやう、「我も又此仙術をつとめば習ひ得べきや」と。[五八]こたへてい

二・鶴・古今文集・相鶴経)鳥であり、亀も張広定の女が亀の息法をみて延命した故事(抱朴子三、新語園九ノ二)にあるように、「気を吞む」動物の代表。 一八「気 イキ」(字集)。呼吸法は長生の重要な一法。 一九 万物を形作る根源の霊力。「耗散」は無くなること。 二〇「吾、却テ食スニ気ヲ吞ム、已ニ九十余年、目中ノ童子(ひとみ)ハ皆青キ光有リテ、能ク幽陰ノ物ヲ見ル。三千年ニ一ド骨ヲ返シ髄ヲ洗ヒ、二千年ニ一ド皮ヲ剝ギ毛ヲ伐ル」(太平広記六・神仙六・東方朔)。 二一 道教において、骨を仙骨にし、羽根を生じて飛行する「換骨羽化(かんこつうげ)」(太平記十三・竜馬進奏事)の法もある。 二二「蛻 モヌクル」(黒本本)。 二三「七情 シチジヤウ〈喜怒哀懼愛悪欲〉」(書言字考)。 二四 外気によって身体が好ましくない状態に落ち込むこと。 二五 感情の激しい動き。ほむら。 二六 漢方でいう心臓。「君火(クンクワ) 五臓ノ時ハ心ヲ君火ト云」(病論俗解集)。 二七 正しくは「五臓六腑」。→一〇三頁注一七。 二八「此男の身のうち、十四経十五絡、三百六十の血の道、九百分のしゝむら、四十九重の皮のへだて、十二のほねのつがひ、三百六十のほねのふし／＼、五ざう六ふすきとをりて」(ふ老ふし)。他に、安倍晴明物語三、阿弥陀経鼓吹一ノ十二などに類似の表現がある。 二九「宍 古ノ肉字」(字集)。 三〇「八万の毛のあな」(絵入往生要集三)。 三一 すり減って弱くなる。 三二 経脈、絡脈。動脈や静脈の血管。生命の根源にかかわる気・血・栄・衛(え)が循環する経路。東洋医学では全身に張りめぐらされていると考える。 三三 底本の振仮名「ら」。 三四 骨節。 三五「縮

はく、「心をしづめてわが物とし、色を遠(とを)ざかり欲(よく)をはなれ、あぢはひうまき食(しよく)をしりぞけ、たのしみもかなしみもたゞこれひとつにして心にとゞめず、徳をほどこしてかたおち[一]なくば、自然(しぜん)に天地のめぐみにかなひ、日月とひとしく寿(ことぶき)ながく侍べらん。目[二]にみだりに見ず、耳みだりにきかず、声みだりに出さず、身みだりにつかはず。行(ゆく)もとゞまるも、立(たつ)もふすも、たゞみだりにせず、常によく守るべし」といふ。義広(よしひろ)きゝて、「さてはこれ人間のまじはりは此(この)道のさはり[三]也。さはりをのけて

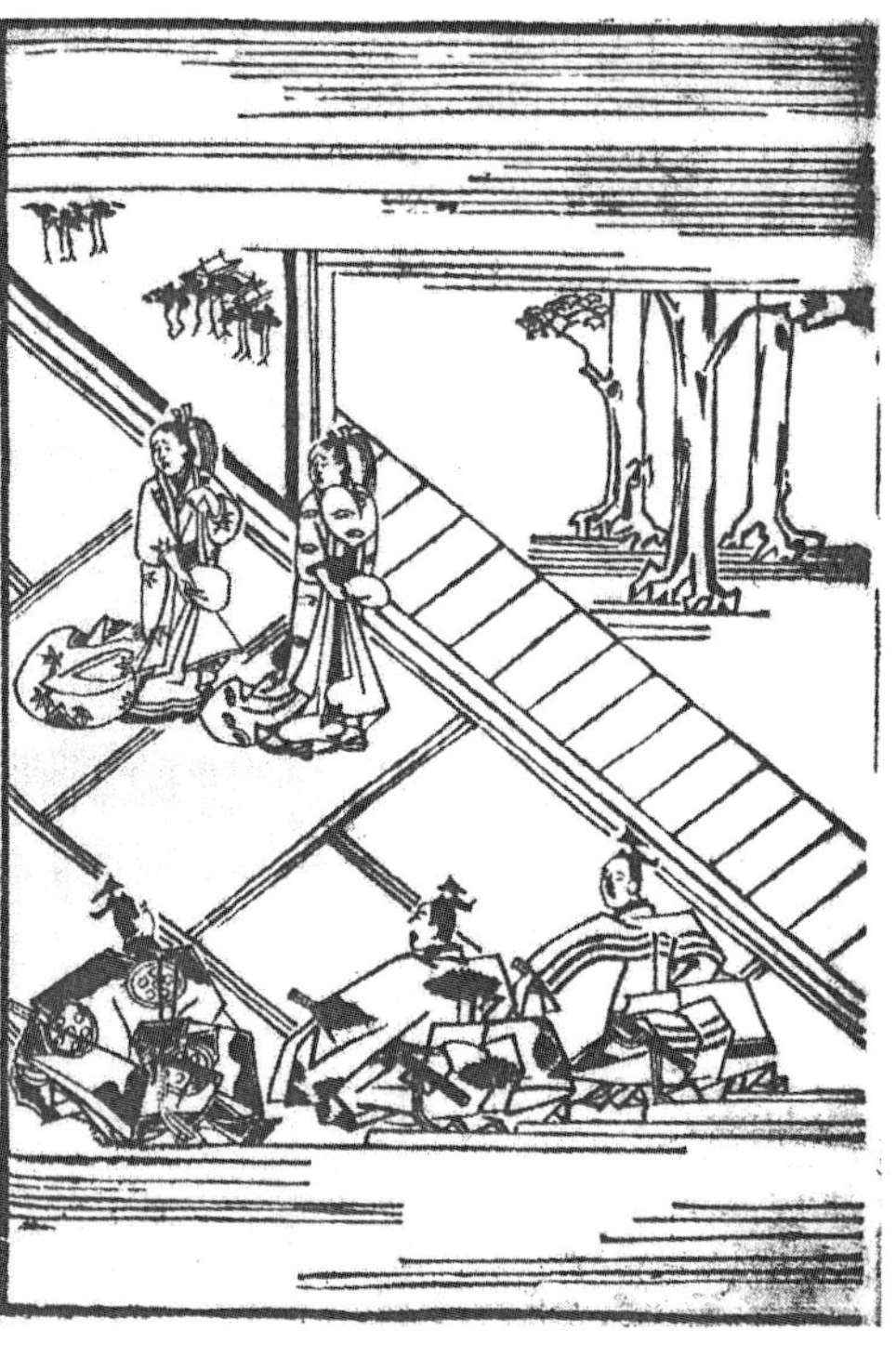

シジマル」(合類)。 三六 諺。自ら災いを招くこと。後の「流れの魚の毒餌をはむに似たり」も同意。 三七 わずかな大きさ。 三八 仏教の経典。 三九 衆生の生死流転する世界。三界。 四〇 人々が煩悩に苦しむこの世を、焼けている家に喩えたもの。「法華経二ニ…三界無レ安猶如二火宅一矣」(義楚六帖十八・厚載霊源部・火十五・火宅之喩)。 四一 「百沸湯 ニヘユ」(合類)。 四二 「三尺」は童子の形容。転じて卑小な人間を喩えたものか。 四三 「若シ能ク魄ヲ練テ三尺ヲ去ラバ」(事文前集三十四・仙・古今文集・王母歌)。 四三 「天に升(のぼ)り地に入(い)て之(これ)を求むること偏(あまね)し」(やうきひ物語・下)。 四四 例えば、雲母を服すと雲に乗り(抱朴子十一)、神丹を足に塗ると水上を走るという(同三)。 四五 「飛行自在 ひぎやうじざい」(大全)。 四六 「万乗 バンジヨウ〈天子ヲ云〉」(合類)。 四七 薬の調合法。方組。 四八 松やにとともに仙薬。五穀を断ち、飢えずという(長生療養方一)。 四九 「伏苓 ぶくれう〈大山などの大松の根に生ず。二月にとつてかげぼしにす〉」(和名集幷異名製剤記・下)。 五〇 「菟糸子 としし〈一名は菟盧…日本ねなしかづらの実なり〉」(同・上)。 五一 「茅根〈一名蘭根(らんこん)…日ほんにてはちがやの根なり〉」(同)。 五二 丹薬の原料に八石ある(朱砂他)。 五三 「秋の夕の白露を盤の中にうけとゞめて、これをねるに糖(あめ)となる。これをもちひて、煉丹(れんたん)の君薬(くんやく)とせり」(蓬萊物語・上)。 五四 底本の振仮名「たつ」。 五五 松の枝を鳴らす風や明るい月に詩想を得て。松風蘿月、または「清風朗月」(十訓抄・中・五ノ序)などからの造語か。 五六 滝水に心

つとめむとすれば、鹿猿のごとく也。しからば長生して詮なし」とて、さま〴〵食をすゝむるに、刀自さらにくらはず。たゞ[四]酒よくのむといへども酔たる色なし。その形ちをかしげに見ぐるしき事を、[五]わかき女房たち大にわらひしかば、刀自打わらひて、「女房達くやみ給ふな」とて、ゆびさしけるに、[六]十七八・廿四五ばかりの女房達十五六人、俄に変じて姥となり、膚は鶏の皮のごとく、背は[七]鮐の鱗に似たり。髪白く、色くろふ腰かゞまりしかば、女房達大におどろき歎き悲しみて、涙は

を慰める意の作者の造語か。または「流水」の誤記か。　五七 原話に「因リテ問フテ曰ク、長生之道致ス可ケンヤ」。　五八 原話に「集曰ク、声色ヲ徹(す)テ、滋味ヲ去リ、哀楽一ノ如クニシテ、徳施偏ル無クンバ自然ニ天地ト徳ヲ合シテ、日月ト明ヲ斉(ひと)シクセン。則チ尭舜禹湯之道ヲ致(つ)ス。而(しか)シテ長生久視之術、何ゾ難キト足(な)サンヤ」。

以上一六三頁

一 片落。偏り。　二「至道ノ極ハ…視ルコト無ク、聴クコト無ク、神ヲ抱ヘテ静ヲ以テスレバ形チマサニ自正シ、必静必清シテ爾(なん)ヂノ形ヲ労スルコトナカレ…乃チ長生スベシ」(列仙全伝一・広成子)。　三 邪魔。　四 原話に「飲スレバ則チ百斗ニシテモ酔ハズ」。　五 原話に「上、宮人ヲシテ茶湯ヲ侍(す)メシムルニ、集ガ貌ノ古リテ布素ナルヲ笑フ者有リ」。　六 原話に「縝髪(しん)(ばつ)降唇ニシテ年纔カニ二八ナルモノ、須臾ニシテ忽チ変ジテ老嫗ト成リ、鶏皮鮐背ニシテ髪鬢ハ皤然(はぜん)タリ。宮人上ガ前ニ悲駭シテ流涕已(や)マズ。上、宮人ノ過チト知リ、促シテ先生ニ謝告セシム。而シテ容質却復スルコト故(もと)ノ如シ」。「縝髪」は黒髪。「降唇」は「絳唇」で朱唇の意か。「皤然」は白

絵　岩田刀自、里見義広の館の内で、刀自の容貌を笑った女房達を老婆に変える場面。右頁、打掛、垂髪姿の右手で褄を取る女房達、老婆に変身する。驚く家人達。左頁、中央に長鬚の刀自、左手で女房達を指差す。小袖に袴。上座に衣冠姿の里見。二人の若衆髷の側の者。畳には、三方、破子、盤、長柄の銚子。

雨のごとし。「是(これ)ゆるし給へ」と、手を合せ、わびことす。刀自、「さてこり給へ」とて、また指さしければ、もとのすがたとなりたり。

義広大(おほき)にいかりて、刀自をころさむ事をはかられたり。刀自さき立(だち)てこれを知つゝ、「君この心ざしあり。国運久しかるまじ。今より五百月の後、必らずよこさ[一]まにわざはひあらむ」と書(かき)をきて、座を立(たつ)かとみえし、二度(ふたたび)その行(ゆき)[二]がたをしらず。追て国中の山々くまなくもとむるに、これなし。義広いはく、「五百月は四十余年也。我なんぞそれまでの命あらんや」と。然るをよく〳〵見れば、百[三]の字にはあらで箇の字なり。果して五ケ月の後、北条[四]氏康のために鵠[五]野台にして敗[六]潰しけり。そもそも〳〵岩田刀自は生国いかなる所ともしらず。誰がしの子ともきこえず。又その終[七]る所も、後にしる人なしといふ。

(三) 遊女宮木野

[八]宮木野は、駿河の国、府[九]中の旅[一〇]屋にかくれ[一一]なき遊女なり。眉目かたちうつくしく、[一二]手よくかきて、歌の道に心をかけ、情の色ふかゝりければ、近きあたりの人これをしたひ、風流のともがらこと〴〵くこれになれざるをうらみとし、好[一三]事のものみなこれにちぎらざるを恥とす。此故(このゆゑ)に中[一四]古このかたにはたぐひなき遊女なりとて、い

いさま。七「鮐 サメ」(字集)。

一 尋常でない。思いもよらず。二「ユキガタ 人が向かって行った方向、または、人の姿が消えて行った方」(日葡)。三 原話に「又問フテ曰ク、朕ハ幾年カ天子タルヲ得ンヤ。即チ筆ヲ把リテ書シテ曰ク、四十年ト。但シ十ノ字、脚ヲ挑ネタリ。上、笑ヒテ曰ク、朕安ゾ敢テ四十年ヲ望マンヤ。晏駕ニ及ブハ乃(まい)シ十四年ナリ」。「晏駕」は天子の崩御をいう忌詞。原話では、「四十年」の「十」の脚を撥ねあげて(「十字挑脚」)、「十四年」を示す書き方になっていたという。四 →四二頁注九。五 下総国府台(現千葉県市川市)の戦い。永禄七年(一五六四)正月七日、北条軍が勝利して西上総に侵攻、里見氏は危機に陥った。六 大敗すること。「敗績ハイセキ」(書言字考)の誤りか。七 原話に「既ニシテ中路ニ至ルヤ忽チ其ノ所在ヲ亡フ…後数日ニシテ南海ヨリ先生羅浮山ニ帰ルト奏ス」。

6-3 剪灯新話三ノ四「愛卿伝」を武田信玄の侵攻により混乱する駿府に移して翻案した貞女の物語。雅びを解する薄幸の女人の人物設定は、さらに雨月物語二「浅茅が宿」の宮木に連なる。

八「宮木」は後拾遺集に入集した遊女(十訓抄十ノ五十)や、中納言顕基卿に身請された室の遊女(撰集抄三ノ三、本朝女鑑七ノ四など)に因んだ命名か。九 駿河の国府。駿府とも言う。中世以来の呼称。現在の静岡市。一〇「タビヤ 自分の家をあとにして他国を旅している人が泊る宿泊所」(日葡)。「道中の旅館に遊女ををけるは昔年よりの

にしへの虎御前[一五]になぞらへ力寿[一六]にくらべて、たかきいやしきおなじ心にもてはやしけり。八月十五夜、わかき人〻此家に入来て、月をもてあそび歌よみけるに、宮木野かくぞいひける、

[一七]ながむればそれとはなしにこひしきをくもらばくもれあきの夜の月

[一八]いく夜われをしあけ[一九]がたの月かげにそれとさだめぬ人にわかるゝ

この歌まことに我身にとりてさもあらめと、一座のともがらあるひはわらひ、あるひは感じけり。

その座にありける人の中に、藤井清六[二〇]といふものあり。先祖は国司[二一]の家人[二二]にて京[二三]家のものなりしが、此所に住つきて地下[二四]にくだり、田地[二五]あまたもちて富さかえ、今その末[二六]にをよぶまで府[二七]のあひだには富祐[二八]の人といはれ、こと更清六は風流をこのみ、情ふかきもの也。父はむなしくなり、母一人あり。みづから妻もなくひとりすみて、いとゞ物がなしき秋の月にうそぶき、こよひしも此座につらなり、宮木野が此歌をきくに、みめかたちといひ、才智かしこきにめでゝ、旅やのあるじに価[二九]おほく出し、宮木野をこひうけて妻とせり。藤井が母これを聞て、「府中には人[三〇]にもさがらぬ家[三一]督なれば、いかならん名もある人のむすめをもむかへてわが新婦[三二]とも見ばやとこそおもひつるに、遊女を妻とせむはこれ本意[三三]なけれども、よしやわが子のみるべきめ[三四]

例也。さりけれど時うつりことさり断絶して、僅に御油・赤坂・金川・品川までに其かたとて残りたるを、是も亦近世御制禁にて停止せられぬ」(色道大鏡十四・旅籠屋女篇)。

一一 色道大鏡十二に、駿府の遊郭島(二丁町)における「中ごろ」の逸話としてこの一話をほぼそのまま引用する。 一二 筆跡。

一三 風流なことに心をよせる人。「こうず」とも。「かうず 好事〈好事ノ者 事ヲこのむ人〉」(蜆縮涼鼓集)。 一四 近年には比類を見ない。中古は「いにしへ」までは遡らない程度の昔。 一五 東海道大磯宿(現神奈川県中郡大磯町)の遊女、曾我兄弟の兄祐成の思い人として吾妻鏡や曾我物語などに載る。「物によく〳〵たとふれば…そがの十郎祐成が契をこめし虎御前」(恨の介・上)。

一六 源義経の忠臣佐藤兄弟の弟忠信の恋人と伝えられる京都粟田口の遊女。「佐藤庄司が次男の忠信と同よみぢとなりたりしあんじゆのまへ、りきじゆ御前」(同)。

一七 いにしえ人は月を眺めると恋しい人を思う思いが募って切ないと歌った。遊女の私にもそんな思い出がないわけでもない。やはり月は雲に隠れてしまってほしい。題林愚抄・恋三・月前恋・藤原基光(金葉集・恋上)に二・三句「恋しき人の恋しきに」。

一八 夜明けの月影のもと、一夜限りの心もとどまらないお相手との別れを今までどれほど重ねてきたことやら。題林愚抄・恋三・月前恋・鷹司院按察(新拾遺集・恋二)に下句「ことはりならぬ物おもふらん」。 一九 「明かた おしあけ方共」(藻塩草一・明)。

二〇 「清六」は原話の主人公趙氏の第六子による命名か。 二一 「昔ノ国ノ守ヲ国司ト云

んだうを、今はいかにいふとも詮なし。はやくよびいれよ」とて、家にむかへとりてみるに、みめかたちうつくしきのみならず、心ざまゆうにやさしかりければ、母かぎりなくよろこび、「たとひ大名高家のむすめなり共、生れつき人がましからずは何にかせむ。この女はいかなる人の末にも侍べれ、たぐひなき女の道しれる人ぞや。わが子のまどひめでけるこそことはりなれ」とて、世にいとおしみかしづきけり。宮木野も今はひたすら姑につかふる事わがまことの母のごとく、孝行の道さらにたぐひすくなふぞおこなひつとめける。

京都に叔父あり。清六が母のため弟なり。しきりに心地わづらひしかば死べくおぼえて、人をくだしていひけるやう、「清六をのぼせ給へ。いひをくべき事侍べり」といふに、母かぎりなくかなしく思ひ、「いそぎのぼりてみよ。みづから女の身なれば、飛立ばかりに思へども、そもかなはず。和殿は男なれば、何かくるしかるべき。その有様見とゞけて給」といふ。清六いかゞすべきと案じわづらふ。宮木野いふやう、「老母の思ひ給ふところ此たび京にのぼらずは、ひとつにはみづからに心とゞまりて叔父の事をわすれたりといはん。ふたつには母の心にそむく不孝の名をうけ給はん。たゞのぼり給へ。さりながら老母すでに年たかく病おほし。君はる〴〵の都にゆき給はゞ、むかしの人のいひをきし、「事をつとむる日はおほく、親

也」(蓬左文庫本御成敗式目抄・上)。 二二「家人 けにん」(大全)。 二三 京都に本貫を置く家柄。 二四 宮中に出仕する「堂上」に対して一般庶民とくに農民をいう。「地下 ヂゲ」(饅頭屋本)。 二五「田地 でんぢ」(大全)。 二六 子孫。 二七 駿府に住む人の間では。「府」は国府の当て字か。「国府 コウ〈府中〉」(天正十八年本)。 二八「冨祐 フユウ」(塵芥)。 二九 身請の金を。 三〇 人後に落ちない。 三一 相続によって得た財産。 三二「新婦 ヨメ」(書言字考)。 三三 期待が裏切られて残念である。「ほいなくて 本意にあらずなり」(匠材集)。 三四 遊女を妻にしたことによって生じるトラブル。

一 しとやかで品があって。
二 格式の高い家柄、とくに名門の武将。
三 人間らしさに欠けていたならば。「ヒトガマシイ 動作や礼儀作法などが大人のように、すなわち、一人前の男のように見える。時には、いささか過度に自分を一人前の者として強く見せかける意味にも取られる」(日葡)。
四 どんな身分家格の生まれでもかまわない。
五 狂わんばかりに熱中したのも。
六 慈愛をもって大切に扱った。「世に」は強めのことば。
七「婦ノ舅姑ニ事フルコト父母ニ事フルガ如シ曲礼」(事文後集三・父母・群書要語・舅姑)。
八「弟 ヲトヽ」(天正本)。
九 死ぬばかりに。
一〇 駿府まで使いの者をよこして。
一一 女性の自称。

につかふるの日はすくなし」とかや。西の山のは[一五]に入(いり)かゝる月のごとくよはり給ふ母なれば、かならず一あしもはやくかへり給へ」とて、すでに門出[一六]の盃とりかはして、又逢(あふ)べき道ながら、わりなき中[一七]はしばしのわかれもかなしくおぼえて、宮木野なみだをうかべて、

[一八]うたてなどしばしばかりのたびのみちわかるといへばかなしかるらむ

と詠じければ、清六もかくぞ口ずさひ[一九]ける。

[二〇]つねよりは人もわかれをしたふかなこれやかぎりのちぎりなるらむ

とて、なみだにむせびければ、母きゝて、「あないまく[二一]し。やがて[二二]帰るべき道を、[二三]これまで名ごりをおしみける事よ」とて、出したて[二四]ゝ京にぞのぼせける。

すでに都にのぼりしかば、叔父(をぢ)[二五]ことの外(ほか)にいたはり、つゐにはかなくなりぬ。子ありけれどもいとけなく[二六]侍べりしかば、妻の一族(ぞく)に財宝(ざいほう)ことごとくあづけ、「此子よくそだて給へ」とて跡の事とりまかなひ、それよりやがて国にかへりくだらんとせし処に、諸国のうちみだれたち[二七]て、所々に関(せき)をすへ、往来(わうらい)の人を通路(つうろ)[二八]せさせず。あるひは国ならび[二九]郷(がう)つゞき、たがひに出あふて軍(いくさ)する事毎日に及べり。清六も心のまゝに道[三〇]をも過得ず、旅やより旅やにうつり、こゝかしこせしほどに、一年あまりになりけり。もとより通路たやすからねば、たがひ[三一]にたよりを絶て生死(いきしに)[三二]の事も聞え

一二 対等もしくは目下の男性に親しみを込めて用いた二人称の代名詞。
一三 最期の様子を。
一四 妻の宮木野に。
一五 原話の「西山ノ頽日ヲ撫シ」によるが、さらに句解の「祖母劉氏ガ日西山ニ薄(せま)リテ気息奄奄タリ」に基づくか(事文後集三・祖父母・古今文集・陳情表〈李密〉にも引用あり)。
一六 「カドデ　カドイデが本来の言い方で一般に用いられる」(日葡)、「門出　カトテ」(易林本)。
一七 愛情濃やかな二人は。
一八 嘆かわしいことに、ほんのしばしの旅なのに、別れと聞くとなぜ悲しくなるのでしょう。
一九 即座に和歌を作って口ずさんだ。「すさひ」でスサミと読んだ。
二〇 常になくあなたも別れが気がかりのようですね。もしやこれっきりの縁だったのだろうか。題林愚抄・恋二・別恋・近衛前関白(康暦二内裏廿首)。
二一 旅立ちを前に「これや限り」などと縁起でもない。　二二 すぐに。
二三 こんな大げさに。
二四 用意を整えて旅に送り出す。
二五 重く患って。「いたはる」は病気で思いのほか苦しむこと。
二六 「幼稚　イトケナシ」(合類)。
二七 争いが勃発して。　二八 通行させない。
二九 近隣の国々や隣り合った村が。
三〇 帰国の道をとざされて。
三一 清六と宮木野は。
三二 「生死　イキシニ」(書言字考)。

ず。さるほどに府中の母はわが子の久しくかへらざるを心もとなく、朝夕に恋かなしみ、「か丶るべしとだにしるならば、のぼすまじき事にて侍べりしを、くやしくもつかはして、生たりとも死たりとも聞ざる事こそかなしけれ」とて、たゞなきになきつ丶、おもき物思ひのやまひとなり、床にふして日をかさぬ。宮木野これにつかへて夜る昼のわかちもなく、薬といへ共みづからまづ飲でのちにまいらせ、粥といへどもみづから煮てす丶め、神仏にいのり、「わが身を替りにして姑の病をいや

一「行末をちぎりしよりぞうらみましかかるべしともかねてしりせば」（題林愚抄・恋二・恨恋・前関白太政大臣〈新後撰集・恋六〉）などの表現を利用したか。
二 病気の姑に。
三「マイラスル さし上げる。受け取る人を尊敬して言う」（日葡）。
四 快方に向かう望み。
五 交通が滞って。
六 軽い敬意を含んだ対称代名詞。
七 心を尽くすこと。
八 申すも恐れ多いことながら。
九 →三〇頁注六。

したまへ」といのりけれども、さらにしるしなし。半年ばかりの後、今ははや[四]この世のたのみもなくなりければ、姑すなはち宮木野をよびて、「わが子すでに都におもむき、世のみだれに道せばく[五]して、久しくたよりなし。我又おもき病にくるしむを、新婦として我につかへ給ふ事、誠の子といふともいかでかくあらん。孝行なる事世にたぐひなし。今は心にのこることもなし。この恩を報ぜずして命むなしくなる也。[六]和君かならず子をうみ給はん。われは孫をも見ずして死なむ。その子和君に孝行なる事、又今和君の我につかへて[七]こまやかなるがごとくなるべし。[八]あなかしこ。[九]天道ものしる事あらば此ことばたがふべからず」とて、そのまゝ[一〇]絶入てよみがへらず。宮木野かなしみふかく、なみだのおつる事雨のごとし。葬礼の事とりまかなふて、七日〱のとふらひ[一一]其分限に過たる、此物おもひに、髪かし[一二]け、[一三]はだえやせて、よそのみるめもあはれにおぼえし。

[一四]永禄十一年武田信玄駿州に[一五]発向して[一六]府の城にとりかけ、民屋に火をはなちて焼たてければ、[一七]今川氏真は[一八]落うせらる。武田方の軍兵家〱にみだれ入て、[一九]乱妨分捕して[二〇]狼藉いふはかりなし。宮木野が眉目かたちうつくしかりければ、軍兵ども[二一]捕ものにして犯し汚さんとす。宮木野おくふかくにげこもり、みづから縊れて死侍べり。兵共その貞節をあはれみ、家のうしろの柿の木のもとにうづみけり。いくほどなく

一〇 呼吸が止って。
一一 身分や経済状態から生じる能力の限界。身のほど。
一二 色つやを失って。清濁両訓。「カシクル 瘦せる、やつれる、または、実を結ばない」「カジクル 悪化する、弱る、または、瘦せこけてやつれる」（日葡）。
一三 「膚 ハダヘ」（合類）。
一四 一五六八年。「武田信玄様十一月三日駿州江御馬出ル」（甲斐戦国史料叢書本王代記・永禄十一年）。
一五 「発向 ハッカウ〈立向義〉」（合類）。
一六 「同（十一月）十三日府中迄押寄悉ク放火被成、氏真ハ遠州懸河ヘ落去、御馬巳（永禄十二年）四月廿八日ニ帰申也」（甲斐戦国史料叢書本王代記・永禄十一年）。
一七 駿河・遠江・三河を領した守護大名今川義元の継子、母が武田信玄の姉、娘が信玄の長男義信の正室という二重の姻戚関係にあった。
一八 掛川城に逃れ、のち伊豆に移って北条氏康の保護を受けた。
一九 「ランバゥ 略奪スルコト」（日葡）、「乱妨 ランハウ」（合類）。
二〇 「狼藉 らうぜき〈…凡物之縦横敗乱者謂二之狼藉一〉」（大全）。
二一 戦さで人や物を奪取、略奪すること。

絵 宮木野、老母を看病する場面。石竹紋の茵の上で梅鉢紋の夜着を被って病臥する老母。頭は白布で包む。枕もとに下げ髪、立膝の宮木野。枕屛風は七宝文様。近くに小型の風炉に薬罐がかけられ、薬が煎じられている。腰板付きの明かり障子。

駿府は武田の手にいりてしづかになり、道ひらけて通路たやすく、海道[一]の諸大将も[二]和ぼくせし比なれば、藤井清六やう／＼にして国にかへりければ、駿府のありさま替りはて、わが家には人もなし。柱かたふき[三]軒くづれ、草のみ茂くあれまさり、老母・宮木野はいづち行けむともしる人なし。門に出てみれば、年比めしつかひける男出来れり。これをよびて尋ぬるに、「老母はいたくわづらひ給ひけるを、宮木野わが身に替らんと神仏にいのり、昼夜つきそふて看病せしに、その甲斐なくはて給

一「海道 カイダウ」(合類)。ここでは特に「東海道」の略か。原話に「海道」。
二「和睦 クハボク」(同)。
三「傾 カタフケ」(同)。

ふ。其後武田信玄のために府中を追おとされ、今川氏真公は行方(ゆきがた)[四]なし。宮木野は、敵軍の手に身をけがされじとて経(くび)[五]れ死(しに)給ふを、兵どもその貞節(ていせつ)を感(かん)じて後の柿(かき)の木(こ)もとに埋(うづ)みし」とかたるに、藤井かなしさかぎりなく、血(ち)[六]の涙をながし、なく〳〵[七]かばねを掘(ほり)おこしてみれば、宮木野がかほかたち、さながら生(いき)てあるがごとく、肌(はだへ)の色をとろへず。藤井はもだえこがれ[八]絶入(たえいり)〳〵歎け共かひなし。それより母の墓(はか)とひとつ所に葬(はうふ)りつゝ、墳(つか)[九]にむかひて花香(けかう)[一〇]たむけて口説(くどき)[一一]けるやう、「君は平生才智(へいぜいさいち)か

四「ユキガタ　人が向かって行った方向、または、人の姿が消えて行った方」(日葡)。
五　首をくくる。「経　クビル〈又縊同　結レ頸也〉」(合類)。
六「血涙」の訓読。激しい憤りや悲しみに流れる涙。「ケツルイ　チノナミダ」(日葡)。
七　なきがら。「骸　かばね」(大全)。
八　身もだえして激しく恋いこがれ。
九「墳　ツカ」(字集)。
一〇　仏前に供える花と香。
一一「クドク　嘆きごとを言う、あるいは、残念に思うことを述べる」(日葡)。

絵　武田方の軍兵、宮木野の住居を襲う場面。右頁、甲冑姿の軍兵達。家内より資財の入った箱を分捕る。左頁、宮木野達女性を襲う軍兵。女(角ぐり髷)にも刃を向ける残忍さ。宮木野(黒帯がほどけかかる)、奥へ逃げ自害。

しこく、心[一]の色ふかし。人[二]に替りて身のおこなひよく道をまもれり。たとひ死すとも世のつねの人にはおなじからず。され[三]ば久しく音[四]づれの絶しもわが咎ならず。心[五]にまかせぬうき世のわざ也。黄泉[六]の底までももの[七]しることあらば、一たびわれにまみえ給へ」とて、明れば墓にゆき、暮れば家に歎きて、廿日ばかりに及ぶ。

月くらく星あらはなる夜、藤井ひとり灯かゝげて座しければ、宮木野が姿影のごとくにして出来り、「君が心に念願する所を感じて、司録神[八]にいとまをこふてあらはれ来る」とて、始終[九]の事共なく／＼物語して、すご／＼[一〇]と立居たり。藤井これをみるにかなしみ今更にて、わが老母に孝行ありし事、その身をころして貞節をまもりし事まで感[一一]じて泣ければ、宮木野いふやう、「みづからもとより官家高門[一二]のむすめにあらず。あだにはかなきながれ[一三]の身となり、人にちぎりて心をとどめず、明がたにわかれて名ごりもしらず。色をつくろひ花をかざりて旅人に眩[一四]ひさぎ、身はさながら路の上[一五]の柳、垣のもとの花、ゆきゝの人にたをられむ事をおもふ。すがたをなまめき[一六]ことばをたくみにして、きのふの人をおくりては、けふの客をむかへ、西よりくだれば、西なる人の婦となり、東よりのぼれば、東の人の妻となり、うきた[一七]る舟のよるべさだめぬちぎりをかはし、すみつきがたき恋にのみ月日を送りしを、君に逢てまことの妻となり、むかしのならはしをすてゝ、正しき道をおこなはんと

一　おくゆかしさを備えている。ここは「(心の色)深し」ではなく「(心の)色深し」と読むべきところ。
二　世の中の常の人とは違って。
三　話題の変ることをいう語。それはそれとして。
四　消息。「音信 ヲトヅレ」(合類)。
五　個人の力ではどうにもならない、戦乱というこの世の現実がもたらしたもの。
六　たとえ黄泉の最下層に沈んだとしても。
七　知覚を備え、私のことばが理解できたならば。
八　→一〇二頁注六。
九　清六が出発して以降に起こった全てのできごと。
一〇　「スゴスゴト 物寂しくしているさま、または、ただひとり居るさま」(日葡)。
一一　感謝の気持が盛りあがって。
一二　位の高い家や高貴な家柄。
一三　うき世の流れに任せて定めのない遊女の身。「川竹の流れの身」とも。
一四　自分を飾り立てて、ひけらかし売る。「衒 てらふ」(大全)が一般的。
一五　「上 ホトリ」(書言字考)。原話「路ノ柳」。以下、原話に基づく文章が続く。
一六　「ナマメク 容貌や身のこなしが優美で見事である。一般に婦人について言う」(日葡)。
一七　波間に漂う舟が行き着く先も分からないようにはかない契り。「寄るべ定めぬ浮舟の、のりの力を頼むなり」(謡曲・浮舟)。
一八　「前世 ゼンゼ」(合類)。
一九　天上界の王と冥界の王。
二〇　「男子 なんし」(大全)。

す。おもひかけずかゝる禍(わざはひ)に逢事(あふこと)も、前世(ぜんぜ)[一八]のむくひ也。さりながら貞節孝行(ていせつかうかう)の徳により、天帝地府(ちふ)[一九]われを変(へん)じて男子(なんし)[二〇]となし、今鎌倉の切(きり)どをし[二一]に富祐(ふくゆう)[二二]の家あり。高座(たかくら)の某(なにがし)と名づく。君こゝに来り給へ。明日生れ侍べる也。君にあはゞ笑ひ侍べらん。これをしるしとし給へ」とて、雪のごとくきえうせたり。

藤井いよ〳〵なげきながら七日[二三]の後鎌倉に行(ゆき)て、高座(たかくら)の某(なにがし)が家に尋ね入て、「此間生れし子やある。子細侍べり。見せて給(たべ)」といふに、「まづ胎内に廿月あり。生

絵　宮木野、幽霊となって藤井清六のもとを訪れ、転生の件を告げる場面。柿の木のもとに宮木野の墓。縁側に立つ死装束の宮木野。手を打って驚く清六。小袖の紋は四菱(よつびし)。燭台に灯。右は腰板の高い明かり障子。

二一「鎌倉入口に切通路七所ありと東鑑にも見へたるゆへ土人等七口と唱ふれども、実は切抜路九ケ所あり」(鎌倉攬勝考 一)。

二二 この読みは、同じく裕福を意味する「福祐(ふくいう)」との混淆によって生じたものか。

二三 七夜の産養(うぶやしない)の風習に従ったものか。原話では即座に出発する。

れてより今にいたり夜る昼なきて声絶ず」とて出しみせしかば、此子莞爾[一]とわらひて、それよりなきやみて、又声たのしめり[二]。藤井ありのまゝに物語しつゝ、一族[三]の契約して、往来の音信たえずといふ。

(四) 蜘の鏡

[四]永正年中の事にや、越中の国砺並山[五]のあたりにすむものあり。常に柴をこり[六]、山畑[七]をつくり、春は蚕をやしなふて、世を渡る業とす。蚕する[八]比は、猶山ふかく入て桑の葉を買もとめ、夏にいたれば、又山中の村里をたづねめぐり糸帛[九]を買あつめ、諸方に出しあきなふて利分[一〇]をもとむ。山より山をつたひてふかく分入ところ、谷ふかく水みなぎりて渡りがたき所おほし。或は藤[一一]かづらの大綱を引わたし、苔の両岸の岩ね[一二]・大木につなぎをく。道行人[一三]このつなにとりつき、水を渡る所もあり。しからざればみなぎる水矢よりはやくしてをしながされ、岩かどにあたりてくだけ死す。あるひは東の岸より西の岸まで蒲萄蔓[一四]の大綱を引はり、竹の籠をかけ、道行人をこれにのせ、むかひよりかごを引よする。その乗人もみづから綱をたぐりてつたひわたる。もし籠の緒きれおつれば、谷のさかまく水にながれ、岩にあたりて死する所もあり。

一「莞爾 クワンジ ニコ〳〵シテ」(合類)。 二 満ちたりて喜ぶ。 三 親類付きあいの約束。

6-4 五朝小説の諸皐記「元和中蘇湛云々」に基づき、明鏡を求めて山中に命を失った主人公蘇湛を田舎渡らいをする越中砺波の商人に置き換えて翻案する。

四 一五〇四―二〇年。 五 富山県小矢部市と石川県河北郡津幡町にまたがる山。別名倶利伽羅山。「此山ヲ倶梨伽羅嶽共申トカヤ。越中国砺並郡ノ内ナレバ、砺並共申タリ。谷深シテ山高ク、嶮難ニシテ道細シ」(源平盛衰記二十九・倶梨伽羅山事)。 六「樵 こる〈樵レ木也〉」(大全)。 七 山を開墾した畑。清濁両訓。「山畑 ヤマハタ〈はたけ也〉」(和漢通用集)、「ヤマバタ」(同・図書寮本)。 八 蚕の飼育を蚕飼と言い、旧暦三月の季語。 九「糸綿」の当て字。絹糸と真綿。「帛」は元来、絹織物のこと。「帛 ハク キヌ」(字集)。 一〇「リブン リノブン 商売などから上がる儲け、あるいは、いろいろな利得」(日葡)。 一一 とう。蔓性の植物。茎は強く、細工物にも利用する。 一二「イワネ 岩、あるいは、岩塊。詩歌語」(日葡)。 一三「ミチユキビト 旅行者」(同)。 一四 ブドウ科の植物類の古名。紫葛(えびかずら)とも(和漢三才図会九十六・蔓草類)。「蒲萄」は「葡萄」とともに当時の慣用。 一五「商人 アキンド アキウド」(合類)、「商人 あきびと」(大全)。 一六 絶壁の形容。「一谷は…岸たかくして屛風をたてたるにことならず」(平家物語九・樋口被討罰)。 一七 藍色を揉み出したように青々とした水。 一八 原話に「我山中ヲ行ク五月の中比砺並の商人[一五]糸帛を買ために山中ふかくおもむきしに、さしもけはしき谷にむかひ、岸[一六]は屏風をたてたるがごとく、水は藍[一七]をもむに似て、大木はえしげり日影もさだかならぬに、谷のかたはら[一八]に径[一九]三尺ばかりの鏡一面あり。その光りか[二〇]ゝやきて水にうつりてみえたり。「かのもろこしにきこえし楊貴妃[二一]帳中の明王鏡、汴[二二]州張琦が神怪鏡といふともこれにはまさらじ。百練[二三]のかゞみこゝにあらはれしや。[二四]天上の鏡のおちくだれるや。いかさまにも霊鏡なるべし。岩間をつたひてとりてかへり、徳[二五]つかばや」と思ひ、そのあり所をよく見おほせて家に帰り、妻に物語しければ、妻[二六]のいふやう、「いかでかその谷かげ[二七]にさやうの鏡あるべきや。たとひありとても身にかへて宝をもとめ、跡にのこして何にかせむ。もし足をあやまち、水におちいらば、くやむともかひなからん。たゞ思ひとまり給へ」といふ。商人いふやう、「更にあやまちすべからず。いまだ人の見ざるあひだに、はやくとりおさめて徳つかばや」とて、夜[二八]のあくるをそしと、刀をよこたへ出て行。妻[二九]こゝろもとながりて、めしつかふおとこ一人わが子とゝもに三人、鉄垢[三〇]鑓・鉞[三一]なんどもちて跡より追て行。山[三二]ふかく入て谷にむかへば、白き光りかゝやきまろくあきらかなる大鏡あり。商人[三三]谷の岩かどをつたひ、その光のあたりちかく行かと見れば、大音[三四]あげてさけびよばふ事、たゞ一声にて音もせず。妻[三五]と子とおどろきて谷にくだりければ、

二倒崖ニ光ル鏡ノ有ルヲ覩ル」。 一九 さしわたし。ここは直径。「径 わたり〈柄長也〉」(大全)。 二〇 当時は清音。 二一 鍾馗(しょうき)の精霊が楊貴妃の病魔を退治するために、玄宗皇帝をして枕もとの几帳に立て添えさせたという鏡(謡曲・皇帝)。「ミヤウワウケイ ミヤウワウケイノ事、本説不詳。…明皇ノ鏡ヲ明皇鏡トワルクヨメル乎。明王経ノ字、十王経ニアレドモ玄宗ノ故事ナキゾ」(謡抄・皇帝)。 二二 河南省開封県。「張琦が神怪鏡」は未詳。 二三 白楽天が新楽府に歌った、天子のために幾度も錬り鍛えて作った鏡。「百錬鏡鎔範常ニ非ラズ、夙晨置ク処、霊ニシテ且奇。江心波上舟中鋳ル。五月五日日午ノ時…」(事文続集二十八・鏡・古今文集・百錬鏡)。「江心鏡…或ヒハ言フ、百錬無キモノハ六七十煉シテ則チ止ム、破レ易シ…国史補」(天中記四十九・鏡)。 二四 月を言うか。或いは、天道の鏡。「天鏡〈斉高帝哀文 天鏡既ニ穆シテ地維ハ既ニ粛タリ〉」(五車韻瑞)。 二五 金もうけをしたい。「徳 トク サイハイウル」(字集)。 二六 原話に「妻子号泣シテ之ヲ止ムレドモ得(か)ハズ」。 二七 谷陰。谷間の陽の当たらない所。 二八 原話に「明ルニ及ンデ遂ニ行ク」。 二九 原話に「妻子ハ奴婢ヲ領(ひき)メテ潜(ひそ)カニ之ニ随フ」。 三〇 錆びついた鑓。「鉄精サビ 常には鉛(サビ)の字をも用へり」(邇言便蒙抄)。「精鉛 さび」(大全)。 三一 大型の斧。「鉞 マサカリ」(合類)。 三二 原話に「山ニ入コト数十里ニシテ遥カニ巌ヲ望ムニ白光有ツテ円ク明ラカナルコト径(わた)り丈ナリ」。 三三 原話に「蘇遂ニ之ニ逼リ、纔(やう)ク其ノ光ニ及バントスルニ」。 三四 原話に「長叫一

商人は蚕の繭のごとく糸にまとひつゝまれて、大なる蜘蛛の黒色なるがとりつきてあり。三人のもの立かゝりて鑓にてつきおとし、鉞にて切たをし、刀をもつて糸を割やぶりしかば、商人は頭の脳おちいり、血ながれて死す。その蜘蛛の大さ、足をのべたるかたち車の輪のごとし。妻子なく〳〵柴をつみ、火を鑚て蜘蛛を焼ければ、くさき事山谷にみちたり。夫の尸をばとりてかへり、葬しけり。そのかみより鏡に化して、をり〳〵人をたぶろかしとりけるとぞ。

声ス」。 三五 原話に「妻ト児ト遽(すみやか)ニ前(すす)ミテ之ヲ救フ」。

一 原話に「身ハ蠒(まゆ)ノ如シ」。
二 原話に「蜘蛛ノ黒色ニシテ大キサ鈷鏘(ほこ)ノ如クナル有ツテ巌下ニ走リ集マル」。
三 原話に「奴ハ利刃ヲ以ツテ其ノ網ヲ決(き)ツテ方(ほしいまま)ニ断ツ」。
四 原話に「蘇巳ニ脳陥リテ死セリ」。
五 原話に「妻乃(ない)シ薪ヲ積ミテ焼クニ」。
六 火鑚(ひきり)を使って火だねをきり出す。「鑚 キル」(字集)。
七 原話に「其ノ崖臭ヒ一山中ニ満ツ」。
八 「たぶらかす」の転。

6-5 全体の構想は、五朝小説の睽車志「劉先生者河朔人云々」に基づくが、前半には堪忍記四ノ十五ノ七「唐の劉伯芻が事」(出典は事文前集三十六・貨殖家・与銭轆歌)の利用も認められる。
九 「濃州 デウシウ〈美濃〉」(運歩色葉集)。
一〇 文亀年中(一五〇一―〇四)に丙寅はなく、もっとも近い丙寅の年は、永正三年(一五〇六)。
一一 将軍のこと。足利義澄(文亀二年義高を改名)。
一二 「グンヤク 兵士〔武士〕が主君から受け

（五）白骨の妖怪

長間佐太は濃州[九]のものなり。文亀丙寅[一〇]の年、公方[一一]の軍役[一二]に駆[一三]れて京都にのぼり、役はてゝ後も国にかへらず、

[一四]わすれてもまた手にとらじあづさ弓もとの家路をひきはなれては

と詠じて道心[一五]おこし、都の北、柏野[一六]のかたほとりに草の庵りを結び、さすがに乞食[一七]

ている知行の高に応じて、一定の日数、一定の人数で主君につとめる奉公」(日葡)。
一三 召し出されて。「駆 カル〈文駈・駭並同、逐也〉」(合類)。
一四 引き放たれた矢があともどりしないように、生まれ故郷を離れ旧縁を断った今、まかり間違っても二度と弓矢は手にしたりはしないぞ。「梓弓」は、梓の木で作った弓。歌語。枕詞として、「もと」「ひく」などに掛かる。
一五 「ダゥシン 信仰心、または、救霊を願う心」(日葡)。
一六 京都市北区。洛北七野の一で、紫野、蓮台野の南に続く地域。
一七 「乞食 コツジキ」(書言字考)。

以下一八〇頁

一 「その家のおもてを、毎日柴をになふて市に出てうりしろなし、かへる時は、股をうちて歌うたひ、思ふ事なげにて、その門をとをる男あり」(堪忍記四ノ十五ノ七)。
二 物を売って代金を得る。 三 「利潤すこしまうけて、餅をかひ、酒のみて庵りにかへり」(堪忍記・同)。原話に「間(しば)衡山ヨリ出テ、県市ニテ人ニ従(よ)リテ丐(こ)ヒ、銭ヲ得ル則(と)ンバ醞駱ヲ市(か)ヒテ径(す)ニ帰リ」。 四 「餅 モチヰ」(いろは字)。 五 原話に「諸寺ノ廟ヲ遍遊シテ神仏ノ塑像ヲ払拭シ、鼻耳ノ皴(あ)ニ塵土有ラバ即チ筆ヲ

絵 砺並の商人、巨大な蜘蛛につかまり、死に至る場面。右頁、商人を救いに向かう妻子。妻は鉞、子供はさび鑓を持つ。左頁、谷間で蜘蛛の巣につかまった商人。黒色の大蜘蛛が商人にとりつく。

せんもあまりなれば、北山に行て柴といふものを買うけて、都に出て売しろなし、すこしの利をもとめ、餅くひ酒かふて打のみつゝ、庵りにかへる時は尻うちたゝき歌うたひ、ある時は房に行て庭の塵を掃治し、仏前の壚をはらひ、日暮て道遠ければ堂の軒に夜をあかし、明れば又柴をになひうりけり。渋染の帷子一重だに肩すそやぶれ侍れども、心にかゝるすべもなし。

土岐成頼が家人石津の某といふものは、同国のよしみをもつて、小袖ひとつ銭三百文をあたへて、「時〴〵はこゝへおはして食事をもうけ給へ」といふ。佐太これをとりて庵りに帰りしが、四五日ありて銭も小袖もみな返していふやう、「物をたくはゆるといふは、妻子のある人にとりての事ぞや。我は思ひはなれて妻子もなし。身ひとつは行さきを泊りとさだめ、食事はあるにまかせ、物ごとに心をとゞめねば、たのしさいふはかりなし。しかるを此小袖・銭を庵にをきぬれば、外に出てははやく帰らんとおもひ、出る時には戸をたて、ぬす人にとられじと用心に隙なく、このほどのたのしみこと〴〵くうせはてたり。たゞこれほどの物にこゝろをつかはれむは、まことにあさましからずや」とて返し侍べり。

ある日北山におもむき帰るさをそく、蓮台野にさしかゝりては夜半ばかりとおぼゆ。道のかたはらにひとつの古塚ありて、にはかに両方にくづれひらけたり。佐太

以テ之ヲ撚リ出ス」。六「掃除　サウヂ〈除ハ或ハ治ニ作ス〉」(下学集)。七「壒　ホコリ」(天正本)。「壚　チリ」(字集)。八 青柿の渋い汁で染めたもの。色は黄味の灰赤。九「カタビラと云ふは単なる物をば皆かたびらと云ふなり、裏なく片々にて薄くひらめく故かたびらと云ふなり」(安斎随筆十)。一〇 美濃国守護大名。土岐氏九代目。明応六年(一四九七)没。一一 譜代の家臣や奉公人。「家人　けにん」(大全)。一二 原話に「県市ノ一富人嘗テ一紬袍ヲ贈ル。劉欣ビ謝シテ去ル。数日ヲ越エテ之ニ見ユル則ンバ故ノ褐初メノ如シ。之ヲ問フニ云ク、吾子ノ為ニ累ハサルルヲ幾ハンヤ。吾常日庵ヲ出ルニ門有レドモ掩ヂズ。既ニ帰リテ就寝スルニ門マタ扃ラズ。袍ヲ得テヨリ後ハ、衣ズシテ出ル則ンバ心繫念ス。因リテ一鎖ヲ市ヒテ、出ル則ンバコレヲ鎖ス。或ハ衣テ以テ出ルトモ夜帰ル則ンバ関ヲ牢メテ以テ盗ニ備ヘ、数日営営トシテ自在ナルコト能ハズ」。「扃」は門扉につける鐶、ここは門を閉じる意とする。一三「タクワユル　保存する、あるいは、集積する」(日葡)。一四 例えようもない。一五 戸をとじること。一六 原話に「今日偶衣テ市ニ至リ、忽チ一袍ノ故ヲ以テ方寸ヲ此ノ如クナラシムルハ是大キニ咲フベシト自ラ悟リ、適一人ノ前ヲ過ルニ遇ヒテ、即チ袍ヲ脱ギコレニ与フレバ、吾ガ心方ニ坦然トシテ復タ繫念ナシ。吾子ノ為ニ累ハサルルヲ幾ハンヤ」。「方寸」は心、「坦然」は平穏なさま。「四五の後に、かの壱貫文の銭をも

は心もとより不敵にして、力もづよかりければ、すこしもおどろかず立とまりて見れば、[二〇]内よりひかり出てあたりまでか[二一]ゝやく事[二二]松明のごとし。[二三]一具の白骨ありて、頭より足までまつたくつゞきながら、肉もなく筋も見えず、たゞ白骨のみかうべ手足つらなりて臥てあり。その外には何もなし。この白骨にはかにむくとおきあがり、佐太に[二四]ひしといだきつきたり。佐太は[二五]したゝかものなれば、力にまかせてつきければ、[二六]のけさまにたをれて頭手足[二七]はら〳〵とくづれちり、[二八]重ねてうごかず。火のひか

ちきたり、なげかへしていはく、あたら一生涯のたのしみを此銭にてうしなふなり。庵りの内にかくしをけば、ぬす人これをしりてひそかにきたりて、とりうせなんかと、いくばくの心のいそがはしくて出入に気づかひあり。あらぬ物故に我うれへにしづむ事よとて出て帰りぬと也」(堪忍記四ノ十五ノ七)。一七 原話に「嘗テ上封ニ至リテノ帰路雨ニ遇ヒ、道ノ辺ニ一冢ヲ視テ、穴有レバ遂(に)ゲ入リテ以テ避ク」。一八「カエサ カエルサに同じ、帰り」(日葡)。一九 船岡山の西から紙屋川に至る一帯。西の化野(あだしの)、東の鳥辺野(とりべの)と並ぶ葬送の地。二〇 原話に「雨止ミテ月明ラカニ遠ク照セバ、穴中ハ歴歴トシテ見ル可ク、甓甃(へきしう)甚ダ光リテ潔シ」。「甓甃」は瓦の穴壁か。二一 当時は清音。二二 底本の振仮名「たつ」。二三 原話に「北壁ニハ惟(ただ)白骨一具、頂ヨリ足ニ至ルマデ倶ニ全ウシ、余ハ一物モ無シ。劉方(まさ)ニ起坐シ少シ近ヅキテ之(これ)ヲ視ルニ、白骨倏然(しゅくぜん)トシテ起(た)チテ急ニ前(すす)ミテ劉ヲ抱ク。劉力ヲ極メテ奮撃スレバ、乃(いま)シ零落シテ地ニ堕チ、復(ふたた)ビ動カズ」。「倏然」は、にわかなさま。二四「ヒシト 全く、すっかり、または、わざと、効果的に」(日葡)。二五「シタタカモノ 強くて勇敢な者」(同)。二六 仰向けになること。「偃 ノケサマ ソラス」(伊京集)。

絵 長間佐太、蓮台野で白骨の妖怪を平げる場面。向う鉢巻に黒衣、脛巾(はばき)、草鞋姿の佐太。近くに商品の柴、朸(おうご)に荷杖か。松の木の根元に塚(五輪塔にも見える)。砕け散った白骨。

りもきえてくらやみになりたり。いかなる人の塚ともしれず。[一]次の日行(ゆき)てみれば、白骨くだけ、塚くずれてあり。後に佐太はその終る所をしらず。

（六）　死レ難先兆

[二]亨徳年中に、[三]細川右京大夫勝元が家人[四]磯谷甚七といふもの[五]昼寝をいたしけり。その[六]妻面に出たれば、誰ともしれざる人右の手に太刀を[七]引そばめ、左の手に[八]磯谷が首

二七　乱れ散るさま。　二八　再び。もう一度。

一　この件は原話にない。原話に「劉出デテ毎(つね)ニ人ト此ノ異ヲ談ズ」。

6–6　五朝小説の集異志「北斉爾朱世隆云々」が原話。夢の中で首を掻き切られ、それが正夢になったという一話を管領細川勝元の史実に重ね合わせる。

二　一四五二―五四年。正しくは「享徳」。羅山の京都将軍家譜に「亨徳」、本朝将軍記九に「亨徳(かう)」とあることに即した誤り。

三　細川勝元。享徳元年(一四五二)に第二回目の管領職となり、寛正五年(一四六四)まで続く。

四　注二四に引く本朝将軍記九・享徳三年八月二十八日の記事に「磯谷某」とし、「磯谷」に「いそや」と傍訓する。

五　原話に「昼寝シテ当(あ)リシニ」。

六　家の外に。

七　「カタナヲヒキソバムル　刀を鞘から少し抜き、脇へそらして、敵に斬りかかる構えをする」(日葡)。

八　原話に「其ノ妻奚氏忽(にはか)ニ一人ノ世隆ガ首ヲ持テ去ルヲ見ル」。

九　原話に「奚氏驚キ怖レテ就(ちか)キ視ルニ

をひつさげてはしり出て去(さり)けり。[九]妻大(おほき)におどろきおそれて、うちに入てみれば、磯谷は前後もしらず臥(ふし)てあり。妻は[一〇]むねつぶれ[一一]手足なえて、たゞ夢のごとく[一二]におぼえたり。かくて[一三]おどろかしければ、[一四]磯谷ねふりをさましおきあがり、[一五]「我夢に、ある人それがしのくびうちきりてもち去(さる)とみたり。[一六]あやしくも心にかゝる也」とて、やがて山臥(ぶし)をやとひ[一七]夢(ゆめ)ちがへの法をおこなはしむ。

[一八]その月のすゑに主君勝元(しゆくんかつもと)が[一九]将軍家に御いきどをりを[二〇]かうふる事ありて、これを[二一]陳(ちん)じ申さんがために[二二]科(とが)を家人(けにん)に[二三]おほせて、是非(ぜひ)なく[二四]磯谷がくびをきらせ、これをもつて我身の科(とが)をのがれたり。

伽婢子六之巻 終

寝(ぬ)ルコト故ノ如シ」。
一〇 精神的に激しい痛手を受けて。
一一 手足の筋肉が動かなくなり。
一二 底本に「く」判読不能。
一三 起こしたところ。
一四 原話に「既ニシテ覚メ、妻ニ謂ヒテ曰ク」。
一五 原話に「向(きき)ノ夢ニ人我ガ頭ヲ断チテ去ル」。
一六 原話に「意(ろとこ)ニ殊(はなは)ダ適(かな)ハズ」。
一七 悪夢を吉兆に祈り替える呪法。
一八 享徳三年八月。
一九 細川勝元は管領畠山持国の家督相続に介入してこれを政争の具としたことにより、将軍義政の不興を蒙った。
二〇 「蒙 カフムル」(合類)。
二一 疑いを晴らすために弁明する。
二二 「科 トガ」(字集)。
二三 押しつけて。「おほ(負)せる」は罪科を無実の者になすりつける。
二四 「廿八日、徳本すでに建仁寺の西来院に居て政長に家督を継しむ。勝元これをめしつれて将軍家の御前にまかり出る。しかるに今度の事御いきどをりふかくおはしましければ、勝元その家人磯谷(いその)某が所為なりとて、これが首を切て陳じ申す」(本朝将軍記九・義政・享徳三年八月)。「徳本」は畠山持国の法名。

絵 磯谷甚七の妻、何者かが夫の首を持って走り逃げるのを見る場面。小袖に下げ髪の妻、驚き見入る。左手に磯谷の首を持ち、刀を抜いた、小袖、袴、脛巾姿の武士、門内より走り去る。

伽婢子　巻之七

（一）　絵馬之妬

伏見の里、御香の宮は、神功皇后の御廟也。もとより大社の御神なれば、諸人あゆみをはこびあがめまつる。つねに宿願あるともがらは、絵馬をかけ、湯をまいらせていのり奉るに、ねがふ事むなしからず。この故に神前にかけたてまつる絵のかずおほく、繋馬・挽馬・帆かけ舟、花鳥・草木又其中に美女のあそぶところなんど、様〻の絵あり。

文亀年中に、都七条辺の商人奈良に行かよふて、商買するものあり。九月のすゑつかた、奈良を出て京にかへりける。秋の日のならひ、ほどなく日くれて、小椋堤をうちこえて伏見の里に付たれば、はや人影もまれになり、きつね火は山際にかゝやき、おほかみの声くさむらにきこえしかば、商人物すごくおぼえて、御香の宮に立いり夜をあかさむとす。拝殿に臥て肱をまくらとし、冷なる松風の音を今夜

7-1　五朝小説の霊鬼志「勝児」を原話とし、舞台を京都伏見の御香宮にとった。なお、絵馬が現実に蘇る話は、仏教系説話にも存し、今昔物語集十三ノ三十四「天王寺僧道公」等は、その一例。

一　神社・仏閣等に祈願・報謝のため、馬その他の図柄を描いて奉納する額。専門絵師による扁額形式の大絵馬や民間の板絵の小絵馬等がある。「絵馬　ヱムマ」（毛吹草四・摂津）。　二　京都市伏見区御香宮門前町。祭神は神功皇后・仲哀天皇・応神天皇ほか六神。古来伏見の鎮守社。秋の祭礼は十月九日。境内では諸芸能の興行も行われた。　三「神功皇后は又気長足姫尊と申す。…仲哀天皇の御きさき、応神天皇八幡の御母なり」（出来斎京土産七・御香宮）。「神功皇后　じんぐうくはうぐう」（大全）。　四「御香宮はその御廟也」（出来斎京土産七・御香宮）。　五「アユミヲハコブ　道を行く」（日葡）。　六「宿願ノ子細アレバ　久（ヒサ）シキ願（ネガ）イ也」（謡抄・班女）。　七　この振仮名は、ハ行の表記をワ行で発音したハ行転呼音によって生じた混乱に基づく誤り。「絵」の歴史的仮名遣いは「ゑ」。　八　湯立て（熱湯を笹葉などでふりかける神事）の一種か。　九　絵馬には「奉納」とか「奉掛御宝前」と記した。　一〇　馬を綱でつないだもの。「繋馬　ツナギムマ」（書言字考）。原話に「多ク善キ馬綵（ゑど）リシ輩（とこ）ノ子女ヲ図（ゑが）キ以テ之（これ）ヲ献ズ」。　一一　貴人の行列の際に引く、鞍覆をかけて美しく飾った馬。引馬。　一二　原話は呉太伯の祠が舞台。胡琴を持つ侍女を従えた美女の絵が奉納されたことをいう。その美女が「勝児」と呼ばれる。　一三　一五〇一

の友とさだめ、かすかなる御灯(ごとう)[一]のひかりをたよりとしてしばらくまどろみければ、[二]人あり、まくらもとにたちよりておどろかす[三]。

商人おきあがりてみれば、あをき直衣(なをし)[四]にゑぼうし着(き)たる男ありていふやう、「只今止事(やごと)[五]なき御方こゝにあそび[六]給ふ。すこし傍(かたはら)へ立(たち)のきてやすみ給へ」といふ。商人[七]こゝろえぬ事とおもひながら、かたはらにのきて見居たれば、美女(びぢょ)一人女の童(めのわらは)[八]をめしつれ拝殿(はいでん)にのぼる。むしろの上ににしき[九]のしとねをしき、灯火(ともしび)かゝげ酒さかなと

一〇四年。一四 七条は、西に七条口、東に竹田口、南下すれば鳥羽口など洛外への通行口を控え、商業も盛んであった。室町期の京都の商品は、庭訓往来等によると、織物、手工業品、農産物が主。挿絵の拝殿裏の荷物が、商品を包んだものか。一五 京都府宇治市小倉町にあった巨椋(おぐら)池に沿う堤。奈良街道に当たる。「宇治の町を西に出ればをぐら堤小倉の里あり。ふし見よりは一里ばかり南のかたにあたれり。小倉堤をゆけば大和路にて」(出来斎京土産七・巨椋)。一六 原野の怪火。鬼火。多くは燐火等の自然現象。「燐火 キツネビ ヲニビ」〈博物志〉闘戦死亡之処。其人馬血積レ年化為二燐火一」(書言字考)。一七 清音。一八 とてもおそろしく。一九 原話では、客を金陵(南京)に送った進士の劉景が、廟の東の通波館にまどろむ。二〇 本殿の前方にある拝礼のための社殿。二一 はっきりと聞こえる。「冷 サヤカ」(合類)。

以上一八五頁

一 神殿の前にともす灯火。みあかし。
二 原話に「夢ニ紫衣ニシテ冠スル者ノ言(もの)フヲ見ル。曰ク、譲王奉屈スト。劉生随ツテ廟ニ至リ、周旋揖譲(いふじやう)シテ坐ス」。「奉屈」は招待すること。「周旋」は立居振舞。「揖譲」は挨拶して座を譲ること。
三 目を覚まさせる。
四 公卿の日常服で、略時には烏帽子を用いる。「ナヲシ」(日葡)。
五 「無二止(ヤ)事(ゴト)一」(快言抄)。
六 「アソブ 気晴らしをする」(日葡)。
七 いぶかしい。不審な。
八 「メノワラワ 奉公する少女」(日葡)。

り出し、かの女かたはらを見めぐらし、[一〇]商人のうづくまり居たるを見て、すこし打(うち)わらひ、「[一一]いかにそこにおはするは旅人なりや。[一二]道に行(ゆき)くれて、[一三]それならぬ所に夜をあかすは、わびしきものとこそきくに、[一四]なにかくるしかるべき、こゝに出てあそび給へ」といふに、商人うれしくて、おそれながらはひ出(いで)つゝかしこまる。「たゞちかくよりて打(うち)とけ、酒のみ給へ」とて、しとねの上によびて打むかひたるけはひ、まことに「[一五]太液(たいえき)の芙蓉(ふよう)未央(びやう)の柳、ふようはおもてのごとく、柳はまゆに似たり」と

九 錦織の絹地の敷物。しとねの周囲は別の布帛で華麗に飾る。挿絵参照。
一〇「ミメグラス 眼を周囲へ回して見る」(日葡)。
一一 呼びかけの言葉。もしもし。
一二 道の途中で日が暮れて。
一三 宿所にふさわしくない所。
一四 少しも遠慮するに及ばぬ。
一五「太液」は漢の武帝が作った池。唐代は長安城内大明宮中にあった。「未央」は漢代の宮殿の名「未央宮」で、「未央の柳」は、そこにあった柳。「太液芙蓉未央柳、芙蓉如レ面柳如レ眉」(長恨歌)による。「太液は御庭の池の名なり。芙蓉は蓮の花なり…未央は御殿の名なり…蓮のうるはしく咲出たるは貴妃のかほばせのごとく、柳のみどりなるは貴妃のまゆにたりとなり」(やうきひ物語・中)。

絵 京都の商人、御香の宮の拝殿で絵馬の美女と遊ぶ場面。右頁、拝殿内に商人、主君の女房、女の童。茵(しとね)の上の主君の女房は立膝で桂姿。床の上に燭台、破子、杯。左頁、拝殿の外に座す衣冠(折烏帽子)姿の主君。本社の軒の右に掛けてある板が絵馬か。御香の宮の絵馬堂は近世期、拝殿の右側、本地堂との並びにあった(都名所図会五・御香宮)。

いひけむ楊貴妃は、むかしがたりに聞つたふ。「[一]一たびかへりみれば国をかたふけ、二たびかへり見れば城をかたふく」といひし[二]李夫人は、目にみねばそもしらず。これはいかなる人のこゝにおはしけむ。いかなる縁ありて此座にはつらなるらん。[三]夢か夢にあらざるかしらず。我ながらたましゐ[四]うかれて、更にうつゝとも思はれず。女の童も年十七八、そのかほかたち[五]なべてならず。[六]まゆずみの色は遠山の茂き匂ひをほどこし、白き歯は雪にもたとふべし。[七]腰は糸をたばねたるがごとく、[八]指は筍の生出たるに似たり。物いふ声[九]いさぎよく、ことばさすがに[一〇]ふつゝかならず。主君の女房さかづきとりて商人にさしければ、おぼえず[一一]三献をうけてのみければ、女の童[一二]箜篌をとり出してひく。女房は[一三]東琴とり出させ、[一四]柱たてならべ調子とりて、[一五]さゝやかにうたふて弾けるに、商人たましいとび心きえて、数杯をかたふけ、その比世にはやりし[一六]波枕と云歌をうたふ。声よく[一七]調をり曲節おもしろきに、琴・箜篌のしらべをあわせければ、雲井にひゞき[一八]社頭にみちて、[一九]梁の塵もとぶばかり也。商人大に酔てふところをさぐるに、[二〇]白銀花形の手ばこあり。これを女房に奉る。また[二一]瑇瑁の[二二]琴爪一具をつゝみて、女の童にあたへ、手をとりてにぎりければ、女の童[二三]莞爾とわらひて手をしめ返しけるを、主君の女房みつけて[二四]妬色外にあらはれつゝ、[二五]あやにくにさのみなふきそ松のかぜわがしめゆひし菊のまがきを

一 李夫人の兄、李延年が夫人を漢の武帝に奉った時の歌「一顧傾二人城一、再顧傾二人国一」(漢書・外戚伝・上)による。本文は国と城を入れ替えるが、了意の他作では誤らない(浮世物語一、東海道名所記一)。「城 ミヤコ」(字集)。 二 漢の武帝の后妃。反魂香の故事で著名。 三「世の中は夢か現か現とも夢とも知らずありてなければ」(古今集・雑下・読人知らず)。 四 うっとりと呆けたようになる。 五 並々でない。 六 遥か遠山のようにほの青く、ゆるやかに描いた黛。美人の眉の形容。「遠山眉 エンザンノマユ〈西京雑記〉卓文君眉色不レ加レ黛如レ望二遠山一」(書言字考)。「遠山眉(とほやままゆ)の顔ばせもなべてならざる気色かな」(謡曲・河水)。 七 腰の細く、しなやかなさま。「たをやかなる腰は糸を束(ねつか)たるがごとく…眉は遠(をと)山のみどりをうつし…手足のゆび筝(たかたん)のごとく」(葛城物語・上ノ四)。 八 指がみずみずしく美しいさま。東海道名所記六(島原の条)、浮世物語一ノ六、新語園三ノ三等にもあって、了意の愛用する美人の類型描写の一。「筍 タカンナ タケノコ」(書言字考)。 九 澄みきって清らかなこと。「清 イサギヨシ」(易林本)。 一〇 上品である。 一一 大中小の杯で各三杯ずつ酒を飲む、酒宴の礼法。 一二 琴・竪琴に似た弦楽器。くご、こうこ、くだらごと。左訓の「こきう(胡弓)」は原話で侍婢の持つ「胡琴」(弦二本)に当てたものか。 一三 唐琴に対する日本の琴。和琴(わごん)。「あつまこと 和琴也」(匠材集三)。「神楽のはやし物に弓を六てうならべて絃を打ならし給ふ。それをまなびて和琴とせり」(枯杭集一ノ三・和琴)。原

とて、[二六]そばにありける盃の台をとりて、女の童が[二七]容になげつけしかば、破れて血ながれ、たもとも[二八]衣裏もくれなゐになりければ、商人おどろきて立あがるとおぼえし、夢はさめたり。

夜あけてのち、かけならべたる神前の絵をみるに、にしきのしとねの上にうつくしき女房琴をひき、その前に女の童箜篌をひきける、其かたはらに、青き直衣にゐぼしきたる男座して有。女の童のかほ、[二九]大に破れたる痕あり。夢のうちに見たりける容かたちにすこしもたがはず。うたがひもなくこの絵に書たる女の、夢にたはふれあそびけるが、絵にも情のつきては、女は物妬ある事、こゝにしられたり。そも〳〵この絵は[三〇]誰人の筆といふ事をしらず。

（二）　[三一]廉直　[三二]頭人死　司二官職一

芦沼次郎右衛門重辰は、[三三]かまくらの管領[三四]上杉憲政公の時に、相州藤沢の代官として、やまひによりて死す。芦沼が甥三保庄八と云もの、[三五]其跡に替りぬ。芦沼は一生のうち妻をもたず[三六]妾もなく、たゞその身を潔白に無欲を[三七]おもてとし、さして学問せるにもあらず、又[三八]後世をねがふにもあらず。[三九]天性[四〇]正直正道にして百姓をあはれみ、すこしも物をむさぼる思ひなし。それに引かへて庄八大に百姓を[四一]虐げ、欲ふか

話では美人勝児が「四弦」を弾く。 一四 琴の胴の上に立てて音調を整える具。琴柱。「柱 コトヂ」(書言字考)。 一五 小声で。 一六 原話の「浪蹙波、翻倒溟渤」の句に拠ったか。 一七 「とゝのをる 調」(新撰仮名文字遣)。 一八 社殿の辺り。 一九 歌がうまいことの喩え。名人の虞公が歌うと梁の塵まで動いたという。→一九頁注二八。 二〇 しろがね(銀)の花形細工を施した手箱(小物入れ)。 二一 ウミガメ。甲を工芸品に用いる。鼈甲(べっこう)として珍重。「瑇瑁 タイマイ」(合類)。 二二 指先にはめて琴の弦を弾く道具。 二三 「莞爾 ニコ〳〵シテ」(合類)。 二四 原話では、劉景を招いた譲王が彼の捧げた歌の草札(下書き)を勝児に授けたので、王の侍婢が妬む。 二五 そんなに荒っぽく吹いてくれるな松風よ、私が自分の物として標(しめ)を結んだ菊のまがきなのだから。類歌「こりずまにさのみな吹きそ今こんといひてむなしき庭の松風」(題林愚抄・恋三・寄風恋〈新千載集・恋・為氏〉)。「しめ」を手をしめるに掛ける。 二六 原話に「王ノ侍児…酒ヲ恃ミテ金ノ如意ヲ以テ勝児ヲ撃テバ、面(おもて)破レテ血ハ襟ト袖トニ淋(したた)ル。生乃チ驚キテ起ク」。 二七 「容 カホヨシ」(温故知新書)。 二八 襟。「衣裏 ゑり」(大全)。 二九 原話に「明ル日素(もと)ノ絵ヲ視ルニ果(はた)シテ損(そこな)ヘル痕(あと)有リ」。 三〇 「誰」を強めた言い方。「タレビトカ シニ ショウゾト(誰人か師にせうぞと)」(エソポのハブラス)。

7-2 五朝小説の霊鬼志「蘇韶」を原話に関東管領上杉憲政配下の奉行職の身の上に置き換える。原話に言う「節」とは、中牟令

くむさぼりければ、この人ひさしくつゞくべからずと、一つまはじきをしてにくみきらひけり。

二庄八ある夜の夢に、あやしき人来(きた)りてその面(おもて)三にいかれる色あり。付(つき)したがふもの十余人、手ごとに弓・鑓(やり)・長刀(なぎなた)もちたり。大将かへりみていふやう、「三保庄八が悪行(あくぎやう)つもれり。四高手小手に五いましめて、首(かうべ)六をはねよ」といふ。その時に伯父(をぢ)七芦沼(あしぬま)来りて、「庄八が所行まことに人望(にんばう)八にそむけり。その科(とが)九かろからずといへども、まげ

で没した蘇韶の後継者の名で、本話の三保庄八が相当する。なお、北条九代記六「武蔵守泰時廉直」は、その前後の章に三浦一族の三浦義村の反逆の嫌疑や諸国疫癘のために疫神を祀った件などを記しており、本話の構想と類似する。

三一「廉直 レンチヨク〈正直義〉」(合類)。

三二「頭人 トウニン〈奉行人云〉」(同)。

三三 関東管領。鎌倉公方を補佐する役で、応永二十二年(一四一五)以後は山ノ内上杉家が代々独占した。 三四 →一〇四頁注九。

三五 跡継ぎ。 三六「妾 おもひもの」(大全)。

三七 主眼として。 三八「後世 ごせ」(大全)。

三九「天性 うまれつき」(同)。 四〇 類語の「正道」を添えて「正直」を強調した語。

四一「虐 シヘタグル」(書言字考)。

以上一八九頁

一 指を打ちならして嫌悪を表明すること。
二 原話に「第九子ノ節、夜(あるよ)ノ夢ニ鹵簿(ろぼ)ノ行列甚ダ粛(おごそ)カナルヲ見ル」。「鹵簿」は天子の行列。
三 表情。
四 後手にした高手(二の腕)と小手(肘と手首との間)を首に掛けた縄で厳しく縛りあげる法。
五「イマシムル 縛る」(日葡)。
六「首 カウベ」(合類)。原話では、節が「鹵簿ノ罪」を犯したためという。
七 底本に「甥(をひ)」。
八「人望(にんばう)にそむかず」(勘忍記・序)。
九「科 トガ」(字集)。

てゆるし給はらん。しからば髪をそり侍べらん」といふ。大将すこしうちわらひ、「汝が甥なれば、あはれみ思ふところ[一〇]理りなきにあらず。但今よりのち日比の悪行をあらためて、善道におもむくべき歟」とありしに、庄八おそれて[一一]怠状しければ、大将すなはち、「わが見る前にして髪をそれ」とて、かみそりをとり出し、[一二]をさへてそりをとしぬ。かくて夢さめしかば、かしらをさぐりてみるに、[一三]髪はみな落て枕もとにあり、是非なき法師になされたり。妻子これを見てなきかなしみけれ共、甲

一〇「理　ことはり」(大全)。
一一 前非を詫びる。「怠状」は犯した罪を陳謝する文書のこと。
一二 原話に「節俛(が)ンデ剃(かみそり)ヲ受ケ、驚キ覚メテ頭ヲ摸(な)デテ即チ断髪ヲ得(か)ム」。
一三 原話では、このように髪を剃ることが五夜続き、五回目にしてすべて剃り落とした。「節ハ素(と)美髪ナリ、五タビ剃リテ尽ク」。

絵 芦沼庄八の夢の中に妖しい者達が現われ、庄八の悪行を懲らしめ、頭髪を剃る場面。右頁、弓・長刀・鎚等を持つ蓬髪姿の供人達。左頁、中央、髭のある男が大将。夜着を被り寝ている庄八。枕元で頭を剃る男。右に、病死した伯父の芦沼重辰。頭には死人を示す三角のもの。

斐なし。庄八はいとまこふて、心[一]もおこらぬ道心者[二]となり、光明寺[三]にこもりて念仏となへゐたり。

ある[四]夜芦沼入来れり。[五]庄八入道夢のごとくにおぼえて、「[六]さていかにして来り給ふ」といへば、芦沼云[七]やう、「なんぢ入道して仏法に帰依[八]しながら、つゐにわが墓所にまうでたる事なし。明日かならずまいりてそとば[九]を立よ」といふ。「さていかに書て立べき」と問に、硯をこ[一〇]ふて書たり。その文字[一一]みな梵形[一二]にしてよむ事かなはず。「されば人間[一三]と迷途[一四]と文字おなじからず。これは光明真言[一五]なり。後に書べきはわが戒名なり。我死して地府[一六]の官人となれり。なんぢ日比悪行をもつて私をかまへ、百姓[一七]をせめはたり、定の外に賦歛[一八]をおもくし、糠藁木竹にいたるまでむさぼり取て、をのれが所分[一九]となし、恣に非道をおこなふ。此故に疎まれ、人望[二〇]にそむき、天帝これをにくみて福分[二一]の符を破り、地府これをいかつて命の籍[二二]をけづり、悪鬼たよりを得て禍をなす。なんぢかならず縲紲[二三]の縄にしばられ、白刃の鋒[二四]にかゝり、身をうしなひ、いのちをほろぼし、そのあまり[二五]猶妻子にをよばんとす。我これをあはれみ、[二六]出家になしてわざはひに替たり。しかるをわが恩をおもひしらず、つゐに墓所[二七]にもまうでず」とせめければ、庄八一言の陳[二八]ずべき道なし。酒[二九]を出してすゝめければ、飲たりとみえてかへつて故のごとし。庄八とひけるやう、「君すでに地府の官人と

一 道心のかけらも持たない。 二「ダゥシンジャ」(日葡)。「心」は道心の心。 三 鎌倉市材木座の天照山光明寺。関東における浄土宗を代表する学問寺であった。 四 原話に「昼日、韶、外ヨリ入レリ」。 五 原話に「節其ノ兄弟ニ謂ヒテ曰ク、中牟此ニ在リト。兄弟皆愕キ視レドモ見ル所無シ」。 六 原話に「韶ニ問フ、君何ノ由キニテ来レルヤト」。 七 原話は、京洛の地を望見する場所への改葬を希望し、その依頼のための出現とする。 八「帰依 キエ」(合類)。 九 仏塔に模して板で作った碑。梵字や戒名を墨書して墓に捧げる。「卒都婆 ソトバ〈又卒兜波、又蘇偸婆、又卒塗婆、又窣堵波同〉」(同)。 一〇「乞 こふ」(大全)。 一一 原話に「勉メテ節ノ為ニ其ノ字ヲ作スニ、像ハ胡書也」。 一二 梵字。 一三 原話に「死シタル者ノ書ハ生キタル者ノトハ異ナレリ」。 一四「冥途」に同じ。「冥途 メイド〈又云迷途〉」(合類)。 一五 不空羂索毘盧遮那仏大灌頂光真言経の陀羅尼。称えれば諸種の罪障が消滅するという。真言は「唵阿謨伽尾嚧左曩摩賀母捺囉麼抳鉢納麼人嚩攞鉢囉韈哆野吽」。 一六 冥府。 一七 とりたてる。 一八 苛酷な公租。→三一頁注二九。 一九「ショブン(トコロ・ワクル)すなわち、知行や領地の一部分」(日葡)。 二〇 世人の期待を裏切る。「サマノカミモトウヂ ブイヲウシナイ ニンマウニソムイテ」(ロ氏大文典三)。 二一 衆生の善悪を考課して福分を定め、記しとどめておくという札。 二二 同じく寿命を定め記しておく札。「福分の符」と合わせて「福寿の籍」という。 二三

なり、又なに事をか職としたまふ」。芦沼こたへけるは、「[三〇]此人間にして一徳一芸あるもの、心だて正直慈悲ふかく、私の邪なきは、みな死して地府の官職にあづかる。たとひすぐれて[三一]芸能あるも、[三二]邪欲[三三]奸曲にして私あり、君に忠なく、親に孝なく、まことをおこなはざるものは、死して地ごくにおつ。後世をねがふといへども、わが宗に着して他の法をそしむるものは、これやがて[三四]謗法罪なれば、たとひつよく修行すれども、死して[三五]地ごくにおつる也。然ればわれ常に慈悲ふかく、百姓をあはれみ、君に忠をおもひ邪欲奸曲をわすれ、私をかへりみず正直正道をおこなひし故に、今地府の[三六]修文郎といふ官にあづかり、天地[三七]四海八極の人間の善悪をしるし侍べり。[三八]青砥左衛門藤孝・[三九]長尾左衛門昌賢已下我その数に加られ、修文郎の官八人あり。[四〇]楠正成・[四一]細川頼之は武官の司となり、[四二]相模守泰時・[四三]西明寺時頼入道は文官の司なり。その以前文武官職のともがらは、みな辞退して仏になり侍べり。今は文武の両職になるべき人なし。されば毎日に地府の庁に来るもの、日本の諸国より市のごとくみゆれ共、みな不忠不義不孝奸曲なるともがら、我がしれる人ながら、私には贔屓もかなはず、地ごくに送りつかはす。そのふだを出すもいたはしながら是非なき也」といふ。

庄八とひけるは、「[四四]生たる時と死して後とはいかならん」と。こたへていはく、

罪人を縛る黒いなわ。「縲ハ黒(キ)索(ナ)也、紲ハ攣也。…トラヘカクル也」(謡抄・千手)。二五 余罪が。 二四「鋒 キッサキ〈刀芒也〉」(合類)。 二六 原話に「卿(なんぢ)死ニ当レルヲ、吾レ卿ヲ護ラント念(おも)ヒ、刑ヲ以テ論ジタリ」。 二七「墓所 ムショ」(合類)。 二八「チンズル 否定する」(日葡)。 二九 原話に「詔ハ手ニ盃ヲ執リ飲ミ尽(は)シテ曰ク、佳(まう)キ酒也ト。節、盃ノ空(むな)シク既(つ)キ去(は)ツレバ、盃ノ酒乃(まい)シ故(とも)ノ如クナルヲ視ル」。 三〇 人間界。 三一 学芸あるいは琴・棋・書・画などの諸芸の才能。 三二 心がゆがみ、人を陥れてよろこぶこと。「奸曲 かんきよく」(大全)。 三四 仏法を誹ること。謗法堕獄。ここでは、他宗を誹謗することがこれにつながるという考え方。 三五 底本「地」に濁点を振る。 三六 文章を扱う冥府の官人、文官。 三七「四海」は須弥山を囲む四方の外界。「八極」は八方の極。すなわち、全世界のこと。 三八 北条時頼の時代の評定衆。「藤孝」は「藤綱」の誤り。「相州時頼入道ハ、国政邪マナク人望誠ニメデタク…コヽニ青砥左衛門尉藤綱トテ廉恥正直ノ人アリ」(北条九代記八・相模守時頼入道政務付青砥左衛門廉直)。 三九 関東管領上杉憲忠の家老。文武両道に達したという(北条五代記二)。?—一三六。 四〇 元弘・建武(一三三一—三六)のころの武将。 四一 南北朝時代の武将。後醍醐天皇に従って各地に転戦し、知謀奇策をもって後世に知られた。 一三二九—九二。各地に転戦して室町幕府の基盤強化に尽力し、また三代将軍足利義満を擁立して管領職に就いた。 四二 北条泰時。鎌倉幕府の第

「別に替る事なし。されども死するものは虚にして、生たるときは実するのみ也」。又問けるやう、「しからば魂二たびかばねの中に心のまゝに帰り入ざるは、いかなる故ぞや」。こたへていはく、「たとへば人の肘を切おとすに、落たるかいなに痛なきがごとし。死してかたちをはなるれば、その躰は土のごとくおぼえ、知ところなし」。又問けるやう、「此春世間に疫癘はやり、人おほく死す。これいか成故ぞ」といふ。芦沼がいはく、「三浦道寸その子荒次郎は、正直武勇のものとてしばし地府にとゞめ、武官の職に補せらるべき所に、謀叛をくはたて、人をとりてわが軍兵にせんために、ほしゐまゝに疫神をかたらひ、疫癘をおこなひし所に、その事あらはれて、北帝これをとらへて地ごくにをくりつかはし給へり」といふ。又問けるは、「生たる時にくき怨を、死して後に害すべきや」。こたへていはく、「迷途の庁には生るをまもり、死するをあはれみ、殺す事をきらふ故に、此世にして敵なれども、死して後には心のまゝにころす事かなはず。その中に、もしはわが敵の亡霊をみて、これにをびえて死するものは、もとこれ悪人なり。地府よりこれをいましめられ、その敵をつかはして命をうばひ給ふもの也。今は夜もあけなむ。かまへて道心堅固なるべし。よこしまなる道に入て、地ごくにおつる事なかれ」とて、立出るとぞみえし、すがたはきえうせぬ。

三代執権。「政道私ナク、正路ニ沙汰シケルユヘ、公家武家コレニ倚頼シテ、天下無事ナリ」(日本王代一覧五・仁治三年六月十五日)。四三 北条時頼。同第五代執権。「政道正(タヾシキ)ニヨリテ、天下無為ナリ。…北条八代ノ政、泰時時頼ヲサカンナリトス」(同・弘長三年十一月二十二日)。四四 原話に「節問フ、死シタルト生キタルトハ何如(かい)ナラント」。

一 原話に「韶ノ曰ク、異ルトコロ無シ。但(だた)死者ハ虚ニシテ生者ハ実スル耳(のみ)ト」。二 原話に「節ノ曰ク、死シタル者ノ何ゾ屍体ニ帰ラザルヤト」。三 原話に「韶ノ曰ク、譬ヘバ卿(ちん)ガ一臂ヲ断チテ地ニ投ジタルガ如シ。就(たと)ヘ之(これ)ヲ剝ギ削ルトモ卿ニ於イテ患ヒ有リヤ否ヤ。死シテ形(から)ヲ離ルレバ亦此(かく)ノ如ク也」。四「肘 カイナ」(字集)。五 原話に「節ノ曰ク、今年ノ大疫ハ如何ト。韶ノ曰ク、劉孔才ハ太山公ト為リテ反(むそ)カント欲シ、擅(ほしいまま)ニ人ヲ取リ以テ徒衆ト為スト」。「劉孔才」は三国魏の劉劭か。その文才は伝わるが謀反の事実は未詳。「太山公」も未詳。六 悪性の伝染病。俗ニ云「疫癘(エキレイ) 和訓ニ、エヤミト読リ。俗ニ云フ疫病(ヤクビヤウ)也」(病名彙解七)。七→九七頁注二。八「聞しは昔、相州の住人三浦介、受領陸奥守従四位下平義同(たいらのよしあつ)、法名道寸と号す。子息荒次郎弾正少弼義意(よしもと)と云て、父子名をえたる侍あり」(北条五代記九・三浦介道寸父子滅亡の事)。九「武勇ブヨウ」(饅頭屋本)。一〇「謀反トハ名例律ノ注云、国家ヲ危ブメント謀ルヲ謂フ」(蓬左文庫本御成敗式目抄・上)。一一 疫病神。

庄八今はうき世を思ひはなれ、念仏をこたらず来迎[一八]往生をとげにけるとぞ。

(三) 飛[一九]加藤

越後の国長尾謙信[二〇]は、春日山[二一]の城にありて、武威[二二]を遠近にか[二三]ゝやかし給ひける所に、常陸の国秋津郡[二四]より、名誉[二五]の窃盗のもの来れり。しかも術品玉[二六]に妙を得て、人の目をおどろかす。

ある時さま〴〵の幻術[二七]をいたしける中に、ひとつ[二八]の牛を場中[二九]にひき出し、かの術師これをのみ侍べり。一座の見物きもをけし、きどく[三〇]の事にいひけるを、その場[三一]のかたはらなる松の木にのぼりて見たるものありて、「たゞ今牛をのみたりとみえしは、牛のせなかにのり侍べり」とよばゝるに、術師[三二]はらをたて、その場にて夕顔[三三]をつくる。二葉より漸〻[三四]に蔓はびこり、扇[三五]にてあふぎければ花咲出つゝ、たちまちに実なりけり。諸人かさなりあつまり、足をつまだて[三六]ゝ見るうちに、かの夕がほ[三七]二尺ばかりになりけるを、術師小刀をもつて夕顔の蔕[三八]を切ければ、松の木[三九]にのぼりて見たるものゝくび[四〇]切落されて死けり。諸人きどくの中にあやしみをなし、眉[四一]をひそめたり。

謙信きゝ給ひ、御前にめして子細をたづねられしに、「幻術の事は、底[四二]をきはめ

「疫神 ヤクジン」(合類)。一二 原話に「北帝コレヲ知リテ今已ニ誅滅セリ」。「北帝」は未詳。一三 原話に「節ノ曰ク、生タル時ノ仇怨ハ復之ヲ害スルコト能ハンヤ否ヤト。詔ノ曰ク、鬼ハ重シテ殺スコトヲ得ズト」。一四 怨んでも余りある敵。「怨 あた」(落葉集)。一五「敵 かたき」(大全)。一六「亡霊 まうれい」(同)。一七 その者に罰を下され。「刑罰 いましむ」(和漢通用集)。一八 阿弥陀が菩薩とともに白雲に乗り、臨終の者を迎え、極楽に導くこと。「来迎 ライカウ」(合類)。

7-3 本話は、五朝小説の剣俠伝「崑崙奴」に基づく。崔生が、崑崙奴の磨勒の助力を得て勲臣一品の権力者の邸内にある歌妓院から美女を盗み出す内容であるが、別に甲陽軍鑑末書結要本に載る術師の説話等を加えて、幻術的テーマをより強める。本話は、北越軍談十七ノ五「鳶加藤幻術付女霊芭蕉ノ事」に、本書巻十ノ四「窃の術」に見える風間の弟子の窃の者の話として記載されている。

一九「飛」は空中に跳躍する軽敏な人物の意。甲陽軍鑑末書結要本九ノ十三・まいす者嫌ふ三ケ条之事に、武田信玄への仕官を望んだ忍びの者として登場する。二〇 上杉謙信。→一三三頁注三三。二一 新潟県上越市春日山町にある山城。越後守護代長尾氏の居城。二二「ブイ 名のあらわれた武士の意気、または、勇気」(日葡)。二三 清音。二四 所在不明。常陸国を十一郡とするがその内に入らず、拾芥抄・中・本朝国郡部に「笠間、数木、秋津〈已上三郡不レ入二延喜式一〉」の記事を見出すのみ。私称の郡名か。二五 名高い

て得たり。手に一一尺あまりの刀をもちては、いかなる堀塀をも飛こし、城中にしのび入に、人さらにしらず。この故に飛加藤と名をよび侍べり」といふ。「さらばためしに奇特をあらはし見せよ」とのたまふ。「今夜直江二山城守が家に行て、帳台三に立をきたる長刀とりて来れ」とて、山城守が家の四方にすき間もなく番をゝき、蠟燭を間ごとにともし、番のもの男女ともに、四おくはしみなまだゝきもせずして五居たりけるに、六内には村雨とて七逸物の名犬あり。あやしきものを見てはしきりにほえ

忍びの者。「竊盗 しのび」(大全)。二六 雑芸の一。玉や刃物を空中に投げ上げ手玉に取る。転じて手品。二七 人の眼をくらます奇術。二八「うしをのむ術を仕る者来て、かくのごとくなるを」(甲陽軍鑑末書結要本九ノ十三)。二九「バナカ すなわち、街路、または、場所のまん中」(日葡)。三〇 不思議。三一「ある者又木へのぼり見出して、うしにのるぞとよばゝる」(甲陽軍鑑末書結要本・同)。三二「右のじゆつし是をいこんに思ひ、其場にて則夕がほを作り」(同)。三三「夕皃 ゆふがほ〈或皃作レ顔〉」(大全)。「壺盧 凡フクベ ヒヤウタン類ハ…総ジテユウガホト呼ブ」(本草綱目啓蒙二十四・菜之部)。三四「漸々 ゼン〳〵」(邇言便蒙抄)。三五「扇にてあふぎ花をさかせ、みをならせ」(甲陽軍鑑末書結要本・同)。三六 つま先立って。のびあがって。三七「其夕がほをあふぎて大に仕り、則時に切候へば」(同)。三八「件の木へ上り見出したる人の首を切る」(甲陽軍鑑末書結要本・同)。三九「蔕 ほぞ」(大全)。四〇 この挿話は、五雑組六に収載する、小児に断頭の術を行なっていた幻術師が、術が利かなくなり、葫蘆(夕顔)を即座に育ててその実を切り、その場にいた別の妖術師の首を切り落としたという話とも類似する。四一「マユヲヒソムル 悲しみや驚きなどのために、しかめ面をする、あるいは、いやな顔をする」(日葡)。四二 知り尽くしている。

以上一九五頁

一 原話に「磨勒遂(ヨ)ツテ匕首ヲ持チテ高キ垣ヲ飛ビ出ス」。「武田信玄公、とび加藤と申者奉公に来り、尺八を一つ持ては、なに

いかり、しかもかしこき狗(いぬ)にて夜(よ)るはすこしもねず、屋敷のめぐりを打まはり〳〵、猪(ゐ)のしゝといへ共(ども)物のかずともおもはぬほどのいぬなり。これをはなちて門中の番にそへたり。飛加藤すでに夜半ばかりにかしこにおもむき、焼飯(やきいゐ)[八]ひとつふたつもちて行(ゆく)かとみえし、犬[九]にはかにたふれ死(し)す。かくて壁をのり、垣(かき)[一〇]をこえて入(いり)けるに、番のもの半(なかば)ねふりてしらず。あかつきがたに立(たち)かへる。帳台(ちやうだい)にありし長刀、ならびに直江が妻のめしつかふ女(め)の童(わらは)の十一になりけるを、[一一]うしろにかき負(おひ)て本城に帰り

たる堀屏をもとびこし出入するを」(甲陽軍鑑末書結要本九ノ十三)。
二 本書では直江山城守は、直江景綱を指す。→一三二頁注一八。
三 主人の居室兼寝室。「チャゥダイ 寝室のような、あるいは、寝る時に入る建物のようなものを据えてある場所」(日葡)。
四 奥端。奥の者も端の者も皆。
五 「眇 マダヽキ」(合類)。 六 原話に「一品ノ宅ニ猛犬有リテ歌妓院ノ門外ヲ守リ、常人ノ輒(たやす)ク入ルコトヲ得ズ。入レバ必ズ之(これ)ヲ噬(か)ミ殺ス。其ノ警(さと)キコト神ノ如ク、其ノ猛ナルコト虎ノ如シ」。
七 「イチモッ スグレタモノ 比類のないすぐれた物。鷹、馬、犬などについて言う」(日葡)。 八 握り飯に塩、味噌などをつけて焼いた飯。「焼飯 ヤキイヒ」(合類)。
九 原話に「宴犒酒肉ヲ以テシ、三更ニ至リ、錬錐ヲ携ヘテ往ク。食頃(しばらく)シテ回リテ曰ク、犬已ニ斃レ訖(をは)ンヌ」。「錬錐」は鋭い錐か。 一〇 原話に「十重ノ垣ヲ逾(こ)ユ」。
一一 原話に「生ト姫トヲ負フテ峻(たか)キ垣ノ十余重ナルヲ飛ビ出ルニ、一品ノ家ノ守禦、警(とが)ムル者ノ有ルコト無シ」。「生」は主人公の崔生。

絵 飛加藤、直江山城守の家の帳台から、長刀と女の童を盗み出す場面。右頁、山城守の家人達。燭台を灯し厳重な警戒。壁際に刺股(さすまた)、突棒(つくぼう)、鑓等の武器。左頁、門の下で倒れて死んでいる犬。向う鉢巻、袴、脛巾姿の加藤。長刀を持ち、背中の女の童は眠りこける。左に火を焚いて見張りをする番の者達。三葉柏紋の幕を張る。

来るに、女の童ふかくねふりて、これをおぼえず。番の輩ねふるとはなしに、すこしもしらず。

謙信これを見給ひ、「敵をほろぼすには重宝のものながら、もし敵に内通せばゆゝしき大事也。この者には心ゆるしてめしかゝへをくものにあらず。たゞ[一]狼を飼てわざはひをたくはふるといふものなり。[二]いそぎうちころせ」とのたまふ。直江すなはちわがもとによびて、[三]めしとりてころさんとはかりけるを、加藤これをさとりて出ていなんとするに、諸人これを[四]まぼり居たればかなはず。加藤いふやう、「なぐさみのため、面白き事して見せたてまつらん」とて、[五]錫子一対をとりよせ前にをきければ、錫子の口より[六]三寸ばかりの人形廿ばかり出てならびつゝおもしろくをどりけるを、座にありける人〳〵目をすまし見けるほどに、[七]いつのまにやらむ加藤行さきしらずうせにけり。後に聞えしは、甲府の武田信玄の家にゆきて、[八]跡部大炊助につきて奉公を望みしに、[九]古今集をぬすみたる窃盗に[一〇]手ごりして、[一一]ひそかにうちころされしといへり。

(四) [一二]中有の魂形化契

尾州[一三]清洲といふ所に、[一四]小山田記内といふものあり。[一五]ある夕暮に、門に立て外を見

一「狼を懐に飼う」と同意の諺。 二 原話に「某、須(すべから)ク天下人ノ為ニ除害セン」。 三 原話に「甲士五十人ニ命ジテ厳シク兵仗ヲ持タセ崔生ノ院ヲ囲ム」。 四「マボル また、何かをじっと見つめている」(日葡)。 五 錫の徳利。 六 仏説十王経直談八の二十三「扶婁国幻術人」に、手の中から数寸の人形を出し楽歌させる幻術が見える(出典は太平広記二八四・幻術一・扶婁国人)。 七 原話に「瞥(み)レバ、趯(と)ブ翎(やばね)ノ若(ごと)ク疾キコト鷹隼ニ同ジク、攢(はやくと)ブ矢ハ雨ノ能ク之(これ)ニ中(あた)ルコト莫(な)キガ如シ、頃刻(けいこく)ノ間ニ向フ所ヲ知ラズ」。「頃刻」は、わずかの時間。 八 武田氏譜代家老。武田家滅亡を担った人物とされる。 九 →二九五頁注一六。 一〇 すっかり懲りること。 一一「此者を謙信隠密にて成敗なり」(甲陽軍鑑末書結要本九ノ十三)。原話では、十余年の後、洛陽で薬を売る磨勒の姿が目撃され、その姿は以前と変らなかったという。

7-4 五朝小説の霊鬼志「王玄之」をほぼ原話に即しつつ尾張国清洲に住む男の身の上に翻案する。

一二 死有(死の瞬間)から生有(転生)までの間。「中有トハ、死有ノ後、ツギノ生有ノサダマラザルアヒダナリ」(謡抄・船橋)。「中有 ちうう」(大全)。 一三 愛知県西春日井郡清洲町。文明十年(一四七八)前後より、尾張の領主が在城。永禄四年(一五六一)以降、織田信長が城主となって栄えた。 一四 清須分限帳(慶長五—十二年)に「甲州者小山田与三郎」などの小山田姓も見えるが、当人物は未詳。 一五 原話に「嘗テ日晩レテ徒(だた)門

居たりければ、年のほど十七八とみゆる女、かほかたち世のつねならずうつくしく、[一六]なべての人ともおぼえざるに、たゞひとり西のかたより東にゆく。[一七]明る日の暮がた門に出(いで)しかば、又かの女西より東に打過(うちすぐ)る。[一八]記内も又近きあたりにては美男(びなん)のきこえあり。女つら〳〵記内をかへりみて、[一九]心ありげながら打通る。

[二〇]かくて四五度にいたりて、又夕暮に門に立(たち)たりしかば、女すなはち来る。[二一]記内立よりて女の手をとり、たはふれて、「君はいづくの人なれば、日暮毎にこゝを打通り、いづ方に行給ふ」と問(とへ)ば、[二二]女さしもおどろく色なく打わらひ、「[二三]みづからが家はこれより[二四]西のかたにあり。所用の事ありて、東の村に行也」といふ。[二五]記内こゝろみに手をとり内に引(ひき)いれんとすれば、更に「いな」ともいはず。やがてしたしみつゝ、その夜はそこにとまりて[二六]わりなく契りつゝ、夜のあけがたにいとまごひしつゝ立(たち)かへる。「又いつか[二七]きまさん」といへば、女は「人めを忍ぶ身の、その日をさしてかならずとはちぎりがたし」とて、

[二八]なをざりにちぎりをきてや中〳〵に人のこゝろのまことをも見む

といひしかば、記内(きない)は「[二九]歌までやは」とおもふに、かくきこゆるにぞ、いとゞわりなくおぼえて、返し、

[三〇]いひそめてこゝろかはらば中〳〵にちぎらぬさきぞこひしかるべき

ニ倚リテ、外ニ一婦人ノ西従(よ)リ来リテ将(まさ)ニ郭(まち)ニ入ラントスルヲ見ル。姿色殊(はなはだ)絶(すぐ)レ、喜ブ可シ年ハ十八九ナリ」。「郭」は都市を囲む城壁、王玄之の住いは「郭西」に設定され、門前を通過して市街に入ることになる。 一六「ナベテノ 普通一般の(もの) 詩歌語」(日葡)。 一七 原話に「明クル日門ニ出デテ又之(これ)ヲ見ル」。 一八 原話に「高密ノ王玄之ハ少(わか)ク美ニシテ丰儀(ぼうぎ)タリ」。「丰儀」は美しいこと。 一九 関心がありそうな素振りで。 二〇 原話に「此(かく)ノ如キコト数四(しばしば)、日暮ルレバ輒(すなは)チ来ル」。 二一 原話に「王戯レニ之(これ)ニ問ヒテ曰ク、家何処(いづく)ニ在リテ暮暮此(ここ)ニ来タルヤト」。 二二 原話に「女咲(わら)ヒテ曰ク、児(みづから)ガ家ハ近ク南岡ニ在リテ、事有レバ須ク郭ニ至ル」。「事有リ」は用事がある。 二三 一人称の代名詞。 二四 後出の甚目寺村(→二〇三頁注一九)は清洲から西南の方角に当たる。 二五 原話に「王試ミニ之(これ)ヲ挑(いざな)ヘバ、女遂(なづ)ミテ欣然トシテ留宿ス。因リテ甚(ふか)ク相ヒ親シミ昵(な)レッツ、明クル旦(あした)ニ辞去ス」。「留宿」は泊る。 二六 愛情をこめて。 二七 おいでになれますか。 二八 いいかげんにお約束しておいて、むしろあなたの誠意を試してみるとしましょうか。題林愚抄・恋一・契恋・十楽院宮(永徳御百首)。 二九 まさか歌を贈られるとは。 三〇 ほんにその通り、口にして後に心変りなどしたならば、かえって約束しなかった昔が恋しくなるだけでしょう。題林愚抄・恋一・初契恋・前大納言為世(新千載集・恋一・初契恋といへる事を)。

かくてきぬ〴〵[一]のわかれの袖、まだ朝露[二]にぬれそひて、なごりぞいとゞ残りける。[三]四五日の後、夕暮に又来りぬ。今はたがひにうちとくる[四]、その下ひものわりなくも、むすぶちぎりの色ふかく、よひ〳〵ごとの関守[五]も、うらめしきこゝちして、後には[六]夜ごとに来りけり。記内いふやう、「かほどにわりなく契る中に、なにかくるしき事のあらん。君が家こゝもとに近くは我又君がもとに行(ゆき)かよひ侍べらんものを」といふ。女こたへける[七]は、「みづからが家ははなはだせばくしていと見ぐるし。いかにして人を待(まち)うけ一夜をあかすべきよういもなし。そのうへみづからが兄は今はなき人となり、その妻やもめにて内にあり。此(この)あによめの目をしのべば、中〳〵心ぐるしく侍べり」といふ。記内[八]きゝて、げにもとおもひ、いよ〳〵人にもかたらず、ふかくしのびてちぎりぬ。

此(この)女は又たぐひなき[九]縫張[一〇]に手きゝなり。夕暮ごとに来て、夜もすがら記内が小袖やうの物あらひすゝぎ[一一]、縫たてゝ着せ、あるひは麻績[一二]つむぎて、うつくしくほそき布をり立(たて)て着せければ、見る人、「これは世の常の布にあらず。筑紫[一三]の波の花、越[一四]後の雪曝といふとも、これほどにはよもあらじ」と、ほめぬ人はなし。後には見め[一五]よき女の童一人をめしつれてかよひ来り、これも又手きゝ也。かくて半年ばかりの後は、昼[一六]もとゞまりて、めのわらはとおなじく絹をゝり縫立て記内に着せ、家の中

一 翌朝の別れ。「衣衣の袖のわかれにいまこんといひし契やいのちなるらん」(新千載集・恋四・安倍泰光)。
二 涙で濡れた上にさらに朝露で濡れて。
三 原話に「数夜アリテ輒(すなは)チ一タビ来ル」。
四 「下紐とくる〈人のこふるには袴のこしとくるとなり…又云人にあふ時紐をとくと云り〉」(藻塩草十八・紐)。
五 →一一〇頁注一。
六 原話に「後ニハ乃チ夜夜来リテ宿レバ、王ノ情愛ハ甚(ふか)ク至(きはま)リテ試ミニ謂ヒテ曰ク、家ハ既(もとよ)リ近シ。相(たがひ)ニ過(おとづ)ルルコトヲ許(ききい)ルルヤ否ヤト」。
七 原話に「答ヘテ曰ク、家甚(はなは)ダ狭陋ニシテ客ヲ延(まねきい)ルルニ堪ヘズ。且(か)ツ亡キ兄ノ遺女ト同居シテ、嫌疑無キ能(あた)ハザルノミ」。
八 原話に「王遂ニ之(これ)ヲ信ジテ寵(いつくし)ミノ念(おも)ヒ転(うたた)密(こまや)カナリ」。
九 原話に「女ノ工(てわざ)ニ於テ特ニ妙(すぐ)レ、王ノ衣服ハ皆女ノ裁チ製スルトコロニシテ見ル者之(これ)ヲ嘆賞セザルハ莫(な)シ」。
一〇 裁縫と洗い張り。
一一 底本「すゞき」。
一二 →五五頁注四〇。
一三 塩のように真っ白な布の名か。「波の花」は塩の女房詞。
一四 雪で漂白した越後特産の麻織物。
一五 原話に「左右ノ一婢亦(また)美色有リテ常ニ之(これ)ヲ以ツテ随(つ)ル」。「左右」はかたわら。
一六 原話に「其ノ後ハ昼日(ひるなか)在(な)リト雖モ亦(また)復(かへ)リ去(ゆ)カズ」。

よろづ甲斐(かい)〴〵しくとりまかなひけり。記内云(いふ)やう、「夜(よ)るさへ一七忍ぶ身の昼だに帰り給はずは、一八もし嫂(あによめ)の思ひとがむる事あるべし」といふ。一九女のいふやう、「いつまでしゐて人の家の事さのみにしのびはたさむ。君の心も又いかならん。すゑたのみがたけれ共、ひたすらわが身を君にすてゝ、かくこゝには通ひ来る也」といふに、記内いとゞうれしさかぎりなく、めでまどひけるもことはり也。

二〇ある夜女来りて、いつにかはりうれへ歎きたる色みえて、そゞろに涙をながして

一七 人目を忍ぶ身の上で。

一八 原話に「王問ヒテ曰ク、兄ノ女(むすめ)ノ相ヒ望(み)ルコト無キヲ得ンヤト」。

一九 原話に「答ヘテ曰ク、何ゾ強(とつ)メテ它(よそ)ノ家事ニ預(かかは)ルヲ須(その)マンヤト」。

二〇 原話に「此(かく)ノ如クニシテ一年ヲ積(へ)テ後、一夜忽(にはか)ニ来リテ色(かほいろ)甚ダ悦ビズ啼泣スルノミ。王之(これ)ヲ問ヘバ曰ク、過(です)ニ愛(いつく)シミノ接(まじは)リヲ蒙(う)ケ、方(まい)復(たま)離異スルヲ奈何セン。因(よつ)テ鳴咽ヲ止(とど)ムルコト能ハズト」。「離異」は男女が不自然な形で別れること。

以下二〇二頁

一仲。二一 原話に、任氏に嫁して縁薄く実家に帰って病没し仮葬されたが、明日は喪があけて改葬されるのでこの地を去らね

絵 小山田記内のもとを飯尾新七の娘の幽霊が訪れ、物縫いに精出す場面。麻(お)を績(う)む女の童。膝元にある円形の器は麻を入れておく麻笥(おけ)。髷は唐輪風。中央が飯尾の娘。立膝で糸針を使う。釘貫紋の小袖の記内。家は屋根石を置いた取葺の粗末な造りと縁台。

なきけり。記内とひければ、「さればʼ今までは君に思はれまいらせ、みづからもわりなく頼みし中[一]なれども、わかれはなるべき事出来(いでき)て、そのかなしさに涙の落る」といふ。記内大(おほき)におどろき、「君とわれ千とせを過(すぐ)るとも、心ざしは露かはらじとこそちぎりけれ。いか成(なる)ゆへにわかれはなるべき」といへば、女は、「今は何をかつゝみまいらすべき。[二]みづからは[三]飯尾(いゐを)新七がむすめ也。[四]年十七にして病によりてむなしくなり、明日はすでに第三年にあたれり。死(し)して[五]中有(ちうう)にとゞまる事、[六]三年をかぎりとす。三年過(すぎ)ぬれば、その[七]業因(ごういん)にまかせて、いづかたになりとも[八]生を引ておもむく。今宵(よひ)かぎりのわかれと思へばかなしくこそ侍べれ」とて、[九]しきりになきかなしみければ、記内は幽霊(ゆうれい)と聞(きき)ながらも、[一〇]このほどの情をおもふにおそろしげはなく、たゞかなしき事かぎりなし。[一一]夜もすがらねもせず、女房は白銀のさかづきひとつ、玉をちりばめたる[一二]花瓶(がめ)のちいさきにとりそへて、「君もしわすれ給はずは、これをかたみに見たまへ」とて、

[一三]おもかげのかはらぬ月におもひいでよちぎりは雲のよそになるとも

とて、なく〳〵わたしければ、[一四]記内も色よき小袖に白き帯(をび)とりそへて女にあたへつゝ、

[一五]待(まち)いづる月の夜な〳〵そのまゝにちぎり絶すなわがのちの世に

ばならないと告げる。三 飯尾氏は、織田信長・信雄に仕えた家臣。本話の年代は未詳であるが、永禄三年(一五六〇)に戦死した近江守定宗(信長公記・首巻)や、その子息で、後、信雄に仕えた隠岐守尚清(二千二百貫文・織田信雄分限帳〈一天正十八年〉)らが存する。新七は未詳。原話に女の父親を「前高密令(前の高密県知事)」とする。四 原話では、女は十歳で病死している。五 →一九八頁注一二。六 仏教に中有を四十九日間とするが、ここは儒教にいわゆる服喪三年に依るものか。七「ゴウイン…人が前世でなした悪事が因となって、この世で受けるところの罪科、罪業、あるいは苦悩」(日葡)。八 輪廻転生の理に従って生まれ変り。九 底本「しざり」。一〇 原話に「王既ニ愛(め)デ念(お)ヘバ復(ふた)ビ嫌ヒ忌(けさ)ズ、乃(すなは)シ便(すなは)チ悲シミ惋(なげ)キテ」。一一 原話に「一夜別レヲ叙(の)ベテ眠ラズ。明クル日別レニ臨ミテ女金鏤ノ玉盃及ビ玉環一双ヲ以テ留メ贈ル」。一二「花瓶 ハナカメ」(書言字考)。一三 未来も変わるはずのない月影を見て思い出してください、今宵月を前に交わしたこの誓いが雲に遠く隔てられるようなことになったとしても。題林愚抄・恋一・月前契恋・権大納言三位(永徳二十五夜内裏五首)。一四 原話に「王モ繡衣一箱ヲ以テ之(これ)ニ答フ」。原話では、王が贈った衣は棺の中にあり、女が有していた金盃や身に着けていた玉環は失せていて王の手元にあり、それを家族に示したところ、皆悲泣したとある。一五 夜ごと月の出を待って交わしたこの誓いを私がこの世を去った後も忘れることなくあってほしいもので

とかきくどきなきあかし、鐘[一六]の声遠くひゞき、鳥の音[一七]はやうちしきれば、おきわかれゆくたもとをひかへて、「さるにても、なきかげ[一八]のうづもれ給ひし所はいづく」とたづねしかば、「甚目寺[一九]のわたり也」とこたへて立出(たちいづ)ると見えし、跡かたなくうせにけり。記内あまりに堪かね、甚目寺のほとりにいたりけれども、そことしるべき塚[二〇]もなし。「今[二一]すこし、その所よくとふべきものを」と思へど、くやむにかひなくて、

たのめこし[二二]その塚野辺は夏ふかしいづこなるらむもずのくさぐき[二三]

とうち詠じ、なく／＼日暮がた家に立(たち)かへり、そのおもかげ[二四]をおもふに恋しさかぎりなく、つゐに病となり、日をかさねて薬をものまず、たゞ、「とく死して此(この)人にめぐりあはん」とのみいひて、程[二五]なく身まかりぬ。

（五）死亦契

大和の奈良[二六]に、桜田源五といふものあり。年廿五になり、父母[二七]をうしなひ、いまだ妻もなくて、たゞひとりすみけり。源五が舅[二八]津田長兵衛といふもの、一人の子あり。年廿四五なり。彦八と名づく。源五・彦八はいとこなりければ、したしく侍(は)べり。

す。題林愚抄・恋一・月前契恋・隆朝卿に、二句「月のゆふべの」、四・五句「ちぎりたがふな人のことのは」。　一六 夜明けを告げる鐘が鳴り響き。　一七 鶏もしきりに鳴くので。　一八 死後の遺体。　一九 愛知県海部郡甚目寺(じもくじ)町。　二〇 墓。　二一 もう少し詳しくその場所を問いただしておくべきであった。
二二 再会を願ってやって来た墓原のあたりは夏草に覆われ、茂みにもぐり込むというモズのようにあなたは隠れて姿を現わしてはくれない。題林愚抄・恋一・契後隠恋・俊成（千載集・恋三）に二句「のべのみちしば」。
二三 「もずの草ぐきとは伯労(もず)の草くゞるをいふ也」（歌林良材集・下・もずの草ぐきの事）。　二四 原話に「後、之(これ)ヲ念(おも)フコト切ニシテ、遂ニ恍惚トシテ疾(やまひ)ト成リ」。
二五 原話では病いは数日にして癒える。
7-5 五朝小説の霊鬼志「柳参軍」の筋にほぼ基づくが、主人公が女主人公の侍女を誘惑する箇所など不要部分を省き、一部人物関係をずらしながら和歌を配して一篇の怪奇恋愛物語に転じた。原話の人物関係を整理すれば以下のとおり。主人公は柳生（柳参軍）と崔氏女（女・崔氏・小娘子）、彼女には侍女の軽紅（青衣）が付き添う。女主人公の母（其母王氏・夫人）の兄が王氏（執金吾王因）で王生（金吾之子）はその子。
二六 原話の古都長安に対応させたか。
二七 原話に「華州ノ柳参軍ハ名族ノ子ニシテ寡慾、早ク孤(みなしご)トナリテ兄弟無シ」。
二八 「舅 ヲチ〈母之兄曰大舅、弟曰小舅 又シウト〉」（色葉字類抄）。原話では女主人公の伯父（母の兄）で執金吾（宮門警衛の官名）の王因。

ある時源五東大寺にまうでゝかへるとて、さる沢の辺にて、奇麗なるのり物に女のりて、男一人女二人をめしつれ、池のはたにのり物をたてさせ、煎餅をくだきて池にいれ、魚にくはせてなぐさみける。そのさし出せる手の白くうつくしき指は笋のごとく、爪の色は赤銅色にて、肘のかゝりふつゝかならず。源五たちとまりければ、内よりのり物の戸をひらき、しばらく源五がかほをまぼり、すでに立て帰る。源五これにしたがふて行ければ、三条通といふすゑに、筒井某といふ者の家

一 奈良市雑司町、華厳宗の総本山。 二 猿沢池。奈良市登大路町。興福寺南大門前の放生池として設置。 三 原話に「一車子ヲ見ルニ、飾ルニ金ト碧トヲ以テシ、一青衣ノ殊ニ亦俊(すぐ)レテ雅ビヤカナルヲ従ヘタリ」。「車子」の「子」は添えことば。「青衣」は侍女。 四 窓や引戸のついた女性用の高級な駕籠。 五 留めさせて。 六 原話に「已ニシテ翠簾ノ徐(おもむ)ロニ搴(まきあが)リ、摻(なよや)カナル手ハ玉ノ如クニシテ、青衣ヲ指画(がし)シテ芙蓉ヲ摘マシムルヲ見ル」。「指画」は指先でさし示して教えること。 七 →一八八頁注八。 八 「爪甲ハ赤銅ノ色ニ似タリ」(新語園三ノ三)。「赤銅 しやくどう〈異名紫金也〉」(大全)。 九 腕がすっきりとして美しいこと。「肘 カイナ」(字集)。「カカリ 例、ナリカカリ 格好、様子、あるいは、姿態」(日葡)。 一〇 原話に「女ノ容色ハ絶代ニシテ斜(ななめ)ニ柳生ヲ睨(みまも)ルコト良(やや)久シ」。「絶代」は絶世。 一一 つくづくと眺めること。 一二 原話に「生ハ馬ニ鞭(むちう)テ之ニ従(したが)ヒ(ひゅ)ケバ即チ車ノ永従里ニ入ルヲ見ル。柳生其ノ大姓崔氏ノ女(むすめ)ニシテ亦母有ルヲ知ル」。「大姓」は累代の名家。 一三 奈良市を東西に走る通り。猿沢池はこの南側に位置する。 一四 筒井、越智、十智、布施(あるいは箸尾)を大和国大身の四人衆とする(大和記)。 一五 つてをたどって。「便 タヨリ ヨスガ」(字集)。 一六 奈良県大和郡山市筒井町に本拠をおいた戦国武将。代々続いた興福寺衆徒から出て天文年間にほぼ大和一国を掌握、子の順慶に至って支配を確立。天文十九年(一五五〇)病没。 一七 従軍して。「属 ショク」(字集)。 一八 天文十一年(一五四二)三月の太平

に入(いり)たり。源五これを見そめてこゝろまどひ、さま〴〵たより[一五]をもとめて聞(きき)ければ、父は[一六]筒井順昭(じゆんせう)に属(しよく)[一七]して河内[一八]の軍(いくさ)に打死(うちじに)す。母やもめにて、たゞ此(この)むすめ一人をやしなふて住けり。娘(むすめ)の乳母(をち)[一九]は源五もとより知(しり)たるもの也ければ、これに近づきていろ〳〵[二〇]資(たの)みけり。乳母も源五が美男(びなん)にしてしかも有徳(うとく)なるをもつて、是(これ)にあはせばやと思ふ。まづ一筆のたよりをつたへんとて、[二一]紅葉がさね[二二]のうすやうに、[二三]中〳〵ことばはなくて、

寺(中河内、柏原市)の戦いを指すか。畠山稙長と組んだ順昭が、遊佐・三好連合軍とともに太平寺に木沢長政を討った。また同年九月には河内飯盛城の戦いもあり、特定できない。 一九「ヲチ。または、ヲチノヒト 子どもを養育する乳母」(日葡)。「乳母おち」(大全)。 二〇 原話に「青衣ガ字(あざな)ハ軽紅、柳生甚ダシクハ貧カラザリケレバ多ク賂(まひなひ)ヲ方(いだ)サントスルニ軽紅竟(つひ)ニ之(これ)ヲ受ケズ」。「資 タノム」(字集)。 二一 衣の襲(かさね)のように、紙で色の濃淡を組み合わせ、紅葉の色合いを出したもの。上から黄色や赤、山吹色の濃淡、蘇芳色など。 二二 薄様。雁皮を薄く漉(す)いた鳥の子紙。詠草などに用いた。 二三 なまじ文章を添えず。

以下二〇六頁

一 漁り火のようにあなたをほのかにお見受けしてからは、私の衣の袖はまるで磯辺に波が打ち寄せない日がないように涙でいっぱいです。題林愚抄・恋一・見恋・経家卿(六百番歌合)。 二 原話に「王因、其ノ妹ヲ候(うかが)ヒテ且(か)ツ告ゲテ曰ク、子ノ為ニ納レント」。「候」は病気を見舞う。 三「ナカダチ 仲介者、結婚媒酌人」(日葡)。 四 生活も裕福であったので。 五 結婚を承知し

絵 桜田源五、猿沢の池で女に出会う場面。右頁、小袖に黒帯、刀を差した源五。左頁、引戸窓付の高級な乗り物に乗った女。窓には簾が巻き上げてある。女が手にするのは煎餅。右側に角ぐり髷の侍女達。その右に羽織袴の従者。左端に鉢巻、尻ばしょりの駕籠舁達。

[一]いさり火のほのみてしよりころもでに磯辺のなみのよせぬ日ぞなき

とかきてつかはしたり。乳母(をち)これをひめ君に見せしかば、かほ打(うち)あかめ、たもとにいれて立(たち)のきぬ。

しかるに、いかなるものかしらせけん、源五が舅(をぢ)津田(つだ)このむすめの事を聞(きき)て、我[二]子彦八が妻にせむと思ひ、なかだちを[三]いれてむすめの母にいはせたり。津田も武門のすゑ也。世[四]もよかりければ、[五]うけごひて頼[六]みをとりたり。むすめはこゝちわづらひて、[七]つや〳〵湯(ゆ)水をだに聞(きき)いれず。母云(いふ)やう、「津田彦八と云(いふ)人に縁(えん)を定めたり。心を引たてよ。近き比(ころ)にかの方につかはしなん」といふ。むすめさらにうらみたる色あり。乳母(をち)にかたりけるやう、「[八]源五がもとにこそゆかまほしけれ。その彦八とかや何せんに、たゞ死(し)したるこそよからめ」とて、猶(なほ)薬をだにのまず。母[九]かなしさのあまり乳母に心をあはせ、源五にかくといひて、むすめをぬすみとらせたり。源[一〇]五大(おほき)によろこび、乳母と妻をつれて奈良を立(たち)のき、[一一]郡(こほり)山といふ所にかくれすみけり。

津田又ゆきて、「むすめをむかへとらん」と云(いふ)。母なく〳〵いふやう、「此間(このあひだ)誰(たれ)[一二]人(ひと)[一三]かかどはしけむ、乳母と共に行方なし」といへば、「わが甥(をい)の源五が心をかけしと聞(きき)たり。ぬすみてかくれぬらん」と、[一四]大にいかり腹立(はらだつ)。そのあひだに娘の母[一五]死(し)し

て。原話に「其ノ母敢ヘテ兄ノ命ニ違ハズ」。六 婚約のしるし。結納。「タノミ…婚約のしるしとして送られる物」(日葡)。七 食事はおろか湯水を飲むことさえ聞き入れない。「ツヤツヤ 一般に趣を添えるのに用いられる副詞で、否定動詞〔否定形〕を伴い、〔または〕思いめぐらす事柄などについて用いられる」(同)。八 原話に「女ノ曰ク、願ハクハ妹(われ)前(さき)ノ時ノ柳生ヲ得バ足(みた)レン、必ズ某(よそもの)ヲ以テハ允(ゆる)サズ。外兄ニ与(つれだ)チテハ終(つひ)ニ生ノ全カラザランコトヲ恐ル」。「外兄」は、いとこの王生。九 原話に「軽紅…曰ク、夫人ハ小娘子ノ情ノ切ニシテ、今小娘子ノ王家ニ適(とつ)グヲ楽(ねが)ハザルヲ惜(かな)シム。夫人是レヲ以テ偸(ひそ)カニ婚約ヲ成サントス。君両三日ニ礼事ニ就クベシト」。一〇 原話に「柳生極メテ喜ビ、数千百ノ財礼ヲ備ヘ、日ヲ期シテ婚ヲ結ブ。後五日ニシテ柳ハ妻ト軽紅トヲ挈(たずさ)ヘ金城里ニ居ス」。一一 奈良県大和郡山市。一二 →一八九頁注三〇。一三 「かどわかす」と同じ。「勾引 カドハス」(書言字考)。原話も、泣きながら娘は盗まれたと語る。一四 原話に「金吾大イニ怒リ帰リテ其ノ子ヲ笞(むちうつ)コト数十」。一五 原話に「王氏殂(し)シタリ。柳生ハ妻ト軽紅トヲ挈ヘテ金城里ヨリ喪ニ赴ク」。一六 「弟 ヲトヽ」(天正本)。一七 原話に「金吾ノ子既(やがて)見テ遂ニ父ニ告(かた)ル。父柳生ヲ擒(とら)フ」。一八 「ヒトノアトヲシタウ 人に続いて行く、あるいは、人の後を追って行く」(日葡)。一九 室町幕府では侍所の長官である所司の代官であったが、末期には所司と同じ権限を持つ職名となって京都の警備に

たり。跡の事は母の弟これをまかなふ。源五夫婦余所ながら野辺のをくりに出つゝ、いとしのびたりけるを、津田彦八みつけて跡をしたひ、郡山にゆきて家よく見とゞけ立かへりて、父長兵衛にかたる。長兵衛すなはち奈良の所司代松永にうつたへて対決におよぶ。源五いふやう、「それがし前に契約して頼みをつかはしてよびたり」といふ。津田はなかだちを証拠として、たのみをつかはせしといふ。「むすめの母は死たり。いづれともしりがたし。されども津田がたのみをつかはしける事は、なかだちたしかなり。源五にも理ありといへ共、此むすめをとゞむる事法にそむけり。たゞ津田がもとに返しつかはせ」とあり。力なく女房は彦八にとられぬ。むすめも乳母も此事を病として、打つゞき二人ながらむなしくなれり。源五が事をや思ひけむ、

　さりともとおもひしまでのいのちさへいまはたのみもなき身とぞなる

彦八いとかなしく、妻と乳母が墓所をひとつ寺の地につくりて、跡をとふらひけり。

　さるほどに、源五は妻をとられてのちは、よろづあぢきなく、そのおもかげをわすれかねつゝ、「せめては風のたよりの音づれだに聞えぬは、此女も彦八にわりなくなりて、我をばわすれぬらん」と、うらめしくおもひて、

　なびくかと見えしもしほのけふりだに今はあとなきうらかぜぞふく

当たり、後、京都・畿内の民政をも差配した。奈良代官を奈良奉行または奈良所司代とも称する(武家名目抄二・職名部二十八)。　二〇 筒井順慶と対立した松永久秀等を想定するか。松永は永禄二年(一五五九)大和信貴山城を拠点とし、一旦は大和国守護職となったが、織田信長に背き、天正五年(一五七七)十月追い詰められて自害。　二一 原話に「遂ニ官ニ公断ヲ訟フ」。「公断」は仲裁。　二二 「対決は証文ナキ時ノ事也」(蓬左文庫本御成敗式目抄・下)　二三 原話に「柳生云ク、某(それがし)外姑ノ王氏ノ処ニ采ヲ納メテ妻ヲ取(めと)ル。越礼ノ私誘ニ非ザルコト家人ノ大小皆之(これ)ヲ熟知スト」。　二四 「証拠 シヤウゴ」(元和三年版下学集)。「越礼」は礼を失すること。　二五 原話に「王氏既ニ歿シテ明ムル所無シ」。　二六 原話では、女は金城里から一旦連れ戻され、再び主人公のもとへ逃げたものの、また官に訴えられて敗訴し、主人公は江陵に流され、その間に女と侍女は相次いで死ぬ。　二七 たとえどのようなことになってでも永らえようとまで思いつめたこの命ですが、今はその甲斐のない身となりました。題林愚抄・恋二・契絶恋・為定卿(元亨三後宇多院十首)に、三句「契りにて」、五句「なき身なりけり」。　二八 原話に「王生送喪シテ哀慟ノ礼至イナリ。軽紅モ亦崔氏ノ墳ノ側ニ瘞ル」。「送喪」は葬送に同じ。　二九 失望の悲しみにやるせなく。　三〇 はかない便り。　三一 心から愛して。　三二 こちらになびくと思われた藻塩の煙も、すっかり吹き消され、今は、あなたのいない跡を浦風が空しく吹いているだけですよ。題林愚抄・恋二・恨絶恋・法印憲実(続拾遺集・恋五)。

とうち詠めおる。[一]その暮がた門をたゝく。ひらきてみれば、妻の女房の乳母なり。櫛・鏡入たる袋を前にかゝへて、「只今わが君こゝにはしり来り給ふ」といふ。源五うれしくて、[二]門をひらき内によび入しに、女のかたち[三]そのかみにもかはらず。あまりの事に、[四]夫婦手をとりてうれしなきになきけり。かくてその故をかたる。「君の事つゆわするゝ事なく、彦八が家にあるにもあられず、しのび出てにげ来れり。日ごろのねがひ今すでにかなひ侍べり」といふに、源五堪がたくよろこびつゝ、[五]階老のかたらひ今更なり。

[六]彦八が家人ある時郡山に行て、源五が門を見いれたりければ、乳母なに心なく立出たるをみつけ、[七]はしりかへりて彦八につげたり。彦八が父は[八]去ぬる月死たり。彦八きゝてあやしみ、「それはまさしく死してうづみ侍べりし。いかに世に似たるものこそあれ。人たがへにてぞあるらん」といふに、「まさしく[九]見損ぜず」と[一〇]あらがひけり。[一一]彦八ゆきて垣のひまよりのぞきければ、女はかゞみをたてゝけさうし、乳母は其前にあり。彦八内に[一二]突入て、源五に対面し、「女も乳母も此春うちつゞきてむなしくなりしを、寺にをくり、おなじ所に埋みしに、今こゝに来りすむ事のあやしさよ」といふ。源五もきどくの[一三]事におもひ、部屋にゆきてみれば、女も[一四]乳母も行がたなくなりて跡も見えず。[一五]二人ながら云やう、「さては幽霊の来りけるにこそ。

一 原話に「忽チ門ヲ叩クコト甚ダ急ナルヲ聞ク。俄ニ軽紅ノ粧奩(れんしょう)ヲ抱キテ進(すす)ミ)ルヲ見ル。乃(すなわ)チ曰ク、小娘子且(まさ)ニ至ラントスト」。「粧奩」は化粧道具。 二 原話に「崔氏ノ門ニ入ルヤ更ニ它見(たけん)無シ」。 三 以前。 四 原話に「柳生ト崔氏トハ契闊ヲ叙(の)べ、悲歓スルコト之レ甚シ。其ノ由(ちなみ)ヲ問ヘバ則チ曰ク、某(みずか)ラハ已ニ王生ニ訣(いとまごい)シタレバ此(こ)レ自(よ)リ同穴ヲ以テスベシ。人生ハ意ヲ専ラニスレバ必ズ夙願ヲ果ス」。「契闊」は久闊に同じ、遠く隔たること。 五 「偕老」の当て字。夫婦の仲睦まじいこと。 六 原話に「王生ノ旧(とも)使(めしつかい)ヒタリシ蒼頭、柳生ノ門ヲ過ギテ忽(にわか)ニ軽紅ヲ見ル」。「蒼頭」は使用人。 七 原話に「蒼頭城(まち)ニ却還シテ具(つぶさ)ニ王生ニ言フ」。 八 「サンヌル」(日葡)。 九 見間違いはしない。 一〇 言い争う。 一一 原話に「生之(これ)ヲ聞キ、篤ヲ命ジテ千里而(つも)テ来(たい)ル。既ニ柳生ノ門ニ至リテ隙ヨリ之ヲ窺ヘバ、正ニ見ル、柳生ノ臨軒ノ上ニ坦腹シ、崔氏ノ女(むすめ)ノ新タニ粧ヒ、軽紅側(かたはら)ニ鏡ヲ捧グルヲ」。「臨軒」は廊下、「坦腹」は腹這いになる。 一二 勢いよく押し入って。原話では、王生が門外から大声で軽紅を呼び、落した鏡の音が響く中、内に入る。 一三 →一九五頁注三〇。 一四 原話に「俄ニ又崔氏ノ所在ヲ失フ」。 一五 原話に「二人相ヒ看テ喩(さと)ラズ、大イニ之(これ)ヲ異トス」。 一六 原話に「崔氏ヲ嫯リタル所ヲ発(あば)キテ之(これ)ヲ験(しら)ブルニ、即チ江陵ニテ施ス所ノ鉛黄ハ新タナル如ク、衣服肌肉モ且(そ)レ損敗無シ。軽紅モ亦タ然リ」。「鉛黄」は誤字修正用の胡粉。ここは、「お此らへはたがひに日ごろのうらみもなし」とて、源五・彦八打つれて寺にゆき、[一六]塚をほりてみれば、女も乳母も形ちすこしも損ぜず、只生たる時のごとし。[一七]やがてもとのごとくにうづみて、源五・彦八ともに[一八]高野山にこもり、[一九]道心おこして二たび山を出ず。

(六) [二〇]菅谷九右衛門

[二一]天正年中に、[二二]伊勢の国司[二三]具教公をば[二四]武井の御所とぞいひける。[二五]民部少輔具時は国司の甥にて、南伊勢の[二六]木作といふ所にすみ侍べり。[二七]此郎等に[二八]柘植三郎左衛門・[二九]滝河三郎兵衛とて、二人の侍あり。武勇智謀あるものなりければ、[三〇]時にとりて名をほどこしけり。しかるに国司具教その甥民部少輔おなじく奢をきはめ国民を[三一]むさぼり、[三二]佞奸の者に親しみ、国政正しからざる故に、[三三]行すゑたのもしからずとおもひ、柘植と滝川二人心をあわせ、[三四]信長公に内通して、つゐに伊勢の国を信長公に[三五]属せしめ、[三六]国司をほろぼし、すなはち[三七]勧賞をかうふり、[三八]立身して、権をとり威をふるひけり。

そのころ伊賀国に一揆おこり、近郷のあぶれもの、[三九]武井の城の余党どもおほくあつまり、[四〇]要害をかまへて[四一]楯ごもり、土民百姓をなやまし、国郡村里を[四二]掠めしかば、信長公、「はやくこれをせめほさずは大なる難義に及び、諸方の手[四三]づかひに障とな

しろい」のことか。 一七 原話に「柳ハ王ト与ニ相ヒ誓(ちか)ミテ之(これ)ヲ却(と)ヂ瘞リ、二人ナガラ終南ニ入リテ道ヲ訪(と)メ遂ニ返ラズ」。「終南」は陝西省長安県の霊山。 一八 和歌山県伊都郡高野町。 一九 「ダゥシン 信仰心、または、救霊を願う心」(日葡)。

7-6 剪灯新話一ノ三「華亭逢故人記」を原話とし、信長周辺の武将を登場させて、忠義ゆえに不本意な運命をたどった武将の哀感を、不敏な主君と対比させつつ構成したもの。

二〇 菅屋長瀬。?—一五八二。合戦には余り名を連ねないが、終生信長に仕えた側近の重臣。 二一 一五七三—九二年。 二二 初代顕能以後、九代にわたり北畠氏が世襲した。 二三 一五二八—七六。第八代伊勢国司北畠具教。 二四 代々の伊勢国司の居城、多気(げ)城(三重県一志郡美杉村)が北畠家の本城であった。「多芸御所」とも。「伊勢の国武井(ゐ)の御所は国司居住の城なり」(古老軍物語六・伊勢の国司ほろびし事)。 二五 北畠支流木造家に具時の名は見えない。ここは木造具政が当るか。北畠晴具の三男。「国司の甥に民部少輔といふ人は南伊勢の木造といふ所に城をかまへてをかれたり」(古老軍物語六・同)。 二六 三重県久居市木造町。 二七 武士の家臣のうち血縁関係にない者。血縁のある「家の子」と対をなす呼称。「郎等 ラウドウ」(合類)。 二八 木造具政の臣(寛政重修諸家譜四六三)。「木作殿の郎等につげの三郎左衛門といふものは、男がら人にすぐれ兵法に達し智慮さかしき武勇のものなり」(古老軍物語六・伊勢の国司ほろびし事)。 二九 滝川雄利(かつとし)。木造具康の子(寛政重修諸家

らん」とて、軍兵をさしむけられし所に、城中つよくして人数おほく損じける中に、[一]柘植・滝川二人ながらうたれたり。これによりてあつかひを[二]入られ、つゐに信長公に随ひけり。

其後一年ばかりを経て、信長公の家臣菅谷九右衛門、所用ありて[三]山田郡に行ける道にて、柘植・滝川に行合たり。菅谷思ひけるは、「此二人は正しくうち死したりと聞しに、これは夢にてやあるらん」と、あやしみながら立むかひ物語するに、柘植云やう、「久しくて対面す。いざこゝにて酒ひとつのみ給へ」とて、めしつれたる中間に仰付て小袖ひとつもたせ[四]酒屋につかはし、[五]質物として酒とりよせ、むしろを借て道ばたの草むらにしかせ、柘植・滝川・菅谷三人うちむかひて[六]数盃をかたふけたり。

滝川云やう、「むかしもろこしの[七]諸葛長民と云人は、[八]劉毅がころされしとき、これがために軍兵をもよほし乱をなさんとして、いまだ思ひ定めず。かくていはく、[九]「貧賤なれば富貴をねがふ。富貴になればかならずあやうき事にあふ。其時又もとの貧賤にならばやとおもふとも、これも又かなふべからず。[一〇]腰に十万貫の銭をまとひて、鶴にのりて[一一]揚州にのぼる」といふ。思ふまゝなる事はなし。武士と生れ、その名を後代につたゆるほどの手柄なきものは、かならず恥を万事にのこす事、いに

譜四六五)。始め出家して源城寺と号したが還俗し、信長家臣滝川一益に仕えて滝川姓を許され、滝川三郎兵衛と称する。「木作の源城寺とて…才覚利根性発なる」(甲陽軍鑑八・抑信玄公常の御出語ル)。三〇 その当時。三一 領国の民。或いは一般の国民も指すか。「くにたみ」とも。「コクミン（クニノ・タミ）国の民、あるいは、国の民衆」(日葡)。「推古天皇二十年夏四月ニ太子十七条ノ憲法ヲ製シテ国民(クニタミ)咸(ナミ)是ニ頼リ」(法林樵談三ノ三)。三二 外は従順で内心は貪欲なさま。三三 逆心の理由を甲陽軍鑑八・抑信玄公常の御出語ルでは、三郎左衛門は武辺者で、伊勢に居ては立身も覚束ないためとする。三四 滝川一益を通じて内通。古老軍物語六・伊勢の国司ほろびし事では「縁者なるゆえこれをたのみて」とある。三五 →二〇五頁注一七。三六 永禄十二年(一五六九)十月四日、国司父子は大河内城を去った(信長公記二)。本話の主人公「菅屋九右衛門」も「尺限(さくきわ)廻番衆」(柵内巡回役)として従軍(同)。三七 主君が功労に対して与える褒賞。「勧賞 ケンジョウ」(書言字考)。三八 両人とも次の大河内城主となった茶筅丸(織田信雄)の家老となる(甲陽軍鑑八など)。滝川の知行高は三万八千貫余。三九 無頼の徒。主に国人層を指す。「溢者アブレモノ」(伊京集)。四〇 「ヨゥガイ 城砦、城郭、など」(日葡)。四一 「タテゴモル」(日葡)。四二 「掠 カスメル カスム〈掠ゝ人也 又劫奪(ケフダツ)略盗並同〉」(合類)。四三 軍勢の出動。

以上二〇九頁

一 柘植は、天正七年(一五七九)、織田信雄の伊

しへ今ためしおほし。遠く他家にもとむべからず。織田掃部[一二]はさしも勲功をいたせしか共、つゐに日置[一三]大膳におほせて誅せられ、佐久間右衛門[一四]は信長公草業の御時より忠節ありけれ共、忽に追はなたれて恥に逢たり。歴々の功臣なをかくのごとし。まして其外の人、更に行末しりがたし」といふ。滝川がいふやう、「下間[一五]筑後守は、越前の朝倉に方人[一六]して木目[一七]峠の城にこもりしを、朝倉[一八]うたれて後、平泉寺[一九]にかくれて跡[二〇]をくらまし、醒悟[二一]発明の道人[二二]となりて、

賀国名張郡侵攻の際の合戦で一揆どもに討たれたという(勢陽群談・一志郡・信雄伊賀発向付柘植討死事)。信長記十二・於ニ伊賀国ニ味方勢失レ利事では九月十七日と記す。滝川は後年関ケ原の戦で西軍に属し一時除封されたが、常陸国に領地を得て、慶長十五年(一六一〇)二月に死去。 二 第三者を立て調停をすること。仲裁。 三 三重県阿山郡大山田村および上野市の東部。 四 室町時代は酒屋で土倉(質屋)を営むものが多かった。 五 「質物 シチモツ〈借レ物時ニ置レ物也〉」(易林本)。 六 「数盃 すはい」(大全)。 七 晋代の陽都の人。劉毅・劉裕とともに桓玄を討ったが、後、劉裕に殺された(晋書八十五)。 八 晋代の沛の人。後、劉裕に攻められた。 九 世に諸葛長民の言として膾炙。事文別集二十九(富貴・群書要語・諸葛長民云)などにも同文。 一〇 願望のすべてを一身に実現したいことの喩え。 一一 古代中国の都市、商業の中心地。現江蘇省長江北岸。 一二 織田系図では、諱忠寛、掃部助、寛貞の子。信長公記二は津田掃部。津田一安。日置村織田丹波守の子とも。大河内城攻めに従軍し、後、信雄の補佐も勤めた。「同年(天正四年)冬十二月十五日、日置大膳亮ヲシテ之ヲ討タシム…掃部助何心無ク普請場ニ在リテ下知致スノ所ヲ、日置立寄リ遂ニ斬殺ス」(勢州軍記・下・具教騒動・織田掃部事)。 一三 織田信雄の側近。「日置

絵 菅谷九右衛門、柘植・滝川に出会って談話する場面。筵(むしろ)の上に座る三人。杯、盤等。手には扇を持ち、素襖、袴姿。控える下人の前に瓶子。

[一]あづさゆみひくとはなしにのがれずはこよひの月をいかでまちみむ

と詠ぜしは、名をうづみて道[二]に替たり。荒木[三]摂津守が家人(けにん)[四]小寺官兵衛は、主君の逆心をいさめかねて、髻きりて僧[五]になりつゝ、

[六]四十年来謀二戦功一　鉄冑着尽折二良弓一[七]
緇衣編衫[八]靡二人識一　独誦二妙経[九]一詢[一〇]二梵風一

といふ詩を題して、世をのがれたるもたうとしや。この二人はその身逆心[一一]の君につかへながら、つゐによく禍をまぬかれたり。これ智慮のふかきに侍べらずや」といふ。柘植うち笑ひていふやう、「此輩(ともがら)は我らのため恥かしからずや。いでその伊[一二]賀の一揆[一三]ばら謀[一四]はつたなかりしものを」といふ。滝川、「いや其事は只今又いふべきにあらず。思へば口惜きに、たゞ酒のみ給へ菅谷殿」とて、たがひに盃の数かさなりてのち、菅谷二人にむかひて、「いかにかた〴〵、日来は数奇[一五]の道とてもてあそばるゝに、今日のあそびに一首なきか」といふ。「されば」とて、打案じつゝ、

柘植三郎左衛門、

[一六]露霜ときえてのゝちはそれかとも草葉より外しる人もなし

滝川三郎兵衛、

[一七]うづもれぬ名はあり明(あけ)の月かげに身はくちながらとふ人もなし

へき」(「人倫名」・名字)。「家老織田掃部晢紙をもつて甲州に内通し、信玄をかたらひ茶筅丸をほろぼさんとくはだてあるよしきこへしかば、織田掃部は日置(ひをき)大膳に仰せてうたせらる」(古老軍物語六・伊勢の国司ほろびし事)。 一四 佐久間信盛。右衛門尉。信長の側近であったが、不興をかい、父子共に高野山に追放された。その後、熊野に逐電し、天正九年七月十津川にて没。 一五 下間氏は本願寺の内衆。筑後守は諱頼照。朝倉方坊官として諸奉行に従事。↓四四頁注三。 一六 味方する。「方人 かたふど」(大全)。 一七 福井県敦賀市と南条郡今庄町との境にある峠。木芽峠。 一八 朝倉義景の死は、天正元年(一五七三)八月二十日。 一九 福井県勝山市平泉寺町。 二〇 史書では、下間筑後守は、天正三年(一五七五)八月の信長による、木芽峠周辺の攻撃後の同月十七日に山林にひそんでいたところを見つかり、斬首されたという(信長記八)。また、一説では、乞食姿で逃亡し、途中斬首されたとも伝える(朝倉始末記八・一揆大将下間筑後討捕事)。 二一 すべてをはっきりと悟ること。「セイゴ 察知すること、または、考えあてること」(日葡)。「発明 ハツメイ〈人発明〉」(合類)。 二二 「ダゥニン サトリヲウルヒト 仏法語、禅宗の観念・瞑想において完全の域に達した人」(日葡)。

以上二一一頁

一 弓を引いて戦うことなく命を全うした。もし落ちのびていなかったら、今宵の月のごとき澄んだ悟りにどうしてたどり着くことができたろうか。「梓弓(あづさゆみ)」は「ひく」の枕詞。 二 仏道。「ダゥ ミチ 道路、きま

とよみて、二人ながらそゞろに涙をおしぬぐひけり。

萱谷歌のことばいとゞあやしく、又この有様心得がたくおどろき思ひて、「いかに日ごろは武勇智謀(ぶようちぼう)を心にかけて、すこしも物ごとによはげなき[18]気象(きしやう)のともがら、只今の歌のさま哀傷(あいしやう)ふかく、涙をながしけるこそあやしけれ」といふに、二人ながら更にことばはなく、大息(いき)つきてうそぶきつゝ、酒すでになくなれば、「今は是までなり」とて座をたち、いとまごひして、[19]半町ばかり行(ゆく)かとみえしが、めしつれたる中間ばら[20]もろ友に跡なく消(きえ)うせたり。萱谷大におどろき、伊賀にて打死(うちじに)せしことをやう〳〵思ひ出(おもひいだ)したり。日は山の端にかたふき、鳥は梢にとまりをあらそふ。人をつかはして、酒うる家に質物とせし小袖を取(とり)よせてみれば、手にとるやひとしく[21]ほろ〳〵とくだけて、土ぼこりのごとくになれり。萱谷いそぎかへりて、[22]ひそかに僧を請(しやう)じ、二人の菩提を[23]弔(とぶらひ)けると也。

（七）雪(ゆき)白(しろの)明神

[24]長亨(ちやうかう)元年九月[25]将軍[26]源義凞公(よしてるこう)、みづから軍兵をそつして江州にはつかうし、坂本に陣をとりて[27]佐ゝ木六角判官高頼(たかより)をせめさせらるゝに、[28]高頼ふせぎかねて[29]城を落て、[30]甲賀郡(かうがこほり)の山中にかくれ入(いり)たり。

り・法」(日葡)。三 荒木村重。天正六年(一五七八)、信長への謀反の風聞の故に攻撃(十一月)されて尼崎に一時籠城し、後、毛利氏に庇護を求めた。四 黒田孝高(よしたか)。一五四六-一六〇四。姫路城主小寺識隆(とでらのりたか)の子。幼名万吉。後、官兵衛。天正六年十月荒木村重が謀反し、主君小寺政識も加担したが、孝高は村重説得のため有岡城を訪れ、逆に入牢の身となり、一年後に救出された(黒田家譜一)。五 官兵衛は後年キリシタン大名(洗礼名ドン・シメオン)でもあった。六 原話の「鉄衣着尽シテ僧衣ヲ着ク」に基づき、特に句解注「四十年前馬上ニ飛ブ功名、蔵尽キテ僧衣ヲ擁ス…天津橋上人識ル無シ」の辞句や心情を翻案したもの。七 立派な弓も折り捨てた。「折 クジク」(合類)。八 「編衫」の誤記か。「緇衣」とともに僧衣。「靡 ナシ」(倭玉篇)。九 すぐれた経。とくに法華経を指す。「妙経 メウキヤウ」(書言字考)。一〇 仏の教えを求めること。「詢」は「トフ、ハカル」(字集)。一一 「ギャクシン 反逆」(日葡)。一二 信雄軍は、伊賀国住人の内通や手引きによって二手に分かれて攻撃したが(勢陽群談・一志郡・信雄伊賀発向付柘植討死事)、一揆軍は「つまり」(地形の狭まった所か)へ誘い込み、有利に戦って後に信長の激怒を買った(信長記十二)。一三 一揆の者ども。「ばら」は人を意味する名詞に付いて敬意を伴わない複数を表わす接尾語。一四 「謀 ハカリコト」(合類)。一五 芸能など風流の道に興じること。「数奇 すき」(大全)。一六 露霜のように命の消えた後には、葬られてここにありと知るものは草葉より他にはない。一七 かつての高高頼が郎等(らうどう)[一]堅田(かたゝの)[二]又五郎といふものは、武勇(ぶゆう)ありて力量(りきりやう)人にすぐれ、しかも常に[三]仏神をうやまひ、後世(ごせ)[四]をねがふ心ざしあさからず。観音普門品(くはんをんふもんぼん)[五]一返(べん)[六]・弥陀経(みだきやう)[七]一巻・念仏百返をもつて毎日の所作(しよさ)[八]とす。すでに大将高頼城を落(おち)ければ、又五郎も力なく、むかふ寄手(よせて)に切かゝり、つゐに大軍(ぐん)の中を切ぬけて、安養寺山(あんやうじ)[九]のおくに落行(おちゆき)たり。

かくて日暮[一〇]たりければ、いづかたに出(いづ)べき道もしらず。かたはらにひとつのわらやあり。谷かげに立(たち)ながら内には人なし。まづ此(この)家にかくれ居たれば、軍兵廿騎(き)[一一]ばか

名は今も語られるが、身はここに朽ちはてて、有明の照るこの野辺を訪れる人とてない。「あり明」の「あり」が「在(り)」と「有(明)」に掛けられる。一八 持って生まれた性格。一九 一町は約一〇九メートル。原話「十数歩」。二〇 →五六頁注一。二一 「ホロホロト…副詞。また、土壁などのような物が崩れたり、砕けたりするさま」(日葡)。二二 原話は、二度とこの道は通らなかったとある。二三 「吊 俗弔字 トフラフ」(字集)。

7-7 五朝小説の博異志「馬侍中」を原話に主人公の馬燧が権力者の追及を逃れ、さらに怪異の脅威にさらされて過ごす一夜の体験を、近江六角氏没落の憂き目に出合った落武者の身の上に翻案する。

二四 一四八七年。正しくは「長享(ちやうきやう)元年」。ただし、本朝将軍記九にも「長亭」と誤る。二五 「九月将軍家みづから軍兵を率して江州にはつかうし、坂本に陣とり佐々木六角高頼を打給ふ」(本朝将軍記九・源義尚・長享元年)。二六 室町幕府第九代将軍。「是年、将軍家御諱義尚(よしひさ)をあらためて義凞(よしてる)と号す」(同九・長享二年)。正しくは「義煕」。二七 ?—一五二〇。近江国観音寺城城主。同国の守護大名佐々木氏の嫡流の一族。家臣の内紛によって領内が乱れ、しばしば将軍の親征を蒙った。二八 「十月に高頼城を落て甲賀の山中に入たり」(同九・長享元年)。二九 佐々木六角氏の居城は滋賀県蒲生郡安土町の観音寺城。三〇 近江国(滋賀県)南部の山地。戦国期には六角氏の支配下にあり、地侍たちを「甲賀者」と言って、強固な団結と奇襲戦法で知られた。

以上二一一三頁

りの音して、「まさしく後(うしろ)かげはみえしぞ。さだめて伊賀路(いがち)にかゝりて落(おち)ゆきけむ」といふをきけば、我を討(うち)とめんとする追手の兵也。されどもかくれ居たる家には目もかけず、やう〳〵遠ざかりゆく。「今は心やすし」と思ふ処に、又人の打過(うちすぐ)る音のきこえしかば、ひそかに窓(まど)よりのぞきみれば、ひとりの女房そのよはひ四十ばかりなるが、勢(せい)ほそく高し。褐色(かちいろ)の中なれたる小袖着(き)て、手にうつくしき袋(ふくろ)をもちて、「堅田(かたゝの)又五郎殿はこゝにおはするや」といふに、又五郎物をもいはず忍び居たり。

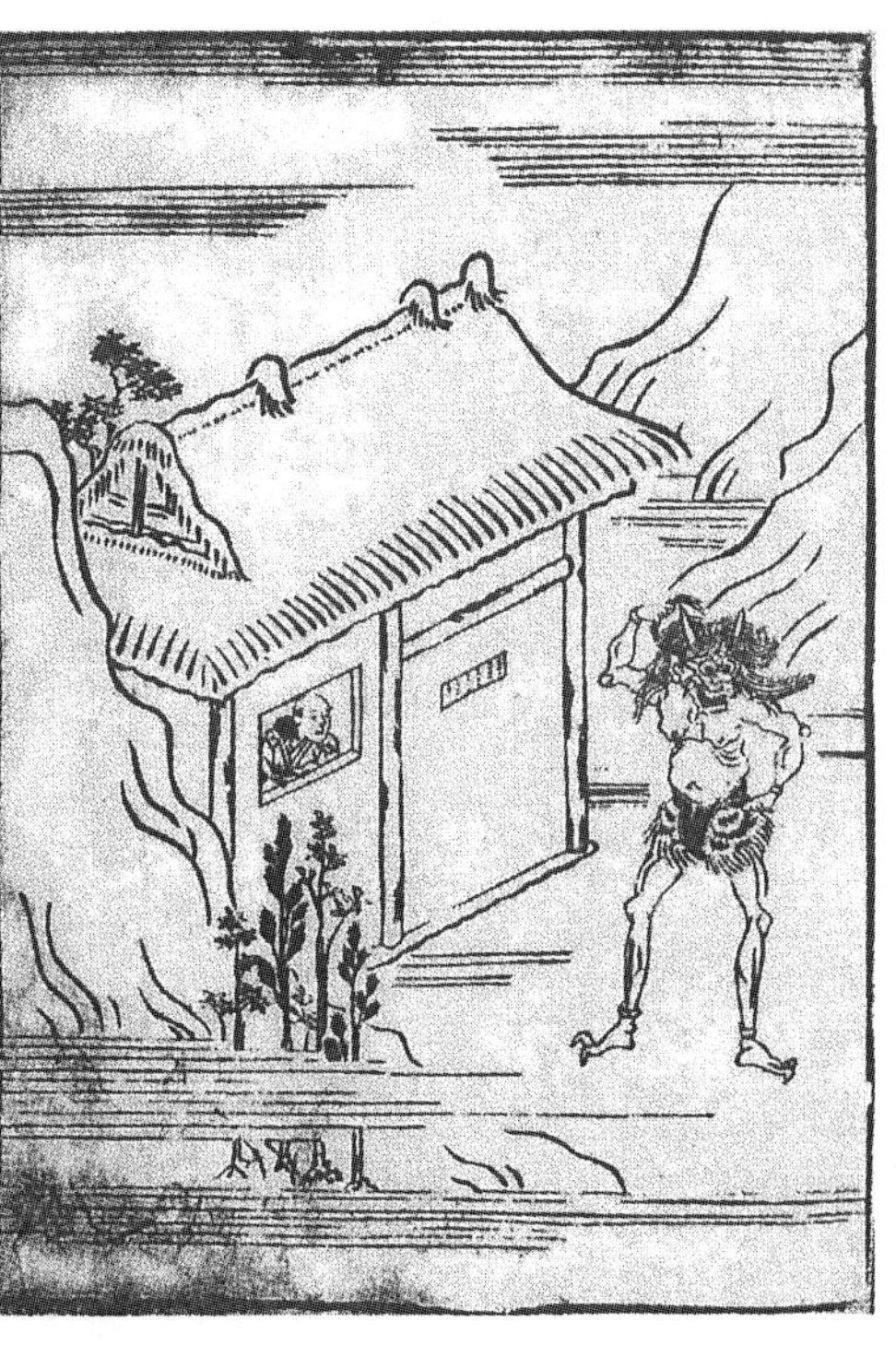

一 →二〇九頁注二七。 二 近江の地名による命名。 三「仏神三宝 ブツジンサンボウ」（書言字考）。 四「後世 ごせ」（大全）。 五 →二三〇頁注二。 六 一回分。「一返 ヒトカヘシ」（合類）。 七 阿弥陀経。西方極楽浄土の荘厳を説き、念仏を勧める。 八 日課として定めた勤行。「所作 ショサ」（合類）。 九 滋賀県栗太郡栗東町大字安養寺にある山。このたびの親征に北麓の安養寺が将軍の本陣とされた。 一〇 原話に「日暮レノ度(ほど)モ境ヲ出ズ、蔽(かくれどころ)ヲ逃(にげ)リシ民ノ敗(こぼ)レタル室ノ中ニ求(えら)ビタレドモ尚(なほ)未ダ安(おちつ)カズ」。 一一 原話に「車馬ノ蹄(ふ)ミ歕(いぶ)ク声(ひびき)、人相ヒ議シテ能ク三二十里ヲ更(すつ)ケンヤ否ヤト言フヲ聞ク」。「軍兵 ぐんびやう」（大全）。 一二 立去る人のうしろ姿。「後影 うしろかげ」（大全）。 一三 伊賀国へ通じる道。甲賀は伊賀とともに国人領主層の力が強く、事あるごとに連帯した。 一四 原話に「果シテ護戎ガ使ヒ也」。「護戎」は馬燧の非礼を恨む政府高官（「北京府主」）。 一五「追手 おって」（大全）。 一六 原話に「俄(ほどな)ク勢(ひとむれ)ノ漸ク遠ザカルヲ聞キテ稍(や)ヤ安(おちつ)ク」。 一七 原話に「未ダ常ノ息(いきづか)ヒニ復セザルニ又悉窣(しつそつ)ニ人ノ行ク声(おと)有ルヲ聞キテ燧ハ危(おそ)レ慄(をのの)ク」。「悉窣」は「窸窣」の

絵 堅田又五郎、安養山の山中にて鬼に出会う場面。右頁、又五郎を追いかける甲冑姿の軍兵達。左頁、藁屋に隠れる又五郎。小窓より外を窺う。鬼、腰のものは豹皮。その上に褌をつける。雪白明神の使者から教えられた鬼除けの一線は見当らない。

[一]女房うちわらひて、「何をかおそれて忍び給ふぞ。すこしもくるしき事なし。我はこれ当国栗太郡[二]におはします雪白の宮[三]の御使として、君が心をやすくせむとてつかはされたり。ゆめ〳〵うたがひ給ふな。君常に慈悲ふかく、神仏をうやまひ、後世をもとめてをこたりなき故に、その心ざしを感じて雪白の明神守り給ふなり」とて、すなはち[四]もちたる袋の緒をとき、焼餅[五]とり出してくはせ、小き瓶に酒をいれてとり出してのませけるに、又五郎大に飽みちて、かたじけなく有難き事たとへんかたなし。女房いふやう[六]、「此窓の前、庭の面に横すぢひとつ書つけて、こよひ夜半ばかりにあやしきもの来りおびやかさん。君かまへておそれうごき給ふな。これをのがれて後は、ゆくすゑ更にあしき事あるべからず」とて、帰るかとみえし、[七]銷がごとくにうせたり。

案のごとく、夜半[八]ばかりにあやしきひかりひらめきかゝやきて[九]来るものあり。又五郎、「さればこそ」と思ひ、窓[一〇]よりのぞきければ、身のたけ一丈あまりの鬼、あかき髪みだれ、白き牙くひちがふて、両の角は火のごとし。口は耳もとまでさけて、まなこの光り、かゞみ[一一]の面に朱をさしたるがごとし。爪は鶻[一二]のごとく、豹の皮を腰当とし、直[一三]に内にかけいらんとするに、かの女房庭の土に書たる筋を見て、大にいかれるまなこのひかり、いなびかりのごとくひらめき、口より火を吐て立やすらひ、

当て字で声の安らかでないさま。一八 原話に「次イテ忽チ戸牖ニ一女人ヲ見ル。布衣ヲ衣テ身形ハ絶長シ」。「布衣」は庶民の衣服、「身形」は身体に同じ。一九 身の丈、背。「背」に「勢」を当てた例として「勢たかく瘦かれて」(本朝二十不孝四ノ四)がある。二〇 濃い藍色。二一 頃あいよく着なれた。二二 原話に「手ニ一ノ襆ヲ携ヘテ曰ク、馬燧此ニ在スヤ否ヤト。燧ハ黙シテ敢テ対ヘズ」。

一 原話に「又曰ク、大驚キ怕ルルニ否ラズヤ。胡二姉、君ノ此ニ在スヲ知リ、故ニ来リテ安ンジ慰ムルナレバ、憂ミ疑フニ至ブコト無キ也ト」。二 近江国(滋賀県)西南部の郡。現在の草津市およびその周辺。古く「栗太」「栗本」と書いて「くりもと」と読んだが、現在は「くりた」。三 栗太郡栗東町高野に鎮座する高野神社、別名を由岐の宮、由岐志呂宮という。四 原話に「乃チ携フル所ノ襆ヲ解ケバ、熟キ肉一甌ト胡餅数枚有リ。燧食シテ甚ニ飽キ」。五 「焼餅 やきもち」(大全)とも。六 原話に「胡二姉ノ灰数斗ヲ以テ燧ノ前ノ地上ニ一ノ道ヲ横タヘ布ネ、以テ之ニ授ヘ言シテ曰ク、今夜半バニ異物有レテ相ヒ恐シ劫シテ輒ク動クコトヲ得ズ。此ノ厄ヲ過シテ後ハ、勲モ貴モ双無シト。言ヒ畢リテ去ル」。「勲貴」は勲爵と高貴な身分。七 「銷 ケス キユル」(字集)。八 原話に「夜半ニ近ヅキテ物有リ、閃閃ト人ヲ照カセツツ漸ニ近

一四力足(ちからあし)ふみて一五響(どよみ)ける。一六その有様一七身の毛(け)よだち、一八魂(たましい)きえて、おそろしといふもをろかなり。一九鬼すでに筋を越(こゆ)る事かなはず、二〇いかりをゝさへてかたはらに立(たち)よりし所に、二一軍兵又十騎(き)ばかり追来りて、「又五郎は此家にかくれしと聞ゆ。出(いで)よ〳〵」とせめけるに、二二かの鬼(をに)かけ出て馬上の兵をつかみ、馬を踏(ふみ)ころしてくらふに、其外(そのほか)の郎等共は二三蜘(くも)の子をちらすごとくに、足にまかせてにげうせたり。

二四夜すでに明(あけ)がたになりければ、鬼も消(きえ)うせて物しづか也。立出(たちいで)て見れば、馬のか

ヅク」。九 清音。一〇 原話に「戸牖ノ間ニ一物ノ長丈余ナルヲ見ル、乃チ夜叉也。赤キ髪ハ蝟チ奮ヘ、金ノ牙ハ鋒ク鑠キ、…獣ノ爪ヲシ、豹ノ皮ノ褌ヲ衣テ」。一一 血走った目の形容。鏡は鋭く光る目の喩え。「にらみつめたる眼のひかり、百れんの鏡に血をそゝぎたるがごとく」(北条五代記九・三浦介道寸父子滅亡の事)。一二「鵰」の誤り。一三 原話に「短兵ヲ携ヘ直ニ室ニ入リ来タル。獰レル目ニ電ヲ熌キ、火ヲ吐キ血ヲ噀キテ跳リ躑リ哮エ吼ベバ、鉄石モ消エ鑠ケナントス」。「短兵」は刀。一四 地面を踏み締めること。一五「ドヨム 遠方から大声でわめく」(日葡)。一六 原話に「燧ハ之ニ惴レ慄キテ殆ド魄ヲ喪シ精ヲ亡ヘルガゴトシ」。一七 恐ろしさにぞっとする。「戦慄 ミノケダツ」(合類)。一八 激しく驚き怖れるさま。また「身の毛よだつ」に添えて恐ろしさを強調する常套句。一九 原話に「然ニ此ノ物終ニ敢ンデ胡二姉布ヌル所ノ灰ヲ越エズ」。二〇 原話に、攻めあぐねた鬼は門扉にもたれて寝込む。二一 原話に「俄ニ又車馬ノ来ル声ヲ聞ク。人有リテ相謂テ曰ク、此乃チ逃リシ人ノ室ニシテ、馬生ノ此ニ匿ルルヲ妨ゲズト」。

絵 山中の鬼が兵馬を食い殺した場面。地上に散らばる食いちぎられた無残な兵馬の手足や甲冑。恐怖の面持ちで見つめる又五郎。腰紐はしっかりと前で花結びされている。

しら人の手足、血まじりに散みだれ、よろひ・甲・太刀みなひきちらしてあり。又[一]五郎つゐにのがるゝ事を得て、それより伊勢にくだり、白子[二]と云所より舟にのり、駿州にゆきて、今川[三]氏親をたのみて身[四]をかくし、後にその終る所をしらず。

伽婢子巻之七 終

三二 原話に「子ノ時バカリニ数人兵器ヲ持チ、馬ヲ下リテ入リ来リ、衝(つきあた)リテ夜叉ヲ踏ム。夜叉奮(いきどほ)リ起(た)チテ大キニ吼(さけ)ブコト数声、人ト馬ヲ裂キテ噉(く)ヒ食(くら)ヒ、血肉殆(ほとほと)尽クレバ夜叉意気徐(おもむろ)ニ歩ミテ去ル」。三三 ちりぢりに逃げ去るさま。三四 原話に「四更ニ東ノ方ニ月上ル。燧覚(さめ)ムレバ寂静ナリ。乃(すなは)チ出テ去(ゆ)キ、人馬ノ骨肉狼藉タルヲ見ル」。

一 原話にこの大厄を免れた馬燧は高位勲爵を得て、春秋ごとに胡二姉を祭り報謝したとして一話を結ぶ。
二 三重県鈴鹿市白子町。中世後期から港として栄えた。
三 戦国期駿河・三河の大名。この一話の長享元年(一四八七)に十五歳であったが、すでに家督を相続していた。
四 落武者としての追及をさけて。

伽婢子　巻之八

(一)　長鬚国

越前の国、北の庄に商人あり。毎年松前に渡りて蝦夷と販売に、おほく木綿・麻布をつかはして昆布・干鮑に替て、国にかへり出し売を業とす。

ある年、ふねに乗て松前に渡るに、俄に風かはり浪たかく、檣をれ梶くだけて吹はなされつゝ、漸にしてひとつの島によせられたり。人心地すこしつきて舟をあがりければ、五町ばかりにして人里あり。其所の人は髪みじかく鬚長し。物いふ声は日本のことばに通ず。ある家に立入て、国の名をとへば、「長鬚扶桑州」といふ。国主を問ば、「是より一里ばかりの東に城墎あり」とをしゆ。彼におもむき惣門を過て見れば、国主の本城とおぼしくて、門のかまへ、つゐ地たかく、石がきはけづり立たるごとし。門のほとりに立よりければ、門を守るもの一同に出て大にうやまひ、奥のかたにいひ入たりしに、衣冠の躰世に見なれざる出立したるものはしり

8-1　五朝小説の諾皐記「大足初有士人云々」の筋にほぼ従う。北方交易を背景に、原話にない珍味の多出や、多くの挿絵を用いて異境臭を強め、姫と士人との交情など一部原話を改変して翻案した。
一 福井市の旧称。寛永元年(一六二四)に改名されるまでの呼称。二 北海道松前郡松前町。三 松前は蝦夷地交易の場。四 布は越前名産の一。「牛頸布　割織布　嶋布　肘綿」(毛吹草四・越前)。五 松前地方は宇賀の昆布などと称された昆布の名産地。「昆布　コブ」(同・松前)。六 鮑の肉を干したもの。七 近世初期の商船として帆と艪を両用した大型船の北国船(ほっこくぶね)が運航。船主は、自前で商品を積載し、寄港地で売買した。八 原話に「大足初メニ士人アリ。新羅ノ使ニ随ヒ、風吹キ一処ニ至ル」。「士人」はこの一話の主人公。九「檣　フネノホハシラ」(字集)。一〇「梶　カヂ〈…本朝俗用為ニ舵字ニ謬乎〉」(書言字考)。一一 原話に「人皆長鬚、語ルニ唐言与(もと)ニ通ズ。長鬚国ト号ス」。「唐言」を日本の言葉に改変。一二 原話に「地ヲ扶桑洲ト曰フ」。「扶桑」は東海にあるとされた国。一三 中国の唐―明代にかけては、一里が三六〇歩(約五六〇メートル)で、日本のおよそ六町弱に当たる。日本では中世以来主に三十六町が一里であったが、東国では六町一里も用いられ、地域によっては七十町以上にも適用された(一町は六十間)。一四「墎　同郭」(字集)。「城墎は三里を城といひ、七里を郭といふ、しかれども郭は外のかこみをいふ、城とはうちのてんしゆなどをいふ也」(新撰庭訓抄・六月往状)。一五「彼　カシコ」(字集)。一六 総門。正門、

出(いで)て、殿中に請じ入(いれ)たり。宮殿はなはだ花麗にしてきらびやかなる事いふはかりなし。紫檀・くわりん・白檀なんど入(いれ)ちがへ、沈香・金銀をちりばめまじへて立(たち)たり。にしきのしとねを敷(しき)、国主立出(たちいで)て対面す。「大日本国の珍客只今此(この)所に来れり。我ら辺国のえびすとして、まのあたり請じまいらする事、これさいはひにあらずや」とて、一族にふれめぐらすに、みなをの〳〵来りあつまる。いづれも出(いで)たち花やかなれ共(ども)、勢みじかく、髪かれて、ひげばかりは長く生(おひ)のび、腰すこしかゞまり

大手門。「惣門 そうもん」(大全)。一七 中心となる城。日本の城における本丸。通常天守閣が建てられ、高い石垣が築かれて周囲に濠がめぐらされた。一八 築地。土塀。一九 原話に「行クコト両日ニシテ方(ま)ニ一ノ大城ニ至ル。甲士門ヲ守ル」。二〇 原話に「衣冠、稍(や)中国ト異ナル」。

一 原話に「殿宇、高敞(かうしやう)ナリ」。「高敞」は、高く見晴らしがいいこと。
二 材は黒色で堅く重く、建築、器材に珍重。
三 器材や彫刻材に用いる。「花櫚 クハリン〈本名櫚木。本草似二紫檀一色赤性堅者〉」(書言字考)。
四 材は黄白色で、芳香があり、器具や彫刻材として重用。香料や白檀油(センダン油)ともなる。栴檀。
五 香木。土中で腐敗させ樹脂を採取して、香料とする。
六 辺境の住民。「エビス 野蛮人」(日葡)。
七 身の丈。「勢ノヒキイ者ヲ」(論語抄二)。
八 髪の毛がなくて。
九 へた。柿の実の下についている葉。
一〇 「膚 ハダヘ」(合類)。
一一 沢池に生え、果実はほぼ菱形で両側にとげがある。中の種子は多肉質で食用となる。「紫菱ハ軟角ヲ生ズ」(事文後集二十六・菱芡付)。一二 鬼蓮(おにばす)の異名。沢池に生え、夏に紫色花を開く。茎・種子が食用(本草綱目啓蒙二十九・芡実)。一三 未詳。一四 未詳。橘は、乳梨(にゆうり)=別名空閑梨(とがなし)や青梨(あおなし)があり、これらを指すか。一五 水晶で作った鉢。一六 その年初めて渡って来た雁。

てみゆ。座さだまりて後に、緑の蔕ある色よき柿ひとつ、はらめる黄なる膚の栗、むらさきの菱、くれなゐの芡、青乳の梨、赤壺の橘を瑠璃の盆、水精の鉢にうづたかくつみて出したり。膳には野辺の初鴈、沢沼の鳧、鳴鶉・雲雀・紫姜・青蓴、渓山の筍、霊沢のせり、数をつくして出しそなふ。葡萄、珠崖の名酒に茱萸・黄菊を盃にうかべ、まことに妙なるあるじまうけ、そのあぢはひさらに人間の飲食にあらず。されども海川のうろくづ、はまぐりのたぐひは、一種の肴もこれなし。商人い

一七 通常「かも」。「鳧 カモ」(字集)。「かもめ」は作者の読み癖か。「鳧(カモ)能ク高ク飛ブ」(新語園七ノ三十五)。 一八 「…漢南之鳴鶉 七啓」(天中記四十六・八珍・嘉物)。 一九 「生物(なまもの)者…雁鴨鶉雲雀」(庭訓往来・五月返状)。 二〇 しょうがの異名。 二一 青い色をした蓴菜。 二二 「ケイザン (タニ・ヤマ) 山と谷と。文書語」(日葡)。 二三 神聖な沢のせり。 二四 葡萄酒。中国では、後漢の張騫が西域より葡萄を伝え栽培、酒に醸造したという(新語園十ノ二十五)。日本では葡萄酒の醸造はない。本朝食鑑・穀部之二・酒では、むしろ有害とし、一般には珍品。「ぶだう酒」(尤之双紙・上・大切なる物のしなじな)。 二五 漢代地名。現海南省瓊山市の東南地。珠の産地で酒との関係は未詳。 二六 呉茱萸(ごしゅゆ)、または山茱萸。果実は薬用にもなる。「呉茱萸(ごしゅゆ)一名は藙(き)、日本にもあり、九月九日にとりてかげぼしにす」(和名集并異名製剤記・下)。 二七 黄色い花の咲く菊。「陽を二つかさねたるを重陽といふ也。此日きくの花のさけをのむ、同じくしゆゆをかくる事」(女訓抄・下)。 二八 「饗応 アルジマウケ」(合類)。 二九 「鱗トハ惣ジテ海ノ生類ヲ云歟」(庭訓往来註・五月復状)。

絵　難破して長鬚国扶桑州に漂着した商人が、国主の城を訪れる場面。右頁、拱手(きょうしゅ)した国人。鬚は長く腰に刀のようなものを差す。門は青海波の文様、棟の両端には海老の形をした飾りがついている。左頁、格子縞に袴、脛巾(はばき)姿の商人。衣冠の応対人。頭上は海老の冠。左に番の者二名。

ぶかしくぞおぼえたる。

国主のいはく、「我に一人のむすめあり。ねがはくは君これにとゞまり給へ。配偶の縁をむすびたてまつらん。栄耀いかでか極まりあらん」といふに、商人大に よろこび、「ともかうもおほせにしたがひたてまつらん」とて、数盃をかたふけ侍べりしに、今宵は月すでに満て、ひかり四方にかゝやきて、あきらかなる事白日のごとし。「これぞ我らの酒宴遊興をもよほす時なる」とて、満座のともがら舞かな

一「夫婦ヲ配偶トイフヤウナルコト也」(志不可起五)。
二「スハイ（カズノ・サカズキ）何遍もの酒」(日葡)。
三 原話に「其ノ王、多クノ月ノ満ズル夜則チ大会アリ」。
四 清音。
五「ハクジツ 昼、または、昼の間」(日葡)。

で、うたひ[六]どよめく。か丶る所に、姫君出給ふ。つきしたがふ女房達廿余人、いづれも[七]花をかざり、もすそを引て[八]ねり出たれば、[九]沈麝の薫座中にみちたり。商人これをみるに、かたちはたをやかにうるはしけれ共、[一〇]女にも髭あり。商人はなはだあやしみて[一一]よろこびず。[一二]古風の躰一首をよみける、

[一三]さくとても蘂なきはなはあしからめ妹がひげあるかほのうるはし

国主聞て、[一四]えつぼに入てわらひしかば、満座[一五]かたふきて[一六]腹をさ丶げたり。むすめと

六 賑やかに騒ぐ。「動ドヨム」(合類)。
七 美しく着飾る。
八 列をなしてゆっくりと歩み出る。
九 沈香、麝香の香り。「らんじゃ、ぢんすいの香のにほひ、とこしなへにしてたゆることなし」(蓬萊山由来)。
一〇 原話に「姫嬪ヲ見ルニ、悉ク鬚(ひげ)アリ」。「髭」は底本「髪」。
一一 不快なさま。ここは上二段活用(古代使用、平安時代以降は四段活用が主)。
一二 古代の和歌に似せて。「妹」等の語を用いた点か。
一三 たとえ美しく咲いても蘂のない花はよくないよ。あなたのそのひげのある顔こそ美しいよ。当歌は原話にある「花ニ蘂無キハ妍(うつく)シカラズ、女ニ鬚無キモ亦醜シ。丈人試ミニ遺(もら)サバ、惣無(すべてなきもの)ハ未ダ必ズシモ惣有(すべてあるもの)ニハ如(し)カズ」という詩の翻案歌。蘂(花蕊)を髭に見立てたもの。
一四 笑い興ずること。「ヱツボニ入テ笑(ワラハレ)ケル」(太平記九・主上々皇為ニ五宮ニ被レ囚給事)。原話に「王、大イニ笑ヒテ曰ク」。
一五 傾く。一斉に体をよじらせて、の意か。
一六 腹を抱えて笑うこと。捧腹の訓読。

絵 商人、宮殿内で国主のもてなしを受ける場面。右頁、宴に繰り出す姫君と従者の侍女達。皆、長い鬚を有する。床下には満々とした海水。左頁、格子縞文様の小袖と袴をつけた商人。盤や鼎には柿などの珍果。錦の茵を敷いた足付の座に迎える国主。頭上の海老は一段と大きい。招かれた客達も海老の冠。

女房達は、[一]世にはづかしげなり。この夜より商人に一官をすゝめて、[二]司風の長とぞかしづきける。身の栄花にたのしみをきはめ、国中うやまひもてはやすゆへに、ひげある妻になれそめて[三]三年をすぐれば、男子一人女子二人をぞまうけたる。

[四]ある日、家こぞりてなきかなしみ、妻はなはだうれへなげく。城中うちひそまりて、色をうしなへり。商人おどろきて妻にとひければ、なく〳〵こたへけるやう、「きのふ[五]海竜王のめしによりて、わが父すでに竜宮城におもむき給へり。いのち生て二たびかへり給ふべからず。この故に歎き悲しむ也」といふ。商人大に[六]仰天して、「それはいかにも[七]はかりことあらば、のがるゝ道侍べらむや。しからば[八]われたとひ命をすつる共、なにかかへりみるべき」といふ。妻のいふやう、「[九]此事君にあらずしては、わざはひをのがれて[一〇]安穏の地にかへり給ふ事かなふべからず。ねがはくは[一一]竜宮城におもむき、「東海の第三の[一二]迫戸第七の島長鬚国、すでに大禍難に依て今より衰微にをよぶべき也。あはれみをもつて[一三]首長をはなち返し給はゞ、よろしく太平安穏の[一四]政道なるべし」と、よく〳〵のたまはゞ、竜神[一五]よこしまなし、かならず此歎きを引かへて[一六]よろこびのまゆをひらかん。しからば一足もはやくおもむきて給へ」とて、[一七]声もおしまずなきければ、商人もなさけの色に心ひかれて、いそぎ出たち花やかに装束して、[一八]十人の侍・五人の[一九]中間・二人の[二〇]道びきをめしつれ竜宮城に

一とても。二 風に関する事を掌握する官職。原話に「司風ノ長兼駙馬ト為ス」。「駙馬」は、天子の副車の馬を司る官名(駙馬都尉)。多く主君の娘婿が任命されたので女婿を指す語ともなる。三 原話に「十余年ヲ経テ、士人一児二女ヲ有(ウ)ク」。四 原話は、王自らが士人に国難の救済を依頼し、別れを告げつつ国を出て行く。原話に「忽チ一日(アルヒ)其ノ君臣憂慼ス。士人怪シミテ之(コレ)ヲ問フ。王泣キテ曰ク、吾国ニ難有リテ、禍(ワザハヒ)旦夕ニ在リ」。五 竜宮界の王。原話も「海竜王」とする。六「仰天 ギヤウテン〈驚也〉」(合類)。七「謀 ハカリコト」(合類)。八 原話に「士人驚キテ曰ク、苟(マコト)ニ難ハ弭(ハロ)スベク、性命アヘテ辞セザルナリ」。「性命」は生命に同じ。九 国王の言葉として、原話に「駙馬ニ非ズシテハ、救フコト能ハズ」。一〇「安穏 アンヲン」(合類)。一一 これも王の言葉。原話に「一タビ海竜王ニ謁シテ但(ダ)言ヘ、東海ノ第三汊、第七ノ島長鬚国ニ難有リト。我ガ国ノ絶微ナルヲ救ハンコトヲ求メテ、須(スベカラ)ク再三之(コレ)ヲ言フベシト」。「汊」は、わかれ流れるところ。一二 海峡。「迫戸 セト」(合類)。一三 かしら。一四「政道(セイタウ)、マサシキ道也。成スワザハ行事ヲ以テ本トス。然バ道ト云ナリ」(庭訓抄・七月往状)。「セイタゥ(マツリゴトノ・ミチ)」(日葡)。一五 非道なことはしないだろう。「邪 ヨコシマ」(合類)。一六 嬉しさに顔もほころぶ。「よろこびのまゆをひらく」(毛吹草二・世話付古語)。一七 原話に、国王が「因テ涕泣シ手ヲ執リテ別ル」。一八 原話に「王、乃(スナハ)シ舟ニ具(トモナハ)シムルニ、両使ヲシテ士人ニ

おもむき、[二一]舟にのりて、しばしのあひだに岸につきて浜おもてをみれば、みな金銀のいさごにて、国人は衣冠たゞしく、かたち大にして天竺の人に似たり。[二二]楼門にさし入てみれば、[二三]七宝[二四]荘厳の[二五]宮殿そのさまは堂寺のごとし。

[二六]玉のきざはしにすゝめば、竜神いでむかふ。商人大におそれつゝしめば、「司風の長とは汝の事か。今何故に来れる」とゝふ。商人こま〴〵といひければ、竜神すなはち[二七]海府録事をめして[二八]勘がへさせけるに、「竜宮城の[二九]境内にさやうの国はこれなし」といふ。商人かさねていふやう、[三〇]「長鬚国は東海第三の迫戸第七の島にあたれり」と。竜神又[三一]勘弁せさするに、しばらくありて、録事すなはち[三二]本帳をかんがへていはく、[三三]「その島は蝦魚の住所也。竜宮大王の此月の食料にあてゝ、きのふめしとりたり」と申す。竜神わらひていはく、「司風の長は、まことに人間ながら、蝦のために[三四]魅れたり。[三五]我は海中の王也といへども、食するところの[三六]魚鳥生類は、みな天帝より[三七]布さづけられて、日ごとにその数あり。たとひ人といふとも、天帝のさだめ給ふ数の外に、をごりて生類を食する時は、かならず天のせめをうけてわざはひあり。いはんや我ら数の外に、みだりに食する事かなはず。さりながら今はる〴〵とこゝに来れる人の心を[三八]やぶるべからず。数の定めを[三九]耗してまいらせむ」とて、内に入て[四〇]司膳掌におほせて、商人をつれて[四一]料理台盤所を見せしむるに、[四二]鼃の胎ごもり、

随ハシム」。　一九 侍と小者の間の雑務役。　二〇「ミチビキ 案内・指導」(日葡)。　二一 原話に「士人舟ニ登(の)リ瞬息(またたくま)ニ岸ニ至ル。岸ノ沙(すな)ハ悉ク七宝ニシテ、人皆衣冠シ長大ナリ。士人乃チ前(すす)ミ竜王ニ謁ヲ求ム。竜宮ノ状(かたち)仏寺ノ如シ」。　二二 二階造りの門。　二三 七種の宝。経論により異説がある。「七宝 黄金 白銀 琉璃 頗利 車渠 馬瑙 金剛 又曰 金銀 珊胡 真珠 琥珀 車渠 馬瑙 合成」(合類)。　二四「荘厳 シヨウゴン」(同)。　二五「宮殿 くうでん」(落葉集)。「クウデンロウカクヲカザリオイタ」(エソポのハブラス)。　二六 玉石の階段。原話に「竜王階ヲ降リテ士人ヲ迎フ」。「階 キザハシ」(合類)。　二七「録事」は記録等を掌る官職名。海中の竜王に仕えたので「海府録事」とした。　二八 調べさせる。「勘 カンガフ」(書言字考)。原話に「竜王即チ速ヤカニ勘ガヘセシムルニ、良久(しばらく)シテ一人外ヨリ白(まう)シテ曰ク、境内並(すべ)テニ此国ハ無シト」。　二九 境界内。「境内 ケイダイ」(書言字考)。　三〇 原話に「士人復(ふたた)ビ哀(かなし)ミ祈リテ言(まう)ス。長鬚国ハ東海第三汊第七島ニ在(あ)ルト」。　三一 物事をよく検討させること。「勘弁 カンベン」(天正本)。　三二「ホンチャウ 他の帳面などの原本である帳面、または、表」(日葡)。　三三 原話に「此島ノ蝦ハ合(すべ)テ大王ノ此月ノ食料ニ供シ、前日已ニ追(め)シ到レリト。竜王笑ヒテ曰ク、客ハ固(もと)ヨリ蝦ノ為ニ魅(ばか)サレタルノミ」。　三四「魅 バカス」(書言字考)。　三五 原話に「吾王タリト雖モ食スル所ハ皆天符ヨリ稟(う)ケ、妄リニ食スルコトヲ得ズ。今客ノ為ニ食ヲ減ラサン」。

[一]熊のたなごゝろ、[二]猿のことり、[三]兎の水鏡、[四]五種の削物、[五]七種の菓、[六]軌則・[七]花形かざりたてゝ、[八]鳳髄・[九]獅子膏・[一〇]青肪・[一一]白蜜、その外[一二]海陸のうちあらゆる珍味、心もことばもをよばれず。こがねの釜、[一三]しろかねの鍋、[一四]あかゞねの鼎をならべ、かたはらなる[一五]籃の中に[一六]蝦五六頭あり。大さ三尺あまり、色はさながら濃紫にして、鬚ははなはだ長し。此商人を見てなみだをながす事雨のごとく、しきりに[一七]躍をどりて、そのありさま「たすけたまへ」といはぬばかり也。司膳のつかさのいふやう、「これこそ蝦

三六「生類 しやうるい」(大全)。三七 広く恵み与えられて。「布 ホトコス シク」(字集)。三八 損ね、傷つける。三九「耗 ヘル」(色葉字類抄)。四〇「司膳」は食物や膳部を扱う官名。そこの役人。四一 食物の調理場。四二 クジカの胎児。「麞」はキバノロという小型で角のない鹿。「麞 クジカ」(合類)。「胎 ハラゴモリ」(同)。以下は古今の珍味尽し。底本の振仮名「くじ」。

一「熊掌トハ熊ハ手ニ吉味イ有ニ依テ云也…猿ノ木取ハ腕ニ味有」(庭訓私記・上・五月返状)。二「猿木取 手足の事なり」(新撰庭訓抄・五月返状)。「舞楽もやう〳〵過にければ、百味の膳をととのへて、…竜馬の肝、熊のたなごゝろ、くしかのはらこもり、猿のことり」(ふ老ふし・下)。三 未詳。但し、「みずかがみ」には具の少ない汁の意がある(可笑記二ノ二十一・むかし平安城…)。四 魚肉などの干物を削って食べる物。多少の異同がある。「削物者、干鰹、円鮑、干蛸、魚躬、「五種煎海鼠」」(庭訓往来・五月返状)、「五種削物、蛸、鰻、鮑、鰹、干鯛也」(運歩色葉集)。五 未詳。通常は「五菓」とも。「五菓ゴクハ〈李、杏、棗、桃、栗〉」(書言字考)。新語園十ノ十六・五果弁では、核果、膚果、殻果、檜果、角果の五類に分ける。六 亀足か。魚鳥を刺した串の手に持つ部分を巻いた飾りのある紙や、折敷の底の紙で四隅を折り返したものなど。七 花形をした亀足か。「作花亀足あり」(料理切形秘伝抄)、または銚子の口を蝶形に結んだ

の中の王(わう)なれ」と。商人きゝて、ふかくのなみだをおとす。

竜神かさねてつかひをたて、蝦(えび)[一八]の王をゆるしはなち、商人をば送りて日本にかへらしむ。その夜のあけぼのに、能登の国、鈴(すゞ)[一九]の御崎(みさき)に付(つき)たり。[二〇]岸にあがりてうしろをかへりみれば、送りけるつかひは大竜となり、波を分(わけ)て海底にかくれ、商人は本国にかへりて、筆にしるして人に語りつたへしと也。

紙をも称した。八 鳳凰の髄(骨の脂)。「後世ノ八珍則チ曰ク、竜肝、鳳髄、兎胎、鯉尾、鶚炙、猩唇、熊掌、酥酪、蟬以羊脂為之 呂希哲雑記」(天中記四十六・八珍)。九 獅子肉の脂。一〇 未詳。一一 蜂蜜のこと。一二「ろく」は陸の呉音。一三 銀の鍋。「かのくすりをねりたりける、しろかねの鍋、こかねの臼に」(ふ老ふし・上)。一四 銅製の器。多くは三脚で両耳が付く。挿絵では底に円形の型枠がついている。一五「籃 カゴ」(合類)。一六 原話に「中ニ是レ蝦五六頭有リ、色赤ク大ナルコト臂(ひぢ)ノゴトシ」。一七「蹕」は片足で立つこと。「蹕 ヒツ ト、ム」(字集)。「はねる」は了意独自の読みか。一八 原話に「客ヲ見テ跳躍シ、救ヒヲ求ムル状ニ似タリ。引者曰ク、此レ蝦ノ王也ト。士人不覚ニモ悲泣ス」。一八 原話に「竜王命ジテ蝦王ヲ一鑊(くわ)ヨリ放チ、二使ヲシテ客ノ中国ニ帰ルヲ送ラシム」。「鑊」は釜や鼎。一九 石川県珠洲市珠洲岬。珠洲三崎、鈴三崎とも。能登半島の東北端で、金剛(こんごう)崎、遭(あい)崎、禄剛(ろっこう)崎、の三つの岬の総称。二〇 原話に「一夕登州ニ至リ、回顧スレバ二使ハ乃チ巨竜ナリ」。

絵 竜宮内台盤所にある珍味尽しの場面。右頁、案内する司膳掌、蓬髪に竜の冠か。説明を受けて畏み見入る商人。左頁、籠の中に捕われた海老王、救いを求める。吊された鳥獣(真中は兎か)。壺、鼎、鍋、釜、瓶子、鉢、注子、盤など多種の器物に珍味が盛られる。当話は挿絵をふんだんに配し、異境のおもむきを充分に醸し出している。

（二）邪神を責殺

常州笠間郡の野中に小社あり。後は筑波山の嶺しげりて日影くらく、前には沢水底ふかくして藻はびこれり。常に雲おほひ小雨ふりてすさまじければ、人みなこの神の霊はなはだ猛しとておそれつかへて、此社の前を過るものは、散米・御供・神酒なんどをこの村里にしてもとめたづさへて、神前にそなへて打とをる。もしさ

8-2　原話は剪灯新話三ノ二「永州野廟記」。書生の畢応祥が、旅中に詣でた野中の神廟からいわれなき祟りを受けるという一話を、ほぼそのまま翻案するが、邪神が地府の王の裁きを受ける結末部を省く。

一　中世、常陸国（茨城県）にあった新治東郡の別称。現在の笠間市および西茨城郡七会村南部一帯。

二　樹木の茂った筑波の嶺が間近に迫って。「嶺　ミネ」（合類）。

三　ぞっとする感じの所だったので。

四　荒々しい。

五　「過　スグル」（字集）。

六　「散米　神前へ米ヲマキ入ル事。世俗ノスル事ゾ」（謡抄・俊寛）。

七　神へのお供え、とくに食べものをいう。

八　「神酒　ミキ（又云御酒）」（合類）。

もなければ、たちまちに雨風あらく雲雺[九]おほひて、神すなはちたゝりをなす。

[一〇]明徳年中に、濃州[一一]谷汲寺[一二]の僧性海とて、学行[一三]をつとむるに心ざしふかく、兼て[一四]は「北陸[一五]を修行し、相模の国足利[一六]の学校にゆかばや」と思ひ立て寺を出つゝ、越路におもむき、すでに常州の地にいたり、この社の前にやすむ。本より諸国行脚の僧なれば、ふくろ[一七]に一物[一八]のたくはへもなし。たゞ礼拝誦経して法施[一九]奉り、十町ばかり過ゆきける所に、道にふみまよひかなたこなたせし間に、俄に大風ふきおこり、沙[二〇]を

九「雺 フルキリ」(字集)。
一〇 一三九〇—九四年。
一一「美濃〈濃(ウ)州〉」(易林本)。
一二 岐阜県揖斐郡谷汲村の谷汲山華厳寺、天台宗。西国三十三所順礼の満願所として著名、谷汲寺は俗称。底本の振仮名「たつくみ」。
一三 学問と仏道修行。
一四 そのうえ。
一五「ホクロクダウ 北陸道トハ、若狭、越前、加賀、能登、越中、越後、佐渡也。コレヲ北陸道ト云」(謡抄・安宅)。
一六 栃木県足利市の足利学校のことか。小野篁の創建と伝え、室町時代に関東管領上杉憲実により再興、儒学、易学を主に講じた。相模国の足利学校とするのは同じく上杉憲実の再興した金沢文庫との混同か。ただし金沢文庫は武蔵国久良岐郡。
一七 財布の中に。
一八「一物 いちもつ」(大全)。
一九 経を唱え法文を奉ること。「法施 ホッセ」(書言字考)。神仏を混淆して神前に経文を唱えている。
二〇 大石小石を蹴飛ばしながら。

絵 性海、常州笠間の小社で、異形のものに追い掛けられる場面。右頁、平包みを背に逃げる、僧衣姿の性海。左頁、性海を追い掛ける異形二体。前に行くのは大蛇の頭面、豹皮の脛巾。後ろは馬頭か(但し、牙を有する)。その後ろに小社の鳥居と社殿。空は黒雲風雨。

あげ石をとばし、黒雲おほひ霧立こめ、うしろより物の追かくる心地しければ、おそろしくおぼえて見かへりけるに、異類異形[一]のもの二百ばかりしきりに追かくる。此僧、「さてはばけもの丶ため只今死すべし。ちから及ばぬ事」とおもひ、一心に観音普門品[二]を誦じ、足にまかせてはしりにげければ、風やみ雲おさまり空はれて、をひかけしものも見えず。からうじて鹿島[三]明神の社にか丶ぐり付[四]たり。神前にひざまづき、般若心経七返・普門品三返を誦して神にいのるやう、「先のやしろに法施奉りしをばらけずして、かへつて怨[五]をなさんとせしは邪神[六]の社か。[七]いかなる子細なるべき。又これ我身にあやまりありて神のとがめ給ふや。ねがはくは明神この事をしめし給へ」と念願して、日くれて身もつかれければ、かたはらに臥[八]たり。

その夜のゆめに神殿の内陣[九]ひらけ、錦の斗帳[一〇]をあげ、玉のすだれ[一一]を中まきて、内に明神座したまふ。左右には末社[一二]の神、位にしたがひてそのところ／＼に座す。大灯明内外にか丶やき[一三]て白昼のごとし。性海おそれて庭にくだり、かうべを地につけて礼拝す。にはかに一人朱き装束して、ゑぼし[一四]引こみ、きざはし[一五]に出ていはく、「なんぢ神前に法施たてまつる。神威[一六]たかく神慮こ丶ろよくうけたまふところ也。しかるになんぢ今神前にうつたへたてまつるところ、はやく裁断[一七]あるべし」とて、うちに入たり。しばらくありて数十人空をかけりてゆくと見えし、白髪のおきな一

一 畜生や鬼などの類の怪しい姿のもの。
二 法華経巻八の観世音菩薩普門品第二十五。観音力を念ずれば、羅刹難、怨賊難などの七難から逃れられることをいう。
三 茨城県鹿嶋市宮中の鹿島神宮、祭神は武甕槌神。香取神宮とともに藤原氏の氏神とされ、また鎌倉時代以来東国武士の信仰を集めた。
四 ようやくのことでたどり着く。「疎歩付 カヽクリツク」(温故知新書)。
五 「怨 アタ」(易林本)。
六 「ジャジン よこしまで害をなすか、常に禍を与えるかする神」(日葡)。
七 なぜ悪事をはたらくのであろうか。
八 参籠のため横になった。
九 ご神体を安置した一画。
一〇 内陣に懸けられた垂れぎぬ。「斗帳 トチヤウ〈神前斗帳〉」(合類)。
一一 珠玉を編みあげた簾。
一二 本社に付属する神社。「末社 当社鎮座其スヱ／＼ノ神ヲ云ヘリ」(謡抄・右近)。
一三 清音。
一四 烏帽子を目深くかぶって、の意か。
一五 神前の庭から神殿に昇る階段。
一六 鹿島の神は威厳を持って快く納受されたぞよ。
一七 「裁断とは、りひをことはり定事也」(御成敗式目注四条)。
一八 黒い頭巾。
一九 内陣の奥から。
二〇 一地方の地と民とを委ねられた神。「一方 いつはう」(大全)。
二一 崇敬の態度を示す。
二二 「ミチユキビト 旅行者」(日葡)。

人をめして来る。[一八]くろきぼうしかふり、あをきはかま着たるを、庭の面にひきすへたり。[一九]おくよりおほせありけるやう、「なんぢも[二〇]一方の神なり。なんぞ国家人民を守護せざる。あまつさへ[二一]うやまひをなす[二二]道行人をなやまし、みだりにわざはひをあらはし、しかも[二三]此道人法施をもつて神に[二四]ゑかうす。これ[二五]又何の供物といふともすぐる物あらむや。かへつて[二六]迫をびやかしころさむとす。悪行の[二七]くはたて、はなはだ法に過たり。その[二八]科のがるべからず」とあり。[二九]官人出て[三〇]断誡るに、老翁からべを地につけて言上しけるやう、「それがし実に[三一]野社の神なりといへども、[三二]大蟒蛇のために[三三]押領せられ、久しく[三四]社壇をうばゝれ、わづかにかたはらなる樹の根をすみかとす。わが力いたりてよはく、かの大蛇を制する事かなはず。世をまもり人をまもるべき職をわすれ、たゞ我身のをき所だになし。されば此年ごろ雲をおこし、雨をふらし、雺おほひ風あらく、わざはひをなして人の供物をもとむる事は、みなこの大蛇のしわざなり。それがしのとがにあらず」といふ。官人せめていはく、「さやうの事あらば、なんぞはやく此所に[三五]訴訟せざるや」と。おきなこたへていふ、「この大蛇世にある事、年久し。ある時は妖てかたちをあらはし、人をなやまし、ある時は[三六]居ながらわざはひをなす。その[三七]通力自在なる事いふはかりなし。山中にすむ鬼神、野辺にとゞまる悪霊、みなこれに力をあわせ、毒蛇[三八]魑魅みなこれにしたがふ。それがし

二三「道人トハ、仏道ヲ心得タル人ヲ云也」(謡抄・殺生石)。

二四「回向 エカウ」(合類)。

二五 この道人の捧げた読経に比べたなら、他のどんな供物も優ることはない。それなのに。

二六「迫 セムル」(天正本)。

二七 企て。「クワタテ」(日葡)。

二八「科 トガ」(字集)。

二九 役人。ここでは鹿島明神に仕えて庶務を執行する神。「官人 クワンニン」(合類)。

三〇 明神の仰せに従って道理に則り反省を促す。

三一 野中の小社。

三二「蟒蛇 モウジヤ ヲホヲロチ」(合類)。底本「大蟒虵」。「虵」は「蛇」の俗字。「蛇 クチナハ ヘビ ジヤ〈又虵同〉」(合類)。以下、底本に一例を除いて「虵」。またこれ以前の三例は「蛇」。

三三 力づくで横取りされ。

三四 社殿。「社壇 シヤダン」(慶長五年本節用集)。

三五「訴訟 ソセウ 人ニ物ヲ叶ヘテタマハレト云フノゾミ也。訴訟ノ二字、ウツタエ、ウツタフトヨム也」(謡抄・藤戸)。「訢 ウツタヘ ソ 俗ノ訴ノ字」(同文通考・誤用)。

三六 姿も現わさずに。

三七「通力トハ、通の字ハ…万物ニ通徹スル事也。力ト云ハ、其ノ通ズル所ノ徳用外ニ顕レテ、種々ノ事ヲ作(ナ)スヲ、力ト云也。自在ト云フハ、ホシヒマヽト読メリ。意ノマヽニ振舞ヒ作セル形也」(謡抄・鉄輪)。

三八 この振仮名不詳。魑(ち)も魅(み)も山中に住むという邪鬼。また、魑が山林、魅が沢神の怪で、山川の精とも。「捎(チウ)魑魅〈山沢之神〉ヲ」(九条本文選二・東京賦)。「こたま」は樹木の精霊。

こゝにまいりてうつたへせむとすれば、とらへてをしいれ、更にすみか[一]の外にかしらをも出させず。只今めしければこそこれまではまいり侍(は)べれ」と。そのとき神殿より勅(ちよく)[二]有、「官人はやくかしこにいたりて、その大蛇(じや)をめしとりて来(きた)れ」と也。翁(おきな)申すやう、「妖怪(ようくわい)通力(つうりき)すでにそなはり、これに力をあはするものおほし。官人おもむくとも物のかずとすべからず。たゞ神兵(しんぺい)[三]大軍をさしむけられ、せめふせ[四]たまはずしては、たやすくしたがひたてまつるべからず」といふ。「さらば」とて、大将の

一 仮の住み家としていた大木の根。

二 神勅。

三 神の加護を受ける選りすぐったつわもの。

四 「セメフスル 攻めて屈服させ、あるいは、服従させる、または、武力をもって屈服させる」(日葡)。

神に軍兵五千をさしそへて、野社にむけられたり。三時ばかりの後、数十の軍鬼ども、大木をもつて白蛇のくびを舁て庭に来る。その大さ五石ばかりをいるゝ甕のごとし。両の角とがりて、二つの耳は箕のごとし。鬣みだれて糸のごとく、口はうしろまでさけて、いかれるまなこはかゞみのおもてに朱をさしたるにゝて、ふさがずして死したり。官人すなはち性海にむかひ、「かたじけなくも当社明神は当国第一の神司として、汝の訴よく裁許したまへり。とく／＼」とて、座をたゝしむ。性海

五 かついで庭に運び込んだ。
六 一石は一升の百倍、約一八〇リットル。
七 穀物をあおり振ってゴミや殻を除去するザル状の農具。三方を竹や藤づるで編み、一方を塵取りのように開く。
八 「鬣 タテカミ」(字集)。
九 底本「まこゝ」。
一〇 →二一六頁注一一。
一一 鹿島神宮は常陸国の一の宮。
一二 神司は「神ツカサノ事 神主、社務、祝ナドノ事也」(謡抄・蟻通)とあって神に仕える者をいうが、ここは邪正曲直の裁きを勤めとする神の意。
一三 →二三一頁注三五。
一四 「裁許とは、理非をきゝわけて、理の方へ付らるゝ事をいふ」(御成敗式目注三十一条)。
一五 満足したであろう、これにて早々立ちませい。

以下二三四頁

一 「戦慄 ミノケダツ」(合類)。 二 異常な体験でびっしょりと汗をかき。 三 奇特の事。神仏の霊力により実現したありがたい事柄。 四 妖怪どもに襲われた野社。 五 鳥居。「鳥

絵 鹿島明神、官人の神に仰せて、妖魅をなす大蛇を討ち取って来させる場面。右頁、首を討ち取られた蛇体(鋭い足を有する)と軍鬼ども。左頁、神殿内陣の奥に明神の下半身。簾が半分巻き上げられる。笏を捧げ持つ衣冠の官人。畏まる性海。その右に二本の大木で舁き上げられた大蛇の首。

礼拝して座を立とおぼえて、ゆめはさめたり。身の毛よだち汗水になり、きどくの事におもへり。

夜あけて又かの道におもむきて、その所を見れば、社も鳥井も焼たをれて塵灰となり、あたりの木草みなくだけをれて、あれはてたり。あたりちかき村に立よりてとふに、村人みないふやう、「こよひ夜半ばかりに雷電をびたゝしく、風ふきまよひ雨をちて、その中にいくさするこゑきこゆ。おそろしさかぎりなし。黒雲のうちに火もえいでゝ、やしろ鳥井一同に焼くづれ、ちりはいとなり、ひとつのしろき大蛇その長廿丈ばかりなる、死してかうべなし。其外五丈三丈の蛇ども、かずをしらずかさなり死してくさき事かぎりなし」といふ。これをかんがふれば、こよひ夜半にゆめに見たる時分なり。性海それより相州足利に行て物語せしとぞ。

(三)　歌を媒として契る

永谷兵部少輔といふ人あり。一条戻橋のほとりに居住す。年廿一歳、きはめて美男のほまれあり。色ごのみの名をとり、才智人にこえ、常に学文をたしなみ、三条坊門の南万里小路の東に、北畠昌雪法印とかや儒学に長ぜし人のもとに行通ふて、学業をつとめ講莚につらなる。

居ト云ハ竜宮ノ門カラ起ゾ、トリハ戸ゾ、居ハ井ゾ、門ノ心ゾ」(日本書紀桃源抄・下)。六「ヲビタタシイ」(日葡)。七「イチドゥヒトツ オナジ 一緒に、または、同じように」(同)。八「長 タケ」(字集)。九→二二九頁注一六。

8-3　金鰲新話二「李生窺墻伝」の風流才子と美女との恋物語を応仁の乱前後の京都に移す。文飾を適宜省きつつ原話にほぼ従うが、後半の女主人公に再会する以後を簡略に済ませる。また原話で二人の間に贈答される数多くの詩が和歌に置き換えられている。

一〇 兵部省の三等官、従五位下に相当し、江戸時代ならば大名の格。ここは私に名乗ったものか。原話に「松都ニ李生ト云者有リ。駱駝橋ノ側ニ居ル。年十八、風韻清邁ニシテ、天資英秀ナリ」。一一「一条堀川の上に渡したるを戻橋と名づく」(出来斎京土産二・戻橋)。一二 学問。一三 中京区柳馬場通御池下ルの辺り。一四 講義、講釈の開かれる席。一五 拾芥抄四・宮城部に神祇官厨町三所とするうちの中御門南西洞院東の地(現上京区西洞院通丸太上ル夷川町)か。「〈いをのたなさがる〉えびすや町 むかしは此町に神祇官とて大内裏の時の官舎あり」(京雀三・西洞院通)。一六 室町時代の守護大名。応仁の乱のころ一族の領国は但馬以下九か国あったが、戦国時代の末までに全てを失った。一七 武士の身分を離れて。一八 格式の高い家柄、とくに名門の武将。一九 交際、つきあい。二〇 原話に「善竹里ニ巨室ノ処子崔氏ト云モノ有リ。年十五六可(バカリ)、態度艶麗ナリ」。「巨室」は富裕な家。

神祇官[一五]のわたりに富祐の家あり。そのかみは山名[一六]が一族なりしに、武門[一七]を出てみやこに居をしめ、名をかくしてひそかに身をおさめ、すべて大名高家[一八]の通路[一九]をいたさず。むすめ[二〇]たゞ一人もちたり。牧子と名づく。年十六七ばかり、かほかたち世にたぐひなく、絵かき[二一]・花むすび・たちぬふことに手きゝ[二二]て、しかもよろしから[二三]ねども歌の道に心をかけ、情の色ふかく、花にめで、月にあくがれ、紅葉の秋、雪のゆふべ、折にふれ事によそへて歌よみうそぶき[二四]て、心をいたましむ[二五]。

ある時[二六]兵部書をふところにして、万里小路[二七]にまうでける。道のつゐで[二八]牧子が家のつゐ地[二九]のもとにやすみて、すこしくづれたる所より内をのぞき[三〇]ければ、時しも春のころ、柳の糸[三一]枝たれて桜のはなほころび、ひわ[三二]・こがら[三三]あらそひさえづり、そのか[三四]たはらに座敷しつらひ、すだれかけたるを半まきあげ、ひとりの女はしちかく居て小袖ぬひけるが、針をとゞめ打[三五]かたふきて、

　ほころびて[三六]さくはなちらばあをやぎの糸よりかけてつなぎとゞめよ

兵部[三七]そのすがたを見て、此歌をきくに、かぎりなくめでまどひ、心も空[三八]になり、足もとたど〳〵しく、思ひ[三九]の色ふかくそみて堪かねたるあまり、しばし立やすらひてのぞき居たりければ、牧子はこれをもしらず、庭にをりたちて、つゐ地のもとにめぐり来て、兵部と目を見あはせしかば、又なくあてやかなる美男[四〇]なり。牧子これを

二一 原話に「刺繍ヲ工ニシテ詩賦ニ長ゼリ」。「絵かき」以下は女性の嗜みとされた手芸。→五五頁注四一。　二二 巧みであり。　二三 上手という程ではないが和歌の道も心掛け。　二四 声に出して歌い。　二五 風雅に心を痛めつける。　二六 原話に「李生嘗テ冊ヲ挟ミ学ニ詣ル」。　二七 師匠の住む万里小路へ。　二八 原話に「常ニ崔氏ガ家ノ北墻外ヲ過グ」。　二九 築地。土塀。　三〇 王朝物語の垣間見を思わせる情景。原話に「一日墻ノ内ヲ窺(ウカゴ)ミシニ名花盛リニ開ケ、蜂鳥争ヒ喧シ」。　三一 原話に「垂楊裊裊(じょうじょう)トシテ数十株環リ列ル」。　三二 「大きさすゞめにちひさく、青く黄色にて尾羽にひは色有て、きやしやにしほらしき鳥なり、囀りよし」(喚子鳥・下・まひは)。　三三 「大きさ四十がらに小ぶり、毛色かしら黒く、せはねずみにてはら白し、かごの内四十がらににたり、さゑづり少しあり」(同・上・小がら)。　三四 原話に「傍ニ小楼有リ。花叢ノ間ニ隠映セリ。珠簾半バ掩ヒ、羅幃低ク垂ル。一リノ美人有リ。繡ニ倦ク。針ヲ停テ、頤(オトガイ)ヲ支(サ)ヘテ吟ジテ曰ク」。　三五 首を少し傾けて。　三六 「花ほころぶ」というが、衣ならばほころびを針で縫ってつぎを当てもしようが、桜の花の場合は散らないように青柳の糸をよってつなぎ止めるのがよいでしょう。「青柳をかた糸によりて鶯の縫ふてふ笠は梅の花笠」(古今集・神遊びの歌)による。　三七 原話に「生之(これ)ヲ聞テ技癢ニ勝(タ)ヘズ」。　三八 頭の中が真っ白になって。　三九 恋い慕う心が激しく募って。　四〇 容姿が優雅で美しい。「アテヤカナ」(日葡)。

見るにこゝろ[一]うつりて、此人(このひと)にあらずは、誰にかまくらをならびのをか[二]、時雨[三]にそむる紅葉(もみぢ)ばの、いろに出(いで)[四]つゝかくぞいひける、

[五]わが門のそともにさける卯のはなをかざしのためにをるよしもがな

[六]兵部いよ〳〵堪(たへ)かね、聞書(きゝがき)[七]のためもちたる矢(や)[八]たて取(とり)いだし、歌二首(しゆ)を雑紙(ざつし)[九]にかきつけ、小石につなぎそへてなげいれ侍(はべ)り、

[一〇]いのちさへ身のをはりにやなりぬらむけふくらすべきこゝちこそせね

一「ココロガヒトニウツル　ある人に親愛の情を抱く」(日葡)。 二 歌枕。「双岳、山城、葛野郡」(類字名所和歌集抜書・上之二)。「(枕を)並べる」に「双岡」を掛ける。 三 晩秋から初冬にかけて、降ったりやんだりする小雨。「時雨　シグレ〈又霔澍並同〉」(合類)。「なべて世の時雨に染むる紅葉ばを秋のさがとは誰かいひけん」(菊葉集・秋下・三条入道)。 四「(紅葉の)色」に「色に出づ」を掛ける。「色に出づ」は表情に現わす。 五 わが家の垣根の外に咲いた卯の花を手折り髪かざりにできたらうれしいのに。垣間見する美男の兵部を卯の花に喩える。 六 原話に「但(だた)快快(おうおう)トシテ去ル。還ル時白紙一幅ヲ以テ詩三首ヲ作テ、瓦礫ニ繫テ之(これ)ヲ投ジテ曰ク」。「快快」は恨むさま。 七「キキガキ　学習したことや聞いたことを要約して書き集めること。また、その書き留めた要約、あるいは、抜粋そのもの」(日葡)。 八 墨つぼの付いた携帯用の筆入れ。 九 ちり紙。 一〇 わが命は一期の終わりを迎えることになるのでしょうか、とても今日一日持ちこたえそうに思えませぬ。題林愚抄・恋二・昼恋・隆信朝臣(六百番歌合・昼恋)。 一一 これから分け入ろうとする恋の道は果てにたどり着くまではるか遠いのでしょうね。そう思うと今から心が苦しくなってきます。題林愚抄・恋一・初恋・後法性寺入道関白(続古今集・恋一・初恋)。 一二 原話に「披キ読ムコト再三、心ニ自(みづから)之(これ)ヲ喜ブ。片簡ヲ以テ又八字ヲ書シテ、之ヲ投ジテ曰ク」。「八字」は注一四に引く「将バ子疑フコト…」以下の漢字八文字。 一三「短冊タンザク〈伝云釈頓阿以二所レ詠和歌一記二不

一一入(いり)そむる恋路(こひぢ)はすゑやとをからむかねてくるしきわがこゝろかな

一二牧子(まきこ)これをとりあげ、二返し三返しよみていつしか心あこがれ、一三短冊(たんざく)とり出し歌をかき、石につなぎてなげ出(いだ)し侍べり、

一四あぢきなしたれもはかなきいのちもてたのめばけふのくれをたのめよ

兵部これをとりて家にかへり、一五その夕ぐれを待(まち)けるこそ久しけれ。一六夜にいりてかのかたにおもむき、つゐ地をめぐりてみれば、一七桜の枝ひとつつゐ地

破関屋板一贈ニ冷泉為世一。爾来効ニ此制一為ニ和歌料紙一」(書言字考)。「短冊 たんじやく たんさく」(大全)。一四 人間だれも命のはかなさを考えるのは味気ないもの、先のことなどくよくよせずに今日の夕暮れを心頼みになされませ。題林愚抄・恋一・契恋・定家朝臣(六百番歌合・契恋)。原話に「将(ネガハク)バ子疑フコト無レ。昏(ユフ)ベ以テ期ト為(セ)ン」。一五 待ち遠しい思いで夕暮れを待った。一六 原話に「生其ノ言ノ如ク、昏ニ乗ジテ往ク」。一七 原話に「忽チ桃花一枝墻ニ過テ、揺曳ノ影有ルヲ見ル」。

以下二三八頁

一 原話に「往テ之(これ)ヲ視レバ、則チ鞦韆(しゅうせん)絨索(じゅうさく)ヲ以テ竹兜ニ繋テ下リ垂ル。生攀(よ)ヂ縁(よ)リテ踰(こ)ユ。月東山ニ上ルニ会(あ)イヌ。花影地ニ在リ。清香愛ツ可(べ)シ」。「花田」は縹色(はなだいろ)。藍染めの青色。「鞦韆」はぶらんこようのもの。「絨索」は糸布の縄。「竹兜」は「竹兜」に同じく、竹かご。二 →四三頁注四一。三 春こそわが季節と我がもの顔の。四 そこはかとなく薫らせた香。「晴熏 ソラダキ〈香晴熏〉」(合類)。五 原話に「生意(こころ)ニ謂(おもえ)ヘラク已ニ仙境ニ入ルト」。六 仙人の住むという、方丈・瀛洲・蓬萊の三島。「神仙三

絵　永谷兵部、築地の崩れより牧子を垣間見る場面。右頁、築地の崩れにたたずむ兵部。崩れは殊更強調されたものか、かなり大きい。家内に柳と開花した桜の樹。左頁、縁近くで裁縫する牧子。近くにあるのが針箱。根結いの下げ髪に桂姿。空に遊ぶ小鳥。本文の簾は見えない。

より外にさし出て、[一]花田の打帯[二]一すぢ縄のやうなるをかけをきたり。兵部心得て、これを手ぐり築地をこえてをり立ければ、[三]春の物とやをぼろの月、東の山のはに出て、花のかげ庭にうつり、そら薫[四]のにほひにあはせていとゞしめやかなり。是[五]はそも人間世の外、三[六]の島、十[七]の洲に来にけるかとあやしみながら、[八]しのぶ夜のならひ、[九]身の毛よだちてすさまじくもおぼゆ。[一〇]女はよひより木のもとにまちわび、兵部を見て、

[一一]うつゝともおもひ定めぬあふ事を夢にまがへて人にかたるな

兵部とりあへず、

[一二]またのちのちぎりはしらずにゐまくらたゞこよひこそかぎりなるらめ

といひければ、[一三]牧子うちうらみて、「君とちぎりそめ侍べらんには、千とせのゝち、[一四]こん世もおなじちぎりたゆまじとこそおもひ侍べれ。[一五]いかにかくたのみなくはおぼす。[一六]みづからいのちかけて、心をよそにうつす事はゆめあるまじきを、[一七]おやのい[一八]さめてみづからをせめたまふとも、君ゆへ死なばうらみはあらじ、

[一九]たのまずはしかまのかち[二〇]のいろをみよあひそめてこそふかくなるなれ

と俊成卿のよみ給ひけん歌のこゝろをおもひ給へ」といふ。[二一]宮づかへの女わらはにおほせて、酒とりよせて兵部にすゝめたり。[二二]すでに夜ふけ人しづまりて物音もきこ

島 三山。三壺。並仝。○蓬莱。方丈。瀛州」(書言字考)。七 同じく仙人の住むという島。「十洲 ジッシウ 瀛州。祖州。玄州。炎州。長州。元州。流州。生州。鳳麟州。聚窟州」(同)。「祖洲在東海。瀛洲在東海。炎洲在南海。玄洲在北海。長洲在東海。元洲在北海。流洲在南海。生洲在東海。鳳麟洲在東海。聚窟洲在西海」(海内十洲記)。八 人目を忍ぶ夜のつねとして。九 原話に「毛髪尽ク竪(タ)ツ」。一〇 原話に「女已ニ花叢ノ裏ニ在リ」。一一 夢ともうつつとも分けかねるこの逢瀬を、夢にこと寄せて他人に語ったりしてはくださいますな。題林愚抄・恋二・忍逢恋・前大僧正聖兼(新後撰集・恋三・忍遇恋を)。一二 巻三ノ三「牡丹灯籠」に二句「ちぎりまでやは」として重出。→七九頁六行。一三 原話に「女色ヲ変(カ)ヘテ言テ曰、本ト君与(ト)終イニ箕箒(キソウ)ヲ奉ジ永ク歓娯ヲ結バント欲(モヲ)フ。郎何(ナン)ゾ言フコトノ是(カク)ノ若ク遽(ニハカ)ナル也(ヤ)。妾、女ノ類ト雖ドモ、心意泰然タリ。丈夫ノ意気ナリ」。「箕箒ヲ奉ズ」は妻となること。「泰然」に「トシテ」と左訓を添える。一四 来世。「ウバソクガヲコナフ道ヲシルベニテコン世モ深キ契(チギ)リタガフナ 源氏ノ君夕顔ノ上ヘノ歌也。…夕顔ノ上ト源氏トノ中ハ、来世マデカハラジト也」(謡抄・夕顔)。一五 「ただ今宵こそ限り」などと。一六 自称の代名詞。一七 原話に「他日閨中ノ事親庭ニ洩レ、妾ヲ譴責セバ、身ヲ以テ之(コレ)ニ当テン」。一八 よくないことだから止めなさいと。一九 この恋の行末に不安があるなら飾磨の褐を見てみるがよい。藍染めにすると深い色になるように、恋もまず逢って

えず。[二三]兵部ひそかに、「こゝの家は誰人(たれびと)[二四]にておはする」ととふ。女物語しけるは、「ふたりの親は山名の支族にて侍べり。久しく武門をのがれて財宝ゆたか也。一族の中、大名おほく侍べれ共、まじはりちなむこともなし。たゞ[二五]身をおさめ名をかくして、世をうち過し給ふ。[二六]みづからたゞひとりむすめにて、又兄弟なし。はなはだいとおしみふかく、[二七]別にこのはな園をこしらへ、部屋をしつらひ、春の花、秋の月に心をなぐさめ給ふ。[二八]親のおはする所はすこしへだゝりて侍べり」[二九]などいふに、兵部すこし心ゆるやかにおぼゆ、

[三〇]世にもれむのちのうき名をなげくこそ逢夜(あふよ)も絶(たえ)ぬおもひなりけれ

女返し、

[三一]ながれては人のためうき名とり川よしやわが身はしづみはつ共

かやうにかたらひつゝ、[三二]かたしく袖のにゐまくら、かはすほどだに有明の、つきぬことの葉とりぐに、[三三]はやつげわたる鐘のこゑ、うちしきる鳥の音に、おきわかれ[三四]ゆく露なみだ、[三五]雲となり雨となる、[三六]陽台のもとぞ思はるゝ。兵部、

[三七]ちぎりをくのちを待べきいのちかはつらきかぎりのけさのわかれぢ

女返し、

[三八]くらべては我身のかたやまさるべきおなじわかれの袖のなみだは

みれば、次第に情が深まろうというものよ。題林愚抄・恋二・初遇恋・俊成(新続古今集・恋三)。 二〇 「しかまのかち」は、播磨国名産の褐色染め、「飾磨のかちん」とも。墨色に下染めしてから藍染めすると深い青紫色になる。「餝摩褐色染」(毛吹草四・播磨)。「飾磨」は播磨中央部(現在の姫路市一帯)の古称。 二一 宮中に出仕すること、転じて人に仕えて身の回りの世話をすること。原話に「香児房中ニ於テ酒果ヲ賫(もちき)テ以テ進ム可シ。児命ノ如クシテ往ク」。「香児」は侍女の名。 二二 原話に「四座寂寥トシテ闃(げき)トシテ人ノ声無シ」。「闃」は静かなさま。 二三 原話に「生問ヒテ曰ク、此レハ是レ何レノ処ゾ」。 二四 「誰」を強めた言い方。 二五 世間の耳目を引くことのないようにと行いを正し。 二六 原話に「父母我レ一女ナルヲ以テ情鍾(じやうしよう)甚ダ篤シ。別ニ此ノ楼ヲ芙蓉池ノ畔ニ構フ。春ノ時ニ方(あたり)テ名花盛ニ開クレバ、我ヲ侍児ニ従テ遨遊セ使(しめ)ント欲スル耳(ミ)」。「情鍾」は人情が集まること。 二七 別荘としてここに。 二八 原話に「親闈ノ居、閫閣深く邃(とほ)シ。笑語啞咿(あいく)スト雖モ亦卒爾トシテ相聞フコト能ハザル也」。「邃シ」は、奥深く、遠いこと。 二九 原話に、このあと閨房の四壁を飾る名画に添えられた画賛が長々と紹介される。 三〇 やがて世に漏れ広まるであろう憂き名を嘆くことが、うれしさに全てを忘れるはずの忍び逢う夜の悩みの種であったとは。題林愚抄・恋二・忍逢恋・瓊子内親王(新千載集・恋三・忍逢恋という事を)。 三一 恋という名の川に流されてわが身を沈めはてることがあろうとも、気

兵部は桜のえだをつたふて[一]、朝まだきに家ぢに帰りても、心そゞろに学道も身に[二]しまず、[三]暮るをそしと出て、夜ごとに通ふ。[四]ある日兵部が父とひけるやう、「なんぢは学文に物うき心のつき侍べるかや。朝に家を出て暮にかへり来る事は、これ学問をつとめてその道をおこなはむためなり。然るを汝このごろは、日暮になれば家を出て暁がたに立かへる。これ何事ぞや。[五]かならず軽薄濫行のたぐひをもとめて、[六]人の壁をこぼち墻をこえて、まさなきふるまひするかとおぼゆ。その事あらはれ侍べらば、身は生ながら[七]泥淤にしづみ、名はそれながら塵芥にけがされ、[八]世になしものとなりはつべし。[九]若又かたらふ女さだめて高家のむすめならば、かならず汝がために門戸をけがされ、その身あさましくすたれ[一〇]給はんのみならず、[一一]罪科はさだめてわが門族におよばむ。その事きはめて大事也。今日よりして門より外に出べからず」とて、[一二]一間の所にをしこめて、ことの外にいましめたり。

[一三]女はゆふべ〲花苑に出て待けれ共、廿日あまりさらに音づれなし。女おもふやう、[一四]「あすか川の淵せさだめず、かはりやすきは人の心なれば、[一五]又ゆきかよふかた有て、我をば思ひすてたるにや。又は病に[一六]ふしていたはり[一七]深く侍べるやらむ」と。[一八]わらはをつかはして、ひそかに聞せしかば、[一九]「からう〲をしこめられ侍べりて、出[二〇]入ともがらもことゝひかはす事かなはず」といふ。[二一]女きゝて歎きにしづみ、おもき

がかりなのはただ一つ、あなたが憂き名を取りはせぬかということ。題林愚抄・恋一・惜人名恋・式部卿久明親王(続千載集・恋一・惜人名恋といへる心を)に四句「よしや涙に」。三二 互いの袖を初めての枕にして。三三 夜明けを告げる。三四 露ほどに大きな涙の玉。三五「雲トナリ雨トナル 楚ノ襄王ノ夢ニ、巫山ノ神女ニ逢フ。神女ノ云ク、朝(アシタ)ニハ為レ雲ト。暮(ユフ)ニハ為レ雨ト参会セント云ゾ。チギリノ事也」(揺抄・融)。三六 中国四川省巫山県の山。「巫山ノ雲ハ忽ニ陽台之下ニキエヤスク 巫山ノ神女、陽台ニテ、襄王ト夢ニ会合スルゾ。神女ミヅカライフ事ハ、妾ハ巫山之女陽台之下ニ朝為ニ行雲ニ暮為ニ行雨ニト云ゾ」(謡抄・夕顔)。三七 再会の約束を交わしたものの、この命それまで永らえられるものやら、それほどまでにこの朝の別れは堪えがたく辛い。題林愚抄・恋二・契別恋・平清時(続拾遺集・恋三・契別恋といふことを)に、五句「けさの別に」。三八 較べてみれば、同じく二人で流す涙とはいえ私の方が勝るでしょう、別れの辛さには違いがあるのですもの。

以上二三九頁

一 垣を越えてこの家に入った時と同じ桜の枝を。原話に「女惻然トシテ之ヲ領(ウケ)ム。垣ヲ踰テ之ヲ遺(ツカハ)ス」。二 身が入らない。「入 シム〈身入〉」(合類)。三 原話に「是自(ヨ)リ以後(ノチ)夕(ユフベ)トシテ往カズト云コト無シ」。四 原話に「一夕李生ガ父問テ曰、汝朝タニ出テハ暮ニ還ル者ノハ、将(マサ)ニ以テ先聖仁義ノ格言ヲ学バントス。昏(ユフベ)ニ出テハ暁還ル。当(マサ)ニ何事ヲカ為ス

やまひになりつゝ、[二二]思ひの床(ゆか)におきふし、湯水(ゆみづ)をだに聞(きき)[二三]いれず。とき〴〵はおもひみだれしことばのするゝ、[二四]物ぐるはしき事もあり。はだえかじけ[二五]、いろをとろへて、物がなしく、たゞなみだをのみながす。さま〴〵くすりをもとめ、神ほとけにいのれども、露ばかりもしるしなし。今は此世[二六]のたのみもなくみえしかば、ふたり[二七]のおやなげきて、「思ふ事ありけるや」ととへども、さだかにこたへもせず。箱(はこ)のそこに兵部が歌ありけるを見出して大(おほき)におどろき、わらは[二八]をちかづけて問(とひ)ければ、あり

ベキ。必ズ軽薄子ト作(なり)テ、垣墻ヲ踰テ樹檀ヲ折ン耳(ノミ)」。五「ランギャゥ 悪い、みだらな、でたらめな所行、または、淫猥の罪悪」(日葡)。「濫行 ランギヤウ」(天正本)。六 泥棒のように他家の壁を崩したり、垣を乗り越えたりして。七 泥水。「そぶ」は水たまりの表面に浮く膜のことか。八 世の中で認められない人。九 原話に「如(しか)クハ其ノ女定メテ是レ高門右族ナラバ、則(すなはち)必ズ爾ガ狂狡ヲ以テ、彼ガ門戸ヲ磯シテ、戻(ツミ)ヲ人家ニ獲ン」。一〇 損なわれる。一一 そのお方の身分を貶めた罰が家名を損ない。一二 座敷牢に。原話では主人公を親が蔚州の農場に追いやる。一三 原話に「女夕(ユフベ)毎ニ花園ニ於テ之ヲ待ツ。数月還ラズ」。一四「世中はなにかつねなるあすかがはきのふのふちぞけふはせになる」(古今集・雑下・読人知らず)。一五 他にも通うお相手ができて。一六 原話に「女意(オモ)フニ其レ病ヲ得タリト」。一七 病気が重い。一八 原話に「香児ニ命ジテ密(ひそか)ニ李生ガ隣ニ問シム」。一九 かくかくしかじかの経緯で。原話に「隣人ノ曰、李郎罪ヲ家君ニ得テ嶺南ニ去ル。已ニ数月也」。二〇 出入りを許された者たちも。二一 原話に「女之(これ)ヲ聞テ疾ニ臥シテ床在リ、輾転トフシマロビテ起(ヲ)キズ。水漿口ニ入ラズ。言語支離シワカレ、肌膚憔悴トカジケヌ」。「輾転トフシマロビテ」「支離シワカレ」「憔悴トカジケヌ」は左訓を活かした読み。二二 嘆き

絵 兵部、牧子の部屋に忍び入り、語り合う場面。建物には、腰板の高い明かり障子、屛風。庭に蘇鉄様の植物。

のまゝにかたる。

おやきゝて、「たとひいかなる人にもあれかし、いとおしきむすめのおもひかけたらむには、なにかくるしかるべき」とて、やがてなかだちをもつて、「かう〳〵」といはせければ、兵部が父のいふやうは、「我子すでに器用あり。学をつとめて官につかへ、親のあとをつがすべきものなり。妻もとめて身をくづをらすべきや。その事はいまだをそからず」といふ。牧子が親かさねていひつかはすやう、「日比に聞およぶ兵部少輔は、今わづかにひそみかくるゝとも、つゐにこれ池にあるべきたぐひならず。さればわがひとりむすめに縁をむすばれむには、我が家又誰かその跡をのぞまん。残りなくゆづりて兵部を子とせむ」とて、はや吉日をえらびて兵部をよびてむことす。むすめ心ちをどりたちてなやみすでにをこたりぬ。兵部、

いのちあればまたもあふせにめぐりきてふたゝびかはす君が手まくら

女かぎりなくうれしくて、

初月のわれてみし夜のおもかげをありあけまでになりにけるかな

かくてひよくのかたらひ、今は忍ぶる関守のうらみもなかりし所に、細川・山名の両家、権をあらそひて、応仁の兵乱おこり、京都の大家小家みな焼ほろび、諸国の武士都にあつまり、乱妨捕もの狼藉いふはかりなし。女をば薬師寺の与一が手に

のあまり床に就き、寝たり起きたりの暮らしとなって。二三 勧めても応じない。二四「モノグルワシイ 気が狂ったようになる(こと)、または、狂人のようである(こと)」(日葡)。二五 病いのために肌が色つやや生気を失う。「憔悴 カジケ」(合類)。二六 生き永らえる見込み。二七 原話に「父母之ヲ怪テ、其ノ病ノ状ヲ問フ。喑喑(いんいん)トシテ言ハズ。其ノ箱篋ヲ捜テ李生前日唱和ノ詩ヲ得タリ」。二八 原話では女に直接尋ね、女は切々と李生への恋情を述べ、死に近づくことを語る。

一 原話に「媒妁ノ礼ヲ修テ李家ニ問フ」。二 原話に「李氏、崔家門戸ノ優劣ヲ問テ曰ク、我ガ家豚犬ナリ。年少風狂ト雖ドモ、学問精(くはし)ク通ジ、身彩人ニ似レリ」。「豚犬」は、つまらないものの喩え。三 優れた才能とそれを使いこなす能力。四 身をもちくずす。「頹堕 クヅヲル、」(合類)。五 原話に「速ニ婚媾ヲ求ンコトヲ願ハザル也」。六 底本に「少甫」。七 原話に「今蟠屈スト雖モ、豈ニ是レ池中ノ物ナランヤ」。八 やがて世に出て才能を発揮すべき逸材。「周瑜ガ曰ク、劉備久シク屈シテ人ノ用ヲナス者ニアラズ。恐クハ蛟竜雲雨ヲ得バ終ニ池中ノ物ニアラズ」(事文後集三十三・竜・非ニ池中物ニ)。九 他に誰を跡継ぎとして捜し求めたりいたしましょうや。一〇 原話に「是ニ於テ吉日ヲ択テ、遂ニ婚礼ヲ定テ其ノ弦ヲ続グ」。「続弦」は妻をめとること。一一 病いはすっかり治まった。一二 いろいろありました、けれど命を永らえたおかげで再会をはたし、また手枕を交わすことが

捕ものにして、そのかほかたちのうつくしきをもつてをかしけがさんとす。牧子[二二]大によばゝりけるは、「みづから死すとも田舎人[二三]のきたなきものにはなびくまじ。たゞころせよ」といふに、軍兵等いかりて女をばさしころしぬ。兵部はとかくしてのがれかくれ、その年の冬しばらく京都しづまりければ、都[二四]に帰り来れば、家はやけて跡なし。妻が家に行てみれば人もなし。父は山名が手に属[二五]して討死し、母は盗賊[二六]にはがれてころさる。兵部[二七]たゞ一人、牧子が部屋にたゝずみ、涙にくれて居たり

一三 激しく恋いこがれた末にあなたに逢えたのは三日月のころ、その面影を再び確かめることができた今夜、月はもう有明にまで押し移っていました。題林愚抄・恋二・日比隔恋・為家(玉葉集・恋二)に、上句「みる月のわれてあひみし面影の」。一四 末永く添いとげようという比翼連理の夫婦仲。一五 娘のもとに通う男を妨げるために置く番人。「人知れぬ我が通ひ路の関守はよひ〳〵ごとにうちも寝ななむ」(伊勢物語五段)による表現。一六 細川勝元と山名持豊およびそれぞれの支族。細川氏は一族で土佐以下八か国の守護となり、山名一族も九か国の守護を占めて勢力は拮抗した。一七 応仁元年(一四六七)、幕府内の権力争いに端を発し全国に拡大した戦乱。細川勝元は室町の花の御所に、山名持豊は西陣に陣を構え、大軍を率いて上洛した有力武将が双方に加担して戦火を交え、長期化して京都市内の荒廃をもたらした。原話では「辛丑(カノトノウシ)ノ年紅賊京城ニ拠ル」とする。一八「ランバゥ(ミダレ・サマタグル) 略奪すること、あるいは、強奪すること」(日葡)。「乱妨 ランハウ」(合類)。一九 掠奪。二〇 原話に「女、賊ノ為メニ虜(トリコ)ニセ所(ら)ル。之(これ)ヲ逼(をか)サント欲ス」。二一 与一元長。摂津守護代薬師寺元一の一族か。応仁元年五月二十六日の合戦に摂

絵 牧子、兵部に逢えずに病気となり、両親が童に子細を尋ねる場面。縁に畏まるのが童。唐輪風の髷に釘貫紋。右に胡坐の父親。左に膝を立てた置綿帽子の母親。父親、手をかざしてものを尋ねる体。

しに、その[一]夜夢のごとく牧子かへり来る。「これはいかに」とて、[二]手をとりくみ涙をながす。女いふやう、「みづから君とわかれ、ちり〲になり、武士(もののふ)の手にかゝりあへなくころされ、[三]かばねを道のほとりにさらし、あはれとみる人もなし。みづから貞節(ていせつ)の義に死(し)せし事を、[四]天帝(てい)あはれみ給ひ、君が心ざしにひかれて今あらはれまいりたり」といふに、兵部かなしき中に、なき人に逢事(あふこと)のうれしさをとりくはへて、涙は雨のふるがごとし。夜もすがらかたらふ。あかつきがたになりければ、兵部なく〱、

[五]思はずよまためぐりあふ月かげにかはるちぎりをなげくべしとは

女返しとおぼしくて、

[六]ゆくすゑをちぎりしよりぞうらみましかゝるべしともかねてしりせば

そゞろになきこがれて[七]別をとり、影のごとくになりてうせにけり。

兵部は是より発心して、東山の寺に[八]こもり、いくほどなく[九]やまひにとりむすびて、つゐにはかなくなりぬ。人みな聞つたへて、あはれにも[一〇]きどくの事に思へり。

(四)　幽霊(ゆうれい)出て僧にまみゆ

[一一]隅屋(すみや)藤九郎は[一二]楠(くすのき)が一族(ぞく)として、[一三]畠山右衛門佐義就(よしなり)が手に[一四]属(しょく)し、[一五]嶽(だけ)山の合戦に[一六]比類(ひるい)

津・大和・和泉の国衆を率いて大手の切込み隊長として活躍(応仁記・畠山右衛門佐上洛之事)。　三 原話に「女大ニ罵テ曰、虎鬼殺シテ啗(ク)ヘ。我レ寧ロ死シテ豺狼ノ腹ノ中ニ葬レナントモ、安(いづくん)ゾ能ク狗彘ノ匹(タグヒ)ト作(ナ)ラン乎(ヤ)。賊怒テ殺シテ剮(サ)イツ」。「狗彘」は犬と豚。また品性の劣ったものの喩え。　三 「鄙人 イナカウド」(合類)。　二四 原話に「父母ノ旧居ヲ尋ヌ。其ノ家已ニ兵火ノ為ニ焚(ヤ)カ所(ル)ル。又女家ニ至ル。廊廡(ろう)荒涼トシテ鼠唧(しょく)シ鳥喧シ」。「廊廡」は殿下に添えて設けた外屋、廊閣。「唧」は、なげく声。　二五 「属 シヨク ツク」(字集)。　二六 衣服を剝ぎ取られたうえに。　二七 原話に「悲シミ自ラ勝(タ)ヘズ。小楼ニ登テ涙ヲ抆(ぬぐ)テ長ク嘘ス」。

以上二四三頁

一 原話に「漸ク廊下、跫然ノ音有テ遠目(よ)リシテ近(ちか)(づ)クヲ聞ク。至ルトキハ則崔氏ナリ」。　二 原話に「女、生ガ手ヲ執テ慟哭一声ス」。　三 原話に「骨骸野ニ暴(サ)シ」。　四 原話に「天帝妾(みづから)ト生ト縁分イマダ断(タ)ズ、又罪障無ヲ以テ、仮(カ)スニ幻体ヲ以テ、生ト暫(アカラサマ)ニ愁腸ヲ割ク」。　五 思ってもみなかったことよ、新月に向かって、この一月の間に契りが反故になってしまった嘆きを告げることになろうなどとは。題林愚抄・恋二・寄月絶恋・後醍醐院(新千載集・恋五)に、三句「月をみて」、五句「かこつべしとは」。　六 こんなことになると前もって分っていたなら、末永くと契ったそもそもを恨むべきなのでしょう、こうなったのも二人の運命だったのかもしれません。題林愚抄・恋二・恨恋・前関白太政大臣(新後

なき手がらをあらはし、つゐにうち死して名を残しけり。其子(その)藤四郎おなじく義就に属して、[一七]応仁元年[一八]御霊の馬場の軍に、[一九]畠山左衛門督政長が陣中よりはなちける矢にあたりてうたれたり。父子二代すでに義就に忠をつくしければ、そのよしみふかく[二〇]河内国門間の庄を藤四郎が舎弟藤次、生年五歳になりけるに[二一]知行せさせ、父藤九郎が妻とおなじくすみ侍べり。

其比(そのころ)[二二]諸国順礼のひじりたゞ一人このわたりに来り、日すでに暮ければ、宿かるべき村里をもとめて、門間の郷ちかく田の[二三]畔に立(たち)やすらふ処に、[二四]笛の音かすかにきこえ、[二五]漸ゝ(ぜんぜん)に近づくをみれば、年のほど[二六]十四五とみゆる少年、いふはかりなくうつくしきが、[二七]髪からわにあげ、[二八]うすげさうに[二九]かねくろく、色白く、まゆほそくつくりたるが、[三〇]白き浄衣にはかまきてたゞひとり畔をつたふて来りつゝ、ひじりを見ていふやう、「[三一]和僧は何故(なにゆゑ)にこゝにはたゝずみ給ふ」と問に、ひじりは、「是(これ)は諸国順礼の[三二]修行者にて侍べる。道に行暮(ゆきくれ)て、宿をもとめむため、たゝずみ侍べる」といふ。少年すこし打(うち)わらひて、「世の中しづかならず。いかでかたやすく宿かす人あるべき。たとひ出家也といへども、[三三]若(もし)は[三四]敵のはかりごとかと、たがひにうたがひをいたす時節也。あしく立(たち)めぐりて人にとがめられ、あえなき命をうしなひ給ふな。今はゝや夜も更(ふけ)がたなり。[三五]それがしが部屋に来りて、一夜をあかしたまへ」とて、ひ

撰集・恋)。 七 原話に「言ヒ訖テ漸ク滅テ、了(イツ)ニ跡迹無シ」。原話では亡霊と知りつつ数年の間同棲を続けた後に別れる。 八 原話に「病ヲ得テ数月ニシテ卒ンヌ。聞ク者ノ傷嘆シテ其ノ義ヲ慕ハズト云コト莫シ」。 九 「とりむすぶ」は縁を組む、取り掛かるの意。 一〇 不思議なこと。

8-4 原話は三国伝記十二ノ十五「芸州西条下向僧逢児霊事」や曾呂利物語二ノ五「行の達したる僧にはかならずしるし有事」などに近似する、僧侶の回向譚に発した亡霊説話。これに応仁記に見出した一挿話を付加して、戦場に散った若武者の菩提を弔う物語に仕立てる。

一一 応仁記・畠山右衛門佐上洛之事にその子とともに登場するが、「隅屋」「隅屋ト申ス者ノ子」とするのみで、藤九郎・藤四郎・藤次などの名乗りは不詳。群書類従本長禄寛正記・嶽山籠城之事では藤九郎を「(須屋)孫次郎」とし、同類従本応仁記一・御霊合戦之事では、「隅屋ノ二郎」とする。 一二 室町時代初期に河内国南部を中心に活躍した楠木正成の一族。「此ノ隅屋、甲斐庄、和田等ハ皆楠ガ苗裔ト聞」(応仁記・畠山右エ門上洛之事)。 一三 一四三七―九〇。室町幕府の管領畠山持国の子。いとこの畠山政長との間に生じた家督の争いが将軍や有力大名をまき込んで応仁の乱へと発展した。 一四 →二四三頁注二五。 一五 大阪府富田林市竜泉にある山。嶽山城に籠る畠山義就と畠山政長との間に、寛正二年(一四六一)から同四年にかけて攻防が続き、応仁の乱の前哨戦となった。 一六 堂々と敵陣へ乗り込んで主君の鷹を取り返してくるという手柄。「アノ児ノ親ハ、

じりと打つれてひとつの家に行いたり、「表の門は番の者も臥ぬらん。こなたへいらせ給へ」とて、裏の小門よりひそかに内に入てみるに、「こゝぞそれがしの常にすむ所」とて一間の部屋に入たり。内には持仏堂ありて、阿弥陀の三尊をたて、前なるつくえには浄土の三部経あり。十二行の供物灯明かすかに花香をそなへ、位牌の前には霊供そなへて、いとたうときありさま也。ひじりなにとなく殊勝におぼえて、しばらく経よみ念仏す。少年のいふやう、「まだ宵の事ならば、御内の者にお

先年嶽山ノ合戦ノ時、義就ノ狩セラレシニ、鷹ノシゲミニカヽリテ見ヘザリシヲ、彼方此方尋ヌルニ、政長ノ陣屋ニアリト聞テ、花ヤカニ出立テ広河陣所ヘ行、居取テ帰ルホドノ大剛ノ者ニテ候シニ」(応仁記・同)。一七 一四六七年。一八 京都市上京区上御霊馬場町。正月十八日に両軍が戦火を交え、応仁の乱の発端となった。一九 一四三一―九三。畠山持国の弟の持富の子。持国の養子となった兄の遺志を継いで、持国の実子義就と畠山宗家の家督を争った。二〇 戦国期に大阪府門真市北部に存在した地名。二一 領主として支配する。二二 「一所不住の僧むさしの国をしゆぎやうし侍りしが、折ふしみちにゆきくれてとまるべきやどもなし」(曾呂利物語二ノ五)。二三 「畔 クロ〈田界也〉」(合類)。二四 「ふえのをとかすかに聞えけり。…しだいにちかづきてほどなく僧のあたりへ来るをみれば、年のほど二八ばかりなる少人の、其さまゆうなるよそほひなり」(曾呂利物語二ノ五)。二五 「漸々 ゼンゼン」(合類)。二六 「年ノ程十六七ノ児ノ色殊ニ妙ナル」(三国伝記十二ノ十五)。二七 「爰ニ誰トハ不レ知、寄手ノ中ヨリ年ノ程十二三計リナル小児、ウス仮装(ケシヤウ)ニカネグロナルガ、髪カラワニアゲテ、…是ハ義就ノ御内ニテ、父祖代々取レ誉侍ニ、隅屋ト申ス者ノ子ニテ候」(応仁記・前同)。「からわ」は頂で二つの輪に結う童形の髪型。底本の振仮名「かた」。二八 化粧。「けさうして 我身をつくろふ也」(匠材集三)。二九 お歯黒。「鉄漿 カネ〈女児謂二之歯黒水一〉」(書言字考)。三〇 神事や仏事などに着用する白地の上着。潔斎を表

ほせて九非時(ひじ)の料(りやう)よくし一〇たゝめてまいらすべきに、夜ふけ、人しづまりて、すべきやうなし。旅のつかれをやすめ、饑(うへ)をたすくる御ために、此(この)霊供をまいらせむ」といふ。ひじりは「一一なにかくるしかるべき」とて、一二霊供(りやうぐ)の飯(はん)をふたつに分て、少年(せうねん)とひじりと食(くひ)侍べり。

ひじり問(とひ)けるは、「こゝはいかなる人の御家ぞ。一三和君(わぎみ)は御名を何とかいふ」と尋ねしに、少年こたへけるは、「それがしの父は、隅屋(すみや)藤九郎とて一四武勇(ぶよう)のほまれあり

す。「浄衣 ジヤウエ」(合類)。三一 僧侶に親しみを込めて呼びかける語。「お僧はなにとてかゝる野ばらにたゞ一人ましますぞとありければ、僧こたへていはく、かゝる里はなれなる所ともぞんぜず行くれて候」(曾呂利物語二ノ五)。三二「シュギャウジャ 遍歴者、すなわち、聖地を巡拝して回る人」(日葡)。三三 あるいは。三四「ハカリコト 計略、または、工夫」(日葡)。三五「さいはひにわらはがやどにともなひ奉らん、いざ給へ」(曾呂利物語二ノ五)。

以上二四五頁

一 曾呂利物語に少年の住まいを「ゆゝしき一つのじやうくはく(城郭)」とする。三国伝記も「アレナル城ハ某ガ宅ニテ侍リ」。二 総門(南面)に対して東側または西側の門。三 仏間。「持仏堂トヲボシキ処ニ置ツ」(三国伝記十二ノ十五)。四 阿弥陀仏と脇士の観音菩薩・勢至菩薩の三体。五 浄土教で尊奉する、無量寿経、観無量寿経、阿弥陀経の三部。六 十二種の菩薩を供養するための供物。七「霊供 りやうぐ〈供ニ死霊ニ食也〉」(大全)。八 身内の者。九「ヒジ 坊主の夜食」(日葡)。一〇「シタタメ 準備、または、しつらえ。シタタメヲスル 食べる」

絵 回国の順礼僧、河内国門間で隅屋藤四郎の亡霊に出会い、菩提を弔う場面。右頁、平包みを背にした僧が田の畔で休む。横笛を吹いて現われる藤四郎の亡霊。髷は唐輪風。白衣に袴。左頁、持仏堂で回向する僧と藤四郎の母親。母親はこの後剃髪。半分に分けた霊供は定かでないが、仏壇の線香立の左右にある二つの皿がそれか。

しが、去ぬる嶽山の軍にうち死せり。それがし兄弟二人その跡をつぐといへども、弟にて侍べるものはいまだ幼少なり。それがしだに年にもたらねば、たゞまづ母にそだてられて月日を送る事にて、名をば藤四郎といひ侍べり。今宵たうときひじりに宿かしまいらするも、多生の縁あさからぬ故なれば、それがしたとひむなしくなるとも、後世をとふて給給へ」とて、そゞろになみだをながしければ、ひじり聞て、「いかにかくは仰せありける。君はまことにつぼむ花のまだ咲いでぬころをひ、さしも末久しくさかえ給はん老さきある御身ぞかし。ひじりは年かたふきたるものなれば、しらず、けふもやうき世のかぎりなるべき」といへば、少年は、「いやとよ、武士の家に生れて名をおしみ功をあらはさむとするには、命は草の露、ゆふべをまたでも消やすく、頼みがたく侍べれば、かく申すぞ。そこにもち給へる過去帳に、それがしの名をかきのせ給へ」とて、硯を出す。ひじりは、「あら心得ずや。年にもたり給はねば、何のわかちもなくかやうにのぞみ給ふか。過去帳には、死去たる人の名をこそしるせ。さらば御望みをそむくも無下なり。逆修に書のせて、武運の長久を祈り奉らん」と云ければ、児うちわらひて、「それはともかくも御心にまかさせたまへ」といふほどに、此児まなこざし俄にかはり、くるしげにいきつき出し、「何ぞ、只今ぞや、心得たり」とて、傍にたてたる太刀をつとり、障子をひらき立

(日葡)。二一 一向にかまわない。二二「天目建盞ヲ取出シ、自ラ取分テ僧ニモ食セ、自モ食ヌ」(三国伝記十二ノ十五)。二三 親しみを込めて用いる二人称の代名詞。二四「武勇 ブヨウ」(饅頭屋本)。

一「サンヌル 例、サンヌルコロ さきごろ」(日葡)。二 輪廻して転生を繰り返す間のどこかで生じた機縁。三「死ぬ」の婉曲表現。「ムナシクナル 空(ムナシク)成(ナル)。ナク成タル心也。人ノ死タルヲモ云也」(謡抄・自然居士)。四 来世の安楽を祈念してください。「たび給へ」は「給へ」を強調した表現。「後世 ごせ」(大全)。五 思わずも。「ソヾロ 思ヒサダメズ俄ナル意ナリ。坐ノ字ゾ」(謡抄・景清)。六 これから咲こうと蕾のふくらんだ花が。七 生い先。八 年をとる。「ヨワイ 年齢。例、ヨワイカタムク 次第に年をとっていく」(日葡)。九 命の終り、臨終。一〇「いや」を強調して相手の発言を強く否定する表現。一一 草の葉に宿った露。はかないものの喩え。一二 亡者の俗名、戒名、命日等を記して檀那寺に備える帳簿。回国僧は持ち歩いたものか。一三 一人前になっていない。まだ年若い。一四 是非善悪の分別。一五 そっけない。「無下 むげ」(大全)。一六 死後の冥福を祈念して、生前に仏事を行うこと。「逆修 ぎやくしゆ〈逆者預也。人作善修福之塔婆位牌等現世之時預(アラカジメ)修(ジユスレバ)七分全得也。死後之追善七分獲レ一也。故逆(アラカジメ)修レ之曰ニ逆修一也〉」(同)。一七 目つき。まなざし。一八 何か用か、すぐ行くぞ、わかった。修羅の時刻が到来して、呼びもどされたもの。「八声の

出るとぞみえし、跡かたなくうせにけり。ひじりはきもをけし、立出(たちいで)てみれ共(ども)、人もなく物音もきこえず。ふしぎの事に思ひながら、又出て帰るべき道もしらず。持(ぢ)仏堂(ぶつだう)の前に座して夜をあかす。

一九すでに明(あけ)がたになりければ、藤九郎が後家(ごけ)その外(ほか)家にありける一族(ぞく)、みなおき出て持仏堂にまいりてみれば、色くろくやせかれたる法師(ほうし)一人仏前にあり。「二〇こはそもいかなる二一古(ふる)ぬす人のしのび入(いり)たる歟(か)、古狸(ふるだぬき)のばけて居たる歟、からめとりて子細(しさい)をとへ」と二二ひしめきたり。二三ひじりはすこしもおそるゝ色なく、「二四まづしづまりて子細を聞給へ」とて、初(はじ)め終(をは)りの事どもかたりければ、「さては藤四郎殿の亡魂(ばうこん)あらはれ出給ひけむ」と、こよひ位牌(ゐはい)の前なる霊供(りやうぐ)をふたつに分て半(なかば)はひじりにまいらせ、半は我が食(くひ)けるに、二五ひじりの食(しよく)せしはみな二六になりつゝ、半はさながら位牌の前に残りてあり。母はあまりのかなしさに、位牌の前にひれふし、声をかぎりになきさけび、「さても去ぬる正月十九日京都御霊(ごりやう)の馬場(ばゞ)にして流矢(ながれや)にあたりて打(うた)二七れしが、今日すでに百ケ日に及べり。此世に残りて二八うき物思ひするみづからには、などや見えこざる」とて、引かづきてなげきしが、あまりの事に堪(たへ)かね、聖(ひじり)を二九憑みて髪をそり尼(あま)になりつゝ、三〇ぼだひをふかくとふらひけると也。

鳥鳴テ…時ニ此児俄ニ驚タル気色ニテソバナル太刀ヲ取テカシコニ投捨テ心得タリト云テ」(三国伝記十二ノ十五)。

一九「やう〳〵八こゑの鳥もつげわたりかねの音も…人あまた来りて」(曾呂利物語二ノ五)。 二〇「たゞごとにあらずいかさまへんげの物なるべし。ひき目にていよ。さらずばはなをふすべよとて、まづいましめんとす」(曾呂利物語二ノ五)。「ひき目」は蟇目の鏑矢、鼻をふすべるのは化けた狐や狸の正体を現わす方法。

二一 老いぼれた盗人。

二二「ヒシメク 込み合う、あるいは、押し合いへし合いする」(日葡)。

二三「僧ことはりを申さんほどのいとまを給はれとて、よひのありさまこと〴〵くかたりけり」(曾呂利物語二ノ五)。

二四 落ちついて。

二五「其霊供ヲ見レバ僧食タル分ハ無テ児ノ食タル方ハ其マヽ残リケリ」(三国伝記十二ノ十五)。曾呂利物語では、「霊供を供へおきはべるを、僧には与へ給ふらん」と簡略に記す。

二六「ミナニナル 何か或る物が尽きる、あるいは、なくなってしまう」(日葡)。

二七「ヒトヲウツ 人を殴打する、または、殺す」(同)。

二八 つらく耐えがたい思いに沈んでいる。

二九「憑 タノム〈頼也。又恃、倚並同〉」(合類)。

三〇 菩提。「ボダイヲトゥ またはゴシャウヲトムラゥ 死者のために法事、あるいは、追善法要を行なう」(日葡)。

（五）屛風の絵の人形躍歌

[一]細川右京太夫政元は、[二]源の義高公をとりたて征夷将軍に拝任せしめたてまつり、みづから[三]権をとり、其威をたくましくす。

ある日、[四]大に酒に酔て家にかへり、臥たりしに、物音をかしげに聞えてねふりをさまし、かしらもたげて見れば、[五]枕本に立たる屛風に古き絵あり。[六]誰人の筆ともし

8-5　前半は、五朝小説の諾皐記「元和初有一士人云々」の構想に基づき、後半は、本朝将軍記十「源義澄」の条を利用して、細川政元の暗殺という史実に取り合わせた。

一　一四六六―一五〇七。細川勝元の子。八歳で家督を相続。摂津・丹波・讃岐・土佐国の守護。文明十八年(一四八六)右京大夫に任官、幕府管領となる。第十代将軍足利義材(後の義稙)を擁した畠山政長と権を争い、これを破った。

二　一四八〇―一五一一。室町幕府第十一代将軍の足利義澄。始め義通と名乗り、剃髪して清晃。明応二年(一四九三)政元に擁立されて還俗し、義遐(よしとお)と改名。同三年六月義高と改名。左馬頭。十二月二十七日将軍となる。「義視の子義材征夷将軍の家督をつぐ。政元これをにくみて義通を伊豆よりまねきのぼせ、義材をしりぞきて義通を主君とせし也」(本朝将軍記十・源義澄・明応二年四月)。

三　実権を握る。

四　原話に「酔ヒニ因リテ庁中ニ臥ス。醒ルニ及ンデ古屛上ノ婦人等悉ク床前ニ於テ踏歌スルヲ見ル」。　五　寝室の枕元に立て回す枕屛風の類。　六「誰」を強めた言い方。

七　原話に少年の記述はなく、「婦人」、「双鬟者」(両側に髪を束ねた女)などが登場。

八　原話に「歌フ者笑ヒテ曰ク、汝、我ガ弓腰ヲ作(な)スヲ見ズヤト。乃(すなわ)シ首ヲ反(そ)ラシテ髻(もとどり)ハ地ニ及(いた)リ、腰勢規(たか)ノ如シ」。「弓腰」は弓なりの腰つき。

九「ツラツラ　副詞、注意深く」(日葡)。

一〇　か細い声。「細細許　ササヤカ」(合類)。

一一　原話の去りゆく陽春を傷む意の七言絶句の踏歌を、風流踊りの囃子歌にとりなし

れず、うつくしき女房・少年[七]おほくあそぶ所を、極彩色(ごくさいしき)にしたる也。其(その)女房も少年も屏風をはなれて立(たち)ならび、身のたけ五寸ばかりなるが足をふみ手をうちて、歌うたひ、[八]おもしろくをどりをいたす。政元つら[九]〳〵その歌をきけば、[一〇]さゝやかなるこゑにて、

[一一]世の中に、[一二]うらみはのこるあり明(あけ)の、[一三]月にむら雲春の暮、[一四]花にあらしはものうきに、[一五]あらひばしすな玉水に、うつる影さへきえて行(ゆく)

たものか。原話に「長安ノ女児春陽ヲ踏ム。処(いづく)トシテ春陽ノ腸(はらわた)ヲ断タザルハ無シ。舞ノ袖、弓ノ腰ハ渾(すべ)テ忘却シ、蛾眉ハ空シク九秋ノ霜ヲ帯ブ」。「九秋」は秋の九十日間。

一二 春が暮れて行くうらみ。

一三 「花に風」と対句として使われた。良い事には妨げのありがちなことの喩え。「月に村雲花に風」(せわ焼草二)。

一四 「とても散るべき花なれども、花に憂きは嵐」(謡曲・雲林院)。

一五 「あらふ」は風が物を震わせながら吹き通ること。「ばし」は強調。

一 原話に「士人驚懼シ、因ツテ之ヲ叱ル。忽然トシテ屏ニ上リ、亦(ま)タ其他無シ」として一話を結ぶ。

二 「所為 シワザ」(合類)。

三 陰陽道に基づいて卜占を行なった占い師。近世初期からは安倍氏の末裔土御門家が支配した。「康方」は未詳。「陰陽師 ヲンヤウジ」(同)。

四 祭礼や諸行事の時に笠や服装に派手な装飾を施し、囃子物や歌などを伴って踊った民間芸能。

絵 細川政元、屏風の絵が踊る怪異に出会う場面。左頁、茵の上で夜着を被って寝ていた政元。枕元には脱ぎ散らした上衣か(酒に酔っていたため)。刀をとり討たんとする。枕元に屏風。前で踊るのが、絵を抜け出してきた小身の女房達。日の丸扇をかざし、風流の総踊りの体。部屋には総飾りのついた巻き上げられた簾。

と、くり返し〳〵うたふてをどりけるを、[一]政元声たかくしかりて、「くせもの共の[二]所為かな」といはれて、はら〳〵と屏風にのぼりて、もとの絵となれり。あやしき事かぎりなし。[三]陰陽師康方をよびてうらなはせければ、「屏風の絵にある女の[四]風流のをどりに、[五]花に風とうたふ。[六]すべて風の字つゝしみあり。[七]かた〳〵もつておもきつゝしみなり」といふ。[八]永正四年六月の事也。

その次の日政元[九]精進潔斎して[一〇]愛宕山に参籠し、ひとへに武運の長久を[一一]勝軍地蔵にいのり申されたり。[一二]廿三日の[一三]下向道に乗たる馬、すでに[一四]坂口にしてたをれたり。明れば[一五]廿四日、わが家にをひて風呂に入けるに、その[一六]家人[一七]右筆せしもの敵に内通して、俄に突入つゝ政元をさしころしたり。康方が「風の字つゝしみあり」といひしが、果して風呂にいりてころされしも、[一八]兆のとるところそのゆへあるにや。

伽婢子巻之八 終

五 花に風は忌むべきもの。
六 「屏風」「風流」「花に風」と重なるので、風の字が付く物すべてを忌む必要がある。
七 しかも厳重な物忌みである。
八 一五〇七年。
九 「六月細川右京大夫政元精進潔斎して愛宕山に参籠す」（本朝将軍記十・源義澄・永正四年）。
一〇 京都市右京区。丹波国との境界にある山。山頂近くに愛宕神社があり、中世では白雲寺とも呼ばれた神仏習合の社で、本地仏の他に火神をも祭神とする。
一一 愛宕権現の本地仏。戦勝祈願として朝廷や武家の尊崇を集めた。その形は、武装した地蔵菩薩が軍馬に跨ったもの。
一二 「（六月）二十四日 愛宕山の千日詣」（京羽二重二）。 一三 社寺参詣の帰り道。
一四 坂道のとば口。「こころみの坂より五十町の坂をのぼる」（出来斎京土産六・愛宕山）。
一五 「廿四日政元浴室に入て垢をあらふ。その家人右筆のもの俄に入来りて政元を打ころす」（本朝将軍記十・源義澄・永正四年六月）。
一六 「永正四年丁卯六月二十三日の夜、御月待の御行水有し所を、御内の侍、福井四郎、竹田孫七、新名と云者どもが、薬師寺三郎左衛門、香西又六兄弟同心して政元を誅し奉る」（細川両家記）。家内は、養子の澄之派、澄元派に分かれて対立し、政元は澄之派に暗殺された。
一七 文書執筆・作成の職。「右筆 ユウヒツ」（書言字考）。
一八 占いの表象。「兆 ウラカタ」（字集）。

伽婢子　巻之九

(一)　狐偽て人に契る

安達喜平次は、江州坂本にすみけり。たま〳〵公方に参候して帰る。僕二人に馬の口とらせ、中間二人をめしつれ、白河より山中越にさしかゝる。日すでにくれがたになる。道より南のかた神楽岡の西にして、年の比十七八とみゆる女姓かほかたちうつくしきが桜花に小鳥のいろ〳〵縫たる紅梅うらの小袖のすそかひとり、草むらをあなたこなたして荊のうへをうちこえ、道にふみまよひたるがごとし。安達これを見て、いかなる高家のむすめなるらんと、あやしみつゝ、近くあゆませよりたれば、此女性袖をもつて、かほをおほひ、足もとは石につまづきしば〳〵ころびまろばんとす。安達人をつかはして、「是はいかなる御かたなれば、此日の暮がためしつるゝものもなくかゝる所に立めぐり給ふ」といはせけれ共、物いはず。又かさねて人をつかはし我が乗たる馬を引せ、「道ゆきなづみ給ふも見奉るにいたはし

9-1　五朝小説の霊鬼志「崔書生」を室町幕府の奉公人安達喜平次の身の上に翻する。彼が体験する遊仙窟にも紛う夢の一夜を狐に化かされたものとするが、原話には古塚に葬られた王女の所為とある。
一 滋賀県大津市。　二 将軍。その住いを「花の御所」と言い、京都室町にあった。
三「サンコゥ　主君の前に行って伺候すること、または、自分の勤めをするために待ちかまえていること」(日葡)。　四 下僕。
五 武家に仕える従者のうち、郎従(郎等)と小者の中間に位置する身分の者。　六 京都市左京区。「京極今出川より東十八町ありといふ。下鴨の東也。この在所の中を通りて山中越にかゝり、坂本に出るといふ」(出来斎京土産四・白川)。　七 上京区の河原町今出川から、北白川、大津市山中町を経由して、同市南滋賀町に至る山道。京都—近江間の最短路として古来利用された。
八 原話に「日、已ニ晩シ」。　九 左京区吉田神楽岡町。「吉田山」とも称し、西麓に吉田神社がある。周辺は葬地でもあり、天岩戸降臨の伝承もあった(菟芸泥赴四下)。
一〇 原話に「一女人ノ靚粧シ華服シタルヲ見ル…乃シ二八ニシテ絶代ノ妹也」。「靚粧」は美しく粧うこと。「絶代」は絶世に同じ。　一一「女性　ニヨシヤウ」(書言字考)。
一二 裏地を紅梅色(紫がかった紅色)に仕立てた小袖。　一三「カイトル　取り上げる、または、持ち上げる」(日葡)。　一四 原話に「榛莽ヲ穿リ越シテ、路ヲ松栢ノ間ニ失ヘルニ似タリ」。「榛莽」は、くさむら。
一五「荊　イバラ」(邇言便蒙抄三)。　一六 大名に準ずる高い家柄。　一七 原話に「崔ノ閑歩

くこそおぼえ侍(はべ)れ。此馬(この)にめされていづくまでも御すみかに帰り給へ。をくりて奉らむ」といはせければ、一女性(にょしゃう)うれしげにかへりみて馬にのる。安達(あだち)いだきのせしに、そのかろき事二うすもの〻ごとし。近くみれば世にたぐひなくひかり出(いづ)るばかりうるはしきが、三まみけたかくかたちたをやかに袖のかほりのかうばしさ、四なにはにつけても五なべてならず、六しら玉か何ぞとあやしまれ、此人(この)のためならば、露ときゆるともうらみはあらじとぞおぼえける。

シテ漸(おもむろ)ニ近ヨレバ、乃チ袖ヲ以テ面(ほか)ヲ掩ヒ、足趾ハ跌(つまづ)キ蹶(つまづ)イテ、屢(しばしば)地ニ仆(たふ)レント欲(す)」。「足趾」は足もと。一八 転びそうになる。「まろぶ」は「ころぶ」に同じ。「転 コロフ」「転 マロブ」(合類)。一九 原話に「小童ヲシテ之ニ詰(と)ハシメテ曰ク、日暮ニ何ゾ儔侶無クシテ墟間ニ悽(かな)シミ惶(おそ)ルル耶(や)ト」。「儔侶」は同伴者、「墟間」は荒れ地。二〇 原話に「黙シテ対(こた)ヘズ」。二一 原話に「又一童ヲシテ乗リタル所ノ馬ヲ将(ひき)テ之(これ)ヲ逐ハシメ、更ニ僕ヲ以テ馬ニテ送リ奉ラシム」。二二 滞ってなかなか先へ進めない。

以上二五三頁

一 原話に「美人ノ廻顧セルハ意(こころばせ)微(ほの)カニ納(うけ)レタルニ似タリ」。「廻顧」は見返る。二「ウスモノ 薄くて目の透いたある種の絹布で作った着物」(日葡)。三 眉のあたりに雅びの風が漂い。四「ナニワニツケテモ ナニゴトニツケテモに同じ、すべてについて、あるいは、全体的に」(日葡)。五 他とはくらべものにならない。「ナベテナラザル 人ナミニテハ、アラザル義也」(謡抄・玉井)。六 白い玉か他の宝物かと怪しんでしまう気高さで。「白玉かなにぞと人の問ひし時露とこたへてけなましものを」(新古今集・哀傷歌・在原業平)による。伊勢物語六段(五句「きえなましものを」)にも見えて著名。七 原話に「崔乃チ儳(つつ)ンデ緩(おく)レテ之(これ)ヲ逐フ」。八 原話に「前(すす)ムコト纔カ数百歩ニシテ忽チ女奴三数人ヲ見ル。口ヲ哆(ひら)キ息ヲ坌(はせ)メ踉(よろめ)キ蹌(よろめ)キツツ女郎ニ謂ヒテ曰ク、何処ニ

七安達は馬のしりにつき、しづかにあゆませ、もとの道を京のかたにかへりしに、八一町ばかりにして、たちまちに女の童(めのわらは)九五六人田中一〇のかたよりはしり出て、「あなあ一一さまし。此暮がた、とりうしなひまいらせしかときもつぶれ、一二むねとゞろき、かなたこなた尋ねまいらせしぞや」とて、馬にそふて一三南をさしてゆく事、二町ばかりにして、年ごろ六十ばかりの男、いきもつぎあへず一四「さきより尋ね奉りし。まづ御心やすく侍べり。さて此御馬かし給ふは思ひよらざる御なさけかな」といふ。安達い

之ヲ求ルモ得ザリシト」。 九「メノワラワ 奉公する少女」（日葡）。 一〇 現左京区西部の高野川下流東岸一帯。「神楽岡の北面白川道より北の方、田中といふ地」（出来斎京土産四・百万返智恩寺）。 一一 嘆かわしい。 一二 驚きで肝はつぶれ、胸は高鳴って。 一三 原話に「馬ヲ擁ヘテ行クコト十余歩、則チ長年ノ青衣数求ヲ駐メ立チテ以テ候フ。崔ノ漸ク近ヅケバ乃チ崔ニ拝謝シテ曰ク、郎君小娘子ノ路ヲ失ヒシヲ愍レミテ驂ヲ僕トヲ脱チテ以テ之ヲ済フト」。「長年」は年かさ、「数求」は慌ただしく求めること。 一四 先ほどからずっとお探ししてましたぞ。

以下二五六頁

一 原話に「酒興ノ酣ニ被ブニ因リテ此キニ致ル」。 二 原話に「今ヤ日ノ色モ已ニ暮レタリ。郎君ヲ邀ヘテ庄ニ至ランヲ可ルル乎」。「庄」は「荘」に通じて別荘の意。 三「御芳志」。人ノコヽロザシヲホメンタメニ、芳ノ字ヲソヘテ、カウバシキ志トイヘリ」（謡抄・盛久）。 四 原話に「北ヘ行クコト一二里ニシテ復タ一樹林ニ到ル。室屋甚ダ盛ンニシテ桃李甚ダ芳シ」。 五 その場に似つ

絵　安達喜平次、神楽岡で女に出会い、家に送る場面。右頁、刀持、鑓持の従者を連れた喜平次。江戸時代初期では、馬一匹、馬の口取、鑓持、侍、甲冑持などでおよそ二百石級であった。左頁、安達の馬に乗って帰宅する姫。出迎えた女の童と姫を探していた男。男は格子縞の羽織に模様入りの袴、脛巾姿。

ふやう、「この御かた道にふみまよひ給ふ故に御いたはしく思ひ奉り、それがしのりたる馬奉り、これまでをくりまいらせたり。これより又坂本にくだり侍べる也」といへば、かのおとこいふやう、「姫君今日は田中といふ所にあそび給ふを、座中酒もり久しくて興に乗じて、ひとり立いで、道にまよひ給へり。はや日も暮たり。坂本までは中〳〵にかへりつき給はじ。よきたよりなればこなたに入て、一夜をあかし給へ」といふ。安達、「それはまことに御芳志たるべし」とて、南のかた、三町ばかり行ければ、しげりたる一構あり。その内には家居つき〴〵しく奇麗に立て、梅・桜・桃・李の花さきつゞき、藤のたな、山吹のかき、池にはあやめ・かきつばたもえ出て、庭のおもて泉水のかゝり、世にある人のすみかとみえたり。ふすましやうじいく間も立切たる書院・廊下をつたふて小座敷に行いたる。そのおくには、唐の日本の花鳥つくしして書たる絵の間あり。安達すでに玄館よりあがりければ、あるじの女房そのとし四十ばかり、世にけたかくみゆ。めしつかふ女のわらは七八人をしたがへ立出て、「思ひもよらず、まれ人の客をうけ侍べり。姫たま〳〵出てあそびし侍べり。酒に酔たる事をいたみ、座をにげてみちにまよひ、君に行逢奉らずは、もしは狼・きつねのたぶろかし、若は盗人にをびやかされなん。よくこそ送りてたび給へ。それいかにももてなし奉れ」とて、したしくもてかしづく。しばしあ

かわしい風雅なさま。「つき〳〵しく さもありぬべき義也」(野槌十段)。底本「つぎ〳〵しく」。六→一〇六頁注一七。七 庭園に作った池。「倭俗仮山ノ池水ヲ洲浜ト謂フ。…洲浜ト称シ或ハ泉水ト謂フ」(雍州府志八・洲浜町)。八 好もしい雰囲気。九 世間にそれと名を知られた羽振りのいい人。一〇「ふすま障子と云は、表裏よりはりたるを云」(貞丈雑記十四)。一一 書院造りの部屋。「書院 ショイン」(合類)。一二「コザシキ 小さな家、または、小さな部屋」(日葡)。一三「日本 ヤマト」(合類)。一四 玄関。客人の出入口あるいは敷地の奥深くに建てた独立した建物の意か。「玄関は書院につきたる名にて、是をば僧家にていひ初めしなるべし」(家屋雑考五)。一五 原話に「又、青衣七八人有リ、女郎ヲ迎ヘテ入ル。少頃ニシテ一リノ青衣出デテ主母ノ命ヲ伝ヘテ曰ク」。「少頃」は少しの間。「主母」は本妻の意であるが、原話後出の王氏を指し、本話の「あるじの女房」に当たる。一六「ケタカイ」(日葡)。一七 大切な客人。「まれ人」だけでも客の意がある。一八 貴人を招き迎えて世話をする。一九 原話に「小外甥ノ酔ヒヲ避ケ席ヲ逃ルルニ因ッテ路ヲ失ヒ、頼ニ君子ノ卹フニ馬ト僕トヲ以テスルニ遇フ。然ラズンバ日暮レテ或ヒハ悪狼狐媚ニ値ヒテ何ゾ加ヘラレザル所ナランヤ」。「小」は謙遜の辞。「外甥」は兄弟の子、娘の生んだ子(いずれも男女とも)などで甥姪よりも範囲が広い。「狐媚」は狐のたぶらかし。二〇「たぶらかす」の転。二一 それ皆の者、精いっぱいおもてなしせよ。二二 付きそって世話をする。二三 原話

りて酒さかなとりしたゝめて出す。あるじ[二四]の女房盃をとり、安達にまいらせ、「と[二五]ても今宵はあそびあかして、うき世の思出とせむ。姫[二六]が姨も、これにおはす。出て酒すゝめたまへ」といふに、廿四五ばかりの女房はなやかに出立て、うちわらひ立出しをみるに、又世[二七]にまれなる美人なり。安達、「是はそも仙境に来れるか。天上[二八]にのぼれるか。いかなる雲[二九]のうへといふとも、今宵にまさる時はあらじ」とうれしくもふしぎ也。酒すでに酣[三〇]をにして、安達は数盃をかたふけたり。あるじの女房い[三一]ふやう、「姨と双六[三二]うち賭さだめて、あそび給へ」とて黒檀[三三]に紫檀[三四]檳榔[三五]まじへちりばめたる盤の、めぐりには源氏の絵かき、水牛[三六]・象牙黒白の石、蒔絵の筒[三七]に簺とりそへて出したり。安達と姨とさしむかふて打けるに、簺[三八]の目をあらそひ、時〻姨の手をとらへ無理をいふも心あり[三九]や。遊仙窟[四〇]に、張文濳[四一]と十郎娘[四二]が双六うち[四三]てかけものせし事を書ける筆[四四]の跡もなつかしくて、安達勝[四五]ければ沈香[四六]五両を出しあたふ。姨又勝ければ安達出すべき物なく、かうがい[四七]をぬきて出したり。

すでに夜明がたになり、東の山[四八]のはしらみあけて人[四九]の音なふ声きこゆるころ、家[五〇]の内、にはかにおどろきあはてふためき、「ぬす人の入来るぞや」といふに、ある[五一]じの女房安達をうしろの門より推出せば、姨もゆきがたなく立かくれたりとおぼゆるに、安達一人[五二]かたくづれなる山際の穴の内よりはひ出たり。芽[五三]みだれ菫さきて、

に「頃之シテ崔ヲ邀ヘテ宅ニ入テ、既テ乃シ命ジテ酒ノ具ルヲ見ル」。 二四 原話に「酒至レバ従容トシテ叙ベテ言ク」。「従容」は、のんびりしたさま。 二五 またとない機会なので。 二六 原話に、王氏(すなわち姫の母親)の口を借りて「某王氏外甥女」つまり「私(王氏)ノ外甥ノ娘」と紹介され、また「姨」「玉姨」と呼ばれる。 二七 原話に「麗艶精巧ナルコト人間ニ双ブモノ無シ」。 二八 天上界。六道のうち、地獄、餓鬼、畜生、修羅、人中に優る最善処。 二九 「クモノウエ 日本の国王の宮殿」(日葡)。 三〇 「たけなは」の音便表記。「闌 タケナヲナル」(漢書抄四)。 三一 原話に「王氏其ノ姨ヲ称ヘテ曰ク、玉姨ハ崔ト玉ヲ賭ツコトヲ好ミ、崔ノ口脂合子ヲ愛ヅ」。「口脂合子」は蓋つきの紅ざら。 三二 「すごろく」の古称。 三三 カキノキ科の常緑高木。東南アジアに産し、紫檀・白檀などとともに家具・楽器等の用材とする。 三四 →二二〇頁注二。 三五 ヤシ科の常緑高木。床柱・家具等に用いる。果実を薬用にする檳榔樹とは別種。 三六 水牛の角や象牙を用いた双六の駒の意か。「黒白の石」は、盤上に並べる駒。黒白それぞれ十五箇。 三七 簺(釆)を入れて振り出すための筒、双六筒。 三八 筒に入れた二つの簺を盤上に振り出して、その目の数によって敵陣に石(駒)を進める。「簺 サイ〈ハクヱキノサヒ〉」(字集)。 三九 下心があるのか。 四〇 唐代の小説。作者の張文成が道に迷って仙界に入り込み、仙女から一夜の歓待を受けた顛末を記す。 四一 遊仙窟の主人公。正しくは「張文成」。 四二 同じく女主人公。正しくは「崔十娘」。

松の風たかく吹、谷の水遠くきこえたり。[一]かけものに渡しける、かうがいはなく、とりたる沈香[二]はさしもなき木のきれなり。[三]はじめ女性の道をふみまよひしを安達馬よりをりて後につきて行かとみえて影もなくうせにしかば、中間・小者[四]ばら、たづねめぐり、たゞこゝもとにて見うしなひぬとて、あまりに、尋わびて大なるあなのあるを見つけて、鋤・鍬をかりよせ、ほりくづしけるを、[五]「ぬす人入来る」とおどろきける也。「こゝはいづくぞ」と人にとへば、神楽岡のうしろなりといふ。[六]狐のたぶろかしけるにこそ。

（二）[七]下界の仙境

むかし[八]大田道灌[九]武州江戸の城を築きて居住せらる。[一〇]この地に水ともしき事をくるしみけり。その比舟木甚七とて、[一一]富祐の町人あり。[一二]堀抜の井戸をつくらんとて[一三]金掘をやとひ、[一四]人歩をいれてほらするに、をよそ[一五]半町四方深き[一六]百丈ばかりに及べども水なし。金堀底に座しやすみつゝ、しづかにきけば、地の中に[一七]犬のほゆるこゑ、庭鳥のなく音かすかにひゞきて聞ゆ。[一八]あやしくおもひて、又四五尺ほりければ、かたはらに[一九]切どをしの石の門あり。[二〇]門のうちに入てみれば、両方壁のごとくはなはだくらくしてみえわかず。なを道を[二一]認さぐりて一町ばかり行ければ、[二二]にはかにあきら

四三 「且タ双六ノ局ヲ持来レリ。少府公ト共ニ酒ヲ賭ム」（遊仙窟）。「少府」は張文成の官職名。 四四 「書 シルス」（字集）。 四五 原話に「玉姨玉環ヲ輸シテ相ヒ酧フ。崔ノ輸ストコロ且タ多シ。先ニ長安ニ於テ買得タリシ合子六七枚都テ玉姨ニ輸シ、崔亦タ玉指環二枚ヲ贏タリ」。 四六 →二二〇頁注五。 四七 刀の笄。「カゥガイ 赤銅、あるいは、金で装飾した銅製の刃物で、カタナの鞘の片側に差し込むもの」（日葡）。 四八 山の稜線。 四九 誰かが尋ねてきた声。 五〇 原話に「一日一家大ヒニ驚ギテ言ク、賊ノ至レル有リト」。 五一 原話に「其ノ妻崔生ヲ推シテ後ノ門ヨリ出ダス。纔ニ出レバ妻已ニ見エズ」。 五二 原話に「但身一ノ穴中ニ臥シテ、惟莞ノ花ハ半バ落チ、松風ハ晩レテ清ケク、黄蓴紫英ノ草ノ露衣ヲ沾スヲ見ル而已」。「黄蓴紫英」は黄色い花と紫色の花。 五三 イネ科の多年草チガヤの異名。「芽 ツバナ」（易林本）。

以上二五七頁

一 原話に「其ノ贏タリシ玉、指環ハ猶衣帯ニ在レリ」。「衣帯」は帯。 二 何ということもない木切れ。 三 原話に「初メ美人ヲ見セシ路ヲ行キテ、童僕ノ鍬鍤ヲ以テ一ノ墓穴ヲ発キ掘リテ」。 四 武家奉公のうちで最も軽輩の者。身分的には中間の下にあり、主に雑役に従事する。 五 原話に「玉姨ノ崔生ノ奴僕ヲ呼ビテ賊ト為ス耳」。 六 原話に、崔生の陥った穴を、後周趙王の王女玉姨とその外甥を合祀した塚とし、この一件を彼女らの

かになり、切どをしのおくの出口より空をみあぐれば青天白日[二三]かゝやき、下[二四]を見おろせば、大なる山の峰につゞきたり。金掘[二五]その峰にをり立て、四方を見めぐらせば、別に天地日月あきらけき[二六]一世界なり。其山[二七]につゞきて谷にくだり、峰にのぼり一里ばかりゆきてみれば、石[二八]の色はみな瑠璃[二九]のごとく、山間には宮殿楼閣[三〇]あり。玉をかざり金をちりばめ、瑠璃の瓦瑪瑙[三一]のはしら、心もことばも及ばれず。大木[三二]おほく生ならびて、木のかたちは竹のごとく色あをくして節あり。葉は芭蕉[三三]に似て、紫の花あり。大さ車の輪のごとし。五色[三四]の蝶そのつばさ、大さ団扇[三五]のごとくなるが花にたはふれ、又五色の鳥、その大さ鴈のごとく、こずゑにとびかけり、その外もろ〳〵の草木いづれも見なれぬ花咲実[三六]のり、岩[三七]のはざまより二道の滝ながれ出る。ひと[三八]つの水はいろ清き事、磨立[三九]たる鏡のごとく、ひとつの水は色白き事、乳のごとし。

金掘[四〇]やう〳〵山をくだり、ふもとより一町ばかりにして、ひとつの楼門[四一]にいたる。上に天桂山宮と云額をかけたり。門[四二]の両脇に、番の者二人あり。金掘を見ておどろき出たり。身の長五尺余り、容[四三]のうるはしき事玉のごとく、唇[四四]あかく歯白く、髪は紺青[四五]の糸のごとし。みどりの色なる布衣[四六]、くろきゑぼし着たるが、はしり出て[四七]、とがめけるは、「なんぢなにものなれば、こゝに来れる」と。金掘ありのまゝにかたる。その間に門の内より装束きらびやかに、容うつくしくつやゝかなる[四八]事酸漿子[四九]の

あやかしとする。

9-2　五朝小説の博異志「陰隠客」を原話に、場所や時期を、鎌倉管領九代記八などでも著名な太田氏の江戸城築城時に移し、富士山の仙境性をも利用しつつ構想化した。七 地仙などの住する、地下の仙界。「下界[顧況五源訣]下界功満チテ万ニ上界ニ超フ。官府多ク地仙ノ快活ニシカズ」(五車韻瑞)。八 一四三二―八六。室町時代の武将。扇ケ谷上杉定正の重臣、太田資長。剃髪して道灌と号する。九 康正二年(一四五六)から長禄元年(一四五七)四月八日にかけて武州豊島郡に築城(永享記)。北条五代記四、江戸名所記一では父道真による築城とする。一〇 城は、台地上に建設され、城下町も埋立地が多く、上質の飲料水が不足した。一一 原話に「陰隠客ガ家富ミ、荘後ニ井ヲ穿ツコト二年、已(すで)ニ濬(ふか)サ一千余尺ニシテ水無シ」。「陰隠客」が舟木甚七に相当。一二 地下水が湧出するまで掘った深井戸。雑用水の浅井戸に対し、飲料水に用いた。一三 鉱山で鉱物を採掘したり、坑道を掘ったりする者。一四「ニンブ」、または、「ニンソク」(日葡)。一五 穴の半径が半町、深さが百丈ほどに掘り進んでも。一町は六十間、三六〇尺。「深き」は底本通り。一六 一丈は十尺(約三メートル)。一七 原話に「工人忽チ、地中ニ鶏、犬、鳥、雀ノ声ヲ聞ク」。一八 原話に「更ニ数尺ヲ鑿テバ、傍ラニ一石穴通ズ」。一九 山などを切り開いて道を通したもの。二〇 原話に「工人乃(すなは)チ穴ニ入テ之(これ)ヲ探ル。初メノ数十歩ハ見(みゆ)ル所無ク、但(ただ)壁ヲ捫(なで)テ傍行ス」。二一 探し求めること。「認トムル」(下学集)。二二 原話に「俄カニ

やうなるもの廿人ばかり出て、「[一]けしからず臭くけがらはしき匂ひあり。いかなる事ぞ」とて、番のものをせむるに、番の者おそれたるけしきにて、「人間世界の金掘、おもひの外なる事によりて、まよひ来れり」といふて、子細をつぶさにかたる。そのとき奥より[二]凞輝ばかり[三]緋き装束に金の冠を着たる人出ていふやう、「大仙[四]玉真君の勅定には、その金掘をつれて遊覧せしめよとあり」。さきの廿人の[五]輩うやまふてうけ給はり、番の者に仰付たり。まづ金掘をつれて[六]清き水の滝にゆきて、身を

転(はか)ツテ日月ノ光ノ如キニ会(あで)フ」。二三「白日　日名　ハクジツ」(色葉字類抄)。「かゝやき」は清音。二四 原話に「下ヲ遂(むき)ルニ、其ノ穴ノ下ハ一ノ山峯ニ連レリ」。穴のあいた箇所が下界の天井であったという設定。二五 原話に「工人乃チ山ニ下リテ正立シテ視レバ、乃チ別ニ一天地日月ノ世界ナリ」。「正立」は「直立」に同じ。二六 くもりなく輝いているさま。二七 原話に「其ノ山ニ傍フテ万仞、千巌、万壑(ばんがく)ニ向カフ」。「万壑」は多くの谷。二八 原話に「石ハ尽(ことごと)ク碧瑠璃色ニシテ、毎(つね)ニ巌壑ノ中ニハ皆金銀ノ宮闕有リ」。「巌壑」は岩と谷、「宮闕」は宮殿。二九 七宝の一。青色が中心。三〇「宮殿楼閣　クウデンロウカク」(運歩色葉集)。三一 七宝の一。縞状の文様を持つ。三二 原話に「大樹有リ。身ハ竹ノ如ク節有リ。葉ハ芭蕉ノ如ク、又紫花有リテ盤ノ如シ」。三三 葉は長楕円形でその繊維から布や紙を作る。三四 原話に「五色ノ蛺蝶、翅ノ大キサ扇ノ如キ、花間ニ翔舞シ、五色ノ鳥、大キサ鶴ノ如キ、樹杪ヲ翺翔ス」。「五色　ゴシキ〈青赤黄白黒〉」(易林本)。三五 うちわ。「団扇　ダンセン」(合類)。三六 実を結ぶこと。三七「岩硲　イワノハザマ」(合類)。三八 原話に「毎巌中ニ清泉有リ、一眼ハ色ノ鏡ノ如ク、白泉一眼ハ白キコト乳ノ如シ」。「眼」は水の沸き出る穴。三九 磨いて曇りを去った鏡のように。四〇 原話に「工人漸ク下リテ宮闕ノ所ニ至リ、入テ詢問セント欲ス。行キテ闕前ニ至リ、牌上ヲ見レバ、署シテ天桂山宮ト曰フ」。四一 二階造りの門。四二 原話に「門ノ両閣内ニ各一人有リテ驚キ出ヅ。各長(たけ)ケ五尺

あらはせ、色白き水の滝に行(ゆき)て、口をすゝがせたるに、その水あまき事蜜(みつ)のごとし。七おもふさまにのみけれれば、酒に酔(えい)たるがごとくにして、しばらくありて八心すゞやかにおぼゆ。番の者引(ひき)つれて、山間(あい)をめぐるに宮殿楼閣(くうでんろうかく)みな谷ごとに立(たち)つらなれり。たゞ九門外より見いれて内に入事(いること)かなはず。かくて半日ばかりにして、山のふもとに又ひとつの城にいたる。一〇楼(ろう)門のうへには、黄金(わうごん)をもつて梯仙皇真宮(ていせんくはうしんきう)といふ額(がく)をかけたり。一一水精輪(すいしやうりん)の所一二成(じやう)金銀の一三壁瑇瑁(かべたいまい)の垣(かき)、一四琥珀(こはく)の欄干白玉(らんかんはくぎよく)の一五鐺(こじり)一六硨璖(しやこ)のすだれ、真(しん)

余リ、童顔玉ノゴトシ」。四三「容 カホヨシ カタチ」(温故知新書)。四四 原話に「絳脣(とうしん)皓歯、鬒髪青糸ノゴトシ」。「絳脣」は赤い唇、「鬒髪」は黒く美しい髪。四五 鮮やかな青色。「紺青 コンジヤウ」(饅頭屋本)。四六 従者などが着る無紋の狩衣。「布衣 ホヰ〈下官ノ所レ服〉」(書言字考)。四七 原話に「跣足ニシテ顚(つみ)メ、工人ニ謂ヒテ曰ク、汝胡為(なんすれぞ)此ニ至ルヤト。工人具(つぶさ)ニ本末ヲ陳ズ」。「跣足」は、はだし。四八 つやつやとして美しいさま。四九 ほおずきの実のような者達の意か。「酸漿 和名保々都岐一名奴加都岐」(本草和名八)。

以上二五九頁

一 原話に「門中ニ数十人有リ、出テ云ク、怪シヤ昏濁ノ気有リト。門ヲ守ル者ヲ責メシム。二人惶懼(くう)シテ言ヒテ曰ク、外界ノ工人ノ不意ニシテ至ル有リト」。「惶懼」は恐れること。二「昭 テル〈又晃、熙、暉並同〉」(合類)。三「緋 アカキイロ」(字集)。原話ニ「須臾ニシテ緋衣ノ一人有リテ、勅ヲ伝ヘテ曰ク…門人曰ク汝已ニ此ニ至リ、何ゾ遊覧ヲ求メ畢(はを)ラズシテ返ランヤト」。四「玉真」は仙人を言う。「小有玉真、万貨先生、主図玉君曰、小有玉真天中、有万貨之宮、小有先生主図玉君之所治也」(雲笈七籤・八)。「小有天」は道家で伝える洞府の名

絵 舟木甚七に雇われた金掘、下界の仙境を訪れる場面。小袖に格子縞紋の袴、脛巾(はばき)をつけた金掘。腰に掘道具を差す。背景には、滝、五色の鳥や蝶、節のある木、紫の花など。左頁、「天桂山宮」の額を掲げた楼門。番の者二名。

珠の瓔珞五色の玉を庭のいさごとし、いろ〳〵の草木名もしらぬ鳥、まことに奇麗厳浄なる事いふはかりなし。され共門のうちには入られず。さこそ内には、善つくし、美つくして言語たえたる事の有らんと思ひ、「さてこゝはいづくぞ」ととふ。番の者のいふやう、「これみなもろ〳〵の仙人はじめて仙術を得ては、まづ此所に来りて七十万日の間、修行をつとめ、其後天上にのぼり、あるひは蓬莱宮、あるひは藐姑射山あるひは玉京崑閬なんどに行て、仙人の職にあづかり宮位をすゝみ符籙

で、大天の中に三十六洞ある。道家で仙人になった者を「真人」と言う。 五「翟 トモカラ」(字集)。 六 原話に「工人ヲ引(みちびき)テ行キテ清泉眼ニ至リ、洗浴及ビ衣服ヲ澣(あら)ハシメ、又白泉眼ニ至リ、与(とも)ニ之ヲ漱ガシムルニ、味ヒ乳ノゴトク甘美ナルコト甚シ」。「泉眼」は泉に同じ。 七 原話に「連飲スルコト数掬、酔ヘルニ似テ飽ク。遂ニ門人ノ為ニ引カレテ山ヲ下ル」。 八 すがすがしいさま。 九 原話に「宮闕ニ至ル毎ニ、只門外ヨリスルヲ得テ入ルヲ許サズ。是(かく)ノ如ク経行スルコト半日ニシテ山趾ニ至レバ、一国城有リ」。 一〇 原話に「城楼ニ玉ノ字ヲ以テ題シテ梯仙国ト云フ」。

一一 水晶でできた輪。転じて美しいこと。ここは水晶でできた美しい城の意か。また、大地を支える地底の金輪際から姿を現わした、天女の住む水晶の山を「水精輪の山」とも称する(平家物語七・竹生島詣)。「水精 スイシヤウ」(易林本)。 一二 仏教語。或るものより成る、の意。 一三 海亀の一種。甲を装飾品に作る。「瑇瑁 タイマイ」(合類)。 一四 七宝の一。多く黄金色。「琥珀 クハク〈松脂入レ地千年而所レ化、色如レ血也〉」(下学集)。 一五 欄干の先端や、そこにつけた飾り。「鐺 コジリ」(易林本)。 一六 「硨磲」の当て字。硨磲は七宝の一。シャコ貝の殻を磨いたもの。

以上二六一頁

一 珠玉を編んで身体にかける装身具。寺院などで天蓋の装飾にも用いる。ここは後者か。「瓔珞 やうらく」(大全)。 二 「ゴンジヤウ 装飾して美しいこと。例、キレイゴンジヤウ 同上」(日葡)。 三 論語・八佾に基

[一一]印呪薬術をきはめ[一二]飛行自在の[一三]通力をさとり侍べる事也」といふ。金掘とふやう、[一四]「すでにこれ仙人の国ならば人間世界のうへにはなくて、下にあるはいかなる故ぞや」。番の者こたへけるは、「こゝは下界仙人の国なり。人間世界の上には、猶上界仙人の国あり」とて、見めぐらせ、[一五]「汝はやく人間世界に帰れ」とて、[一六]白き水の滝につれて来り、又その水を[一七]飽までのませ、もとの山のいたゞきにのぼりて、初めの[一八]大門の前にして[一九]奥に奏し入ければ、[二〇]玉の[二一]箚、金の印を出されたり。是をとりて金掘

づく表現。「ゼンツクシビツクシ 非常に優美、綺麗、かつ優秀な物について言う。文章語」(日葡)。四「言語 ゴンゴ」(易林本)。五原話に「門人曰ク、此レ皆諸仙初メテ仙ヲ得タル者ノ関ナリ。此ノ国ニ送リ、修行スルコト七十万日。然ル後諸天、或ハ玉京、蓬萊、崑閬、姑射ニ至ルヲ得ル。然レバ方(ママ)ニ仙官ノ職ヲ得テ、主籙主符主印主衣ニ位シテ、飛行自在ナリ」。六「蓬萊宮ト八東海ノ中ニアリ。仙人ノスム所也。人間ノ者ノタヤスクイタリガタキ処也」(謡抄・楊貴妃)。七仙人の住む想像上の山。「射山やさん〈藐菇射(ハコ)山也。仙人居処、出二于荘子一。今亦指二仙洞一曰二射山一也〉」(大全)。八道家で天帝の居所。「玄都ヨリ玉京已下、合セテ三十六天有リ」(雲笈七籤・三)。「天上、白玉京、五城、十二楼、史」(事文前集三十四・仙・群書要語)。九中国の西方に存すると考えられた崑崙山の広々としたところ。仙人が住むとされる。一〇道家における秘文。一一印と呪。手で印を結び、口で呪文を唱えること。一二「飛行自在 ひぎやうじざい」(大全)。一三「通力 ツウリキ」(饅頭屋本)。一四原話に「工人曰ク、既ニ是レ仙国ナラバ、何ゾ吾ガ国ノ下界ニ在ルヤト。門人曰ク、吾ガ此ノ国ハ是レ下界ノ上仙国也、汝ガ国ノ上ニモ還(ママ)仙国有リ。吾ガ国ノ如シ」。一五原話に「曰ク、卿帰ル可シト」。一六原

絵 金掘、宮殿内に入り仙境の諸所を遊覧する場面。右頁、山間に点在する宮殿楼閣。棟の両端に霊鳥の飾り。左頁、仙境を案内する番の者と金掘。建物は梯仙皇真宮。

を打つれ、もとの岩穴の口に出るに、門〻みなひらけたり。送[一]りける番のものいふやう、「汝こゝに来りてはしばし半日の程とおぼゆるとも、人間にては数十年を過たり」とて、もとのあな[二]に入ければ、又くらくして道も見えず、たゞ風の音のみ聞えて、駿河の国富士[三]のふもとの洞より出て、大におどろきあやしみ江戸にかへりて大田道灌の事を尋ぬれば、それはゝや百年以前也。井をほらせられし事は聞つたへたる人もなく、又その跡[四]もなし。人あらたまり家立かはりて本城は大にさかえたり。[五]わが家を尋るにいづくともしれず。一族の末も聞えず。

つら〱思ふに長禄元年江戸の城はじまりて、今弘治[六]二年丙辰まで一百年に及べり。金掘更に人間[七]をねがはず、五穀[八]を断て食せず、木のみをくらひ水をのみ、足にまかせて修行す。数年[九]の後富士の嶽[一〇]にて、ある人行逢たり。後にその住所をしらず。

(三) 金閣寺の幽霊に契る

中原主水正[一一]は美男のほまれありて、色ごのみの名をとり、生年廿六に及びて定まれる妻もなし。春の花にあこがれ[一二]ては風をうらみ、秋の月にうそふき[一三]ては雲をかこち、官につかへながらうかれ[一四]ありきて、心を物ごとにいたましむ。

[一五]大永乙酉弥生ばかりにおもひ立て霞を分つゝ、北東の山路にさすらひ、暮ゆく春

話に「白泉ヲ飲マシムルコト数掬、山頂ニ至リテ来穴ヲ求メント欲ス」。「来穴」はこの仙界に紛れ込んだ時の穴。一七 たっぷりと充分に。一八 第一の表門のこと。原話に「二大門ニ至ル」。一九 原話に「吾、天関ヲ通ル鑰匙(やくし)ヲ奏請シテ、卿ノ帰ルヲ送ラン」。「鑰匙」は、かぎ。二〇 原話に「須臾ニシテ、門人、金印及ビ玉簡ヲ携ヘ、又工人ヲ別路ニ引キテ」。二一 「簡 フダ」(天正本)。

一 原話に「門人曰ク、汝此ニ来リテ頃刻(つかゝ)ナリト雖モ已ニ人間ノ数十年ナリ」。二 原話に「纔カニ門ニ入ルニ風雲擁シテ去リ、因リテ覩(み)ル所無シ」。三 静岡県富士宮市に人穴の伝承が存する。「富士人穴 フジノヒトアナ〈建仁三年六月。源頼家使下二仁田忠常一入二洞穴一窺中其中上事詳東鑑〉」(書言字考)。北条九代記三「伊東崎大洞并仁田四郎富士ノ人穴ニ入ル」にも見える。「ソノ暗キ事イフバカリナシ」(同)。原話に「孤星山頂洞中ニ出ヅ…陰隠客家ヲ詢(と)フニ、時人云ク、已ニ三四世ナリト。井ヲ開クノ由(いはれ)皆知ルコト能ハズ」。四 原話に「工人自ラ其ノ路ヲ尋ネ、惟(たゞ)一巨坑ノ崩レタルヲ見ル。井ノ為ス所也」。五 原話に「工人家人ヲ尋ネ覔(もとむ)セドモ了(つひ)ニ処ヲ知ラズ」。六 一五五六年。七 仙道を志すこと。原話に「自後、人間ヲ楽シマズ。遂ニ五穀ヲ食ハズ、足ニ信(まか)セテ行ク」。八 五種の主要な穀物。米・麻・麦・粟・豆など諸説ある。これら、穀物全てを断ったこと。九 原話に「数年ノ後、有ル人、剣閣鶏冠山ノ側近ニオイテ之ニ逢フ。後、在ル所ヲ知ルコト莫シ」。

の名ごりをしたふ。北白川檜垣の森、桜井の里、氷室山岩倉谷、きつね坂、八塩岡、比叡横川片岡の森鬼が城、大原、音無の滝志津原、朧清水市原野辺暗部山をうちめぐり鹿苑院にゆきいたる。世に金閣寺と号す。征夷大将軍源義満公この地に家づくりして、うつりすみ給ひしを、薨去の後直に寺となし給へり。庭の築山泉水の立石まことに古今絶景の勝地として、たぐひなき所なり。中原こゝまでうかれ来て、日すでに暮て、おぼろ月、東のかたに出れば、春宵の一刻その価をたれか千金とはかぎりぬらんと、花にうつろふ月のひかりに、木の本も立さりがたくぞおぼえし。里の家に宿はかりけれ共、いもねられず。砌をめぐり、苔路を踏で金閣のもとにいたりぬ。去ぬる応永十五年義満公の薨じ給ひしより、すでに百十八年。そのかみさしもにぎ〳〵しかりけるも、君おはしまさずなりけるより、すむ人も、やう〳〵まれになり、礎かたふき、はしらくちて、わづかに金閣のみ、むかしの色を残したり。主水は軒にたちより、欄干によりかゝりて、昔をおもひ、今を感じて、ふけ行月に打うそふきつゝ、古木の桜花すこしさきたるをみやりて、

　さくらばないざこととはむはるの夜の月はむかしもおぼろなりきや

かゝるところに、ひとりの女そのよはひ十七八とみゆるが、半者一人めし具して、閣のもとに来れり。桂のまゆずみ、雲のびんつらたをやかなるすがた、かたちうつ

一〇「嶽　ダケ」(合類)。

9-3　剪灯新話二ノ三「滕穆酔遊聚景園記」を原話に、京都の金閣寺を舞台にして、多くの和歌を挿入しつつ、幻想的な浪漫の世界に置き換えた。

一一 飲料水などを差配した主水司(もいとりつかさ)の長官。従六位相当。「主水正 モンドノカミ」(合類)。 一二「アコガルル …ツキ、ハナニアコガルル 月や花を見たいという強い願いを持ち、それらを見ることに大きな喜びを感じる」(日葡)。 一三「ウソブク 軽く息を吹く、また、月とか花などを眺めながら[感嘆して]ほっと息をつく、または口笛を吹く」(同)。 一四「ウカレアルク 何かを探し求めて、ほうけたようになってあちこち歩き回る、または、恋しさや慕わしさのために、うっとりとして、ほうけたようになって歩き回る」(同)。 一五 大永五年(一五二五)、将軍足利義晴の時期。 一六 京都市左京区。銀閣寺より北の地域。以下金閣寺に至る道筋は都の北東に当たる愛宕郡をめぐり、やがて北西の葛野郡に移動するが、これは出来斎京土産・四、五などの記載順に即している。 一七 左京区。筑紫国白川の遊女檜垣の嫗の伝承を京都の白川にとりなした地名という。 一八 左京区松ケ崎。山州名跡志六・桜井里では古老の言として、岩倉に至る坂の前、山神と号する杜の西にある浅井をその跡と伝える。 一九 左京区上高野氷室町。山腹に禁裏への供御の氷を蓄えた。小野氏の在地で「小野の氷室」とも称される。 二〇 左京区岩倉。岩倉・長代川の渓流近辺か。 二一 左京区松ケ崎。桜井の西北の坂で岩倉や深泥池に至る。木列坂(キツレザカ)、

くしさ、心も詞も及ばれず、いふはかりなく、あてやかなるが、[一]いかなる事ぞとしのびて見ければ、此女房いふやう、「金閣ばかりは故[二]のごとくにして庭のおもては風景かはらず。但時うつり世かはりそゞろ[三]にむかしの恋しさのみおもひつゞくるこそかなしけれ」とて、泉水のほとりにやすらひて津守国基[四][五]花山に行て僧正遍昭[六]が古跡のさくら、ちりけるを見てよみける古歌を吟詠す、

[七]あるじなきすみかにのこるさくらばなあはれむかしの春やこひしき

木摺坂とも(山州名跡志六・木列坂)。二一 左京区長谷町。岩倉の北、瓢簞崩山の西南にある丘で八入(やしお)とも。紅葉の名所。二二 滋賀県大津市。比叡山の三塔(東塔、西塔)の一。二三 京都市北区上賀茂。上賀茂神社本殿東の片岡山(古称賀茂山他)の麓。歌枕。二四 左京区。八瀬の西北にある石窟。「むかし酒典童子ひえの山より追出されて此いはやにこもり、此石のうへに起ふしけりといふ。後に丹波国大江山にして源の頼光にころされしとかや」(出来斎京土産五・鬼城)。二五 左京区大原。歌枕。二六 左京区大原来迎院町。来迎院の東、律川の上流にある。歌枕。二七 左京区静市静原町。西に薬王坂、東に江文峠を隔てて鞍馬と大原の間に位置する山間の地。二八 左京区大原草生(くさお)町。寂光院の東南にある名水。歌枕。二九 左京区静市市原町。深泥池の北。鞍馬街道沿いの細長い山間地。「男女薪をあきなひ柴黒木を京にはこび出して日ごとの業とす」(出来斎京土産五・市原)。三〇 歌枕。場所に諸説あるが、洛陽名所集八では鞍馬の山続きとし、了意もそれを踏襲。三一 北区金閣寺町。臨済宗相国寺派、鹿苑寺。通称金閣寺。三二「北山の西のかたに鹿苑寺あり、世に金閣寺と号す」(出来斎京土産五・鹿苑寺)。三三 一三五八—一四〇八。室町幕府第三代将軍足利義満。応安元年(一三六八)十二月征夷大将軍。三四 応永四年(一三九七)足利義満の別業として造営、同五年に移住。御所は三つあり、東は紙屋川、西は衣笠山、南は衣笠総門町に至る広大な敷地で、「北山第」とも称され、死後寺院となった。三五 →二五六頁注七。「立石 タテイシ」(大

主水正(もんどのかみ)この吟声(ぎんせい)を聞(きく)に胸(むね)とゞろき、魂(たましい)きえて、心もそゞろにまどひつゝ、うつゝなき中より、

八 さくはなにむかしをおもふ君はたそこよひは我ぞあるじなるもの

とよみて、立むかへば、女房さらにおどろくけしきなく、いとさ九ゝやかなる声にて、「はじめより一〇和君(わぎみ)此所におはする事を知(しり)侍べりて、みづから一一こゝに来りて見えまいらするなり」といふ。大(おほき)にあやしみて、その名をとへば、女こたへていふやうは、

全)。「庭の西より池の中まで名のなき石はなし」(出来斎京土産五・鹿苑寺)。三七 春宵は千金以上の意。「春宵一刻値千金、花ニ清香有リ、月ニ陰有リ」(蘇軾・春夜詩)。三八「おぼろなるかげとは何か思ひけん花にうつろふ春の夜の月」(玉葉集・春下)。三九「砌 みぎり〈庭也〉」(和漢通用集)。四〇 五月六日、北山第にて病没。四一 北山第は義満死後、義持が一年程住み、正室日野康子の居所として応永二十六年(一四一九)頃まで使用されたが、後は舎利殿(金閣)他のわずかな建物のみが鹿苑寺に引き継がれ、応仁の乱でさらに荒廃した。四二 老木。四三 古木の桜よ、尋ねてみたい。春の夜の月は昔もこのように朧であったのか。「いざこととはむ」は伊勢物語九段(東下りの段)に見える歌句。四四 下女。「半者 はしたもの」(大全)。四五 三日月のような美しい眉。「桂の黛、丹花の唇」(謡曲・采女)。四六 雲のように房々した美しい鬢。「雲鬢(クモノビンツラ)花ノ顔(カホバセ)ト長恨歌ニアリ。髪ノ黒ク乱レタルハ雲ノタナビク如ク也」(謡抄・楊貴妃)。

以上二六五頁

一「アテヤカナ 容姿が立派で美しい(もの)」(日葡)。二「故 モト」(字集)。三「ソ

絵 中原主水正、金閣寺の庭で女とその半女の亡霊に出会う場面。右頁、月のもと、庭園の池(鏡湖池)にたたずむ女達。古木の桜に花が咲き初める。女は女房装束、半女は小袖に黒帯。左頁、折烏帽子、狩衣、指貫の主水。正面に女達の二つの塚。朽ちた卒塔婆は見当らない。

「みづから人間にすてられて、すでに年久し。此事をかたり侍べらば、和君さだめておどろきおそれ給はん」といふに、主水正このことばをきゝて、「さてはこれ人間にあらず。山近く木玉[一]のあらはれしか、きつねのなれるすがたか。しからずは幽霊ならん」と思ふに、かたちのうつくしさに、心とけて露おそろしきことなし。

「いかでかおどろきおそれ侍べらむ。たゞありのまゝにかたり給へ」といふ。

女房いふやう、「みづから畠山氏[二]の家に生れ、いにしへ義満公この所に引こもり

ゾロ 思ヒサダメズ、俄ナル意ナリ。坐ノ字ゾ」(謡抄・景清)。四 平安時代の歌人。家集に津守国基集。五 京都市山科区北花山河原町にあった元慶寺(がんぎょうじ)。花山(かさん)山の東南麓。元慶元年(八七七)遍昭により草創。花山は歌枕で「はなやま」「はなのやま」とも。六 八一六—八九〇。平安時代の歌人。六歌仙の一人。仁和五年(八八九)元慶寺座主となり、花山僧正と号する。七 主人のすでに亡き家宅に残る桜の花よ、さぞかしかつての春が恋しいことであろう。原拠は続古今集・哀傷。出来斎京土産三・花山に同歌を引いて、「津守国基花山にまかりたりけるに僧正遍昭が室の跡の桜ちりけるを見て」とある。八 咲いている花に昔のことを思い出しているあなたはどなたですか。先に来た私が今夜のこの家の主人なのですぞ。類歌「行きくれて木の下かげを宿とせば花や今宵のあるじならまし」(平家物語九・忠度)。九 小さな声で。一〇 二人称の代名詞。親愛や軽い敬意を含む。一一 自称の代名詞。

以上二六七頁

一「木魅 コタマ〈又木玉〉」(塵芥)。「おにか、かみか、きつねか、こたまか」(源氏物語・手習)。二 室町幕府で斯波・細川と共に三管領職を勤めた重臣。畠山基国は、義満が北山第に移住した応永五年(一三九八)管領となり、以後義満を補佐した。

三「追福 ついふく〈…忌日之仏事〉」(大全)。四 石清水八幡宮社務善法寺通清の女、紀良子。将軍義詮の侍女で義満と弟満詮の生母。義満北山第居住時は、満詮の小川第に住み、小川殿大御所と称される。後従一位となり、

給ひしとき、宮づかへせしものなり。年二十にしてむなしくなり、君の御あはれみふかくて、この院のかたはらにうづみたまふ。こよひは[三]追福の御事によりて従一位[四]良子禅尼の御もとにまいりぬ。是は義満公の御母にておはします。その座久しくて、今やうやくこゝに出来り侍べり」とて[五]半者におほせて、[六]むしろしとねをとりしかせ、酒・菓をめしよせ、閣の庇にむかひ座して、「今夜の花に、今夜の月、いかでむなしくをくりあかさむ」とて、酒のみかたりあそぶ。半者歌うたひ盃の数かさなれり。

女房[七]うちかたふきて、

[八]あけゆかばこひしかるべき名ごりかなはなのかげもるあたら夜の月

とよみてうち涙ぐみけるを、主水正[九]心ありげに思ひて、

[一〇]いづれをか花はうれしとおもふらむさそふあらしとおしむこゝろと

女房[一一]袖かきおさめて、「君はみづからが[一二]心をひきみ給ふとおぼゆる歌ぞかし。世をさりて久しく埋もれし身の、又たちかへり、君に契らば、死とても朽はてはせじ」とむつまじくかたらひけるほどに、月は西の嶺にかくれ、[一三]星は北の空にあつまるころ、[一四]西の庇にうつりて、女房わりなく[一五]思ふ色あらはれ、[一六]しばしもろ友に[一七]枕をかたふけしに、春の夜のならひ、ほどなく時のうつりて、鳥のこゑ[一八]三たびなきつゝ、[一九]花よりしらむよこ雲の嶺にたなびくころになれば、たがひに、涙をぬぐひて[二〇]おき別

応永二十年七月十三日、七十八歳没(系図纂要・清和源氏十一)。
五 →二六五頁注四四。
六 敷物。
七 歌を思案するさま。
八 このまま空しく朝を迎えたなら、花を漏れるこの月影が一夜の名残りのように恋しく思われることでしょう。夫木抄・春四・後京極摂政に初句「あけはてば」。
九 意に含むものがありそうで。
一〇 一体花はどちらを望むのでしょうね、花を散らす山風と散る花を惜しむ心と。夫木抄・春四・法橋顕昭。
一一 身づくろいして。
一二 思惑があるのかと考えてなぞをかける。
一三 「星 北の空に」(俳諧類船集・付合語)。
一四 西のひさしの間。
一五 この上もなく。
一六 了意の書きぐせ。→五六頁注一。
一七 「マクラヲカタムクル 寝るために枕を整える」(日葡)。
一八 三番鶏が鳴くこと。
一九 和歌によく用いられる表現。「泊瀬山をのへの鐘の明がたに花よりしらむ横雲の空」(後京極殿御自歌合・建久九年・十四番左)など。「横雲」は、明け方の東の空にたなびく雲。
二〇 男女が早朝に起きて別れること。後朝(きぬぎぬ)の別れ。

絵 主水正、女を連れて家に帰り、妻となす場面。女は能筆、書を嗜む。縁上の下女は角ぐり髷。主水正は前図と同じ出立。

れたり。

昼になりてそこら見めぐり[一]せば、院のかたはらに古たる卒都婆ありて苔むしたる塚にくち残り[二]、塚の左に、ちいさき塚ならべり。これはしたもの[三]、そのころかなしみて打つゞき、こがれ死せし[四]を、人ゝあはれがりておなじ所の塚の主になしたると也。主水正あはれにもかなしくて、家にかへらん事をわすれ、又その夕暮に閣のほとりに立めぐれば、女房もあらはれ出て、手をとりくみ涙をながしてかたるやう、「みづから君が心の情を感じて、たゞその夜るのちぎりをなし[五]、かづらき[六]の神かけ[七]て、昼をいとふぞ心うき」などいひければ、おとこも「何かをばいとふ」とて、「たゞうば玉[八]の夜るならでちぎりをかはす道なしとや。よひ〳〵ごとを待もくるしきに、誰を人めの関守になし[九]、忍ぶなげき[一〇]をこりつむべき」などかたらひ、これより夜ごとにこゝに出あふ。廿日ばかりの後は、昼も出てかたりあそぶ。主水も官につかふる身なれば、都にかへりて、日ごとに行通ふ。つゐにある日雨すこし降けるに、昼ゆきて出あひ、女房をつれて、京の家にかへりて、ひたすら常にすみ侍べり。その身もち[一一]よろづつゝしみて、物いひことば[一二]のしな才智有。主水が一族にまじはりをしたしく、内外[一三]にめしつかふ女童まで恩[一四]をあたへ、めぐみをあつくし、隣家の嫗までもしたがひいつくしみ、この女房に心をとけず[一五]といふことなし。衣[一六]ぬふわざ、

一「ミメグリ ぐるりと歩き回って見る」(日葡)。二「クチノコリ 樹木とか材木とかなどが腐って残る」(日葡)。三 半者。→二六五頁注四四。四 自動詞サ変の複合動詞「焦がれ死す」に助動詞がついたもの。五 夜だけ姿を現わすという約束。「さればこそよるとはちぎれかづらきのかみもわが身もおなじこゝろに」(二言抄)。六 葛城山の一言主の神。形が醜かったので白昼他の神々と一緒に仕事することをせず、夜のみ働き、役の行者に縛された(葛城物語・上、本朝神社考一、出来斎京土産五・一言主神など多くの書に著名な説話)。七 誓って。八「夜」にかかる枕詞。九 人目をはばかって嘆きを募らせることはすまい。「人知れぬわが通ひ路の関守はよひ〳〵ごとにうちも寝ななむ」(伊勢物語五段)。一〇 投木。火に投げ入れる薪で、「嘆き」に掛ける。「今朝よりはいとどおもひをたきましてなげきこりつむあふさかの山」(新古今集・恋三・高倉院)。嘆きという名の木を伐って積み上げる意。一一「ミモチ 行状、または、生活のしかた」(日葡)。一二 言葉の品。一三 女のたしなみは、よく家を治め、物縫う業に長け、使用人へ慈悲深く、身の貞節を守る事などが求められた。「ただ内証の衣服食物料理がたを心にかけ、さしいらへをしつつ、下々の者までもなさけをかけてつかひぬれば、内をのづからおさまりて一家はんじやうたがひなし」(賢女物語四ノ一)。「内外 ウチト」(運歩色葉集)。後には「内外 ウチソト」(書言字考)とも。一四「ヲンヲアタユル 恩沢を授ける」(日葡)。一五 自動詞「解ける」が他動詞的に使用され

物かきうとからず。かろ〴〵[17]しく他人にまみえず。「まことに主水は淑女(しゆくぢよ)[18]のよきたぐひをもとめたり」と、人みならうらやみけり。

かくて三とせの後、七月十五日女房いふやう、「半者(はしたもの)[19]はわがすみけるかたの宿守(やどもり)[20]せさせて残しをきぬ。さこそ待(まち)わぶらめ。今日は金閣に行てこと[21]ゝひ侍べらん」とて、酒とゝのへて、主水女房うちつれてゆく。日すでにくれて、月さやかにして東の山に出れば、池のはちすは南の池にひらけ、柳は枝たれて露をふくみ、竹は風にそよぎけるに、半者出むかふていふやう、「君すでに[22]人間[23]にかへりあそぶ事、すでに三とせにして、たのしみをきはめながら、御すみか[24]をばわすれたまふか」と、うらめしげにいひければ、三人つれて、閣(かく)の西のひさしにゆきて、女房なく〳〵主水にかたるやう、「君が情のふかきにひかれて、三とせの月日は、隙(ひま)[25]ゆく駒のかげよりはやく打過て、猶(なほ)あくことなき契り[26]のなからひ、こよひを限りにながく別れまいらせむ。みづから黄泉(よみぢ)のものながら、此世の人になるゝ[27]事、すぐせ[28]の縁(えん)あさからぬゆへぞかし。今は縁つき侍べれば、別れをとりまいらする也。もし又これをかなしみて、しゐて[29]こゝにとゞまりなば冥府(みやうふ)[30]のとがめもいかならん。君をさへ[31]なやまし侍べらんわざはひかならず遠(とを)かるまじ」とて、たがひに涙をながしつゝ、たもとも袖もしぼりけり。すでに暁(あかつき)の八声(やこゑ)[32]の鳥も打しきり鐘の音ひゞきわたりしかば、女房

たもの。「ココロトケテモノヲユゥ　恥ずかしがることなく、あるいは、非常に打ち解けて語る」(同)。

一六　物縫ふこと。女性のたしなみの一。

一七　「常におくふかき所に住居てはしちかく出ず」(賢女物語四ノ一)。

一八　おくゆかしい妻。「窈窕タル淑女ハ君子ノ好(よ)キ逑(たぐひ)イ　ユホヒカナルヨキムスメハムマキヒトノヨキタグヒナリ」(詩経一・周南、慶安五年刊新注本五経)。

一九　私が住んでいた家、つまり墓所。

二〇　留守居。「ヤドモリ　家の見張りと番をする者」(日葡)。

二一　近況をたずねる。

二二　次の行にも「すでに三とせ」とあって重複する。

二三　人間界。

二四　本来の住まいである冥界。

二五　月日がまたたくうちに過ぎること。「白駒ノ隙ヲ過ルガゴトキノミ」(史記)に基づく。「漢の魏豹が伝に、人の世間にある事は、白駒の隙をすぐるがごとしといへり。白駒とは日の影なり」(世話支那草・中)。

二六　交情、人間関係。

二七　慣れ親しむ。

二八　宿世。前世からの因縁。

二九　「しゐて　強」(新撰仮名文字遣)。

三〇　冥土の庁。「冥府事ヲツカサドリテ有情非情ヲマボラウゾ」(日本書紀兼倶抄・下)。

三一　あなたを巻き添えにする災いから無縁でいられるはずがない。

三二　明け方にしばしば鳴く鶏の声。「既に八声(やこゑ)の鳥ないて御最期の時節ただ今なり」(謡曲・盛久)。

立あがり詩画のはこに香炉をいれて、「これはこのほどの形見とも見たまへ」とて、なく／＼別れて、古塚のかたにゆく。猶も名ごりをおしみて立もどり見かへりて、煙のごとく消うせたり。主水むねこがれ、身もだえて、かなしき事かぎりなく、血の涙をながしてしたへ共かなはず。家にかへりて僧を請じ、法花経よみてとふらひ、一紙の願文を書て供養をとげ侍べり。そのことばに、

維霊は生れてよきたぐひ群にこえ妍すがた仙に似り。花の鮮なる玉のうるはし

一 香を焚く器。

二「ちの涙 なみたつきて後血の泪出と也」(匠材集一)。

三 一枚の祈願状。

四「霊 ミタマ」(倭玉篇)。

五「群 トモカラ」(字集)。

六「妍 カホヨシ〈みめよき也〉」(和漢通用集)。

七「仙人 ヤマビト」(書言字考)。

八「扉 トボソ」(合類)。

九「ミヤヅカイ 貴人に対してする奉公」(日葡)。

一〇「如今(イマ)乃チ始テ十娘ノ心ヲ見ル」(遊仙窟)。

一一「墳 ツカ」(字集)。

一二 篠(細い竹類)や薄が群生する荒野。

一三 踏みつけて往来するのを耐えしのぶ。

一四 原話の「落花流水」に拠ったと思われるが、「落花枝に帰らず、破鏡ふたたび照さ

き、みなこの霊の形にうつせり。往昔は金の扉[八]に宮[九]づかへ、如今[一〇]はあれたる墳[一一]にうづもれり。篠薄[一二]のもとにすみ狐うさぎのゆく[一三]に忍ぶ。花[一四]おちて枝にかへらず。水ながれて源に来らず。日かげかたふき、月めぐれ共精霊[一五]は泯[一六]けず。性[一七]もの識こと長[一八]にいます。魂を返す術[一九]はなしに姿をあらはす功[二〇]あり。玉のさし櫛くれなゐの襠[二一]は、色うるはしく、にほひのこれり。松の千とせ常盤かはらず、よろこびをおなじく、階[二二]に老なんことを思ひしに、いかに逢てまた別れたる。雲[二三]となり、雨となりしあさなゆふなのうらみ、歎くにそのあとをうしなへり。しるしの墳にむかへども、声をだにまだきかず。後の逢瀬いつか継ん。鴈の声わづかにかなしみをたすけ、蛍のひかり、たゞうれへをとふらふ。すがたかくれ、なさけ絶て、むなしき空に霧ふさがり星くらし。心のそこは糸のみだれ、涙[二四]の色くれなゐを染て、かなしみの中に、経よみ花をたむく。霊よくうけたまへ。嗚呼かなしきかないたましきかな。こひねがはくは、よくうけたまへ。

[二五]ともす火やたむくる水や香花を魂のありかにうけてしれきみ

主水正これより官職を辞退して、独りさびしき床におきふし、たゞ此人の面影のみ、立はなれず、なげきにしづみ侍べりしが、二たび妻をももとめず、小原[二六]のおくに引こもり、つゐにその終る所をしらず。

ず」(謡曲・八島他)の語でも知られる。一度死んだ者は二度とこの世に帰って来ないこと。「落花難レ上レ枝、破鏡不ニ重照一ト五灯会元十三巻ニアリ」(謡抄・八島)。

一五 「くはしき」には、妙なる、精緻万能の意を込めたか。「精 クハシ」(易林本)。

一六 この読み未詳。原話には「泯(ほろ)ビズ」とある。「ひたたく」は節度を失う意。

一七 「性 タマシイ」(倭玉篇)。

一八 「長 トコシナヘ」(黒本本)。

一九 読み未詳。「たむけ」は神仏や死者の霊をまつるために供え物をすること。

二〇 「功 イサヲシ〈説文 以レ労定レ国曰レ功〉」(書言字考)。ここは反魂の術はなくても自ら姿を現わした雄々しさをいう。

二一 「襜(せん)」は、膝掛け、まえだれ。「うちき(袿)」は上流婦人の装束で襲(かさね)の上着。

二二 「偕」の誤字。→二〇八頁注五。

二三 雲雨の交わりの故事。男女の交情のさま。→二三九頁注三五。

二四 悲痛の涙は血の涙を流すことから、紅色に染まること。

二五 あなたに手向ける、この灯明や水や香花を、あなたの魂の在りかで、私の切ない思いとともに受け取って下さい。「ともす火も手向る水もまことあらば魂のありかを聞よしもがな」(夫木抄十九・火)。

二六 山城国愛宕郡の大原。「世に大原といひ小原といふ。大小の字は替れども原はおなじ原なり」(出来斎京土産五・大原)。

絵 再び、金閣寺を訪れ、半女に会う主水正と女。柳が垂れ、池には蓮の花が咲く。月は満月。女の髪は垂髪で半女は角ぐり髷。

（四）人面瘡[一]

[二]山城の国小椋といふ所の農人[三]久しく心地[四]なやみけり。あるときは悪寒[五]発熱[六]して瘧[七]のごとく、ある時は遍身いたみ疼[八]ぎて通風[九]のごとく、さま〲療治すれ共、しるしなく、半年ばかりの後に、左の股[一〇]の上に瘡出来て、そのかたち、人の皃[一一]のごとく、目口ありて、鼻耳はなし。これより、余のなやみはなくなりて、たゞその瘡[一二]のいたむ事いふはかりなし。まづこゝろみに、瘡の口[一三]に酒をいるれば、そのまゝ瘡のおもてあかくなれり。餅・飯を口にいるれば、人のくふごとく、口をうごかしのみおさむる。食をあたふれば、そのあひだはいたみとゞまりて心やすく、食せ[一四]させざればまたはなはだいたむ。病人此故にやせつかれて、しゝむら[一五]きえ力をちて、ほね[一六]とかわとになり、死すべき事、ちかきにあり。諸方の医師きゝつたへあつまりて、療治をくはへ本道[一七]・外科みなその術をつくせども験なし。

こゝに諸国行脚の道人[一八]此所に来りていふやう、「此瘡まことに世にまれなり。これをうれふる人は、かならず死せずといふことなし。されどもひとつの手だてをもつて、いゆる[一九]事あるべし」といふ。農夫いふやう、「この病だにいへば、たとひ田[二〇]地を沽却[二一]すとも、なにかおしかるべき」とて、すなはち田地をば売しろ[二二]なし、その

9-4　原話は五朝小説の諾皐記「許卑山人云々」。貝母が薬効ありとされるところから本草書(備用本草八、時珍本草十三など)に同話が引かれ、注能毒(上巻・貝母)、万外集要(中巻・小瘡薬之事)などの医書の抄物にもその概略を説く。了意の真宗勧化要義後集に宋高僧伝からの一話(巻八ノ三・釈知玄左足生人面瘡定業不遁故実弁)を引くが、内容を大きく相違させ、また読みも「人面瘡　ニンメンソウ」と相違する。

一 原話に「瘡如人面」という表記はあるものの「人面瘡」の語を見出さない。他書をも参照した一証とすることができようか。「唐の悟達国師に人面瘡(ジンメンソウ)の病ある事編年通論、仏祖統記、勧善書等に有。又人あり膊に人面瘡を生して酒食を瘡の口よりくはしむ。貝母(バイモ)をのませて愈ぬと酉陽雑俎に見えたり」(野槌・上四)。 二 →二八七頁注二二。 三「農人　モノツクリ　ノウニン」(合類)。 四 病気で苦しんだ。 五「悪寒　サムケダツ　ヲカン」(合類)。 六「発熱　ホツネツ」(書言字考)。 七 マラリアに類する熱病。間隔を置いた発熱やふるえを伴う。「瘧ハ先ソヾロサムク次第ニ発熱シテ後頭痛シノドカハキ…」(授蒙聖功方・上・瘧門)。 八「疼　ヒラヽグ」(字集)。 九「痛風(ツウフウ)　虎ノカムガ如ク節〲ツガヒ〲ガ痛事ナリ」(病論俗解集)。 一〇 原話に「江左ニ商人有リ。左ノ膊(カタ)ノ上ニ瘡有リ。人面ノ如クニシテ、亦タ他ノ苦シミ無シ」。 一一「人面瘡(じんめんさう)　瘡象全ク人面ニ似タリ。眼鼻口倶ニ全ク、多クハ膝上ニ生ズ。亦臂ニ患ルモノアリ」(病名彙解六)。 一二「左ノ足ニ人面瘡ヲ生ズ。苦痛カギリナシ」(真宗勧化要

二三あたひを道人にわたす。二四道人もろ〳〵の薬種(やくしゆ)を買(かい)あつめ、二五金(かね)・石(いし)・土(つち)をはじめて、草木にいたりて、一種づゝ瘡の口にいるれば、みなうけて、これをのみけり。二六貝母(ばいも)といふものをさしよせしに、そのかさすなはち、二七まゆをしゞめ、口をふさぎて、くらはず。やがて貝母を粉(こ)にして、瘡の口をしひらき、二八葦(あし)の筒(つゝ)をもつて、ふきいるゝに、二九一七日(いつしちにち)のうちに、そのかさすなはち三〇痂(ふた)づくりて愈(いへ)たり。世にいふ人面瘡(じんめんさう)とは此事なり。

義後集八ノ三)。一三 原話に「商人戯レニ酒ヲ口中ニ滴(そそ)ケバ其ノ面(ほか)亦タ赤(あから)ミ、物ヲ以テ之(これ)ニ食(くら)ハスレバ凡(あらまし)ノ物必ズ食フ」。一四 原話に「或ヒハ之(これ)ニ食(くら)ハセズンバ則チ一臂痺(ひし)レタリ」。一五「肉 シヽムラ」(合類)。一六 やせ衰えたさま。「ほねかわ」ともいう。一七 内科。一八→二三一頁注二三。一九「愈 イユル〈又瘉、痊並同、病愈〉」(合類)。二〇「田地 でんぢ」(大全)。二一 売り払うこと。「沽却 コキヤク〈売レ物云〉」(合類)。二二 売って金に代える。二三 治療に要する金額。「価 アタイ」(合類)。二四 原話に「善キ医者有リテ其(すなはち)諸薬ヲ歴試センコトヲ教フ。金石草木悉ク之(これ)ニ与フルニ、貝母ニ至リテ其ノ瘡乃チ眉ヲ聚(よ)セ口ヲ閉ヅ」。「歴試」は次々に試す。二五 玉石部(土、水を含む)・草部と本草書の目次の順を追って。二六 ユリ科の多年草。和名アミガサユリ。「十月に根をとつてさらしかわかす。しわよりて二つにへぐるをば用ゆ」(和名集并異名製剤記・上)。「貝母 ハヽグリ バイモ」(合類)。二七 眉をひそめ。嫌悪、拒絶をあらわした表情。「縮 シヾマル」(合類)。二八 原話に「小葦ヲ以テ筒トナシ、其ノ口ヲ毀(こじあ)ケテ之(これ)ヲ灌ク」。二九 原話に「数日ニシテ痂(かさぶた)ヲ成シ遂ニ愈ユ」。「イッシチニチ 一週間」(日葡)。三〇「痂 フタ〈瘡

絵 小椋の農人の左足に人面瘡の奇病がとりつく場面。屛風の前に瘠せ衰えた農人。左膝(本文では股)に人面の瘡。正面に法衣の道人。妻の前に酒の入った徳利や渡盞(とさん)、飯椀など。明かり障子に、屋根は茅葺。

(五) 人鬼

丹波の国、野ゝ口といふ所に、与次といふ者の祖母百六十余歳になり、髪はなはだ白かりければ、僧を頼みて尼になしけり。若き時より、放逸無慚なる事、ならびなし。与次すでに八十あまりにして、子どもあまた有、孫もおほかりしを、かの祖母は、与次をわが孫なりとて、常に心にかなはぬ事あれば、せめいましむる事、小児ををどし叱がごとくす。されども与次がため、祖母の事なれば、かう〳〵にやしなひけり。此うば年すでに極りながら、目もあきらかにして、針の孔をとをし、耳さやかにして、私語事をも聞つけ侍べり。年九十ばかりの時、歯はみなぬけをちたりしに、百歳の上になりて、もとのごとく生出たり。世の人ふしぎの事に思ひ、いとけなき子もちては、此祖母にあやかれとて、名をつけさせ、もてなしかしづき侍べり。昼のうちは家にありて麻をうみつむぎ、夜に入ぬれば、行さきしれず家を出る。初のほどこそ有けれ、のちには孫も子もあやしみて出て行跡をしたへば、此祖母立かへり大にしかりどよみ、杖はつきながらあしばやくとぶがごとくにあゆむ。更にそのゆく所さだかならず。身の肉はきえをちて、ほねふとくあらはれ、両の目はしろき所いろ変じて碧し。朝夕の食事はいたりてすくなけれども気象は若きもの

痂〉」「痂　カサフタ」(合類)。

9-5　五朝小説の談淵「太原王仁裕家遠祖母云々」を原話とするが、結末を改変し、丹波国大江山の鬼神伝承に重ねて奇談とした。

一　人が鬼と化したもの。
二　京都府船井郡園部町埴生近辺。
三　「祖母　うば〈父方祖母也〉」(大全)。
四　原話に「太原ノ王仁裕ノ家ノ遠祖母ハ約二百余歳ナリ」。
五　わがままで恥知らずなこと。「無慙　むざん〈慙或作慚〉」(大全)。
六　こわがらせる。
七　与次にとっては。
八　「孝行　カウカウ」(合類)。
九　針の穴。「ハリノミミヲトヲス　針に糸を通す」(日葡)。
一〇　よく聞こえるさま。
一一　「私語　サヽヤク」(合類)。
一二　「を」は「あさ」または「からむし」の異名。「苧　ヲ〈麻苧〉」(易林本)。
一三　→五五頁注四〇。
一四　原話に「夜ハ多ク睡ラズ、毎(つね)ニ月余、忽チ見エズ、数日ニシテ復タ至ル」。「月余」は一月あまり。
一五　大声でどなること。
一六　「アシバヤイ　足が軽くてよく歩く」(日葡)。
一七　原話に「其ノ往来ノ迹(あと)ヲ知ラズ」。
一八　「肉　しゝ」(大全)。
一九　原話に「両眼ノ白睛ハ皆碧シ」。
二〇　一日二度の食事。原話に「飲啗(のみくひ)至リテ少ナシ」。

も及ばれず。

ある時より昼も出てゆくに、孫曾孫(まごひこ)[二二]新婦(よめ)[二三]なんどにむかひて、「わが留守(るす)に、部屋(へや)の戸(と)ひらくな。かならず窓(まど)[二四]のうちをさしのぞくな。もし戸をひらかば、大にうらむべし」といふに、家にあるものども、あやしみおもふ。又ある日昼(ひる)出て、夜ふくるまで、かへらざりけるに、与次[二五]が末子(ばつし)[二六]さけに酔(えい)て、「何条(なでう)[二七]、祖母(ば)の部屋(へや)の戸ひらくな、といはれしこそあやしけれ。留主(るす)[二八]のまぎれに見ばや」とおもひ、ひそかに戸を

二一 気性。「気象 キシヤウ〈資性。義仝〉」（書言字考）。

二二 ひまご。「ひひこ」とも。「曾孫 ヒコ 彦（ヒコ）」（易林本）。原話に「嘗テ諸孫輩ヲ戒メテ曰ク、如(も)シ我出ルトキハ慎ンデ此箱ヲ開クルコト勿レ。開クレバ即チ我帰ラザル也ト」。

二三 「新婦 ヨメ」（書言字考）。

二四 部屋の中。原話では「床頭」に「封鎖」された「柳箱」があった。

二五 原話に「諸孫ノ中ニ一リノ無頼ナル者有リ。一日(あるひ)酒ヲ恃(の)ミテ帰ル」。

二六 「末子 バツシ」（合類）。

二七 なぜ、どうして。「なんじょう」と同じ。「何条 なんでう」（大全）。

二八 「留主 るす」（同）。

絵 野々口の与次の祖母、鬼になって猪を捕える場面。右に鬼の祖母に出会った樵(きこり)。腰に鎌、手に布で結んだ長短二本の棒。左に巨大な猪を追う祖母。綿帽子を被り、顔は殆んど鬼形。帷子（単衣(ひとえ)の着物）を壺折る。

あけて見ければ、狗(いぬ)[一]のかしら、庭鳥の羽(はね)、おさなき子の手くび、又は人のしやれか[二]うべ、手足のほね、かずもしらず、簀(すがき)[三]の下につみかさねてあり。これを見て大(おほき)におどろき、はしり出て、父にかくと告(つげ)たり。一族(ぞく)あつまりていかゞすべきと評議(へうぎ)する所へ、祖母(うば)立かへり、部屋の戸のあきたるを見て、大にうらみいかり、両眼[四]まろく見ひらき、ひかりかゝやき、口ひろく声[五]わなゝき、はしり出て行(ゆき)[六]がたなく失(うせ)にけり。おそろしさいふはかりなし。のちに大江(おほえ)[七]山のあたりに薪(たきゞ)[八]こるもの行(ゆき)あひたり。そのさま地白[九]のかたびらをつぼをり[一〇]、つえをつきて山のいたゞきにのぼる。そのはやき事とぶがごとく、猪(ゐ)[一一]のしゝをとらへて、をしふせたるを見て、「おそろしく身の毛(け)[一二]よだちて、にげかへりぬ」とかたりし。かの姥(うば)なるべし。生(いき)[一三]ながら鬼になりける事疑(うたがひ)なし。

伽婢子巻之九 終

一 以下、祖母が食い散らした残骸の数々。祖母はこれらで食を満たしていた。原話では箱の中に、「一小鉄ノ篦子」（鉄製の小櫛）のみがあったとする。
二 「髑髏 シヤレカウベ」（合類）。
三 簀垣。「スガキ 竹で作った垣」（日葡）。
四 鬼の眼となり、光を放つさま。「光満ちくる鬼の眼、ただ日月の天つ星、照りかかやきてさながらに、面を向くべきやうぞなき」（謡曲・大江山）。「かかやき」は清音。
五 声を震わせるさま。
六 →一六六頁注二。
七 京都府加佐郡大江町と与謝郡加悦町との境にある山。千丈ケ岳とも。「丹波国 大江山」（歌枕名寄三十）。源頼光の鬼神退治で知られる（酒呑童子）。また、大江山の伝承には西京区大枝沓掛町老ノ坂付近の大枝山もあるが、ここは、野々口よりさらに奥まった前者が適しよう。
八 「樵 コル」（合類）。
九 織物の地が白いままの一重の着物。
一〇 両褄を折って帯にはさみ込み、丈を短くして歩きやすくした着方。
一一 「猪 イノシヽ」（饅頭屋本）。
一二 「身毛竪 みのけもよだつ」（大全）。
一三 原話に「此(これ)ヨリ祖母ハ竟(つい)ニ回(かへ)ラズ」。

伽婢子　巻之十

（一）守宮の妖

越前の国湯尾といふ所のおくに、城郭の跡あり。荊棘のいばら生茂り、古松の根よこたはり、鳥の声かすかに、谷の水音物すごきに、曹洞家褊衫の僧塵外首座とかや、この所に草庵を結びて、座禅学解の風儀をあぢはひ、春はもえ出る蕨をおりて飢をたすけ秋は嵐に木の葉をまちて薪とす。近きあたりの村里より檀越まうで来ては、その日を送るほどの糧をつゝみてめぐむ事、折ゝはこれありといへども、おほくは人かげもまれ〳〵也。されども書典をひらきてむかふ時は、古人に対してかたるがごとく、座禅の床にのぼれば、空裡三昧に入て、をのづからさびしくもなし。

ある夜ともしびをかゝげ、つくえによりかゝり伝灯録をよみ居たりければ、身のたけわづかに四五寸ばかりなる人、くろきぼうしをかふり、ほそきつえをつき、蝱のなくがごとくちいさきこゑにて、「我今こゝに来れども、あるじなきやらん。物

10-1　五朝小説の諾皐記「太和末荊南云々」を原話に、越前国湯尾に山居する禅僧の体験に翻案する。ただし祟りをなす守宮を瓜生判官の弟であった僧侶の亡魂とすること、および解脱を勧めて読み上げられる法語は新たな付加。なお、義鑑房の一件は狗張子五「杉谷源氏付男色の弁」にも再出する。一「守宮　イモリ」（合類）、「守宮　いもり」「守宮　やもり」（大全）とあって混乱がみられる。本作では後文にトカゲの一種とするが、これは今いうヤモリに当たり、両生類有尾目のイモリとは別種。この混乱は今日の辞典類にも及んでいる。二 福井県南条郡今庄町。北国路の宿場で、湯尾峠は交通・軍事上の要地であった。三 杣山城址。福井県南条郡南条町阿久和。湯尾の東で、西側に日野川が北流する。「鯖並ノ宿・湯尾ノ峠ニ関ヲ居テ、北国ノ道ヲ差塞。昔ノ火打ガ城ノ巽ニ当ル山ノ水木足テ嶮ク峙タル峯ヲ攻ノ城ニ拵テ」（太平記十八・瓜生挙レ旗事）。四 イバラの文選読み。「荊棘　イバラ　ケイキヨク」（合類）。五 曹洞宗。六 体の上半部を覆う僧衣。「へんざん」とも。「褊衫　ヘンザン」（下学集）、「偏衫　ヘンサン〈又名ニ掩腋衣ニ〉」（合類）。七 原話に「荊南松滋県南ニ士人有リ」。「士人」はこの一話の塵首座に当たる人物。八 禅の修行僧を六段階に分かったうちの第一座。「首座　しゆそ」（大全）。九 座禅を修して曹洞禅の深奥を究めることに満足し。一〇 深く学問に達した境地。一一 その社会、分野に一般的なしきたり。一二 清貧に甘んずる日常。首陽山のワラビに飢えをしのいだ伯夷叔斉の故事をかすめる。一三 僧や寺院に施物し

いふ人もなく、しづかにさびしき事かな」といふに、塵首座[一]もとより心法[二]おさまりて、物のために動ぜざるがゆへに、これを見聞[三]に、おどろきおそれず。かのばけ[四]物いかりて、「我今客人として来りたるを無礼にして物だにいはぬ事こそやすからね」とて、机[五]の上にとびあがる。塵首座扇をとりて打[六]ければ、下におちて、「狼藉の所為[七]よく心得よ[八]」とて、大にさけびつゝ、門に出て跡かたなし。しばらくありて[九]女房五人出来れり。その中にわかきもあり、姥もあり。いづれも身のたけ四五寸

て仏法を支援する人。檀那。一四「マレマレ 副詞。稀に」(日葡)。一五 書物。一六 無念無想の境地にひたることができて。「ザンマイ ある事に心を留め、志すこと。他の語と連接しないで、単独で用いられることはない」(日葡)。一七 原話に「肄業(いぎょう)初メテ之(これ)ヲ到(な)スノ夕べ、二更ノ後方(まさ)ニ灯ヲ張(か)ゲテ案(つくえ)ニ臨ミ」。「肄業」は読書、「二更」は夜十時ごろ。一八 禅の高僧碩徳の伝記を記して法系を明かす書。一九 原話に「忽チ小人ノ纔カニ半寸ナル有リテ葛(くずぬの)ノ巾(づきん)キテ策(むち)ヲ杖(つえつ)チ、門ニ入リテ士人ニ謂ヒテ曰ク」。二〇 底本に「蚋」。「蚋 アブ」(易林本)。原話に「其ノ声ノ大キサ蒼蠅ノ如ク」。二一 原話に「乍(はじめて)到(きた)レルニ主人無ク、当(すなは)チ寂寞タリ」。

以上二七九頁

一 原話に「士人ハ素ヨリ胆気有リ」。二 心。「心法 シンホフ」(書言字考)。三 原話に「初メハ見ザル若(ごと)クニス」。四 原話に「乃チ牀ニ登リテ責メテ曰ク、遽(なん)ゾ主(あるじ)ニ客礼ノ存(あ)ラザルカト」。「客礼」は客を客として厚く遇する気持。五 原話に「復タ案(つくえ)ニ升(のぼ)リテ書ヲ窺(のぞ)キ、詬(そし)リ罵リテ已(や)マズ」。六 原話に「士人耐(こら)へズ筆ヲ以テ之(これ)ヲ撃(はじ)ケバ、地ニ堕チ叫ブコト数声、門ヲ出デテ滅(き)ユ」。七「所為 シワザ」(合類)。八 おぼえておれ。九 原話に「頃(しばらく)シテ婦人四五有リテ、或ヒハ姥或ヒハ少(わか)ク、皆長(みのたけ)一寸、呼(よ)ビテ曰ク、真官、君ノ独リ学ブノ以(ゆゑ)ニ、故(ことさら)ニ郎君ヲシテ言ヲ展(つら)ネ且ツ

計(ばかり)也。姥(うば)がいふやう、「わが君のおほせに、「一〇沙門(しやもん)たゞ一人さびしきともしびのもとに一一学行(がくぎやう)をつとめらる。はやく行(ゆき)むかふて物がたりをもいたし、又仏法の深きことはりをも問答(もんだう)してなぐさめよ」とあり。此故(このゆゑ)に智弁兼備(ちべんかねそなへ)たる一二学士(がくじ)こゝに来(きた)りければ、一三何ぞあらけなく一四打擲(ちやうちやく)して恥(はぢ)をみせたる。我君(わがきみ)たゞ今こゝに来りて、一五子細(しさい)をたづね給ふべき也」といふに、其長(そのたけ)五六寸ばかりなる人腕(うで)をまくり臂(ひぢ)を張(はり)手ごとに杖(つゑ)をもちて、一万あまりはせ来り一六蟻(あり)のごとくにあつまり、塵首座を打(うつ)に首座は夢のごとく

精奥ヲ論ゼ令(し)ム」。「真官」は仙界の役人、「郎君」は進士に及第した若者。

一〇「沙門　シヤモン〈梵云沙迦懣曩唐言勤息又秦訳云勤行或云沙門那或云桑門委在釈氏要覧〉」(合類)。

一一 学問と修行。

一二「ガクジ（マナブ・ヲット）学者」(日葡)、「学士　ガクシ〈又云書生〉」(書言字考)。

一三 原話に「何ゾ癡(おろか)ニシテ頑(かたくな)ニ狂ヒ率(つ)リテ、輒(たやす)ク損害ヲ致(あた)ヘタル。今(ただち)ニ真官ニ見(まみ)ユ可シ」。

一四「打擲　ちやうちやく　杖などにてうちたゝく」(新撰庭訓抄・八月往状)。

一五「仔細　しさい〈仔或作子〉」(大全)。

一六 原話に「其ノ来リテ索(もと)メ続(つら)ルコト蟻ノ如ク、状(かたち)騶卒(すうそつ)ノ如キガ士人ヲ撲(う)チ縁(まと)フ。士人ハ恍然(きようぜん)トシテ夢ノ若ク、四肢ヲ齧ルニ因リテ痛ミ苦シミ甚シ」。「騶卒」は下級の兵卒。

以下二八二頁

一「下知　げぢ」(大全)。
二 原話に「復タ曰ク、汝去ラズハ将ニ汝ガ眼ヲ損(たい)メント。四五頭遂ニ其ノ面(ほか)ニ上ル」。
三 原話に「士人驚キ懼レ、随(いき)レテ門ヲ出デ、堂ノ東ニ至リテ遥ニ一ノ門ヲ望ミ見ル」。
四 原話に「復タ觜(くちばし)ヲ被(つ)ケ、且ツ衆

絵　塵外首座の草庵に守宮(いもり)の妖物の小人達が現われる場面。右頁、次々と現われる妖物達。中央が大将か。小人達、手に手に棒を持つ。左頁、茅葺の室内に塵外。片膝立てて、机の上には本文によると伝灯録の書物。前に燭台。縁は落縁。庭に小人の姥と女房達。

におぼえていたむことといふはかりなし。その中にまた一人あかき装束して、烏帽子着たるもの大将かとみえて、うしろにひかへて下知して、「[二]沙門はやくこゝを出て去べし。出さらずは、汝が目はなみゝを損ずべし」といふに、七八人首座が肩にとびのぼり、耳はなにくひつきければ、塵首座これをはらひおとして、[三]門の外ににげ出つゝ、南の方の岡にのぼりてみれば、ひとつの門あり。「これはそもみなれざる所かな。まづこゝにたちよりて、今夜をあかさん」とおもひ、門外ちかくさしよりければ、[四]うしろより一万あまりの人立かへり、塵首座とらへて[五]咄とつきたをし、門の内に引入たり。[六]門の内にも七八千ばかりの人数身のたけ五六寸ばかりなるが、すきまもなく、立ならびたり。大将又帰り入ていふやう、「[七]我汝をあはれみて[八]伽をつかはし、なぐさめむとすれば、かへつて損害をなす。[九]そのつみまさに手足をきりて[一〇]つぐなふべし」といふ。[一一]数百人手ごとに刀をぬきもちて立かゝる。[一二]首座大におそれまどふて、「それがしをろかなるまなこをもつて、そのめぐみをしらざる事、そのあやまり、まことにすくなからず。後悔するにかへらず。[一三]たゞねがはくは、つみをゆるし給へ」といふに、「[一四]さてはくやむこゝろあり。[一五]さのみにせむべからず。[一六]なだめて追返せ」といふ声きこえて、門の外へつき出さるゝとおもふに、[一七]寺の小門の前なり。[一八]堂に立かへりたりければ、ともしびはきえのこり、[一九]東の山のはしらみてあ

(みな)之(これ)ヲ齧ム。恍惚ノ間已ニ小門ニ入ル」。 五 大勢が殺到して。 六 原話に「内ニ一人ノ峨冠ヲ見ル。殿ノ階下ニ当(あ)ツテ侍衛スル千数ハ悉ク長(みのたけ)寸余ナル」。「峨冠」は冠を高々とかぶった高官、「侍衛」は身辺警護。 七 原話に「吾汝ノ独リ処(を)ルヲ憐ミテ小児ヲシテ往カ俾(し)メタルニ、何ゾ苦(はなは)ダシク害ヲ致(あた)ヘタル」。 八 ひま潰しをする相手。 九 原話に「罪当(まさ)ニ腰斬スベシ」。「腰斬」は腰を切り離す極刑。 一〇 「償 つぐのふ」(大全)。 一一 原話に「乃(いまし)数十人ノ悉ク刀ヲ持チ臂(うで)ヲ攘(まく)リテ之(これ)ニ迫ルヲ見ル」。 一二 原話に「士人大イニ懼レ謝ツテ曰ク、某愚騃(がい)ニシテ肉眼ニ真官ヲ識(みし)ラズ」。「愚騃」はおろか。 一三 原話に「乞フ、余生久シキヲ賜ハレ」。 一四 原話に「乃チ曰ク、且(さて)モ知悔ヲ解(さと)ルカ。叱リテ曳キ出ダサ令(し)ムベシト」。「知悔」は、悔いを知る心。 一五 「責 せむ」「迫 せむ」(大全)。 一六 「ツミヲナダムル 罪、または、罪によって課せられた刑罰を免ずる」(日葡)。 一七 原話に「覚ヘズ已ニ小門ノ外ニ在リ」。 一八 原話に「書堂ニ帰ルニ及ンデ已ニ五更、残灯猶在リ」。 一九 原話に「明(よあけ)ニ及ンデ其ノ蹤跡ヲ尋ネ」。「蹤跡」は足あと。 二〇 原話に「東壁ノ古キ培(かき)ノ下ニ小穴ノ栗ノ如クナル有リテ守宮出入ル」。「培」は「垣」に同じ。 二一 「郊 ヲカ」(字集)。 二二 原話に「士人即チ数夫ヲ率イテ之(これ)ヲ発(あば)ケバ深サ数丈ニ守宮十余石有リ。大ナル者ハ色赤ク長(みのたけ)尺許(ほど)、蓋(けだ)シ其ノ王也」。このあと原話は薪を集めて焼き払ったとして一話を終える。 二三 「ゼンゼンニ 副詞。だんだんと」(日葡)。

けわたる。

あまりのふしぎさに、門のあたりを尋るに更に跡なし。[二〇]東の方にすこし高き[二一]郊のもとにあな有て、守宮おほく出入するをあやしみ思ひて、[二二]人おほくやとひてこゝを掘するに、[二三]漸ゝに底ひろし。一丈ばかり掘ければ、守宮あつまりて二万ばかりあり。中にも大なるものその長一尺ばかりにして、色あかし。これすなはち守宮の王なるべし。村人の中に一人の翁すゝみ出て語りけるやう、「古しへ[二四]瓜生判官とて、武勇の人あり。この所に[二五]城をかまへて、しばらく近辺をしたがへ[二六]新田義治に心をかたふけたり。その根源は判官の舎弟に[二七]義鑑房とて出家あり。新田義治を見まいらせ、極めてたぐひなき[二八]美童なりければ、これに[二九]愛念をおこし、[三〇]兄の判官をもすゝめて、[三一]義兵をあげしかども、つゐに本意を遂ずして[三二]討死したり。義鑑房が亡魂この城に残りて、守宮になり、城の[三三]井の中にすみけるが、としへてのち、その井のもとくづれたりといひつたへし。さては疑ひなく井のもとの守宮今すでにこの妖魅をなすとおぼえたり。はやくとりはらはずは、かさねてまた、わざはひあるべし」といふ。塵首座一紙の文を書ていはく、

[三四]云越虫あり。[三五]蛤蚧と名づく。かしらは蝦に似て四つの足あり。鱗こまかにして[三六]背にかさなり、色くろくして尾ながし。[三七]石竜子をもつて[三八]部類とし[三九]蝘蜓をもつて

二四 瓜生保。越前国の豪族で建武中興に新田義貞に従い、延元二年(一三三七)二月(太平記十八・越前府軍并金崎後攻事では正月十二日)の越前金崎城の攻防戦に戦死した。 二五 杣山城。→二七九頁注三。 二六 脇屋義治。一三三一—?。父の脇屋義助(新田義貞の実弟)と行動を共にしてこの戦いに参戦した。 二七 俗名瓜生儁興。僧籍にあったが実兄瓜生判官の挙兵を助け、義に殉じた勇者として太平記に描かれる。 二八 「脇屋右衛門佐殿ノ子息ニ式部大夫義治トテ、今年十三ニ成給ヒケルヲ、義鑑坊ニゾ預ケラル」(太平記十七・瓜生判官心替事付義鑑房蔵ニ義治ニ事)。 二九 太平記では、瓜生保の一時の心変りにより、父から義鑑坊に預けられ、杣山城で反撃の機会を待った(同)。 三〇 足利尊氏に従って城を攻撃する側にいた兄の瓜生判官を説得しての挙兵であった。 三一 後醍醐天皇の皇太子恒良親王と尊良親王を奉じた新田方に呼応したもの。 三二 金崎の戦いに兄の瓜生判官とともに討死、その地を敦賀市樫曲(かしまがり)と伝える。 三三 「ヰモリハ守宮トカケル歟。アケクレ井ニスメバ井守也」(名語記八)。 三四 この二字ともにココニと読む。 三五 とかげの一種。「蛤蚧、首ハ蝦蟇ノ如ク背ニ細鱗有リテ蚕子ノ如ク、土黄色ニシテ身短ク尾長シ」(本草綱目四十三・蛤蚧)。 三六 「背 ソビラ」(合類)。 三七 「石竜子 トカゲ」(同)。 三八 同族。石竜子等は、本草綱目の分類では、鱗部・竜類・九種の一。 三九 「蝘蜓。一ニハ守宮ト曰フ。…其ノ長(みのたけ)細ク五色ナル者ハ名ケテ蜥蜴ト為ス」(事文後集五十・蜥蜴・群書要語)、「蝘蜓 ヤモリ トカケ」(合類)。

支族とせり。あるひは泥土水の底にかくれ、あるひは頽井の中にむらがる。しかるにいまこの土窟に蟄して、ほしゐまゝに子孫を育長し、その巨多こと、なんぞかぞふるに百千をもってつくさむや。月をわたり、年をつみて、たちまちに変化妖邪のわざはひをなし、漫に人の神魂を銷しむ。これ何のことぞや。爾而生を虫豸の間に托し、質を虵虬の属によせて、しばらく十二時虫の名ありといへども、亦三十六禽の員に外れたり。よく蝎蝘を捕て蝎虎の美名あり。よ

一「崩　クヅル〈又隤頽並同〉」(合類)。
二「蟄　カヾム　チツ〈人蟄〉」(合類)。
三「漫　ミタリ」(字集)。
四「神　タマシイ」「魂　タマシヒ」(字集)。
五　この読み不詳。「けさしむ」の誤刻か。「銷魂」は、茫然自失のさま。
六「虫　ムシ　チウ〈有レ足曰レ虫〉」「豸　ムシ　チ〈無レ足曰レ豸〉」(合類)。

七「質　カタチ」(字集)。
八　竜の一種。「虬　ミツチ〈俗蚪字〉」(同)。
九　イモリの別称。「十二時虫…守宮之類也」(本草綱目四十三・守宮)。
一〇　方位やト占に用いられる鳥獣三十六種。日に十二回色を変えるゆえという。「十二辰(魚蛟竜)のごとく十二支をさらに三分する。「三十六禽　東方魚蛟竜、貉兎狐、虎豹狸、南方鳫鷹羊、獐馬鹿、蛇蛆蟬、西方豺狼狗、雉鶏烏、猴猨狖、北方亀蟹牛、鴃鼠燕、猪貐獺」(書言字考)。
一一　キクイムシ(カミキリムシの幼虫)とハエ。
一二　イモリの別称。「守宮善ク蝎蠅ヲ捕フ。故ニ虎ノ名ヲ得タリ」(本草綱目四十三・守宮)。
一三「蜥蜴(とかげ)」に同じ。「蜥蜴本(とも)析易ト作ス」(同・石竜子)。底本に「折易」。

一四「博物志ニ云ク、器ヲ以テ之ヲ養フ。食スルニ朱砂ヲ以テス。躰悉ク赤シ。重サ七斤擣(ッ)クコト万杵ニシテ以テ女人ノ躰ニ点ズ。身ヲ終マデ滅(ゥ)セズ。淫スレバ則チ点滅(ゥ)ス。故ニ守宮ト云フ」(袖中抄六・キモリノシルシ)。

一五「晋ノ張華ハ聡恵明敏ニシテ…博物志四百巻ヲ撰ズ」(新語園五・張華撰ニ博物志一)。

一六「貽　ノコス」(字集)。
一七　明代の人。その著、君子堂日詢手鏡に、蜥蜴・守宮の事を、「其物二者上下相ヒ呼ビ、牝声ハ蛤、牡声ハ蚧、日ヲ累(かさ)ネテ情洽

く一日のうちに身の色かはりて析易[一三]の佳号ありといへども、守宮[一四]のしるしを張[一五]華が筆に貽[一六]し、恋情のなかだちを王済[一七]が書にしるす。これみな嫉妬愛執をもつて爾が性とす。諒聞爾[一八]はそのかみ、釈門の緇徒[一九]、一朝卒然として男色[二〇]に眩[二一]めき、つゐに行業[二二]をすて丶武勇[二三]をはげまし、鬱悶して、死して這虫[二四]となれりといふ。嗚呼酥[二五]を執せし沙弥は酥上のむしとなり、橘[二六]を愛せし桑門は橘中のむしとなる。これ上古[二七]の聆[二八]につたふ。爾色[二九]に淫じて亦このむしとなれり。その性[三〇]すで

甚ダシク乃(まい)シ交(とも)両(ふたつ)相ヒ抱ヘ負ヒ、日(ある)地ニ堕ツ」とあり、この虫を捕え、粉にして「房中之薬」にする。「情治」は愛情が和合すること。一九 仏門の僧侶。二〇「中古に、瓜生判官の弟義鑑房が金崎にて打死し、鱗岳和尚の田野にして打死せし、みな男色のまどひに陥いりたる故なり」(狗張子五・杉谷源次付男色の弁)。二一「眩 メクルメク」(天正本)。合類、字集には「メクリメク」。二二「ギャウゴウ 行為、または、修行」(日葡)。二三「武勇 ブヨウ」(饅頭屋本)。二四「這 コノ」(倭玉篇)。二五「酥」は牛乳の凝固したもの。ここは「酪虫沙弥」のこと。「酪」も牛乳の発酵したもので、仏教の五味の一。「酪虫沙弥〈要集ニ云フ、沙弥有リ、酪ヲ衆中ニ行(ヒ)ク、心常ニ愛著ス。死シテ酪虫ノ小虫ト為ル。師ハ已ニ得道、酪ヲ行ク者ノ為ニ曰ク、捐ルコト莫カレ、沙弥味ヲ貪ルヲ以ノ故ニ今其ノ虫ト為也〉」(義楚六帖十九・酪十一)。二六 未詳。発心集八ノ八、三国伝記三ノ二十一に類話があるが、両例とも尼僧。二七 はるかの昔。二八 聞き伝える。「聆 キク」(字集)。二九 色にふけって。三〇 守宮に変身する以前から。

絵 塵外、村人を雇って丘の穴を掘り、守宮を退治する場面。右頁、右端、塵外に守宮(いもり)の妖魅の由来を説明する老翁。塵外の左にもろ肌脱いだ村人。くわを持つ。脛巾(はばき)に下帯が見える。左頁、すきで穴を掘る片肌脱ぎの村人。中央付近に模様のあるのが守宮の王か。

に[一]色をつくろふの能あり。人のにくむところ、世のいましむるところ、何ぞ[二]慚愧の心なく、あまつさへかくのごとくの怪異をなすや。はやく心をあらためて、

正道におもむき[三]生を転じて[四]真元に帰れ。

とよみければ、是にや感じけん、数万の守宮みな一同に死たをれたり。人みなふしぎの思ひをなし、たゞ此まゝ捨べきことならずとて、[五]柴をつみて焼たて灰になし、一丘を築てしるしとす。それより後二たび怪異なし。

(二) 妬婦水神となる

山城の国の郡[六]は、橋より東にあり。[七]宇治橋より西をば久世郡といふ。宇治橋の西のつめ、北のかたに[八]橋姫の社あり。[九]世につたへていふ、橋姫は、かほかたち、いたりてみにくし。この故に、つゐに[一〇]配偶なし。橋の南に[一一]離宮明神あり。[一二]むかし夜な〳〵橋姫のもとに通ひたまふ。その来り給ふ時は、宇治の川水白波たかくあがりて[一三]すさまじき事いふはかりなし。されば明神の歌に、

[一四]夜やさむきころもやうすきかたそぎの行あひのまに霜やをくらむ

とよみ給ひしとかや。然るに[一五]宇治と久世と[一六]新婦をとり、聟をとるに、橋姫の社の前を通り、橋を渡りて、[一七]縁をとれば、久しからずして、かならず離別する也。このゆ

一 表情をとりつくろう。 二「慚愧 ザンギ」(合類)。 三 生れ代って。「転生」の訓読。 四「真元(しんぐわん)」か。「真元」は「真如」に同じ。 五 原話に「士人蘇ヲ聚メテ之ヲ焚キ後亦他無シ」。

10-2 五朝小説の諾皐記「臨清有妬婦津云々」を原話とする。前半は、我が国に古くから伝承された橋姫伝説を配置し、妬婦談としての奇談性をさらに高めた。宇治の橋姫は、古今集・恋四「さむしろに衣かたしき今宵もや我を待つらむ宇治の橋姫」の注、奥義抄他に所載の「橋姫物語」などによって広く伝承され、女訓物の仮名草子にも及ぶ。 六 宇治郡のことか。同じく「橋」は宇治橋であろう。このあたり、いささか表現がこなれない。 七 京都府宇治市。宇治川に架かる。川を挟んで、東側がかつての宇治郡、西側が久世郡宇治郷。両者とも現宇治市。「此橋より西は久世郡、東は宇治郡といへり。橋の長さは八十六間とかや」(菟芸泥赴・四上)。 八「橋を渡れば右のかた橋づめに社あり。橋姫の宮と号す」(出来斎京土産七・橋姫宮)。近世期、橋姫の神祠は宇治橋西詰、北側の宇治茶師上林味朴邸の横に移設された。明治三年の洪水で流失し、現在宇治市宇治蓮花に、瀬織津姫、住吉明神と共に祀る。 九 後文にも「容皃のあしくて」(次頁二行)とするが、宇治の橋姫を醜女とする伝承は見当たらない。美女を妬むとする原話に即した付加か。 一〇 つれあい。「配偶 ハイグ」(永禄二年節用集)。 一一 宇治神社の摂社、末多武利(またぶり)神社。宇治市宇治又振。藤原忠文の霊を祀る。「河より東、恵心院の南にあり。平等院の鎮守の離

へに今にいたりて両郡縁をむすぶには、橋より北の方槙[18]の島より、舟にて川を渡る事也。これは橋姫わが容皃のあしくて、ひとりやもめなる事をうらみ、人の縁辺[19]をねたみ[20]給ふ故なりといへり。

それには[21]あらず。

むかし宇治郡に岡谷式部とて富祐の者あり。その妻は小椋[22]の里の領主村瀬兵衛という人のむすめ也。物[23]ねたみきはめてふかく、めしつかふ女童[24]まで、すこし人[25]がましきをば追出して、たゞ五体[26]ふぐの女ばかりを家の内にはあつめつかひけり。余[27]所の事をも男女のわりなき[28]物語を聞ては、そのまゝ腹だちいかりて、食さらに口にいれず。ましてわが夫の事は、吝姫[29]ふかくせめかこち[30]て、門より外に出さず。岡谷もも[31]てあつかふて去[32]もどさんとすれば、「我にいとまをくれて去たらんには、鬼になりてとりころさん」など、すさまじくのゝしりけり。年をかさぬれども子もなし。岡谷[33]つねには双紙[34]をよむ事をこのみて慰とす。「源氏物語の中に物ねたみふかきためしには、六条[35]の御息所は死して鬼となり、髯黒大臣[36]の北のかたは物ぐるはしくなれり。これみな物ねたみふかきためしとて、後の世までも名を残せし。これらはおそろしながらも眉目[37]かたちうつくしかりしといへり。たとひ吝姫ふかくとも和御前[38]もみめよくはありなむ。さのみにたけ〴〵[39]しうねたみ給ふな」といふに、女房大

宮と別也」(菟芸泥赴・四上)。一二 出来斎京土産七・橋姫宮に「離宮明神夜る〳〵橋姫に通ふあかつきごとに川波大きに声ありといへり。又ある説に住吉明神宇治の橋守の神に通ひ給ふといへり。明神の歌に」として次の「夜や寒き」の歌を引く。一三「スサマジイ ぞくぞくとして恐ろしく、気味のわるい(こと)」(日葡)。一四 夜が寒いのか、または、私の衣が薄いのか、それとも、片そぎの千木が交わっている隙間に霜が置いて冷えるのだろうか。新古今集・神祇歌。詞書「住吉御歌となん」。四句「ゆきあひのまより」。一五「むかしより橋姫の前を新婦入する時通らず。久世と宇治と縁を結ぶには橋の下より舟にて渡る事なり。橋姫のまへを通りぬれば神ねたみ給ひて夫婦の中するゝとをらずとかや」(出来斎京土産七・橋姫宮)。一六「新婦 ヨメ」(書言字考)。一七 縁をとり結ぶ。一八 宇治川左岸、宇治橋の下流。山城国久世郡(現宇治市槇島町)。一九「エンペン 結婚」(日葡)。二〇 一般に橋の神には姫神が多く、道祖神と同じく、対偶する男神が祀られることがあって、その二神間を通る者は嫉妬の対象になる(柳田国男「橋姫」)。二一 それはさておき。二二 巨椋池の東南地域。宇治市小倉町。二三 原話に「劉伯玉ノ妻段氏、字ハ明光、性ハ妬ナリ」。二四 召し使いの少女。二五 →一六八頁注三。二六 不具。二七「余所 ヨソ」(合類)。二八 他の人達の恋物語を聞いては。二九 嫉み深いこと。「姫」は「気」の当て字。「吝気 リンキ」(合類)。三〇「かこつうらみ也」(匠材集一)。三一 扱いかねて。「モテアツカゥ ある物事を懸命に扱うこと

に腹(はら)だち、「みめわろきをきらひて、又一こと女に心をうつさんとや。このすがたにて、みにくければこそおとこもきらひ侍(は)べれ。二生をかへて思ふまゝに身をなし心さだまらぬ男を思ひしらせん」とて、三髪(かみ)はさかさまにたち、口ひろく色あかうなり、まなこ大に血(ち)さし入(いり)たるが涙をはら〳〵と流し、座を立(たち)てはしり出(いで)つゝ、四宇治川にとび入(いり)たり。五水練(すいれん)を入(いれ)てもとむれ共、しがひも見えず。岡谷おどろき、六平等院にして、さま〴〵仏事とりをこなひけり。七七日といふ夜の夢に、妻の女房来りて岡谷(をかのや)に

に飽きる、または、疲れる」(日葡)。 三二 離縁して親元へ返そうと。 三三 原話に「伯玉、常ニ妻ノ前ニ於イテ洛神賦ヲ誦ズ」。「洛神賦」は魏の曹植の作で文選十九に所載。 三四 「双紙 さうし〈物の本〉」(和漢通用集)。 三五 源氏物語の登場人物。「六条御息所 物ねたみふかくまし〳〵て、あふひの上、夕がほのうへをも、物の気となりてとりころし給へば、ためしなき事に申侍る也」(誹諧初学抄・恋之詞)。 三六 紫の上の異母姉。夫、髭黒が玉鬘のもとに通うのに嫉妬し、火取りの灰を投げつけた。「ひげくろのおとどのつまは、しきぶきやうのみやの御むすめなりしが、あまりに物ねたみふかくおはして、きやうきし給へり」(本朝女鑑十二)。 三七 「眉目 ミメ」(合類)。 三八 「我御前」の意。女性を親しんで言う場合の二人称の代名詞。そなた。 三九 「猛(けた)し」の強調形「たけだけし」のウ音便。人に危害を加えかねない烈しさ。

以上二八七頁

一 ほかの女。 二 人間としての生を換えること。ここでは異類になること。 三 嫉妬に狂った鬼女異形、血涙の様子。「かしらの髪は馬の尾のごとく、くろき色、赤く枯て、そらさまにたち、口ひろくあきて、耳もとにさけあがり…鬼とは是なるべしぞ」(堪忍記七ノ二十二ノ九)。 四 原話は、妻の嫉妬を嫌って洛神賦を読みふける夫に当てつけ、水神になろうとして入水する。 五 泳ぎに熟練した者。「水練 すいれん」(大全)。 六 宇治川左岸、宇治市宇治蓮花にある寺院。永承七年(一〇五二)、藤原道長の別業を、子頼通が仏殿に改めたのに始まる。

いふやう、「我死して、此川の神となれり。橋をわたりて縁をむすぶものあらば行末かならず遂さすまじ」とて、夢はさめたり。これより橋をわたりて、えんをむすべばかならず別離するといへり。舟にて川を渡すにも眉目八わろき女には子細九なし。かほかたちうつくしき女の渡れば、かならず風あらく波たちて、舟あやうしといふ。一〇此故に新婦をむかへて川を渡すに波風なきときは、新婦のみめわろからんと、諸人これをしるとかや。

七 原話に「死後七日、夢ニ託シテ伯玉ニ語リテ曰ク、君ノ本願ハ神ナリ。吾、今神ト為ルヲ得タル也。伯玉寤(さ)メテ之ヲ覚リ、遂ニ終身復(ふた)ビ水ヲ渡ラズ」。 八 原話に「婦人此ノ津ヲ渡ル者有レバ、皆衣ヲ壊(やぶ)リ、粧ヲ枉(ざく)シ、然ル後ニ敢(おし)ツテ済(わた)ル。爾(しか)ラズンバ風波暴発ス。醜婦ハ粧飾シテ渡ルト雖(いへど)モ其ノ神亦妬マザル也」。 九 何らの障害もなく無事に渡れた。 一〇 原話に「婦人河ヲ渡ルニ風浪無キ者ハ、以テ已ニ醜シト為ス。…故ニ、斉人語リテ曰ク、好婦ヲ求メント欲セバ、津口ニ立テ在レ。婦、水傍ニ立タバ好醜自ラ彰ルルト」。

以下二九〇頁

10-3 原話は五朝小説の才鬼記「魯季衡」。祖父の赴任に随従した魯季衡が居館の先住王使君の愛娘の亡霊と契りを結ぶ一話を、上杉・北条の抗争期に上野国平井城を領した若き貴公子の身の上に転ずる。ただし上杉憲政の息女に横恋慕して成敗される小姓は新たな付加。また、女主人公の名の弥子、伽婢子、雨の晩の亡霊出現など巻三ノ三「牡丹灯籠」と共通する辞句や表現を散見する。

一 群馬県藤岡市西平井にあった城。永享年間(一四三九―四一)上杉憲政による築城。上杉家

絵 岡谷式部の妻、嫉妬に狂って宇治川に飛び込む場面。右頁、双紙を読む式部。側で嫉妬に狂う妻。いらいらして、つい髷をつかむ。左頁、髪が逆立ち、眼を吊上げ、着物を乱して川に飛び込む妻。川に架かるは宇治橋か。橋のたもとに柳樹。

（三）　祈て幽霊に契る

上野の国、[一]平井の城は、[二]上杉憲政のすみ給ひし所なるを、[三]北条氏康これをせめお[四]とし、[五]憲政は[六]越後に落行て[七]長尾謙信をたのみ、[八]二たび家運をひらかん事をはかり給ふ。平井の城には[九]北条新六郎をいれをかれし処に、城中に一間の所あり、金銀をちりばめ[一〇]屏風・障子みな花鳥草木いろ〳〵の絵をつくし、奇麗なる事いふはかりなし。庭にはさま〳〵の石をあつめ築山泉水そのたくみをなし、築山につゞきたる花園には春より冬にいたるまで咲つゞく、草木の花さらに絶まなし。是はそのかみ憲政の息女[一一]弥子生年十五歳、みめかたち世にたぐひなき美人にて、心のなさけ色ふかく、ゆうにやさしかりければ、見る人聞人みな思ひをかけ、心をなやます。憲政はいかなる[一二]高家権門の[一三]輩にも[一四]合せて、[一五]家門の縁をむすばんとおぼして、てうあひふかく、別にこの一間をしつらひをかれし所に、[一六]家人白石半内といふ[一七]小性たゞ一目見そめまいらせ、心地まどひて堪かね、[一八]風のたよりにつけて、文ひとつまいらせしに、此事あらはれ、半内はひそかにくびをはねられたり。その後百日ばかり過て、むすめ弥子日暮がた、にはかにおびえて絶入給ひ、つゐにむなしくなり給へり。さだめて半内が亡魂のしわざならんと聞つたへし。

の衰退後、北条氏康、長尾景虎（上杉謙信）と支配者を代え、永禄三年（一五六〇）に廃城となった。　二 →一〇四頁注九。　三 →四二頁注九。　四「この年北条氏康軍兵を率して上野国平井の城をとりまきてせめおとす」（本朝将軍記十・源義輝・天文二十年）。　五 天文二十年（一五五一）末から翌年正月にかけての越後敗走であった。「天文二十一年正月十日憲政出二平井一北州越山」（越佐史料四・武蔵国竜淵寺年代記）。　六「上杉憲政越後国におち行て、長尾景虎をたのみて居す」（同）。　七 →一三二頁注一七。　八 憲政は景虎を養子とし、上杉の氏姓を与えて、関東管領をも勤めた名門の山ノ内上杉家に昔の威勢を取りもどそうとした。　九 伝未詳。平井城攻めの中心として参軍した北条綱成の陣中に、同族の福島新六郎の名が見える（関八州古戦録三・氏康上州平井城責）。　一〇 明かり障子、つまり襖のこと。　一一 原話に「昔、王使君ノ女（むすめ）暴（にはか）ニ此（ここ）ニ終（みまか）ル。乃チ国色ナリキ」。「使君」は勅任官の尊称、「国色」は一国を代表する美女。　一二 家格の高い家や権勢をほこる一族。　一三「輩 トモガラ ハイ」（合類）。　一四 嫁入りさせて。　一五 姻戚関係を結んで。　一六 原話に、この小姓に相当する人物および娘の死因の説明は見当たらない。「家人 けにん」（大全）。　一七 主人に近習して雑用を勤める少年。　一八 風に託すにも似た、はかない手づる。　一九 原話に「季衡ハ少年ナガラ好色ニシテ其ノ霊異ニ覩（み）エンコトヲ願ヒ、…頻ニ名香ヲ炷（た）キ、凡俗ノ歩遊スルヲ頗ル疎（うと）ンジ、閒処ニシテ恍然ト思ヒヲ凝ラス」。「少年」は若年、「歩遊」は物見遊山、「閒処」

[一九]新六郎此(この)物語を聞て、「たとひ幽霊なり共、かゝる美人に逢てかたらはゞ、さこそうれしからまし。今生の思ひでなに事かこれにまさらん」と、しきりに思ひそめて朝夕は香をたき、花を手向て、人しれず、れんぼのこゝろつきて、いのりけり。

[二〇]ある日の暮がたにいづくともしらず女の童[二一]一人来りて、新六郎にむかひていふやう、「わが君はそのかみ此所にすみ給ひしが、君の御心ざし[二二]にひかれて、これまであらはれ、只今まいり給はんに、君対面し給ふべきや」といふてきえうせしが、しばら[二三]くありて異香[二四]くんじて先の女の童[二五]につれて[二六]、一人の美女築山のかげより出来(いできた)れり。そのうつくしさ、此世の中にはあるべき人ともおぼえず、[二七]天上よりくだれる歟(か)、神[二八]仙のたぐひかと見るに、中〳〵[二九]目もあやなり。新六郎、「これは聞及(ききおよ)びし弥子の幽霊なるべし。日ごろ我念願せし所ひとへに通じけむ。[三〇]鬼を一車にのすと云事(いふこと)はあれど、[三一]何かすさまじとも思はん。ちぎりをかはして、思ひをのべんには、[三二]人と幽霊とはおなじからずといへども、なさけの色は、死と生とかはる事あらじものを」と、[三三]女の手をとり引(ひき)いれて、時うつるまでかたらひけり。[三四]女すでに立かへらんとするとき、「みづからこゝに来る事を[三五]あなかしこ、人にもらしたまふな。又暮を待給へ」とちぎりて、

[三六]そこふかきいけにおふてふ[三七]みくりなはくるとは人にかたりばしすな

は静かな部屋。 二〇 原話に「一日(あるひ)ノ晡時ニ双鬟有リ、前(すす)ミテ揖シテ曰ク、王家ノ小娘子、某(みづから)ヲ遣ハシテ厚意ヲ伝達スラク、郎君ニ面拝セント欲スト。言ヒ訖ハリテ瞥然トシテ没(きえう)セタリ」。「揖」は会釈する、「晡時」は、夕方四時頃、「双鬟」は髪を総角に結った少女、「瞥然」はちらりと見るさま。 二一 召し使いの少女。 二二 当時。 二三 原話に「俄頃ニシテ異香ノ襲衣有リ」。「俄頃」は、ほどなく。 二四 「イキャウクンズル 芳香が強く匂う」(日葡)。 二五 原話に「双鬟、一女ヲ引(みちび)キテ至ル」。 二六 いっしょに。 二七 天女の天下ったものか。「歟」は疑問の終助詞。「歟 カタルスヘノコトハ」(字集)。 二八 原話に「乃チ神仙中ノ人也」。 二九 まばゆく美しいさま。 三〇 はなはだ怪しいこと、恐ろしいことのたとえ。「載㆓鬼一車㆒何足㆑恐 棹㆓巫三峡㆒未㆑為㆑危」(和漢朗詠集・下・述懐)、「載鬼一車 鬼ヲ載ル車ト嶮難ノ路トハ尤ヲソロシキ処ナレドモ、ソレハマダモ也。世上ノ人ノ心尤ヲソロシキト也」(和漢朗詠集鈔六・述懐)、「載㆓鬼一車㆒先張㆓之弧㆒後説㆓之弧㆒」(易経四・兌下離上)を原拠とする語。 三一 異界の者を怖がったりはしない。 三二 原話に「終(つひ)ニ人鬼ヲ以テ間(へだて)ヲ為サズ」。 三三 原話に「季衡之(これ)ヲ留メ狎昵シテ時ヲ移ス」。「狎」は親しむ。 三四 原話に「乃チ去(かへ)ラントシテ季衡ノ手ヲ握リテ曰ク、翌日ノ此ノ時ニ再会セン。慎ミテ人ニ泄(もら)スコト勿レト」。 三五 「アナカシコ 副詞。アイカマエテに同じ。用心して、慎重に」(日葡)。 三六 底深い池に生じるというミクリナハに因んでも、「来る」という

とうち詠じ、庭[一]に出てゆくかとみれば、そのまゝかたちはきえうせたり。次の日[二]の暮がたに又来(きた)れり。暁かへりては夕ぐれに来る事、六十日に及べり。

[三]ある日新六郎家人(けにん)をあつめて、さま〴〵物語のつゐでに、女のいひし事をうち忘れ、此事をかたり出しけり。家人等奇特(きどく)[四]の事に思ひて壁(かべ)をほりてのぞきけるに、女来りて物語すれども、そのすがたはみえず。女(め)の童(わらは)と見えしは伽婢子(とぎばうこ)[五]にて侍べりし。

[六]女ある夕暮来りて大(おほき)にうらみ歎きたるありさまにて云(いふ)やう、「何とてもらし給ふな

ことばを口ばしって私のことを他人に語ってくださるな。 三七 歌語。水草のミクリ(三稜草)は水面に漂って縄のように見えることがあるという。

一 原話に「遂ニ侍婢ト倶ニ見エズ」。 二 原話に「此(これ)自(よ)リ毎(つね)ニ晡一ニ及ンデ至(きた)ルコト六十余日ニ近シ」。「晡」は申の刻、「晡一」は申の一刻の意か。 三 原話に「大父ノ麾下ノ将校ト説(かた)リテ艶麗ニ及ビ、誤チテ之(これ)ヲ言フ。将校驚キテ其ノ事ヲ実(たしか)メント欲シテ曰ク、郎君将(まさ)ニ此ニ及バントスル時、願ハクハ一タビ壁ヲ扣(たた)ケ。某(それがし)一二輩ト与(とも)ニ潜カニ焉(これ)ヲ窺ハント。季衡亦終ニ扣壁ヲ肯(うけが)ハズ」。「大父」は監州防禦使であった祖父の魯孝安。 四 不思議なこと。 五 →八二頁注一九。 六 原話に「是ノ日女郎、一タビ季衡ノ容色ノ惨怛トシテ語声嘶咽スルヲ見テ、季衡ノ手ヲ握リテ曰ク、何ゾ約ニ負(そむ)ク此(これ)自(より)更ニ歓笑ヲ接(つづ)クベカラズト」。此コトヲ為シテ人(みづから)ニ絶(かけはな)ルルヤ。「惨怛」は憂いいたむ、「嘶咽」は声がしわがれる、「歓笑」はうちとけ楽しむ。 七 しばしの間人目を避けることができればと思った恋の通い路は、早くも人の知るところとなって、たちまち足跡も絶えてしまいました。類歌「しばしこそ人め思ひしよひよひの忍ぶかたよりたえやはつべき」(題林愚抄・恋二・忍絶恋・後二条院〈新後拾遺集・恋四〉)。 八 私が人目を避けるのにこんなに真剣になって渡した恋の架け橋も、無駄になりました。架けたのが恋路を断つという久米路の岩橋だったようですね。題林愚

といふことばをたがへて、人にはかたらせ給ひしぞや。此故(このゆゑ)にちぎりは絶(たえ)て、かさねて逢事(あふこと)かなふべからず。これこそこの世の名ごりなれ」とて、

[七]しばしこそ人めしのぶのかよひ路はあらはれそめて絶(たえ)はてにけり

と、なくなく詠じければ、新六郎涙の中より、

[八]さしもわがたえずしのびし中にしもわたしてくやしくめの岩はし

[九]女は、なくなく金の[一〇]香合ひとつとり出して、「君が心ざしかはらでおぼし給はゞ、これをかたみとも見給へ」とて渡しけり。[一一]新六郎も珊瑚・[一二]琥珀・金銀をまじへてつなぎたる数珠一連をとり出し、「[一三]これは見給ふべき物とはなけれ共黄泉のすみかには、身のたよりとも御らんぜよかし」とて、女の手に渡しつゝ、「[一四]さるにても又あふべき後のちぎりを、[一五]この世の外にはいつとかさだめ侍べらん」といへば、「[一六]今より甲子といふ年を待給へ」とて、涙とゝもに雪霜のきゆるがごとくうせにけり。新[一七]六郎つきぬなごりのかなしさに、[一八]思ひむすぼゝれ、心なやみ形ち[一九]かじけたり。医師此事を聞て薬をあたへしかば、月をこえてやまひいへたり。

のちにある人かたりけるは、「[二〇]憲政の[二一]愛子こゝにすみて、にわかに[二二]をびえ死せり。これは此(この)むすめを思ひかけし小性白石半内がうらみてころされし亡魂のしわざなり。憲政こゝにおはせし間は、空くもり雨ふる時は、半内が幽霊いつもあらはれみえし

抄・恋二・絶恋・前僧正慈鎮(続後撰集・恋五・絶恋の心を)に四句「わたしてけりな」。 九 原話に「女、襦(はだぎ)ヲ解(はづ)シ、又翠玉双鳳ノ翹(はねかざり)ヲ抽(ぬ)キテ季衡ニ贈リテ曰ク、望ムラクハ異日物ヲ覩テ人(みづから)ヲ思(しの)バンコトヲ。幽冥ヲ以テ隔テト為スコト無カレ」。「蠒塗」は未詳。「結花」は花をつけること。また、色糸で結び作った花。 一〇 香を入れる蓋つきの容器。「香合 カウカフ」(易林本)。 一一 原話に「季衡モ書笈ノ中ヲ捜リ、小金鏤花ノ如意ヲ得テ之(これ)ニ酧(むく)フ」。「如意」は、思うままに願いがかなうという宝具の一種か。 一二 →一七頁注四八。 一三 原話に「此ノ物ハ珍異ニ非ズト雖ドモ但(ただ)其ノ如意ト名ヅクルヲ貴ビ、長ク玉手ニ在ツテ操持セラレンコトヲ願フノミ」。 一四 原話に「此ノ別レ何(いつ)ノ時ニカ更(ふたたび)会ハン」。 一五 来世まで持って行く思い出。「あらざらむこの世のほかの思ひ出に今ひと度の逢ふこともがな」(後拾遺集・恋三・和泉式部)を踏まえた表現。 一六 原話に「一甲子ニ非ザレバ相ヒ見(まみ)ヘンノ期(とき)無シ。言ヒ訖ッテ嗚咽シテ没(きえう)セタリ」。この一話の年代設定は明らかでないが、上野国平井城が北条氏の有に帰した天文二十一年(一五五二)以降で甲子に当る最初の年は永禄七年(一五六四)。ただし原話の「一甲子」は六十年を意味する。 一七 原話に「季衡此(これ)自(より)寝寐ニ思念シテ形体瘵(やまひ)羸(み)ツ。故旧丈人ノ王回推其ノ方術ニテ療(いや)スニ薬石

絵 北条新六郎のもとに弥子の亡霊が訪れる場面。弥子は女の童を伴う。

と也。此(この)ほどはその事絶(たえ)て、見し人もなし」といふ。新六郎これを聞(きく)に、一すさまじく思ふこゝろつきけり。ある日空くもりて雨雲うちおほひたる暮がたに、年のほど廿ばかりのおとこ、やせつかれたるが、髪(かみ)うちみだし、白きねりぬきの二小袖に、はかま着て三紫竹(しちく)の杖(つゑ)をつきて泉水(せんすい)の端(はた)にすご〳〵と四立(たち)たるを見て、新六郎太刀をぬきてむかひければ、五きえ〳〵となりてうせにけり。これより僧を請(しやう)じ、六一七日(いつしちにち)のうち七水陸(すいろく)の斎会(さいゑ)をいとなみてとふらひしかば、これにやうらみもとけぬらん、かさねて

ヲ以テスレバ、数月ニシテ方(まさ)ニ愈(い)ユ」。「丈人」は妻の父親。この王回推が美女(王麗貞)の父親の王使君か。一八 気持が鬱屈して。「夭紹 ムスボフル〈又云鬱結〉」(合類)。一九 病気で憔悴する。「憔悴 カジケ」(同)。二〇 原話に「王使君ノ愛女疾無クシテ此ノ院ニ終(みまか)リ、今已ニ帰シテ北邙ノ山ニ葬ル。或ヒハ陰(あめ)リテ晦キニハ魄常ニ此ニ游ブヲ、人多ク之(これ)ヲ見ル」。「北邙ノ山」は王侯貴族を葬った洛陽近郊の山、また転じて墓地のこと。二一「アイシアイスルコ、または(「すなわち」の誤り)、ヲモイゴ、愛され、かわいがられている子」(日葡)、「愛子 アイシ」(書言字考)。二二「蹣死 ヲビヘシニ〈時珍云、驚怖死俗曰二蹣死一〉」(書言字考)。

以上二九三頁

一 ぞっとするほど恐ろしい。「凄 すさまじ」(大全)。二 砧で打ったり灰汁で練った絹糸を用いて織った光沢のある布。練貫。三「紫竹 しちく くろき竹」(和漢通用集)。四「スゴスゴト 副詞。物寂しくしているさま、または、ただひとり居るさま」(日葡)。五「キエキエト」(同)。六「イッシチニチ 一週間」(日葡)。七 水中陸上の生物に食を施す法会、施餓鬼。

10-4 五朝小説の剣俠伝「田膨郎」を原話に、甲陽軍鑑十一上の信玄による伊勢物語奪取事件を取り入れて史実性を高める。田膨郎は唐の文宗の寝所から白玉の枕を盗み出したという忍びの名。巻七ノ三参照。八 後文に「永野が家につかへし窃のもの」(二九八頁一二行)とある。忍者。九 甲斐国。一〇 元服の儀の「晴信」の名乗り(将軍

あらはれいづることなしとかや。

(四) 窃の術

甲陽武田信玄、そのかみ今川義元の聟として、あさからず親しかりけるに、義元すでに信長公にうたれて後、その子息氏真すこし心のをくれたりければ、信玄あなづりて無礼の事共おほかりし中に、今川家重宝といたされし、定家卿の古今和歌集を信玄無理に仮どりにして返されず、秘蔵して寝所の床にをかれけるを、ある時夜のまに失なはれたり。寝所にゆくものは譜代忠節の家人の子共五六人、其外は女房達多年めしつかはるゝものゝ外は、かほをさし入てのぞく人もなきに、たゞ此古今集にかぎりて失たることそあやしけれ。又その外には名作の刀わきざし金銀等はひとつもうせず。信玄大におどろき、甲信両国をさがし、近国に人をつかはし、ひそかに聞もとめさせらる。「此所他人更に来るべからず。いかさま近習の中にぬすみたるらん」とて、大にいかり給ふ。「古今の事はわづかにおしむにたらず。たゞ以後までもかゝるものゝ忍び入をゝこたりてしらざりけるは無用心の故也」と、をどりあがりてはげしくせんさくにおよびければ、近習も外様も手をにぎりておそれあへり。

義晴の一字を賜わる)や正室の三条夫人(三条公頼女)を娶ったことは今川義元の肝煎による(甲陽軍鑑一・信虎公を追出の事)。↓一三二頁注一。 一一 当時。 一二 天文六年(一五三七)信玄の姉が義元に嫁し、同二十一年には、義元の娘が信玄の長男義信に嫁いだ。↓一三六頁注一一。 一三 永禄三年(一五六〇)五月十九日、桶狭間の戦いで敗死。 一四 義元の子。遊芸に興じ、戦国武将としては力を持たなかった。↓一三九頁注三一。 一五 「あなどる」の古形。「アナヅル アナドルと言う方がまさる。嘲弄する、あるいは、軽んじ侮る」(日葡)。 一六 「今川家の秘蔵に仕る定家の伊勢物語を、酒に酔たるふりをなされ、信玄御取候とて」(甲陽軍鑑十一上・氏真降参船にて小田原へ退事)。 一七 借取。借りたままで返さず、自分のものにすること。 一八 「秘蔵 ヒサウ」(合類)。 一九 「シンジョ (寝所)」(日葡)。原話では、「白玉ノ枕」を「寝殿ノ帳中」に置き、「一旦忽チニ所在ヲ失フ」とある。 二〇 代々その家に仕えてきた者。 二一 家臣や奉公人。「家人 けにん」(大全)。 二二 高家に仕える侍女。原話に「恩渥ノ嬪御ニ非ザレバ至ル者有ルコト莫シ。珍玩ノ羅列セル、他ニ失フ所無シ」。 二三 有名な工人によって作られた刀など。 二四 腰に差す大刀・小刀のうちの小刀の称。大刀を、単に「刀」という。「中刀・急抜・腋指 ワキザシ」(書言字考)。 二五 甲斐・信濃の両国。 二六 原話に「此レ外

絵 新六郎、白石半内の亡霊に出会う場面。新六郎、刀を抜いて身構える。半内は生気なく、本文通りの出立。近くに泉水。

飯富兵部が下人に熊若といふもの生年十九歳、心利てさか〳〵しく不敵にしてしぶときむまれつきなり。そのころ信州割峠の軍に信玄馬を出され、飯富おなじくおもむきしに旗棹をわすれたり。明る卯の刻には飯富二陣とさだめられしに、日ははや暮たり。いかゞすべきと案じわづらひしを熊若すゝみ出て、「それがしとりてまいらん」とて、其まゝはしり出たり。諸人さらに実と思はず。かくて二時ばかりの間に、やがてはたざほを取て帰り来る。「さていかにして取来れる」と、とはれ

寇ノ入リテ盗ム所ニアラズ。当ニ禁掖ニ在ルベシ」。「禁掖」は宮中。 二七 側近の者。 二八 原話に「一枕、固(もと)ヨリ惜シムニ足ラズ。卿(なんぢ)等我ガ皇宮ヲ衛リ、必ズ罪人ノ斯(ここ)ニ得ルヲ期セ。然ラズンバ、天子ノ環衛茲(これ)ヨリ無用ナリ」。 二九 烈しく怒るさま。 三〇 詮索。 三一 譜代ではない臣下。「外様 トザマ」(合類)。 三二 手に汗を握ること。恐怖に震えるさま。原話に「内官、惶慄セリ」。

一「甲陽四天〈板垣信形。飯富(ヲフ)虎昌。小山田昌辰。甘利信益〉」(書言字考)。→一三九頁注二一。 二「ゲニン 従僕・家来、または、奉公人」(日葡)。 三 太平記二一・長崎新左衛門尉意見事付阿新殿事には、クマワカ(阿新)殿が十三歳にして、父日野資朝の仇の本間三郎を討った話を記載する。その剛胆さに因む命名か。 四「シャウネン ウマルル、トシ 生まれて以後の年齢」(日葡)。 五「ココロ、または、キノキイタモノ 能力があって機敏な人」(同)。 六「さかし」の語幹を重ねたもの。才気に優れているさま。「賢々敷 サカ〳〵シ」(書言字考)。原話に「竜武ノ二蕃将、王敬弘トイフモノ有リ。常ニ小僕ヲ蓄(やしな)フ。年甫(はじ)メテ十八九、神彩ニシテ俊利ナリ」。 七 長野県上水内郡信濃町の割ケ岳にある峠。永禄四年(一五六一)六月、信玄が当山の城を攻略、月末には帰陣。原美濃、辻六郎兵衛等が参戦(甲陽軍鑑十八・山縣同心広瀬みしな辻弥兵衛武辺公事事)。飯富の参戦不詳。八月には川中島の戦いに臨む。 八 旗をつける竿。原話では、軍の酒宴の時、小僕が琵琶を取りに

しに、熊若いふやう、「はやくとりて来らんと思ふばかりにて手形[一四]をもしるしをもとらずして甲府にはしり行ければ、門[一五]をさしかため中〳〵人の通路をかたくいまし[一六]むるゆへに壁をつたひ垣をこえ、ひそかに戸をひらくに、更にしる人なし。やがて亭[一七]に忍び入て、とりて来り侍べり」といふ。飯富聞て、「これより甲府までは、東[一八]道往来[一九]百里に近し。是をゆきて帰るだにあり[二〇]、まして用心きびしき所を、人しれず忍び入ける事よ。定めて此間の古今集も、この者ぞぬすみぬらん[二一]。後に聞えなば

行く。九 午前六時頃。一〇「おぶ」が正しいが、刊本甲陽軍鑑等は「いいとみ」とも訓じる。一一 先頭の次に控えた軍勢や二番手の攻撃軍。ここは、後者。一二 原話に「小僕曰ク、若シ琵琶ヲ要セバ、頃刻ニ至ルベシ」。一三 四時間ほど。一四 通行や身分の証明書。一五 原話に「禁鼓纔動キ軍門已ニ鎖シタリ」。「禁鼓」は宮中で打つ時報。一六 禁止する。一七 家屋、邸宅。「亭 デイ」(易林本)。一八 関東に残った一里を六町とする古制。関東道、坂東道、下道とも。→二一九頁注一三。一九 往復で。原話に「南軍左広ヲ去ルコト往復三十余里、夜ニ入リテ且ツ行旅無シ」。「左広」は、右広とともに軍団の名称。二〇 行って帰ってくることさえ不可能に近い。二一 原話でも、王敬弘が、枕を盗んだのは小僕かと疑い、呼んで詰問する。

以下二九八頁

一 原話に「汝ヲ使フニ年ヲ累ヌルトイヘドモ蹻捷此ノ如キト知ラザリキ。我聞ク世ニ侠士アリト。汝ハ是莫ラザルヤ否ヤ」。「蹻捷」は足が早いこと。二 原話に「小僕謝シテ曰ク、此レ有ルニアラザルナリ。但ヨク行クノミト」。三 原話でも、小僕は、もし郷里に帰って父母に報恩する暇を与えるなら、枕を盗んだ者の

絵 熊若、西郡でしのびの者を捕える場面。右頁、後ろよりしのび寄る追手の者達。縄、突棒、鎚を持つ。左頁、前から声を掛ける熊若。髪は前髪を残した元服前の姿。対する羽織、脛巾姿の盗人。笠を被り草鞋をはく。

大事成(なる)べし」とおもひ、熊若をかたはらにまねき、「汝かゝるしのびの上手、道は[一]やきものとは、今まで露もしらず。此(この)ほど信玄公の定家の古今をぬすみたるは汝か」といふ。熊若こたへていふやう、「それがしはたゞ道[二]をはやく行て、忍びをすることをのみ得たり。しかれば我いとけなき時より君にめしつかはれ、故郷[三]の父母いかになりぬらんともしらず。ねがはくは我にいとま給はり古郷に返して給はらば其(その)ぬすみたるものをあらはしたてまつらん」といふ。「それこそいとやすけれ。いとまはとらすべし。かのぬす人をとらゆるまでは沙汰[四]すべからず」とて割峠帰陣[五]のゝち、熊若をもつてこれをうかゞはせしに、西郡[六]にをひてたゞ一人ゆくものあり。[七]はやき事風のごとし。熊若立(たち)むかひものいふあひだに後よりとらへてをしふせ[八]たり。

「熊若にあざむかれて恥みる事こそやすからね[九]。古今をぬすみける事は信玄公の[一〇]寝をみんため也。あはれ今廿日[一一]をのびなば甲府をばほろぼすべきものを。運のつよき信玄公かな。我は上州蓑輪[一二]の城主[一三]永野が家につかへし窃のもの、もとは小田原の[一四]風間が弟子也。わが主君の敵なれば信玄公をころさんとこそはかりしに、本意(ほい)なき事かな。此上(このうへ)はとく〳〵我をころし給へ」とて申(まうし)[一五]うけて殺されたり。古今集をば都に出してうりけると也。熊若はいとま給はり[一六]て、西国に下りけりといふ。

姓名を「三数日」のうちに判明させ、罪に服させてみせると言う。四 報告すること。「皈陣 カイヂン」（書言字考）。五 軍勢をひきあげること。六 甲斐国を三分にした釜無川より西の地域。七 原話の犯人、田膨郎も足が早く、「苟(かり)ニモ其ノ足ヲ便折スルニアラザレバ、千兵万騎、亦将ト雖(いへど)モ奔走セリ」とある。八 原話は、小僕が毬杖(きゅうじょう＝打毬に用いる杖)で田膨郎を撃って左足を挫き、取り押さえた。九 悔しく、怨みに思う。一〇 寝室。「寝殿 ネヤ」(合類)。原話に「常ニ宮内ニ在リテ往来ス」。一一 あと二十日ほど発覚が延びたなら。一二 群馬県群馬郡箕郷(みさと)町。一三 箕輪城主、長野信濃守業正。信玄に長年敵対した剛将。→一三七頁注二九。一四 古老軍物語四ノ六に出る風間の三郎太郎という忍びの上手は、小田原城主北条氏直に属し、武田方を苦しめた。一五 みづから申し出て。一六 原話に「小僕初メ膨郎ヲ得テ、已(すで)ニ敬弘ニ告ゲテ、蜀ニ帰ル。之(これ)ヲ尋(とも)ムレドモ可ナラズ」。

10-5 鎌鼬と提馬風という二つの話柄を取り上げるが、後者の原話は五朝小説の諾皐記「工部員外張周封言今年云々」。前者は日本の民間伝承に拠るものか。これは今日では気象現象とされる鎌鼬に関する記事の初見として気象学の教科書に取り上げられる。

一七 気圧にある種の真空地帯が生じ、そこに触れて皮膚が裂ける現象。善人を害し、悪人を喜ぶという怪獣の「窮奇」に当てることもある。「窮奇 カマイタチ」〈准南子〉広莫風之所レ生也。註曰、天神也。〔左伝〕少皥有二

（五）　鎌鼬　付　提馬風

関八州のあひだに鎌いたちとて、あやしき事侍べり。旋風吹おこりて道行人の身にものあらくあたれば、股のあたり竪さまにさけて剃刀にて切たるごとく口ひらけ、しかもいたみははなはだしくもなし。又血はすこしも出ず、女萎草をもみてつけぬれば、一夜のうちにいゆるといふ。なにものゝ所為ともしりがたし。たゞ旋風のあらく吹てあたるとおぼえて、此うれへあり。それも名字正しき侍にはあたらず。たゞ俗姓いやしきものは、たとひ富貴なるもこれにあてらるといへり。

尾濃駿遠三州のあひだに、提馬風とてこれあり。里人あるひは馬にのり、あるひは馬を引てゆくに、旋風おこりて、すなをまきこめまろくなりて、馬の前にたちめぐり、くるまのわの転ずるがごとし。漸〳〵にその旋風おほきになり、馬の上にめぐれば、馬のたてがみすく〳〵とたつて、そのたてがみの中にほそき糸のごとく、いろあかきひかりさしこみ、馬しきりにさほだち、いばひ鳴てうちたをれ死す。風そのときちりうせてあとなし。いかなるものゝわざとも知人なし。もしつぢかぜ馬の上におほふときに刀をぬきて、馬の上をはらひ光明真言を誦すれば其風ちりうせて馬もつゝがなし。提馬風と号すといへり。

不才子ニ曰ニ窮奇一。註云、獣名、能食レ人〉」「鎌鼬　カマイタチ〈俗字〉」（書言字考）。一八「頽馬風　ダイバフウ〈俚俗所レ言馬中レ之則卒斃〉」（書言字考）。一九 武蔵、相模、安房、上総、下総、上野、下野、常陸の八か国。二〇 渦を巻くようにして吹く突風。つむじ風。「旋風　ツジカゼ」（合類）。二一「ミチユキビト　旅行者」（日葡）。二二 何かが強く当たると。二三「タテサマ　縦に」（日葡）。二四 未詳。二五 尾張、美濃、駿河、遠江、三河の諸国。二六 原話に「忽チ旋風有リテ斗器ノ如シ。常ニ馬ノ前ニ起ツ」。「斗器」は容積の計量器具、ここでは漏斗のことか。二七 砂塵を包み込んで。下二段活用の「まきこむ」は、巻物状の書籍や手紙の中にはさみ込む、の意。ここは、巻き込まれた砂塵が渦状になっているさまをいうか。二八 →二八三頁注二三。二九 原話に「大キニ転（はか）リテ遂ニ馬首ニ旋レバ鬣（たてがみ）起チテ植（はしら）ノ如シ」。三〇 原話に「馬ヲ下リテ之（これ）ヲ観ルニ、鬣ノ長サ数尺ニシテ中ニ細綆ノ紅綫ノ如キモノ有ルヲ覚（し）ル」。「綆」も「綫」も糸。三一 原話に「馬時（そのとき）立チアガリテ嘶（いなな）キ鳴ク」。三二 うしろ足だけで竿のように立ちあがる。三三「嘶　イバフ〈又喝（イア）同、馬鳴也〉」（合類）。三四「イナナク　馬がいななく。イバゥと言う方がまさる」（日葡）。三五 原話に「佩刀ヲ取リテ之（これ）ヲ払ヘバ風因（したが）ツテ散リ滅（う）セテ馬亦死ス」。三六 原話に「是レ何（いか）ナル怪ナルカヲ知ラザル也」。三七 →一九二頁注一五。

以下三〇〇頁

10-6　剪灯新話四ノ三「修文舎人伝」を原話とする。原話の主人公が遺稿の出版を依

（六）了仙貧窮[一]付天狗道

釈[二]の了仙法師は、播州賀古郡[三]の人なり。いとけなくして父母にをくれ、郡の草堂[四]にこもりて出家し、十七歳にして、関東におもむき、相州足利[五]の学校に卅余年の功をつみ、内外二典[六]にわたり、神歌両道[七]にたづさはり、博学多聞[八]の名をほどこし、所〻の談林[九]にあそぶ。論義[一〇]弁舌ありて、諸人みなかたふきふして[一一]、更にこれに敵する事かなひがたし。しかれ共その天性[一二]逸哲[一三]佯狂[一四]の風あり。命分[一五]はなはだうすく、一[一六]重の紙衣をだに肩にまつたからず。墨染の衣は袖やぶれ、その日を暮すべき糧に乏[一七]し。

此故に学智の功はかさなりながら長老[一八]上人[一九]にもならず、綱位[二〇]の数にもあづからぬ平僧[二一]にて、年月をかさぬるまゝ名利[二二]の心さらに絶がたし。みづからふかくなげきていはく、「了仙よく〳〵、汝学問よくつとめて才智あり。心ざしよこしまなく、名は世に聞えながら、いかに身ひとつを過わび、一寺[二三]の主ともならざるや」と。又[二四]みづから解していはく、「安然[二五]は堂の軒に飢て桓舜[二六]は神の社にいのりし、これ道義[二七]の不足ならんや。役[二八]の小角は豆州にながされ覚鑁[二九]は根来にくるしみし、これ行徳[三〇]のをろそかなるにあらず。教因[三一]は僧戸封禄ありて安海[三二]は綱位にいたらざりし、これ智と愚

頼するという文学的なテーマを、増上慢によって魔道の天狗道へ堕ちるという人間性の問題へと改変した。

一 極度の貧しさ。「貧窮 びんぐう」（大全）。 二「釈氏」の略。僧侶のこと。 三 播磨国の南東部、現在の兵庫県加古川市と高砂市。加古川の下流に当たり、播州平野の中心地。 四「草堂 イカニモソサウナル草ブキノ堂也」（謡抄・仏原）。 五 →二二九頁注一六。 六 仏書と世俗の書と。「内典 ナイデン」「外典〈儒道也〉」（合類）。 七 さらに手を広げて神道と歌道も修学し。 八 仏教語。広く知識のあること。 九 学問修養のために各地から僧侶の集ってくる寺。 一〇 仏教語。意義を論ずること。 一一 意見に承服して頭をたれる。 一二「天性 うまれつき」（大全）。 一三「一徹」の当て字か。「一徹」は自分の思いどおりに押し通そうとすること。 一四 狂気じみたところがある。「佯狂」は正しくは「佯狂 ヤウキヤウ」（合類）。 一五 めぐりあわせ、運命。 一六 夜具に代用する紙衣一重も満足に肩を覆う品が買えない。「紙衣」は和紙を揉んで作った質素な衣服。「紙衣 かみこ」（和漢通用集）、「紙衣 かみぎぬ」（大全）。 一七 こと欠いている。形容詞シク活用の「ともし」を「ともしい」と音便化したのち、さらに文語化した「ともしし」という形容詞。 一八 修行を積んだ高僧の尊称。「肇法師ノ云、内ニ智徳有リテ尊ブ可シ。故ニ長老ト名ク。恩法師ノ云、長者老人ノ徳有ルヲ長老ト名ク」（釈氏要覧一）。 一九 学徳を兼備した僧侶の尊称。「古師ノ云、内ニ智徳有リ、外ニ勝行有テ、人ノ上ニ在ルヲ上人ト名ク」（同）。「上人ト云フハ、心ノ内

との故ならず。沙弥[三三]はあたゝかに衣[三四]て飽までくらひ、主恩[三五]は飢寒にせまりぬ。これ才能の不敏[三六]なるによらんや。これすでに過去世[三七]の因縁なり。儒には天命[三八]といふ。了仙不幸にして、此そしりをうく。なんぞ因果の理にまよふて、みだりに名利をもとめんや」とて、みづから問答して、心をなぐさみけり。され共学智に慢心あり。人のをのれを用ひざる事をいきどをる思ひむねにふさがり、天文[三九]の末の年鎌倉にして病死しければ、光明寺[四〇]のかたはらにうづみたり。

所化[四一]の伴頭[四二]栄俊といふものは、学問の友として、久しく断金[四三]のちぎりをいたせしが、あるとき藤沢辺に出ける道にして、了仙に行合たり。漆塗の手輿[四四]にのり、白[四五]丁八人にかゝせ、曲彔[四六]・びかう[四七]・朱傘[四八]おなじく白丁にもたせ、同宿[四九]七八人うるはしく出立、雑色[五〇]に先をはらはせ、ざゞめき[五一]来るよそほひ、往昔[五二]に替りて、魏々[五三]堂々たる事、ひとへに国師[五四]・僧正の儀式に似たり。了仙は九条[五五]の袈裟に、座具[五六]取そへて、身にまとひ、檜扇さし出し、「和僧[五七]は栄俊ならずや」とて、輿よりおり下り、手をとり涙をながして昔今の物語す。栄俊いひけるは、「君と別れ隔たる事、わづかに半年ばかりのあひだに、よくみづから綱位たかく青雲[五八]の上にのぼり、封禄あつく朱[五九]門のうちにまじはり、衣服・袈裟の花やかなる出たち、手輿・同宿のさかんなるありさま、まことに学智ひいでたるところ心ざしを遂る時也。僧法師の本意はこゝに

ニ智恵才徳アリテ、外ニハ、スグレタル行体アルヲ云フ也」(謡抄・西行桜)。二〇 僧尼に関する国政を統轄するための令外の官。「僧綱」ともいい、僧正、僧都、律師、法印、法眼、法橋などがあり、さらに大中小に分れる。律令の制崩壊後は、僧侶の階層として存続し現在に至る。二一 「ヘイソゥ すなわち、ヨノツネノシュッケ 位のない、普通の僧侶」(日葡)。二二 世間的な名声と利益。二三 その日その日の暮らしを立てることにも困り。二四 自らの疑問に自分で解答を考えて。二五 平安前期の天台宗の学匠。天台密教を大成し五大院先徳と呼ばれたが、その伝記に定まらない部分があって、「堂の軒に飢て」の詳細も不明。「安然和尚、天下ノ智者、猶業貧ニシテ餓死セラレケリト云ヘリ」(雑談集五)が近い。二六 平安中期の延暦寺で、山中の四傑と呼ばれた学僧。「神の社にいのりし」は福徳を日吉山王に祈り、さらに稲荷大社に祈って霊験を蒙ったこと(古今著聞集一、沙石集一、元亨釈書五など)。二七 人として守るべき正しいすじ道。二八 大和・奈良時代の山岳宗教者。奈良県の葛城山に住み、呪術をもって世評を高くし、後に修験道の祖と仰がれるに至る。文武天皇三年(六九九)に讒言により伊豆に流された。二九 平安時代後期の真言宗の僧侶。高野山伝法院にあったが、山徒の排斥にあい、根来寺に移り、その地で没した(密厳上人行状記・下)。三〇 修行によって得た能力。三一 伝未詳。三二 平安後期の延暦寺の学僧。「綱位にいたらざりし」については不明。秀才の評判を専らにしながら若死した。三三 仏道修行中の僧侶。三四 「衣

極まれり。うら山しくこそ」といふ。了仙こたへていはく、「吾今一職をうけてつとめおこなふ。さらに隠すべきにあらず。その形勢見せたてまつらん。こなたへおはせよ」とて光明寺の堂に行いたる。人さらに見とがむる事なし。夜すでに後夜にをよぶ。了仙かたりけるは、「我つねに慢心あり。然れども更に非道をなさず。平生貧賤なる事をうらみ、いきどをりて、因果の理としりながら、これにまどへるをもつて、死して天狗道におち、学頭の職にえらばれ、文をつゞり、書をかんがへて、

キル」(字集)。三五 平安中期の興福寺の学僧。筑前博多に流謫されたことがあり、「飢寒にせまりぬ」はそれを指すか。三六「不敏 フビン〈曰レ鈍〉」(合類)。三七 前世の行いに発するところ。三八 天の授ける運命。「天命 天命ハ天ヨリ下知スル義也」(謡抄・舟弁慶)。三九 天文二十四年(一五五五)。四〇 →一九二頁注三。四一 いまだ修行中の僧。「所化 ショケ」(合類)。四二 一類の中で頭だつ者。「伴頭 バントウ」(書言字考)。四三 諺。「断金の契と云言(コト)、友の互にねんごろなるにたとふ」(世話支那草・中)。四四「腰輿 ヨウヨ〈手輿(タゴ)也〉」(合類)。四五 貴人の出行に供奉して諸用を弁ずる下人。糊の利いた白地の狩衣を着用した。四六 僧侶の用いる、背もたれ、肘かけの付いた椅子。四七 僧侶が儀式に用いる、つま先の反った靴。「鼻高 びかう〈履也或作二鼻広一〉」(大全)。四八 柄八尺、大きさ三尺二寸の朱塗りの日除け傘。「これは殿上人、神祇の人もつはら用ゆ。しろき袋にいれて供奉の人これを持。但し僧徒もこれを用ゆ」(万金産業袋一)。四九 同じ僧房に住む仲間。「同宿 どうじゆく」(大全)。五〇 使い走りや雑用をもっぱらとする下人。五一 活気にあふれ華やいで見える。五二「曩時 ナウジ〈又曩日ト曰、往昔(ムカシ)也〉」(合類)。五三 あたりを払って威厳のあるさま。巍々蕩々。「巍々堂々 ギギタウタウ」(広本節用集)。「魏々堂々」は「巍々堂々」が正しく、「堂々」は清音。あるいは「巍々蕩々」の当て字か。「ギギタゥタゥニゴザル それは壮大華麗で豪奢である。たとえば、きらびやかに着飾った軍勢が整列している、な

その義理をあきらめ、つたゆ。わが天狗(てんぐ)道(だう)は五魔道(まだう)なりといへども六鬼神(きしん)に横道(わうだう)なきが故に、人をえらび七器量(きりやう)によりて、その職(しよく)をつかさどらしむ。人間はたゞ八賄(まいなひ)をもつてひいきをなし、九追従軽薄(ついせうけいはく)のものをよしとおもひ、一〇外の形(かた)ちを用ひて、内をしらず、人のほむるを用ひて、其才能(のう)をいはず。是(これ)によりて公家も武家も出家もおなじく一一追(つい)従軽薄(しやうけいはく)一二奸曲佞邪(かんきよくねいじや)をもつて官位奉禄(くはんゐほうろく)に飽満(あきみち)て、よき人はみなその道の正しきを守る。此故(このゆゑ)に人をへつらはず軽薄なし。こゝをもつて、ながくうづもれて、世に出ず。

ど」(日葡)。 五四 国師とか僧正と呼ばれる高僧。「国師」は天子の師となる僧。 五五 布九幅を横につづって作る袈裟。比丘(僧侶)の常備すべき六物の一。儀式に着用する。 五六 同じく比丘六物の一。礼拝のとき用いる敷物。 五七 →二四五頁注三一。 五八 青空。また、朝廷における高位高官。 五九 門を朱塗りにした高貴な人々。

以上三〇一頁

一「形勢 アリサマ」(合類)。 二 夜間を初・中・後に三分したその第三。「初夜ハ戌ノ刻。後夜ハ寅ノ刻也」(謡抄・実盛)。 三 驕慢や偏執のままに死んだ者が堕ちる世界。「天狗と云事、聖教のたしかなる文見えず。先徳魔鬼と釈せる。これは日本の人の云ならはしたる計也。只鬼の類にこそ」(沙石集八上・天狗の人に真言教ゆる事)。 四 調べさせる。「勘 カンガフ」(書言字考)。 五 天魔、邪鬼の世界。また天狗を「魔」とも呼ぶ。「聖教ノ中ニ天狗ト云ハ魔王所部ノ従類也。…天狗共、天狐共書テ通ヒ用也」(塵添壒囊鈔十三・天狗名目事)。 六 諺。神はけっしてよこしまな行いをしない。「キシン」(日葡)。 七「キリャウ 優雅。また、良い性質、すぐれた才能」(同)。 八 賄賂。 九「ツイショウ おべっか、あるいは、ご機嫌取り」

絵 栄俊、藤沢の辺りで盛大な行列の了仙に出会う場面。右頁、行列を見つめる栄俊(右端)。行列は先頭に挟箱持ち、肩衣(かたぎぬ)、袴姿の警護の武士、同宿の僧など。左頁、白丁に舁かせた輿に乗る了仙。簾は巻き上げてあるが、顔は見えない。後ろに傘や曲彔を持った布衣の従者。山に鹿。

麒[一]麟はいたづらに糞車[二]をかけられて、草水[三]に飢渇え、駑馬[四]は時をえて豆粥[五]に飽たり。鳳皇[六]は枳[七]の中にすみて鵄梟は蘭菊[八]の間にさえづる。こゝをもつて、公家も武家も出家も賢者は、頸やせて髪かれつゝ、溝瀆[九]のほそみぞにころび死すれ共知人なく、愚[一〇]人奸曲の輩[一一]は、世にあらはれて時めく也。これより風俗あしくなりて、おさまれるときは少なく、乱るゝ日はおほし。わが天狗道はたゞよくその器量をえらび、その職をあてがふに、あやまらず。をよそ世の人貴賤をいはず少も慢心ある者はみな死して魔道に来る。その中に、君に不忠あり、親に不孝するものは必らず大きなる責をうけ、善をつみ徳をほどこせしものは、みなそのさいわひをかうふる。輪廻因果のことはり皆いつはりならず。天子公卿武士出家世に名をしられたる輩、わが道に入てあるひは大将となり、あるひは眷属[一二]となり、世の人の心だてによりて或は障碍[一三]をなし、あるひは守護をなす。それ太上は徳をたて、その次は功をたつ。その次は言をたつ。これ死して久しけれ共、くちずといへり。我は徳もなく功もなし。こゝに論場に言を立しも、今すでになきがごとし。その慢心のむくひを見たまへ」とて、堂[一四]の庭に飛出たるすがたを見れば、つばさあり、はなたかく、まなこより光りか[一五]ゝやき、すさまじきかたちに変ぜし所に、虚[一六]より、鉄の釜[一七]ふり〳〵とおちて、其中に熱鉄[一八]の湯わきかへる。それにつゞきて法師一人くだり、銚子に熱鉄の湯をも

(日葡)。「軽薄」も同じ。「追従　ツイセウ〈軽薄也〉」(合類)。一〇 上辺だけを重視して。一一「奸曲　かんきよく〈心の不直也〉」(和漢通用集)。一二 へつらいの気持とよこしまな考え。

一 駿馬。また、鳳凰とともに、理想の政治が行われる聖代に出現するという想像上の動物。ここは、出現した麒麟に末世の者が気づかないことをいう。
二 肥桶を運ぶ荷車。
三 草と水さえ十分に与えられず。駿馬の飼料は粟と大豆。
四 「駑馬　ヌソムマ　ドバ」(合類)。「麒麟」との対比は、諺の「麒麟も老ぬれば駑馬におとる」による。
五 豆の入った粥。
六 聖代に出現する鳳凰は梧桐以外には止まらない。「鳳皇」は了意の書きぐせ。
七 「枳　カラタチ」(合類)。カラタチは棘が多く、快適な住まいではない。
八 「蘭モ菊モ芳キ草ナリ。狐蔵ニ蘭菊叢ニ白楽天ガ詩也」(謡抄・短冊忠度)。
九 みぞ。
一〇 「愚人　グニン」(合類)。
一一 「輩　トモガラ」(同)。
一二 配下の者、部下。
一三 「シャウゲヲナス　障害になる。あるいは、阻止する、または、邪魔する」(日葡)。
一四 原話に、以下の天狗の姿で熱鉄の湯を呑んで焼け失せる場面はなく、遺稿の出版を依頼して姿を消す。
一五 清音。
一六 「其のちそらより足ある釜ふり〳〵とし

りいれ、盃(さかづき)にいれて了仙(れうせん)にわたす。了仙おそれたるけしきにて、これをのみいるゝに、一九蔵府(ざうふ)もえ出て下に焼くだり、地にまろびてうせにければ、堂にありし白丁も同宿もみなきえうせて、夜はほの〴〵とあけ渡れば、光明寺中の堂にはあらで、二〇榎(え)の島の浜(はま)おもてに栄俊(えいしゆん)一人座したり。それより帰りて仏事いとなみ、道心ふかく、後世をおそれ、諸国行脚(あんぎや)してぼだひ心をいのりけり。

ておつ。…ごくそつのやうなる物おち下りて、かまの中にあかゞねのゆのわけるを、てうしにくみ入て、かはらけにてをしまはし、僧どもにのましむ。じゆつなげなる気色ながらみなのみて、やがて身やけてうせぬ」(沙石集八上・天狗の人に真言教ゆる事)。「虚 ヲヽソラ」(字集)。

一七 ゆらりゆらりと揺れながら。

一八 「ネッテッ 火の中で真赤になっている鉄」(日葡)。

一九 「臓腑」の当て字。内臓。

二〇 江の島。神奈川県藤沢市。「江島 エノシマ〈相州鎌倉郡。本字江野島 太平記 作二榎島一〉」(書言字考)。

絵 天狗に変身した了仙が熱鉄の湯を飲まされる場面。釜にあふれる熱鉄。それを長柄の銚子に汲んで了仙の盃に注ぐ法師。了仙は天狗の形相で羽が生える。建物には蔀(しとみ)。縁上で見つめる栄俊。

伽婢子巻之十終

伽婢子　巻之十一

（一）隠里

[一]播州印南といふ所に、内海又五郎とて武芸をたしなみ、弓馬の道に[二]稽古の[三]功をかさね、しかもそのこゝろ根きはめて[四]不敵ものなり。ある時おもふやう、「片田舎にて世を過さんには、人のため名をしらるゝ事あるべからず。都にのぼり[五]赤松をたのみて、[六]公方にみやづかへたてまつり、[七]世の変にまかせて立身せばや」とおもひ立て京都にのぼりしかば、[八]赤松は身まかりたりと聞ゆ。「さては力なし。[九]後藤掃部が宇治にありといふ、こゝに行て頼まん」と思ひ、あしにまかせて尋ね行。日すでに暮かゝり、道にふみまよひて草原・[一〇]小坂をさしこえ〳〵[一一]栗栖野といふ所に出たり。[一二]烟くらく、雲とぢて雨さへすこしづゝふり出たり。[一三]遠近人に物まうすべき影もみえず、[一四]猿のさけぶ声、かすかにきこえ、[一五]狐のともす火あたりにひらめく。こゝにひとつの堂あり。いにしへ[一六]太元帥の法おこなひける所とて、今も[一七]太元堂と名づく。柱くちて

11–1　剪灯新話三ノ三「申陽洞記」を原話として、足利一族に関係の深い播磨赤松氏を登場させ、京都の伏見を舞台に展開させた。

一 兵庫県加古川市加古川右岸一帯から高砂市にかけての地域。西国往還の要路。「印南 井ナミ」（書言字考・自筆稿本）。
二「キュゥバ ブシノミチ 武道の修練、または、武術」（日葡）。
三「コウ 修練、または、習熟」（同）。「功を積む」とも。
四 大胆不敵な者。
五 中世を通じての播磨最大の豪族。鎌倉末期に台頭し、足利尊氏について一族は播磨・摂津・美作・備前の守護となり勢力を伸ばした。その後満祐が足利義教を暗殺し、滅亡の危機に瀕したが、応仁の乱後（一四六七）復興した。
六 将軍家の呼称。
七 文和（一三五二–五六）頃の尊氏・義詮方と直義・直冬方の南北朝の争乱を背景とするか。
八 赤松則村の嫡男範資は、建武新政に反旗を翻した尊氏に従い、観応元年（一三五〇）赤松家の家督を相続したが、九か月後の観応二年四月八日京都七条の赤松邸で急死している。原話での父の友人の死に照応するか。
九 未詳。文和四年の畿内における合戦で、北朝方に播磨国の住人後藤三郎左衛門尉基明という強弓の武士の名が見える（太平記三十二・神内合戦事）。また同書には、内海十郎範秀という人物も登場する。同三十三・京軍事には尾張左衛門佐の五勇士の一人に後藤掃部助という武将がいるが、播磨との関係は見出せない。
一〇 ちょっと傾いた坂の道。「こさかのみち」（鸚鵡抄六十二）。
一一 京都市山科区。勧修寺の北西、山科川と安祥寺川との間の地域。醍醐への往還路

垣かたふき、木の葉ちりつもり、軒破れ、まことに物すご[一]き所なれども、行さきもさだかならず、立かへるべき道もおぼえねば、堂のえん[二]にあがりて夜をあかす。

亥の[三]刻ばかりに、東の山際より松明[四]ともして、人おほく来る。漸々[五]に近づきつゝ太元堂にむかひてあゆみよる。又五郎おもふやう、「かゝる所へ夜ふけて来るものはばけものなるべし。然らずは盗人ならん」と、あやしみ、ひそかに天井にのぼり、いきをしづめて居たりければ、廿人ばかりざゝ[六]めきて、堂にのぼり火をたてたり。

があった。一三 霧が立ちこめ。原話に「煙昏(らく)ク」。一三 その人になじみのない、あちこちの他郷の人。「ヲチコチビト」(日葡)。「うちわたすをち方人に物まうすわれそのそこにしろくさけるはなにの花ぞも」(古今集・雑体・旋頭歌・読人知らず)。一四 原話に「猿啼ク、遠近黯然トシテ」。一五 狐火。山野に発する怪しい火。「燐火 キツネビ、ヲニビ」(書言字考)。一六 山城国小栗栖に棄子であった常暁が承和元年(八三四)頃入唐し伝えた秘法(元亨釈書和解三・釈常暁)。玉体安穏や請雨のための秘法で、法琳寺に伝え、のち醍醐寺理性院に継承された。正月八日より十七日間勤修(ごんしゅ)され、大和国秋篠寺の御香水が用いられた。一七 京都市伏見区小栗栖北谷町にあった法琳寺(正徳頃は廃寺か)。かつて太元帥秘法を行なった場所。「むかし山城国の小栗栖に棄子のありしが…入唐して真言密教の奥義をあきめ阿闍梨位にのぼる。常暁阿闍梨と号す。帰朝して小栗栖にかへり、法琳寺を立て太元帥の法をおこなふ。猶今も太元堂とてこれあり」(出来斎京土産七・小栗栖)。

以上三〇七頁

一 「モノスゴイ 深くて人気のない山林などのように、淋しくて恐ろしい(こと)」(日葡)。
二 縁側。原話に「廡下ニ憩テ」。「廡 ノキ」(字集)。
三 午後十時頃。
四 「松明 タイマツ」(合類)。
五 次第に。「漸々 ゼンぐ」(同)。
六 大勢で騒がしいさま。「忩 ざざめく」(大全)。

その中の大将とおぼしくて、花やかに出(いで)たちたるもの、[七]一の座上(ざしやう)にあり。その外の者(もの)、みなをの／＼座したり。鑓(やり)・[八]長刀・弓なんど、手ごとにもちたるをたてならべ、用心(ようじん)したる躰(てい)なり。その皃(かほ)をみれば、[九]みな猿(さる)のたぐひにして、更に人間(にんげん)にあらず。又五郎、「これはうたがひなき、ばけものなり。[一一]一矢射(やい)ばや」とおもひて、携(たづさへ)もちたるゆみとりなをし、[一〇]とがり矢(や)をつがふて[一二]兵(ひやう)どはなつに、あやまたず、上座にありけるもの、[一三]臂(ひぢ)の[一四]かゝりに[一五]したゝかにたちたり。此者(このもの)大(おほき)におどろき、声をあげて、

七 最上位の者の席。「ザシャウ(ザノカミ) 部屋あるいは広間の上座」(日葡)。
八 「長刀 なぎなた」(大全)。大小あって基準は時代により相違。挿絵右端の猿が持つのは大長刀。
九 原話に「貌ハ則チ、皆猳玃(かく)ノ類也」とある。「猳玃」は猪と猿のことであるが、句解注および後出本文より、ここは「獼猴(びこう)」(大猿)に類したもの。
一〇 やじりの先がとがったもの。尖矢、鋒矢。「鍘矢 トカリヤ」(武具訓蒙図彙三)。「鋒矢 トガリヤ」(合類)。
一一 矢を弓の弦に当てること。
一二 「ひやうど」は矢が飛ぶ音の形容。「ヒャウド。または、ヘャウド 副詞。矢が発射される際にびゅうっと鳴るさま」(日葡)。
一三 「臂 ヒヂ」(合類)。
一四 腕の関節で上肘と下肘とのつながった部分。
一五 十分に手ごたえのあるさま。

絵 内海又五郎、栗栖野の太元堂で猿の妖怪に出会う場面。右頁、左から二番目が猿の大将。極端に折った帽(推定)に直垂様の上衣、無紋の袴に履(くつ)という異様な出立。前は松明を持った草摺(くさずり)に脛巾(はばき)の兵士、弓と空穂(うつぼ)を携える。左頁、荒れた堂の縁で身構える向う鉢巻の内海。矢が見える。建物内に半蔀(はじとみ)。

[一]「あらかなし。是(これ)はそもなに事ぞや」といふ[二]ほどこそありけれ、灯火を打(うち)けし、あまたのもの共、[三]ふためき立(たち)て、[四]ちり〳〵ににげうせたり。

物音しづまり跡もみえざりければ、夜の明(あく)るを待(まち)て、あたりをみるに、血(ち)こぼれて引(ひき)たり。又五郎、「行(ゆく)すゑを見とゞけばや」とおもひ、[五]跡をとめて南のかた山をめぐり、西をさして行ければ、大なるあなの[六]はたにしてとゞまる。いよ〳〵あやしみ、[七]かなたこなたせしあひだに、[八]こよひすこし降(ふり)たるに土(つち)すべりて踏(ふみ)はづし、あな

一 驚きや恐怖などを表す嘆声。
二 言う間もなく。「あればこそ」と同意。
三 うろたえ出すこと。「フタメク 急ぎあわてている、あるいは、せかせかと焦っている」(日葡)。
四 「チリヂリ 副詞。あちらこちら方々へ散らばるさま」(日葡)。
五 跡を追って探し求めること。「躡レ蹤 アトヲトムル」(書言字考)。
六 「ハタ 一般に物の縁・へりを言う」(日葡)。
七 あちこち歩き回る。
八 宵に雨が少し降って濡れていたので。原話は「草根柔滑」。

のうちに落入(おちいり)たり。底深く岸[九]たかうしてあがるべきたよりなし。いとゞ暗(くら)かりければ、「こゝにて死(し)するより外はなし」とかたはらをさぐりみるに、よこにあなあり。しづかにあゆみゆくに、一町ばかりにして明らかなる所に出(いで)たれば、月日のひかり常のごとし。ひとつの窟(いはや)[一〇]に石の門ありて、数十人その門をかためて番(ばん)をつとむ。そのありさまは今夜(こよひ)[一一]太元堂に来(きた)りけるものにたがはず。番の者おどろきとふやう、「何人なればこゝには来(きた)りける」と。又五郎、「これは播州(ばんしう)より此(この)ごろ都にのぼり、

九 井戸などのふち。
一〇 「窟 イハヤ〈石窟〉」(書言字考)。
一一 「今夜 こよひ」(落葉集)。

絵 内海が猿の大将の脈をとっている場面。右頁、廊の上に長袴姿の家来。左頁、茵(しとね)の上に病臥する大将。脇息(きょうそく)に右手を置く。夜着の紋は花柄か。脈をとる内海。格子縞の小袖に括袴(くくりばかま)、脛巾(はばき)。左右に美女。垂髪の女房装束。左の部屋に御簾が巻き上げられる。

[一]医師をもつて身のわざとす。薬をもとめて山に分入侍べりしが、道にふみまよひ思ひがけずあなに落て、こゝに来れり。都に帰るべき道をしめし給へ」といふに、番の者ども聞て、大によろこび、「これはまことに[二]天のあたふる幸也。わが君きのふたま〳〵城を出てあそび給ふ所に、ながれ矢のためにあたりて[三]疵をかうぶり臥給へり。[四]療治して[五]給へ」とて内によび入たり。[六]宮殿いらかをみがき簾かけわたしたるおくにいざなふに、かのあるじくるしげなる声にて、「我たま〳〵出てあそぶ処に、わざはひたちまち身にせまり[七]運かたふきて[八]流矢にあたり、[九]毒気すでに骨にとをり、いたむ事いふはかりなし。命またあやうし。ねがはくはひとつの[一〇]配剤を出して、此病を治し給へ。然らば我二たびよみがへりて、重ねて、たのしみをうくべし。これまことの大恩なり」といふを見れば、[一一]毛はげて、大なる猿なり。いく年経たり共しられず、[一二]老さらばふたる、いとゞくるしげにて[一三]吟臥たり。両のかたはらに二人の美女あり。うつくしさかぎりなし。又五郎立よりて脈をとり疵をなでゝ、「すこしもくるしからず。やがていゆべし。我に[一四]名方の薬あり。これを[一五]服すれば病を治するのみならず、長生不死の[一六]霊薬なれば、命をたもち、よはひをわかやかになし、天地とゝもに久しからん」とて、腰につけたる[一七]火うちぶくろより[一八]丸薬をとり出してあたへ服せしむ。一類みなこれをよろこぶ。こと更に不老不死の薬と聞て、「我ら

一 「医者 クスシ」(合類)。
二 原話に「天也」。
三 「疵 キズ」(合類)。
四 「療治 レウヂ」(書言字考)。
五 下さい。「給 タフ」(同)。
六 「クゥデン 豪華な宮殿」(日葡)。
七 「カタムク …ウンメイガカタムク 幸福や幸運が次第に尽きてなくなっていく」(同)。
八 「流矢 ナガレヤ」(書言字考)。
九 「ドッキ 毒物、または、毒性」(日葡)。
一〇 調合された薬。
一一 毛が禿げるのは老醜のしるし。「むく犬の浅ましく老さらぼひて、毛はげたるをひかせて」「饒(サラボヒ) 荘子やせつまりたる心也」(徒然草文段鈔一五二段)。
一二 「老饒 ヲヒサラバフ」(書言字考)、「饒 サラボフ〈痩(ヤセ)タル也〉」(合類)。
一三 うめき苦しんで臥すこと。「吟 によふ」(大全)。
一四 すぐれた処方。
一五 「服 ぶくする」(大全)。
一六 「レイヤク すなわちキドクナクスリ すぐれた、霊妙な薬、文書語」(日葡)。
一七 火打道具を入れて旅行や軍陣などに携帯した小袋。巾着。
一八 「丸薬 グハンヤク」(書言字考)。

かゝる神仙の人にあふ事まれなり。ねがはくは我らにも給はれかし」といふ。袋をかたふけてわかちあたふ。おほくの猿どももあらそひうばふて、これをのみけり。もとより此薬は鏃[一九]にぬりて獣を射るにかならずたをるといふ大毒なれば、何[二〇]かはたまるべき。しばらくありてみな一[二一]同にたをれふして、血をはき前後をしらず、くるしみける所を、枕もとに立かけたる太刀をとり、かたはしより、きりころしけり。おきあがり立あがらんとすれども毒にあてられてよろめきて、都合[二二]一類大小三十六疋の猿一同にころしつくされたり。

「二人の女房もおなじばけものゝ類なるべし。諸友[二三]に打ころさん」といふに、二人ながら啼ていふやう、「我らはさらに妖魅の類にあらず。一人は醍醐[二四]といふ所の並浦のなにがしがむすめ、今一人は伏見[二五]の里に平田のなにがしといふものゝむすめにて侍べる。思ひもよらずおそろしきものゝためにばかされて[二六]、ふかきあなにしづみまどふ。にげて帰るべき故郷の道もしらず、そのまゝこゝにて死なん事をもとむれどもかなはず。あさましきちくしやうのつかはれもの[二七]となり、六十日ばかりこのかた、夜るとなく、昼となくかなしき物思ひをいたし侍べり。君今これらをころし給ふ。我ら二たび人間[二八]に立かへり、こひしき父母に逢まいらせなば、これぞ大恩の主君なるべし」といふ。又五郎、「すでにばけものは打ころしけれ共、人間に立か

一九 矢の先端について、突き刺さる部分。「鏃 ヤジリ」(合類)。
二〇 どうしてこらえることができようか。
二一 「一同 イチトウ」(合類)。
二二 原話に「猴ヲ戮スルコト大小三十六頭」。
二三 →五六頁注一。
二四 京都市伏見区醍醐。醍醐山・醍醐寺の西方、小栗栖・山科川にかけて開けた地域。
二五 京都市伏見区。かつては貴族の別業地として発達。秀吉の伏見城建設を機に城下町として繁栄したが、元和九年(一六二三)の廃城に伴い衰退。しかし、大坂への船便発着場として交通の要所であった。「深草の南のかた里つゞきなり…今は町々にも主しらぬとぼそおほくあれくづれて草のみしげり、むじなきつねのふしどゝなりたるもあり」(出来斎京土産七・伏見)。
二六 「バカス 悪魔が人をだまして、その人を意のままにし、ある場所から他の場所へ連れて行ったりする」(日葡)。
二七 使役される者。
二八 人間世界。

へるべき道をしらず。いかゞすべき」と案じわづらふ所に、白きしやうぞくにゑぼし着たるおきな十余人いづくより来るともしらずあらはれ出たり。「これは此所に久しくすみ侍べりし者どもなるを、近きころより猿共に住家をうばゝれ、食物・財宝のこりなく押領せられ、身のたゝずみもなくなり、はるかのかたはらにすま居して妻子・孫までも世のうきめをみる事、口おしとは思ひながら、かれらに敵対すべき力なければ時節を待て心をなだめし所に、君のこれらを退治し給ふ。此故に我ら

一 烏帽子。
二 原話に「老父数人」。
三 「住家 スミカ」(書言字考)。
四 「押領 わうりやう〈人の所知を領する也〉」(和漢通用集)。
五 身のおきどころもなく。
六 「すまい」。居住する。「栖居 スマイ〈又云止住〉」(合類)。
七 「ウキメヲミル または、ウキメニワウ 危ない事や難儀にあう」(日葡)。
八 「ヒトノココロヲナダムル 人を和らげる、あるいは、慰撫する」(同)。

二たびこの地のあるじとなり、いにしへのごとくかへり住(すむ)べし。大恩(をん)なに事かこれにまさるべき」とて、手に〳〵黄金をつゝみて、又五郎が前にさしをく。そのかたちも又人にはあらぬくせもの[九]也。目はまろく、口はとがり、ひげとまゆ毛(げ)はいたりて長(なが)し。又五郎いふやう、「なんぢら久しく此地(この)にすみて神通(じんづう)[一〇]ありとみゆ。いかなれば猿(さる)にあざむかれて、すみかをうばゝれたる。さてなんぢらまことは何ものぞ。こゝをばなにといふぞ」とたづねしに、翁(おきな)こたへけるは、「われらは寿(いのち)[一一]五百歳をた

九 正体不明のもの。「怪物 クセモノ」(合類)。
一〇 仏語。人間の能力を超えた不思議な力。天眼通・天耳通・他心通・宿住通・漏尽通・神境通など。「神通 ジンヅウ」(書言字考)。
一一 「寿 イノチ」(字集)。原話に「吾ガ寿止(タ)五百歳、彼已ニ八百歳」。

絵 内海、女達とともに白鼠に乗り、妖猿の栖から脱出する場面。右頁、白鼠に負われた捕われの女達。左頁、同じく先頭を行く内海と謝礼の黄金を銜えた鼠。鼠の穴は草莽の間にあって未詳。

もちて、一たび変ず。かれらは、八百歳をたもちてのちに、一たび変ず。此ゆへに敵対する事かなはず。そも／＼われらはこれ虚星の精霊として、大黒天神の使者也。この所は鼠の住所として、世にかくれ里と名づく。更に人間にむかひて害をなさず、功をつみ行を満て、天上にとびかけり、仙境に出入して自在神通のたのしみにほこる。しかるを猿どもあつまりて年をかさねて悪行をなし、人のむすめをとりて、をのれが心をなぐさみ、物を害し禍をなす。その科あらはれて一類おなじ所にほろび

一 底本振仮名「べん」。
二 「抱朴子ニ猴八百歳ニシテ変ジテ猿ト為(ナ)ル」(新語園八・猿説)。
三 虚宿。星座の二十八宿の一、玄武七宿の第四宿。二十八宿とは黄道に沿って並ぶ二十八の星座で虚星の方角は北で獣は鼠。また命司録を司る。原話に「吾等ハ虚星ノ精」。
四 七福神の一で福徳や財宝を与える神。伝来に諸説あり、梵語摩訶迦羅の訳で仏陀の化身の忿怒神、或いは暗夜神。また、食厨の神として祀られた大黒天など。「をの／＼我をいかなる者とおぼしめす。三国にかくれもなき大黒と云者にて候…使者はねずみなり」(薬師通夜物語)。
五 人目を忍んで住む場所。転じて理想郷、或いは仙境。
六 他動詞下二段活用の「満つ」。達成すること。原話に「功成リ行満テ」。
七 道理に外れた所業。「悪行 アクギヤウ」(書言字考)。
八 「科 トガ」(倭玉篇)。
九 →三二〇頁注六。
一〇 しわざのこと。「所為 シワザ」(合類)。
一一 「豕 ブタ」(合類)。
一二 「野原 のばら」(大全)。
一三 「木幡山」は古くは宇治市の木幡一帯を

たり。天道(てんたう)すでに君が手をかりてころしたまふものなり。天道の所為(わざ)にあらずは、君何としてほろぼし給はん。君しばらく目をとぢ給へ。我ら送りて人間にかへしまいらせん」といふ。

又五郎目をふさぎければ、女二人と又五郎を、うしろにかきをひ道にすゝめば、雨風あらく、こゑさはがしくきこえて、目をひらくに、ひとつの白き大鼠そのほか十四五ばかりのねずみ、大(おほき)さ豕(ぶた)のごとし。地を掘(ほり)あなを穿(うがち)て、野ばらに出(いで)たり。道ゆく人に、「こゝはいづくぞ」ととへば、「木幡(こはた)山のふもと也」といふ。二人のむすめを親のもとに送り返(かへ)せば、親大(おほき)によろこびて、又五郎を両家の聟(むこ)とす。又五郎それより武門の望(のぞみ)をはなれ富祐安穏(ふゆうあんをん)の身となりぬ。後に又木幡山の野はづれを尋ぬるに、かへり出(いで)たるあなは跡もなく松茅(かや)しげり、草むらとぢたるばかり也。又五郎は後つゐに子もなく、その行(ゆき)がたをしらず。

(一一) 土佐(とさ)の国狗神(いぬかみ)付金蚕(きんさん)

土佐国畑(はた)といふ所には、その土民(どみん)数代(すだい)つたはりて、狗神といふものを持(もち)たり。狗神もちたる人もし他所に行て他人の小袖・財宝・道具すべて何にても狗神の主(あるじ)それを欲(ほし)く思ひ望む心あれば、狗神すなはち、その財宝・道具の主につきて、たゝりを

指し、後に西方の伏見山一帯をも含む。別称に「松原山」、或いは伏見城廃城後の「古城山」「桃山」など。歌枕。京、宇治間の難所。「木幡山は伏見の東なり」(出来斎京土産七・木幡)。

一四 「安穏 アンヲン」(合類)。

一五 「ユキガタ 人が向かって行った方向、または、人の姿が消えて行った方」(日葡)。

11-2 前半に、我が国憑物の例としての犬神の民間伝承を配し、後半に、本草綱目四十二・金蚕収載「蔡條叢話」や、ほぼ同内容の部分を有する五朝小説の鉄囲山叢談「金蚕毒始蜀中云々」の話とを結びつけて、蠱虫(まじもの)をテーマに一話を構想した。

一六 犬の霊の憑物、または、それを用いた妖術。「醍醐随筆云、四国あたりに犬神といふ事あり。犬神をもちたる人、たれにてもにくしとおもへば、件の犬神忽ちつきて身心悩乱して病をうけ、もしは死するといふ」(嬉遊笑覧八・方術)。「備後安芸周防長門ノ賤民、犬神ト云外道ノ神ヲ持テ少ノ恨アレバ犬神ヲ人ニ属(ツク)ル」(本朝故事因縁集三・中国犬神)。

一七 高知県幡多(はた)郡。

一八 土着の民。百姓。「土民 どみん」(大全)。

一九 「欲 ホシ、」(合類)。

絵 金蚕の病にかかった人に黄金などの宝を与えて病気を回復させる場面。縁取の茵の上に立膝をして起きあがる憔悴しきった病人。その前に大盤に盛った黄金、錦、釵の入った箱。右に根結いの下げ髪の女。左は宝を拾ってきた人。建物の引違い戸はまいら戸風。

なし、大熱懊悩(ねつあうなう)[一]せしめ胸腹をいたむ事錐(きり)[二]にて刺(さす)がごとく、刀にてきるに似たり。此(この)病(やまひ)をうけては、かの狗神の主を尋ねもとめて、何にても、そのほしがるものをあたふれば、やまひいゆる也。さもなければ久しく病(やみ)ふせりて、つゐには死(し)すとかや。中比(なかごろ)[三]の国守(くにのかみ)此事を聞て畑(はた)一郷(がう)のめぐりに垣結(かきゆひ)[四]まはし、男女一人も残さず焼ごみ[五]にして、ころし[六]たまふ。それより狗神絶(たえ)たりしが、又この里の一族(ぞく)のこりて狗神これにつたはりて、今もこれありといふ。その狗神もちたる主、死する時は、家をつぐべきものにうつるを傍(そば)にある人は見ると也。大(おほき)さ米粒(こめつぶ)ほどの狗也。白黒あか斑(まだら)の色〳〵あり。死(し)する人の身をはなれて、家をつぐ人のふところに飛入(とびいる)といへり。狗神もちたる人もみづから物うきことに思へども力なき[七]持病(ぢびやう)なり。異国(いこく)にも閩広(みんくわう)[八]といふ所には蠱(まじ)[九]もの咀(のろひ)おとづる事おほく取あつかふといへり。国人(くにうど)[一〇]に金蚕(きんさん)[一一]といふ持病(ぢびやう)もちたる人これを他人にをくりうつす事あり。黄金(わうごん)[一二]と錦(にしき)と釵(かんざし)のたぐひ、其外(そのほか)さま〴〵重宝(てうほう)のものを道の左(ひだり)にすてをく。是(これ)をひろひて家にかへれば金蚕(きんさん)の病うつりわたるといへり。その形は蚕(かいこ)[一三]にして色は黄金のごとし。人にとりつきぬれば、初は二三ばかり漸々(ぜんぜん)[一四]におほくなり、家の内にふさがり[一五]、身をせむる。うちころしてもさらにつきず。ひろひたる黄金・錦など、こと〴〵く尽(つき)はてゝ後に病少(すこし)づゝ愈(いゆ)といへり。

一 煩悶させること。 二「錐 キリ」(合類)。 三 中古の頃。「中比 ナカゴロ」(易林本)。天正二年(一五七四)、一条氏を滅ぼして、翌年土佐国を統一した長宗我部(ちようそかべ)元親の代を指すか。 四「ユイマワシ 周囲にぐるりと結びからめる、あるいは、結びつける。カキヲユイマワス 塀や垣などを作る」(日葡)。 五 大勢を取り込めて焼き殺す意か。 六「長曾我部氏の治世に犬神持を吟味して死刑に行ない家を絶したが、その子孫稀(まれ)に存し…」(柳田国男「巫女考」)。 七 どうにかしようと思っても受け入れざるを得ないこと。 八 中国の湖広(湖南・湖北省の古名)、閩粤(びんえつ=福建省)の略称か。「金蚕ノ毒、蜀中ニ始マリ、近ク湖広、閩粤ニ及ンデ浸(ますます)多シ」(鉄囲山叢談。本草綱目引用文もほぼ同文)。また、五朝小説の虚谷間抄「池州進士鄒閬…」に「金蚕ノ蠱者ハ是ナリ、閩広ヨリ始マリ近ゴロ吾郷ニ至ル」。 九 神霊に祈って人に呪いをかけること。または、人を惑わす毒や魔。「蠱 マシモノ〈曰レ毒〉」(合類)。「咀 ノロウ」(字集)。 一〇「クニゥド その国土着の人々」(日葡)。 一一 毒虫の名。本草綱目四十二記載釈名には「食錦虫」とあり、錦を食べる虫とされる。同書記載説話では、この虫は腹中に入り、人の胃腸をかみ砕く尸虫(しちゆう)ともなる。 一二「人有リテ或ヒハ舍去スル則(とき)ンバ之(これ)ヲ金蚕ヲ嫁スト謂フ。率(おほむ)ネ黄金・釵器・錦段ヲ以テ道ノ左ニ置キ、他人ヲシテ得セシム」(鉄囲山叢談)。「舎去」は捨てる、「嫁」は転嫁する。「錦段」は錦の緞子(どんす)の意か。黄金以下の器物、「道の左」という表現は本草綱目にない。 一三「状(かたち)ハ蚕ノ

（三）　易生契

[一六]肥前の国松浦郡、松浦の里に、豊田孫吉といふものあり。いまだわかくして父母にをくれ妻もなくて、ひとりすみけり。その家まづしからず、いとけなき時より[一七]耕作・商売のいとなみをもせさせず、もとよりたゞひとり子也ければ、親ことさらにいとおしみて儒学のかたはしに心をかたふけ、[一八]講席にもつらなるをもつて[一九]所作とし侍べらしむ。

ある夕暮に門に出て見ゐたれば、かたちいやしからぬ女子一人みなみの方より出来る。年のほど十六七とみゆ。色よき[二〇]小袖をかさねたるにはあらねど、すがたかたちは人にすぐれてみゆ。豊田はしり出て[二一]袖をひかへ、とかく[二二]かたらひければ、女は[二三]岩木ならぬ身の、いなとはいはじ[二四]いなぶねの、さすがにかゝる[二五]なみまくら、[二六]ならぶる袖をかたしきつゝ、夜もすがらかたらひ、[二七]わりなくちぎりて、明がたになりければ、なごりつきせず女はおきわかれてかへりぬ。日くれければ、女又来れり。豊田、[二八]「その家はいづくぞ。親はたれ人ぞ」ととふに、[二九]更にさだかにもこたへず。しゐてたづぬれば、「[三〇]みづからつねに、[三一]褐色の衣に蔦の[三二]から草染たる小袖なれば、褐子とも蔦子とも名をばよび給へかし」とてうちわらへば、豊田、「さてはこれよしある

如クニシテ、金色ナリ」（本草綱目四十一・金蚕・蔡絛叢話）。一四 →三〇八頁注五。一五「ふさぐ」の自動詞。いっぱいになる。

11-3 剪灯新話四ノ五「緑衣人伝」を原話に、松浦佐用姫の伝承で名高い肥前松浦を背景として狂歌を交えながら翻案する。

一六 松浦郡は玄界灘に面した九州西北部の佐賀・長崎両県にまたがる広域地。「松浦マツラ」（合類）。「松浦の里」とは、佐賀県東松浦郡浜玉町で松浦潟に注ぐ玉島川（古称松浦川）や、同県唐津市で海に注ぐ松浦（まつうら）川流域を指すか。一七 農業や商業など常人の生業には従事させないで。一八 講義の席。一九 日課。二〇 常服。袖口が狭い絹製の表着。二一 袖を引きとめて。「ヒカユル 引き留める、または、制する」（日葡）。二二 言い寄ること。二三 岩や木のような非情の身でなく。「さすがに」としばしば呼応。「いはき ものに動（うご）ぜぬ心也」（匠材集一）。二四 稲を積んだ舟で、最上川のそれが名高い。歌語。「否（いな）」を導くことが多い。「もがみ川のぼれば下るいな舟のいなにはあらずこの月ばかり」（古今集・東歌）。「イナブネ」（日葡）。二五「稲舟」の縁語である「波枕」に「枕」を掛け、「枕並ぶる」「並ぶる袖」と続く。二六 男女が共寝すること。二七 とても深く愛しあって。二八 そなたの。二九 一向に。三〇 一人称の自称。多く高貴な女性が使う。三一 濃い藍色。かちんいろ。かついろ。「褐（カチ）衣トカケリ ヨクコクソメツレハ黒クナレル色ヲイヘル也 藍ヨリモアヲキ色トイヘルモコレニヤ」（名語記四）。三二 葡萄、忍冬（すいかづら）などの蔓や葉のからみ合うさまを連ねた図案。唐草模様。

家にめしつかはるゝ女の暮な〳〵ひそかに出て来るならん。此事もしあらはれ侍べらば、ゆゝしきとがめもいかなるべしや」と思ひてさらにもたづね認ず。いよ〳〵むつまじく、ひよくれんりのちぎり、あさからず。

ある夜豊田酒に酔てたはふれていふやう、「ありのまゝに、そのすみどころをかたり給はざらんには、心まだとけずとぞおもはん。われはかくこそ思ひ侍べれ」とて、

一 原話句解の「暮暮(イフナ)ニ来ル」の読みに従ったもの。
二 ひどいお咎めもさぞかしであろうと。
三 「認(むと)」は、さがし求めること。ここはその否定。「認 トムル」(下学集)。
四 男女の仲睦まじいこと。「睦 ムツマジ」(合類)。
五 「比翼連理 ヒヨクレンリ」(広本節用集)。
六 原話に「一夕(アルユフクレ)ニ、源、酒ニ被(アエ)テ戯レニ」。
七 「スミドコロ 住む所、あるいは、すまい」(日葡)。
八 手枕の上にあなたの朝の髪の毛はすっかり乱れていますが、その実あなたの心は解けていませんね。「朝寝髪」は、朝起きたままの乱れ髪。題林愚抄・恋一・乍臥無実恋・西住法師(千載集・恋二)に下句「したにとけずと人はしらじな」。
九 手枕を交わし合う程深い契りなのに、私の心はまだ解けてないと考えてあなたは気持が晴れないのですね。類歌「手枕をかはすばかりのちぎりにも猶とけがたきよはのした紐」(題林愚抄・恋一・来不遇恋・藤原道経〈続拾遺集・恋三〉)。「下紐」は歌語。
一〇 自称の代名詞。 一一 原話に「児ハ実ニ今ノ世ノ人(ヒト)ニアラズ」。
一二 「たぶらかし」の転。 一三 前世からの定まった縁。「宿世 スクセ〈前世義同〉」(書言字考)。原話に「夙縁」。→四八頁注五。
一四 未詳。中世期の松浦荘は松浦党の支配下にあり、南北朝期には最終的に足利方に属した。豊後守護職大友氏も南北朝期には足利方に属し、九代目親世(ちかよ)(?―一四一八)は九州奉行職をも勤めた。二十一代目義鎮(よしし

八手枕のうへにみだるゝあさねがみしたには人の心とけずも

といひければ、女かぎりなく、うらみたるけしきにて、かくぞ返ししける、

　九手枕をかはすちぎりにしたひものとけずと君がむすぼゝれつゝ

「今は何をかかくし侍べらん。君とみづからは一〇いにしへよりよくしる事侍べり。しからずば、いかにかくなさけふかく契り侍べらむ。一一まことは我は今の世の人にはあらず。君がため、更に一二たぶろかしまいらするものにも侍べらず。一三すぐせの縁(えん)ふかき故(ゆゑ)ぞや。昔この松浦の里に、一四大友(とも)左衛門佐なにがしとてゆゝしき一五武勇(ぶよう)の大名(みやう)おはしき。みづからは一六杵島郡(きしまの)のものにて、一七よく歌うたひ一八碁(ご)うつ事を得て、人さらにみづからに勝(かつ)ものなし。此故(このゆゑ)に十七歳のころ一九めされて左衛門佐殿につかへまいらせ、朝なゆふなそばをはなれずて二〇うあひあさからず。其時(そのとき)は君またその家の二一小姓(こしやう)にて、ちかくめしつかはれ給ひしに、容皃(かほかたち)うるはしかりければ、みづから思ひをかけ、心を通はし侍べり。かくてみづからあまりにたへかねつゝ、ある日のくれがた二二灯(ともしび)いまだとらざる、二三くらまぎれに、

　二四よそながらめにはかゝれどあまぐものへだつる中にふるなみだかな

とかきて、二五君がたもとになげ入(いれ)しかば、そのつぎの日の夕ぐれに、君また、

　二六よそにのみ嶺(みね)のしら雲きえかへりたえずこゝろにふるなみだかな

一五三〇―八七)法名宗麟は、永禄二年(一五五九)、肥前を含め九州六か国の守護職となり、大友記・元就文司之城責事付立石原合戦事には「大友佐衛門佐」と記される(正しくは「左衛門督」〈寛政重修諸家譜一一四他〉)。義鎮とすると、本話の年代設定にそぐわないが、これらの大友支配を背景としたものか。一五「武勇　フヨウ」(塵芥)。「武勇　ブヨウ」(饅頭屋本)。一六肥前国。佐賀県南西部の杵島郡白石町・江北町・有明町等の地域。有明海に面した水田地帯。一七和歌の嗜みが深く。一八囲碁を嗜むこと。原話に「奕棊(えき)ヲ善クス」。一九原話に「棊童」として召され、碁の相手を勧めたとする。二〇「寵愛　チヨウアイ」(合類)。二一「小姓　こしやう」(大全)。二二薄暮、夕刻のさま。二三「クラマギレニ　暗がりで、または、闇に包まれてこっそりと」(日葡)。二四遠くからお姿は拝見していますが、二人の中は雨雲に隔てられ、悲しみの涙が降っています。題林愚抄・恋一・見恋・前内大臣公忠公(永徳御百首)に五句「ゆく月日かな」。二五原話での器物の交換を和歌に改変した。二六遠くから眺めるほかない山の嶺には白雲が消えては立ち返り、絶えることなく、心の中に涙が降っています。「嶺(ね)(み)」は「見」との掛詞。題林愚抄・恋一・見恋・十楽院宮(永徳御百首)に五句「なにかかるらん」。

絵　豊田孫吉、門前で褐子(蔦子)に出会う場面。女は小袖にやや幅広の黒帯。紋様は蔦。根結いの下げ髪。空に山の巣に帰る鳥。

とかきて、みづからが袖になげ入(いれ)給ひしより、年もおなじ年、所もおなじ所に、人[一]めを中の関守になしてたがひに心ばかりを思ひ通はせども、家の内外(うちと)[二]きびしきをき[三]てのつらさのみうらみられて、ちぎるべきたよりもなし。後に傍輩(はうばい)の童(わらは)に、此(この)心ざしをあらはされ[四]、左衛門佐殿に讒(ざん)せられしかば、すなはち大(おほき)にいかりて君と我と高手(たかて)[五]の縄(なは)をかけ、松浦川のはたに引出し首(くび)をはねられ侍べり。君は今すでに又人間に生れ給ひ、みづからはそれよりこのかた猶(なほ)今までも冥途(めいど)にあり、思ひそめたる心のすゑ百余年の後もくちず、むなしき霊(たま)のあらはれ来て、わりなき[六]ちぎりをむすぶなり。むかしをおもへば今もかなしきうきめみ[七]たりける事のいとゞつらさはまさるぞや」とて涙をながす事雨のごとし。

豊田この事を聞(きく)に又かなしさかぎりなし。「されば今これを聞(きく)に、まことに二世[八]のえんなれば、ますます〳〵わりなくかたらひてむかしの思ひをはらさん。誰をか忍びて暮(ゆふべ)[九]にこし[一〇]、朝(あした)にかへらん。たゞこれに住(すみ)てもろ友(とも)[一一]に夫婦ならん」とて、豊田が家にとゞめて猶むつまじきなからひなり。幽霊(ゆうれい)とは見ながら、すぐせのえんわりなくて露おそろしとも思ひ侍べらず。豊田は更に碁(ご)うつ事をしらざりしに、女ことごと〳〵くその秘妙(ひめう)[一二]をゝしへしかば、このころあたりに名をえしもの、豊田にむかひて碁(ご)に敵(てき)する人なし。

一「人目の関」は男女の往き来を遮る周囲の人々の目。「人知れぬわが通ひ路の関守はよひよひ〳〵ごとにうちも寝ななむ」(伊勢物語五段)。
二「内外 ウチト」(運歩色葉集)。後には「内外 ウチソト」(書言字考)とも。
三 掟。規則。
四 見破られて。原話句解の「後ニ同輩ノ為ニ覚(アラハ)サレテ」の読みに従ったもの。
五 腕の肩から肘までに縄をかけ、後手に縛り上げること。
六 切っても切れない深い契り。
七「ウキメ …例ウキメヲミル、または、ウキメニワゥ 危ないことや難儀にあう」(日葡)。
八 過去世と現世と。
九「暮 ユフベ」(合類)。
一〇「コス また、ある所へ行く」(日葡)。
一一 →五六頁注一。
一二 隠された妙技。原話に「尽(ことごと)ク其ノ妙ヲ伝フ」。
一三 私の恋人と思いたいものを。「わが思ふ人」「思はまし」は和歌によく用いられる表現。「われを思ふ人をおもはぬむくひにやわが思ふ人の我をおもはぬ」(古今集・誹諧歌)。
一四「アカムル 赤くする」(日葡)。
一五 気絶する者も。
一六「售 ウル」(字集)。
一七 安値。「下直 げぢき」(大全)。
一八 中世期京都・奈良では既に塩座(しおざ)が設置され、塩の専売権を掌握した。
一九「ラクショ カキヲトス 誰かある人にあてつけて、人目につく所に置く風刺などの女つね〴〵は左衛門佐の事をかたる。「まのあたり今みるやうにおぼえたり。左衛門佐、ある時女房達をめしつれて、川のほとりにあそびし所に、うるはしき男二人きらびやかに出たち、川のむかひをはるかに行過る。女房達の中に、一人いふやう、「おとこならばこれほどうるはしきをぞ、わが思ふ人とも思はまし物を」といふ。左衛門佐聞て、「此おとこの妻とならまほしきか」と云。その女房うちわらひ、かほあかめてものもいはず。しばらくありて新しき桶にふたおほひして女房達の中に出す。「これさきの男のもとにつかはすべき祝の物、見よ」とあり。ひらきてみれば男をほめし女房のくびうち切て見せ侍べり。女房達手足ふるひ目くらみて、たえ入けるもおほかりし。又ある時塩やく浦におほせて、私には售せず、わが領分の塩をみな下直に買とり京がたの商人に売けるを、何ものかしたりけむ、左衛門佐の門に落書しける、

　さなきだにからきをきめを左衛門が国のしほやきにがりはてけり

左衛門佐これを聞て、「いかさまにも塩焼どもの所為なるべし」とて、塩焼司三人をとらへて、浜おもてに磔にかけたり。又年毎の春になれば銭米を出し、国中の民百姓に借渡し、身上よろしきものにはこと更におほく借て、秋にいたりて大分の利をかけて元にそへて取返す。もし返すべき力なきものは、其所の有徳人にかけてわ

貼紙」(日葡)。
二〇 ただでさえ厳しいきまりがある塩業なのに、益々値段が下げられて、左衛門の領地の塩焼どもは困り果てているよ。「をきめ」は「沖布」(沖の海藻)と「置目」の掛詞。「からき」「にがり」は「塩」の縁語。
二一 置目。中近世に為政者の作った法度や規定。ここは、塩田の年貢などを指すか。中世末期、領主は塩田にも検地を施し、産出量に応じて年貢を課した。
二二 我が国の主な製塩法は、海水を塩釜で煮詰める海水直煮法や塩尻・揚浜による採鹹(さいかん)法であり、製塩作業は重労働であった。「汐汲、汐水は女の業として、…汐は海にて汲、薪は山にもとめてこれを焼…誠に塩やくありさま、みるにくるしき業なり」(人倫訓蒙図彙三)。
二三 「イカサマ 副詞。もしかすると」「イカサマニモ 副詞。同上」(日葡)。
二四 「所為 シワザ」(合類)。
二五 浜に面した所。
二六 「磔 ハツ、ケ」(合類)。
二七 銭と米。ここでは、領主自らが年貢などのために貸しつけたもの。
二八 律令制度下に行われた出挙(すい)をまねた貸付金か。出挙は諸国の国衙が備蓄する米を貸付け、収穫時に五割ないし三割の利を加えて返済させた。
二九 「身上 シンシヨウ」(合類)。
三〇 「借 カル、カス」(字集)。
三一 金持ち。
三二 課税する。
三三 「ワキマユル 本人が支払い得ないものを他人が弁済する」(日葡)。

きまへさせ、或は妻子を他所に售つかはし資財・家屋敷みな沽却せしめ、年ゝに虐とり、もぎとる故に、国中大に衰微に及べり。何ものかよみたりけむ、

　無理にかす利銭の米のかずよりもこぼすなみだはいとゞおほとも

左衛門佐これを聞て、「いやしき百姓どもは、これほどの事もよもつらねまじ。有徳人ばらの所為にこそ」とて、城下にすみける有徳人十余人闕所して追出し、その財宝どもみなうばひとりぬ。ある時左衛門佐、父の年忌にあたり、国中の僧をあつめて斎をおこなひしに、一人の僧をそく来れり。破れたる袈裟かけて衣はなはだ古し。諸人あなづりて奥にも請ぜず。門のかたはらに居て斎をくはせたれば、斎過て其鉢を膳の上に覆てかの僧は去けり。跡にて鉢をとりあげんとするに少もうごかず。諸人きどくの事に思ひて、あつまりてえいや〳〵と引うごかせ共、太山のごとくにおもくしてあがらず、左衛門佐にかくといふに、みづから行てこれをあげられしかば軽くあがりて、その下に歌二首あり。

　花ちりてこずゑにつはるくだものゝいまいくかありておちんとすらむ

　我人につらきうらみをおほともの家の風こそふきよはりけれ

左衛門佐これを見るに、おどろく心もなく、いよ〳〵国民をむさぼり、人をころす事、草を薙かとも思はず、ほしいまゝに悪行をいたせしかば、それより二年をまた

一「沽却　コキヤク〈売也〉」(和漢通用集・図書寮本)。　二 利息などを厳しく催促すること。「債　ハタル〈債ニ利息一也〉」(書言字考)。→一〇三頁注三四。　三 無理やり貸しつけられた銭の利息にとられる米の数よりも、零す涙の方がさらに多いよ。「大友(おほとも)」に「多い」を掛ける。　四 利子付き貸借の金銭。またその利息。　五 →二一二頁注一三。　六 田畑・家屋敷・家財などを没収すること。犯罪者や追放となった者の付加刑。　七 法要に際して僧に食事を供すること。またその食事。原話に「雲水千人ヲ斎ス」。　八「あなどる」の古形。日葡辞書では「あなどる」を優位とする。　九「居　スエル〈座也〉」(合類)。　一〇「覆　ウツブシ」(書言字考)。　一一 不思議。　一二「エイサラ、エイサト、エイトコサ、エイヤゥサ、エイエイ、エイトモナ、エイヤ、エイヤト、エイトモエイトモ　これらやこれに似たたくさんの語は、何か物を引っ張ったり、仕事をしたりする時にあげる掛け声や叫び声を意味する」(日葡)。　一三 中国、五嶽の一、山東省の泰山。　一四 花が散り、枝に熟した果物は、あと何日で落ちるでしょう(あなたが滅ぶのももう少しですよ)。「いくか」は「幾日」と「幾果」を掛ける。原話の「花ヲ収(ヲサ)シテ子(ミ)ヲ結ビテ綿州ニ在リ」の詩句を、狂歌に翻案したもの。　一五「ツワル　果実が熟する。卑語」(日葡)。　一六 皆に辛い思いを多くさせた大友の一族も次第に威勢が衰えることだ。「大友(おほとも)」に「多(おほ)」を掛ける。「自他　ワレヒト」(書言字考)。　一七「久かたの月の桂も折るばかり家の風をも吹かせてし

ずしてわざはひ来り、身をうしなひ家をほろぼしぬ。何事もみな天道[二〇]よりさだまる事といひながら、法に過たる科[二一]をかせば、わざはひかならずちかく来る。しかればみづからむかしの心ざしにひかれて今かくちぎりをなし侍べり。今より一年にして迷途[二二]のいとますでにきはまるべし[二三]」とかたりしが、月日ほどなくくれはどり[二四]、あ[二五]やなく過る光陰はや一とせになりにけり。

女心地わづらひければ医師を頼み、薬をあたふれども、のまずして、豊田が手をとりて、「むかしのかたらひ、君とえんふかく夫婦の情はこゝにして尽侍べり。みづから幽冥陰気[二六]のかたちをあらはし、君に契りまいらせ、いとおしみ[二七]の恩をうけたり。思へば昔一念の愛執[二八]をおこして、思はざる[二九]外の禍にをち入たり。たとひな[三〇]んぢは干潟[三一]となり、岩は湯に沸とも、このうらみは更に消がたし。天かたふき地くづるとも此なさけは忘れじ。今すでにすぐせのよしみ[三二]をつゞけて、後の世のえんをちぎる。是より我は黄泉[三三]に帰るべし。その[三四]かみころされてより百余年、このたび、かさねてちぎる事一年。久しくして又逢たてまつれり。おもひの雲[三五]ははれゆきたり。更[三六]に恋かなしみ給ふな」とて、うちなきけるを、豊田はなみだの中より、「今しばしとゞまり給へ。あかぬわかれ[三七]にをくれて残る身をいかにとかおもひをき給はん」といへば、女なく〳〵、

がな」(拾遺集・雑上・菅原道真母)によって、家に伝わる学問や芸能のこと。ただし、ここは家の威勢の意。 一八 →二〇九頁注七。

一九 →三二六頁注三一。

二〇 天上界。六道の一。

二一 「科 トガ」(字集)。

二二 冥途からこの世に還るのを許された日時。「迷途」は「迷途」の当て字。「迷途」は「冥土」に同じ。

二三 尽きる。

二四 呉織。呉の国から伝来した織工や織物。「呉綾 くれはどり〈織レ綾者也。自二呉国一至二日本一故云二呉綾一〉」(大全)。「暮れ」の意で月日から続き、織物に綾があることや漢織(あやはとり)との併称から「あや」に掛かる。

二五 「あやなく むやくなる事也。無益」(匠材集三)。

二六 冥土の幽陰の気に満ちた姿。

二七 愛情を注ぐこと。「嬖・鍾愛・最愛・最情イトヲシミ」(書言字考)。

二八 一つの情愛。「アイシュウ フカクアイヂヤクスル 熱烈な、常軌を逸した愛情を抱くこと」(日葡)。

二九 思いがけない。

三〇 原話に「海枯レ石爛ルトモ」。「なんぢ(汝)」は草書体の類似から「海」を読み誤ったものか。

三一 「ヒカタ 干潟也。塩ノヒカタ也」(謡抄・ウタフ)、「ヒカタ」(日葡)。

三二 親しい交わり。原話に「前生ノ好ヲ続(つ)ギ」。「好 ヨシミ」(合類)。

三三 迷途。「黄泉 ヨミヂ 日本紀 又出レ久」(書言字考)。「ヨミヂ 人が死んでから通って行く道」(日葡)。

三四 「昔年 ソノカミ」(書言字考)。

三五 思いが遂げられずに暗雲の如く胸を覆っていたつかえが無くなること。

三六 少しも。

三七 名残つきない別れ。和歌によく用いられる言葉。

一名ごりをもおしまでいそぐこゝろこそわかれにまさるつらさ成けれ

と詠じて壁(かべ)にむかふて臥(ふし)けるを、「二いかに〳〵」と、よべども〳〵はや、三事きれはてゝむなしきから四のみ床にのこれり。豊田もだえこがれなき悲しめども甲斐(かい)なし。床にむなしき衣をとりて、

五うつり香になにしみにけんさよごろも忘れぬつまと思ひしものを

さて棺(くはん)におさめ、野辺に送らんとするに、棺(くはん)はなはだ軽(かろ)かりければひらきてみる

一 名残を惜しむ暇もなく急いで去らねばならない私の心こそ辛さの限りです。題林愚抄・恋二・恨別恋・為世(元亨後宇多院十首)。 二「イカニイカニ　もしもし、誰か人を呼ぶ時などに言う」(日葡)。 三 息が絶え果てる。 四 なきがら。屍。 五 あの人の移り香がどうしてこんなにも衣に染みたというのか。思い出す端緒としてほんの少し染みてくればよいと思っていたものを。題林愚抄・恋二・移香増恋・権中納言経房(千載集・恋四)に五句「成りにしものを」。「衣」「つま」は縁語。 六 九州。 七 原話では、男性が霊雲寺の僧となり出家する。入唐については、古代からの松浦佐用姫伝承の影響があるか。また、唐商人の船に乗り、入唐した高僧の例もある(智証大師伝・仁寿三年〔八五三〕船出)。 八「ビンセン（タヨリノフネ）自分で傭ったのではなくて、利用して乗って行く船。ビンセンスル　折よく、または、他人のおかげで上のような船に乗って行く」(日葡)。 九「入唐 につたう」(大全)。

11-4　原話は五朝小説の鉄囲山談叢「劉器之安世元祐臣云々」、これを京都東山岡崎の地にとりなす。「七歩蛇」は仏典に出る毒蛇。なお「蛇」は底本にすべて「虵」とする。 一〇「如為七歩毒蛇所螫。大種力故能行七歩。毒勢力故不至第八(七歩毒蛇ノ為ニ螫〈さ〉サレタルガ如シ。大種力ノ故ニ能ク七歩ヲ行〈ゆあ〉メドモ、毒勢力ノ故ニ第八ニハ至ラズ)」(阿毘達磨大毘婆沙論四十六)。 一一 京都市左京区岡崎。南側は東山区粟田口。古来、貴族の別業地であった。 一二 未詳。 一三 人里離れた別荘。山荘。「山荘　さんざう〈別業也〉」(大全)。「庄ノ字ハ

に、たゞ衣のみのこりて、かばねはなし。むなしき棺を寺にうづみ、仏事いとなみねんごろに跡とふらひ、二たび妻をもとめず。出家して四国九国をめぐり、それよりもろこしの商人舟に便船して入唐しつゝ、その終る所をしらず。

(四) 七歩蛇の妖

京の東山の西のふもと、岡崎より南のかた、いにしへ岡崎中納言の山庄あり。久しくあれはてゝ、すむ人もなく、草のみ生茂りて茫々たる地なりけるを、浦井のなにがし、この地を買もとめて家をつくる。ある人いふやう、「此地はもとより妖蛇のあやしみありて人さらにすむ事かなはず」といふ。浦井これを信ぜず、家たちをはりければ始てうつり入たりければ、蛇の三四尺ばかりなる五つ六つ出て、天井の間にはひめぐる。すなはち下部におほせて、とりすてんとするに、このへびども鱗だち、頭をそばだて、まなこきらめきければ僕どもすさまじく思ひてしりぞく。浦井大にあやしみて、杖をとり、つきをとし桶にいれて賀茂川にながす。次の日又蛇十四五出たり。又みなとりすてければ、その次の日は卅あまり出たり。取すつるにしたがひて、ますく＼おほく出て後には、二三百に及ぶ。其大さ五七尺あまり。白き黒き、あるひは青きまだらなる、両の耳そばたち、口はくれなゐのごとく、間

唐ニハ村里ナド云如ク領知ニ用ル事ナシ。日本ニハ所領ノ事ニ用ルハ其心ヲ得ザレドモ領知ノ内ニモ山庄ナドヲ作ルヲ庄ト云カ」(蓬左文庫本御成敗式目抄・上)。 一四 原話に「鎰二十万ヲ以テ一ノ旧宅ヲ鬻フ」。 一五 原話に「或ルヒト謂ハク、此ノ地素凶ナリ、止ル可カラズト」。 一六 原話に「器之信ゼズ、始メテ入レバ即チ蛇虺三四有リテ屋室ノ間ニ出ヅ」。「器之」はこの一話の主人公の名。「蛇虺」はへびとまむし、或いは大小のへび。 一七 新築した家も落成したので。 一八 「蛇 クチナハ〈又虵同〉」(合類)。 一九 原話に「僕厮ヲ呼ビテ屏去セシムルニ」。「僕厮」は小者、「屏去」は捨てる。 二〇 「鱗起つ」は鳥肌が立つこと。ここは、鱗を光らせて、の意か。 二一 恐ろしさにぞっとして。原話に「則チ率拱キ立チテ謂ク、鬼神有リ、敢テ手ヲ措ケズト」。「拱く」は手を前で組合せたまま傍観する。 二二 原話に「自ラ諸ノ筐篚ニ納メテ諸ヲ汴流ニ棄ツ」。「筐」は竹で編んだ四角なかご。「汴流」は汴河、器之の住む河南省睢陽の近くを流れる。 二三 原話に「翌日則チ蛇ノ出ルコト益多ク、再ビ棄ツレバ輒復又倍ス。会ルコト、浹旬ナラズシテ乃シ日ニ五七篚ヲ得テモ已マザルニ至ル也」。「篚」は、はこ。「浹旬」は十日間。 二四 時たま。

絵 豊田、女と離別の場面。豊田左手に布を当てて涙を拭う。胡座を組む。女、片膝を立てて同様の仕草。蔦の紋の桂姿。屏風は波模様。庭には猫か。

又足ある蛇、そのかたち竜のごとくなるもの、日ごとに倍〻して、とれ共すつれども更に絶る事なし。浦井ふしぎの事に思ひ、一みづから香をたき、幣をたて丶、二地祭をいたす。三「それがしこの地をもとめ、四金若干両を出して買得たり。五これよりこの地はそれがしがすむべき所なり。六蛇なに丶よりて障をなし、怪をあらはすや。をよそ地の神には七五帝竜王あり。八そのつかさどるところ、をの〳〵職あり。いかでかその地にありて、みだりに地の主をくるしましむる。竜王ものしることあらば、この

一 原話に「器之楽マズ、因ツテ自ラ香ヲ土神ノ祠前ニ焚キテ曰ク」。
二 建築や工事に際して地神を鎮めるために行う祭り。凶事が続くので遅まきながら地鎮祭を行なったものか。
三 原話に「此ノ舎(ここ)ハ某(それがし)已ニ銭ヲ用ヒテ之(これ)ニ易ユ」。
四 「若干 ソコバク」(合類)。
五 原話に「即チ是レ某ガ居ル所ナリ」。
六 原話に「蛇ノ安(なん)ゾ拠ルヲ得テ以テ佐ヲ為スヤ」。
七 未詳。暦占書に、盤牛王が五采女との間に儲けた青帝青竜王、赤帝赤竜王、白帝白竜王、黒帝黒竜王、黄帝黄竜王を五帝竜王とし、四季および土用の吉凶善悪を司るとする(簠簋二・十干之事―七箇善日)が、その名称を流用したものか。
八 原話に「始メハ猶(なお)顓(やすらか)ニ神ノ職(つかさど)ルトコロ有ルガゴトシ。而(しか)レドモ悛革セシメテ今(ここ)数日ハ怪、益(ますます)出ヅ」。「悛革」は改めること。

蛇(じゃ)の怪異(けゐ)[九]をはやく禳(はら)[一〇]ひ給へ。しからずは神職(しんしょく)[一一]の不敏(ふびん)[一二]ならん。然(しか)らばまた天帝(てい)[一三]のいましめのがるゝに道あるべからず」とかきてよみあげたり。

その夜地の底(そこ)に物のさはぐ音(をと)してすさまじき事かぎりなし。夜あけてみれば草むらことぐ\く一夜のほどにかれはてゝ、大なる石ありてくだけかたふきたり。家人(けにん)[一四]等(ら)あやしみて青草[一五]のかれとまり、石[一六]のかたふきたる所を堀(ほり)返し石をとりのけしかば、長(たけ)[一七]四五寸ばかりの蛇はしり出てゆく。その行所(ゆくところ)の青草目の前にかれこがるゝ。家

九「怪異 ケイ」(合類)。
一〇「禳 ハラフ」(字集)。
一一 原話に「是レハ神ノ不職ナリ」。「不職」は任に耐えぬこと。「神職」は神に奉仕し祭りを主宰する者。ここは天帝に仕える五帝竜王のこと。
一二「不敏 フヒン〈曰レ鈍〉」(合類)。
一三 天帝から五帝竜王へのお咎め。原話に「爾(なんぢ)、固(もと)ヨリ当ニ罰ヲ受クベシ」。
一四 譜代の家臣や奉公人。
一五 青々と茂った草。
一六 原話に「従者ヲ顧ミテ尽(ことごと)ク土偶ヲ掊(た)シ、五、六之(これ)ヲ河中ニ擲(な)グル」。
一七「長 タケ」(字集)。

絵 浦井の家に妖蛇がはびこり、家中往生する場面。右頁、樽に蛇を入れる家人達。小袖、袴、脛巾(はばき)姿。蛇には足。蛇を捕まえるための鈎つきの道具を持つ。左頁、縁に逃げる袿姿の女性達。小袖に袴姿の家人達。輪のついた捕り物を使用。奥に長刀を持った浦井。素襖に括袴(くくりばかま)。

人等をひつめてうち殺しければ、蛇のたけわづかに四寸、いろはべにのごとく両の耳、四のあしあり。うろこのあひだは金色にして小竜のかたちに似たり。人に見するに、「さらにかゝるへびはきゝをよばず」といふに、[一]南禅寺の僧きたりていはく、「これは七歩蛇と名づく。もし人これに[二]さゝるればそのまゝ死す。毒力はげしくて[三]七あしあゆむ。この事は[四]仏経に見えたり」とぞかたられける。これよりのちは蛇ふたゝびきたらず。案ずるにおほく沸いでたるへびどもは、これ七歩蛇の精なるべしといへり。

（五）魂蛻[五]吟[六]

河内の国、[七]弓削と云所に、友勝とて[八]鍛冶の侍べり。用の事ありて、[九]大和の郡山に行て、[一〇]日暮かたに立かへりしに、あまりに[一一]草臥侍べりしまゝ、[一二]山のかたはらにやすみゐたり。[一三]かゝる所へ或人馬にのりて、又一疋の馬には鞍置ながら追立て打過る。[一四]友勝いふやう、「これは河内の方へおわするやらん。さもあらば御馬一疋かし給へ。ことの外に道につかれ侍べり。[一五]とてものる人もなき馬なれば、我をのせてたびてむや」といへば、馬の主、「それこそいとやすき事なれ。[一六]川のむかひの岸にて下りて給はらんには、それまではのり給へ」といふに、友勝大によろこび、打のりてゆ

一 京都市左京区南禅寺福地町にある臨済宗南禅寺派の総本山。京・鎌倉の五山の上に位する寺格を誇ったが、応仁の乱以後衰微し、近世に入って豊臣、徳川氏の援助を得て復興した。「三条の東にあり、瑞竜山南禅寺と号す。規庵禅師の開基として五山の上に定めをかれし」(出来斎京土産三・南禅寺)。 二 「螫 サス」(字集)。虫が刺す、また蛇が噛むことをもいう。 三 七歩しか行けない。 四 「ブッキャウ ホトケノキャウ 仏の経典」(日葡)、「仏経 ブツキヤウ」(書言字考)。

11-5 五 朝小説の集異記「裴珙」を原話とし、邪神に誑かされ、冥界に赴いた裴珙を助ける貴人に、本話では聖徳太子を当て、場所も太子ゆかりの河内国弓削とした。 五 「蛻 モヌケ」(合類)。 六 「吟 サマヨフ」(同)。 七 大阪府八尾市。聖徳太子に敵対した物部守屋(弓削大連とも称する)の本拠地。 八 聖徳太子の従者の宮池鍛冶師丸という人物名をかすめるか(聖徳太子伝四)。 九 奈良県大和郡山市。 一〇 原話に「下駟ハ蹇劣(けんれつ)ニシテ、日勢已ニ晩シ。マサニ石橋ニ至ル」。「下駟」は駄馬、「蹇劣」は弱く劣る。 一一 「草臥 クタビル、」(書言字考)。 一二 「…ので」という順接的な接続助詞に用いられる。 一三 原話に「是(ここ)ニ於テ…馬ニ乗リテ一馬ヲ牽ク者有リテ歩驟極メテ駿(すみ)ヤカナリ。珙ヲ顧ミテ仁色有リ」。 一四 原話に「珙因リテ謂ヒテ曰ク…余力ヲ君子ニ丐(こ)ハン、子其(そ)レ聴(ききいる)ルヤト」。「余力」は、助け。 一五 しょせん…だから、の用法。 一六 原話に「但ダ、都門ニ及(いた)リ

く。川をのりわたして岸につき馬よりくだり、「御なさけのほどよろこび奉る」といふて、馬を返しければ、馬主鞭うち追立て行がたなく帰りぬ。

友勝は日すでに暮て後に家に立かへりて見れば、妻の女房も子ども其外兄弟一ぞくこと〴〵くあつまり、膳をとゝのへ食をまうけ、さま〴〵もてなしあそび居たり。友勝かへりしかども人〳〵見むきもせず。友勝わが子共の名をよび、わが弟妹の名をよべども耳にも聞いれず、物がたりし酒のみわらひなぐさむ事もとのごとし。友勝大きに腹立て、大声をあげ、どよみめぐれども更にしる人なし。あまりにはらをたて拳をにぎりて妻子を打擲すれども、それかと思ひたる色もなく、「友勝内におはしたらば、いよ〳〵にぎやかに侍べらんものを」などいふて、酒のみければ、友勝思ふやう、「さては我たちまちにむなしくなりて、魂ばかりこゝにかへり、妻子も一ぞくも我をば見ざるらん」と、泪をながして、たゞ泣になきけれ共、いよ〳〵見る人もなかりければ、せんかたなく家を出て、村の外に出つゝ立やすらひければ、さしも気たかき人驪の馬にめされ冠をいたゞき、紫の直衣大紋の指貫着し給ひ、人あまためしつれ、鞭をもつて友勝をさしてのたまはく、「あれはいまだ死まじきものゝ魂なり。思はざる外の事にさまよひありくものかな」とのたまふ。こゝに赤き装束にゑぼし着たる人来りて、「弓削友勝はいまだ定業来らざるものなるを、

テ下リレバ則チ違(ひそ)カザルナリ」。一七 お礼を申しあげます。一八 原話に「馬ニ乗ル者、馳去ルコト極メテ速シ」。一九→三二七頁注一五。二〇 原話に「日已ニ半規ナリ」。「半規」は半分。二一「ジキ 食物」(日葡)。原話に「門ニ入リテ方(まさ)ニ其ノ親ト珙ノ弟妹ト灯ヲ張(さかん)ニシテ、会食スルヲ見ル」。二二 原話に「珙即チ、大ニ弟妹ノ名字ヲ呼ベドモ、亦、応ズル者無シ。笑言自若(じじやく)タリ。珙、心神忿惑セリ。因リテ又極(はなは)イニ叫ベドモ皆亦知ラズ」。二三「弟 おとゝ」(大全)。「妹」の底本振仮名、「と」の字脱。二四 大声で騒ぎ立てる。二五「くぶし」は「こぶし」の変化した形。げんこつ。「拳 コフシ クフシ」(字集)。二六 原話には無い。二七「打擲 チヤウチヤク」(合類)。二八 原話に「珙何処ニ在ルヤ。今日至ラズ…皆泣キタリ」。二九 原話に「珙、私ニ怪シミテ曰ク、吾アニ異物タランヤ、何スレゾ其レ幽顕ノ隔タリ此ノ如クナランヤト」。「異物」は、あの世の者。三〇 急死して。三一 原話に「因リテ出デテ通衢(つう)ニ至リ、徘徊ス」。「通衢」は、大通り。三二 原話に「貴人有リ、導従甚ダ盛ンナリ」。「導従」はお供の行列。「ケタカイ」(日葡)。三三「驪 クロケノウマ」(字集)。三四 貴族の常服。位により色のきまりはない。「なをし 直〈冠ノ直衣類〉」(新撰仮名文字遣)。三五 大柄の紋。「ダイモン 着物などに描いてある大形の絵模様、または、紋」(日葡)。三六 衣冠、直衣の時に着用するゆるやかな袴。三七 原話に「遥カニ珙ヲ見テ、即チ鞭ヲ以テ之ヲ指シテ曰ク」。三八 原話に「彼ハ乃チ生者ノ魂也」。三九 太子が生涯赤衣を

大和川の水神あらはれ出たるに、馬を借たり。水神たはふれて魂を引出し侍べり。只今もとの身に返しおさむべきために、我これまでまいりたり」とて、馬の前にひざまづきけり。貴人すこしわらひ給ひ、「水神まことに道理もなき事に、人の命をたぶろかしてをのれがたはふれとするこそやすからね。明日かならず刑罰おこなふべし」とのたまふに、此者おそれたるけしきにて、いそぎ立よりて友勝をまねきていふやう、「馬上の貴人はこれ聖徳太子なり。常に科長の陵より出て国中をめぐり、

着していたことからの連想か。「太子御一期の間赤衣をめし、紫の下の御衣をめされけるは、内証の功徳を表し給ひける也」（聖徳太子伝九・四十二歳）。

四〇 烏帽子。 四一 原話は「囊鞬（かうけん）ヲ佩スル者アリ」。「囊鞬」は弓袋と矢袋。

四二 定まっている死期。「定業　ヂヤウゴウ」（合類）。原話に「裴珙孝廉ハ命イマダ終ルニ合ハズ」。「裴珙孝廉」は主人公の名、別の箇所に「裴孝廉珙」ともする。

一 奈良県より、河内平野を流れ、大阪湾にそそぐ河川。宝永元年（一七〇四）の付替により川筋が変ったが、それまでは弓削の地域を貫流していた。

二 原話に「昆明池神七郎子ノ鷹ヲ案ジテ借馬ヲ廻シ、帰リヲ送リテ、以テ戯レヲ為スニ遇ヘルノミ。今マサニ領（とりしま）リテ本身ニ赴カシムベシ」。

三 原話に「貴人徴（こす）シ哂（わらわ）ヒテ曰ク、小鬼、理無シ、マサニ人命ヲ将（も）ツテ戯レヲ為サントス。明日尊父ニ書ヲ与ヘ之ヲ笞（むちうた）シメント」。「貴人　きにん」（大全）。

四 「たぶらかし」の転。

五 許せない。

六 五七四―六二二。推古天皇の摂政として仏教を奨励。甲斐国から飛行自在の黒馬を献上され、諸国を訪れ、神々に仏法護持を請願した説話が存する（聖徳太子伝六・二十七歳）。

七 磯長（しなが）陵。大阪府南河内郡太子町。叡福寺内。「陵　ミサヽキ」（字集）。

八悪神(あくじん)を治(しづ)め九、悪鬼(あくき)をいましめ、人民一〇をまもり給へり。我はこれ水神のけんぞく一一とし

て、こゝに来れり。なんぢを二たび人間一二に返すべし。しばらく目をふさげ」とて、

一三うしろにまはり推(おす)とおぼえて、大和川の西の岸に、夢のさめたるごとくにしてよみ

がへり、おきあがりて家にかへりければ、妻子は待うけて大きによろこび、「今日

は一門あつまりてあそびし侍べり。いかに夜ふけてはかへり給ふぞ」といふ。友勝

きゝて、「我はからく\の事ありけり」一四とかたるに、みな人聞ておどろきあやしみ

八「アクジン　人間に害をなし損害を与える神」(日葡)。

九 鎮める。悪神の活動を停止させる。

一〇「人民　にんみん」(大全)。

一一 眷属。一族。

一二 六道の一。人間世界。

一三 原話に「嚢韈ナル者、其レ目ヲ閉ヂシメテ、後ヨリ之(これ)ヲ推スニ、省然トシテ蘇(よみが)ヘル」。

一四 原話に「少頃(しばらく)シテ恙ナクシテ帰ルニ及ビ、乃チ其ノ実ヲ以テ家ニオイテ陳ブ」。

絵　友勝、家族の飲食する場所に行くが、誰も気づかず、思わず妻を打つ場面。両頁、家族が飲食する大広間。杯を持つ弟、右手を上げる妹、一番左に子供。向う鉢巻に格子縞の小袖、脛巾(はばき)姿で、左手で妻を打つ友勝。妻は立膝、角ぐり髷か。小袖に幅広の黒帯。畳の上には各自の食膳、鉢、盤に魚、燗鍋。向かい側に控えるのは使用人か。手前には唐輪髷の童女。

侍べり。

（六）魚膾の怪

[一]大嶋藤五郎盛貞といふもの、[二]応仁のころ[三]牢浪して、能登の国、[四]珠洲の御崎に居住して、[五]時を待けり。[六]其性、つねに生魚の[七]なますをこのみ、是なき日は食すゝまず。人にかたりけるやう、「浮世にありて、山海の珍味おほしといへども、[八]膾の味に過

11-6 五朝小説の諸皐記「和州劉録事者云々」に載る鱠を好んだという劉録事の逸話を、応仁年間の能登の珠洲海岸における珍事に転ずるが、劉録事に当たる大嶋藤五郎と魚の精とが戦う場面の描写が原話にくらべて詳しい。

一 原話に「和州ノ劉録事ハ大暦中ニ官ヲ罷キテ和州ノ旁県ニ居ル」。「旁県」は近傍の県。

二 一四六七—六九年。

三 「牢浪 ラウ〳〵」（書言字考）。

四 石川県の能登半島の東北端、珠洲岬。→二二七頁注一九。

五 再び仕官が可能になる時勢。

六 原話に「食ハ数人ヲ兼ネ、尤モ能ク鱠ヲ食ス」。

七 魚介類を薄切りにし、酢や煎り酒で味付した料理。「膾 ナマス〈又鱠。魚生並同〉」（合類）。

八 原話に「常ニ言ク、鱠ノ味、未ダ嘗テ腹ニ果カズト」。「果」は、飽きる。

九 漁師。原話に「邑客、乃チ魚百余觔ヲ網シ、野亭観ニテ会ス」。「觔」は斤、「野亭観」は片いなかの高楼。

一〇 「漁 スナドリ〈…捕レ魚也〉」（合類）。

一一 浜辺。

一二 「ナミイル 皆が集まって、それぞれ自分の席に並んで坐っている」（日葡）。

たる物なし。つゐに又腹にあかず」といひしが、ある日わかき友達五六人いり来り、浜辺にいざなひ出てあそびしに、風もなく、浪しづかなりければ、浦人[九]出て、網を引に、種〻の魚おほく漁[一〇]得て岸に漕かへる。大嶋これを見て、「いざ買とりて膾つくり、料理とゝのへ今日の思出せん」とて五籠六籠買とり、浦人の家に立より料理の具かりよせ、浜おもて[一一]に、むしろ敷、膾つくり、大なる桶と鉢とにうづたかくいれて、その外らを共種〻にとゝのへ、五六人なみゐて[一二]飯食けるに、大嶋[一三]箸をとり膾をくふ事一鉢ばかり、たちまちに、喉[一四]に物のさはるやうにおぼえしかば、喝[一五]して吐出してみれば、大さ豆ばかりなる骨なり。其色薄色に赤して珠のごとし。茶碗[一六]の中に入て、皿をもつて蓋とし、傍に打をき、又箸をとりて膾を食けるに、いまだ座中、食し終[一七]らざるに、かの茶碗うちたふれ、蓋もともに、まろびけるをみれば、[一八]中に入をきたるほねの珠一尺ばかりになり、人の形と化してうごき立たり。

[一九]五六人の友だち、おどろき、あやしみ、目をすまして[二〇]見ゐたれば、目の前に、俄に五尺ばかりの男となり、赤裸にして大嶋藤五郎にとりかゝる。大嶋そばなる太刀をとり、ぬきもちて、きりつくれば、いなづまのごとくにひらめき蜻蛉[二一]のごとく飛めぐり、すき間[二二]をねらひ拳[二三]をにぎり、大嶋が首[二四]を[二五]はたとうつ。又しばしたゝかふては背[二六]を丁[二七]どうつに、血ながれて砂を染たり。大島つゐに太刀を打入て、はたときり

一三 原話に「其（すなは）チ箸ヲ下シ初メテ鱠ヲ食フコト数畳、忽チ哽（む）ブガ似（ごと）クニシテ一ノ骨珠子ヲ咯（は）キ出スニ、大キサ黒豆ノ如シ」。「畳（さら）」は浅い丸皿、楪子（ちやつ）。

一四 「喉 ノンド」（合類）。

一五 カッと大声を出して。「喝」は、もともと禅宗で人を悟らせるための語。

一六 原話に「乃チ茶甌ノ中ニ寘（い）レ、畳ヲ以テ之（これ）ニ覆（ふた）ス」。「茶甌」は茶碗。

一七 原話に「食未（いま）ダ半バナラズシテ、怪シヤ覆甌ノ傾側ス」。「傾側」は傾く。

一八 原話に「骨珠已ニ長ズルコト数寸、人ノ状（かたち）ノ如シ」。

一九 原話に「坐客競（きそ）ツテ之（これ）ヲ観ルニ、視ルニ随ツテ長ジ頃刻ニ長ジテ人ニ及（ごと）キ、遂ニ劉ニ捽（つかみかか）ル」。「坐客」は一座の客、「頃刻」はわずかの間。

二〇 見つめる。

二一 「蜻蛉 トンバウ」（合類）。

二二 緊張のゆるんだ瞬間。

二三 →三三一頁注二五。

二四 原話に「殴ル二因ツテ血流ル」。

二五 「ハタト 副詞。不意に、または、突然」（日葡）。

二六 「背 セナカ」（合類）。

二七 「チャウド 副詞。…また（丁ど）、打ちなぐるさま。例、チャウドウツ」（日葡）。

絵　友勝、聖徳太子や水神の眷属に出会う場面。黒毛の馬に跨る太子。直衣に模様の入った指貫。馬前に跪くのが、水神の眷属。模様入りの直衣に折烏帽子。膝をついて爪先立つのが友勝。前図の小袖とは相違。太子の右に傘持の布衣の先人。

つけしかば、腕[一]くびきりをとされ、かきけすやうにうせたり。人〳〵助太刀せんと、ひしめきけれ共、雲霧[二]ふさがりて見えわかず、たゝかふ音のみ聞えて、霧すでにはれてのち、大嶋は朱になりつゝ、「人〻これ見給へ、敵のうでくび切をとしたり。ばけものは行(ゆき)がたなくうせ侍べり」といふを見れば、大なるうをの鰭[三]をきりをとしたる也。大嶋そのまゝ絶入[四]したりけるを、さま〴〵薬をあたへしかば生出たりしかども、人心地[五]もなく、夢中のごとくなりしが、疵愈てのち、やうやくもとのごとく

一 手くび。「ウデクビ 手首」(日葡)。
二 原話に「良久シク各散走シ、一循シテ庁ノ西ニアリ、一転シテ庁ノ左ニアリテ、倶ニ後門ニ及ビテ相触レ一人ニ翕成スレバ、乃チ劉也」。「散走」は、ちりぢりに逃げる、「庁」は建物、「翕成」は合成。
三 「鰭 ヒレ」(合類)。
四 気絶すること。殺入とも。「霊云ク、吾ガ為ニ名ヲ付玉ヘ。某、本空禅定尼ト付了ツテ絶入致ス也…。師聞テ曰ク、答話ノ善悪ハ置テ、絶入シタル云分メサレヨト也」(反故集・下)。
五 原話に「神已ニ凝ヒタリ」。「神」は神経。

六性念（しやうねん）つきたり。さてその時の事をとふに、「七露ばかりもおぼえず」といふ。当座に語りけるにぞ子細（しさい）は聞えし。これ、魚の精（せい）あらはれあつまりて、此怪異（くわいゐ）ありけるにこそ。

伽婢子巻之十一　終

六「正念」の当て字。確かな判断力、正気。
七原話に「半日ニシテ方ニ能ク言（ものい）フ。其ノ所ヲ訪ル、ニ皆以テ省（あきらか）ナラズ、是レヨリ鱠ヲ悪（にく）ム」。

絵　大嶋藤五郎、鱠の妖怪を退治する場面。右頁、大嶋、鱠の妖怪の右腕を切り落とす。格子模様の小袖に袴。海には頬かむりした漁民。舟内に漁網や水桶。左頁、大嶋を助太刀する友人達。毛氈の上に、破子、杯、燗鍋、鉢、長箸、盤、茶碗、皿など。

伽婢子　巻之十二

（一）早[一]梅花妖精

信州[二]伊奈郡開善寺[三]の早梅花は、名[四]におふたぐひなき名木[五]にて、いまだ冬至[六]の前後より咲初て清香[七]四方に薫ず。近郷隣村の人、心ある輩[八]は日毎にあつまり見る。もとより信州は陰気がちにして寒国也。冬は雪ふかくきえぬがうへに又ふりつみ、嵐はげしく吹すさびて、なべての草木は、いとゞをそくもえいづる[九]に、この寺の早梅花は、げにもはなの兄[一〇]として清寒に堪て、ほころび出つゝ、さらにそのときをたがへず。たれかまことに賞せざらん。

そのころ村上頼平[一一]の家人[一二]埴科文次といふもの、心ざまなさけ[一三]ふかく、武をまなぶいとまには敷島[一四]の道をしたひ、軍陣の砌[一五]にも陣所の風景おもしろき所にては、一首をつくりて思ひをのべ、諸軍の興をもよほさせけり。かゝるやさしきおのこなりければ人さらにあしくも思はず。そのころ甲州[一六]の武田、信州の村上両家あらそひを

12-1 本話は全体的枠組を、五朝小説の竜城録「趙師雄酔憩梅花下」に拠るが、これに事文後集十一・女の項の「崔護渇水」の説話等を織り混ぜ、夫木抄等の和歌を巧みに利用して浪漫的物語に仕立てた。なお、竜城録の同話は、事文後集二十八・梅花の項に「飲梅花下」としても記載され、新語園十の十九にも見える。

一 早咲きの梅の花。「サゥバイ 早い梅花の早く咲く梅の木」(日葡)。 二 信濃国南部、天竜川上流地域の郡名。 三 長野県飯田市上川路にある臨済宗妙心寺派の古刹。鎌倉末或いは建武二年(一三三五)の創建と伝える。 四 有名な。 五 「名木(メイボク) 名ノアル木也」(謡抄・難波)。 六 二十四節気の一。陰暦十一月中旬。「早梅ハ冬至ノ前スデニ開ク。故ニ早ノ名ヲ得タリ」(事文後集二十八・梅花・古今文集・雑著・梅譜)。 七 花などに漂う、すがすがしい香り。「清香 セイキヤウ」(いろは字)。 八 風趣を解する人々。 九 芽を出す。 一〇 梅のこと。他の花に先駆けて咲くための別称。「梅花ヲ花ノ兄トモイヘリ 山谷ガ水仙花ノ詩ニ、山礬是弟梅是兄(コノカミ)ト作テヨリ、水仙花ヲ弟トシ梅花ヲアニトスルナリ。…梅ハ春風二十四番ノ第一ニハヤク開クル故ニ兄トイフ也」(謡抄・難波)。「兄 コノカミ」(合類)。 一一 信州葛尾城主(現長野県埴科郡坂城町)、村上頼衡(よりひら)。系図纂要十一では、村上義清の父顕国の一名とする(永正十七年(一五二〇)三月十七日没)。寛政重修諸家譜も同様「頼衡信濃守」。『村上百系図』では、義清の兄の十八代義兼(よしかね＝天文二年(一五三三)或いは同七年没)とし、『長野県史』にも両説を併記す

おこし陣をはり、たゝかひを決(けつ)す。あるとき出陣[一]のつゐで開善寺(かいぜんじ)の梅今を盛(さかり)と聞えしかば、文次[二]夕暮がた、中間(ちうげん)[三]一人具(ぐ)して陣中をしのび出て、かの寺にうかれ行(ゆき)[四]つゝ香(か)をたづねて、花にうそぶき[五]、「南枝向(なんしはむかひ)レ暖(だんに) 北枝寒(ほくしはさむし)。一種 春風有(しゆのしゆんぷうあり)二両般(りやうはん)一」[六]といふ古詩(こし)を吟(ぎん)じける。月すでに山のはにのぼり、花に映(えい)じてえならずおぼえければ[七]、

ひゞき行(ゆく)[八]かねの声さへにほふらむむめさく寺の入あひの空

とうち詠じおる所に、このあたりには思ひかけず、見なれもせぬ女姓(によしやう)[九]一人めのわら[一〇]

る。「信州かつら尾の村上頼平も越後長尾為景と日ノ中に十一度の合戦をして、終に村上が勝利を得候」(甲陽軍鑑五・北条宗雲は古来…)。 一三 譜代の家臣や奉公人。「家人 けにん」(大全)。 一四 情趣深く。 一四 歌道。 一五 時や場所。 一六 村上家は、武田信虎と大永二年(一五二二)頃より佐久郡を中心に戦った。とくに、天文十七年(一五四八)、村上義清と武田信玄は信州上田原(現長野県上田市)で合戦に及び、義清が勝利した。

一 信玄の伊那侵攻が念頭に置かれたか。侵攻は天文十三年(一五四四)頃より開始され、上伊那は早く勢力下に置かれたが、下伊那は遅れ、天文末(一五五五)頃まで合戦が続いた。
二 原話は、隋の時、主人公趙師雄が羅浮に遷(つう)り、酔夢の間に、梅花の精の美女と出会う。その刻限を、原話に「天寒日暮」とする「時スデニ昏黒、残雪月色ニ対シ微明」とする。
三 侍と小者の間の雑務役。
四 興趣につられて行く。
五 吟詠する。
六 「蜀州ニ紅梅数本有リ。郡侯閣ヲ建テ扃鑰(しやうやく)ス。游人得テ見ルコトナシ。一日両婦人有リ。高髻大袖、欄ニ凭レテ語笑ス。郡侯鑰ヲ啓(ひら)ケバ閣ニ人ヲ見ズ。唯東壁ニ詩有リテ曰ク、南枝ハ暖ニ向カヒテ北枝ハ寒シ。一種ノ春風両般有リ、高楼ニ憑仗シテ笛ヲ吹クコトナカレ。大家留取シテ欄干ニ倚ラン摭遺」(事文後集二十八・梅花・詩話・紅梅下婦人)。「扃」は門扉につけた大きな鐶。「鑰」は鍵で、「扃鑰」で門を閉じる意に用いたか。ただし「扃鑰(けいやく)」(門戸のし

はひとり具して出来(いできた)れり。年のころ廿(はたち)ばかりとみゆ。白きこうちき一一に、紅梅(こうばゐ)一二の下がさね、一三にほひ世のつねならず。月にえいじ、はなにむかひて、

一四ながむればしらぬむかしのにほひまでおもかげのこる庭のむめがえ

とよみて、しばしやすらひ居たり。文次これを聞(きく)にあやしみながら堪(たへ)かね、ちかく立よりて、一五袖を引つゝ、「こよひの月に一六ひかりをあらそふは、庭の梅のみか、一七君が姿と袖のかほりも、おなじ心におぼえ侍(は)べり」なんどたはふるれば、女さしもおど

まり)の語もあり、これとの混同か。「両般」は二通り。
七 何とも言えないほど素晴らしく。
八 梅の咲き匂うこの寺の夕暮れの空は、鐘の音まで香りに満ちて響き渡る。類歌「雲路ゆくかりのは風も匂ふらん梅さく山の在明の空」(拾遺愚草・建暦二年十二月院よりめされし二十首・藤原定家)。
九「女姓 ニヨシヤウ」(易林本)。一〇 女の童。「女童 メノワラ メラウ」(合類)。
一一 小袿。貴婦人の略装着で袿の裾を短く仕立てたもの。「コウチキ」(日葡)。
一二 紅梅色に染めた下着。原話に「一女人、淡粧素服」。新語園に「一リノ美婦人ヲ見ル、淡粧(タンサウ・ウスゲサウ)素服(ソフク・シロキイフク)シテ」。
一三 色あでやかなさま。
一四 見渡すと、この庭に咲く梅の枝は、見ぬ世の昔の香りまで面影に残しているようだ。「ながむればみぬいにしへの春までも面かげかをるやどの梅が枝」(夫木抄・春三・梅・式子内親王、新続古今集・春上)。
一五 袖を取って誘う。
一六 美しさを競う。
一七 原話に「之(これ)トトモニ語ルニ、タダ芳香ノ人ヲ襲フヲ覚ユルノミ。語言、極メテ清麗ナリ」。

絵 埴科文次、開善寺で梅花の妖精に出会う場面。右頁、中間を連れた文次。文次は素襖に袴、中間は四つ目菱紋の小袖と袴、草鞋を履く。左頁、咲き誇る梅花。垂髪の女房姿の女と女の童。女の小袿は杉。七宝輪違紋か。寺に半蔀。それぞれ梅の枝を手にする。

ろきたる色なく、「梅が香にいざなはれ月にうそぶくこの夕暮に、やさしき人にあひたてまつるこそうれしけれ」とて、しめやかにもてなしける気はひ、この世の人ともおぼえず。文次すなはち中間におほせて、酒うる家をたづねさせ、酒かひもとめ、御堂の軒に座して、数盃をかたふけ、酔に和してかたらひよりつゝ、

袖のうへにおちてにほへるむめのはなまくらにきゆるゆめかとぞ思ふ

といひければ、女返し、

しきたへの手枕の野のむめならばねてのあさけの袖ににほはむ

とよみて、たがひにわりなくちぎりけるが、数盃をかたふけし酔にふして、夜すでに明がたになり、東の空よこ雲たなびきければ、夢おどろき、ねふりさめておきあがりしに、文次たゞひとり梅の木のもとにふして、女もめのわらはもいづち行けむともしらず。明わたる空にむらがらすのなく声ばかり、月は西におちて名ごりは我身にとゞまれり。むかしもろこしの崔護といふ人、ある所の門の内に桃の花さかりに咲けるをみたりしに、女二人来りてもろ友に酒のみ歌うたひしを、又来春もこゝにてあはんとちぎりしが、次の年の春、その所に行けるに、女更に見えざりしかば、門の左のとびらに「去年今日此門中。人面桃花相映紅。人面不知何処去。桃花仍旧笑春風」といふ詩を題して書つけたりとかや。それは

一 物音も立てないように静かなさまで。 二 原話に「之トトモニ酒家ノ門ヲ扣(たた)キ、数杯相トモニ飲ムヲ得ル」。 三 寺院。 四 酔いに乗じてうちとけてきて。「和 ク ワ」(字集)。 五 より親密に言い寄って。「カタラヒヨル」(日葡)。 六 私の袖の上に落ちて香りを放っている誰やらにも似た梅の花は、枕を離れると同時にはかなく消えてしまう夢と思うべきなのでしょうね。類歌「袖の上に軒ばの梅はおとづれて枕にきゆるうたた寝の夢」(夫木抄・春三・梅・式子内親王、新後拾遺集・春上に二句「垣ねの梅は」)。 七 もしそれが古歌にいう手枕野の梅ならば、寝て起きた明け方、あなたの袖に移り香となって留っているはずです。「しきたへの」は枕詞、「手枕の野」は歌枕、「あさけ(朝明)」は明け方。類歌「しきたへの手枕の野の梅の花ねての朝けの袖にほふらし」(夫木抄・春三・梅・光俊)。 八 この上もなく。 九 原話に「少頃(しばらく)シテ、一リノ緑衣ノ童来ル有リテ笑ヒ歌ヒ戯レ舞ヒ、マタ、観ルベキ頃ヨリ酔テ寝ル…東方スデニ白シ。師雄起キテ視ルニ、乃チ大梅花樹ノ下(もと)ニ在リ」。 一〇 目が覚める。 一一 群れをなした烏。原話はカワセミの騒ぐ声を樹上に聞きつつ、主人公は悲嘆にくれる。原話に「上ニ翠羽ノ啾嘈(しうさう)タル有リ。相須ラク月落チ参横(たそがれ)タリ。但ダ、惆悵(ちうちやう)スルノミ」。「啾嘈」は騒がしいこと。 一二 唐、博陵の人。詩中の「人面桃花」の語句や戯曲で著名な説話。「崔護進士ニ挙ラレテ第セズ。清明ニ独リ都城ノ南ニ遊ビテ、村居ヲ得タリ。花木叢萃、門ヲ叩ク。久シクシテ女子有リテ、門隙ヨリ之ヲ問フ。対

もろこしのためし、これはこの国の事也。又後をいかにとか契らむ。人ならば又めぐりも逢べきに、これはうたがひもなく、庭の梅花の妖精なるべしと、[一六]たもとにのこるうつり香の、[一七]さながら梅花のかほりにたがはぬぞ[一八]奇特なる。かくて[一九]陣屋にかへりても、猶その面かげのわすれがたく、夕暮になれば[二〇]そゞろに恋しく、なみだの絶るひまなし。

[二一]むめのはなにほふたもとのいかなれば夕ぐれごとにはるさめのふる

[二二]物あぢきなく、世にすむかひも[二三]ありあけのつきせぬおもひにくづをれて、[二四]こりつむ柴のなげきせむよりはとて、その次の日うち死しけり。

(二) 幽霊書を[二五]父母につかはす

[二六]江州東坂本に、正木のなにがしがむすめ竜子は、[二七]いとけなくして才智あり。親もとより[二八]有徳なりければ、いつくしみそだて、[二九]歌さうしの道をしへたるに、いつしか[三〇]容兒うつくしく心ざまなさけふかし。其隣に芦崎なにがしが子に数馬といふものは、竜子とおなじ年にて、いとけなき時はひとつ所にあそびけるを、時の人みなたはふれて、「此おなじ年なる子は、後かならず夫婦となすべし」といふを、おさなき心にたがひに[三一]思ひしめて、此人ならではと、ひそかに[三二]ゆるしけり。年たけけれ

へテ曰ク、春ヲ尋ネテ独リ行ク、酒渇シテ飲ヲ求ムト。女子関ヲ啓(ひら)テ盂水ヲ以テ至ル。独リ小桃柯ニ倚テ佇立シテ、意ヲ属スルコト殊ニ厚シ。崔辞ス。起テ送リテ門ニ至リテ情ニ勝(た)ヘザルガ如クニシテ入ル。後ニ絶シテ復(ま)至ラズ。来歳ノ清明ニ及ビテ、径(だ)チニ往テ之ヲ尋ヌレバ、門庭故ノ如クニシテ、戸扃(ザ)セリ。因テ詩ヲ其ノ左扉ニ題シテ云ク。去年今日此ノ門ノ中、人面桃花相映ジテ紅ナリ、人面ハ知ラズ何レノ処ニカ去ル、桃花旧ニ依テ春風ニ笑ム…本事詩話」(事文後集十一・女・古今文集・崔護渇水)。一三 了意の書きぐせ。↓五六頁注一。一四 美人の顔立ちと桃の花とが美しさを競うこと。崔護の話は、この後、女は詩を見て病死したが、崔護の呼びかけによって蘇り、妻となる。一五 底本の振仮名「いづれ」。一六「袂に残る」「残るうつり香」などはよく和歌に用いられる表現。一七 そのまますっかり。一八 不思議きわまること。「奇特 きどく」(大全)。一九「ジンヤ」(日葡)。二〇 わけもなく。二一 梅の香がにおう衣の袂には、どうして夕暮れ時にいつも春雨が降りかかるというのだろう。「袂に雨」は、悲しみの涙が降りかかること。類歌「梅の花紅にほふ夕暮に柳なびきて春雨ぞふる」(夫木抄・春三・梅・為兼、玉葉集・春上)。二二 すっかり気落ちして、つまらなくなり。「無端 無情 無為 無益 アヂキナシ」(合類)。二三「かひもあり」「有明の月」「つきせぬ」を掛詞的に連続する表現。「いかにして今まで世には有明のつきせぬものをいとふこころは」(新古今集・雑下・慈円)。二四「樵る」

ば出てあそぶこともなし。数馬は山[一]にのぼせて児(ちご)となし、竜子(たつこ)は窓[二]のもとにかくれすみけり。数馬あるとき家に帰りつゝ、歌を書(かき)てつかはす。

[三]人しれずむすびかはせし若草のはなは見ながらさかりすぐらむ

[四]しるらめや宿のこずゑを吹(ふき)かはす風にかけつゝかよふこゝろを

竜子(たつこ)これを見るにかぎりなくうれしとおもふ中に、又[五]思ひくづをれつゝ返しとおぼしくて、

「嘆き」(「投げ木」と掛詞)は歌語。柴の木を切って積み上げる。転じて、思いが募ること。「こりつむるなげきをいかにせよとてかきみにあふごのひとすぢもなし」(金葉集・恋下・読人知らず)。

12-2　剪灯新話三ノ五「翠翠伝」が原話。幼なじみが思い叶って結ばれたが、戦乱に仲を割かれ、再会をはたしたものの兄妹として振舞わざるを得なかった夫婦の純愛物語。これを信長による石山本願寺攻めの戦場におけるエピソードに翻案した。二五「父母 ブモ」(書言字考)。二六 滋賀県大津市坂本の東側の地域。二七 幼少であること。「幼稚 イトケナシ」(合類)。二八 富を蓄えていること。「有得 ウトク〈又云有徳〉」(合類)。二九 和歌の書物。三〇 顔つきと姿。「皃 古貌字」(字集)。「李夫人病メル時、…久シク病タレバ皃(カタチ)モクヅレタル程ニ」(謡抄・花筐)。三一 心にしみて深く思う。三二 心を開いて愛情を受け入れる。

以上三四三頁

一 比叡山延暦寺。稚児になって初学の手ほどきを受ける。「児 チゴ」(合類)。二「窓」は深窓で、家の奥まった部屋に引きこもって、の意か。三 二人でこっそりと草結びした野辺の若草がみすみす花の盛りを過ぎて行ってしまうようです。題林愚抄・恋二・絶久恋・藤原隆信朝臣(千載集・恋四)に、二句「結びそめてし」、下句「花のさかりもすぎやしぬらん」。四 気づいてくれていますか、わが家とお隣とを行き来して庭の梢に音立てる風に託して通わせているこの私の心を。題林愚抄・恋二・恋隣女・俊成(新続古今集・恋・恋隣女と云へる心を)に、下句「風

六月日のみながれゆく〳〵淀川のよどみはてたる中の逢瀬(あふせ)に
七今はかく絶(たえ)にしまゝのうらにおふるみるめをさへに波ぞたゞよふ

年十七になりしかば、親しかるべき八人むこにせんとはからひけるを、竜子さらに九うけごはず、湯水をだに一〇断てなき臥たるを、ひそかにとはせたりければ、「西隣の数馬に約束しける事あり。これにゆかずは死すべし。他所一一には更に行べからず」といふ。親、「このうへは」とて隣になかだち一二をいれ、「から〳〵」といはせしか共(ども)、正木は有徳にて芦崎はまづしければ、「数馬容かたちうるはしく美男にて才智ありといへども、いかで其(その)縁をむすぶの相待一三ならん」とて親しば〳〵辞しけれ共、「むすめの思ひかけたる所なり。又それ有徳なるをもつて、縁をむすばゞ、金銀財宝をむこにする也。一四婚姻に財を論ずるは夷虜一五のえびすの道也といへり。我ら更に財宝を聟にはとらず。数馬が人がら才智利一六こんなるをもつてむこにせんといふ事也」とて、しゐて吉日をさだめ、そのいとなみは一七むすめの方よりとゝのへ、その日にいたりて、むかへつかはしければ、心のまゝに、夫婦となり、一八忍ぶべき関守もなく、うれしさかぎりなし。竜子、

一九ひとりねのまどにさし入(いる)月かげをもろともにみる夜半ぞうれしき

といひければ、数馬、

につけてもおもふ心を」。五 会うのもままならない現実に落胆して。六 月日だけがどんどん流れていきます、淀川の流れのようにすっかり淀んでしまった二人の逢瀬という水路を。題林愚抄・恋二・絶久恋・為道朝臣(新千載集・恋五・為遠)に、二・三句「ながれもゆくかなみだ川」。七 今や顔を見る機会も絶えたままの二人を象徴するように、真間の浦ではミルメが波に揺れています。「真間の浦」は下総国の歌枕、「絶にしまま」との掛詞。「みるめ」に「見る目」と海草の「ミルメ(海松布)」を掛ける。八 親が親しい人と結婚させようとして。九 首をたてに振らない。「うけごふ」は「うけがふ」の転。「ウケゴゥ」(日葡)。一〇 食事はもとより湯水を口にすることも断って。一一「他所 たしよ」(大全)。一二 仲人。一三 東西とか長短のように対立する相手があってはじめて存在が意味を持つ関係をいう仏教用語。原話に「門戸甚ダ敵セズ」。一四「司馬温公ガ曰、文中子ガ曰ク、婚娶財ヲ論ズルハ夷虜ノ道ナリ」(事文後集十三・婚姻・古今文集・不レ可レ論レ財)。一五 野蛮人。一六 明敏なこと。「利根 リコン」(合類)。一七 婿入りの準備万端。一八 身を隠さねばならぬ、恋の通い路の番人。一九 昨日まではひとり寝の寝室に窓から射し込んでいた月の光を、夜更けまで二人で眺められるとは何と嬉しい

絵 部屋で語らう数馬と竜子。両者とも片膝を立てる。数馬は若衆髷で小袖は菱紋。竜子は根結いの下げ髪に袿姿。文机(ふづくえ)や畳に書物が見え、和歌や古典へのたしなみが知れる。板縁近くに手水(ちょうず)と柄杓。

夜[一]な〳〵はかこちて過しまどのもとにともにながむるありあけの月

夫婦のちぎりあさからざる事、[二]ひよくの鳥の空にとび連理のえだの地に結びたるも、たとへとするにたらず。

わづかに半年ばかりのゝちに、織田信長公江州にうち出、[三]山門この時に楯[四]をつきしを、[五]元亀二年九月十二日、[六]叡山・[七]日吉山王にいたるまで、みな焼ほろぼさる。此故に、坂本の[八]民屋まで[九]乱妨騒動して、[一〇]四角八方にみなちり〴〵になりたり。竜子は信長公の家臣[一一]佐久間右衛門尉信盛が手に[一二]とりものとなりて、はじめは行方をしらず。のちに[一三]浅井・朝倉ほろびて、江州物しづかになり、[一四]人民をのれ〳〵が故郷にかへりすみて、しばらく安堵したり。数馬は妻の竜子が行衛をたづねんとて、父母にわかれをとり、[一五]若めぐりあはずは二たび家にかへるべからずと、ちかひをおこし、[一六]比叡辻に出たれば、人のいふやう、「正木がむすめ竜子は佐久間に捕れて陣中にあり」と聞て、河内の国[一七]高屋の城におもむきしかば、「[一八]交野の城おちて、江州[一九]小谷に行たり」といふ。又江州に行しかば、「京都にあり」と聞ゆ。方々その所さだまらず、こゝかしこにはせむかひ、つゐに[二〇]天正八年正月に聞けるやう、「佐久間は[二一]大坂門跡の籠城につき、[二二]天王寺の陣に屯し、[二三]七ケ国の軍勢をしたがへ居たり」といふ。これより摂州大坂にくだり、天王寺の陣におもむきしかば、年月かさなり、諸国を尋ね

夜なんでしょう。題林愚抄・恋二・月前逢恋・前大納言経任(新後撰集・恋三)に、二句「とこになれにし」、五句「よはも有けり」。

一 毎晩のように見たい会いたいと嘆きつつ通り過ぎたあなたの住まいの窓辺に、こうして夜明けの月をいっしょに眺めています。 二 比翼鳥。連理の枝とともに夫婦の愛がこまやかに末永きことを喩える。「天ニ在ラバ願ハクハ比翼ノ鳥トナリ、地ニ在ラバ願ハクハ連理ノ枝ト為ラン」(長恨歌)。 三 比叡山延暦寺の別称。「山門 さんもん〈叡山曰二山門一三井寺曰二寺門一〉」(大全)。僧徒のうちに浅井・朝倉勢を助ける動きがあった(信長記四・延暦寺炎上同僧悉被二焼殺一事)。 四 敵対する。 五 一五七一年。 六 「根本中堂ヲ初トシテ山王廿一社鐘楼経蔵ニ至ルマデ焼亡シ」(同)。 七 比叡山東麓の滋賀県大津市坂本にある日吉神社。延暦寺の鎮守とされ、また山王一実神道を標榜して、山王権現、山王二十一社とも呼ばれた。 八 「民屋 ミンヲク〈民戸 農家並仝〉」(書言字考)。 九 「乱妨 ランハウ」(合類)。 一〇 四方八方に同じ。「叶ハジトヤ思ケン、楯ヲ捨旗ヲ巻テ、忽ニ四角八方ヘ逃散ズ」(太平記五・大塔宮熊野落事)。 一一 一五二七-八一。織田信長譜代の家臣。柴田勝家、丹羽長秀らとともに、このたびの近江攻めに活躍したが、のち石山本願寺攻めの怠慢を責められて失脚した。 一二 戦さで人品をねらい略奪すること。 一三 浅井義景の自刃は天正元年(一五七三)八月二十日、浅井長政が同年八月二十八日。 一四 「ニンミン 一般の民衆」(日葡)、「人民 にんみん」(大全)。 一五 「若 も

めぐりしかば、衣はやぶれて鶴[二四]の氅のごとく、かたちおもがはり[二五]して色くろく痩つかれ、野にとまり草にふし、露[二六]にやどかす袖のうへ、涙は更にをきあらそふ。すでに天王寺の陣に行ければ、軍兵[二七]そばだち[二八]番手[二九]きびしく、数馬おそろしながら立やすらひ、隙をうかゞひてとはんとす。番の足軽どもあやしみて、「是[三〇]はいかさま敵の[三一]はかりことをもつて、陣中のありさま見せにつかはしぬらん。その義ならば一足もにがすな。からめとりて、くびをはね、見せしめのため、札[三二]をそへて阿部野[三三]にさ[三四]らせや」とて、我も〳〵とはしり出て打ふせ、をしたをして、高手小手[三五]にいましめ、大将[三六]佐久間に此よしいひ入たり。佐久間聞て、「囚人[三七]こなたへつれて来れ。子細をたづねて後に、ともかうもはからふべし」とて、本陣[三八]にめしより、信盛出むかふて、「汝は大坂籠城[三九]の者か。いかなる子細によりて此陣に来りうかゞひける。ありのまゝに白状せずは水火[四〇]のせめにかくべし」といはれたり。数馬すこしもおそれたる色なく、「只今此大事にをよびてちんじ[四一]申にはあらず。ゆめ〳〵敵方より来りて、此陣中をうかゞふものにはあらず。これは江州東坂本の土民芦崎のなにがしが子数馬といふものなり。叡山喪乱[四二]のみぎり、一族こと〴〵く八方にわかれちりて、行方なく、此ほど、やうやく国中しづかになり、地下[四三]の土民かへり住て安堵せし所に、わが妹竜子[四四]一人帰り来らず。人にとへば、君の陣中にありといふ。それより諸方に

し」(同)。一六 滋賀県大津市比叡辻。「ひえつじ」とも。琵琶湖岸に立地し、水陸交通の要地。一七 大阪府羽曳野市古市。「三好左京太夫義継、松永弾正少弼久秀子息右衛門佐久道をかたらひ、安見新七郎がこもりし交野の城をせめんとして高屋の要害をこしらへて、…信長大軍をおこして上洛あり。佐久間、柴田以下三万余騎を高屋の城にさしむけらる」(本朝将軍記十二・織田信長・元亀二年)。一八 大阪府交野市私部(きさべ)。私部城とも。畠山高政家臣安見直政の居城。元亀三年四月、信長により陥落したか。佐久間信盛も出陣(信長公記五)。一九 滋賀県東浅井郡湖北町伊部(いべ)。浅井長政の居城小谷城の城下。小谷城は、天正元年八月、信長により陥落。佐久間信盛も先手として参陣(信長公記六)。二〇 一五八〇年。二一 大坂石山本願寺に住した十一代法主の顕如。永禄二年(一五五九)に本願寺法主としてはじめて門跡に任ぜられた。二二 石山本願寺攻めのため天王寺に設けた砦。「佐久間右衛門父子をもって天王寺の城をまもらしめ、六月に信長安土に帰り給ふ」(本朝将軍記十二・織田信長・天正四年五月)。二三 「三川尾張近江大和河内和泉紀伊已上七箇国ノ内ニ於テ数箇所ノ与力等付置シ間」(同)。二四 ツルの羽毛。ツルの毛を衣に喩えた。「氅 ケコロモ」(字集)。「つるのけ衣 鶴の毛衣に似たる心也」(匠材集二)。二五 「オモガワリ 変った姿や外面」(日葡)。二六 露に濡れた袖を、競うようにして涙が濡らす。二七 兵士。「軍兵 ぐんびやう」(大全)。二八 ぴんと背筋を立てて。二九 陣の警備に当たる役の兵士。三〇 「イカサマ 副詞。も

尋ねめぐり、たゞ今こゝに来り侍(は)べり。ねがはくは一目あわせてたび給へかし。[一]しからば死(し)すといふとも何をかうらみ侍べらん」とて、なみだをはら〳〵とながす。「さて年はいくつばかり」とゝへば、「其時は十七歳、それより九年をへたれば、[二]廿六歳になり侍べり」といふ。さてはとて陣中の女房共を尋ねしかば、年も名も国も所もおなじく数馬がいふにかはらぬ女あり。歌よくよみ、手かき、智恵利こんなりければ、信盛これを、てうあいしてをきたり。「うたがふ所なく、それなり」と

しかすると」(日葡)。三一 謀略。「謀 ハカリコト」(合類)。三二 氏名・年齢・罪科などを記した高札、捨札。三三 阿倍野のことか。天王寺に近い繁華の地。三四 晒し首にしてしまえ。三五 罪人や囚人を厳重に縛る縛り方。後手にして肘を上向きに折曲げさせ、首にかけた縄で手首を縛る。三六 一軍の指揮官。佐久間信盛はこのとき足軽大将。三七 清音。「囚人 メシフト〈又云捕人〉」(合類)。三八 総大将の信盛が戦さを指揮する場所。本営。三九 石山本願寺、別名大坂御坊のこと。城郭構えで城内に十町の寺内町があった。現在の大阪城およびその近辺が跡地。四〇 水や火を用いた烈しい拷問。四一 疑いをはらすために弁明する。四二 「騒乱」の当て字。四三 一般民衆。「地下 ヂゲ」(饅頭屋本)。四四 兄妹の関係に偽っているが、これは竜子が信盛の妻妾の身の上にあったことを暗示する。「イモト 妹」(日葡)。

以上三四七頁

一 会わせてもらえれば、たとえ殺されたとしても恨んだりいたしません。

二 原話に「二十有四矣」。

て、縄をときゆるし、庁場(ちやうば)[三]によび入(いれ)て、竜子にあはせしかば、竜子も「わが兄なり」といひて数馬に対面し、一目みるより、「あれはそれか」[四]といひもはてず、なみだをながし、なくより外の事なし。信盛いはく、「久しく諸方を尋ねめぐり、関をこえとがめ[五]をしのぎ、さこそわびしく心つかれ、力おとろへぬらん。此陣中にしてしばらく休息せよ」とて、新(あた)らしき小袖ひと重ねいだし、小屋[六]の内にをきて、旅のつかれをやすめらる。

三 「庁庭(ちやうば)」の当て字。取調べを行う「お白洲」。
四 あの人がその人か。意外な邂逅と数馬の変わりはてた姿に驚き、思わず口をついて出た語。
五 行く先々で受ける非難や叱責を堪え忍んで。
六 戦陣に設けた仮設の住まい。

絵 数馬、天王寺の佐久間信盛の本陣で捕まり、佐久間の御前に引き出される場面。右頁、具足を付けた軍兵達。陣内には、陣幕を張り、長刀・鑓・鉾、軍旗がはためく。左頁、捕縛された数馬、両膝をつき、頭を下げ、爪先立つ。室内に、立烏帽子、狩衣、指貫姿の佐久間。鎧が傍らに立て置かれる。

次の日、信盛いひけるは、「汝が妹よく双紙[一]をよみ、歌をもつゞる。汝もさだめて手かき物よむか」と。数馬こたへて、「それがしいとけなきより、山門にのぼり、仏経[二]・外典[三]をこたりなく学し、詩文[四]のかたはし、よろしからねどもつくり侍べり。手[五]もまたをかしげながら、なべての人[六]にはをとり侍らじ」といふ。信盛大によろこび、「われいとけなき時より武芸に心をよせ、諸方の陣中に日をゝくり、学文[七]・手跡の事は手にもとらず[八]。此故に今諸方の書簡又は一篇の詩歌をゝくられても、更に和韻[九]・返歌の事に及ばず。手[一〇]の郎従の中にもこれなし。今さいわひに汝その道を得たり。わが陣中に居て、その事の職つとめて得させよ」と也。数馬うれしくて、「ともかうも仰にしたがひたてまつらむ」とて、はや[一一]二百貫の知行[一二]につけられ、上をうけ下につたへ、書簡[一三]・飛札みな信盛が心のごとくとゝのへたり。軍中の諸兵いづれもおもき人[一四]におもひかしづきて、あなづらはしき[一五]色なし。されども数馬はこれをうれしとも思はず。妻がゆく衛をたづねもとむるためにこそ、身をもかへりみず、命をもおしまず、これまでも来りけれ。一たびあひ見て後はかさねてみる事もかなはず、内外[一六]へだゝり、たがひにこゝろばかりを思ひ通はし、忍びの涙を袖につゝみながら月をこゆるほどに、卯月の衣がへ[一七]になりければ、垢づきたる小袖をぬぎて、人をたのみて「妹につかはす」といはせ、歌一首かきて衣裏[一八]につゝみ入たり。

一 書物とくに仮名書きのもの。「双紙 サウシ」(合類)。
二 仏教の経典。
三 仏教以外の書物。「外典 ゲデン〈儒道也〉」(合類)。
四 詩文の二つや三つ。謙遜した言い方。
五 手跡もふつつかながら。
六 世間一般の人。
七 「学問」に同じ。
八 関心を寄せることもせず。
九 お返しの漢詩。漢詩を贈られたときには、返しの詩に同じ韻字を用いる。
一〇 部下の者。手の者。
一一 年貢高が銭二百貫文の土地。田地一段を五百文と計算するのが標準的であった。
一二 支配を認められた土地。所領を貫高によって示すことは戦国大名の間で一般的に行われたが、太閤検地以後は石高に移行した。
一三 急ぎの手紙。
一四 要職と考えて大切に扱い。
一五 軽蔑するような素振り。
一六 奥向きと表向き。信盛の私生活の場と公務の場。「内外 ウチト」(運歩色葉集)。
一七 「更衣 四月一日なり。衣がへのことなり」(三湖抄)。綿入から小袖に着がえる。
一八 襟。「衣裏 ゑり」(大全)。原話に「布裘ノ領(リヱ)ヲ拆テ之ヲ縫フ」。

[一九]色見えぬこれやしのぶのすりころも思ひみだるゝ袖のしら露

竜子これをとりて、衣裏（えり）のほころびをひろげしかば歌あり。大（おほき）にかなしくて、声を忍びの泪（なみだ）[二〇]をさへがたく、返しとおぼしくて小紙に書つけ、「夏[二一]のかたびらつかはす」といふて、衣裡（えり）もとに縫（ぬひ）ふくめてやりける、

[二二]いかにしてゆきてみだれむみちのくの思ひしのぶのころもへにけり

数馬此（この）返しを見るに、むねもだえ[二三]心きえて思ひなげきしが、その[二四]つもりにやおもき病にしづみ、今をかぎりと聞えしかば、竜子は佐久間に申（まうし）て、「兄の病おもくして、今はかぎりと聞侍べり。ねがはくは此世の名ごりに、今一たび見[二五]まいらせばや」とてなきければ、ゆるし侍べり。いそぎ小屋の中に行たりければ、前後わきまへず吟（によひ）[二六]ふしたり。竜子枕もとに立より、「いかに[二七]。みづから[二八]こそ只今こゝにまいりて侍べれ」といふに、数馬むくとおきあがり、竜子が手をとり大息（いき）つきたるに、涙は両の目にあまり容（かほ）にながれかゝりつゝ、物をもえいはで口ばかりうごくやうにて、そのまゝ絶入（たえいり）[二九]てむなしくなる。佐久間あはれがりて、天王寺のうしろの山もとにを[三〇]くりうづみ、僧をやとひて吊（とぶら）[三一]はせけり。竜子はなく〳〵わがすむかたに帰り、湯水をだに聞いれず、引かづき[三二]て臥（ふし）けるが、その夜より心地なやみて薬をものまず、たゞなきになきつゝ、空にむかひ地にふして大息（いき）のみつきて、次の日の暮がた佐久

一九 それとは見えないでしょうが、これぞ信夫の里の摺り衣で、乱れる袖の白露模様から私の耐え忍ぶ心を察してください。「しのぶのすりころも」は奥州信夫郡（現福島県南部）の特産。忍ぶ草を染料に捩れた模様を摺りつけたもので、恋の思いを忍ぶ意を込め、「乱る」はその縁語。題林愚抄・恋四・寄衣恋・常盤井入道（新後撰集・恋一）。

二〇 「泪 ナミタ」（字集）。

二一 麻のひとえ物。端午から九月朔日まで着た。「端午…自二今日一良賤各々著二帷子一倭俗布衣謂二帷子一」（日次紀事・五月五日）。「帷子 かたびら」（大全）。

二二 どうやってあなたの所へ行き、この思いを晴らせばよいのでしょうか。みちのくの忍ぶ摺りの衣のように千々に乱れた恋心を、耐えに耐え忍んで久しい時を過しても う我慢できそうにありません。「衣」に「頃も」を掛け、「経（ふ）る」に「綜（ふ）る」を掛ける。題林愚抄・恋四・寄衣恋・従二位家隆（玉葉集・恋一）。

二三 失神するほど激しい衝撃を受けて。

二四 種々の思いや悩みの結果であろうか。

二五 お目にかかりたい。

二六 うめきながら。「唾 ニヨフ〈又呻瘖吟並同〉」（合類）、「吟 によふ」（大全）。

二七 「イカニ もしもし。これは呼格の助辞である」（日葡）。

二八 自称の代名詞。多く高貴な女性が使う。

二九 息が絶えて亡くなった。

三〇 野辺の送りをして埋葬し。

三一 「弔」に同じ。「吊 トフラフ」（字集）。

三二 「ヒキカヅク 引っ張ってかぶる」（日葡）。

間にいひけるは、「みづから家をはなれ君にしたがひまいらせ、年をかさねて、他国をめぐり、親しきものとては、一人もなかりしに、たゞ兄のみひとりたづね来てこれさへむなしくなり侍べり。此(この)かなしさは[一]生を替てもわすれがたく侍べれば、今は命もきはまれり、みづから死(し)なば兄のそばにうづみてたべ。黄泉(よみぢ)のもとにして、せめておなじ所に、めぐりあひ、[二]年月のうさつらさかたりなぐさむ事もがなと[三]他国にさまよふ、たよりをもとめむ」とてその息(いき)たえむなしく成(なり)たり。佐久間は世にいたはしく思ひて、その心ざし望みたるに違(たが)はず、数馬が塚(つか)の左にならべて、うづみつゝ、竜子が衣裳(いしやう)のこらず、寺にをくりつかはし、あとよくとふらひけり。

[四]おなじき六月に大坂門跡(もんぜき)の籠城(ろうじやう)[五]あつかひになりて開退(あけのき)[六]ければ、佐久間も天王寺(じ)のぢんをはらひて帰りしかば、今はすこし物しづかになり行(ゆく)かとおぼえしに、竜子が江州の家に久しくめしつかはれし下人(げにん)[七]弥五郎商人となりて世をわたるわざとし、大坂より和泉のさかひ[八]にゆくとて、天王寺辺を打過(うちすぎ)ければ、東の方の山ぎはに、あたらしく立たる家あり。数馬と竜子と門よりつれ、立出て、「いかに弥五郎にてはなきか。[九]道のたよりに立(たち)よれかし。古郷の事もゆかしきに」とてよびかけたり。弥五郎立もどり、[一〇]手をうちて、「故郷には、数馬殿の御父母は、とくむなしくならせ給ひ、その跡は舅(をぢ)[一一]にておはする権七殿こそつがせ給へ。竜子公(たつこぎみ)の二人の御親はつゝ[一二]

一 生まれかわっても。

二 長年の憂鬱や辛かったこと。

三 亡魂となっても故郷に帰れず、他郷を流浪する身の上になっての支えとしたい。

四 天正八年(一五八〇)六月。実際には閏三月に講和が実現した。

五 講和。

六 信長公記十三によれば、顕如上人の大坂城退去が四月九日、新門跡教如が八月二日。

七 「ゲニン (シタノ・ヒト) 従僕・家来、または、奉公人」(日葡)。

八 大阪府堺市。

九 道のついでに。

一〇 意外なことに驚き、あきれる様子。

一一 「外舅 ヲヂ ハ、カタノヲヂ」(合類)。

一二 「ツヽガナキトコソ聞ツルニ 無レ恙 ツヽガナキトハ、何事モナキト云心也。惣別ハ虫ノ名也。此虫、人ノ腹ヘ入テ、心ノ臓ヲ食。古(イニ)ハ人ノ家モナクテ草居ナリシユヘニ、人多ク此毒虫ニアフ。シカル間人ヲ問時、ツヽガナシヤト問シ也。又、神異経ノ説ニハ、恙ハ獣ノ名ナリ。コノ獣ヲ黄帝ノ殺サレシヨリ、世ノ人ウレヒナシ。是ヲツヽガナシト云義モアリ」(謡抄・清経)。

がなくて、只御人[一三]のゆくゑをきかまほしく、朝夕はなきしほれて、神ほとけにいのり給ふに、などやとく〳〵かへりたまはぬ」とかたる。竜子、「[一四]されば とよ。故郷のゆかしさいふはかりなければ、[一五]世につかふる身は心のまゝならねば、それもかなはず」といふ。弥五郎は、「いそぐ事のありて、はやく帰るべきに、文ひとつつかはし給へ」といへば、「まづこよひはこゝにとゞまりてよ」とて、酒すゝめ物くはせなどして、夜もすがら物がたりしつゝ、はや明(あけ)がたになりければ、弥五郎は[一六]旅立

一三 そのお方。目前の相手に対して名指しを遠慮した婉曲な表現。オヒト。
一四 相手の言葉に納得しながら発する語。
一五 奉公先を持つ者には。
一六 再び旅する身の上にもどった。「名残りの神楽夜は明けて、旅立そらに立ち帰る」（謡曲・蟻通）。

絵 竜子、病臥する数馬の小屋を訪れ、最期の別れをなす場面。両者の小袖の紋様は前々図（二四四頁）と同様。数馬の手を取り、涙にむせぶ竜子。

空に出てかへる。竜子、文こま〴〵と書(かき)て渡しぬ。坂本に帰りて正木夫婦に文をまいらせ、「かう〳〵」とかたりしかば、親かぎりなくよろこび、いそぎ文をひらきてみれば、文のことば、文字(じ)[一]のくさり、手[二]のかきながしたる、うたがふところもなきむすめの文なり。

そのことばには、「久しく年へて、たま〳〵弥五郎見えきたり、故郷の事聞(きく)につけてうれしきが中に、こひしさやる[三]かたもなく侍べり。朝なゆふなそなたの空[四]にたなびく雲霞も思ひをおこすなかだちとなり、秋[五]くる鴈金(かりがね)[六]もたよりの文はつたへぬかとわびられ、そゞろにおつる泪(なみだ)の袖今はみなくちはてゝ、弥五郎にまみえしうれしさを何[七]につゝまんとのみおもほゆ。わが身は父[八]のうみて母のそだてける。ふかきめ[九]ぐみは海もかずならず、たかき[一〇]いつくしみは山も物かは[一一]。夫(をつと)いざなひ妻したがふは女の身のならひ、人の世のさだめ也。往日(そのかみ)[一二]は山[一三]くづれ麓(ふもと)かたふき、日[一四]の色は煙におほはれ、みづうみ[一五]のなみはほのほにもゆ。身を歎き、命をのがれんとて、したしきがゆきわかれ、ちりのごとくとび、あられのごとくわかれてみなちり〳〵になり、たがひにゆくさきしりがたし。みづからは佐久間とかやおそろしき武士(もののふ)[一六]にとられ、あるときは交野(かたの)の陣にきもをけし、ある時は中島[一七]のいくさにむねをひやし、国の数〳〵[一八]したがひめぐり、なみだにのみうきしづみしうらみをこゝろにかくし、おそれ

一　文字から文字への連綿。
二　筆の流れぐあい。
三　気持を発散させるすべがない。
四　故郷の坂本の方角にたなびく。
五　秋に越路から渡ってくる雁。雁が故郷への便りを伝えた蘇武の故事により、手紙を「雁札」「雁の便り」などという。
六　「鴈　カリ」(字集)。
七　包み込むべき袖もたもともない。「うれしさをなににつゝまん唐衣たもとゆたかにたてといはましを」(古今集・雑上・読人知らず)。
八　「父我ヲ生ミ、母我ヲ鞠(やしな)フ」(詩経・小雅・蓼莪)。「母コソ生、父ハ生ヌガ、血気ヲウクル程ニ生ダト云」(毛詩抄十三)。
九　「母ノ徳ハ海ヨリモ深シ、滄溟海還テ浅シ」(童子教)。
一〇　「父ノ恩ハ山ヨリモ高シ、須弥山尚下シ」(同)。
一一　物の数ではない。くらべものにならない。
一二　昔、かつて。節用集類に、往古・昔日・昔時・昔年・当初・当時などを当てる。
一三　戦いにより国土の荒廃したことをいう。
一四　戦雲に閉ざされること。
一五　湖水も炎となるくらい、戦火に包まれるさま。
一六　「武士　モノヽフ」(合類)。
一七　淀川支流の神崎川と中津川に囲まれた一帯。現在の大阪市淀川区・東淀川区のあたり。元亀元年(一五七〇)九月三日、中島まで出陣した将軍義昭のもとに根来、雑賀衆一万余騎が馳せ参じ、信長軍との間に激戦を交えた(信長記三・大坂合戦事)。

を身にうけて、春の月おぼろに秋の風すさまじく、ねられぬまくらのうへには[一九]夜る
の衣をかへせども夢をだにむすばず。時うつり事さりて、我をたづぬる人にあへり。さらに春を尋ぬるのをそきうらみはなしに、門の前の柳風にをられて二たび枝出つゝ、[二〇]断(たち)たる絃(ことのを)かさねてつぎければ、又君の[二一]賜(たまもの)ありてつかふる道に[二二]立帰るべき私(わたくし)をわすれ、日かさなり、月ゆきて今日になりぬ。音づれ絶(たえ)たる[二三]ふけうのとが、恩(おん)をわするゝに似たる事をば、まげてゆるし給へ」などかきて、おくに、

[二四]田鶴(たづ)のゐるあしべの潮(しほ)のいやましに袖ほすひまもなく〳〵ぞふる

ふたりの親これを見て、「そのころわかれてより、たよりのつてをだにきかず。今は世になき人の数にや入(いり)ぬらんと、心もとなく悲しと思ひくらせしに、いきてありとだにきけば、まことに日ごろいのり申せし神ほとけの[二五]利生ぞや」とて、うれしなきになきけり。父のいふやう、「いそぎこゝにむかへて年比(としごろ)のなげきをもなぐさめ、見えもし、みもせむ」とて、弥五郎にあんなひせさせ、いそぎ天王寺におもむきしに、[二六]棟門(むなかど)立たる家ありとおぼえし所には、たゞ草ばう〳〵と生(をい)しげり、きつねはせめぐり、道もなき山のふもとに塚(つか)ふたつならびてあり。こゝかしこ、見めぐらせ共(ども)、それかとおぼしき家はなし。一町あまりの西に寺あり。こゝに行(ゆき)て僧に尋ねしかば、「其塚(つか)は佐久間信盛(のぶもり)の陣中より、葬礼(さうれい)したる芦垣数馬・正木氏竜子兄弟の

一八　転戦に付き従い。
一九　夜着を裏がえして着てみたものの。「いとせめて恋しき時はうば玉の夜の衣をかへしてぞぬる」(古今集・恋二・小野小町)。「衣を返してぬれば。恋しくおもふ人の夢にみゆると云事。昔より云伝へたる事也」(歌林良材集五・返衣見夢事)。
二〇　死んだと思った夫に再会することができて。「断絃」は本来は妻の死をいう。「絃　コトノヲ」(合類)。
二一　主君の御褒美(夫の仕官など)に与って、親への孝をないがしろにしたということ。
二二　故郷に帰るという個人的な事情。
二三　「不孝」の呉音読み。
二四　鶴の群れいる芦辺に潮がひたひたと増してくるように、望郷の涙が日に日に増さって、袖の乾く間もなく泣き暮しています。「ひまもなく」に「泣く」を掛ける。「田鶴　たづ」(大全)。題林愚抄・恋四・寄鳥恋・国道朝臣(順徳院歌合建保二九尽)。
二五　「利生　りしやう　祈(いの)(る)かいあり」(和漢通用集)。
二六　切妻破風の屋根を載せた立派な門。

つかなり。又そのあたりに人のすむべき家はなきものを」といふ。父おどろき、むすめの文を取出してみれば、文字(もじ)もなく墨(すみ)もつかぬ白紙(しらかみ)[一]にてぞ有ける。父かなしさのあまり塚のもとに打たをれ、人めをもはぢず、声をはかり[二]に泣居(なきゐ)たり。「我はる〴〵とこれまで来る事も一目あはんと思ふにぞ。いかに此(この)つかにうづもれて跡をかくしけるこそかなしけれ。老たる父が心をしらば、すがたをみゝえて[三]此(この)物おもひをなぐさめよかし」とて、その夜はそこにとゞまりしに、夜半ばかりに夢ともなく、

一 何も書いてない紙。「白紙 しらかみ」(大全)。
二 「コヱヲハカリニナク 出せるだけの大声をあげて泣く」(日葡)。
三 互いに姿を見せあう。「ミヽエシ 見ユルト云事ノカサネ詞ナルベシ」(謡抄・船橋)。
四 なきがら。
五 強い否定。感動詞「いや」に助詞の「と」「よ」がついたもの。
六 冥府。
七 思いの鬱積が原因であろうか。

12-3 宋代の福建で李稷に投降した数多の乱賊のうち全葉一人が讒言を信じた稷臣により処刑され、死後に復讐を果すという五朝小説の睽車志「紹興初福建寇乱賊云々」の一話を防長二州の太守大内家滅亡の時代に移し、心ならずも陶晴賢に臣従した厚狭の某という武士の身の上に転ずる。李稷は苛暴をもって知られた官人で本文中の稷臣はその家臣の意であろうか。原話の全葉は

数馬と竜子とあらはれ出て、涙をながしつゝ、そのかみの事共語り、「跡よくとふらひてたべ」といふ。父夢心地に、「我こゝに来る事は、むかへて古郷に帰らんため也。よしさらばむなしき[四]戸なりとも、つれて古郷に帰りなむ」といふに、「[五]いやとよ。此地に埋もるゝも[六]地府の定あり。又物静にしてすむによろし。古郷にうつし帰されんにはくるしみかさなる事侍べり。うづみし塚をば二たびよそにはうつさぬものぞや。地府のさだめし御とがめその亡者にあたりて、くるしみをうくる也。たゞ此まゝをきてとふらひ給へ」とて、父にとりつきなきけるよとおぼえて夢はさめたり。なく〳〵僧をやとひて、塚のまへにして供物をそなへ経よみつゝ、跡よくとふらひ、涙ともろともに立わかれて坂本の古郷に立かへりし父が心、見る人きく人みなあはれがりて涙をながす。坂本にかへりても[七]思ひのつもりにや、夫婦の親いくほどなく身まかりぬ。

（三）　[八]厚狭[九]応報

[一〇]陶尾張守晴賢は、[一一]大内義隆の家老として、[一二]不義をくわたて[一三]主君義隆を追出し、みづから[一四]山口の城に居て、[一五]分国を[一六]押領す。その威やうやくつよくして、大軍なびきしたがひ、いまは世の中おそるゝにたらずとぞおもひける。[一七]周防・長門の諸将・[一八]諸侍

火刑の苦しみを熱病によって報復するが、厚狭の亡霊は鹿毛の馬に騎って晴賢を追い詰める。
八 長門国の郡名。山口県厚狭(あさ)郡。「長門 長州 五郡 厚狭(アッサ)…」(新撰類聚往来・下)。九 行いの結果として受ける報い。「隠徳応報 ヰントクヤウハウ」(書言字考)。
一〇 →四二頁注一六。
一一 →六一頁注三。
一二 主君を追放するという非道な行い。「八月廿九日周防国山口の城主太宰大弐大内義隆が家老陶晴賢謀反をおこし義隆を追出して国をうばひとる」(本朝将軍記十・源義輝・天文二十年)。
一三 清音。「企 クワタツ」(合類)。
一四 山口県山口市にあった大内家の居館。山口に城の築かれたのは陶晴賢没後の弘治二年(一五五六)で、高嶺(峰)城と称する。
一五 諸大名に与えられた領国。
一六 「ワゥリャゥ (ヲサエ・リャウズル) 力ずくで、あるいは、不当に人の領地を奪い取ること」(日葡)、「押領 アウレウ」(合類)。
一七 周防国と長門国。ほぼ現在の山口県全域に当たる。
一八 すべての侍。むしろ「諸侍 シヨサフライ」(広本節用集)の読みが一般的。或いは「諸士」の当て字か。

絵 竜子と数馬の両人、天王寺まで訪ねてきた竜子の父の夢の中に現われる場面。右に老父と下人弥五郎。弥五郎は袋(或いは平包)を背負う。死装束の白帷子を上に着て黒杖をついた二人。後ろに卒塔婆が立った小丘の比翼塚。

等弓[一]をふせ、かぶとをぬぎてしたがひつく事いふはかりなし。その中に周防の国には、吉城[二]・大島[三]、長門の国には美禰[四]・見島[五]の諸侍等、はじめはしたがはざりけるを、「いまは時世[六]にまかするぞよき。忠義ありとてもたれか身をやすくしたる[七]。無用の忠義[八]に身をせばめられむより、たゞ降参せよ」とて、みな陶に降参す。その中に長門の国の住人厚狭弾正なにがしといふものは、そのかみ義隆に恩をかうふれり[九]。「一旦[一〇]は降参すといへども、これは当屋形[一一]をうかゞふはかりこと[一二]なるべし」と讒す

一 いずれも敵意を持たないこと、或いは降参を意味する行為。
二 周防国吉敷(よしき)に当てたか。山口県吉敷郡。以下も郡名の利用。
三 山口県大島郡。
四 山口県美祢郡。
五 長門国見島郡。山口県萩市見島。
六 時代の趨勢。
七 地位や立場を安泰にする。反対が「身をせばむ」。
八 すでに滅びた大内家に対する忠誠心。
九 「蒙 カフムル」(合類)。
一〇 原話に「葉ニ降意無シ。将(ま)ニ復タ変ヲ為サン」。「降意」は降参の意志。
一一 室町時代の有力大名の居所のこと。またその主人をも指した。
一二 清音。「謀 ハカリコト〈又喋計策略図並同〉」(合類)。

るものあり。陶[13]げにもとおもひ厚狭をからめとりて、鏁[14]をもつて柱にしばりつけ、四方に炭火をおこし火あぶりにす。陶[15]いでゝこれを見る。厚狭ははなだくるしみ、大[16]きに声をあげ、「我[17]すでに降参す。なにのつみによつて、かくからきめ[18]見する。死してのちも物[19]しる事あらば此報なからめや」とて、焼爛[20]て死す。陶うちわらひ、「火責の厚狭[21]、さてこりよ」といふ秀句[22]して其尸を野にすてたり。半年[23]ばかりのゝち、つね[24]に陶が座の右[25]に厚狭来りてみゆ。陶大きに、にくみきらひしが、安芸の

一三 原話に「稷ノ臣之(これ)ヲ信ジテ、乃チ大ナル柱ヲ通衢ニ植(た)テ、葉ヲ取(とら)ヘテ鉄索ノ鎖ヲ以テ柱ニ縛リ炭ヲ熾シテ囲繞ス」。「通衢」は道が四方に通ずる繁華の地、「囲繞」はぐるりと取りまく。

一四 「鏁 同レ鎖」(字集)。

一五 原話に「稷ノ臣躬(みづから)臨ミテ之(これ)ヲ視ル」。

一六 原話に「葉大キニ呼(さけ)ビテ曰ク」。

一七 原話に「我已ニ降ニ就(したが)フ。何ノ罪アリテカ此(これ)ヲ至ス」。

一八 「カライメニアフ　危険な事や難儀な事にぶつかる」(日葡)。

一九 もし物ごとを知覚し判断する能力を備えていたら。

二〇 原話に「体皆燋(や)ケ爛レ乃チ死ス」。

二一 火責めの熱さで、厚狭の奴め、懲りるがよい。「厚狭」に「熱さ」を掛ける。

二二 駄じゃれ。

二三 原話に「是レ自(よ)リ」とあって、時間の経過を置かずに、とする。

二四 原話に「是(これ)自(よ)リ稷ノ臣毎(つね)ニ独坐スル時、葉ノ側(かたはら)ニ在ルヲ見テ大イニ悪(にく)ム」。

二五 身辺、座のかたわら。「座右」の訓読。

絵　陶晴賢、厚狭を火あぶりの刑に処する場面。右頁、中央に、折烏帽子に狩衣、指貫を着し、獣皮の上に座った陶。左右に素襖、袴の家人達。左頁、柱に繋がれ、炭で焼かれる厚狭。番の者が持つのは左より、突棒(つくぼう)、鑓、長刀。

国宮島のいくさに、毛利家のためにうちやぶられたり。そのとき厚狭甲冑をたいし、鹿毛の馬にのり、まつさきにすゝみ、陶をむまよりつきをとせしとちかき軍兵どもはまのあたり見たり。これより陶つゐにかつせんに利なくして、敗績したりとかや。

（四）　邪婬の罪立身せず

白石掃部正は、かまくらの上杉家につかへて足軽大将なり。その子右衛門尉は年すでに廿三、父にしたがひて、おなじく奉公をつとめんとす。よりより言上して、すでに目見えせん事を定めらる。その借たる家にむすめあり。年十七八見めはなはだうるはしかりければ、右衛門尉心をかけてさまざまつくろへ共、家のあるじみだりなることをばきびしくきらひて、夜るとても物音すこし聞ゆれば、とがめあやしみて用心せしかば、つゐに逢事かなはず。右衛門尉、たゞ此女にまどひて奉公の心ざし傍になり、とかく透間をうかゞひし処に、明日は上杉家の御目見えとて、親もうれしく取まかなふ。その夜しも、家のあるじ、一族の中に急用ありとて出て行つゝ、夜ひとよ帰らず。右衛門尉よきひまぞと思ひ、ひそかにむすめの部屋にしのびて心ざしをとげ、よろこびにあまりけり。かくてわが臥戸にかへりまどろみければ、あをきかりぎぬにゑぼうし着たるおとこ一人はしり来りて一紙の折紙をさゝげ、

一 反旗を翻した毛利元就を討つため兵を安芸国宮島に進めた天文二十四年（一五五五）九月の戦い。　二「毛利 モリ」（合類）。　三 陶晴賢は同年十月一日に毛利方の急襲を受けて大敗し、自刃した。原話に「三年之後、稷ノ臣偏ク体ニ瘡疱状ノモノ生ジ、大イニ灼（ヤ）クガ如クニシテ痛ミ忍ブベカラズ、竟ニ卒ス」。　四 よろいかぶとを帯びて。

五 馬の毛色。茶褐色でたてがみや尾が黒い。

六「敗績」の誤刻。戦さに大敗すること。「敗績 ハイセキ〈左伝凡師（サイ）大崩曰ニ敗績ニ〉」（書言字考）。

12-4　五朝小説の睽車志「竜舒人劉観云々」の構想に基づき、最終段落で不覚の事件を加えて原話を改変し、教訓的な言辞を挿入して、仕官がかなわぬ者達への勧戒談とした。

七 道に外れた姦淫。仏教の五戒（殺生・偸盗・邪淫・妄語・飲酒）の一つ。　八 掃部寮のかみ（頭）は従五位下に相当。　九 鎌倉上杉家には、山ノ内、扇ケ谷、犬懸、宅間の諸流がある。　一〇 歩兵集団の足軽隊を統率する大将。　一一「ヨリヨリ 折々」（日葡）。　一二 子供の功績などを申し述べること。「言上 どんじやう」（大全）。　一三 家督や知行相続時の主君への謁見。見参、御対面とも。　一四 原話は、監酒（酒造の監視者）の劉観の子、尭挙（字は唐卿）が、嘉禾（嘉穀）のある地方に行き、流寓していたが、科挙に臨むために舟を雇い、その舟主に娘がいた。　一五 顔立ち。「眉目 みめ」（大全）。　一六 好意を得ようと種々努める。原話に「舟人女（むすめ）有リ、尭挙之（これ）ヲ調（てなづけん）トス」。　一七 男女の乱れた行為。原話に「舟人閑ヲ防

「明日かならず一千石の[二六]奉禄(ほうろく)にあづかるべし」と云所(いふところ)に、あかき装束(しやうぞく)に[二七]立(たて)ゑぼし着(き)たるおとこ一人跡(あと)よりはしり来り、大(おほき)にいかりたるけしきにてかの折紙(をりかみ)をうばひとり、「[二八]右衛門尉は[二九]まさなきよこしまの[三〇]わたくしごとせし故(ゆゑ)に、天帝(てい)大きにいかり給ひ、奉禄の[三一]符(ふ)をとりかへし給ふなり」とて、夢はさめたり。

つぎの日、右衛門尉父子うるはしく出(いで)たち[三二]遠(とを)さふらひに[三三]伺公(しこう)せしところに、[三四]くわんれいたち出たまへば、なにとかしたりけむ、ゑもんの尉(ぜう)、ふかくねふりて前後も

グコト甚ダ厳ナレバ由リテ得(しした)ムコト無シ」。一八 なおざりになること。一九 警戒のゆるみ。「透間 すきま」(大全)。二〇 思いを果す。原話に「遂ニ舟女ト諧(したしみ/やはら)ギ私約ス」。二一 非常に喜んだ。二二 「臥所」の当て字か。寝所。原話に「観夫婦ノ一夕ノ夢ニ、黄衣一人、馳セ至ル」。「観夫婦」は劉観夫婦すなわち尭挙の両親。二三 狩衣。貴族の平服。二四 烏帽子。二五 料紙を横に折った文書で、室町時代は公用の通達状としても使用された。「ヲリカミ きちんと封をしないで送られる簡単な書付や手紙」(日葡)。原話に「牘(ふだ)ヲ報ジテ云ハク、郎君ハ首薦ナリト。観、前(すす)ミテ其ノ牘ヲ視ント欲ス、適(さま)ニ一人忽チ掣(いせ)シ去リテ云ハク」。「牘」は未詳、今、文書の類と解し、仮に「ふだ」と訓む。二六 諸節用集は「俸禄」。二七 折烏帽子に対し、峰(頂)を立てた折ってない烏帽子。二八 原話に「劉尭挙近ゴロ欺心ノ事ヲ作セリ。天符ハ殿一挙トス。言(ことば)ニ其ノ夢覚メ、協(おび)ヘテ頗ル驚クコト異ナリ。俄ニシテ巻ヲ拆(さ)ク。尭挙、雑犯ヲ以テ主文ヲ黜(づけ)ラレ、皆其ノ文ヲ嘆キ惜シム」。「殿一挙」は一回分の受験資格を停止すること。「巻」は「試巻」で

絵 白石右衛門尉、夢の中で俸禄を取り上げられる場面。左、茵の上で就寝する右衛門尉。夜着は桜紋。屏風は足下に、七宝輪違、中十字紋。中央、直垂(本文は狩衣)、折烏帽子を着けた俸禄の折紙を持参した男。右に、立烏帽子、素襖、長袴姿の俸禄を取り上げようとする男。枕上に行灯。上に灯心、下は油差し。

おぼえず、くわんれいのいでたまふをもしらず。「かゝる不覚人は物の用にたつべからず」と、諸[一]人かたふきいひしかば、つゐにめしかゝへられず。父かもんはこれをうらみて[二]いとまこふて、[三]ほつしんしけり。ゑもんの尉は、[四]一期のうち、[五]身上[六]かたづかで、[七]るらうちくてんのものとなりぬ。されば人の身上かたづくべきがかたづかざるは、さらに世をうらみ、人を[八]かこつべからず。たゞ我身にかへり見て、[九]われすまじき事をすれば、[一〇]天たうにくみて、[一一]くわんゐ・ほうろくみなこゝろにかなはずといふ。

（五）盲女を憐て報を得

[一二]永禄戊辰十二月に、[一三]武田信玄軍兵を[一四]そつして駿州におもむき、[一五]今川氏真をゝびやかし、[一六]城下の民屋を焼たて氏真を追落して駿府をうばひとり給へり。城下の諸民あはてふためき、資財・[一七]雑具をとりはこび、我さきにとにげまどふ。その間に[一八]大軍をし来り、家〳〵に[一九]こみいり、財物を[二〇]かすめ[二一]落人をうちふせ、はぎ取、手にもちたる物みなうばひ、切たをし追をとし、男女なきさけぶ[二二]音聞の声に和して、天地もくづるゝばかり也。かくて[二三]焼しづまり、城おちて氏真は行がたなく、信玄勝利を得て[二四]府中の[二五]掟をいたされしかば、[二六]地下人ばら、[二七]家にかへる。

官吏登用試験の答弁用紙。「雑犯」は種々の犯罪。二九 不実の。「マサナ、マサナノ 実直でなく、堅実でも公正でもない（こと）」（日葡）。「邪 マサナク」（書言字考）。三〇 私通。三一 俸禄を受ける運命を記した札。三二 遠侍。武家の屋敷で、本殿から離れた所にある警護の武士の詰所。三三 参上すること。「伺候 シコウ〈又云伺公〉」（合類）。三四 管領。関東管領は、鎌倉公方を補佐し、関東の政務を管理した。

一 非難して言う。二 辞任を申し出て。三「発心 ホツシン」（合類）。四 生涯。「一期 いちご」（大全）。五 身分、地位。清音。「身上 シンシヨウ」（合類）。六 定められずに。七 流浪逐電。「逐電 チクテン〈日本俗世話、暗〈クラク〉ν跡義也〉」（下学集）。原話では、両親は尭挙に私事の内容を問いただしたが、何も答えず、今に至るまで、尭挙は試験に合格しなかったとする。八 責任を他に転嫁し、非難する。「託 カコツ〈又任誣並同〉」（合類）。九 自分でも悪いと思うことを行えば。一〇 天道。→三〇頁注六。一一「官位 くわんゐ」（大全）、「俸禄 ホウロク」（合類）。

12–5 原話は五朝小説の茅亭客話「庚子歳天兵討益部賊云々」の、盲目の孤児を育んだ貧婦の一話。その善行を称賛する教訓的な一文を含めて、原話にほぼそのまま即す。

三 永禄十一年（一五六八）。「永禄十一戊辰年十二月六日、辰の刻に信玄甲府を御立なされ、甲州下山通を駿河国へ御発向あり」（甲陽軍鑑十一上・氏実信玄中悪成事）。三 →一三かゝる所に町家のやけあとなる溝の中に、年七八歳ばかりなる女子ありて、なきさけぶ。「父よ母よ姉よ、我をすてゝ、いづくに行たまふぞ。我には食も湯もたべぬか。あなかなし。あなおそろし。飢て渇たるぞや。あなくるし」とて、声をはかりになきさけぶをみれば、目のしゐたる女子なり。隣の家にすみたるやもめの女房かへり来りていふやう、「あなかはゆや、此むすめは三歳のとき疱瘡をうれへてまなこに入つゝ、両目ながら盲たり。二人の親このむすめの智恵かしこきをあはれみ、つねには法華経の薬草喩品、観音普門品をゝしへて誦せしめたり。こと更にいとおしみそだて侍べりしを、このごろ父は三浦右衛門にくまるゝ事ありて、非分の科をかうふり、牢舎させられて、牢屋にして死す。母これをうらみて病つきて打つゞき死す。姉これをそだて侍べりしに、今度のみだれにながれ矢にあたりて死す。城をちてのちは一ぞくちり〴〵になりて此むすめの事しるものなし。かゝるものを見すて侍べらば、溝にたをれて飢死べし」とて、涙と共にいだきをこし、もとより孀なり、乱にあふてあらゆる物みなうしなひ、此盲女をやしなふべき力はなけれ共、いとかはゆく、見すてがたく、わがせなかにかきをひ、薦ばりの小屋にをきつゝ粥すこしづゝくわせ、「いかに和御前が父母はかう〳〵の事にて疾死せり。姉は此ほどのみだれに、矢にあたりて死す。みづからかはゆく見すてがたきに、こゝにつれ

二頁注一。二四 率して。「ソッスル 軍勢を引き連れていく」(日葡)。二五 →一三九頁注三一。二六「雑人に紛、早、今川の御館へ火を懸よと仰付られ、次日十三日には駿府の城を焼払給ふ」(甲陽軍鑑十一上・氏実信玄中悪成事)。原話に「天兵益部ノ賊ヲ討ツニ、囲ミヲ突キテ宵遁(とん)ス。主帥城中ノ民ヲ愍(あは)ミテ便チ招誘シ城ヲ出ス」。「益部」は蜀の地名、「宵遁」は夜に逃げること、「主帥」は総大将。二七 日用のこまごました用具。「雑具 ざうぐ」(大全)。二八 原話に「大軍方(ま)ニ入ラントス」。二九「コミイル 力ずくで入り込む」(日葡)、「込入 こみいる」(大全)。三〇「掠 カスム カスメル〈掠レ人也 又劫奪、略奪並同〉」(合類)。三一 清音。「ヲチュウト 戦場をのがれて逃走中の人」(日葡)。三二 合わさって。「和クハ」(合類)。三三 鎮火したのち。三四 駿府、現在の静岡市。三五 戦後処理の法令、法度。三六 一般庶民。「地下人 ぢげにん」(大全)。「ばら」は複数を表す接尾語。ども。三七 原話に「平定ニ及ビテ後、尽ク家ニ帰ラシム」。三八 市街地。三九 原話に「南市ノ渠(みぞ)ノ中ニ一リノ盲女七八歳ナルガ有リ」。四〇 原話に「叫ビテ云ク、父ヤ母ヤ兄ヤ嫂ヤ、何処ニ去(ゆ)キテ我ニ飲食ヲ供給セザルヤト。其ノ盲女饑渇ノ逼(せ)ル所ト為(な)レドモ家ノ無キヲ知ラズ、但(だ)父母兄嫂ヲ怨ミテ旦夕輟(や)マズ」。「旦夕」は一日中。四一 下さらないのか。四二 機能を失う。四三 原話に「隣婦有リテ云ク、此ハ孫氏ノ女(むすめ)、三歳ニシテ瘡痘ヲ患ヒテ眼ニ入ルニ因ツテ父母其ノ聡慧ヲ憐ミ常ニ念仏書ヲ教

て帰りそだて侍べるぞや」といふに、此盲目これを聞より、もだへこがれてなげきかなしみ、粥をもくはず夜昼啼さけび、つゐに絶入て死けり。やもめの女房大にあはれみなげきて、薪をひろひ焼のこりし燼をあつめて火葬したりければ、盲女子の帯に金子二両をつけてあり。やもめの女房これをとりて、僧を供養し、仏事いとなみ、黄金のありかぎりみな仏道に布施したり。かくて十日ばかりのゝちに、わが家の内にして黄金十両をひろひえたり。此よし信玄聞つたへ給ひ、「かゝる心ざし

へテ鞠(やしな)テ養フコト甚ダ厚シ」。「瘡痘」は疱瘡。三四 夫のいない女性。「孀 ヤモメ」(下学集)。三五 通りすぎることができずに、歩みをもどし。三六 かわいそうに。三七 患って。三八 法華経の第五品。仏の慈悲があまねく衆生に及ぶことを説く。三九 法華経の第二十五品。観世音菩薩を念ずることによって、七難三毒を逃れ福徳に到ることを説く。四〇 原話に「父ハ輸給迫(よ)バザルニ於(りよ)テ死ニ、母ハ憂憤ニ於テ死ニ」。四一 三浦右衛門佐義鎮。上方浪人の子に生れ、今川家の重臣三浦家の養子となって、算勘利得の才を認められ、今川氏真の側近として権勢をふるった。四二 理不尽な。四三 咎め。四四 牢に押し込めること。「牢舎ラウシヤ」(合類)。四五 原話では兄嫁。四六 「嫂ハ役夫ヲ供給スルニ因ッテ流レ矢ニ中(あた)リテ斃レ」。「役夫」は使用人、「供給」は需要に応ずる。四七 戦乱。四八 原話に「兄ハ城陥チテ存亡ヲ知ラズ」。四九 原話に「更ニ親戚モ無ク、観ル者心ヲ痛マシ涕ヲ洒グ」。五〇 原話で隣家のやもめ女房が盲女にかかわるのはその死後であり、盲女はだれからも介護を受けないまま死ぬ。五一 一人称の代名詞。目下あるいは年若い女性に親しみを込めて使う。五二 かくかくの次第で。五三 かわいそうで見ていられず。

以上三六三頁

一 身もだえして恋いこがれ。「惆悵 モダヘコガル、ヽ」(合類)、「悶焦 もだへこがるゝ」(大全)。二 原話に「旬ヲ経テ、或ルヒト隣婦ニ遇ヒテ云ク、盲女ハ宅(た)人ノ飲食ヲ接(う)ケズ」。「旬」は十日間。三 原話に「但(だた)悲(げな)キ号叫シテ其ノ親ヲ呼ビ、水飲モ

ある女房はいまだ世にまれ也。我身のわびしきにくはへて盲女をやしなひ、又黄金を得てわが徳分とせず、仏道に布施する事たぐひなき廉直の女也。奉行・頭人にこれあらばむかしの青砥左衛門に替るべからず。天道あはれみて黄金十両をあたへ給ふなるべし。是を公義にめしとらば冥慮もおそろし」とて、信玄より家をたて丶、やもめの女房にとらせらる。是故に徳つきて、ともからもゆるやかに世をわたりけると也。

それ世の人、その家富さかえて金銀ゆたかなる時は、礼法をもしり、義理をもつとむ、正直にもみゆるもの也。家おとろへ身まづしければ、をのづから無礼になり、義理をすて丶徳につき、物をむさぼるは世のつね人のこ丶ろぞかし。されば、か丶るみだれに逢て、家は焼くづれ、資財はうしなひ、わが身すがらになり、その日だに暮しかね、まことにわびしき中に、かのやもめの女房慈悲ふかく盲女をやしなひ又死したるをすてず、薪をひろふて火葬し、黄金を得て仏事をいとなむ。更に我身のためにせざる事、まことの心ざし誰か感ぜざらん。此故にこ丶にしるして、をしへの端とす。今の人、もし利を見て義をわすれ、徳によりてよこしまをなさば、この孀の女房のため、恥かしき罪人ならずやといふ。

口ニ入レズ、蘇リテハ復(たま)絶シ、七日ニシテ卒スト」。「水飲」は飲み物、「絶」は呼吸が止まる。四 原話に「因ツテ憫ミテ余燼ノ材ヲ拾ヒ聚メテ之(これ)ヲ焚ス」。五 清音。「燼 モヘクヒ」(合類)。六 原話に「盲女ノ衣中ニ白金一両ヲ獲テ遂(よ)テ之ヲ鬻ギ以テ僧ニ画像ヲ供ス」。「画像」は肖像画。七「金子 キンス」(書言字考)。八「両」は重さの単位で、一両が四匁五分。九「あるかぎり」の誤刻か。一〇 以下の黄金十両の拾得と信玄の耳に入ったこととは原話にない付加。一一 相手のためによかれと思って尽くす気持。一二「貧 ワビシ」(合類)。一三 取り分、もうけ。一四「廉直 レンチヨク〈正直義〉」(合類)。一五 室町幕府にあって実務を担当した役人、奉行人。一六 同じく、各種の部局にあって奉行人を統轄した長官。たとえば訴訟を担当する引付衆の長を「引付頭人」と称した。一七 →一九三頁注三八。一八 →三〇頁注六。一九 朝廷、幕府その他政治をとり行う公機関。二〇 拾得物として没収したならば。二一 神仏のおぼしめし。「冥慮 ミヤウリヨ」(合類)。二二 金持ちになって。二三 貧窮に迫られることなく。二四 原話に「夫(それ)家富ミ財饒(ゆたか)ナル則(とき)ンバ礼ト義ト興ル」。二五 人としてわきまえ守るべき道理。二六 原話に「財苟(しも)足ラザル則(とき)ンバ礼ト義ト倶(とも)ニ癈(すた)ル、蓋(けだ)シ人ノ常ノ情也」。二七 原話に「是

絵 隣の女房、盲女を憐れみ、家に連れ帰って粥を食べさせる場面。家は粗末な薦ぶき(むしろを周囲に張ったもの)。盲女は泣き悲しみ、椀を手にしない。

(六) 大石相戦(あいたゝかふ)

越州春日山の城は、[一]長尾謙信(ながうけんしん)[二]の居住せられし所也。謙信[三]すでに死去せらるべき前[四]かど、城の内に大石二つあり。ある日の暮がたに、かの[五]二つの石、をどりあがり〳〵しきりにうごきけるに、人みなあやしみ見侍(は)べり。たちまちに一所にまろび寄(より)[六]て、[七]はたと打あひ、又立(たち)のきてをどりうごき、又うちあひたり。大石の事なり。い

ノ時ニ当ツテ民家財物罄空(けいくう)シテ窘迫尤モ甚シ」。「罄」は空しい、「窘迫」は窮迫に同じ。 二八 わが身以外何もない身の上。 二九 原話に「隣婦独リ能ク余燼ノ材ヲ拾ヒ盲女ヲ焚焼シ、復(また)女ノ衣中ニ金ヲ獲テ己ガ用ト為サズシテ盲女ノ与(ため)ニ僧ニ画像ヲ供スルハ奇ナル哉」。 三〇 原話に「故ニ特ニ之(これ)ヲ書(しる)サン」。 三一 原話に「今之(これ)利ヲ見テ義ヲ忘ルル者ハ、斯(こ)ノ隣婦ノ為ニハ罪人ナラズヤ」。 三二 欲得のために不正を行う者があったなら。

12-6 原話は五朝小説の集異志「後趙石季竜時云々」と見なされるが、石より血が流れる部分のみが一致し、二石が戦うことや災いの前兆という主要なテーマに結びつく点は見えない。両石の戦いという怪異現象を、謙信の死の予兆とともに謙信の跡目をめぐる景勝・景虎両将の争いに転じた。この話は北越軍談四十「春日山ノ城下怪異付大石闘戦の兆を示す事」に採られている。

一 新潟県上越市中屋敷の春日山にあった、越後守護上杉氏の居城。

二 謙信は越後守護代長尾為景の末子で、元来長尾氏。永禄四年(一五六一)上杉憲政から家督を継いで上杉政虎と改名。「ながう」の振仮名は、本書他巻にも見られる。→一二三頁注三三。

三 天正六年(一五七八)三月十三日病没。四十九歳。

四 「マエカド 前もって、あるいは、以前に」(日葡)。

五 原話全文「後趙ノ石季竜ノ時、東海ニ大石有リテ自立ス。傍ラニ血流有リ。鄴(ぎょう)

かなる故とも知(しり)がたし。たゞあやしき事に思ひければ、人〳〵いかにともすべきやうなし。夜半過(すぐ)るまで、たゝかひて、その石かけ損(そん)じて散(ちり)とぶ事あられのごとし。つゐに二つの石もろ友にくだけてさてやみにけり。夜あけて見ればそのあたりに血(ち)ながれたり。これたゞことにあらずとおもひあやしみける所に、謙信(けんしん)やみつき給ひ、つゐにむなしくなり給へば、兄弟跡をあらそひ、本城と、二の曲輪(くるわ)と、両陣(ちん)たてわかりて、軍(いくさ)ありける。これそのしるし成(なる)べしと、後におもひ合せしとぞ。

伽婢子巻之十二 終

ノ西山ノ石間ニ血流出ス。長サ十余歩、広サ二尺余。大武殿ノ画ノ古賢悉ク変ジテ胡(えびす)トナル。旬余ニシテ頭悉ク縮ミテ肩中ニ入ル。季竜大イニ之(これ)ヲ悪ム」。「後趙」は五胡十六国時代の国名、「鄴」は石勒の次帝、石虎の時の都。

六 「転 まろぶ」(大全)。

七 「ハタト 不意に、または、突然」(日葡)。

八 了意によく見られる表記。→五六頁注一。

九 謙信死後の、上杉政景の子息で、謙信の庇護を受けた上杉景勝と北条氏康の七男で謙信の養子となった上杉景虎との争い。御館(おたて)の乱。景勝は春日山本丸を占拠し、景虎は、もと上杉憲政の居館であった御館(上越市大字八幡小字御館)に籠って応戦した。戦いは景勝の勝利となり、景虎は天正七年(一五七九)三月二十四日自害した。

一〇 二の丸。「曲輪」は塁濠で囲まれた城郭の一区画で「丸」と同意に使用されるが、丸が主要なくるわを指すのに対して、曲輪は小規模・従属的なものを指すことが多い。

一一 景虎は春日山では二ノ丸に居住しており、御館に脱出した。「喜平次景勝は本城に取あがり、三郎景虎は二の曲輪にありて色を立てしかば、本城より弓・鉄砲を放ちかけたり。景虎かなはずして、越後の国府御館の城に引こもる」(鎌倉九代記・九之下)。

絵 春日山城内の大石二つが争う場面。驚く裃姿の武士達。

伽婢子　巻之十三

（一）天狗塔中に棲

寛正五年四月に、都の東北糺の川原にして、勧進の猿楽能あり。観世音阿弥、同じくその子又三郎を太夫として、狂言師・役者おほし。此比の見物なりとて、京中の上下足を空になし、諸人蟻のごとくあつまり、星のごとくつどひて、これを見物す。将軍家も三たびまで桟敷かまへさせて御覧あり。大名・小名似合〳〵に絹・小袖・金銀を出しあたへらる。そのつみあぐる事、日ごとに山のごとし。

ある日将軍家には出たまはず、大名がた、風流をつくす。若殿原たち桟敷をならべて、其前には家〳〵の紋しるしたる幕うたせ、芝居には上下の諸人せきあひもみあひて座をあらそふ。其間に、楽屋の幕うちあげ、三番叟の面ばこさゝげ、しめやかに階がゝりをねり出たり。諸人しづまりて見居たる所に、桟敷の東のはしより、火もえ出て、おりふし風はげしく吹ければ百余間の桟敷一同に焼あがる。内にもち

13–1 五朝小説の諾皐記「博士丘濡説云々」に載る妖怪にさらわれた女性の見聞談を足利義政の時代に移し、勧進能の失火の混乱に紛れて天狗に拐かされた町家の男児の身の上に翻する。寛正五年のこの勧進能は後世まで伝聞した盛事であったが、興行中の火事は史実に反する。これは桟敷崩れの大田楽(太平記二十七・田楽事付長講見物事)一件を取込んだもの。また、火災一件のことは、太平記二十一「法勝寺塔炎上事」等を契機とするか。

一 一四六四年。 二「東北　とうぼく」(落葉集)。 三 京都市左京区下鴨。高野川と賀茂川の合流する河合の一帯(泉川町・宮河町・宮崎町)。芸能の興行や納涼の場として著名。 四 寺社造営、架橋等の資金を募って催す能の興行。寛正五年の勧進猿楽は四月五・七・十日の三日間、鞍馬寺修復を目的に行われ、糺河原勧進猿楽日記と異本糺河原勧進申楽記に詳しい。「同五年四月五日糺川原にして勧進の猿楽あり」(本朝将軍記九・源義政・寛正五年)。 五 観世三郎元重。世阿弥の甥で足利義教・義政時代の名人。「観世音阿弥及その子又三郎を大夫として狂言師役者はなはだおほし。将軍家御桟敷をかまへて御覧あり」(同)。 六 観世又三郎政盛。父の跡を継いで観世太夫となった。「多田須河原勧進申楽、観世大夫又三郎卅六歳、音阿弥六十七歳」(糺河原勧進猿楽日記)。 七 シテ方・ワキ方・狂言方・囃方の総称。 八 近年稀な。 九 見逃せない催物。 一〇「足ヲソラニマトフ　イソガハシクフタメク心也」(寿命院抄十九段)、「サレバ万人手足ヲ空ニシテ」(太平記二十七・田楽事付

はこびたる屏風・簾（みす）その外、破子（わりご）・樽（たる）・台（だい）の物、にはかの事なれば、とりのくるに及ばず。後には舞台（ぶたい）・楽屋（がくや）までも同時にもえあがりしかば、見物の諸人あはてふためき、我さきにと出（いで）んとするほどに、四方きびしく結（ゆひ）まはしたる垣（かき）なれば、ねずみ戸ひとつにて、せきあひもみあひふみたをし、打（うち）ころび、女わらべは手足・首（かうべ）をふみをられ、蹴（け）わられ、かたはらには、首髪（かしらがみ）・小袖に火もえつき焼死（し）するものもおほかりし。甲斐（かひ）〲しきものありて四方の垣（かき）をきりほどきしにぞ、やう〱にのが

長講見物事）。　二一「義政桟敷を構て三ケ日見物」（日本王代一覧・後花園・寛正五年四月）。　三「桟敷　サンジキ」（合類）。　一三 大名に準ずる家格の領主。　一四 それ相応に。「似合　にあひ」（大全）。　一五「（将軍は）毎度猿楽どもに御衣を出してかづけ給ふ。細川、畠山、斯波をの〱一万疋をあたへらる。御相伴衆、御供の衆以下みな衣服をぬぎてあたへらる」（本朝将軍記九・源義政・寛正五年四月十日）。　一六 三日間それぞれにわたって、金子、衣服が下賜された。　一七「立紋之装束、金襴段子（どんす）、はく・ゑ縫もの唐織物なり。何（いづれ）も花をかざるなり」（異本紏河原勧進申楽記）。　一八 芝生に座って見る席。　一九「ショニン（モロモロノ・ヒト）すべての人々」（日葡）。　二〇「セキワゥ　多くの群集・軍勢が集まってひしめき合っている」（日葡）。　二一 謡曲「翁」の別称。神事能、勧進能など改まった興行で初日の冒頭に演じられた曲。三番叟は正しくは翁、千歳とともに登場する人物の名。　二二 翁の面を納めた箱。翁は他の演者とともに面箱持ちを先頭に登場し、舞台で面を着ける。　二三 楽屋の出口に当たる鏡の間と舞台を結ぶ通路、橋懸り。　二四 これを「翁わたり」という。「東ノ楽屋ヨリ練出タレバ」（太平記二十七・田楽事付長講見物事）。　二五 紏河原勧進猿楽日記では六十三間。「サレバ百余間ノ桟敷」（太平記二十七・同）。

以上三六九頁

一 上席ののし葺（ふ）きの桟敷には、御簾（みす）が付いていた（紏河原勧進猿楽日記）。挿絵参照。　二 檜の白木で作ったふた付きの容器。内部に仕切を設けて料理を盛り、携行

る丶人おほかりし。かくて焼しづまりしかば、将軍家のおほせによりて、諸大名うけたまはり、一夜のうちにもとのごとく舞台・桟敷・外垣までもつくりたてらる。まことに大名のしわざははからひがたしと感じながら、女わらべ・地下の町人ばらはきのふにこりて行ものなし。されども諸国の大名小名・御内外様・中間小者ばらまでみな行ければ、桟敷も芝居もなをにぎやかにこみあひたり。され共喧嘩口論もなく無事に仕舞せし処に、その焼たりし夜より、都のうちに迷ひ子を尋ぬる事、十

する。三 酒樽。四 宴席に出す料理。五「カキヲユヒマワス 塀や垣などを作る」(日葡)。六 劇場の木戸口。「板壁ニ小戸ニ箇所ヲ設ケ是ヲ鼠戸ロト称ス。芝居ニ入ル人、背肩ヲ屈曲シ門限ヲ越テ之ニ入ルコト、鼠ノ竇(あな)ニ入ルガ如シ」(雍州府志八・芝居)。七 女性と子ども。しばしば弱者の代表とされる。八「首 カウベ ツブリ」(合類)。九「カシラガミ 頭の髪の毛」(日葡)。一〇 勇ましく頼りがいのある。一一 挿絵では幕が張られる。一二 想像を越えて、考えが及びがたい。「評 ハカラフ」(合類)。一三 宮中に出仕する「堂上」に対して一般庶民をいう。「地下 チゲ」(書言字考)。一四 譜代の家臣。一五「御内」でない家臣。一六 武家に奉公する従者のうちで郎従と小者の間の者。一七 同じく武家奉公のうちで最も軽輩の者。身分的には中間(ちゅう)の下にあり、主に雑役に従事する。一八 三が日の興行をうち終えた。

以下三七二頁

一 京都市街東部と山科を隔てる山地およびその麓の鴨川に至るまでの一帯。二 京都市北方の山地。またとくに北区衣笠の一帯。三 京都市北区の上賀茂神社を中心とした一帯。四 騒ぎに驚いて逃げまどった子ども

絵 糺川原勧進能の桟敷から出火する場面。右頁、桟敷の端より出火、驚き見入る芝居の見物人や警護の武士達。舞台の地謡座に三人。左頁、先導する面箱持、後ろの橋懸りにシテの翁。左下桟敷内に天狗とさらわれた子供の次郎。天狗は火の方を指差し、子供に自分の威力を示す。

四五人に及べり。あるひは東山[一]・北山[二]・上賀茂[三]わたり、子[四]どもかの騒動に方角をうしなひ、にげまどふて足にまかせて行(ゆき)まよひたるもの共(ども)なれば、みな尋ね出して帰りしに、上京今出川[五]辺に、町人の子に次郎といふもの年十二にして行方(ゆきがた)[六]なし。親か[七]なしがりて、人おほくやとひ諸方をたづね、山〻寺〻をめぐりもとむるに、これなし。廿日ばかりの後に東山吉田[八]の神楽岡(かぐらをか)に忙然(ばうぜん)[九]として立(たち)て居たるを見つけてつれてかへりしに、四五日のほどは物をもくはず、たゞ湯水ばかりをのみてうか〳〵[一〇]として物をもいはず座し居たり。

其後やう〳〵人心地つきてかたりけるやう、「紏(たゞす)川原に出たれば、五十あまりとみゆる法師(ほうし)の云(いふ)やう、「汝(なむぢ)猿楽(さるがく)の能(のう)を見たく思はゞ我袖(わがそで)[一一]にとりつけ」とて、左[一二]の袂にとりつかせ、垣をとびこえたり。「汝物いふな」とて、ある大名の桟敷につれてのぼられしに、大名も御内(みうち)の侍(さふらひ)も、さらに見とがめず物もいはず。かくて「何にても喰(くふ)べきか」とおほせられ、酒・さかな・菓子(くわし)[一三]までとりて給(たま)はるをうちくひけれども、人〳〵見もせずとがめもせざりし処に、桟敷のならびたる家〳〵[一四]の幕(まく)うちまはし、大きにをごりたる体(てい)なりければ、此(この)法師、「あなにくや。あな見られずや。なにのこともなき奴原(やつばら)のひげくひそらし[一五]、我はがほ[一六]なる風流づくし、鼻(はな)のさきうそ[一七]やぎたるありさまかな」と、ひとりごととして、「汝は此(この)もの共のうろたゆる躰(てい)見た

も、近郊の東山・北山・上賀茂の辺をさまよった程度だったので。五 室町時代の今出川は賀茂川より分れ、相国寺の西側を南流し、東洞院北小路(現京都御苑西北)で東に折れ、現寺町通で南流した。ここは、その川筋近辺を指すか。或いはまた、後年の今出川通(御所北筋を東西に走る通り)近辺を指すか。この通り、寺町西へいる町辺りには近世初期、町人の家も公家衆に混じって散在した(京雀五)。六「ユキガタ 人が向かって行った方向、または、人の姿が消えて行った方」(日葡)。原話に「汝州傍県ニ、五十年前、村人其ノ女ヲ失フ。数歳ニシテ忽チ自ラ帰リテ云ハク」。七 かわいそうと思って。八 左京区吉田神楽岡町。吉田山とも。西麓に吉田神社がある。九 ぼんやりとして。「芒然 バウゼン〈又云忙然〉」(合類)。一〇「ウカウカト 副詞。…または、気がふれたように放心しているさま、など」(日葡)。一一「如何シテ内へハ入候ベキトワブレバ、山伏我手ニ取付セ給へ、飛越テ内へ入候ハン」(太平記二十七・田楽事付長講見物事)。一二「手ニ取付タレバ、山伏長講ヲ小脇ニ挟デ、三重ニ構タル桟敷ヲ軽々ト飛越テ、将軍ノ御桟敷ノ中ニゾ入ニケル」(同)。一三 果物。「種々ノ献盃、様々ノ美物、盃ノ始マルゴトニ、将軍殊ニ此山伏ト長講トニ色代有テ、替ル替ル始給フ処ニ」(同)。一四 大小名たち。一五 口ひげの両端を上向きにそらせて。一六 我こそはと得意がる顔つき、態度。一七 ぴくぴくと動く、自慢のさま。一八「余ニ人ノ物狂ハシゲニ見ユルガ憎キニ、肝ツブサセテ、興ヲ醒サセンズルゾ」(太平記二十七・同)。

く思ふか。いでさらばうごきみだれて、[一八]うろたゆる躰見せん」とて、我をかきいだき舞台の屋ねにあがり、[一九]なにやらんとなへられしかば、東の桟敷より火もえ出て風ふきまどひ、百余間の桟敷一同に焼あがり、貴賤男女うへをしたへもて返し、さはぎみだれうろたへまどふて[二〇]あやまちをいたし、疵をかうふり、死するものはなはだおほし。舞台も楽屋も焼ければ、法師我をつれて川原おもてに出つゝ、「さて見よや」とて手をたたき大にわらひて、「今は心をなぐさみたり。これよりわがすみかに来よ」とて[二一]法勝寺の九重の塔のうへにのぼり、内に入たりければ何もなし。たゞ[二二]独古・[二三]錫杖・[二四]鈴を、おそろしき絵像のほとけのやうなる、[二五]羽あるものゝ前にをかれたるばかり也。ある日は我を塔の中にをきながら[二六]我ばかり出て地にくだり、[二七]法師の姿にて人に行あひては、あるひは腰をかゞめて礼をなし、[二八]あるひはかしらを打はりなどして通り、又は人の容につばきをはきかけ、又は人のせなかをつきて打たをしなどするに、[二九]その人ども更に目にもかけず、とがめもせず。あるひは両方より来る人の首髪・[三〇]もとゞりをつかみて、二人を一所に引よするに、此二人俄に刀を[三一]ぬきて打あひきりあひ、[三二]手をゝふて[三三]朱になるもあり。日ごとにかゝる事共いくらといふ数をしらず。其外江州勢田のはしに行て[三四]蛍を見、[三五]賀茂のまつり[三六]松尾の祭礼、[三七]このごろ見るといふ事あればつれてゆきつゝ見せられたり。[三八]我とふやう、「出て行給ふ

一九 何か呪文を唱えなさると。太平記二十七では、山伏が桟敷の柱を倒し、よそからは、辻風による天狗倒(突然、理由もなく倒れること)のように見えたという。
二〇 怪我をして。 二一 左京区岡崎にあった白河天皇勅願の寺。八角九重の塔が金堂南面の池の中島にあった。原話には幽閉した塔を「其ノ塔人居ヲ去ルコト止(ま)リテ甚ダ近シ」とし、以下に述べる怪異の挙動を女が塔の上から望見する設定になっている。
二二 密教で使う金剛杵のうち、両端の鋭くとがったもの。「独鈷 トツコ」(合類)。
二三 僧侶が携行する杖。頭部に金属の鐶を数箇つけて、振り動かすと鳴る。 二四 密教で使う金剛鈴。 二五 仏像のように見えるが背中に羽の生えている恐ろしい絵像。
二六 法師が自分だけ。 二七 原話に「地ノ方ニ至リテ人ト雑(ま)ハル。或ヒハ塵中ニ白衣スル者有ラバ、其物、斂手シテ側(かた)ニ避(の)キ」。「塵中」は汚れた俗世、「其物」は女を誘拐した怪異、「斂手」は手出しを控える。 二八 原話に「或ヒハ其頭ヲ撾(う)タレ、其ノ面ニ唾(つば)ケラルル者ヲ見ル」。
二九 原話に「行ク人悉ク見(み)メザルガ若(ごと)シ」。 三〇 頭上に髪を束ねた箇所、たぶさ。
三一 底本に「ぬぎて」。 三二 怪我をして。
三三 「返シ合テ切合処モアリ。被レ切朱ニ成者モアリ」(太平記二十七・同)。 三四 →一二頁注一九。 三五 京都市北区の上賀茂神社と左京区下鴨神社の例祭。「賀茂祭 中ノ酉…上賀茂御祖、下賀茂別雷両社の祭也。…けふ人々葵桂のもろかづらをかくるゆへに、世俗にあふひまつりといへり。たゞ祭といふも此祭の事なり」(増山井・上・四月)。

道に人にあふて[一]礼をなし給ふは、誰ぞ」といへば、「それは道心ふかく、慈悲正直に信心あつき人なり。此人[二]邪欲[三]名利の思ひなし。[四]善神身をはなれず[五]諸天したがふて守り給へば、おそれて礼をいたせし也。又頭を[六]はりて通りしは、あるひは金銀・財宝おほくもちてまづしき人を[七]あなづり、[八]生才覚ありてをろかなるものを[九]くだし見る、すこしの[一〇]芸能あれば、これに過じと自慢する[一一]奴原は、[一二]つらのにくさにかうべをはりて通る。又せなかをつきたをしけるは、[一三]小学文ある出家の、内には道心もなく慈悲もなく重邪欲にあまり、外には学文だてして人をあなどり、いたづらに[一四]信施をくらひ[一五]旦那を[一六]むさぼり、非道[一七]濫行なるがにくさに突たをしたり。又両方を引合せて喧嘩せさせし人は、すこしの[一八]武勇を自慢して、[一九]人をある物かとも思はぬつらつきの見られねば、にくさに喧嘩させたり。又つらおもてに[二〇]かすはきをはきかけしは、これ[二一]牛をくらひ馬をくらひ、あるひは家に飼をきながらその犬・庭鳥をころしくらふもの、をのれはこれを[二二]栄耀とおもへども、あまりのきたなさにつばきはきかけたり。牛をくらひ飼鳥をくらふものは[二三]疫神たよりを得て[二四]疫癘おこりやすしといへり。すべて、なにのみち、なにの人といふとも[二五]正直慈悲にして信ある人はおそろしきぞ。たとひ高位高官の人も邪欲・非道・慢心あるは、[二六]みなわれらが一族となし、たよりをもとめて、心をうばふなり」とて、今より後ゝの事までかたられし」とて、つぶさに物

三六 京都市西区嵐山宮町の松尾大社の例祭。「松尾祭 同(上申)日、今は酉日」(同)。三七 近ごろ評判の見せ物。三八 原話に「女之(これ)ニ問フ。向(さき)ニ君ヲ街中ニ見ルニ、敬フノ者有リ。戯狎スルノ者有ルハ何ゾヤ」。「戯狎」は、ふざけたわむれる。

一 お辞儀をなさったのは。二 人の道に外れた野心。三 名誉欲と金銭欲。四 仏法擁護の諸神、とくに四天王と十二神将。五 天部の仏たち。六 音高くたたいて。七「あなどる」の古形。「アナヅル アナドルと言う方がまさる。嘲弄する、あるいは、軽んじ侮る」(日葡)。八 中途半端な創意着想力。九 見下す。一〇 学芸或いは琴・棋・書・画などの諸芸の才能。一一「奴」の複数形。他人を卑しめた語。「ヤツバラ」(日葡)。一二 顔を見るだけで不愉快になるので。一三 少しばかりの学問。一四 檀家が仏法僧の三宝に捧げる施物、お布施。一五 檀家、施主。一六 施物をしぼりとる。一七 乱行。一八「武勇 ブヨウ」(饅頭屋本)。一九 他の者を認めようとしない憎たらしい顔つきを見るに見かねて。二〇「カスハキヲハク 痰を吐く」(日葡)。二一 原話に「世ニ牛肉ヲ喫(らく)フ者有リ。予(われ)得(あ)ヒテ之(これ)ヲ欺ク」。二二 身分に相応したぜいたく。「栄耀 えいよう」(大全)。二三 疫病神。「疫神 ヤクジン」(合類)。二四 疫病神のもたらす悪性の伝染病。「疫癘(エキレイ) 俗ニハ名ニ瘟病一、医書ニハ…、世話ニ疫病ト云ゾ」(病論俗解集)。二五 原話に「或ヒハ忠直孝養ニシテ釈道ノ戒律法籙ヲ守ル者ニ遇ヒテ、吾(われ)之(これ)ヲ悞犯セバ、当(まさ)ニ天戮ニ為(あつ)ルべ

がたりせしか共、其外(そのほか)[二七]の事は世[二八]をはゞかりて沙汰する事なし。「かくて、「今はいと[二九]まどらする」とて、塔(とう)のうへよりつれてくだり給ふとおぼえて、其後はおぼえず」とぞかたりける[三〇]。

世の中の事共後ゝの有さま物語せしにたがはずといへり。それより法勝寺の塔(とう)には天狗(ぐ)のすむといふことをいひはやらかしけるに、応仁[三一]の乱(らん)に焼くづれたり。

(二) 幽鬼(ゆうき)[三二]嬰児(えいじ)に乳(にう)す

伊与[三三]の国風早郡(かざはやのこほり)[三四]の百姓[三五]、ある時家中大小[三六]の人打つゞきて死(し)す。その外(ほか)村中の一ぞく、のこりなく死去(しにうせ)て、たゞ兄弟二人生(いき)とゞまりぬ。伝尸(でんし)[三七]労瘵(ろうさい)[三八]の病はまことに滅(めつ)[三九]門(もん)にいたるといふ、さだめてこれらそのためしなるべし。兄弟うれへにしづみし所[四〇]に、弟(をとゝ)[四一]の妻又むなしくなる。ひとりのみあかしくらす中に、此春(このはる)生れたる子あり、母にをくれて[四二]乳(ち)に飢(うへ)つゝ、よる昼なきける悲しさ、見るにつけ聞(きく)につけて涙の絶(たえ)る隙(ひま)なし。妻死して[四三]卅日ばかりの後に、弟の妻その家に来りぬ。はじめはおそれしかども、夜ごとに来りしかば、後にはいとゞむつまじくしてさすがにすてがたく、夜もすがら物がたりする事常のごとし。兄このよしを聞(きく)[四四]にまことしからず、弟をいましめていはく、「汝が妻死していまだ中陰(ちうゐん)[四五]の日数をだに過(すご)さず、はやいづかたよ

シ」。「釈道」は仏教と道教、「法籙」は道教の戒め、「悞犯」は誤って罪を犯す、「天戮」は天の命ずる処罰。二六 原話では、怪異の物は、自らを「野叉」と言い、「野叉」はすなわち「夜叉」で鬼のことを言うが、本話では、「天狗」の一族。二七 その他政治向きにかかわる話は。二八 世間への聞こえを配慮して語らなかった。二九 暇を与える。釈放する。三〇 原話では、女との縁が切れた怪異の物は女に一青石を与え、送り返した。女は家の庭に落ち、母がその青石を磨って飲ませたところ、青泥の如き毒気が斗余下った。三一 応仁二年(一四六八)八月四日、兵火によって炎上。法勝寺は元亀二年(一五七一)廃寺となった。

13-2 五朝小説の鉄囲山叢談「河中有姚氏云々」に基づき、結末の一部を削除するのみで、ほぼ忠実に従う。類話に、片仮名本因果物語・中ノ二十三等の亡母が我が子に授乳するという幽霊女房談の一類。三二 幽霊と同じ。三三 伊予の国。「伊予 イヨ〈与州〉」(新撰類聚往来・下)。三四 かつての伊予国郡名の一。明治三十年に温泉郡に改編。愛媛県温泉郡中島町や北条市・松山市の一部。三五 原話の「姚氏」は、十三世累代の義門と称された名家。三六 大人も小人も。原話に「一旦、大小死シテ尽キント欲ス。独リ兄弟ノミ在リ」。三七 伝染病の肺結核。「伝尸病(デンシビヤウ) 癆瘵(らうさい)ノ病ノ中ニ伝尸ノ一証アリ。尸ハ三尸虫トテ人ノ腹中ニテ臓腑ヲクラフ虫ナリ。癆瘵ヲ一人ワヅラヒ、ソレヨリ身近キ親類ニヒタモノウツリテ一家ヲツクシテ死スルノ症也」(病名彙解五)。三八 肺病や肺結核。「癆瘵(ラウサイ)」初

りか女をよびいれ、夜ごとに語りあかす。[一]これ世の人のためそしりをうけ恥をみるのみならず、兄をだにこれほどの事いさめざるかと人のいはんもはづかし。今より後はせめて妻の一周忌(しうき)過(すぐ)るまで、[二]こと女をめしいるゝ事あるべからず」といふ。[三]弟涙をながしていはく、「夜ごとに来るものは死したる妻の[四]幽霊(ゆうれい)にて侍(はべ)る。はじめ俄(にはか)に[五]門を[六]扣(たゝ)く。「わが子に乳(ち)なくしてさこそ飢(うへ)ぬらん。此事の悲しさに、帰り来る也」といふ。[七]門をひらきて内に入たりしかば、[八]赤子(あかご)をいだきあげ髪(かみ)かきなでゝ乳を

ハ虚損次ハ虚労後ハ労瘵、是ヲ労極ト云。伝屍労瘵ノ症有テ、乃蔵中ニ虫有テ心肺ヲ嚙ム者ヲ名テ瘵ト曰フ、乃チ門ヲ滅ス」(病論俗解集)。 三九 一族が絶えること。 四〇 原話に「マサニ憂ニ居リ、シカウシテ弟ノ婦、又卒ス。弟独リ小児ト同室ニ処(を)ル」。 四一「弟 ヲト、」(天正本)。 四二 先立たれ。 四三 原話に「百許(ばかり)ノ日度(すぎ)タルニ、其ノ家人、忽チ弟ノ室中ニ、夜婦人ト与(と)ニ語リ笑フガ若(ごと)キ者アルヲ聞ク」。 四四 信用しなかった。原話に「兄信ゼズ。因リテ自ラ往キテ之(これ)ヲ聴キテ審(し)リ、一日其ノ弟ヲ厲(だた)シテ曰ク」。 四五 四十九日さえ、過ぎていないのに。

一 原話に「吾ガ弟、縦ヒ偶(まつ)ヲ喪フトモ、寧(なん)ゾ少(ばし)シヲ待タズ、方(さま)ニ衰経(いさ)ヲイマダ除(と)カザルニ、外ヨリ婦人ヲ召シ、舎中ニ入レンヤ。辱ヲ吾門ニ懼ルルコト、将(はた)奈何(いかん)セント」。「衰経」は喪服の帯。 二 他の女。 三 原話に「弟因リテ泣涕シテ言ハク、然ラザル也。夜与(もと)ニ言(かた)ル所ノ者ハ乃チ亡婦爾(のみ)ト」。 四「ユウレイ 幽霊也。冥土ヲ幽冥(メユウイ)トモ云也。幽冥ニサマヨフタマシイト云義也」(謡抄・八島)。 五 原話に「則チ夜ニ門ヲ叩キテ曰ク、我、児ノ乳無キヲ念ヒテ此ニ至ルト」。 六「扣 たゝく」(大全)。 七 原話に「因リテ門ヲ開キ之ヲ納(い)ルルニ、果シテ亡婦ナリ。遂(すす)ミテ径(ただ)チニ榻(いだ)ニ登(あが)リ、児ヲ接取(だい)キテ、之ニ乳ス。弟甚(われ)ダ懼ル。是ヨリ数(しば)来リ、相与ニ語言ス。大抵平時ニ異ナラズト」。 八「赤子 あかご」(大全)。 九「フクムル 食物を

[九]ふくめ侍べり。初のほどこそおそろしくもおぼえけれ、後はむつまじくて夜もすがら語りあかし、夜あくれば去[一〇]失侍べる。更に日ごろにたがふ事はなし」といふ。[一一]兄聞て思ふやう、「一門こと〴〵く死絶てたゞ我ら兄弟二人のみ残る。しかれば此ばけ物[一二]一定わが弟をたぶろかし[一三]死すべし。其時にいたりては、くやむともかひあるまじ。ばけ物といへども妻と化して来るうへは、弟さらに思ひきるべからず。われこれをころさばや」と思ひて、[一四]長刀をよこたへ、弟にもしらせず忍びて門のかたはらに居たり。案のごとく亥の[一五]刻ばかりに門をひらきて立入ものあり。兄はしりよりて[一六]丁どなぎふせたり。かの者こゑをあげ、「[一七]あなかなしや」とて、にげさりぬ。

[一八]夜あけてみれば血ながれて地にあり。兄弟その血のあとを[一九]認てゆくに、妻を埋みし墓所にいたる。弟の妻が[二〇]尸墓のかたはらにたをれて死す。墓をほりて見れば棺の内には何もなし。もとのごとく妻が尸をおさめうづみしが[二一]赤子も死けり。[二二]いくほどなく兄弟ながら打つゞきて[二三]死うせければ一門跡絶たり。

(三) 蛇瘻の中より出

河内の国[二四]錦部の農民が妻、[二五]項に[二六]瘻出たり。[二七]初は[二八]蓮肉の大さなるが、漸くにはとりの[二九]かゐごのごとく、のちにはつゐに三四升ばかりの壺の大さなり。かくて[三〇]三升の後

口の中へさし入れる」(日葡)。 一〇「イヌル 去る、あるいは、帰る」(日葡)。 一一 原話に「兄念フニ、家道ハ死ニ喪(うしな)ヒテ殆(ほとん)ド尽キ、今、手足ト独(ただ)二人有リ。此レハ是(まこと)ニ吾ガ弟ヲ往亡セントスルノミナラン。且(まま)弟ハ計リテ絶(たちきる)ヲ忍ビザラン。然レバ、吾必ズ之(これ)ヲ殺サント」。「手足」は兄弟。 一二 必ず。「一定 イチヂヤウ〈確定義同〉」(書言字考)。 一三「たぶらかす」の転。 一四「長刀 ナギナタ」(易林本)。原話に「因リテ夜、大刀ヲ持チテ門ノ左ニ伏ス。其ノ弟ハ知ラザル也。果タシテ門ヲ排シテ入ル者有リ。兄、力ヲ尽クシ刀ヲ以テ之ヲ刺ス。其ノ人大イニ呼(さけ)ビテ去ル」。 一五 午後十時頃。 一六「丁扣 チヤウドウツ」(合類)。 一七 身の危機に及んで悲痛な気持を表す言葉。 一八 原話に「旦(あした)ニ之ヲ視レバ、則チ流血地ヲ塗ラス。兄弟因リテ争ヒテ血ノ蹤(あと)ヲ尋ヌルニ墓所ニ至ル。則チ弟ノ婦ノ屍、墓ノ外ニ横タハリ傷ツキテ死ス」。 一九「認 トム〈跡〉」(饅頭屋本)。 二〇「尸 カバネ」(合類)。 二一 赤子の死は原話にない。原話では、婦人の家の者がそこを通りかかり、官に訴えて墓を開いたところ、空棺だけが残っていた。 二二 原話に「俄(ほどなく)ク兄弟咸(こと)ニ獄中ニ死シテ、姚氏遂ニ絶ユ」。 二三 底本「づゝ」。

絵 妻の幽霊が現われて赤子に乳を与える場面。茵の上に横たわる弟。近くで乳を含ませる幽霊の妻。外で窺う兄。腰板付きの明かり障子に縁。室内に見える瓶形のものは、下に口がついている点より照明具の瓦灯(がとう)に類したものか。箱型のものは未詳。

に二升を入る瓶[一]のごとし。はなはだ[二]重くして立てゆく事かなはず。もし立時には、かの瘿を人にかゝへさせて行。更にいたむ事なし。[三]より〳〵は瘿の中に管絃音楽の声きこえて、これに心をなぐさむに似たり。[四]其後こぶの外に針のさきばかりなる細くちいさきあな数千あきて、[五]空くもり雨ふらんとする時は、穴の中より白き煙の立事糸すぢのごとくして、空にのぼる。

[六]家のうちの男女みなおそれて、「此まゝ家にとゞめをかば禍とならんもしらず。たゞとをく[七]野山のすゑにもをくりすてよ」といふ。[八]此妻なく〳〵男にかたる[九]やう、「わが此病まことに誰かきらひにくまざらん。されば遠く捨られたらんにはかならず死すべし。又これを[一〇]割ひらきたりとも死すべし。おなじく死すべくは、[一一]割ひらきて中に何かある、見たまへ」といふに、夫げにもとおもひ、[一二]大なるかみそりをもとめ、よく[一三]磨て妻が項の瘿のかしらを、[一四]たてさまにさき侍べりしかば、血はすこしも出ず、疵の色しらけて中より[一五]躍[一六]やぶり飛て出たる物を見れば、長二尺ばかりなる蛇五つまでつき出たり。その色、あるひは黒く、あるひは白く又は青く又は黄也。[一七]うろこだちひかり有て、庭の面にはひゆきしかば、家人みなおどろき、うちころさんとす。夫さらに制してゆるさず。時にあたりて庭の面にひとつの穴いできて蛇みな其中に入たり。其あな深くして、底をしらず。

13-3　五朝小説の異疾志「刁俊朝妻」を河内の国の農婦の身に翻する。切開したコブから飛出す動物を原話の「猱」(手なが猿)から蛇に代えたのは、嫉妬を戒める一話に仕立てるためであろう。

二四 河内国錦部(にしごり)郡。「錦織」「錦郡」とも書いた。大阪府河内長野市、富田林市の一帯。 二五 えり首。原話に「安康ノ伶人刁俊朝、其ノ妻巴嫗ハ項ニ瘿有リ」。「項 ウナジ」(合類)。 二六「瘿 こぶ」(大全)。「瘿瘤(エイリウ)…瘿ハ多ク頸項及ビ肩ニ着(ツク)」(病名彙解七)。 二七 原話に「初メハ微(ちひ)さキコト鶏ノ卵ノ若(ごと)ク、漸(やう)やク巨キナルコト三四升ノ缻盎ノ如ク」。「缻」は水瓶、「盎」は鉢。 二八「蓮肉(れんにく) はすの実なり」(和名集并異名製剤記・上)。 二九「卵 かいご」(大全)。 三〇 最後は五升入りの甕の大きさになったの意か。原話に「五年ヲ積(つも)リテ大キナルコト数斛ノ鼎ノ如シ」。

一「瓶 カメ」(合類)。 二 原話に「重クシテ行クコト能ハズ」。 三 時おり。原話に「其ノ中ニ琴瑟(きんしつ)笙磬(しやうけい)塤篪(けんち)ノ響キ細(かす)カニ有リテ、之(これ)ヲ聴ケバ音律ニ合ヒテ泠泠ト楽シムベキガ若(ごと)シ」。「塤篪」は土笛と竹笛、「泠泠」は音の清く涼しげなさま。 四 原話に「数年ヲ積(つも)リテ瘿ノ外ニ小穴針ノ芒(きさ)ノ如クナル者生ジテ幾億トイフヲ知ラズ」。 五 原話に「天ノ雨フラント欲スル毎ニ則(すなは)チ穴中ニ白烟ヲ吹クコト霏霏トシテ糸縷ノ如ク、将(まさ)ニ高ク布散シ結(あつま)リテ屯雲ヲ為シ、雨フレバ則チ立(たちどころ)ニ降(だく)ル」。「霏霏」は細く清いさま、「糸縷」は糸筋、「屯雲」は雲のかたま

かくて[一八]神子(みこ)をたのみ、[一九]あづさにかけて此事を尋ねしかば、神子(みこ)口ばしりていふやう、「そのかみこの妻物(もの)ねたみふかく、[二〇]内にめしつかひける女(め)のわらはを[二一]夫(おとこ)[二二]てうあひせし事を腹立にくみつゝ、女(め)の童(わらは)がくびもとにかみつきて喰(くい)きりければ、血(ち)のながるゝ事滝(たき)のごとし。[二三]鉄漿(かね)くろくつけたる歯(は)にてかみければ[二四]疵(きず)ふかくさり入(いり)て、つゐにめのわらはは、むなしくなれり。そのうらみふかくして、今この蛇(へび)となり、妻がうなじにやどりて[二五]怨(あた)を報(ほう)じ侍べり。たとひ[二六]今とり出されたりとも、つゐにはころ

り。　六 原話に「其ノ家ノ少長之(これ)ヲ懼(おそ)レ」。「少長」は年少者と年長者。　七 原話に「咸(みな)遠ク巌穴ニ送(つか)サンコトヲ請フ」。　八 原話に「妻之(これ)ヲ聞キ其ノ夫ニ謂ヒテ曰ク、吾ガ此ノ疾(やまひ)ハ誠ニ憎ム可ク、之(これ)ヲ送サバ亦死シ、之(これ)ヲ拆(さき)カバ亦死セン」。　九 夫に。　一〇 癭を切開した場合も死ぬかも知れない。　一一 原話に「君当(まさ)ニ我ガ為ニ之(これ)ヲ拆(さ)クト決シ、何物ノ有ルカヲ看ヨ」。　一二 原話に「俊朝即チ利刃ヲ磨淬シ、揮挑(かざ)シテ将(まさ)ニ妻ノ前ニ及バントスルニ、癭中ニ軒然トシテ声有リ」。「俊朝」は夫の名、「軒然」は笑うさま。「大ヲ、ヒ也」(字集)。　一三「磨 とぐ」(大全)。　一四「タテサマ 縦に」(日葡)。　一五 原話に「遂ニ四分シテ披裂シ一ノ大ナル猱有ッテ跳躍シテ去ル」。「猱」は手なが猿。　一六 →二二六頁注一七。　一七 →二二七頁注二〇。　一八 亡霊を呼び寄せて口寄せする者。ここは梓弓の弦をたたきながら憑依する梓神子(あずさみこ)。「神子 みこ」(大全)。　一九 梓神子に口寄せさせて。　二〇 奥向きに使っていた侍女を。　二一「夫 ヲトコ」(字集)。　二二「寵愛 チヨウアイ」(合類)。　二三 お歯ぐろ。酢や酒に鉄片を浸し腐食させて作った液。成人女性が歯に塗って嗜みとした。「鉄漿 カネ」(書言字考)。　二四 傷による炎症が体内深くに達する。　二五「怨 アタ」(易林本)。　二六 今回は摘出されて失敗したが。

絵 農民の妻の瘤より蛇が現われ出る場面。削刀を手に持ち瘤を切り割く夫。蛇は本文に即して五匹。家は、明かり障子、茅萱の屋根、粗末な柱、縁台。

してうらみをはらさんものを」といふ。そばに居たる人のいふやう、「その事はかへらぬむかしになり侍べり。心[一]をなだめてあたへよ。そのためには僧を請じて、跡[二]よくとふらひ侍べらん」といへば、神子又口ばしりけるやう、「其時のうらみまことにほね[三]にとをり、いくたび[四]生をかゆるといふとも、わするべき事にはあらず。され共、「跡とふらひて得さすべし」といふがうれしきに、これにぞこゝろをなぐさみゆるし侍べらん。とても[五]の事にのぞむところあり。かなへて得させんや」といふ。そばなる人、「いかなる事也ともかなへて得さすべし。とく〳〵いへ」と云に、神子うちうなづき涙をながし、「此世に生てありし時より、たうときものは法花経なりとおもひ[六]侍べりし。今なをたうとくおぼゆるに、一[七]日頓写の経かきてゑ[八]かうしてとふらひてたべや。又其疵[九]には胡桐涙[一〇]をぬり給へ」とて去にけり。ことばのごとく僧を請じて、一日頓写の経かきて、ふかくとふらひしかば、妻が心[一一]地も涼しくなりぬ。さて胡桐涙を尋ねもとめて塗[一二]ければ、瘻のきず、つゐに愈たり。妻それよりして物ねたみのこゝろをとゞめ侍べりとぞ。

（四）伝[一三]尸[一四]禳去

宝[一五]徳年中の事にや。中[一六]山中将親通朝臣のむすめ、尼になりて西[一七]山に住す。たゞか[一八]

一 憤りを鎮めて許してやりなさい。 二「アトヲトムラゥ ある死者のために葬式、あるいは、追善法要を行なう」(日葡)。 三 苦痛となって全身に徹する。 四 生まれ変り死に変っても。 五 ついでながら。 六 底本に「と」なし。 七 →八四頁注六。 八「回向ヱカウ」(合類)。 九 原話に「今鳳凰山ノ神処ニ少許ノ霊膏ヲ求メ得タリ。請フ君之(これ)ヲ塗レ」。「少許」は少量。 一〇 胡桐の樹脂。「胡桐涙(ことうるい) 胡桐木といふ木のやになり」(和名集幷異名製剤記・下)。本草綱目三十四に、心腹煩満、歯痛、咽喉の熱痛等に効能ありとする。 一一 気分が爽やかになった。 一二 原話に「其ノ言ノ如ク之(これ)ヲ塗レバ、随手ニ瘡(きず)合(あと)(っ)ク」。「随手」はたちまち。

13-4 五朝小説の異疾志「徐明府」にほぼ沿って翻案。原話は、河南の劉崇遠が道術師である金郷の徐明府(明府は県令)に癆瘵の病を救済してもらう話。伝染病を扱ったため、防疫神信仰としての祇園社(八坂神社)を舞台としたか。

一三 →三七五頁注三七。 一四 悪病を祓い清め、去らせる意か。「禳 ハラフ、マツリ」(字集)。 一五 一四四九―五一年。 一六 藤原氏、本名教親。一四二六―六二。文安元年(一四四四)より左中将(公卿補任)。足利義政が元服した時、勅使伝奏として太刀を授ける(本朝将軍記九・源義政)。 一七 京都市西方を南北に走る山なみ。東山に対し、隠棲に適した地域。原話に「河南ノ劉崇遠ニ妹有リ。尼ト為リテ楚州ニ居レリ」。 一八「カリソメ 副詞。ついちょっとの間、または、仮に」(日葡)。 一九 心身が衰え、死に至る病。

りそめに[一九]虚損[二〇]労瘵の病にかゝり、[二一]潮熱・[二二]咳嗽・[二三]盗汗して、[二四]漸々に[二五]痩おとろへたり。

労瘵の病は腹中に虫ありて生ず。そのかたちあるひはさだまらず。すべて[二六]鍼薬・[二七]灸治も及びがたく、十人にして、九人は死す。これを[二八]伝尸虫と名づく。一人この病によりて死すれば、その兄弟一族にうつり渡りて、門を滅し跡を絶す。すでにつたはりて、三人にうつり渡れば、その虫、手足耳はなそなはり、よく立てゆく。[二九]かたち人のすがた鬼のかたちに類すといへり。

さるほどに、かの尼公しきりに病をもく、今は[三〇]人心地もなくなり、すでに死せんとす。[三一]尼公の妹あり。行て看病するところに、[三二]尼公の身の中より、白き蠅のごとくなるもの飛出て糸を引がごとくなる、白き気あり。妹の袖の中に飛入て見えず。たちあがり払ひふるへども更になし。[三三]尼公つゐにその暮がたに死す。妹その日より心地わづらひ出て、尼公の病にすこしもたがはず。姉の尼公よりつたはりたる病とて家中[三四]上下うれへなげき、さま〴〵[三五]養性するに露ばかりもしるしなし。いかゞすべきとうれへなげき、「薬の力をもつては愈す事かなふまじ。[三六]仏神の御[三七]はからひをたのむべし」とて、[三八]白檀をもつて[三九]長一尺二寸の[四〇]薬師の[四一]尊像をつくり、又こと更に[四二]祇園の[四三]牛頭天王に祈誓して、「此病いやしてたべ」となげきいのり申されしに、ある日の夕暮に病人すこしまどろみける[四四]夢に、あやしき人来りて、「明日一人の[四五]沙門[四六]鈍色の

「虚実（キョジツ）有ル物ノ、無クナツタヲ虚ト云、又自汗、盗汗或ハ不食シテ痩セ衰ヘナドスルヲ虚ト云ゾ」（病論俗解集）。 二〇 →三七五頁注三八。 二一 「チョウネツ マラリア熱のように、時を定めて間歇的に出る熱」（日葡）。 二二 激しいせき。「咳嗽（ガイサウ） セキ、シハブキ也。入門ニ咳ハ気動スルニ因テ声ヲナス。嗽ハ乃チ血化シテ痰トナル」（病名彙解二）。 二三 睡眠中に異常に汗をかくこと。寝汗。 二四 次第に。「漸々 ゼンゼン」（合類）。 二五 原話では、妹の所に或る客尼が宿を取り、瘵を病んで甚だ痩せ、死に至る。 二六 針や薬による治療。「針薬 シンヤク」（書言字考）。 二七 灸を用いた治療法。「灸治 キウヂ」（書言字考）。 二八 →三七五頁注三七。 二九 人を害する蠱虫のイメージによるか。「能ク形ヲ隠シ、鬼神ニ似タリ」（本草綱目四十二・虫部・蠱虫）。 三〇 「ヒトゴコチ」（日葡）。 三一 原話に、客尼の看病をして伝染発病する者を「其妹」「妹」とするが、これは劉崇遠の妹の尼のこと。原話の客尼がこの話の尼公に、妹の尼が尼公の妹にとずらして当てられる。 三二 原話に「其ノ妹之（これ）ヲ省ミルコト衆（おほ）ク、其ノ病者ヲ見ルニ、身中ニ気有リ、飛蠱ノ如ク其ノ妹ノ衣ノ中ニ入リ、遂ニ見エズ」。 三三 原話に「病者死ス。妹モ亦病ムコト俄ニシテ、劉氏ハ院ヲ挙ゲテ皆病トナル」。 三四 地位の上の者も下の者も。 三五 「養性 やうじやう」（大全）。 三六 「ブッジン」（日葡）。 三七 「ハカライ 措置する、または、とりしきる」（日葡）。 三八 栴檀（せんだん）。芳香があり、仏像の彫刻材としても珍重。 三九 「長 たけ〈身長也〉」（大全）。 四〇 薬師如来。衆生の

衣に、紅の袈裟かけて鉢に来るべし。これに頼みていのりせさせよ」といふと見て夢さめたり。

次のあした、年のころ五十ばかりの出家まことに戒律正しくたもつとおぼえて、道行事いとしづかに、中山殿の門に入来り錫杖打ふりて、頭陀せらる。やがて内に請じいれて、「かう〳〵夢想の事侍べり。此病はらひしてたべ」といひ出しければ、此僧こたへられけるは、「我は戒律をまもり、抖藪行脚を辭とする身なり。さ

病苦を救う医薬の仏。四一「ソンザゥ タットキスガタ 仏などの姿、または、像」(日葡)。薬師如来像は、左手に薬壺または宝珠を持ち、右手は施無畏(いせむ)の印を結ぶ。四二 八坂神社。京都市東山区祇園町。「此御神は本地は薬師如来なり。垂迹を尋ぬれば…日本にては素盞烏尊と申す。又唐には牛頭天王と号し」(出来斎京土産三・祇園)。四三 祇園信仰の主神。行疫神として祀られる。素戔嗚尊と一体視された。四四「真眠 マドロム〈又暫寝同〉」(合類)。四五 出家の総称。「沙門 雞師ノ云、出家ノ都名ナリ」(釈氏要覧・上・称謂)。四六 濃い鼠色。「ニブ色ノ二衣 鈍色ニビ色ト云。服者ノ著スル色也」「ニブ色 花田染也」(謡抄・小原御幸)。

一 紅色に染めた袈裟。「紅 モミ コウ〈又緋(コウ)〉」(合類)。二 経文を唱えながら家々を訪れ、施物を受けること。托鉢。三 僧侶が手に持つ杖。頭部に数個の金属の輪がつき、振ると鳴る。「錫杖 シヤクヂヤウ」(合類)。四 衣食住の欲望を払う仏道修行。十二頭陀行があり、特に乞食(こつじき)修行を指す。「ヅダヲスル 布施を乞う」(日葡)。五 夢のお告げ。「ムサゥ (ユメノ・ツゲ) 夢の中での啓示〔託宣〕、または、夢の中に見え、現れること」(日葡)。六 諸国を行脚して仏道修行に励むこと。「抖藪行脚ニ身ヲヤツシ抖藪ト云ハ唐ノ語ナリ。ウチハラフトヨムナリ。衣裳ヲモ食事ヲモ住処ヲモ意ニカケズ、打ハラフテ、仏法ノ意バカリヲ工夫シ修行スル体ヲ云ヘル也。是ヲ天竺ニハ頭陀ト云也。行脚トハ往来シテ一所不住ノスガ

らに不浄下口の食をもとめず。たゞ清浄頭陀を行じて活命するのみ。かゝる神子〳〵しき事は思ひよらず」といはれたり。かさねて申されしやう、「僧は大慈悲をもつて人をたすけ、我身をわすれて、他を利益するを本とす。今一人の命をすくふて諸人のよろこぶところ、其功徳すくなからむや。そのうへ夢想のつげによりてかく望み侍べり」と再三しゐて歎きしかば、僧もことはりにをれて、「此うへは力なし。しからば白絹一端をつかはし給へ。これをもつて病をはらはん」といふ。「そ

タヲ云也」(謡抄・朝長)。七 主要な行いとすること。「緈 コト」(字集)。八「不浄」は汚れのないことで、「下口の食」は四不浄食(しじょうじき)の一。四不浄食は、修行僧が食を得る四つの方法で、禁制の対象となるもの。下口食、仰口食、方口食、四維口食。「下口食」は耕作等顔を下に向けた仕事により食を求めること。九「清浄 シヤウジヤウ」(合類)。一〇 命をつなぐこと。「活命 くわつめい」(大全)。一一 むやみに神仏を信じて、加持祈禱や卜占に頼ること。一二 仏の慈悲。一三 人を救うこと。「利益 リヤク」(合類)。一四「ホン 本来のもの、真実のもので、決定的なもの」(日葡)。一五 善行による福徳、または仏徳。「功徳 クドク〈善根功徳〉」(合類)。一六 無理に事をなすさま。「しゐて をし返心なり」(藻塩草二十)。一七 相手の理屈に従うこと。一八 仕方がない。一九 染めてない、白地の絹。二〇 布の長さの単位。地域や種類によって差があるが、通常、二丈六尺(約七・八メートル)から同八尺位まで。「一端 いつたん〈布ノ数也〉」(大全)。

絵　中山殿の姫君の夢に十二善神が現われて病を救う場面。右頁、中央より卯(うさぎ)、子(ねずみ)、丑(うし)、寅(とら)の四神。左頁、左端より未(ひつじ)、申(さる)、薬師如来、午(うま)、巳(へび)、戌(いぬ)、亥(いのしし)、辰(たつ)、姫君の前に酉(とり)の神々。梅鉢紋の茵の上に臥す姫君。夜着は石竹紋に近い。枕屛風(七宝輪違、中菱文様)が置かれる。

れこそやすき事」とて[一]生絹一端を奉りければうけ取(とり)、僧はやがて出てかへる。「さて御寺はいづく」とゝへば、「祇園のあたりなり」とて、さだかにもいはず。其夜(そのよ)ひめ君[二]夢に見けるやう、仏像一躰門の内に入来り給(いりきた)へば、[三]十二の善神したがひ来り、ひとつの[四]箚をもつて、十二の神かはる〴〵姫君のかしらより手足までのこりなく撫たまへば、身の中より、白き糸すぢのごとくなるもの出て、天をさしてのぼると見て、[五]夢さめてのち[六]心地すゞしく、かうべかろく食すゝみて、さはやかなる事、[七]日来(ひごろ)にかはれり。

次の日かの僧来りて、生絹に物書たるをあたへて、跡をも見せずうせにけり。[八]奇特の思ひをなし、封をひらきてみるに、薬師の尊像を[九]墨画に書たり。枕もとにかけて朝夕香をたき礼拝してうやまひしが、姫君の病、ほどなく愈たり。生絹の薬師をば、家の宝物とせらる。まことに奇特の事也。かの僧は、祇園にして誰ともしらず。これ定めて牛頭天王なるべし。[一〇]天王はこれ薬師の[一一]垂迹、[一二]かた〴〵もつて仏力のふしぎ、[一三]行者の信心によりて、利やく[一四]むなしからずとかや。

(五)　随転力量

武州小石川[一五]伝通院の[一六]所化、[一七]釈の随転は[一八]房州の人なり。[一九]幼少の時より出家して後に、

一 生糸を練らないでそのまま織った絹布。夏用。「生絹　スヽシ」(易林本)。原話に「崇遠明府ニ求ム。徐曰ク、金陵ノ絹一匹ヲ置ケ、吾爾(なんぢ)ノ為ニ之ヲ療(やい)サント。言ノ如ク絹ヲ送リ訖(ます)ス」。 二 原話に「翌日劉氏、一道士ノ箚(ぜふ)ヲ執リテ至リ、箚ヲ以テ其ノ身ヲ撫ヅルヲ得バ、身中ヨリ白気上ニ騰リ炊(かしく)ガ如キヲ夢ミル」。 三 薬師如来を守護する薬師十二神将(宮毘羅(くびら)以下、十二の夜叉大将)。挿絵(三八二頁)によると、ここは、頭部に十二支を戴く。「薬師十二神のうち、略(マヽ)迦羅大将は、かしらにねずみをいただきて、子のときをまもり給ふ」(かくれさと)。鶏が手にするのが箚。 四 「箚　フダ」(天正本)。 五 原話に「既(やがて)テ寤(めさ)テ軽爽ニ遂(よお)ビ、能ク食ス。頃之(しばらく)シテ、徐、絹ヲ封(ふう)ジテ至リ、曰ク、絹ヲ席下ニ置キ、其ノ上ニ寝レバ則チ差(いゆ)ルト。其ノ言ノ如クシテ遂ニ愈ユ」。 六 病悩が去り、気分がすがすがしくなること。 七 「日来　ひごろ」(大全)。 八 「キドク　不思議、または、奇蹟」(日葡)。 九 墨絵。墨の濃淡だけで描いた絵。原話に「已ニシテ其ノ絹ヲ視レバ、乃チ画一アリ。箚ヲ持チタル道士、夢ミル所ノ如キ者ナリ」。 一〇 「此御神は本地は薬師如来なり。垂迹を尋ぬれば…日本にては素盞嗚尊と申す。又唐には牛頭天王と号し、或は武塔天神と名づく」(出来斎京土産三・祇園)。 一一 本地としての仏が、人々の救済のために神に姿を変えてこの世に現われること。「垂迹　スイシャク」(合類)、「スイシャク　神または仏が他の神や仏の代わりをするとか、別の名前を名乗るとかして、ある場所を守護する

小石川に来り学文[二〇]をつとむるに、貧賤にして朝夕[二一]にともしければ、甲信[二二]二州のあひだ、野州[二三]上下に乞食[二四]しありくほどに、勤学論義[二五]更に精[二六]ならず、力はなはだつよくして談林[二七]に敵するものなし。時の所化達みな異名をつけて、明上座といふ。もろこし神秀禅師[二八]の座下[二九]に明上座[三〇]とて大力[三一]の法師あり。六祖[三二]の恵能大師大庾嶺[三三]におもむき給ひしを、明上座追[三四]かけて伝授[三五]の袈裟をとり返さんとせしに、恵能其けさを石の上に打をきたり。明上座これをとらんとするに、山のごとくおもくして、あがらず。恵能のいはく、「此衣は信[三六]をもつて表す。力をもつてあらそふべきや。これ明上座本[三七]来の面目を見よ」といはれしに、言下[三八]に得道[三九]したりといふ。随転がちからのつよきばかりにて論義学文のよはき事をわらひて明上座とは異名しけり。

あるとき信州の山中をとをりしに、盗人に行あひたり。足にまかせて逃けれ共しきりに追かけしかば、随転手ごろの松の木を引[四〇]たはめて、尻かけてやすみ居たり。盗人をひ来りしかば、「にげのびんとするに息きれたり。今は平包[四一]の銭みな奉らむ、命はゆるし給へ。まづ此木にこしかけていきつぎ[四二]やすみ給へ」といふに、ぬす人心をゆるし、おなじく松の木にこしかけしところを、随転立のきたれば、松の木おきあがるに、ぬす人はじかれて、はるかの、たにぞこになげをとされ、石にあたり、からべくだけて死にけり。かゝる大力の法師なり。

など、〔その場所〕本来の神や仏のする役目をつとめていること」(日葡)。一三「カタガタ　あなた方、また、あれこれのこと」(日葡)。一四「不空　むなしからず」(大全)。「行者　ギヤウジヤ」(合類)。

13-5　五朝小説の墨崑崙伝「李摩雲」を原話とするが、関連は人物造形の類似の程度を出ず、表現の一致する箇所も多くない。主人公随転の別名を明主座とするが、これは無門関二十三則「不思善悪」に拠ったもののごとくである。一五 東京都文京区の無量山寿経寺伝通院、明徳年間(一三九〇―九四)浄土宗了誉上人の草創。「当寺はこれ浄土宗流の一派として所化学道の談林なり」(江戸名所記七・小石川伝通院)。一六 師匠に就いて修行中の僧。「所化　シヨケ」(合類)。一七「釈氏」の略。僧侶のこと。一八 安房国。現在の千葉県南部。一九 原話に「李罕之ハ河陽ノ人也。少(をさな)クシテ桑門ト為リ」。二〇「学問」に同じ。二一 その日の食事。二二 甲州と信州を往来し。二三 上野国と下野国。二四 原話に「頼ル所無ク、不容ニ至リ、曾テ滑州酸棗県ニ乞食ス」。「不容」は世に用いられないこと。二五 学問や論議に励むことに。二六 熱中できなかったけれども。二七 学問修養のために各地から僧侶の集ってくる寺。二八 五祖弘忍の高弟。唐の則天武后や中宗の崇敬を受けた。二九 師僧のお膝元。三〇 蒙山道明。五祖弘忍の門下で神秀とは同門。三一「大力　だいりき」(大全)。三二 六祖慧能。唐代の禅僧、中国禅の大成者とされる。盧行者と呼ばれて寺内の雑用を勤める身分にありながら五祖弘忍から後継者の指名を受けた。

越前の朝倉家の旗下に、摩伽羅十郎右衛門は、北国無双の大力と聞へて、随転かしこにおもむき力をくらべたり。随転は縁の上にたち、摩伽羅は鴫居の際に立て手を握り上にひきあげんとするに、随転更にうごかず。えんのいたを踏ぬき、しきゐはなかばよりをれたり。両方対〳〵のちから、人みなきもをけして目をさます。あるとき随転論義の場に出て、たゞ一問答にて閉口せしかば、相手の僧うちわらひ、「この論義は学をもつてす。ちからをもつてあらそふべきや。これ随転明上座

「六祖因ニ、明上座趁(お)テ大庾嶺ニ至ル。祖、明ノ至ルヲ見テ即チ衣鉢ヲ石上ニ擲テ云、此ノ衣ハ信ヲ表ス、力ヲ以テ争フ可ケンヤ。君ガ将(も)チ去ルニ任ス。明、遂ニ之ヲ挙ルニ、山ノ如クニシテ動カズ。…祖ノ云ク、不思善不思悪、正与麼ノ時那箇カ是レ明上座ガ本来ノ面目ゾト。明、当下ニ大悟ス」(無門関・上・不思善悪)。「正与麼ノ時」を景徳伝灯録四・袁州蒙山道明禅師に「正ニ恁麼(いん)ノ時」とする。「六祖」は禅を中国に伝えた菩提達磨から数えて第六代の意、その行実は六祖大師法宝壇経に詳しい。三三 江西省大庾県の南。慧能は蘄州黄梅県馮母山の弘忍のもとから江西省新州の故郷へ逃れようとしていた。三四 「六祖ノ、衣鉢ヲ伝テ難アラン事ヲ知テ遁レ去ルヲ聞テ、明上座ハ神秀ノ方ヂヤニ依テ、衣ヲ奪ン為ニ趁テ大庾嶺マデ至ル也」(無門関万安抄・上・不思善悪)。三五 後継者のしるしとして授けられる袈裟。代々の祖師に相承された法衣が行者風情に与えられたことを憤り、明上座は神秀のために力ずくで奪おうとした。三六 達磨大師以来の信仰を象徴する。三七 私意を去った本来の心性。三八 「ゴンカ コトバノシタ 言い終るや否や、あるいは、すぐさま急いで」(日葡)。三九 悟りを開いた。四〇 強く引いてしならせ。四一 風呂敷包み。「平包 ひらづゝみ」(大全)。

絵 随転、腰かけていた木をはね上げ、盗人どもを谷底に落とす場面。法衣姿の随転、背に平包(ひらづつみ)を負う。本文の松の木は柳に描かれている。谷底めがけて真っ逆様に落ちる尻ばしょりの盗賊達。

本来の面目(めんもく)をうしなふたり」と、はぢしめたりければ、大きに赤面(せきめん)して[一四]口おしくおもふところに、そのつぎの日[一五]町屋にいでゝ、[一六]あしたよりゆふべまで、「[一七]所化鉢(しよけはち)」とよばゝれども、更にあたふる人なし。はなはだいかりて、「[一八]あぢきなきしゆつけしてはぢみんよりは、[一九]俗(ぞく)になりて[二〇]ときをえんにはしかじ」[二一]とて、鉢(はち)を地になげてうちわり、袈裟(けさ)・ころもをひきさきて川にながし、越前(ぜん)に行て摩伽羅(まから)が手に[二二]属(しよく)し、つゐに[二三]姉(あね)川のいくさにうちじにしけり。[二四]還俗(げんぞく)のつみははなはだふかしといふ事をおそれ

四三 激しい行動の後などに呼吸を整える。

以下三八六頁

一 越前守護代の家柄。朝倉孝景(一四二八—八一)の代に越前一国を領有したが、四代後の義景(一五三三—七三)の時、織田信長に対抗して滅ぼされた。 二「ハタシタニナス 人を従える、または、自分の旗の下〔指揮下〕に入れる」(日葡)。 三 真柄十郎左衛門直元。朝倉義景に仕えた勇士。五尺三寸とも一丈二尺ともいう太刀を揮っての姉川の合戦における獅子奮迅の活躍が後世まで喧伝された。 四 北陸道の国々では。 五「真柄十郎左衛門父子三人…引返シ手柄ヲ尽シ討死ス。中ニモ真柄ハ大力ノ剛ノ者ナレバ」(信長記三・姉川合戦之事)。 六 縁側。ここは家の床から一段低く作った落縁。 七「敷居」の当て字。火伏せのため水辺の字を用いたもの。「鴫居敷居 敷を鴫につくるべし。敷はあしく、いづれも水鳥なり」(新撰庭訓抄・三月返状)。 八「タイタイ マシヲトリモナイコトヲイフ 勝負事をする人々の間で、勝ちもしなければ負けもしない時、対等であること」(日葡)。 九「メヲサマス 驚く、あるいは、びっくりする」(日葡)。 一〇「場ニハ」(合類)。 一一 反論できずにおし黙ったので。 一二 三八五頁七行の「此衣は信をもつて表す」以下のパロディ。 一三 本物の明上座は「本来の面目」を悟ったが、随転明上座は衆人の前で面目を失った。 一四 悔しく。

絵 随転と摩伽羅十郎右衛門の力競べの場面。左足は縁の上、右足は敷居の上に置いた随転。負けじと足を踏んばる摩伽羅、素襖に袴姿。縁の下には沓脱(くつぬぎ)台。

て、つねは日ごとに念仏をこたらず。さいごのときにいたりて、口よりしろき雲[一]のごとくなるものたなびき出て、西をさして、空にあがりぬ。いそがはしきかつせんの最中なりければ、これを見たりし人わづかに二三人、後にかたりつたへしとかや。

（六）　蝨[二]瘤

日向の国諸県[三]といふ所に商人あり。背[四]に手の掌[五]ばかり熱ありてもゆるがごとし。廿日ばかりの後に熱さめて、又痒事いふはかりなし。漸くはれあがり盆[六]をうつぶせたるがごとし。大にはるゝにしたがひてなをいたみは少もなく、たゞかゆき事堪がたし。此故に食事日にしたがひてすゝまず、やせおとろふるまゝにほねと皮とになれり。あまねく諸方の医師に見せ、本道[七]・外科[八]手をつくして内薬をあたへ膏薬をぬれども少もしるしなし。そのころ南蛮の商人舟[九]に名医[一〇]の外科章全子といふもの渡りて、この病を見ていふやう、「これ更に世に希[一一]なる病なり。此故に人おほくしらず。これ蝨瘤と名づく。皮肉[一二]のあひだに蝨わき出て此うれへをいたす。我よくこれを愈すべし」とて、腫物[一三]のめぐり[一四]に縛[一五]をかけ、其上に薬をぬりたり。さて語りけるやう、「世の人あるひはその身に虱のわきいづる事一夜のうちに或は三升五升にいたり、衣裳にみち〳〵血肉をすひくらふ。いたみかゆきこといふはかりなし。され

一五 市街地。一六 原話に「旦(あき)自(よ)リ晡ニ及ブマデ之(これ)ニ与フル者無シ。鉢ヲ地ニ擲(なげう)チ僧衣ヲ毀(やぶ)リテ投(す)ツレバ、河陽ノ諸葛爽、卒ト為ス」。「晡」は午後四時ごろ、「卒」は兵卒。一七「所化にご報謝を」と触れ歩いたが。一八 努力のかいもありそうにない。一九 俗人に姿を変えて。二〇「トキヲウル 良い機会、良い時期を得る」(日葡)。二一 底本「しがし」。二二 仕えて。「属 シヨク」(字集)。二三 滋賀県東浅井郡浅井町の姉川に元亀元年(一五七〇)六月二十八日、織田信長・徳川家康軍と浅井長政・朝倉景健軍が戦い、織田・徳川方が大勝した合戦。「姉川 アネカハ〈江州〉」(合類)。二四 僧籍を離れて俗人になること。

一 原話で、孚之は後に、摩雲山にとりでを設け、「李摩雲」と号したとあるが、その名乗りの「雲」に重ね合わせたか。

13-6 五朝小説の異疾志「虱瘤」にほぼ従うが、登場人物の医者名を変え、原話二話目の説話を同一話に取り込み改変。なお、同説話は、本草綱目四十「人蝨」の項にも、典拠を「徐鉉稽神録」として掲載。

二「虱瘤(シツリウ)」井真虱瘤(シンシツリウ)…丁志ニ、臨川ノ人、瘤ヲ頰(ケウ)ノ間ニ生ジ、痒キコト忍ブベカラズ。毎(ツネ)ニ火ヲ以テ烘(アブリ)炙(アブ)ルトキハ差(ユイ)。已(スデ)ニシテ又然リ、コレ真虱瘤ナリ。マサニ割(サイ)テコレヲ出スベシ」(病名彙解六)、「癭瘤(エイリウ)…又一種虱瘤(シツリウ)、瘤瘡ノ中ニ蝨(シラミ)ヲ生ズル也」(同七)。三 宮崎県東・西・北諸県郡。場所を日向にとったのは、原話付載「賈魏公」の話の「日州民病此」の「日州」に拠ったか。

ども病人の身にのみありて他人にはとりつきうつらず。これは又間々(まゝ)[一六]ある事にて療(れう)治(ち)の手だて、世の医師(くすし)これを知(しり)たり。今此(この)しらみは肉(にく)の間に生じて皮(かは)より下にあり。人更にしりがたし。今夕[一七]かならずしるし有べし」といひける。其夜瘤(こぶ)[一八]のいたゞきやぶれて虱(しらみ)のわきいづる事一斗(と)ばかり、みなよく足(あし)あり。大(おほき)さ胡麻(ごま)のごとく、色[一九]あかくして、よく匍(はひ)ありく。これより躰(たい)[二〇]かろく心地よくおぼえしが、虱の出たる痕(あと)[二一]にほそきあなひとつありて時々(よりより)[二二]其中より虱出たり。これもその数しりがたし。章全子(ちやくてるす)が

ただし、この部分は「日(ひ)(ある)ニ州民此(これ)ヲ病ム」と読むべきところ。四「背　セナカ」(合類)。五 手の平。「掌　テノハラ」(書言字考)。原話に「浮梁ノ李生、背ニ痒疾ヲ得ル。隠起シテ盆ヲ覆セルガ如シ。痛苦スル所無ク、唯奇痒ニシテ忍ブ可カラズ。飲食日ニ削(へ)リ、能ク識ル者無シ」。「浮梁」は江西省の地名。六「覆　ウツブセル」(合類)。七「ホンダゥ　外科を含まない医術(内科)」(日葡)。八 腫物、切り傷などを治療。「按今、服薬ヲ用イテ内治スル者之レヲ本道ト称シ、貼膏ヲ用イテ外治スル者ヲ之レ外科ト称ス」(和漢三才図会七・人倫・外科)。九 商いのために商人が利用する船。「なむばんのあきんどぶねにはじめて人げんのかたちにて」(吉利支丹御対治物語・上)。「商人　アキンド　アキウド　シヤウジン」(合類)。一〇 原話に「医士秦徳丘、之(これ)ヲ見テ曰ク、此レ虱瘤也、吾能ク之ヲ治ス。薬ヲ取リテ其ノ上ニ敷キ又塗ル。一綿帯ヲ其ノ上ニ繞(めぐ)(ら)ス」。「章全子」は未詳。類似の名として、神仙の章全素(太平広記三十一・神仙)などがある。わざわざ、唐音の発音を振仮名に付けたのは、南蛮外科の効能を装って、ことさら南蛮人めかしたものか。一一「希マレ」(合類)。一二 皮膚と筋肉。一三「腫物　はれもの」(大全)。一四 回り。一五 紐を巻き付けて結ぶこと。一六「間々　まゝ」(大

絵　商人の背中の瘤より蝨が湧き出る場面。手箒で蝨を掃く商人の妻。髷は角ぐり髷、片肌を脱ぐ。戸外に南蛮外科医の章全子。唐風の帽を被る。家の屋根は石を重しにした取葺(とりぶき)の粗末な造り。

いはく、「[一]此病は世に薬なし。百年の[二]梳を焼て灰になし、[三]黄竜水をもつてぬるべし。これより外の療治なし。我少これあり。おしむに足ず」とて一[四]匕ばかりをとりいだし、痕の上にぬり侍べりしかば、[五]一七日のうちに愈たり。

（七）山中の[六]鬼魅

小石伊兵衛尉は、津の国の[七]勇士なり。[八]天正五年十月、河内の国[九]片岡の城にこもりしが、城の大将[一〇]松永[一一]日比の[一二]悪行[一三]重畳し、[一四]寄手の大軍[一五]はた色いさみて[一六]軍気さかん也ければ、此城[一七]更にはか〴〵しかるべからずと思ひ、[一八]夜にまぎれて、たゞ一人城をおちて、[一九]弓削といふ所にかくしをきたる[二〇]妻の女房を引つれ、夫婦たゞ二人よもすがら[二一]立田越にかゝり、大和の国に[二二]趣きけり。

[二三]其妻懐妊して、此月産すべきにあたりければ、身をもくあした[二四]ゆく、はなはだつかれて峠までか[二五]ゝぐりつき、道すぢにては、[二六]もし[二七]軍兵共の見とがむることもやあるべきと思ひ、道筋より半町ばかりかたはらに入て[二八]息つぎ休居たりければ、跡より女の声にて、なき〳〵来る。あゆむともなくころぶともなく、やう〳〵峠までのぼりてよばゝるを、よく〳〵きけば、年ごろめしつかひし[二九]女のわらは也。女房につけをきしを[三〇]落人の身なれば、人おほくて、かなひがたく、弓削に打すてめしつれずして

全)。　一七「今夕 こんせき」(大全)。　一八 原話に「夕ベヲ経テ瘤破レテ虱ヲ湧出スルコト斗許(ばか)、皆蠢蠕(しゅんぜん)シ、能ク行動ス」。「蠢蠕」は、うごめく。　一九 新語園九ノ四十八に記載される「沙虱」も、「色赤ク其ノ大サ蟻ノ如ク人ノ皮膚ニ入レバ殺ス」とある。　二〇 原話に「即日体軽シ。但(だ)一小竅、箸端ノ如キモノアリテ合(と)ヂズ。時時虱ノ湧キ出ル有リテ計(か)フルニ勝(た)ヘズ、竟(つ)ニ死ス」。「小竅」は小さい穴。　二一「痕 アト」(字集)。　二二「時々 ヨリヨリ」(合類)。

一 原話に「魏公曰ク、世間ニ薬療無シ。唯千年ノ木梳ノ焼灰及ビ黄竜ノ浴水モテ、乃チ治ス可シト」。　二 梳櫛。歯が細く、髪を梳いて垢などを取る櫛。「篦 スキグシ」(合類)。　三 原話の「黄竜(こうりゅう)ノ浴水」に即した薬名か。「黄竜」は黄色の竜。本草綱目五・水部には「赤竜浴水」や、同五十二・人部・人屎には糞清の別名「黄竜湯」などの薬名が見える。　四「匕」は匙の意。ひとさじ、ひとすくい。「匕 ヒ スクフ」(合類)。　五 七日間。「イッシチニチ 一週間」(日葡)。

13-7 類話として寛文三年刊の曾呂利物語四ノ六「悪縁にあふも善心のすゝめとなる事」が指摘されている。信濃国の侍が夜陰にまぎれて隣国に逃げる途中、後を慕って追ってきた侍女実は山中の鬼に妻を取り殺され、無常を感じて出家するという内容であるが、表現や辞句の一致する箇所も少なく、直接的な関連は認めがたい。出自を同じくする話とするのが穏当なところか。別に宿直草二ノ四「甲州の辻堂に化ものあ

来りしを、跡より追来りたるもの也。心ざしのいたはしく[三一]かはゆくて、「いかに、[三二]我らはいまだこゝにあるぞ」と声をかけしかば、女のわらは世にうれしげにて、「君なさけなくもうちすてゝ落給ふ。みづから[三三]たとひ湯[三四]のそこ、水の底までも、はなれまいらせじとこそ思ひ奉りしに、たゞ二人のみ落させ給へば、みづからあるに[三五]もあられず、跡を[三六]したふて参り侍べり」といふに、心ざしのほどあはれにうれしくおぼえて、今は又[三七]たよりもとめたる心地しつゝ、三人一所にやすみゐたる所に、妻にはかに産[三八]の気つきてくるしみ、つゐに平産[三九]したり。夜半ばかりの事にて、月はいまだ出ずくらさはくらし、夫の小石、とかくすべきやうをもしらざりけるを、女のわらは、かひ〲しくとりあつかひ[四〇]しにぞ、「此者きたらずは、いかゞすべき。よくぞ跡よりしたひ来にける。まことの心ざしある者なれば、今[四一]この先途をも見とゞくる也。あはれ男をも女をも人をめしつかふには、かほどに主君を思ひ[四二]奉るものをこそあらまほしけれ」と、夫婦ともに今さら感じ思ひけり。

さて妻は木のもとによりかゝらせ、生れたる子は女のわらはふところにいだきて、三人さしむかひつゝ、「夜あけなば山中の家を尋ね、心しづかにかくれて保養すべし」と思ふ。産養[四三]すべき事もかなはねば、腰につけたる焼飯[四四]とり出し、妻にくはせて気[四五]をたすけ居たり。女房は木の本によりかゝりながら、女のわらはがかたをつく[四六]

る事」とも類同し、また、赤子を食おうとする山中の鬼に関しては、古く今昔物語二十七ノ十五「産女南山科ニ行キ鬼ニ値ヒテ逃グル事」もある。

六 化けもの。「魅」は山中の妖怪。 七 摂津国。現在の大阪府。 八 一五七七年。 九 奈良県北葛城郡上牧町下牧。同県生駒郡平群町にあった松永久秀の信貴山城の支城の一つ。「十月に松永が一党、森、海老名、河内国片岡の城にこもる」(本朝将軍記十一・織田信長・天正五年)。「河内の国」は「河内片岡城」(織田信長譜・天正五年十月)を踏襲した誤り。 一〇 松永久秀。→四二頁注五。

一一 「日比 ひごろ」(大全)。 一二 道理にもとる行い。「悪行 アクギヤウ」(書言字考)。

一三 積み重なる。「重畳 テウデウ」(合類)。底本の振仮名「でう〱」。 一四 城を攻める側の軍勢。織田信長の長男信忠を大将に、細川幽斎・明智光秀・筒井順慶など。 一五 旗や指物に表れる軍陣の形勢。 一六 陣中の気勢。 一七 将来に望みを持てそうにない。

一八 「ならびの国に所縁有てかれをたのみくだらんとおもひ、夜にまぎれて忍び出けるが」(曾呂利物語四ノ六)。 一九 →三三〇頁注七。 二〇 妻である女性。 二一 大阪と奈良を結ぶ古代以来の街道。奈良街道。大阪府柏原市亀ケ瀬で竜田山を越え、奈良県生駒郡三郷町竜田を経て奈良に向かう。

二二 「赴」に同じ。「趣 ヲモムク〈又赴・悩並同〉」(合類)。 二三 「女ばうはたゞならぬ身にて侍るが、しきりにはらをいたみけるほどに」(曾呂利物語四ノ六)。 二四 疲れて力が入らない。 二五 ようやくのことでたどり着く。「疎歩付 カ、クリック」(温故知新

ぐ見ゐたりければ、ふところにいだきたる赤子(あかご)を舌(した)を出して舐(ねぶり)けり。一 あやしく思ひて、なをよく目をすましてみれば、女(め)のわらはが口大きに耳(みゝ)もとまでさけて、赤(あか)子のかしらを口にふくみ、ねぶるやうにてくらひけるほどに、はや首(くび)をばみなくらひつくし、肩(かた)二をかぎり右の手をくらひければ、妻いとさはがず夫(おつと)三をおどろかし四けり。小石はしばしねふり侍べりしが、目をさまし、このあり様を見て、ひそかに刀をぬき、はた五ときりつけたりしかば、女のわらは鞠(まり)のごとくはづみ六て、こずゑに飛(とび)あが

書)。二六 ひょっとして。二七「軍兵 グンビヤウ イクサノツハモノ也」(謡抄・田村)。二八「行てみれば辻堂なり。入てしばしいきをつきたりける」(曾呂利物語四ノ六)。二九 召し使いの少女。三〇 清音。「ヲチュウト 戦場をのがれて逃走中の人」(日葡)。三一 主を慕う気持に心を痛め、不愍に思って。三二 注意を喚起する語。ここだ、ここだ。三三 女性の自称。三四 熱湯の中、冷水の底までも。三五 じっと我慢することに耐えられず。三六 追いかけて。三七 頼り甲斐ある者に出会えた。三八 出産の兆候、産気づいて。三九 清音。「平産 ヘイサン〈又云安産〉」(書言字考)。四〇 お産の一切を処置したので。四一 これからの前途を見守ってやるつもりだ。四二 大切に思うもの。四三 誕生した初夜・三夜・五夜・七夜等に催す祝宴。王朝貴族の間の風習が民間に及んだ。四四 握り飯。旅の携帯食として一般的であった。四五 活力。四六 凝視していると。

以上三九一頁

一「舐 ネブル」(合類)。
二 肩のところまで。
三 底本の振仮名「いつと」。
四 起こす、目覚めさす。
五 ねらいを定めて。
六 跳ね返って。

絵 女の童、山中で主人の赤子を食う場面。桂を被って休む小石の伊兵衛の妻、赤子を取られて驚く。赤子の足を食い尽す女の童。口から血がほとばしり出る。向う鉢巻の小石。

り、そのまゝすさまじき鬼(をに)となり、又地にとびくだり、[七]十間(けん)ばかりむかひなる岩の上に立て赤子(あかご)の足をくらひけり。小石せんかたなくはしりかゝつて切(きり)けれ共、たゞ[八]ゆめのごとく影のごとくにて、太刀(たち)もあたらず。しばしをひまはりければ、鬼はや其(その)あひだに赤子はみなくらひつくして、蝶(てう)[九]とんばうのごとく、飛あがり行(ゆき)がたなくうせにけり。力なく跡(あと)に立かへり、もとの木のもとに来てみれば、又妻の女房を[一〇]とられたり。よべ共〳〵こたふるこゑもきこえず、いづちとられけむ、行さきもし

七 約十九メートル。「一間 いつけん〈本朝人六尺三寸曰二一間一〉」(大全)。

八 手ごたえを感じないさま。夢の中の人物か影法師かのように。

九 「蜻蛉 トンバウ」(合類)。

一〇 さらわれた。

絵　小石、赤子と妻を殺した鬼を追いかける場面。刀をふりかざして追う小石。長髪を乱して逃げる鬼。腰には獣皮と褌。

らず。小石血の涙をながし、しらぬ山中をあなたこなた尋ねしに、夜すでに明方になりて、道筋より三町ばかりおくのかたはらなる岩かどに妻が首をのせをきたり。いか成ものゝしわざ共知がたし。小石これをみるに悲しさかぎりなく、涙と共にそこにうづみて、大和の郡山より南のかた、大谷に所縁ありければ、こゝにたどり行て、しばらくかくれゐたりしが、とにかくに、はかなき世を思ひしり、後世を大事とこゝろづきて発心しつゝ、高野山のふもと、新別所といふ所にこもり、沙弥戒をたもち、たうときをこなひして、年月を送りし後にその行方なし。

(八)　馬人語をなす怪異

延徳元年三月、京の公方征夷将軍従一位内大臣源義凞公は、佐々木判官高頼をせめられんとて、軍兵をそつして、江州に下り、栗太郡鈎の里に陣をすへられ、こゝにして御病悩をもくおはしましつゝ、おなじき廿六日に薨じ給ふ。其前の夜十五間の馬やに立ならべたる馬の中に、第二間のむまやにつながれたる芦毛の馬、たちまちに人のごとく物いふて、「今はかなはぬぞや」といふに、又となりの川原毛の馬、こゑを合せて、「あらかなしや」とぞいひける。其まへには馬とり共なみゐて、中間・小者おほく居たりける。みな是を聞に、正しく馬共のものいひける事

一 激しい悲しみのはてに流す涙。二「首カウベ」(合類)。三 奈良県大和郡山市。四 奈良県橿原市大谷町。五 血縁や地縁で深く結ばれている者。「所縁 しよゑん」(落葉集)。六 あちこち迷いながら尋ねて行く。「たどり行 尋行。まよふ心也」(匠材抄二)。七 亡くなった妻子の後世を弔うことが大切と気づいて。八 出家して。九 和歌山県伊都郡高野町の高野山金剛峯寺、またその境内の地をもいう。一〇 高野山の霊覚山円通寺。古くは専修往生院と号し、専修念仏の道場であったという。「中古浄侶結衆して、二六時中不断念仏の道場なりといふこと、粗(ほぼ)旧記にみえたり」(高野通念集五・新別所)。一一 仏門に入った沙弥、沙弥尼がまず守るべき不殺生、不偸盗、不淫、不妄語などの十戒。

13-8 本話は、我が国古来の仏教説話によく見られる、馬の負債返報談(片仮名本因果物語中ノ十三「馬ノ物言事」、堪忍記五ノ十七ノ三など)や、太平広記四三六・東市人の説話など、動物の人語談の一類であり、それを不吉の予兆に転じたもの。一二 この振仮名未詳。正しくは「じんご」か。「ジンゴ(ヒト・カタル)人間の談話」(日葡)。一三 一四八九年。一四 将軍。一五 足利義凞。一四六五—八九。室町幕府第九代将軍。→二一三頁注二六。底本振仮名「みなも」。一六 南近江を支配した守護大名六角高頼。永正十七年(一五二〇)病没。もと近江国守護大名佐々木氏の出。高頼は幕命に従わず、たびたび将軍家の追討を受ける。「判官」は律令官制四等官の第三位。一七 滋賀県栗太郡栗東町。長享元年(一四八七)九月進発、十月に

疑(うたがひ)なし。身の毛よだちて[二七]おそろしくおぼえしが、次の日はたして義煕(よしてる)公薨(こう)じ給ひし。誠にふしぎの事也。

(九) 怪(くわい)を話(かたれ)[二八]ば怪(くわい)至(いたる)

[二九]むかしより人のいひつたへしおそろしき事、あやしき事をあつめて百話(ものがたり)[三〇]すれば、かならずおそろしき事あやしき事ありといへり。百物語には法式(ほうしき)あり。月くらき夜、

は鈎(まがり)の安養寺に進軍し、月末には下鈎の真宝坊に着陣した(後鑑二四二)。 一八「延徳元年三月廿六日征夷大将軍従一位内大臣源義煕江州鈎里(まがりのさと)の陣中に薨ず。年廿五」(本朝将軍記九・源義尚)。 一九→一五八頁注一〇。 二〇 戦闘用の馬を飼う家屋。 二一 白毛に黒や茶などの差し毛のある馬。葦毛。 二二 思い通りにならないことへの悲痛な気持。 二三 たてがみと背や尾が黒く、薄茶色をおびた白色の毛の馬。「川原毛 カハラゲ〈俗字又作瓦毛〉」(書言字考)。 二四 馬の口とり。馬丁。 二五「中間」は馬丁の役にも多く従事した。「チュンゲン 馬丁」(日葡)。但し岩波版『邦訳日葡辞書』訳者注では「チュンゲン」は「チュゥゲン」の誤植と考えられるが、この形の可能性がないわけではないともされている。 二六 武家奉公のうちで最も軽輩の者。身分的には中間の下にあり、主に雑役に従事する。 二七「ミノケヨダツ 髪の毛が逆立つ」(日葡)。

13-9 五朝小説の竜城録「夜坐談鬼而怪至」を原話に、百物語という我が国独特の怪談会での出来事に翻する。百物語はここに記される形式を守って百話に達すると怪異が出現するとされるが、「此物語百条に満ずして、筆をこゝにとゞむ」という措辞は、怪異小説の掉尾を飾るにふさわしい洒落た結びとすべきか。 二八「話 カタル」(合類)。 二九「いにしへ人

絵 中間達、馬が人間の言葉をしゃべるのを聞いて驚く場面。中間二人、同じ姿勢で振り返る。本文によると、右が川原毛、左が葦毛。

[一]行灯に火を点じ、[二]その行灯は青き紙にてはりたて百筋の[三]灯心を点じ、ひとつの物語に灯心一筋づゝ[四]引とりぬれば、座中[五]漸々暗くなり、青き紙の色[六]うつろひて、何となく物すごくなり行也。それに話つゞくれば、かならずあやしき事おそろしき事あらはるゝとかや。

下京辺の人五人あつまり、「いざや百話せん」とて、[七]法のごとく火をともし、めん／＼みなあをき小袖着て[八]なみゐてかたるに、六七十におよぶ。其時分は[九]臘月のはじめつかた、[一〇]風はげしく雪ふり、さむき事、日ごろにかはり、[一一]髪のねしむるやうに、[一二]ぞゝとしておぼえたり。[一三]窓の外に、火のひかりちら／＼として蛍のおほくとぶがごとく、[一四]いく千万ともなく、[一五]つゐに座中にとび入て、まろくあつまりて、鏡のごとく鞠のごとく、又[一六]わかれてくだけちり、変じて白くなりかたまりたるかたち、[一七]わたり五尺ばかりにて天井につきて、たゝみの上に[一八]どうどをちたる。[一九]その音いかづちのごとくにしてきえうせたり。五人ながらうつふして[二〇]死に入けるを、家の内のともがらさま／゛＼たすけおこしければ、よみがへりて別の事もなかりしと也。[二一]ことわざにいはく、「白日に人を談ずることなかれ。人を談ずれば、害を生ず。昏夜に鬼を話ることなかれ。鬼を話れば怪いたる」とは[二二]此事なるべしと。此物語百条に満ずして、筆をこゝにとゞむ。

(とび)の語り伝しは何にても百物語をすればかならずこはき物あらはれ出るとうけ給はり」(百物語・序)、「百ものがたりすればおそろしき事有といふ」(御伽物語四ノ三)。

二〇 「話 モノガタリ」(合類)。

一 油皿の四周を紙で囲った照明具。「行灯 アンドウ」(書言字考)。

二 「灯(ともしび)に灯心百筋入、青紙を以て闇灯(あんどう)に用ゆ」(宗祇諸国物語三・話ニ怪異ニ)。

三 灯油を燃やすための芯。イグサの髄や束ねた綿糸を用いる。

四 とり外して消すと。

五 次第に。「漸々 ゼン／゛＼」(合類)。

六 揺れて映り。

七 法式どおりに。

八 車座に座って。

九 「臘月 ラウゲツ〈曰ニ十二月ニ〉」(合類)。

一〇 原話に「時ニ風フキ雪フリテ寒サ甚シ」。

一一 もとどりを引っ詰めたときのように。「髪の根」はもとどり、たぶさのこと。

一二 「ゾゾ、または、ゾッゾト 副詞。身ぶるいして寒さを感じるさま」(日葡)。

一三 原話に「牕(まど)ノ外ニ点点ト火明カニシテ流蛍ノ若ク」。「流蛍」は風のまにまに飛ぶ蛍。

一四 原話に「須臾ニ千万点トナリテ数フ可カラズ」。

一五 原話に「室中ニ入リテ、或ハ円鏡ト為(な)リ」。

一六 原話に「乍(たちま)チ離レ乍チ合ヒ」。

一七 さしわたし。

一八 「ドゥド 副詞。落ちるさま。例、ドゥドヲツル」(日葡)。

伽婢子巻之十三 終

一九 原話に「変ジテ大声ヲ為(た)テテ去ル」。
二〇 気絶してしまったが。
二一 原話に「信(まこと)ナルカナ俗諺ニ曰ク、白日ニ人ヲ談ズルコト無カレ。人ヲ談ズル則(とき)ンバ害生ズ。昏夜ニ鬼ヲ談ズルコト無カレ。鬼ヲ談ズル則ンバ怪至ルト」。「白日」はまっ昼間、「昏夜」は夜。
二二 原話に「亦(また)知言也」。「知言」は道理にかなったことば。

寛文六丙午暦三月吉日
書林
西沢太兵衛　開板

付録　剪燈新話句解

剪燈新話序

余既編輯古今怪奇之事以為剪燈錄凡四十卷矣好事者每以近事相聞遠不出百年近止在數載襃積於中日新月盛習氣所溺欲罷不能乃援筆為文以紀之其事皆可喜可悲可驚可怪者所惜筆路荒蕪詞源淺狹無嵬目鴻耳之論以發揚之爾既成又自以為涉於語怪近於誨淫藏之書笥不欲傳出客聞而求觀者衆不能盡卻之則又自解曰詩書易春秋皆聖筆之所述作以為萬世大經大法者也然而易言龍戰于野書載雉雊于鼎國風取淫奔之詩春秋紀亂賊之事是又不可執一論也今余此編雖於世教民彝莫之或補而勸善懲惡哀窮悼屈其亦庶乎言者無罪聞者足以戒之一義云爾客以余言有理故書之卷首洪武十一年歲次戊午六月朔日山陽瞿佑書于吳山大隱堂

剪燈新話序

昔陳鴻作長恨傳并東城老父傳時人稱其史才咸推許之及觀牛僧孺之幽怪錄劉斧之青瑣集則又述奇紀異其

事之有無不必論而其制作之體則亦工矣鄉友瞿宗吉氏著剪燈新話無乃類是乎宗吉之志確而勤故其學也博其才充而敏故其文也贍是編雖稗官之流而勸善懲惡動存鑒戒不可謂無補于世矧夫造意之奇措辭之妙粲然自成一家言讀之使人喜而手舞足蹈悲而掩卷墮淚者蓋亦有之自非好古博雅工於文而審於事曷能臻此哉至於秋香亭記之作則猶元稹之鶯鶯傳也余將質之宗吉不知果然否洪武三十年夏四月錢塘凌雲翰序

剪燈新話引

余觀宗吉先生剪燈新話其辭則傳奇之流其意則子氏之寓言也宗吉家學淵源博及群集屢薦明經母老不仕得肆力於文學余嘗接其論議觀其著述如閱武庫如遊寶坊無非驚人之奇希世之珍是編特武庫寶坊中之一耳然則觀是編者於宗吉之學之博尚有考也洪武十四年秋八月吳植書于錢塘邑庠進德齋

剪燈新話詩 弁序

余觀昌黎韓子作毛穎傳柳子厚讀而奇之謂若捕龍蛇搏虎豹急與之角而力不敢暇古之文人其相推獎類若此及子厚作謫龍說與河間傳等後之人亦未聞有以妄且淫病子厚者豈前輩所見有不逮今耶亦忠厚之志焉尔矣余友瞿宗吉之爲剪燈新話其所志怪

有過於馬孺子所言而淫則無若河間之甚者而或者猶沾沾然置喙於其間何俗之不古也如是蓋宗吉以褒善貶惡之學訓導之間游其耳目於詞翰之場聞見既多積累益富恐其久而記憶之或忘也故取其事之尤可以感發可懲創者彙次成編藏之篋笥以自怡悦此宗吉之志也余不敏則既不知其是亦不知其非不知何者爲可取何者爲可譏伏而觀之但見其有文有詩有歌有辭有可喜有可悲有可駭有可嗤信宗吉於文學而又有餘力於他技者也宗吉索余題故爲賦古體一首以復之云

山陽才人嚼與侶開口爲今闔爲古春以桃花染性情秋將桂子薰言語感離掑遇心怦怦道是無憑還有憑沉沉帳底晝吹笛煦煦窓間宵剪燈倏而晴兮忽而雨悲号欲啼喜欲舞玉簫倚月吹鳳凰金柵和煙鎖鸚鵡造化有跡尸者誰一念才萌方寸移善善惡惡苟無失恠恠奇奇將有之丈夫未達虎爲狗濯足滄浪泥數斗氣酣骨聳錚有聲脫幘目光如電走道人青蛇天動搖不斬尋常花月妖茫茫塵海漚萬點落落雲松酒半瓢世間萬事幻泡爾往往有情能不死十二巫山誰道深雲母屛風薄如紙鴛鴦宅前芳草迷燕燕樓中明月低從來松栢有孤操不獨鴛鴦能並棲久在錢塘江上住厭見潮來又潮去撫子嚼春幾度回斷夢殘魂落何處還君此編長嘯歌便欲酌以金巨羅醉來呼枕

睡一覺高車駟馬遊南柯
洪武己巳六月六日睦人佳衢書于紫
薇深處

剪燈新話跋

余幼時觀洪邁夷堅志嘗恠其好奇之
甚然獨百事有於昔於今乃不自之耶
故置之不復詳覽非特自矜於已又恐
見誣於人及考邁在南宋時爲內翰春
秋之筆寓於德暴間將使後世之善心
者感發之而惡志者懲創之蓋少補於
敎化之方云云余同門友瞿宗吉輯其間
見之實書於簡編則不拘於德暴而
誣其說蓋亦自負董狐之才將以攄著
述之志云尓今宗吉學富才充余何企
及哉第因不鄙出以見示故敢書于卷
端洪武辛酉重陽前一日嚴陵金冕於
唐昌邑庠之由義西齋寫

剪燈新話目録

目錄畢

剪燈新話句解卷之一

山陽瞿佑宗吉著
滄洲　訂正
垂胡子　集釋

水宮慶會錄

至正 元順帝年號 甲申歲，湖州 古閩越之地，今浙廣東布政司 士人余善文 余氏秦由余之後也 於所居白晝閒坐，忽有力士二人，黃巾繡襖 襖音奧，以繡為袍也 自外而入，致敬於前曰：廣利王 唐天寶十載正月詔以南海神祝融封為廣利王 奉邀。善文驚曰：廣利洋海之神，

善文塵世之士，幽顯路殊，安得相及。二人曰：君但請行，毋用辭阻。遂與之偕出南門外，見大紅船 如今河伯所有紅馬艦，蓋此云大紅船即紅船之大者 泊於江滸 水涯也。登船，有兩黃龍挾之而行，速如風雨，瞬息 瞬目動也，息呼吸也，即一瞬一息之頃也 已至。止於門下，二人入報，頃之 頃本作頃，頃之少選時也 請入。廣利降階而接曰：久仰聲華，坐屈冠蓋 使者冠冕皂蓋也，平原君傳云冠蓋相屬 幸勿見訝。遂延之上階，與之對坐。善文踧踖 [illegible] 少步也，不敢自安之意 退遜。廣利曰：君居陽界 天下有四界，天界、地界、水界、陽界 寡人處水府 廣記云南海水府仙宮是也 不相統攝，可毋辭也。

善文曰：大王貴重，僕乃一介寒儒，敢當盛禮。固辭。廣利左右有二臣，曰黿參軍、鼈主簿者 黿似鼈而大，參軍主簿各開府官屬，如桓溫幕下以王珣短主簿、郗超髯參軍之類 趨出奏曰：客言是也，王可從其所請，不宜自損威德，有失觀視。廣利乃居中而坐，別設一榻於右，命善文坐，乃言曰：弊居僻陋，蛟鰐 蛟，龍屬，無角，四足，細頸，大者數圍，卵如一二石瓮；鰐似蜥蜴，長一丈，水濺吞人，或作鱷，柳文永州記鱷大者數丈，一生百卵，及成其形，則有為蛇、為蛟、為黿鼉者甚衆 之與鄰，魚鰕之與居，無以昭示神威，闡揚帝命。今欲別構一殿，命名靈德，工匠已舉，木石咸具，所乏者惟上梁文爾 上梁文，自唐李嶠凡

建宮殿上梁之時頌美作室之意側聞君子負不世之才蘊濟時之略故特奉邀至此幸爲寡人製之即命近侍取白玉之硯捧文犀之管以文犀角爲筆管也并鮫綃博物志云鮫人居水底從水中出寄寓人家賣綃臨去從主人索一器而泣則淚爲之珠滿盤以與之丈許置善文前善文俯首聽命一揮而就文不加點其辭曰

伏以天壤之間海爲最大人物之内神爲最靈既屬香火燒香燃燭即祠之依歸可乏廟堂南海神廟在廣州海中刺史常以立夏氣至祀焉之壯麗是用專營寶殿新揭華名掛龍骨以爲梁[illegible]緝魚鱗楚詞云魚鱗屋兮龍堂

而作瓦瑞氣瑩列明珠白壁之簾櫳窗也接青雀黃龍青雀畫青雀黃龍刻黃龍皆舟名所以厭水神也之舸艦瑣窗以青畫瑣文而爲窗也啓而海色在戶繡闥開而雲影臨軒雨順風調鎮南溟八千餘里天高地厚垂後世億萬斯年通江漢之朝宗尚貢江漢朝宗于海註春見曰朝夏見曰宗江漢奔趨於海猶諸侯之朝宗于王也受溪湖之獻納即進獻納貢之謂也天吳紫鳳天吳水神山海經云天吳虎身人面八手八足八尾青黃色紫鳳丹穴山有鸞鳳之屬也鵷鳳五色而多紫杜詩天吳及紫鳳顛倒在短褐紛紜而到鬼國羅刹羅刹鬼卒也刹一作𧊅有牛頭馬面之狀次第而來巋音規然有覺靈光殿名魯恭王所建後漢王

文考賦有云巋然獨存註高大堅固貌美哉如漢景福殿名漢當作魏魏明帝所建何平叔賦首句大哉惟魏註大哉歎美之辭控引也蠻荊荊州之南古蠻地也而引甌越甌有東西甌越之別種即今閩中越地是也此一句王勃滕王閣序文未壯帝規呀閶闔天門名而呈瑯玕石之似珠者也韓詩排[illegible]呀閶闔披瑯玕宜與善頌遂爲短唱助舉脩梁

拋擲置也梁東方丈蓬萊三神山在東海中周回三千萬里樓臺皆以金玉珠玕飾之樹叢花實人食之不老指顧中笑看扶桑東方朔十洲記云碧海中有樹長數千丈一千餘圍兩幹同根相倚是以名扶桑淮南子曰日出暘谷浴于咸池拂于扶桑是謂晨明三百尺金鷄啼罷日輪紅桃都山有樹曰桃都樹枝相去三千里上

有天雞日初出照此樹則天雞鳴而天下雞隨之鳴

拋梁西弱水尚貢弱水既西註柳宗元曰西海之山有水散渙無力不能負芥流沙在沙州西其沙隨風流行故名之路不迷後夜子夜也瑤池王母降神仙通鑑云西王母太陰之精天帝之女人身虎首豹尾蓬頭戴勝居西北隅列子云周穆王駕八駿升崑崙遂賓西王母王母觴於瑤池一雙青鳥漢武故事云人首鳥身衣青而飛武帝時從西方來問東方朔曰此爲西王母使者王母欲來有頃而至青鳥挾侍也向人啼

拋梁南巨浸韓詩巨浸連空闊言大水也漫漫萬族涵要識封疆寬幾許大鵬莊子云北冥有魚焉其名爲鯤化而爲鳥其名爲鵬海運則將徙於

南溟飛盡水如藍。

抛梁北。褰星絢（音懸。文貌）爛環辰極（北辰天之極也）。遙瞻何處是中原。一髮青山浮翠色。

抛梁上。乘龍夜去陪天仗。袖中奏罷一封書。盡與蒼生除福障（福障一本作魔障。福障出佛書。語魔障冥障之類）。

抛梁下。水族紛綸承德化。清曉頻聞贊拜聲。江神河伯朝靈駕（乃江水之神。文選江賦奇相得道於江。故爲江神。河伯廣記云。馮夷服八石。得水仙。人面魚身。抱朴子云。馮夷八月上庚日渡河溺死。天帝署爲河伯。或曰三河伯。九江神也）。

伏願上梁之後。萬族歸仁。百靈仰德。珠宮貝闕（楚辭紫貝闕兮珠宮。註。紫貝南海甲蟲有文者也）。應天上之三光（日月星也）。衮衣（衮龍衣也）繡裳。備人間之五福（洪範九五福壽富康寧攸好德考終命也）。書罷進呈。廣利大喜。卜日落成（落即始也。宮室成而祭之。曰落。左傳願與諸侯落之）。發使詣東西北三海。請其王赴慶殿之會。翌日三神（東海廣淵王。西海廣德王。北海廣澤王也）皆至。從者千乘萬騎。神蛟毒蜃（蜃音信。大蛤也。能吐氣於空中作樓閣之形也）。踊躍後先。長鯨（大者數千里。鼓浪成雷。噴沫爲雨）大鯤。奔馳左右。魚頭鬼面之卒。執旌旄而操戈戟者。又不知其幾多也。是日廣利頂通天之冠（諸侯王冠以通天犀飾。如唐憲宗通天御帶之類）。御絳紗之袍。秉碧玉之圭（瑞玉。書舜典五瑞。註。公執桓焉是也）。趨迎於門。其禮甚肅。三神亦各盛其冠冕。嚴其劍珮。威儀極儼恪（儼正也。恪敬也。禮記云。儼威儼恪）。但所服之袍。各隨其方而色不同焉。叙暄涼（暄煖也。涼冷也。謂叙寒暖之候也）畢。揖讓而坐。善文亦以白衣坐於殿角。方欲與三神叙禮。忽東海廣淵王座後有一從臣。鐵冠而長鬣者（鬣鬚也）。號赤鯶（音渾）公（唐以鯉與李同。唐詩諱鯉魚爲赤鯶公也。左傳楚子享公。使長鬣者相。又北齊詩鬚髯下垂至長鬣長鬣公）。出班而前曰。今日貴殿落成。特爲三王而設。斯會雖江漢之長。川瀆之君。咸不得預席。其禮可謂嚴矣。彼白衣而末坐者。爲何人斯。乃敢於此唐突也（唐突或作搪揬。觸犯也）。廣利曰。此乃潮陽秀士余君善文也。吾構靈德殿成。請其作上梁文。故留之在此爾。廣淵遽言曰。文士在座。汝烏得多言。姑退。赤鯶公乃赧然而下。已而酒進樂作。有美女二十人。搖明璫（充耳珠璫）。曳輕裾（衣裾也）。於筵前舞凌波之隊。歌凌波之詞曰（凌波。唐玄宗夢一女來言。妾凌波池中龍女也。願賜一曲。帝覺而作凌波詞）。若有人（楚辭言若然是人也。若木神而言）兮波之中。折楊柳兮採芙蓉。振瑤環（瑤玉類）兮瓊珮（瓊玉也）。璆（音求。本作璆。玉磬也）鏘鳴兮玲瓏。衣翩翩（飛貌）兮若驚鴻。身矯矯（轉舉貌）兮如游龍。輕塵生兮羅襪（金用洛神賦句）斜日照兮芳容寒（便美也）獨立兮西復東羌（發語端也）可遇兮不可從忽飄然而長往御泠泠之輕風（列子御風而行泠然善也旬有五日而後反）

舞竟復有歌童四十輩荷新粧飄香袖於庭下舞採蓮之隊歌採蓮之曲曰（二十四曲之上高賢曰秦川唱採蓮今競渡船唱齊鼓引一篙是也）

桂棹（楫也任昉述異記云木蘭樹名多生潯陽江上魯班刻以為舟）兮蘭舟泛波光兮遠遊捐予玦兮別浦（玦如環而小有缺者取裁決之義楚辭捐余玦兮澧浦遺余珮兮江中）解予珮兮芳洲（芳草所生之處也）波搖搖兮

舟不定折荷花兮斷荷柄露何為兮沾裳風何為兮吹鬢棹歌（引棹而歌也）起兮綵袖揮翡翠散（說文赤羽曰翡青羽曰翠又雄曰翡雌曰翠）兮鴛鴦飛（鴛鴦水禽也似鳧而毛有文彩雌雄未嘗相離）張蓮葉兮為蓋緝藕絲兮為衣（藕蓮根故名藕絲詩細腰美人藕絲裳言白紵之精細也）日欲落兮風更急微煙生兮淡月出早歸來兮難久留對芳華兮樂不可以終極（列女傳陶荅子妻曰樂極哀生）

二舞既畢然後擊靈鼉之鼓（鼉似蜥蜴其皮堅厚以冒鼓則聲聞百里）吹玉龍之笛眾樂畢陳觥籌（柳子序飲當飲者舉觥觥飲遲發文罰籌謂毛）交錯

鎮於是東西北三神共捧一觥致善文前曰吾等僻處鄙陋不聞典禮今日之會獲覩盛儀而又幸遇大君子在座光彩倍增願為一詩以記之使流傳於龍宮水府抑亦一勝事也不知可乎善文不敢辭遂獻

水宮慶會詩二十韻

帝德乾坤大神功嶽海安淵宮開棟宇水路息波瀾列爵（公侯伯子男也唐以王亦爵也四海神皆封為王）王侯貴分符（符竹符銅符玉麟符之類）地界寬威靈聞赫奕事業保全完南極常通奏炎方（南方屬火故稱炎方）永授官登堂朝玉帛（諸侯覲王以五玉三帛為贄）設宴會衣冠鳳舞三簷蓋（凡蓋皆有三層故云三簷）龍歌七寶盤（車渠珊瑚琥珀瑪瑙火齊良玉真珠為七寶）傳書雙鯉躍（古詩客從遠方來遺我雙鯉魚呼童烹鯉魚中有尺素書）扶輦六鼇蟠（列子云渤海東有五山無著隨波上下帝使巨鼇十五舉首而戴之）王母調金鼎天妃捧玉盤（宋興化府莆人都巡檢林愿之女生而神靈能言人禍福歿後鄉人立廟於湄州與宣和中路允迪使高麗在海風作諸船皆覆獨允迪所乘船神降於檣遂獲安濟元天曆中加封天妃今旅順口亦有天妃廟）盃凝紅琥珀（李賀詩琉璃鍾琥珀濃）袖拂碧琅玕座上湘靈舞頻將錦瑟彈（湘靈舜妃即娥皇女英也錦瑟李商隱詩錦瑟無端五十絃錢起湘靈鼓瑟詩曲終人不

見江上數峯青曲終漢女至忙把翠旗看漢女列仙傳云江妃也二女出遊於江漢之濱逢鄭交甫解佩與之翠旗翠鳳旗樂府舉麾止作者也杜詩金支翠旗光有無瑞霧迷珠箔祥烟遶畫欄屏開雲母瑩本草有五色雲母今之石銀也簾捲水晶寒共飲三危露三危在雍州之域呂氏春秋云水之美者有三危之露山谷詩篇香滋九醞露味挹三危同餐九轉丹即黃庭經八瓊丹也九轉猶言九遍煉丹也良宵酩酊酩酊醉甚貌樂事盤桓盤桓遲留之貌異味充喉舌靈光照肺肝渾如到兜率三十三天第四天曰兜率天也又似夢邯鄲開元中呂翁經邯鄲有盧生者同邸主人方蒸黃粱盧生具言生世困厄翁取囊中枕授之曰枕此當榮適願生俛設身適枕穴中秦義登第出入將相五十年榮

盛無比忽欠伸而覺呂翁在傍黃粱尚未熟醺酣陪高會歌呼得盡懽題詩傳勝事春色滿毫端詩進座間大悅已而日落咸池日落處即蒙汜月生東谷諸神大醉傾扶而出各歸其國車馬駢闐聚盛貌之聲猶逾時不絕明日廣利特設一宴以謝善文宴罷以玻瓈盤青珠盤也盛照夜之珠十搜神記云隨侯見大蛇之傷救治之後蛇銜珠報之光照百里也通天之犀二博物志云角中有一條白氣直貫上下者謂之通天犀照之雞則雞爲之恐懼爲潤筆之資古人饋人撰述世德者有人事謂之潤筆鄭譯拜國公高熲戲曰筆乾譯曰出爲方岳杖策言歸不得一文何以潤筆復命二使送之還郡善

文到家并所得於波斯西域國名寶肆鬻焉賣寶店也獲財億萬計遂爲富族後亦不以功名爲意棄家求道徧遊名山不知所終

三山福地志

元自實山東人也本朝合兗青之地爲山東道生而質鈍不通詩書家頗豐殖貨財生殖也以田莊爲業田中廬舍曰莊杜詩巨壑數十莊同里有繆君者繆氏宋繆公之後除得閩中一官閩本南越荊蠻也叔熊避難於濮蠻人分七種故云七閩也缺少路費於自實處假銀二十百兩自實以鄉黨相處之厚不問其文券如數貸之

至正末山東大亂元史妖人劉福通等起兵陷山東自實爲群盜所劫家計一空時陳有定據守福建七閩頗安陳有定爲福建平章燕只不花等閩中頗安自實乃挈妻子由海道趨福州將訪繆君而投托焉至則繆君果在有定幕下當道用事威權隆重門戶赫奕自實大喜然而患難之餘跋涉道途草行曰跋水行曰涉衣裳藍縷敝衣也容貌憔悴勞苦見於貌也未敢遽見也乃於城中僦猶借也屋安頓止也其妻孥整飾修也其冠服卜日而往適値繆君之出拜於馬首初似不相識及敘鄉井通姓名方始驚謝即延之入室待

以賓主之禮良久噉一本作歠欲也茶而罷明日再往酒果
三盃而已落落落落不相入也無顧念之意亦不言銀兩之事
自實纜家旅寓荒凉妻孥怨詈曰汝萬里投人所幹
何事今為三盃薄酒所賣即便不出一言吾等何所
望也自實不得已又明日再往訪焉則似已厭之矣
自實方欲啓口繆君遽曰向者承借路費銘心不忘
但一宦蕭條俸入微薄故人遠至豈敢辜恩辜孤同負也李
陵書陵雖辜恩漢亦負德望以文券付還則當如數陸續連續也酬
納也自實悚然曰與君共同鄉里自少交契深密承

命周急周賑也急窮乏也素無文券今日何以出此言也繆君正
色曰文券誠有之但恐兵火之後君失之耳然券之
有無其亦不較惟望寬其程限使得致力焉自實唯
唯而出惟其言辭矯詐矯詐也妄自穩君此羝羊觸藩易大壯九
三羝羊觸藩羸其角羝牡羊也進退維谷詩桑柔人亦有言進退維谷谷窮也半月
之後再登其門惟以溫言撫之終無一錢之惠展轉
推托遂及半年市中有一小庵自實往繆君之居適
當其中路每於門下憩息庵主軒轅翁者有道之士
也見其往來頻數與之敍話因而情熟時值季冬已

迫新歲自實窮居無聊聊賴也無所賴也詣繆君之居拜且
泣曰新正在邇妻孥飢寒囊乏一錢瓶無儲粟向者
銀兩今不敢求但願捐斗水而活涸轍之枯莊周貸粟於監
河侯侯曰吾將得邑金貸汝周曰昨來中道見轍中
鮒魚焉問之曰豈無斗升之水而活我哉周曰待決西江
之水而漑汝鮒魚曰不如早索我於枯魚之肆也下壺飧而救翳桑之餓中山
君亡有二人挈戈隨之曰父饑且死君下壺飧餌之故
來死耳左宣二年趙宣子田於首山舍于翳桑
見靈輒餓問其病曰不食三日矣食之舍其半問之
曰宦三年矣未知母之存否今近焉請以遺之使盡
之而為之簞食與肉寘諸橐以與之既而與為公介
倒戟以禦公徒而免之問何故對曰翳桑之餓人也此
則故人之賜也伏望憐之憫之哀之恤之遂俯伏伏地

也又曰手足并行也於地繆君扶之起屈指計日之數而告之
曰更及一旬當是除夕歲除之夕荊楚記年暮夜盡故具酒饌以延新年君
可於家專待吾分祿米二石及錢二定元食貨法錢一十貫爲一定
令人馳送於宅以爲過歲之資幸勿以少爲怪且又
再三丁寧後漢郎顗傳丁寧通作叮寧囑也毋用他出以候之自實
感謝而退歸以繆君之言慰其妻子至日舉家懸望
自實端坐於床令稚子於里門覘覘窺也之須臾奔入曰
有人負米至矣急出候焉則越其廬而不顧自實猶
謂來人不識其家趨往問之則曰張員外之餽餽餉也周禮

〔註：饋食於尊者曰餽〕館賓者也。默然而返。頃之稚子又入告曰
有人携錢來矣。無由延焉。則過其門而不入。再往扣
之則曰李縣令之贐〔贐行財也曰贐〕避客者也。憮然而退〔憮失意貌〕
如是者凡數度。至暁貲絶炊明日晨且矣。又爲
所誤。粒米束薪俱不及辦。妻孥相向而哭。自實不勝
其憤。陰礪白刃坐以待旦。雞鳴鼓絶。徑投繆君之門
將候其出而刺之〔刺音恣以刃殺之也〕是時震方未啓。道無行人
惟小庵中軒轅翁方明燭誦經。當門而坐。見自實前
行。有奇形異狀之鬼數十輩從之。或握刀劍。或執椎

鑿。披頭露體。勢甚凶惡。一飯之頃。則自實復回。有金
冠玉珮之士百餘人隨之。或擎幢蓋。或舉旌幡。和容
婉色。意甚安閑。軒轅翁叵測〔叵不可也謂不可測其異也〕謂其已死
矣。誦經已罷。急往訪之。則自實固無恙〔恙憂也一説虫入腹食人心〕
〔者古者草居露宿多被此毒故相問無恙乎神異經云〕
〔北方有獸曰獬黃帝殺之由是無憂疾謂之無恙〕坐
定。軒轅翁問曰。今日之晨子將奚適。何其去之怱怱
而回之緩緩也。願得一聞。自實不敢隱。具言繆君之
不義。今我狼狽〔狼狽獸名狼似犬鋭頭白頰高前廣後狽亦狼屬無前足附狼而行俗稱事之乖戾曰狼狽〕
特甚。曰今早實礪霜刃於懷。將往殺之以快意。及至

其門。忽自思曰。彼實得罪於吾。妻孥何尤焉。且又有
老母在堂。今若殺之。其家何所依。寧人負我。毋我負
人也。遂隱忍而歸耳。軒轅翁聞之。稽首而賀曰。吾子
將有後祿。神明已知之矣。自實問其故。翁曰。子一念
之惡而凶鬼至。一念之善而福神臨。如影之隨形。如
聲之應響。固知暗室之内。造次〔急遽也〕之間。不可萌心
而爲惡。不可造罪而損德也。因具言其所見而贊撫
之。且以錢米少許周其急。然而自實終鬱鬱不樂。至
晩自投於三神山下〔即九仙烏石越王三山皆在福州城内蟠根連著爲一形勝而〕

〔奇跡異蹤鳳翥傳記陳軒詩城裏三山古越都相望樓閣接蓬萊摘此山也〕八角井中〔地志〕
〔不識今猶存文蘇井在城中者三而白龍井在府西南烏石山下上素羅挿蟠數級即此井舊底八角而俗號爲八角井也〕
其水忽然開闢。兩岸皆石壁。如行衖中。有蹊徑僅
通行。履自實捫壁而行。將數百步。壁盡路窮。出一衖〔古巷字〕
口。則天地明朗。日月照臨。儼然別一世界也。見
大宮殿。金書其牓曰三山福地。自實躡級而入。長廊
晝靜。古殿煙消。徘徊四顧。闃〔古覓切靜也〕無人蹤。惟聞鐘
磬之聲隱隱〔古殷字通〕於雲外。飢餒頗甚。行不能前。困臥
石壇之側。忽一道士。衣青霞之裾。振明月之珮。至前

呼起之笑而問曰翰林識旅遊滋味乎自實拱而對
曰旅遊滋味則盡足矣翰林之稱一何誤乎道士曰
子不憶草西蕃詔西蕃即西夷即古吐蕃也詔哏也天子以令為詔哏臨於
興聖殿乎自實曰某山東鄙人布衣賤士生歲四十
目不知書平生未嘗遊京國何有草詔之說乎道
士曰子爲飢火佛說饑者心熱煩惱眼生火光纏滿其室身在火中是心火失性也
所燬不暇記前事耳乃於袖中出梨棗數枚令食
之曰此謂交梨火棗也真誥云交梨火棗飛騰仙藥胸中荊棘不除交梨火棗不生註荊棘喻貪欲梨棗喻真元食之當知過去未來事自實食訖惺

然明悟因記爲學士時草西蕃詔於大都興聖殿側
元太祖克燕京路大興府世祖四年遷都於此九年始改名大都如昨日焉遂請於
道士曰某前世造何罪而今受此報耶道士曰子亦
無罪但在職之時以文學自高不肯汲引後進故今
世令君愚懵懵愚闇也而不識字以爵位自尊不肯接納
游士故今世令君漂泊而無所依耳自實因指當世
達官而問之曰某人爲丞相而貪饕饕音叨濫也四凶有饕餮之名
不止賄賂公行異日當受何報道士曰彼乃無厭鬼
王地下有十爐以鑄其橫非理也財今亦福滿矣當受

幽囚之禍矣又問曰某人爲平章而不戢禁止也軍士殺
害良民異日當受何報道士曰彼乃多殺鬼王有陰
兵三百皆銅頭鐵額輔之以助其虐今亦命衰矣當
受割截之殃又問某人爲監司肅政廉訪使而刑罰不振
某人爲郡守而賦役不均某人爲憲官而不聞所宜之
何事某人爲經略不聞所略之何方然則當受何報
也道士曰此等皆已杻械在手曰杻在頸曰械加其身縲紲縲索繫罪人之具也繫其頸腐肉穢骨待盡餘魂何足算也自實
因擧繆君負債之事道士曰彼乃王將軍之庫子財

物豈得妄動耶道士因言不出三年世運變革大禍
將至甚可畏也汝宜擇地而居否則恐預池魚之殃
東魏杜弼檄城門失火殃及池魚楚國亡猿禍延林木廣韻註池魚人名非是池魚與林木對說作句謂城門救火其殃及池中之魚也自實乞指避兵之地道士曰福清
可矣又曰不若福寧福清福寧皆福州屬縣也言訖謂自實曰汝
到此久家人懸望今可歸矣自實告以無路道士指
一徑令其去遂再拜而別行二里許於山後得一穴
出到家則已半月矣急携妻子遷往福寧村中墾開也
田治圃而居揮钁大鋤也之際鏗然作聲得瘞埋也銀四

錠元人以金銀五兩十兩作假餅號爲錠或作定家遂稍康其後張氏泰卯元史云張士誠者泰州白駒場亭人遣其弟士信逼取元丞相達識帖睦邇所掌符印而拘殺之達丞相被拘大軍臨城陳平章遭擒言至正末大明兵取福建而平章陳有定被執其餘官吏多不保其首領左傳宋鄉公曰得保首領而歿而繆君爲王將軍者所殺家貲皆歸之焉以歲月計之僅及三載而道士之言悉驗矣

華亭逢故人記

松江古會稽郡今直隸南京士人有全賈二子者皆富有文學豪放自得嗜酒落魄音托獨言落托跅無檢束之意不拘小節每以游俠自任史記汲黯傳好游俠註言能相從游行俠持之事者悅曰立氣齊作威福結朋交以立強於世謂之游俠漢宣紀任俠註言同是非爲俠所謂權行州里力折公侯是也至正末張氏據有浙西即浙江之西紹興等府也松江爲屬郡二子來往其間大言雄辯旁若無人豪門巨族望風承接惟恐居後全有詩曰

華髮衝冠感二毛班白二毛也西風涼透鷫鸘袍鷫鸘西方神鳥五色似鳳西京雜記云司馬相如初與卓文君還成都居貧愁懣以所著鷫鸘裘每貰酒爲歡仰天不敢長噓氣化作虹霓萬丈高雄曰虹雌曰霓本音齧俗音倪滮韻亦訓爲東今姑從俗

賈亦有詩曰

四海干戈未息肩左傳子產請息肩於晉謂解擔暇逸也書生豈合老林泉神中一把龍泉劍或云龍淵以龍淵水淬之能堅利故名事具聯芳撥記撐拄東南半壁天半壁猶言半面漢司馬相如傳家徒四壁立言貧所以障蔽四面今天下分裂羣雄各據一方隅東南之兵猶半壁之天也其詩大率音律大槩也類是人益信其自負其元年大明高皇帝初建國號爲吳吳元年即至正二十五年也國兵圍姑蘇未拔張士誠陷泰州據高郵僭稱王凡四年攻陷姑蘇詔降元詔爲太尉十七年復叛兵圍姑蘇士誠聚其族于齊雲樓舉火焚之自縊不死遂就禽姑蘇即蘇州州有姑蘇山故因名蘇州上洋即上海縣人錢鶴皐起兵援張氏二子自以嚴莊尚讓爲比嚴莊初爲安祿山掌書記後爲御史大夫及廣平王之伐也莊欲降乃約莊賜鐵券莊降授司農卿尚讓黃巢將尚君長弟初爲衞夫大將軍後與唐陳景瑜戰不利乃降杖策登門鄧禹傳杖策追及於鄴李膺傳士有被其容接者謂登龍門言鯉魚登龍門然後成龍參其謀議遂陷嘉興等郡未幾師潰民逃其上曰潰皆赴水死洪武高皇帝姓朱氏諱元璋中都鳳陽府人及滅元氏改國號曰大明改元洪武四年華亭士人石若虛有故出近郊素與二子友善忽遇之於途隨行僮僕數人氣象宛宛坐見如平昔邀謂若虛曰石君無恙乎若虛忘其已死與之揖讓班荆班布也左傳聲子遇伍舉於鄭班荆與食

而坐於野談論逾時全忽慨然長嘆曰諸葛長民有
言貧賤長思富貴富貴復履危機此語非確論苟慕
富貴危機豈能避諸葛長民晉人劉裕誅劉毅長民謀欲爲亂猶豫未決既而嘆曰貧
賤常思富貴富貴必履危機今日欲爲丹徒布衣豈可得也晉張華作確論言堅確不定之論也世
間寧有楊州鶴耶廣記有客各言所志或願揚州刺史或願腰纏十萬貫或願乘鶴上
天一人云願腰纏十萬貫乘鶴上揚州蓋兼三人之願也丈夫不能流芳百世亦
當遺臭萬年此數語出晉桓溫傳劉黒闥既立爲漢東主劉黒闥貝
州漳南人唐武德四年范願高雅賢謀反卜所主劉氏吉謁黒闥以告黒闥在家鉏菜見雅賢喜乃殺牛
饗士乃起兵後爲諸葛德威所敗罵曰狗輩負我臨死乃云我幸在家鉏菜

爲高雅賢輩所誤至此陋哉斯言足以發千古一笑
也貫曰黒闥何足道如漢之田横横自立爲齊王及漢高祖得天下與
其徒入海島高祖召之曰横來大者王小者侯不來
且擧兵加誅横與客二人乘傳詣洛陽未至三十里
謂二客曰横始與漢祖倶南面稱孤今漢王爲天子
横乃爲亡虜而北面事之恥已甚矣自剄而死高祖
以王禮葬之其二客穿其冢旁孔皆自剄下從之客
在海島者尚五百人帝使使召之聞横死皆自殺
唐之李密密隋人大業末說翟讓起兵唐高祖以書召之密自恃兵強欲爲盟主復書曰同心
戮力執子嬰於咸陽殪商辛於牧野豈不盛哉唐祖
笑曰密妄自矜大非折簡可致不如卑辭推奬乃使
人推爲盟主密喜後兵敗入關高祖使人迎勞密喜
謂其徒曰吾功不成實無意不以台司處我及至拜
光祿卿封邢國公亦可謂鐵中錚錚者也漢光武謂徐宣曰卿鐵中錚錚庸中

佼佼者横始與漢祖倶南面稱孤恥更稱臣逃居海島
可以死矣乃聽於大王小侯之語行至東都而死密
之起兵唐祖以書賀之推爲盟主及兵敗入關乃望
以台司三公上應三台故丞相府稱台司是虜其無知識如此大丈
夫死則死矣何忍向人喉下取氣耶夫韓信信佐高帝定天
下後與陳豨謀反事覺夷三族建炎漢之業漢用火德故曰炎漢卒受誅夷劉
文靜啓晉陽之祚文靜與宮監裴寂說弘化留守李淵起兵晉陽伐隋受禪後文靜自
以材能與裴寂遠甚而寂用舊恩居右意不平遂有隙後文靜妾失寵其兄上變告即下吏臨刑撫膺曰
高鳥盡弓藏果然終加戮辱彼之功臣尚爾於他人何有哉全

曰駱賓王佐李敬業起兵檄武氏之惡及兵敗也復
能優游靈隱詠桂子天香之句檄徵兵之文曉慰軍民之書駱賓王義烏
人七歳能詩賦李敬業勣之孫貶柳州司馬起兵
謀誅諸武武氏即武后臨朝也駱賓王檄其罪曰一
抔之土未乾六尺之孤安在試觀今日之域中竟是
誰家之天下后見之矍然曰誰爲之或以賓王對后
曰宰相失人唐宋詩話宋之問至江南遊靈隱寺月
夜行吟曰鷲嶺鬱岧嶤龍宮隱寂寥下監搜奇久之
有老僧曰夜深不寐吟風甚苦何耶之問答曰欲
題此寺而興思不屬試吟上聯僧曰何不道樓觀滄
海日門對浙江潮之問愕然遂續吟終篇曰桂子月
中落天香雲外飄捫蘿登塔遠刳木取泉遙霜薄花
更發冰輕葉未凋待入天台路看余度石橋其聯即
一篇之警策也遲明訪之已不復見之問詢之寺僧
答曰此駱賓王也當敬業之敗與駱賓王俱逃
時購黨人大魁因求類二人貌者函首以獻黄巣

擾亂唐室罪不容誅至於事敗乃削髪被緇逃遁蹤跡題詩云鐵衣着盡着僧衣 黄巣曹州寃句人也乾符二年與濮賊王仙芝叛陥東都唐遣高駢討之巣甥王言斬巣首乃降羅大經鶴林玉露云昔黄巣敗滅之後脱身自髠髪爲僧題詩自賛有鉄衣着盡有僧衣之句陶穀五代亂紀載黄巣遁免後祝髪爲浮屠有詩云三十年前山上飛鉄衣着盡着僧衣天津橋上無人問獨倚危闌看落暉近世王仲言亦信之蓋子揮麈録云不知此乃以元微之劉夢得詩竄易礫裂合之爲一元稹可攻也其一云四十年前馬上飛功名藏盡擁僧衣石榴園下擒生處獨自閑行獨自歸其二曰三陥思明三突圍鉄衣抛盡衲僧衣天津橋上無人識閑凭闌干望落暉 若二人者身爲首惡而終能脱禍可謂智術之深矣賓笑曰審如此吾輩當愧之矣全遠曰故人

在坐不必閑論他事徒增傷感爾因解所御緑裘令僕於近村貿 貿賣也 酒而飲酒至飲數巡若虚請於二子曰二公平日篇什播在人口今日之會豈無佳製以記之乎於是沉思移時全詩先成即吟曰

幾年兵火接天涯白骨叢 叢聚也 中度歲華杜宇有冤能泣血 杜宇一名杜鵑一名子規一名謝豹一名巧婦一名蜀魂寰宇記黄帝子昌意封其支庶於蜀始稱王自名蚕叢次栢灌次魚鳧後五代杜宇納入鼈靈死而其尸泝江至岷山下見杜宇自以德不如鼈靈禅位仍亡去化爲鵑自呼曰不如歸蜀人聞其鳴曰我望帝也鳴則口吻有血 鄧攸無子可傳家 鄧攸字伯道求嘉末沒于石勒與其妻步擔其児及弟之子綏而度不能兩全謂其妻曰吾弟早亡唯有一息理不可絶乃棄其子而去攸終無子時人曰天道無知使伯道卒而無嗣 當時自詫遼東豕 漢朱浮與彭寵書曰伯通自伐功高往時遼東有豕生子白頭異而獻之至河東見羣豕皆白懷慚而還若以子之功論於朝廷則遼東豕也伯通彭寵字也 今日翻成井底蛙 馬援謂隗囂曰子陽井底蛙耳子陽公孫述字謂言述識褊狹如埳井之蛙 一片春光誰是主野花開遍蒺藜沙 蒺藜草名子有三角刺人宋人陥淮陽之圍扈再興布蒺藜佯遁金人逐之中者十蹄七八自是號爲兵備凡經戰之場埠沙皆有鉄蒺藜故戰場謂之蒺藜沙

賈繼吟曰

漠漠荒郊鳥亂飛人民城郭嘆都非慈纏病骨何須葬血汙遊魂不得歸 杜詩血污遊魂歸不得 麥飯無人作寒食 謝枋得書云拜麥飯酒太母之陵蓋寒食麥飯酒墳恐非古俗自近代始有之又禮月令春食麥自冬至後至清明凡一百五日以禁忌之禁火故云寒食後漢周擧爲并州刺史俗以介子推焚死之故毎冬中取一月爲寒食莫敢烟爨擧爲革之 綈袍有淚哭斜暉 綈袍厚繒袍也史記范雎傳雎從須賈如齊還賈讒雎於魏相箠撃雎折脅摺齒卷以簀置廁中更溺之雎亡入秦相及賈之來使于秦也雎陽爲傭人乞之至秦丞相府置莝豆賈前令兩黥徒夾而馬食之因讓賈曰所以得無死者綈袍戀戀有故人之意 生存零落皆如此惟恨平生雅 雅素也 志違

吟已若虚歎曰二公平日吟咏極其豪宕 宕蕩同放也 今

日之作何其哀傷之甚與疇昔大不類耶二人相顧無語但愀然長嘯數聲須臾酒罄（音磬 盡也）告別而去行及十數步聞無所見若屋大驚始悟其死久矣但見林梢煙暝嶺首日沉烏啼鵲噪於叢薄之間而已（木日叢 草日薄）急投前村酒家訪其所以取質酒之客覩之則觸手紛紛而碎若蝶翅之摶（音團 飛翔貌）風焉若虛借宿酒家明早急回其後雖不敢經由是路矣

金鳳釵記

大德中（大德元武宗年號）揚州（今草號南京）富人吳防禦（武官職）居春風樓側與宦族崔君為鄰交契甚厚崔有子曰興哥防禦有女曰興娘俱在襁褓（襁褓 負兒衣也 衣日襁 藉日褓）崔君因求女為興哥婦防禦許之以金鳳釵（以金鑄鳳形）一隻為約既而崔君遊宦遠方凡一十五載並無一字相聞女處閨闈（宮中門）年十九矣其母謂防禦曰崔家郎君一去十五載不通音耗（即息耗 漢董仲舒策察天下之息耗 註云 善惡也）今興娘長成矣不可執守前言令其挫（折也）失時節也防禦曰吾已許吾故人矣況誠約已定吾豈食言者也（滑稽 朕不食言 註 言已出而反呑之也 左傳 孟武伯惡郭重曰何肥也 公曰食言多矣能無肥乎）女

亦望生不至因而感疾沉綿枕席半歲而終父母哭之慟臨斂母持金鳳釵撫尸而泣曰此汝夫家物也今汝已矣吾留此安用遂簪（插也）於其髻而殯焉殯之兩月而崔生至防禦延接之訪問其故則曰父為宣德府（即今萬全都司直隸北京）理官而卒（理官如今各府推官）母亦先逝數年矣今已服除故不遠千里而至此防禦下淚曰興娘薄命為念君故得疾於兩月前飲恨而終今已殯之矣因引生入室至其靈几前焚楮鏹以告之（楮鏹 古者祭必用幣 所以交神 後世易幣而用楮鏹）擧家號慟防禦謂生曰郎君

父母既沒道途又遠今既來此可便於吾家宿食故人之子即吾子也勿以興娘歿故自同外人即令搬挈行李（搬 運也 移也 挈 提也 左傳 行李之往來 無不利焉 註 李 理也 說文 行李之李字 古文使字之誤也 今以人誤以為行裝 纔攜行李也）於門側小齋安泊（止也）將及半月時值清明（節 三月）防禦以女新歿之故擧家上冢（光武詔岑彭過家上冢 然寒食上墓自唐開元中始）興娘有妹曰慶娘年十七矣是日亦同往惟留生在家看守至暮而歸天已曛黑（曛 日入餘光也）生於門左迎接有轎二乘（轎 今之肩輿也）前轎已入後轎至生前似有物墮地鏗然作聲（鏗 金石聲）生俟其過急

生拾之乃金鳳釵一隻也欲納還於内則中門已闔不可得而入矣遂還小齋明燭獨坐自念婚事不成隻身孤苦寄跡入門亦非久計長嘆數聲方欲就枕忽聞剝啄剝啄鬣啄木聲韓退之詩剝剝啄啄有客至門扣門聲問之則不答不問則又扣如是者三度乃啓關視之則一美姝音株美女也立於門外見戶開遽搴搴舉也裙而入生大驚女低容斂氣向生細語曰郎不識妾耶妾即興娘之妹慶娘也向者投釵轎下郎拾得否即挽生就寢生以其父待之厚辭曰不敢拒之甚確至于再三女忽赬

爾怒曰赬宋玉賦赬薄怒而自持不可令犯干註赬縹色貌吾父以子姪之禮待汝置汝門下汝乃於深夜誘我至此將欲何爲我將訴之於父訟汝于官必不捨汝矣生懼不得已而從焉至曉乃去自是暮隱而入朝隱而出往來於門側小齋凡及一月有半一夕謂生曰妾處深閨君居外館今日之事幸而無人知覺誠恐好事多魔好事元人以佛爲好事多魔佛氏以魔爲外道不能降伏諸魔則變性反爲魔道所誤魔者鬼之多惡者也佳期易阻佳期楚辭與佳期兮夕張註與佳人期也一旦聲跡彰露親庭罪責閉籠而鎖鸚鵡鸚鵡能言鳥朱咮翠頂金眼亦頂碧羽赬足青尾好事者籠養雌雄

以金鎖白樂天詩鸚似朱門歌舞妓深藏牢閉後房中韓偓詩雲木何時兩翅翻玉籠金鎖底須與娘以鸚鵡自比恐事覺被繫也打鴨而驚鴛鴦宋呂士隆知宣州好笞營妓會杭州得一妓喜之後郡妓有小過欲笞之妓曰不敢辭罪恐杭妓不安隆乃舍之梅聖俞詩莫打鴨打鴨驚鴛鴦在妾固所甘心於君誠恐累德莫若先事而發懷璧而逃史記趙王得和氏璧秦請易以十五城藺相如奉璧入秦度秦王負約乃使從者衣褐懷璧從徑道亡歸今興娘欲先事而逃故懷璧竊之或晦跡深村或藏蹤異郡庶得優游偕老不致睽睽乖也離也生頗然其計曰君言亦自有理吾方思之因自念零丁零丁孤立無助貌孤苦素乏親知雖欲逃亡竟將焉往嘗聞父言有舊僕金榮者信義

人也居鎮江呂城鎮江府名今直隸南京呂城在府丹陽縣東呂蒙所築以耕種爲業今往投之庶不我拒至明夜五鼓即五更漏以鼓聲傳報也與女輕裝而出買船過瓜洲瓜洲揚子江渡名在揚州府渡有瓜洲鎮奔丹陽屬鎮江府訪于村氓果有金榮者家甚殷盛也富見爲本村保正生大喜直造其門至則初不相識也生言其父姓名爵里及己乳名即兒名古人以乳名小字也方始記認識也則設位而哭其主左傳魯公孫歸父聞宣公卒設壇帷哭踊即此意也捧生而拜於座曰此吾家郎君也生具告以故乃虛正堂而處之事之如事舊主衣食之需與須同意所欲也供給甚至

生處榮家將及一年女告生曰始也懼父母之責故與君為卓氏之逃（卓氏蜀臨邛富人卓王孫之長女名文君字妙離司馬相如與臨邛令王吉善王孫聞令有貴客為具召之時文君新寡好音相如以琴心挑之文君夜奔相如歸成都家徒四壁立後相如將聘茂陵女為妾文君作白頭吟曰凄凄復凄凄嫁娶不須啼但願得一心人白頭不相離）蓋出於不獲已也今則舊穀既没新穀既登（出論語）歳月如流已及期矣且愛子之心人皆有之今而自歸喜於再見必不我罪况父母生之恩莫大焉（孝經文）豈有終絶之理（猶言何盡不也）盍往見之乎生從其言與之渡江入城將及其家謂生曰妾逃竄一年今遽與君同往或恐逢彼之怒（詩柏舟篇文）君宜先往覘之妾艤舟於此以俟（艤整舟向岸也）臨行復呼（去聲）生回以金鳳釵授之曰如或疑拒當出此以示之可也生至門防禦聞之欣然出見反致謝曰日昨顧待不周致君不安其所而有他適老夫之罪也幸勿見怪生拜伏在地不敢仰視但稱死罪口不絶聲防禦曰有何罪過遽出此言願賜開陳釋我疑慮生乃作而言曰曩者（猶言曩者猶前日也）房帷事密兒女情多負不義之名（孟子云不待父母之命媒妁之言鑽穴隙相窺踰牆相從則父母國人皆賤之以此喻奢子忘義而往蓋自衒自媒者國士女之不義也）犯私通之律（律文和奸周是私通元六典凡男女和奸者斷罪離異）不告而娶竊負而逃（孟子曰舜不告而娶瞽瞍殺人則舜竊負而逃）又曾竄伏村墟遷延歳月音容久阻書問莫傳情雖篤於夫妻恩敢忘乎父母今則謹携令愛（猶令人稱他人之子曰賢郎令愛即君之類是也）同此歸寧（詩葛覃歸寧父母註寧安也歸而問安也）伏望察其深情恕其重罪（推己及人為恕寛宥之意）使得終能偕老永遂于飛（左傳太史遂上陳完曰鳳凰于飛和鳴鏘鏘有嬀之後將育于姜）大人有溺愛之恩（大學云人莫知其子之惡註溺愛者不明）小子有宜家之樂（詩之子于歸宜其室家）是所望也惟冀憫焉防禦聞之驚曰吾女臥病在床今及一歳饘粥（稀曰饘稠曰粥）不進轉側須人（須猶待也）豈有是事耶生謂其恐為門戸之辱故飾詞以拒之乃曰目今（猶言即今）慶娘在於舟中可令人舁（對舉也）取之來防禦雖不信然且令家僮馳往視之至則無所見方詰怒崔生責其妖妄生於袖中出金鳳釵以進防禦見始大驚曰此吾亡女興娘殉葬之物也（殉以物從葬也）胡為而至此哉疑惑之際慶娘忽於床上欻然而起（欻暴起貌）直至堂前拜其父曰興娘不幸早辭嚴侍（近世士子稱於父曰嚴侍稱於母曰慈侍）遠棄荒郊然與崔家郎君緣分未斷（緣分佛經有十

(因之語凡人過去生習心未除故必於現在生結爲夫婦以續前因邪追續宿債蘇東坡詩云傷心一念償前債彈指三生斷後緣蓋本於此)今之來此意亦無他特欲以愛妹慶娘續其舊緣如所請肯從則病患當即痊除(痊病愈也)不用妾言命盡此矣擧家驚駭視其身則慶娘而言辭擧止則興娘也父詰之曰汝既死矣安得復於人世爲此亂惑也對曰妾之死也冥司(冥司佛經所謂地府有閻羅等十王分鬱世界斛樂春爲)以妾無罪不復拘禁得隷后土夫人(隷屬也后土夫人禮記共工氏之子曰后土是謂句龍氏即地祇也或曰冨媼曹植頌德配帝皇實爲宰主)帳下掌傳牋奏妾以世緣未盡故特給假一年來與崔

即了此一段因緣耳父聞其語切乃許之即斂容拜謝又與崔生執手歔欷爲別(歔欷楚詞曾歔欷余鬱悒註哀泣之聲)且曰父母許我矣汝好做(古作字)嬌客(去聲讀)愼無以新人而忘故人也言訖(止也)慟哭而仆于地視之死矣急以湯藥灌之(灌汰也)移時乃甦(古蘇字更生也)疾病已失行動如常問其前事並不知之殆如夢覺遂涓吉(涓擇也言擇其吉日也)續崔生之婚生感興娘之情以釵貨于市得鈔二十定(元中統鈔法以鈔五十兩爲一定)盡買香燭楮幣賫詣瓊花觀(一名唐昌觀一名蕃釐觀在揚州城東即古后土廟觀中有瓊花一云名玉蘂花)命道士建醮三

晝夜以報之(醮道家祠天祈福之祭名猶佛氏水陸道場也)復見夢於生曰蒙君薦拔(薦進也拔擢也言薦福於神而拔擢於鬼趣)尚有餘情雖隔幽明實深感佩小妹柔和宜善視之生驚悼而覺從此遂絕嗚呼異哉(還魂首尾與張鎰季女倩娘嫁王宙事畧同事具勝參記)

聯芳樓記

吳郡(漢爲吳郡元改平江路今爲蘇州府直隷南京)富室有姓薛者至正初居于閶闔門外(即蘇州城西郭門也)以糶米(賣米也)爲業有二女長曰蘭英次曰蕙英皆聰明秀麗能爲詩賦遂於宅後建一樓以處之名曰蘭蕙聯芳之樓適承天寺(在府西北隅一名能仁寺)僧雪窓善以水墨寫(寫句)蘭蕙乃以粉塗四壁邀其繪畫(繪畫采也)於上登之者藹然如入春風之室矣二女日夕於間吟詠不輟有詩數百首號聯芳集好事者往往傳誦時會稽(秦以吳越之地爲會稽郡漢因之由是凡吳越地通稱會稽今紹興府會稽縣即古會稽郡地也)楊鐵崖製西湖竹枝曲(楊鐵崖元詩人名維楨字廉夫紹興府諸曁縣人元亡不仕寓居杭州吳山鐵冶嶺號鐵崖嘗與茅山張貞居苕溪劉九成爲唱和交作西湖竹枝曲其畧曰蘇小門前花滿株蘇公堤上如當壚南官北史須到此江南西湖天下無此類凡十章蓋詞之源始於劉禹錫禹錫謫夜郎風俗陋甚喜祀巫鬼每祀歌竹枝鼓吹乃倚其聲作竹枝詞西湖在府西周回三十里)和者百餘家鏤(刻也)版書肆二女

見之笑曰西湖有竹枝曲東吳獨無竹枝曲乎乃效其體作蘇臺竹枝曲十章曰

姑蘇臺上月團團 姑蘇臺一名姑胥臺在姑蘇山吳越春秋闔閭起臺五年乃成高見三百里下有百花洲越王勾踐之棲於會稽也使相者求美女於國中得之苧蘿山採薪之女曰西施鄭旦飾以羅縠教以行步習於土城山三年使大夫種獻吳王夫差夫差嬖之別立春宵宮宮中作海靈館造千石酒池池中作青龍舟盛陳妓樂與西施張水嬉以為長夜飲伍子胥諫曰臣恐不久麋鹿之遊王不聽及滅吳之後范蠡與西施裝其輕寶珠玉乘舟浮五湖而去山有施姓而在西者曰西施 姑蘇臺下水潺潺月落西邊看有時出水流東去幾時還 ○館娃宮中麋鹿遊 館娃宮在蘇州西靈岩山上前臨姑蘇臺吳人謂美女爲娃蓋以西施得名 西施去泛五湖舟 五湖今在蘇州西南禹貢謂之震澤周官爾雅謂之具區史記國語謂之太湖圖經以貢湖遊湖胥湖及梅梁金鼎爲五湖韋昭以胥蠡洮滆及太湖爲五湖 香魂玉骨歸何處不及真娘葬虎丘 真娘吳中樂妓墓在虎丘山下寺中李商隱白樂天皆有詩 ○虎丘山上塔層層 虎丘山在蘇州西北一名海湧山下有劍池越絕書云闔閭葬此山下三日金玉之精化爲白虎蹲踞其上因名焉或云秦始皇嘗發此冢有白虎出焉 夜靜分明見佛燈約伴燒香寺中去自將釵釧施山僧 釵婦人岐笄也釧音穿臂環也漢順帝賜孫程等金釧指環 ○門泊東吳萬里船烏啼月落水如烟寒山寺裏鐘聲早漁火江楓燈客眠 寒山寺在蘇州吳縣西用唐張繼楓橋夜泊詩 ○洞庭金柑三寸黃 洞庭蘇州有西洞庭山也山多橘柚每秋霜後丹苞朱實與長松茂樹相間於岩壑之間若圖畫也金柑即黃柑宋彭城王義康獻大柑之甚柑皆三寸柑也杜詩三寸黃柑猶自青 笠澤銀魚一尺長 笠澤今在吳縣南三十名吳江一名松江錄魚今人呼爲銀魚 東南佳味人知少 隋煬帝曰金虀玉膾東南之佳味 玉食無由進尚方 玉食書惟辟玉食註美食如玉也尚方閑御府猶今之少府也 ○荻芽抽笋楝花開 楝音練荻萑也楝花爾雅高丈餘葉密如槐而尖三四月開花紅紫色實如小鈴俗謂苦鈴子亦名金鈴子唐詩二十四番花信風楝花風乃其終也周禮流氏以楝灰爲湅絲 不見河豚石首來 河豚石首俱出通山縣河豚無頰無鱗觸之則怒氣脹腹肚與卯食之必殺人至暮春此魚始肥夫人而江淮人爭以爲美以珍羞其味用蘆青荻芽荻蘆則死其河豚美而能殺人故俗呼西子乳石首魚頭中有小石故名石首其腹中鰾可作膠也 早起腥風滿城市郎從海口販鮮回 ○楊柳青青楊柳黃青黃變色過年光妾似柳絲易憔悴郎如柳絮太顛狂 ○翡翠雙飛不待呼 翡翠一種而有二色雄赤羽翠雌青羽翠青羽珠飾也 鴛鴦並宿幾曾孤 鴛鴦匹鳥也毛有文采雌雄未嘗相離人得其一則其一必自死 生憎寶帶橋頭水 寶帶橋在蘇州西南橫跨漕滔湖 半入吳江半太湖 ○一緺 緺音瓜青受也 鳳髻綠於雲 鳳髻炙轂子周文王時髻上加翠翹花傳其鈴粉高髻名鳳髻 八字牙梳白似銀 赫胥氏始造二十四齒梳後世雜以象牙

戟頭為之其製形如八字故曰八字橫加簾武官中掛之字眉之類 斜倚朱門翹首立 翹首顒竦高言企望也 往來多少斷腸人〇百尺高樓倚碧天闌干曲曲畫屏連儂家自有蘇臺曲 儂吳人自稱曰儂 不去西湖唱採蓮 採蓮曲名見上 他作亦皆稱是其才可知矣鐵崖見其稿 草稿也 手寫二詩於後曰

錦江 在城都府南蜀人濯錦鮮明故名 只說薛濤牋 薛濤蜀妓有才色元稹之使蜀也府公嚴司空遣濤往侍後稹寄詩云錦江滑膩蛾眉秀化出文君與薛濤牋即松花牋濤好製小詩惜其幅大乃裁小之時人以為薛濤牋 吳郡今傳蘭蕙篇文采風流知有自 連珠合璧照華筵 漢律曆志曰日月如合璧五星如連珠〇 難弟難兄並有名英英端不讓瑤瓊 薛瑤瓊唐明皇宮人與其妹英英俱善彈箏書生崔懷寶見瑤瓊之詩曰平生無所願願作樂中箏得近佳人纖手子研羅裙上放嬌聲瓊瓊與懷寶逃去過秋後得 好將筆底春風句譜作瑤箏絃上聲

由是名播遠邇咸以為班姬蔡女 班姬漢成帝婕妤女名婕妤官號為丈夫難能屬經史 能文蔡女漢蔡邕女文能知音 復出易安淑真而下不論也 易安姓李趙明誠之妻後再醮張汝舟嘗曰猥以桑榆之暮景配茲駔儈之下材有漱玉集淑真姓朱工於詩詞作斷腸詩亦作斷腸詞後村纂其詩集傳於世 其樓下瞰官河 瞰視也官河在閶闔門外 舟楫皆經過焉皋山有鄭生者亦甲族 崑山屬蘇州甲族猶甲第之類言門閥之高也 其父與薛素厚乃令生興販於郡至則泊舟樓下依薛為主薛以其父之故待以通家子弟 孔融謂李膺曰孔子與老君有師友之誼融與君累世通家 往來無間也生以青年氣韻溫和性質俊雅夏月於船首澡浴 澡洗也 二女於窗隙窺見之以荔支 果名青華朱實大如雞子生九真交趾 一雙投下生雖會其意然仰視飛甍峻宇縹緲於霄漢 霄漢萬物之精上為列星黃河之精上為天漢天漢是銀河也 自非身具羽翼莫能至也既而更深漏靜月墮河傾萬籟俱寂 萬籟限萬物之有聲者也莊子有天籟地籟人籟之說 企立船舷如有所俟忽聞樓窗啞然有聲顧盼之頃則二女以鞦韆絨索垂下竹兜 鞦韆北方山戎以習輕趫者漢武帝以為後庭之戲絨索絲繩也竹兜竹轎也 墜於其前生乃乘之而上既見喜極不能言相攜入寢盡繾綣之意焉 繾綣不離之意也 長女口占 陳遵召吏治私書使兒凡口占謂口占隨度也 一詩贈生曰

玉砌雕欄花兩枝相逢恰是未開時嬌姿未慣風和雨分付東君好護持 東君楚詞東皇太一是也或云太皞司春之神

次女亦吟曰

寶鴨香消燭影低 寶鴨香爐也 枕屏搖動鎮帷犀 開元中交趾進犀角以金飾之置於殿中煖氣襲人此乃辟寒犀也 杜牧之詩虎目兼絲捧金盤犀鎮帷東坡詞夜風搖動鎮帷犀

風流好似魚游水纔過東來又向西

至曉復舉之而下自是無夕而不會二女吟詠頗多不能盡記生恥無以答一夕見案間有剡溪玉葉牋 剡溪在紹興府嵊縣溪上多藤紙工剡藤爲紙其精者也玉葉牋有名海内薛濤元與有十色牋又 遂濡筆題一詩於上曰

誤入蓬山頂上來芙蓉芍藥兩邊開 芙蓉即荷花也亦有木芙蓉 此身得似偷香蝶遊戲花叢日幾回

二女得詩喜甚藏之篋笥已而就枕生復索其吟詠

長女即唱曰

連理枝頭並蔕花 戰國時韓憑爲宋康王舍人其妻何氏美王奪之使憑築青陵臺而望之何氏作詩曰南山有烏北山張羅烏自高飛羅當奈何遂自縊憑亦死王怒令埋之兩冢相望經宿忽見冢有梓木生二冢上根交于下枝連其上有鴛鴦栖其顚青陵臺今在開封府封丘縣江湖紀聞云宋時有男女自悅相私者爲父母所覺俱投水而死水中遂開並蔕荷花人以爲情感

明珠無價玉無瑕 明珠蚌珠也瑕玷也

次女續曰

合歡幸得逢蕭史 古詩云客從遠方來遺我一端綺文采雙鴛鴦裁爲合歡被會合歡衾也 蕭史秦穆公時人善吹簫能致白鶴孔雀穆公女弄玉亦好吹簫公乃妻焉教弄玉作鳳鳴其室登積數十年鳳凰來集一朝隨鳳而去後人名其臺曰鳳女臺今鳳翔府寶鷄縣有鳳女祠

乘興難同訪戴家 晉王子猷大雪夜開窓命酌四望皓然因吟招隱詩忽憶戴逵逵時在剡縣便乘小舟詣之既造門不前而返或問之曰乘興而來興盡而返何必見安道歟 安道逵字也

長女又續曰

羅襪生塵魂蕩漾瑤釵墜枕鬢鬅鬙 鬅鬙髮亂貌

次女結之曰

他時泄漏春消息 禮記註陽生爲息陰死爲消廣韻以爲音信也 不悔今宵一念差 楊妃外傳妃子恐由此一念又墮下界陸放翁詩癡去生中差一念

遂足成律詩一篇又一夕中夜之後生忽悵然曰我本羈旅 左傳羈旅之臣註羇寄也言孤寄也 托跡門下今日之事尊人罔知一旦事跡彰聞恩情間阻則樂昌之鏡或恐從此而遂分 古今詩話陳太子舍人徐德言尚後主叔寶之妹樂昌公主陳衰謂其妻曰國破必入權豪之家儻情緣未斷尚冀相見乃破鏡各分其半約曰正月望日賣於廣都市及陳亡其妻果爲楊素所得德言至京都市有蒼頭賣半鏡者言引至其居設食具言其故出半鏡合之仍題詩曰鏡與人俱去鏡歸人不歸無復嫦娥影空餘明月輝陳氏見之涕泣不食素知之乃召德言還其妻陳氏爲詩曰今日何遷次新官對舊官笑啼俱不敢方信作人難 延平之劍不知何時而再

合也（張華傳、視之未滅也。斗牛之間常有紫氣。華聞豫章人雷煥妙達緯象、要煥共尋。登樓仰觀、煥曰、寶劍之精上徹於天耳。華曰、少時相者言當得寶劍佩之、斯言豈效歟。即補煥豐城令。到縣掘獄果得雙劍、並刻題、一曰龍泉、一曰太阿。送一遺華。華曰、干將莫邪可復至乎。否然、天生神物終當復合。及華誅、失劍所在。煥卒、子華持劍經延平津、劍躍墮水中。使人沒取之、不見劍、但見兩龍。沒者懼而返。張公終合之論、此其驗乎。延平津在延平府南平縣、今名劍津。）因哽咽泣下。二女曰、妾之鄙陋、自知甚明。久處閨闈、粗通經史。非不知鑽穴之可醜（孟子、鑽穴隙相窺、踰牆相從、則國人皆賤之矣。）韞櫝之可佳也（子貢曰、有美玉於此、韞櫝而藏諸、求善賈而沽諸。子曰、沽之哉沽之哉、我待賈者也。）然而秋月春花、每傷虛度、雲情水性（雲情、喻情之無定。水性、喻性之無常。）失於自持。慕者偷窺宋玉之牆（宋玉好色賦、天下之美者莫若楚、楚國之美者莫若臣里、臣里之美者莫若臣東家之女。登牆窺臣三年、至今未許。）自獻卞和之璧、感君不棄（楚人卞和、荊山谷中得一玉璞、以進楚文王。王使玉工視之、曰石也、則右足。武王立、又獻之、王曰、昔日欺我先君、今復欺我、則右足。和抱璞泣於荊山之下、淚盡繼之以血。及成王立、又獻之、王錄之、使玉工琢之、果美玉也。封和為陽陵侯、和不受。）特賜俯從。雖六禮之未行（六禮、納采、問名、納吉、納徵、請期、親迎。）諒一言之已定。方欲同懽衽席（莊子、衽席為寢。註、卧席也。）未奉衣巾、奈何遽出此言、自生疑阻。鄭君鄭君、妾雖女子、計之審矣。他日機事彰聞、親庭譴責、若從妾所請、則終奉箕帚於君家（步康作、箕帚以為婦人之用。單父人呂公相漢高帝曰、臣相人多矣、無如季相。臣有息女、願為箕帚妾。）如不遂所圖、則求我於黃泉之下（左傳、鄭莊公曰、不及黃泉、無相見也。註、地下泉曰黃泉。）必不再登他門也。生聞此言、不勝感激。未幾而生之父以書督生還家。女之父見其盤桓不去（盤桓、難進之貌。）亦頗疑之。一日登樓、於篋中得生所為詩、大駭。然事已如此、無可奈何。顧生亦少年標致（標致、猶言持也。）門戶亦正相敵、乃以書抵（至也）生之父、喻其意。生父如其所請、仍命媒氏通二姓之好（媒、謀也。言謀合二姓也。）問名納采、贅以為婿（秦人家貧、子壯則出贅。言男附女家也。）是時生年二十有二、長女年二十、幼女年十

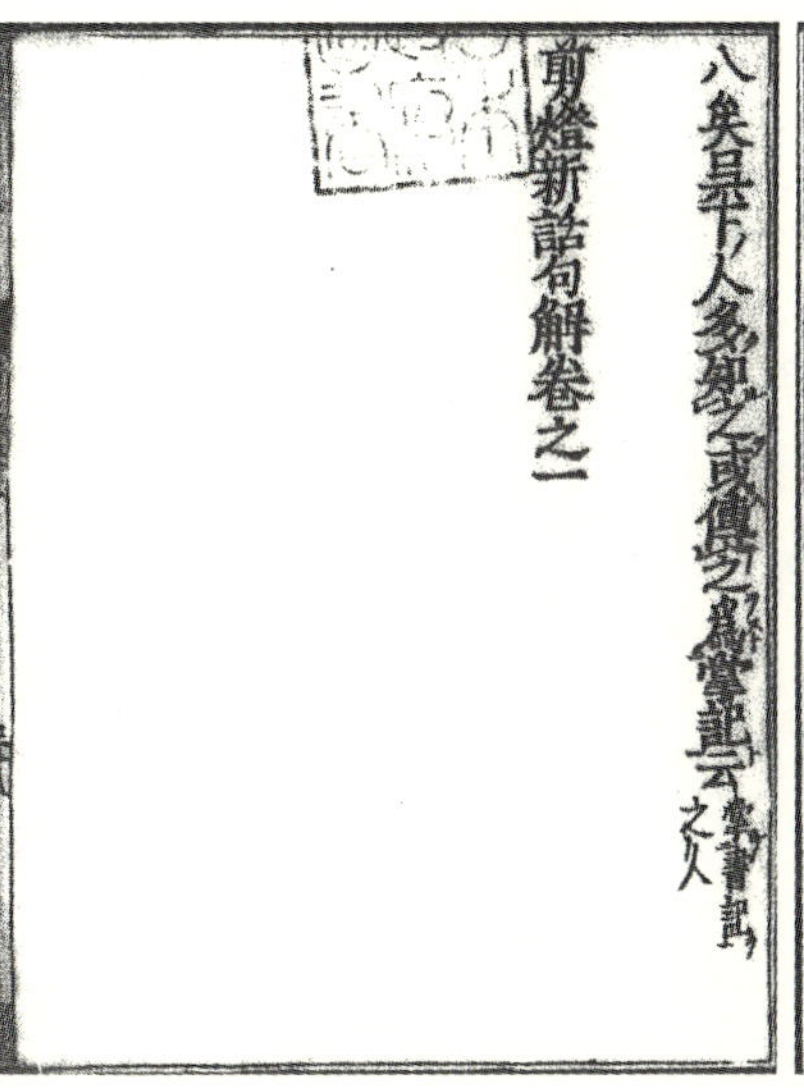
八矣。且下人多知之、或傳之為掌記云（掌書記之人）

剪燈新話句解巻之一

剪燈新話句解卷之二

令狐生冥夢録

令狐譔者令狐姓、畢公高之後、魏顆封於令狐、因以為氏也剛直之士也。生而不信神靈、傲誕自得傲世放誕、自以為得、有言及鬼神變化幽冥果報之事果報、佛經、謂善惡有業、曰果、因業受生、曰報、必大言折之。所居隣近有烏老者、家貲貲財也巨富、貪求不止、敢為不義、凶惡著聞。一夕病卒、卒之三日而再甦。人問其故、則曰、吾歿之後、家人廣為佛事、多焚楮幣古人祭必用幣帛、後世以紙錢代、謂之楮幣、冥官喜之、因是得還。譔聞之、尤甚不忿

忿瞋恚字、言其怒不吐也。杜甫詩、不分桃花紅勝錦。分字、忿同、亦用俗下文字、卒吏與供詞、多有不忿語、怒甚也曰、始吾謂世間貪官汚吏受財曲法、富者納賄而得全賄、貨也、以貨贖罪曰賄、貧者無貲而抵罪漢高紀、約法三章、殺人者死、傷人及盜抵罪。抵、當也、使各當其罪也。豈意冥府乃更甚焉。因賦詩曰、一陌金錢便返魂一陌、唐用陌錢法、陌即百也。又云八十為一陌也、公私隨處可通門幽閑鼓吹、張延賞判度支、聞有一冤獄、公甚怒欲平反。一日視案上有一帖云、奉錢三萬貫、公怒叱吏掊之。次日又見一帖云、奉錢十萬、公歎曰、錢至十萬可以通神矣、此不可圖、吾懼禍及、不得不止。鬼神有德開生路、日月無光照覆盆李白詩、願借羲皇景、為人照覆盆。抱朴子云、是責三光不照覆盆之内也。貧者何

縁豪佛力、富家容易受天恩容易、易甚也。早知善惡都無報、多積黃金遺子孫漢韋賢傳、遺子黃金滿籯、不如教子一經。詩成、朗吟數過朗吟、高吟也。是夜明燭獨坐、忽有二鬼使狀貌獰惡獰、惡也、徑至其前曰徑、直也、地府奉追奉命追捕也。譔大驚、方欲辭避、一人執其衣、一人挽其帶、驅迫出門、足不履地、須臾已至須臾、猶斯須也。見大官府若世間臺省之狀臺、觀之四方高者。五經要義、天子有三臺。自漢以來、凡諫議風憲官府、通稱臺省。漢諱元后父名禁、改禁為省。二使將譔入門、遙望殿上有王者被冕黃帝初作冕、古大夫以上冠冕、後世只以帝王冠冕、據案而坐。二使挾譔伏於

階下十王殿致命曰奉命追令狐譔已至即聞王者厲
聲曰既讀儒書不知自檢敢為狂辭詆我官府
合付犂舌獄 詆欺也犂舌獄拘諸法詐言之人以鉤犂耕以苦之 遂有鬼卒數
人牽捽令去 捽持頭髪也 譔大懼攀挽檻楯不得去 楯亦檻也
俄而檻折乃大呼曰令狐譔人間儒士無罪受刑皇
天有知 皇大也 乞賜昭鑑見殿上有一綠袍秉笏者號
稱明法稟於王曰 稟告也 此人好訐 訐攻發人之陰私也 遽爾加
罪必不肯伏不若給其供責所犯明正其罪當無詞
也 供進也進罪人之詞也 王曰善乃有一吏操紙筆置於譔

前逼其供狀譔固稱無罪不知所供忽聞殿上曰汝
言無罪所謂一陌金錢便返魂公私隨處可通門誰
所作也譔始大悟即下筆大書以供曰 下去聲廣韻行下也杜詩
讀書破萬卷下筆如有神
伏以混淪一氣 混淪猶混沌也言陰陽二氣渾渾沌沌如鷄子未分也 初分
天地之形高下三才 天地開闢輕清者上為天重濁者下為地陽數起於一極
於九故謂之九天陰數起於二極於十故謂之十
地天地之圖則相去九萬里黄帝使大章步自東
極至西極二億三萬三千五百七十五步使豎亥
步自北極至南極亦二億三萬三千五百七十五
步三才天地人也以體言則天地以用言則二儀
也二儀謂之才才者用之者也故二儀與人謂之

三才 不列鬼神之數降自中古始肇多端 自夏殷以前謂之中古肇亦始也 焚幣帛以通神誦經文以諂佛 諂諛也 於是
名山大澤 名山祀典所載有名之山大澤即大川也 咸有靈焉古廟叢
祠亦多主者蓋以群生昏墊 戰國策恒思有叢祠叢鬼所憑也史記陳勝傳呉廣之次近所旁叢祠中狐鳴呼曰陳勝王註叢祠草木岑蔚之神祠也墊溺也 衆類
寔頑或長惡以不悛 寔實也頑左傳心不則德義之經為頑悛改也 或
行凶而自恣以強凌弱恃富欺貧上不孝於君親
下不睦於宗黨貪財悖義見利忘恩天門高而九
重莫知 楚詞招魂虎豹守関啄害下人些註天門九重皆使虎豹守其関鑰 地府深

而十殿是列立刲燒舂磨之獄 地府十殿佛經秦廣王殿管刀山地
獄所江王殿管鑊湯地獄宋帝王殿管寒氷地獄
五官王殿管剝樹地獄閻摩王殿管抜舌地獄變
成王殿管毒蛇地獄泰山王殿管剉碓地獄平等
王殿管鋸解地獄都市王殿管鉄床地獄轉輪王
殿管黒闇地獄刲刲截也 具輪迴報應之科 佛經一切衆生十習未除故出入三
界沈淪苦海乃於身死之且隨緣受形往復輪廻萬劫不息 使為善者勸而益
勤為惡者懲而知戒可謂法之至密道之至公然
而威令所行既前瞻而後仰聰明所及反不察而
大遭貪者入獄而受殃富者轉經而免罪 佛經云凡以人為
死者供佛轉經雖有宿世罪業得生天堂唐蘇仁
欽嘗讀金剛經然恃其豪富為惡寧殺一日暴死

地府轄屬又刀山獄以其曾受金剛經功德延壽五十年乃放還　惟取傷弓之鳥
戰國策有鳥從東方來更羸虛發而鳥下魏王曰射可至此乎羸曰其飛徐其鳴悲飛徐者故瘡痛也鳴悲者失群也故聞弦音而下　詩傷弓之鳥雀鵰黃山谷詩加傷鳥怯虛彈　毋漏吞舟之魚　前漢刑法志網漏吞舟之魚蓋喩失刑於大罪也　賞罰之條不宜如是至如譔者三生賤士　有三生者郎夢至碧巖下三老僧前香烟極微僧曰此檀越結願香烟檀越已三生矣第一生劍南安撫巡官第二生西蜀書記第三生即今生省郎洗然方悟文佛經道去未來現在為三生　一介窮儒左枝右梧　史項籍傳諸將莫敢枝梧註小柱為枝斜柱為梧謂營枝也　未免兒啼女哭東塗西抹　亂曰塗長曰抹即塗揩批抹也盧仝詩塗抹詩書如老鴉詩逢值新進士二首導者曰迴避新郎君逢曰莫

貪相阿婆三五少年時也見東塗西抹來蓋言我亦往時舉子也　不教命蹇時乖偶以不平而鳴　韓退之送孟郊序物不得其平則鳴　還獲多言之咎悔噬臍而莫及　左莊公六年若不早圖後君噬臍言悔無及也　恥搖尾而乞憐　司馬遷書猛虎在深山百獸震恐及其在阱檻之中搖尾而求食何則積威約之勢也退之書俛首帖耳搖尾而乞憐者非我之志也　今蒙責其罪名逼其狀伏批龍鱗　批手擊之也鳥巢敵傳批其逆鱗史記韓非傳龍之為蟲可擾狎而騎也然其喉下有逆鱗徑尺人嬰之則必殺人　探龍頷豈敢求生　莊子河上翁家貧其子沒水得千金之珠其翁曰夫千金之珠必在九重之淵驪龍頷下子能得其珠者必遭其睡也　料虎頭編虎鬚固知受禍　料理也編排也莊子孔子曰料虎頭編虎鬚幾不免虎口哉　言止

此矣伏乞鑒之
王覽畢批曰　批判辭也　令狐譔持論頗正難以罪加秉志不回非可威屈今觀所陳實為有理可特放還以彰遺直　左傳叔向古之遺直　仍命從追烏老置之于獄復遣二使送譔還家譔懇二使曰僕在人間以儒為業雖聞地獄之事不以為然今既到此可一觀否二使曰欲觀亦不難但稟知刑曹錄事耳即引譔循西廊而行別至一廳文簿山積錄事中坐二使以譔入白錄事以朱筆批一帖付之　帖牌也文字也　其文若篆籀不可識　篆籀

周宣王史籀作大篆　譔出府門投北行里餘見鐵城巍巍黑霧漲天守衛者甚衆皆牛頭鬼面青體紺髮　紺深青揚赤色也　各執戈戟之屬或坐或立於門左右二使以批帖示之即放之入見罪人無數被剝皮刺血剔心剜目　剔解骨肉也剜削也　吁呼怨痛宛轉其間楚毒之聲動地至一處見銅柱二縛男女二人於上有夜叉以刃剖其胸　夜叉鬼卒頭有二角身體青色亦有飛天夜叉能為幻術　腸胃流出以沸湯沃之名為洗滌譔問其故曰此人在世為醫因療此婦之夫遂與婦通已而其夫病卒雖非二人殺之原情定罪

與穀同也故受此報又至一處見僧尼裸體 裸體赤體也 諸鬼以牛馬之皮覆之皆成畜類有趑趄未肯就者 趑趄行不進也 即以鐵鞭擊之流血狼籍 狼籍亂貌 讒又問其故曰此徒在世不耕而食不織而衣而乃不守戒律貪婬嗜葷 食家曰茹葷々菜屬莊子顔回家貧不茹葷數月矣 故令化為異類出力以報人尔最後至一處扁曰冥國之門見數十人坐鐵床上身具桎梏 足械曰桎手械曰梏也 以青石為枷壓之二使指一人示讒曰此即宋朝秦檜也謀害忠良 江湖雜録秦檜置岳飛於獄於東窓下謀之撚皮沉吟不決其妻王氏問何故檜以告王氏曰豈不聞縛虎容易縱

虎難檜計乃決飛既死有僧作詩譏檜自云家住東南第一山檜令隸卒向立物色追之至一所宮殿巖邃僧坐決案間作詩僧也問儂人答曰此地藏殿方欲陽間秦檜殺岳飛事須與數卒引檜至荷鐵枷四首蓬面見立呼曰傳與夫人東窓事犯矣檜力主和議枉殺岳飛并孫張俊等諸賢與聊致此斷迷誤其主故受重罪其餘亦皆一代誤國之臣也每一朝革命 革命言易姓受命書殷革夏命言革改天命也 即驅之出令毒虺噬其肉飢鷹啄其髓骨肉糜爛至盡復以神水洒之業風吹之 佛經地藏菩薩慈悲之一切衆生脩懺地獄受罪苦毒書顯濟度錄至地獄擐以衣裳鑰栓發門句罹鬼即以神水洒諸受苦衆生因以業風吹々便成形軀 仍復本形此輩雖歷億萬劫 佛家言儀曰世道一日塵俄曰劫言其實寶世也 不可出世矣讒觀畢求回二使送之

至家讒顧謂曰勞君相送無以為報二使笑曰報則不敢望但請君勿更為詩以累我尔讒亦大笑欠伸而覺 欠伸呵欠伸引也 乃一夢也及旦扣烏老之家而問焉則於是夜三更逝矣 逝往也言死也

天台訪隱録

台人徐逸 台州今隸浙江布政司 粗通書史以端午日 端始也五月五日午時 入天台山採藥 書云是山在台州天台縣西道家為天中峯即一回八百里高三萬八千丈夫天不遠路由剡溪前有石橋廣不盈尺長數十丈下臨絶澗惟忘其身然後能濟濟者梯巖援葛始得平地上有瓊樓玉闕碧樹醴泉仙物畢具 同行數人憚於涉

險中道而返惟逸愛其山明水秀樹木陰翳進不知止且誦孫興公之賦而賛其妙 興公名綽作天台山賦辭旨甚工初成以示范榮期云卿試擲地作金石聲也 曰赤城霞起而建標 赤城山名入天台者先由赤城山為道山色皆赤状似雲霞亦謂之霞城也標木末也言建其高標也 瀑布泉流而界道 瀑布亦山名是天台之西南峯水從南巖懸注望之如曳布飛瀑中界道猶分派也 誠非虚語也更前數里則斜陽在嶺飛鳥投木進無所抵退不及還矣躊躇之間 躊躇行不進貌 忽澗水中有巨瓢流出喜曰此豈有居人乎不則必琳宮梵宇也 琳宮道觀梵宇佛寺 遂沿澗而行 沿從流而下也 不里餘至一洞口以巨石

爲門入數十步則豁然寬敞有居民四五十家衣冠古朴氣質淳厚石田茅屋竹戸荊扉犬吠鷄鳴桑麻掩映儼然一村庄也見逸至驚問曰客何爲者焉得而涉吾境逸告以入山採藥失路至此遂相顧不語漠然無延接之意 漠然無顧念之意 惟一老人衣冠若儒者扶藜而前 藜音黎藜即今落藜草也大而肖樹則可以爲杖漢劉向校書天祿閣夜有老人著黄衣植藜杖杖頭出火用以照向問姓名我是太乙精天帝聞卯金之姓有博學者下而觀焉 自稱太學陶上舍 太學國子監上舍監生之選者 揖逸而言曰山澤深險豺狼之所嘷 豺亦狼屬狗足長尾白頰色黄體細瘦故謂之豺嘷咆也鮑照賦風嘷雨嘯音見晨逸

魑魅之所遊 魑魅周禮註人面鬼身四足好惑人山林異氣所生也 日又晩矣若固相拒是見溺而不援也 見溺不援出孟子 乃邀逸歸其室坐定逸起問曰僕生於斯長於斯遊於斯久矣未聞有此村庄也敢問上舍顰蹙而答曰 顰蹙蹙眉上蹙也 避世之士逃難之人若述往事徒增傷感耳逸固請其故始曰吾自宋朝已卜居於此矣 卜居卜其宅居也屈原有卜居篇 逸大驚上舍乃具述曰僕生於理宗嘉熙丁酉之歳 理宗名昀丁酉嘉熙元年 既長寓名太學居率履齋 宋初置太學十齋曰服膺禔身習是守約存心允蹈養正持志率履誠意續置七齋曰觀化貫道務本果行篤信時中循理後加置

二齋曰節性經德立禮共二十齋 以講周易爲衆所推度宗朝 度宗名禥改名暨 兩冠堂試 國子監稱祭酒司業事曰祭酒堂每歳有業試于監者司業祭酒試之等第上于禮部故稱堂試 一登省薦 禮部稱省南省宋時侍郎掌試貢士薦名于上以用之故稱省薦 方欲立身揚名以顯於世不幸度皇晏駕 天子當晨起早作而在崩殯故死臣子之心猶謂宮車晩出也 太后臨朝 太后姓謝氏理宗皇后 北兵 北兵元兵 渡江時事大變嗣君 名㬎度宗子四歳即位 啓元德祐之歳則舉家逃難於此其餘諸人亦皆同時避難者也 難去聲 年深歳久因遂安焉種田得粟採山得薪鑿井而飲 堯時有老人擊壤而歌曰日出而作日入而息耕田而食鑿井而飲帝力何有於我哉 架屋而

息寒往暑來日居月諸 詩緑衣註居諸語辭 但見花開爲春葉脱爲秋 全用陶淵明桃源記一句 不知今日是何朝代是何甲子也逸曰今天子聖神文武 書益曰帝德廣運乃聖乃神乃文乃武註大而化之曰聖聖而不可知之曰神英華發外曰文威之可畏曰武 繼元啓運混一華夏 書虞典蠻夷猾夏註夏明而大也中國文明之地故曰華夏武成華夏蠻貊罔不率俾 國號大明太歳在閼逢攝提格 閼逢歳在甲也攝提格歳在寅也 啓元洪武之七載也 洪武元年戊申 上舍曰噫吾止知有宋不知有元安知今日爲

大明之世也顧客爲我略陳三代興亡之故使得聞
之逸乃曰宋德祐丙子歲元兵入臨安臨安即杭州高宗南幸遂
以爲都因爲臨安府德祐二年元伯顏入臨安遷三宮北行三宮遷北三宮謂太后少帝帝
母全皇后也是歲廣王名昰帝㬎兄㬎至元上都降封瀛國公昰即位即位於海
上改元景炎未幾而崩謚端宗益王名昺端宗母弟衆也端宗崩陸秀
夫等奉昺立于碙州改元祥興繼立爲元兵所迫赴水而死宋祚遂
亡實元朝戊寅之歲也元既併宋奄有南北逮至正
丁未歷甲子一周有半而滅今則
大明肇統洪武萬年之七年也蓋自德祐丙子至今

已及百歲矣太舍聞之不覺流涕涕泣也已而山
空夜靜萬籟寂然遂宿於其室主床石枕亦甚整潔
但神清骨冷不能成寐次明日殺雞爲黍論語子路從而後遇丈
人止子路宿殺雞爲黍而食之以充盤飡松醪飲逸謝翺曰山家松醪酒熟君不必崩歎上
舍自製金縷詞一闋音決唐李錡妾杜秋娘自製歌其詞曰勸君莫惜金縷衣勸君
須惜少年時花開堪折直須折莫待無花空折枝後人因以爲歌詞闋終也樂一終曰闋前漢樂志有天
八闋歌以侑觴曰侑勸也
夢覺黃粱熟夢黃粱事見本宮錄恠人間曲吹別調棊翻新
局恠嘆人間歌曲別調如一局棊子翻覆無定也一片殘山并剩水一片一段

也杜詩剩水滄江破殘山碣石開剩水孤江作殘殘山假山也喻天地間只是剩水殘山而已幾
度英雄爭鹿幾度屢番也鹿之精華者爲英獸之特異者爲雄韓信傳秦失其鹿天下
共逐之註鹿喻帝位也算到了誰梁誰虎譬辭白髮書生羞
耐久羞愧也猶少許也耐忍也言忍若久存也書生上舍自謂也向林間嘯傲
山間宿王弘常攜竹杖於林泉僻處終日偃卧長嘯傲游耕綠野飯黃
犢莊子三百里糵飯牛子曰犢飯食之也○市朝遷變成陵谷詩漢詩水變東坐太市
朝變詩十月高岸爲谷深谷爲陵問東風舊家燕子飛歸誰屋劉禹
錫詩朱雀橋邊野草花烏衣巷口夕陽斜舊時王謝堂前燕飛入尋常百姓家蓋詩意金陵懷古作
也王王導謝謝安也王謝晉之名族風流冠于江左今皆滅亡只有舊時堂前之燕飛入于百姓之

屋宇矣詩註多言王謝烏衣園事非是蓋陶生感懷花間東風以舊家燕子今歸誰屋道傷之甚也
前度劉郎今尚在劉禹錫元和十四年自朗州召至京戲贈看花諸君子詩曰紫
陌紅塵拂面來無人不道看花回玄都觀裏桃千樹盡是劉郎去後栽再遊十四年復爲主客郎
重遊玄都觀桃花蕩然無復一樹唯兔葵燕麥動搖春風耳題詩曰百畝庭中半是苔桃花淨盡菜
花開種桃道士歸何處前度劉郎今又來玄都觀喻朝廷道士喻宰相執權者桃花菜花喻前後
新進之人始之謫去復召也朝廷宰執一番新進後之謫去再召也亦一番他新進以此托物寓懷
蓋陶生以劉郎自況雖感國亡而己尚存也不帶看花之福楊萬里詩年年不帶
看花福蓋陶生自言繼世入山不爲看穿鶯飛也看花雖曰福而實云禍也但兔葵燕
麥盈目兔葵菜名似葵而葉小若藜有毛燕麥即雀麥一名大菊也此云兔葵燕葵字必詳

也蓋胎生因逃茹聞宋亡仍想故都歸遺借用劉諺羊胛光陰容易過胛背兩膊
闘宙霄北秋骨利居翰海上晝長夜短日入京羊胛熟東方已明嘆浮生待足何
時足莊子其生也若浮宋人詩謂生待足何時足殊苐得閑方是閑樽有酒且相
屬蘇軾賦舉匏樽而相屬
歌罷復興遐話前宋舊事壹壹不厭壹壹不倦之意乃言賈
祐丙辰親策進士文天祥卷在四而理皇易爲舉首
文天祥廬陵人仕宋封小保封信國公匪山之敗被執至燕京見殺元學士王鶚詩大元不殺文丞相君
義臣忠兩得之宋亡忠臣無慮數十人而此其優者也賈似道當國造第于葛
嶺賈似道理宗賈貴妃之兄當國用事威權日盛當於葛嶺起第以爲燕遊之所時襄陽見圍朝夕且

降似道坐於葛嶺取宮人娼尼有美色者淫樂縱遊葛嶺在杭州西湖上因葛仙得名當時有
朝中無宰相湖上有平章之句丁宗室任顗南縣令
獻孔雀二孔雀文禽羅州山中多有之雌者尾短無金翠雄者五年成尾大尾身喜其尾甚愛先
擇置尾之地士人取尾者持刀於叢篁之間伺過忽斷其尾殖顧則見之則金翠無光彩矣置之園
中見其馴擾可愛即除其人爲本郡守襄陽之圍襄陽府名今隸湖廣布政司
呂文煥募人以蠟書告急於朝咸淳四年元兵來圍襄陽文煥守城六年捍禦備至蠟書告急於朝
似道雖當建議趨援然不遺往等不用命文煥乃降募閩實宋也蠟書實[illegible]之蠟丸中使識人投家不疑且防水濕也其人懷於似
道日襄陽之圍六年矣易子而食折骸而爨左宣十五年宋

華元夜登子反床以病告曰敝邑易子而食其骸而爨亡在朝夕而師相方宜
鋪張太平諛蔵主聽一旦虜馬飲江家國傾覆師相
亦安得久有此富貴耶遂扼吭而死漢劉敬傳扼天下之吭註喉也
謝堂乃太后之姪理宗皇后謝氏[illegible]姪也殷富無比嘗夜宴客
設水晶簾燒沈香火以徑尺瑪瑙盤盛大珠四顆瑪瑙寶石也觀馬腦大珠則照夜珠
光照一室不用燈燭優人獻誦樂語優人伶優之人也語稱今致語之辭
有黃金七寶酒甕重十數斤即
於座上賜之不吝謝后臨朝夢天傾東南一人擎之
力若不勝蹶而復起者三已而一日墜地側有一人

捧之而奔覺而徧訪于朝得一人焉厥狀極肖貴似也
擎天者文天祥捧日者陸秀夫也遂不次用之陸秀夫楚
州鹽城人端宗崩群臣皆欲散去秀夫曰度宗皇帝一子尚在將焉置之奉衛王昺共立爲帝及匪山之
敗知事不濟乃先驅妻子下海負帝同溺江萬里去國江萬里南康都
本丞相以直見忤賈似道十歲乞祠不允後寓居饒州襄樊破日止水亭及襄陽陷遂赴水死都民
送之郭外者以千計攀轅不忍捨去城門既闔皆宿
于野賈似道出督衛自張鐵鎧鐵鎧鐵甲真珠馬鞍千里
馬二獸督府之印督府猶今之都督府也一載制書并隨軍賞
格制書皇帝宣命之書猶今勅書賞軍賞格軍門行賞條格以黃帕覆之都民罷

市而觀出師之盛未之有也又論當時諸臣曰陳宜中謀而不斷陳宜中温州永嘉人端宗即位爲左丞相奉帝航海及厓山之敗宜中之占城求兵遂不復還家鉉翁節而不通家鉉翁眉州人仕宋恭帝朝爲樞密院事以賀請使如元被拘聞宋亡哭泣不食元世祖授官不受又數移河間成宗朝放還錫金帛又不受張世傑勇而不果張世傑涿州范陽人少從張柔仕元犯罪逃奔宋爲少保厓山之敗世傑奉楊太后航去欲求趙氏立之遇颶風溺死天呼曰天不欲存趙祀則風覆吾舟遂覆李庭芝之智而不達李庭芝隨州人仕宋制置兩淮首應勤王宋亡不屈阿朮殺之揚州民皆慟哭如喪父母其最優者文天祥乎如是者凡數百言皆歷歷可聽歷歷猶枚數也是夕逸又宿焉明旦告歸上舍復爲古風一篇以

餞行曰祖而舍軷飲酒其側曰餞漢臨江王傳黄帝之子纍祖好遠遊而死於道故後人祭以爲行神也祖祭因饗飲也建炎南渡多翻覆宋高宗名構初封康王質于北元徽欽北狩構南渡渡江至應天府即位改元建炎晉元紀有童謡曰五馬南渡一馬化爲龍泥馬逃來御黄屋康王南避元人後悔遣之騎急崔府君廟困倦假寐忽有人喝云追兵至矣康王告以無馬其人曰已借馬矣幸疾速加鞭康王起而擧鞭果有匹馬跳身上馬一晝夜行七百餘里馬僵不進下視則乃崔府君廟中泥馬也黄屋漢高紀註天子車蓋以黄繒爲蓋裏也盡將舊物付他人後漢史論曰世祖能光復舊物注云天下大物高宗付天下於胡元而無復有遺河之志詩江南自作韲茲國韲茲國在西夷齊務盡及之胡銓曰假使國家盡失黄河以南猶可作韲茲國可憐行酒兩青衣金粘罕遣徽欽二帝著青衣以青袍北行晉懷帝劉聰爲令懷愍二帝著青衣執蓋行酒宋邵雍與人語及國祚取晉出帝紹宗不之其言果驗萬恨千愁誰得知五國城中寒月照五國城在三萬衛北一千里徽宗葬於此二帝云徽宗崩於均州十三人葬於石坑中以爲燈油先是徽宗隨術士林靈素遊宮見宋太祖與金太祖奕天帝勅曰遊宋祖不勝甚有憂色又遇張天覺言陛下向五旺城恐寒受盡熱大時天覺死已數年矣黄龍塞上朔風吹黄龍塞契丹府名在遼北近女真地朔風北風也朔蘇也萬物歸根而復蘇東窓計就通和好東窓秦檜齋名檜與妻謀於東窓鄂王賜死蘄王老岳飛湯陰人志存恢復晉書蜀晊以盡忠報國四字湼背高宗賜精忠旗以旌異焉大業未成秦檜恐和議不遂構罪殺之後追封鄂王謚

武穆韓世忠延安人大敗金人爲中興名將不欲主和議以忤秦檜解兵職家居追封蘄王謚忠武酒中不見劉四廂劉錡成紀人建炎間爲四廂兵馬都督使虜捷大功歲著南北高宗與其副飲酒其副不肯飲呵之日酒中安得劉四廂何不飲之湖上須尋宋五嫂宋五嫂即大嫂西湖竹枝詞高宋徙杭時宋大嫂進魚羹於湖上張雨詩光堯內禪罷言兵一孟翻都無湖上行東京都舍宋大嫂羹獨得錢累世內禪罷言兵孝宗光宗寧宗三世皆受內禪八十餘年稱太平度皇最是嫌鼎湖遠漢郊祀志黄帝鑄鼎湖上鼎成有龍垂胡髯下迎帝乃騎昇天臣其號百姓抱弓而號因名曰烏號又史記黄帝葬於橋山空賈相出師如戲旂旂鼓軍中樂旂槍舞戸唯御寫在錫湖人卷蔗吹之曾景宋詩去時兒女悲歸來如戲旗護蒙遺世空谷西

望端門捧頭臾李集傳端門皇太微正南門故天子宮之南門謂之端門數輩
殺鳥鬪來路後漢馬良爲尉迎賀敵歡殺並延至宵所
殺因賢事殺馬裂衣宦道失東坡詩
子來何處問行藏豈羊耕田聊自見南隣北舍自
成婚遺風彷彿朱陳村朱陳村在徐州豐縣民俗
世爲婚姻東坡詩何年顧陸丹青手畫作朱陳嫁娶圖聞道一村惟兩姓不將門戶買崔盧不
向城中供賦役只從屋底長兒孫喜君涉險來相
訪聞說扶九節杖漢武帝登少室山見一女子以九節杖又列仙傳王
烈受赤城老人九節蒼藤杖行地馬不能及杜詩安得仙人九節杖拄到玉女洗頭盆時移事
變太忽忙鬼本作匆三遊旗州皇所建以促民事之旗故謂之匆物是人非

愈惆悵失志貌也感君爲我輒相留野蔌山殽備獻酬
蔌菜茹之總名舍下雞肥何用買床頭酒熟不須篘篘漉取酒也
君到人間煩致語今逢昇平樂安處昇平指至順而言也相
逢不用苦相疑我輩非仙亦非鬼
逸送逸出路口揮袂而別逸沿途每五十步插一竹
枝以誌之到家數日乃具酒醴攜殽饌率家僮輩賫
往訪之則重岡疊嶂不復可尋豐草喬林喬上竦無枝也絕
無蹤跡往來于樵蹊牧徑之間但聞谷鳥悲鳴嶺猿
哀嘯而已竟惆悵而歸逸念上舍自言生於嘉熙丁

酉至今則百有四十歲矣而顏貌不衰言動詳雅止
若五六十者豈有道之流歟

滕穆醉遊聚景園記

延祐元仁宗年號初末嘉即今溫州府隷浙江布政司滕生名穆年二
十六美風調善吟咏調猶致也爲儕輩所推許素聞臨安即今杭州府
山水之勝思一遊焉甲寅歲科舉之詔興遂以
鄉書赴薦鄉書鄉舉之書也至則僑居湧金門外僑者旅寓而居也
湧金門杭州城西門也無日不往來於南北兩山南高峯北高峯諸山俱在府南北各
里許及湖上諸刹靈隱天竺淨慈寶石之類湖即西湖在府

城西周三十里山川秀發景物華麗自唐以來爲東
南遊賞勝處有斷橋西湖十景曰平湖秋月蘇堤春曉
斷橋殘雪雷峯落照南屏晚鐘麯院風荷花港觀魚
柳浪聞鶯三潭印月兩峯插雲刹梵語以寺爲刹靈
隱寺在武林山天竺寺有上中下三天竺俱在府城
西淨慈寺在西湖上寶石有寺未詳所在疑或錢氏所
建寶雲寺在錢塘以至玉泉虎跑天龍靈鷲石屋之洞冷泉
之亭玉泉在府城西虎跑泉在府西南虎跑寺舊傳
僧性空嘗住大慈山無水夢神人曰明日當有
水是夜兩虎跑地泉湧故名天龍峯即天目山之東
北峯在臨安縣宋時僧法欽至此結庵有獵師告曰
此天龍所據無往忽有一老人拜於前曰我龍
也願讓尊師之人所故名或曰龍山乃天目山之東
支郭璞東坡皆云龍飛鳳舞若即此一日天竺下山有
龍泓洞梅讃之嶺下靈鷲峯在府
西二十里晉時西域僧慧理登此山歎曰此是中
天竺國靈鷲山之小嶺不知何年飛來因號其峯曰飛來

來一日靈隱石屋洞在靈石山南高峯下冷泉在武林山東坡冷泉詩靈隱寺前天竺後兩澗春淙一靈鷲臺幽澗深林懸崖絕壁足跡殆將徧焉徧周也七月之望於麯院賞蓮因而宿湖泊舟雷峯塔下麯院在府城西雷峯塔在西湖南吳越王錢氏所建是夜月色如晝荷香滿身時聞大魚跳躑於波間宿鳥飛鳴於岸際會經凡鳥林日棲木日宿生已大醉寢不能寐披衣而起繞堤觀望行至聚景園在府西五里信步而入時宋亡已四十年園中臺館如會芳殿清輝閣翠光亭皆已頹毀惟瑤津西軒歸然獨存歸然獨存貌生至軒下凭去聲與憑同欄少憩俄見一美人先

行一侍女隨之自外而入風鬟霧鬢綽約多姿唐柳毅客涇陽見一婦人風鬟霧鬢牧羊於野綽約美貌莊子綽約若處子望之殆若神仙生於軒下屏息屏息閉息也以觀其所為美人言曰湖山如故風景不殊但時移世換令人有黍離之悲爾詩王風周既東遷大夫過故宗廟宮室盡為禾黍閔之作黍離詩行至園北太湖石畔太湖即西湖遂詠詩曰

湖上園亭好重來憶舊遊徵歌調玉樹徵歌呼歌也李白詩徵歌出洞房陳后主荒淫於酒色與幸臣製玉樹後庭花等曲閱舞按梁州閱觀也梁州曲名梁州俗呼音樂新曲名曰梁州開元中獻上上問寧王玉對曰此曲雖佳宮離商亂恐有播

遷之禍及祿山亂乃起宮主寵賞之妙也徑狹花迎輦池深柳拂舟昔人皆已歿誰與話風流

生放逸者初見其貌已不能定情及聞此作技癢不可復禁技癢有技藝者不能自抑如癢不能有止也宋人詩技癢新會百鳥啼即於軒下續吟曰

湖上園亭好相逢絕代人嫦娥辭月殿嫦娥或稱姮娥有窮后羿妻羿得不死藥於西王母姮娥竊之奔月遂託身於月織女下天津書織女星在河北天紀東天女孫也主果瓜絲帛嫁娶天津即天河柳宗元文織女有梁敕天津未領心中意渾疑夢裏身願吹鄒子律燕有谷寒不生五穀鄒衍吹律吹之溫氣至生禾黍幽谷發陽春

吟已趨出赴之美人亦不驚駭但徐言曰固知郎君在此特來尋訪耳生問其姓名美人曰妾棄人間已久欲自陳敘誠恐驚動郎君生聞此言審其為鬼亦無所懼固問之乃曰芳華姓衛故宋理宗朝宮人也年二十三而歿殯於此園之側今晚因往演福訪賈貴妃蒙延坐久不覺歸遲演福寺在府城西小麥嶺賈貴妃理宗妃似道之姊也妃死殯於演福寺乃死致令郎君於此久待即命侍女曰翹翹可於舍中取裀席酒菓來裀或作茵褥類今夜月色

如此郎君又至不可虛度可便於此賞月也翹翹應命而去須臾攜紫氍毹 織毛蓐今稱毯韓詩氍毹鋪氍毹 設白玉碾花樽碧琉璃盞 琉璃本是石出大秦國凡十種色以火自然灰治之元魏時月氏人鑄爲之鈎世火成者是遺法也 醪醴馨香非世所有與生談謔笑詠詞旨清婉復命翹翹歌以侑酒翹翹請歌柳耆卿望海潮詞 柳耆卿宋人工於小詞嘗作望海潮詞其詞云東南形勝三吳都會錢塘自古繁華烟柳畫橋風簾翠幕參差十萬人家雲樹遶堤沙怒濤卷霜雪天塹無涯市列珠璣戶盈羅綺競豪奢重湖疊巘清佳有三秋桂子十里荷花羌管弄晴菱歌泛夜嬉嬉釣叟蓮娃千騎擁高牙乘醉聽簫鼓吟賞烟霞異日圖將好景歸去鳳池誇羅鶴林云此詞流播金主亮亮聞歌有慕於三秋桂子十里荷花遂起投鞭渡江之志謝處厚詩云誰把杭州曲子謳荷花十里桂三秋那知卉木無情物牽動長江萬古愁余謂此詞雖牽動長江之愁然卒爲金主廷亮之媒未可恨也至於荷艷桂香粧點湖山之清麗使士大夫流連於歌舞嬉遊遂忘中原是則可恨耳 美人曰對新人不宜歌舊曲即於座上自製木蘭花慢一闋命翹翹歌之曰 木蘭花慢詞名禹王播題木蘭院詩云二十年前此院遊木蘭花發院祖僧人以爲詞有木蘭花令又有木蘭花慢慢者慢聲長鳴之謂也調詞中有慢聲慢惜餘春慢皆此類

記前朝舊事曾此地會神仙向月地雲階重攜翠袖來拾花鈿 月地月之地雲階雲之階花鈿花雲谿友議杜陵韋固妻嘗帖花鈿白樂天詩花鈿委地無人收此數句論當時宮中樂遊之意 繁華總隨流水嘆一場春夢杳難圓 東坡詩繁華真一夢山谷詩春夢小僧圓猶旅也 廢港芙蕖滴露斷隄楊柳搖煙 廢港花港也芙蕖蓮花也斷隄即蘇堤此數句嘆往蹟繁華隨流水而逝曾不如一場春夢而今之所存者只荷花楊柳依舊滴露搖烟而已其感傷深矣

○兩峯南北只依然輦路草芊芊 輦路御路也芊芊草盛貌 悵別館離宮煙銷鳳蓋波沒龍船 離宮天子遊幸所宿留之所別館亦同鳳蓋畫鳳之蓋龍船畫龍之舫隋煬帝造龍舟遊汴河後世效爲之 平生銀屏金屋對漆燈無焰夜如年 白樂天詩珠箔銀屏邐迤開李白詩金屋貯阿嬌沈彬君有二大塚嘗曰吾死可葬於此及葬穿之乃古塚也其中有古燈臺臺上有漆燈一盞墳頭銅牌篆文曰佳哉今已開雖開不葬埋漆燈猶未滅留得沈彬來此數句山川如舊依然而宮闕鞠爲茂草當時出則隨鳳蓋乘龍船入則處銀屏金屋今已埋藏無復可見只閉窅泉臺漆燈無焰長夜如年 落日牛羊壟上西風燕雀林邊 張山樵燕詩說盡興亡誰聽汝不知身已屬西風詩王風日之夕矣羊牛下來此數句荒墳處於牛羊壟上燕雀林邊魂魄無所依歸其感傷至此極矣

歌竟美人潸然 潸涕流貌 垂淚生以言慰解仍微詞挑之以觀其意 挑相呼誘也司馬相如琴心挑之 即起謝曰殂謝之人久爲塵土若得奉事巾櫛 巾櫛盥洗之具乃妾侍之任 雖死不朽 左成三年知罃曰死且不朽也 且郎君適間詩句固已許之矣願吹鄒子之律而一發幽谷之春也生曰向者之詩率口而

出賞本無意豈料便成讖識良久月隱西垣河傾
東嶺即命翹翹撤席美人曰弊居僻陋非郎君之所
處只此西軒可也遂攜手而入假寢軒下　假寢即假寐左宣二年趙盾盛服將朝尚早坐而假寐註不脫衣冠而寢也　交會之事一如人間將
旦揮涕而別至晝往訪於園側果有宋宮人衛芳華
之墓墓左一小丘即翹翹之瘞也生感嘆適時追憶
又赴西軒則美人已先至矣迎謂生曰日間感君相
訪然而妾止卜其夜未卜其晝　左莊二十二年陳敬完飲桓公酒樂公曰以火繼之完辭曰臣卜其晝未卜其夜　故不敢奉見數日之後當得無

間矣自是無夕而不會經旬之後白晝亦見生遂攜
歸所寓安焉已而生下第東歸美人願隨之去生問
翹翹何以不從曰妾既奉侍君子舊宅無人留其看
守耳生與之同回鄉里見親識紿之曰娶於杭郡之
良家　前漢文紀發六郡良家子弟　衆見其舉止溫柔言詞慧利信
且悅之美人處生之室奉長上以禮待婢僕以恩左
右鄰里俱得其歡心且又勤於治家潔於守己雖中
門之外未嘗輒出衆咸賀生得內助荏苒　少時閒也　三歲
當丁巳年之初秋生又治裝赴浙省鄉試行有日矣

美人請於生曰臨安妾鄉也從君至此已閱三秋今
願得偕行以視翹翹生許諾僦　借也　舟同載直抵
錢塘　杭州縣名　僦屋以居至之明日適值七月之望美人
謂生曰三年前曾於此夕與君相會今適當其期欲
與君同赴聚景園再續舊遊可乎生如其言載酒而往
至晚月上東垣蓮開南浦露柳煙篁動搖堤岸宛然
猶依然也　昔時之景行至園前則翹翹迎拜於路首曰娘
子陪侍郎君遨遊城郭首尾三年已極人間之懽娛
不記念舊居乎三人入園至西軒而坐美人忽垂淚

而告生曰感君不棄侍奉房帷未遂深歡又當永別
生曰何故對曰妾本幽陰之質久踐陽明之世甚非
所宜特以與君有夙世之緣故冒犯條律以相從不
今而緣盡自當奉辭生驚問曰然則何時對曰止在
今夕爾生悽惶不忍美人曰妾非不欲終事君子永
奉歡娛然而祿命有限不可違越若更遲留須當獲
戾非止有損於妾亦將不利於君豈不見越娘之事
乎　陳敏夫見孔妾越之妻親能詩兄亡敏夫葬之越娘鬼感敏夫以詩相挑敏夫悅之後敏夫與越娘俱坐犯律
生意稍悟然亦悲傷感愴徹曉不寐及山寺鐘鳴水

村鷄鳴矣女起與生為別解所御玉指環繫於生之衣帶曰異日見此無忘舊情遂分袂而去然猶頻頻回顧良久始滅生大慟而返翌日具酒饌楮鏹於墓下（楮鏹貫也即鏹錢之鏹也）作文以弔之曰

惟靈生而淑美出類超群寄迹於仙聖（神仙亦[illegible]）鍾秀氣於乾坤粲然如花之麗粹然如玉之温雖則天上之金屋則路左之荒墳託松楸而共處（李白詩松楸骨寒）對狐兔之群奔落花流水斷雨殘雲中原多事故國無君撫光陰之過隙視日月之奔輪

然而精靈不泯性識長存不從伏少翁之奇術（史記齊人少翁以鬼神方見上上所幸王夫人卒以翁以方術夜致王夫人天子自帷中望見焉漢書王夫人作李夫人李夫人早卒帝思之李少翁致其形帝為作賦漢武故事作竹宮夜張燈燭設帷帳令帝居他帳遙見李夫人還幄而歩又不得就視）自能返倩女之芳魂（清河張鎰季女倩娘鎰嘗許王宙為妻既而悔之欲嫁賓僚之賢者女聞之鬱抑宙亦深恨託赴京辭至山郭半夜忽聞有人行聲問之乃倩娘也遂匿於船至蜀凡五年生二子遂與宙歸既至宙獨先到鎰家謝其事鎰曰吾女病在閨中何其詭說宙曰見在舟中鎰使人驗之果然使者還報室中病女聞而喜起出相迎合為一體）玉匣驪鸞之扇（後漢皇后紀壽器玉匣註玉匣者腰以下以玉為札至足亦縫以黄金為縷以觀下文勢此玉匣恐非壽器必是藏扇之匣也班婕妤詩裁為扇團圓月出[illegible]）

（機中素畫作秦王女乘鸞向烟霧）金泥簇蝶之裙（漢書佞倖傳賢者嘗受金泥璽封註以金為泥封函鬼卷不敢干也杜詩花羅封蛺蝶註羅鏤之繡紋也簇聚也）聲泠泠兮瓔珮香藹藹兮蘭蓀（蓀香草也蘭之類）方欲同歡以偕老奈何既合而復分步洛妃凌波之襪（洛妃伏羲女溺洛水而死遂為洛神曹植洛神賦凌波微步羅襪生塵）赴王母瑤池之樽即之而無所覩扣之而不復聞悵後會之莫續傷前事之誰論鎖楊柳春風之院閉梨花夜雨之門恩情斷兮天漠漠哀怨結兮雲昏昏音容杳而靡接心緒亂而紛紜謹含哀而奉弔庶有感於斯文嗚呼哀哉尚饗

從此遂絕生獨居旅邸如喪配耦試期既迫亦無心入試惆悵而歸親黨問其故始具述之衆咸歎異生後終身不娶入鴈蕩山採藥（鴈蕩山在温州府屬鴈蕩山有二一在樂清縣谷蘆峯巒行者不能遍山中景致非一一在平陽縣五代時僧願齊以為天下名山結茅其間）不復還

牡丹燈記

方氏之據浙東也（方氏名谷珍台州人元末起兵據有浙東之地即今浙江杭州等府）每歲元夕（上元之夕正月望夕）於明州張燈五夜（明州即今[illegible]寧波）

觀燈十識仍有當寬壽陽州府志記漢祠太一以昏時到明今人正月望夜觀燈是其遺事 傾城士女 漢李延年傳北方有佳人一顧傾人城再顧傾人國 皆得縱觀 故寬而觀也史記漢高帝繼亂秦皇帝 至正庚子之歲、有喬生者、居鎮明嶺下 鎮明嶺在寧波府南宋時郡守李夷庚以谷土撰之高數十丈 初喪其耦 配也 莊子似鰥居無聊 鰥為名魚目眾々不瞑故老而無妻其耦妻者謂之鰥聊賴也無聊言無所聊賴也 不復出遊、但倚門佇立而已 佇立延佇而立也 十五夜三更盡、遊人漸稀、見一丫鬟 丫音鴉女兒頭上作兩髻謂之丫鬟 挑 挑撥也 雙頭牡丹燈前導、一美人隨後、約年十七八、紅裙翠袖、婷婷嫋嫋 婷婷和調貌嫋嫋柔弱貌 迤邐 邐迤屈曲也或曰行步進止也 投

西而去、生於月下視之、韶顏稚齒、真國色也 韶顏少美之顏卿春光謂之韶光韶景之類是也稚齒卿年少也國色絶色也如國士國士之類 神魂飄蕩、不能自抑、乃尾之而去 尾隨後而去也 或先之、或後之、行數十步、女忽回顧而微哂曰 哂微笑也 初無桑中之期 詩鄘風云誰之思彼孟姜矣期我乎桑中要我乎上宮衛俗淫亂世族相竊妻妾故與其所思之人相期會如此 乃有月下之過 李白詩若非群玉山頭見定是瑤臺月下逢 似非偶然也、生即趨前揖之曰、弊居咫尺 周尺八寸也 佳人可能回顧否、女無難意、即呼丫鬟曰、金蓮可挑燈同往也、於是金蓮復回、生與女攜手至家、極其歡暱 暱近也 自以為巫山

洛浦之遇、不是過也 宋玉賦楚襄王與宋玉遊雲夢之臺望高唐之觀獨有雲氣王問曰此何氣對曰朝雲昔先君王嘗遊高唐夢見婦人曰妾巫山之女願薦枕席王因幸之去而辭曰妾在巫山之陽朝為行雲暮為行雨朝朝暮暮陽臺之下又神女傳云襄王夢見婦人云我帝之女名瑤姬未嫁而亡封于巫山之臺襄王為立廟曰朝雲廟今在荒州府巫山縣陽臺山下曹植濟洛過神女宓妃作賦事具萬寶 生問其姓名居址、女曰、姓符、麗卿其字、淑芳其名、故奉化州判女也 奉化州即今寧波府奉化縣州判官名 先人既歿、家事零替 零替衰微也 既無弟兄、仍鮮族黨、止妾一身、遂與金蓮僑居湖西耳、生留之宿、態度妖妍、詞氣婉媚、低幃暱枕 暱同昵 甚極歡愛、天明辭別而去、及暮則又至、如

是者將半月、鄰翁疑焉、穴壁窺之、則見一粉粧髑髏 頭骨也莊子援髑髏而枕 與生並坐於燈下、大駭、明旦詰之、秘不肯言、鄰翁曰、嘻、子禍矣、人乃至盛之純陽、鬼乃幽陰之邪穢、今子與幽陰之魅同處而不知、邪穢之物共宿而不悟、一旦真元 真元真精元氣也 耗盡、災眚 眚亦災也 來臨、惜乎以青春之年、而遽為黃壤之客也 黃壤後漢趙咨將終告其吏使為薄斂與以素棺藉以黃壤註黃土也 可不悲夫、生始驚懼、備述厥由、鄰翁曰、彼言僑居湖西、當往物色之 嚴光傳物色得之註以其形色訪之也 則可知矣、生如其教、逕投月湖之西 月湖在寧波府治西南

徃來於長堤之上（長堤即它山堰）高橋之下（高橋宋張俊擊[illegible]一戰之地堤橋俱在府治西南）訪於居人詢於過客（詢問也）並言無有日將夕矣乃入湖心寺（寺在月湖中）少憩行遍東廊復轉西廊廊盡處得一暗室則有旅櫬（櫬棺也旅寓之棺也）白紙題其上曰故奉化符州判女麗卿之柩（屍在棺曰柩）柩前懸一雙頭牡丹燈燈下立一明器婢子（音盟明器鬼器禮喪服小記陳明器註從葬明器也此乃明器婢子人也）背上有二字曰金蓮生見之毛髮盡豎寒栗遍體（寒甚則人膚粟起於膚東坡詩凍合玉樓寒起粟）奔走出寺不敢回顧是夜借宿鄰翁之家憂怖之色可掬（掬握也）鄰翁曰玄妙觀

（在寧波府治東南）魏法師故開府王真人弟子（真人修真入道之人也）符籙（召鬼神之書自後漢張道陵始其字類古篆籀不可辯）為當今第一汝宜急往求焉明旦生詣觀內法師望其至驚曰妖氣甚濃何為來此生拜于座下具述其事法師以朱符二道授之令其一置于門一懸于榻仍戒不得再往湖心寺生受符而歸如法安頓自此果不來矣一月有餘往袞繡橋（在寧波府治西南）訪友留飲至醉都忘法師之戒逕取湖心寺路以回將及寺門則見金蓮迎拜于前曰娘子久待何一向（猶言一直也）薄情如是遂與生

俱入西廊直抵室中女宛然在坐數之曰妾與君素非相識偶於燈下一見感君之意遂以全體事君暮往朝來於君不薄奈何信妖道士之言遽生疑惑便欲永絕薄倖如是（薄倖猶薄情也杜牧詩贏得青樓薄倖名）妾恨君深矣今幸得見豈能相捨即握生手至柩前柩忽自開擁之同入隨即閉矣生遂死於柩中鄰翁怪其不歸遠近尋問及至寺中停柩之室見生之衣裾微露於柩外請於寺僧而發之死已久矣與女之屍俯仰臥於內女貌如生焉寺僧嘆曰此奉化州判符君之女也

死時年十七權厝於此（厝置也權厝猶假殯也）舉家赴北竟絕音耗至今十有二年矣不意作怪如是遂以屍柩及生殯於西門之外（殯[illegible]所後人以[illegible]）是後雲陰之晝月黑之宵往往見生與女攜手同行一丫鬟挑雙頭牡丹燈前導遇之者輒得重疾寒熱交作薦以功德祭以牢醴庶獲痊可否則不起矣居人大懼競往玄妙觀謁魏法師而訴焉法師曰吾之符籙止能治其未然今祟（祟神禍也）成矣非吾之所知也聞有鐵冠道人者（鐵冠道士之冠東坡詩云山人醉後鐵冠落）居四明山頂

四明山在寧波府西周回八百里二百八十峯其山頂五峯絶高形狀如芙蓉考劾劾猶鞫問罪人鬼神法術靈驗汝輩宜往求之衆遂至山攀緣藤葛薦猶越也越溪渡澗直上絶頂果有草庵一所道人凭几而坐方看童子調鶴衆羅拜庵下告以來故道人曰山林隱士旦暮且死烏有奇術君輩過聽矣拒之甚嚴衆曰某本不知蓋玄妙魏師所指教爾始釋然曰老夫不下山已六十年小子饒舌饒舌猶多言也傳燈録閭丘公牧台州胤忽頭痛豐干禪師咒水噴之立愈閭丘異之乞一言師曰到任謁國清寺僧執爨者寒山是文殊滌器者拾得是普賢宜謁之閭丘訪之二人因爐笑語執閭丘手曰豐干饒舌也煩吾一行即與童

子下山步履輕捷徑至西門外結方丈之壇方丈長老所居曰方丈夫毗耶城有維摩居士石室以手板縱横量之得十笏故曰方丈踞席端坐書符焚之忽見符吏數輩黃巾錦襖金甲雕戈戈平頭戟也皆長丈餘屹男壯貌也立壇下鞠躬鞠曲躬也請命貌甚虔肅道人曰此間有邪祟爲禍驚擾生民汝輩豈不知耶宜疾驅之至衆奉命而往不移時以枷鎖押女與生并金蓮俱到鞭箠揮扑流血淋漓淋漓流貌道人訶責良久令其供狀將吏以紙筆授之遂各供數百言今録其略於此

喬生供曰

伏念某喪室鰥居倚門獨立犯在色之戒論語孔子曰少之時血氣未定戒之在色動多慾之求不能效孫生見兩頭蛇而決斷孫叔敖爲兒時出遊見兩頭蛇殺而埋之歸而泣母問其故對曰聞見兩頭蛇者死嚮者見之恐去母而死也母曰蛇今安在曰恐他人又見殺而埋之母曰吾聞有陰德者天報以福汝不死也及長爲楚相乃致如鄭子逢九尾狐而愛憐山海經青丘之北有獸焉其名曰九尾狐任氏傳鄭生乘驢入昇平門遇美婦人自言任氏相與交歡因而奉之後鄭生調補縣尉任氏至馬嵬爲犬所獲乃狐也事既莫追悔將奚及

符女供曰

伏念某青年棄世白晝無鄰六魄雖離抱朴子云人有三魂七魄死則一魂守其骨散二魂皆淪降一靈未泯燈前月下逢五百年歡喜冤家佛氏以五百歲爲一大劫以宿緣爲冤家是冤號出入輪廻法苑珠林云歡喜冤者夫婦謂之前生業冤孽縁未盡之冤西廂記云紅娘俺去佛殿要諸去來呀正撞着五百年風流業冤世上民間作千萬人風流話本風流話本風聲品流能擅一世謂之風流話本猶言話說之本也迷不知返罪安可逃

金蓮供曰

伏念某殺青爲骨後漢吳祐傳殺青簡註以火炙簡令其汗出取其青易書謂之

青史註云殺青者借用也言殺青簡易無蠹也染素成胎壙埋藏是誰作俑而用俑從葬木偶人面目機發太似人者也面目機發比人具體而微既有名字之稱可乏精靈之異因而得計豈敢為妖

俾將吏取皇道人以巨筆判曰判斷獄之辭

蓋聞大禹鑄鼎而神姦鬼秘莫得逃其形左傳○宣三年王孫滿曰昔夏之方有德也貢金九牧鑄鼎象物使民知神姦故民入川澤山林魑魅魍魎莫能逢之溫嶠燃犀而水府龍宮俱得現其狀晉溫嶠傳牛渚磯深不可測世云多怪物嶠燃犀角照之水見水族奇形異狀夜夢人曰幽明道別何意相及嶠明白患齒

而哀惟幽明之異趣乃詭怪之多端遇之者不利於人遭之者有害於物故大厲入門而晉景歿大厲惡鬼也左成十年晉景公殺趙同趙括夢大厲被髮及地搏膺曰殺余孫不義壞大門而入公懼入于室又壞戶公覺召桑田巫巫曰不食新矣六月甸人獻麥將食張如廁陷而卒妖豕啼野而齊襄殂左莊八年齊襄公田于貝丘見大豕從者曰彭生也公怒射之豕人立而啼公懼墜車傷足喪屨既反誅屨鞭之彭生齊公子魯桓公之在齊也公使彭生拉殺之因而殺彭生以解魯責降禍為妖興災作孽禽獸之妖亦謂之孽是以九天設斬邪之使九天八方四維中央也淮南子云皞天陽天赤天朱天成天幽天玄天變天鈞天是謂九天十地列罰惡之司十地註見上卷使魑魅魍魎無以容其

奸淮南子云魍魎狀如三歲小兒赤目長耳美髮孔叢子云木石之怪謂之夔魍魎今之一脚山鬼是也夜叉羅刹不得肆其暴矧此清平之世坦蕩之時而乃變幻形軀幻反道相惑也依附草木天陰雨濕之夜月落參橫之晨趙師雄遊羅浮山醉遇梅魂既醒則但月落參橫而已參星名也嘯于梁而有聲韓子原鬼有嘯于梁從而燭之無見也窺其室而無睹揚子云高明之家鬼瞰其室蠅營狗苟詩小雅營營青蠅註營營往來貌苟且也韓子蠅營狗苟驅去復來羊狠狼貪狠戾也羊性狠狼性貪史記項籍傳宋義曰猛如虎狠如羊貪如狼彊不可使者皆斬之疾如飄風烈若猛火喬家子生猶不悟死何恤焉符氏女死尚貪婬生可知矣況

金蓮之怪誕假盟鬼以矯誣惑世誣民違條犯法狐綏綏而有蕩詩齊風雄狐綏綏註獨行求匹之貌鶉奔奔而無良詩鄘風鶉之奔奔註居有常匹飛則相隨之貌惡貫已盈書泰誓商罪貫盈註貫通也盈滿也罪名不宥宥赦也陷人坑從今填滿迷魂陣自此打開道書云蛾眉皓齒人之坑塹迷魂陣以喻女色之惑人也燒毀雙明之燈即牡丹燈也押赴九幽之獄九幽猶九泉也判詞已具主者奉行急急如律令律令雷傍走鬼或曰鬼如法令也即見三人悲啼躑躅行不進貌為將吏驅捽而去道人拂袖入山明日衆往謝之不復可見止有草庵存焉

往玄妙觀訪魏法師而審之則病瘖〈瘖ハ不能言也〉不能言矣

渭塘奇遇記

至順〈年號元ノ文宗〉中有王生者本士族子居于金陵〈金陵ハ即今ノ南京應天府楚威王以其地有王氣埋金以鎮之故稱金陵秦始皇改爲秣陵〉貌瑩寒玉〈瑩ハ玉色又潔也〉神凝秋水姿狀甚美故以奇俊王家郎稱之〈俊ハ萬人之秀也又材過千人也〉年二十未娶有田在松江因往收秋租回舟過渭塘〈在嘉興府之境〉見一酒肆青旗出於簷外朱欄曲檻縹緲如畫高柳古槐黄葉交墜芙蓉十數株顏色或深或淺紅葩〈葩ハ華也〉綠水上下相映白鵝一群〈鵝一云名舒鴈一云名鵞鵝長脰善鳴峩首似傲故名鵝且鵝善鬭好啖蛇故多溪毒處養之避之〉游泳其間生泊舟岸側登肆〈肆ハ市舍也〉沽酒而飲斫巨螯之蟹〈螯ハ蟹大足也〉擣細縷之鱠果則綠橘黄橙〈橙大於橘皮厚而皺東海人謂之柚子然橘皮苦而橙皮甘真佳實也〉蓮塘之藕〈藕ハ蓮根也〉松坡之栗以花磁盞〈花磁ハ白地青花文也磁本作瓷陶器也〉酌真珠紅酒而飲之肆主亦富家其女年十八知音識字態度不凡見生在座頻於幕下窺之或出半面或露全體去而復來終莫能捨生亦留神注意〈注意ハ輸意也〉彼此目成久之〈楚詞滿堂兮美人忽獨與余兮目成註竊而相視以成親好也〉已而酒盡出肆怏怏登舟〈前漢韓信傳居常怏怏註情不滿足也〉如有所失是夜遂夢至肆中入門數重直抵舍後始至女室乃一小軒也軒之前有葡萄架〈葡萄本出大宛漢張騫使西域得其種有黄白黑三種一名馬乳亦名草龍珠〉架下鑿池方圓盈丈甃以文石〈甃井甃也易井甃无咎註結砌也文石ハ石有文之石前漢梅福傳願一登文石之陛〉養金鯽〈音即〉其中〈金鯽俗呼鯽魚東坡詩金鯽池邊不見君〉池左右植垂絲檜二株〈檜ハ松葉柏身俗號爲圓柏柏性耐寒其材可爲舟〉綠陰婆娑〈婆娑ハ陰貌〉靠墻〈靠ハ倚也〉結一翠柏屏屏下設石假山三峯岌然競秀草則金線繡墩之屬〈金線繡墩ハ二草名繡墩ハ本草名麥門冬〉霜露不變色窗間挂一雕花籠籠內畜一綠鸚鵡見人能言軒下垂小木鶴二隻啣線香焚之〈線香ハ如線之香也〉案上立一古銅瓶插孔雀尾數莖其傍設筆硯之類皆極濟楚〈濟楚ハ整齊鮮明也〉架上橫一碧玉簫女所吹也〈舜作簫其形參差以象鳳翼〉壁上貼金花箋四幅〈箋ハ幅也金花箋名楊妃外傳帝與妃子賞牡丹命李龜年持金花箋賜翰林李白作清平調〉題詩于上詩體則效東坡四時詞字畫則師趙松雪〈趙孟頫〉不知何人所作也第一幅云

春風吹花落紅雪楊柳陰濃啼百舌〈百舌一名反舌形小於鴝鵒能反覆其舌以隨百鳥之音二月始鳴至五月無聲周禮百舌有聲詭人在側蹤以爲覆其未知是否〉

杜詩百舌來何處重報香羅特爲盡畫看個有誰人東家胡蝶西家飛前歲櫻桃今歲結櫻桃一云名含桃禮記仲夏之月以含桃先薦寢廟註以鶯鳥所含故名鞦韆競蹴寛春襟鞦韆漢經謂之青春謂之鬱芳訛粉汗凝香沁綠紗沁浸也人以物納水也侍女亦知心內事銀瓶汲水煮新茶

第二幅云

芭蕉葉展青鸞尾芭蕉一云名包且葉如連翹中心有絲可績故名蕉葉萱草花含金鳳觜萱草一云名宜男草婦人懐妊佩其花宜男一雙乳燕出雕梁

翠數點新荷浮綠水困人天氣日長時針線慵拈音廉指取物也午漏遲起向石榴陰畔立石榴張騫使安石國將來戲將梅子打鶯兒

第三幅云

鐵馬聲喧風力緊鐵馬也防秋征馬之聲也又云檐馬胡馬也古詩胡馬依北風唐人詩鐵馬胡雲窗夢破鴛鴦冷鴛鴦古詩文彩雙鴛鴦裁爲合歡被玉爐燒麝有餘香麝小獸麝有香養生論麝食柏而香麝鳥人能通透死猶抱其臍羅扇撲螢無定影小扇撲流螢王建宮詞洞簫一曲是誰家洞通也王褒賦

上下相通故謂之洞簫河漢西流月半斜要染纖纖紅指甲金盆夜搗鳳仙花草花名女子採花葉搗染指甲則紅也

第四幅云

山茶未開梅半吐山茶花有數種寶珠茶石榴茶海榴茶又有鄭臨茶茉莉茶宮粉茶串紅茶色葉各不同風動簾旌雪花舞簾旌簾額緣金盤冒冷塑狻猊狻猊獅子也香譜塑兩狻猊之形塗以黃金燒香其中或作獸爐又名獸爐宋人詩鐵鳳金猊香裊流繡幙圍春護鸚鵡也倩人呵筆畫雙眉脂水凝寒上臉遲妝罷扶頭重照鏡鳳釵斜亞瑞香枝亞猶也瑞香花樹高三四尺花紫香烈宋朝始出於廬山張子湖瑞香花詞

後春前剩一般梅花梅後水仙參女見生至與之承迎執手入室極其歡謔會宿於寢鷄鳴始覺乃開窗逢廳底逢編竹爾是後鳳家無父而不夢焉一夕見架上玉簫索女吹之女爲吹落梅風數闋落梅風吹笛曲名李白詩黃鶴樓中吹玉笛江城五月落梅花音調清亮響遏雲際一夕女於燈下繡紅羅鞋生剔燈花誤落於上遂成油暈一夕女以紫金碧甸指環贈生碧甸指環生解水晶雙魚扇墜酬之水晶玻璃類千歲冰所化扇墜既覺則指環宛然在手扇墜視之無有矣

生天以為奇遂娶元稹妹（元稹唐詩人字微之與白樂天齊名號元才子稹嘗作鶯鶯傳）賦會真詩三十韻以記其事詩

有美閨房秀（謝道韞王凝之妹同郡張玄妹適顧氏有濟尼者遊二家日謝夫人神情散朗有林下之風顧家婦清心玉映自是閨門之秀）天人謫降來風流元有種慧黠更多才破玉成仙骨調脂作艷胚（胚婦孕一月也郭璞賦云類胚渾之初凝象太極之構天）腰肢風外柳標格雪中梅金貴千金屋（李白詩金屋貯阿嬌）宜登七寶臺（佛經云以七寶莊嚴樓臺）妖姿應自許妙質孰能陪（陪副也）小小乗油壁（小小姓蘇銭塘名妓善歌舞毎乗油壁車唐人詩油壁香車不再逢油壁車上有板壁也）真真醉綵灰（進士趙顏於畫工處得軟障圖一美婦顏曰欲得此婦為妻工曰余神畫也名真真呼其名百日不歇必應以百家綵灰酒灌之則活顏如其言遂呼之果得美婦顏生一子至其友曰此妖也余有神劍可斬之及真真泣曰妾南嶽地仙君見疑不可更留携其子卻上軟障睹上唯添一子焉）

生洛浦（註見上）遠道接天台（漢永平中劉晨阮肇入天台山採藥迷路至溪下得水有盃流出中有胡麻飯二人相謂曰此去人家不遠行一二里許至溪上見二女皆絶色喚劉阮姓名曰郎等來何遲因邀過家以山羊脯胡麻飯食之留半年乃歸郷里已七代孫矣）放燕簾高捲迎人戸半開菖蒲難見面（梁武帝母張氏有異侍者皆不見見菖蒲花光彩后吞之生武帝）豆蔻易含胎（豆蔻花生葉間南人取其未大開者謂之含胎花言少而娠身也杜牧詩娉娉嫋嫋十三餘豆蔻梢頭二月初）不待金屏射（隋竇毅女生數歳能讀列女傳毅曰此女有奇相不可妄與人畫二孔雀於屏間請求婚者射二矢陰約中目則許之高祖射中兩目毅乃妻之）何勞玉斧栽（蒙求云楊雍伯設義漿行者有一人飲訖出石子一升與之曰種此必得好玉又得好婦北平有富室徐氏有女雍伯求娶徐氏戯曰以得白璧一雙為聘耳雍伯至種玉所中得五雙以為聘徐氏大驚遂妻之）偷香渾似賈（晉賈充女見韓壽而悅之使婢通於壽乃與私焉時西域貢異香充聞壽有異香氣疑壽與女私乃考問其婢得其狀以女妻壽）待月又如崔（元稹鶯鶯傳崔氏有張生者以琴心挑之相與私焉鶯鶯賦詩曰待月西廂下迎風戸半開拂牆花影動疑是玉人來）簫許秦宮奪（梁冀嬖人秦宮名後漢梁冀嬖奴私於冀妻孫壽李賀秦宮詩鸞篦奪得不還人醉睡氍毹滿堂月）琴從卓氏猜（註見金鳳釵記）簫聲傳縹緲燭影照徘徊窓薄潛魚魫（魫魚骨通明如琥珀故婦人以白魚魫為窓）爐深噴麝煤眉横青岫遠（卓文君眉色不加黛如望遠山故後人效為遠山眉）鬢嚲綠雲堆（嚲音朶杜牧阿房宮賦綠雲擾擾梳曉鬟也）釵玉輕輕製衫羅窄窄裁文鴛遊浩蕩瑞鳳舞毰毸（毰毸舞貌）張羽恨積鮫綃帕（鮫綃註見上鶯鶯傳張生詩紅淚染鮫綃帕）歡傳琥珀盃（琥珀松脂入地千年化為琥珀故或云虎死精魄入地化為琥珀故云虎魄）孤眠憐月姊（月姊姮娥也）多忌笑河魁（河魁星名李章龍仁取百忌暦觀之曰今夜河魁在房不宜房事妻悵然而返）化蝶能通夢（莊周夢為胡蝶栩栩然胡蝶也不知周也俄然覺則蘧蘧然周也）游蜂浪作

媒（劉後村蜂媒詩云喧春好信通多花許為嫁東風香蜜甜得飛英去疑是蠻頭利市紅）雕欄行共倚綉褥坐相偎（偎愛也）啖蔗逢佳境（啖喫也蔗叢生似竹笙取其汁煎之可成飴今人謂之砂糖一名石蜜晉顧愷之常食蔗自尾至本人問之曰漸入佳境）留環獲異財（蕭總嘗於巫峽遇神女臨別女執一玉指環謂曰此妾常玩未嘗離手今當永別寧不相遺願郎穿指慎勿忘懷至建鄴因識於張景山景山驚曰此乃巫山神女指上環世人相傳云晉簡文帝李后所獻也王生以喩紫金指環）綠陰鶯並宿紫氣劍雙埋（雙劍註見聯芳樓記）良夜難虛度芳心未肯摧殘粧猶在臂別淚已凝腮漏點何須促鐘音且莫催峽中行雨過（註見牡丹燈記）陌上看花回（註見天台録）才子能知

爾愚夫可語哉多生曾種福（佛語有福由昔種之說）親得到蓬萊

好事者多傳誦之明歲復往收租再過其處則肆翁甚喜延之入內生不解意逡巡（退避貌）辭避坐定翁以誠告之曰老拙惟一女未曾適人去歲君子於此飲酒偶有所覩不能定情因遂染疾長眠獨語如醉如癡餌藥（服藥也）無效昨夕忽語曰明日郎君至矣宜往候之初以為妄固未之信今而君子果涉吾地是天假其靈而賜之便也因問生娶未又問其門閥氏族（門閥家世也史記門閥註明其等曰閥積其功曰閱）甚喜即握生手入內室至女所居軒下回廊戶闔則皆夢中所歷也草木臺沼器用什物（史記註人家常用之器曰什物）又皆夢中所見也女聞生至盛粧而出衣服之麗簪珥（耳璫也）之富又皆夢中所識也女言去歲自君之去思念切至每夜夢中與君相會不知何故生曰吾夢亦如之女歷敘吹簫之曲泚（音貲汚也）鞋之事無不脗（口吻也）合者又出水晶雙魚扇墜示生生亦舉紫金碧甸指環以問之彼此大驚以為神契遂與生為夫婦于雅而還終以偕老可謂奇遇矣

剪燈新話句解卷之三

富貴發跡司志

至正丙戌泰州（州名屬揚州府）士人何友仁爲貧寠所迫（寠貧而無禮也）不能聊生因謁城隍祠過東廡（隍城下池也有水曰池無水曰隍凡郡邑有城隍之祠 廡堂下周屋也）見一案務曰富貴發跡司友仁禱於神像之前曰某生世四十有五寒一裘暑一葛朝晡粥飯一盂（晡申時也 盂飲器也 宋楚之間或謂之盌）初無過用妄爲之事然而遑遑汲汲（遑々不暇貌 汲々不休息貌）常有不足之憂多艱而愁寒年豐而苦飢出無知己之援（史記士爲知己者死）處

無妻孥之守（孥子也）鄉黨絕交（五百家爲黨萬二千五百家爲鄉人爲鄉黨也 廣絕交論）困阨艱難無所控（控告也）訴側聞太神主富貴之案掌發跡之權扣之即有聞求之無不獲是以不避訶責（訶亦責也 冒犯也）冒瀆威嚴屏息而鞠躬（鞠曲身也）户下伏望告以倘來之事（莊子軒冕倘來寄者也 註適然而來也 倘不期之謂也）喻以未至之機指以速達之途（莊子黃帝將見大隗乎具茨之山至襄城之野七聖皆迷 史記項羽至陰陵迷失道 陶潛辭實迷途其未遠）假以噓拂之便俾枯魚蒙斗水之活（莊子鮒魚曰求我於枯魚之肆）困鳥托一枝之安（後漢公孫瓚曰困鳥投人 莊子鷦鷯巢於深林不過一枝）敢不拜賜深恩仰干洪造（天地之撰一曰洪造）如

或前事有定後路無由大數既已難移薄命終於不遇亦望明彰報應使得預知禱畢趨伏案幕之下是夜東西兩廡左右諸曹皆燈燭熒煌人物駢雜惟友仁所禱之司不見一人亦無燈火獨處暗中將及半夜忽聞呵殿之音（凡官引從之卒前呵後殿所以辟人也 又軍行以後衛爲殿）初遠漸近將及廟門諸司判官皆趨出迎之及入紗籠兩行儀衛甚盛府君朝服端簡（簡笏也 土地神通稱府君即泰山府君之類是也）登正殿而坐判官整肅參見既畢（參謁見也）皆回局治事（局分部也）發跡司主者亦自殿上而來蓋適從府

君朝天始回備坐定有判官數人皆幞頭角帶服緋（緋赤色也）綠之衣入戶相見各述所理之事一人曰某縣某戶藏米二千石近因旱蝗相繼米價倍增隣境閉糴（糴市穀也左傳僖公十五年晉閉之糴）野有餓莩（莩餓死人也）而乃開倉以賑之（賑濟也）但取元價不求厚利又為饘粥以濟貧乏之家活者甚眾昨縣神申上於本司（申下上司行上司之文）呈於府君聞已奏知天庭延壽三紀（上帝之庭金縢乃命于帝庭紀十二年也）賜祿萬鍾矣（鍾六斛四斗）一人曰某村某氏奉姑甚孝其夫在外而姑得重病（病又病也）醫巫無效乃齋沐焚香祈天願

以身代割股以進（股髀本也史記介子推割股以食文公）因遂得愈昨天符（天書行下之文）行下云某氏孝通天地誠格鬼神令生貴子二人皆食君祿光顯其門終為命婦以報之（大夫之婦受君命為夫人故曰命婦）府君下於本司令已著之福籍矣（佛經冥府置善惡簿善多者記於福籍故獲善報者謂之福申）一人曰某姓某官爵位已崇俸祿亦厚（俸廩也）不思報國惟務貪饕受錢三百定枉法之罪取鈔五百兩非理害民府君奏於上界即欲加罪緣本人頗有頑福（已雖無德以祖先世陰功故享不義之富貴稱曰頑福也）故籍（遞緣）延數年仍將滅族之禍今早奉命記於

惡簿惟俟時至爾一人曰某鄉某甲有田數十頃而貪縱無厭務為兼并（史記兼并之徒或武斷鄉曲兼并者吞諸人併有之謂也）隣田之接壤者欺其勢孤無援賤價售之（售價也）又不還其直令其含忿而死冥府帖本司勾攝（勾追逮也攝提也）入獄聞已化身為牛（海鹽縣鄭丈者家富性貪病死其隣人家牛生一子腹下白毛成字曰鄭丈子鄉里之識以為物貴云其背徂咋鄭丈則應鄭丈之魂）托生隣家償其所負矣諸人言敘既畢發跡司判官忽揚眉盱目（盱張目也）咄嗟長嘆（咄嗟嘆聲）而謂眾賓曰諸公各守其職各治其事褒善罰惡可謂至矣然而天地運行之數生靈厄會

之期國統漸衰大難將作雖諸公之善理其奈之何眾問曰何謂也對曰吾適從府君上朝帝所聞眾聖論將來之事數年之後兵戈大起巨河之南長江之北合屠戮人民三十餘萬當是時也自非積善累仁忠孝純至者不克免焉豈生靈寡福當此塗炭乎抑運數已定莫之可逃乎眾皆慘感相顧曰非所知也遂各散去友仁始于案下匍匐而出拜述厥由判官熟視良久命小吏取簿冊至親自檢閱（閱考也）謂友仁曰君後大有福祿未可以於貧困者且慈以俟當日勝

二十日。朧、輒向明矣。友仁願示其詳。乃取朱筆大書一十六字以授之。曰、遇日而康、遇月而發、遇雲而衰、遇電而沒。友仁置之於懷、再拜辭出。行及廟門、天色已曙。急探懷中、則無有矣。歸而語於妻子、以自慰。不數日、郡有大姓傅日英者、延之以訓子弟。月奉束脩五定。（論語、自行束脩以上、吾未嘗無誨焉。註、十脡脯也。五定、鈔五定也。以束脩之禮、奉鈔五定也。）家遂稍康。凡居其館數歲、已而高郵張氏兵起、元朝命丞相脫脫統兵討之。（脫脫、元伯顏之姪也。伯顏專權。脫脫以大義滅親。至正十四年、以搖制代張士誠。大捷。哈麻有隙。恐其成功。擒累。矯殺。奉辭伐罪曰討。）太師達理月沙（人名）也。頗知書、好士。友仁獻策於馬首、稱其意、薦於脫脫公。署爲軍參謀、軍馬儀從、一日赫然。及脫脫公徵還、友仁遂仕於朝、歷館閣翰林省部（都省六部也）、可謂貴矣。未幾、授文林郎、內臺御史。同列有雲石不花者、與之不相能、構於大官、黜爲雷州（今隸廣東布政司）錄事。友仁憶判官之言、月雲二字皆已驗矣。深自戒懼、不敢爲非。到任二年、有事申總府（元各路置總管府）。吏具牘（案牘也）以進。友仁自署其銜曰雷州路錄事何某。揮筆之際、風吹紙起、於雷字之下、曳出一尾、宛然成一電字。大惡之。

丞命易矣。是夜感疾、自知不起、屬置家事、訣別妻子而終。（死別曰訣）因詳判官所述爨聖之語、將來之事、蓋至正辛卯之後、張氏起兵淮東、

國朝創業淮西、攻鬭爭奪、干戈相尋、沿淮諸郡、多被其禍、死於兵亂者、何止三十萬焉。是以知普天之下、率土之濱、（詩、普天之下、莫非王土、率土之濱、莫非王臣）小而一身之榮悴通塞、大而一國之興衰治亂、皆有定數、不可轉移。而妄庸者、乃欲輒施智術於其間、徒自取困爾。（此亦士心中爨聖之論）

將來之事、蓋用太平廣記李甲大明山神事意也

永州野廟記

永州（今隸湖廣布政司）之野、有神廟。背山臨流、川澤深險、黃茅綠草、一望無際。大木參天（參、及也。杜詩、黛色參天二千尺）、而蔽日者、不知其數。風雨往往生其上、人皆畏而事之。過者必以牲牢（牛羊豕曰牲、牢、養牲閑也）獻於殿下、始克前往。如或不然、則風雨暴至、雲霧晦冥、咫尺不辨、人物行李隨皆失之。如是者有年矣。大德間、書生畢應祥有事適衡州（今隸湖廣布政司）、道由廟下、囊橐貧匱（有底曰囊、無底曰橐。匱、乏也）、不能設奠、但致敬而行。未及數里、大風振作、吹沙走

石玄雲黑霧自後擁至回顧見甲兵甚衆追者亦千
乘萬騎自分必死平日能誦玉樞經〔道家有玉樞經雷師皓翁傳受之文於普化天尊實籙也〕事勢既迫且行且誦不絶于口須臾則雲
散風止天地開朗所追兵騎不復有矣僅而獲全得
達衡州過祝融峯〔在衡山西北〕謁南嶽祠〔祀典以衡山爲南嶽祠在祝融峯之下蓋祝融衡山之神也〕思憶前事具狀〔今之告狀〕焚詞是夜夢駃〔音决疾也〕卒來追與之偕行至大宮殿侍衛羅列曹局分布
駃卒引立大庭下望殿上揭玉櫛簾〔編玉爲簾也〕簾內設
黃羅帳燈燭熒煌晃若白晝嚴邃〔深遠〕整肅寂而不譁

應祥屏息俟命俄一吏朱衣角帶自內而出傳呼曰
得旨問與何人有訟伏而對曰身爲寒儒性又愚拙
不知名利之可求豈有田宅之足競布衣蔬食〔謂飯蔬食飲衣〕守分而已且又未嘗一入公門無以仰答威問吏
曰日間投狀理會何事應祥始稽首〔首至手也〕而白曰
實以貧故出境投人道由永州過神祠下行囊罄竭
不能以牲醴祭享觸神之怒風雨暴起兵甲追逐狼
狽顛踣〔音服〕幾爲所及驚怖之迫無處伸訴以致虞突
聖靈誠非獲已吏入少頃復出曰得旨追對〔追捕輩入而對問也〕即見吏士數人騰空而去俄頃押一白鬚老人〔□神廟今久爲妖蛇所據也〕烏巾道服跪於階下吏宣旨詰之曰汝
爲一方神祇〔音岐凡神在天曰神在地曰祇〕衆所敬奉奈何輒以威
禍恐人求其祀饗迫此儒士幾陷死地貪婪〔殺人取其財曰婪〕若此何所逃刑老人拜而對曰某實永州野廟之
神也然而廟爲妖蟒所據已有年矣力不能制聽
曰久向者驅駕風雨邀求奠酹〔音纍以酒沃地祭神也〕皆此物
所爲非某之過吏責之曰事既如此何不早陳對曰
此物在世已久興妖作孼無與爲比社鬼祠靈盡承其

約束〔漢書注要束也〕神蛟毒虺〔虺毒蛇一名蝮江淮以北曰虺以南曰蝮也〕受其
指揮每欲奔訴多方摧截終莫能達今者非神使來
追亦焉得到此即聞殿上宣旨命吏士追勘〔勘考也追罪人考問也〕老人拜懇曰妖孼已成輔之者衆吏士雖往終
愬無益自非神兵勦〔音育〕捕〔勦勞也猶戰而擒也〕不可得也殿
上如其言命一神將領兵五千而往久之見數十鬼
卒以大木舁其首而至乃一朱冠白蛇也置於庭下
若五石缸焉吏顧應祥令還欠伸而覺汗流浹背事
訖回途再經其處則殿宇傾僕蕩然無遺問於村甿

嘗日某夜二更後雷霆風火大作惟聞殺伐之聲驚駭叵測且往視之則神廟已為煨燼一巨白蛇長數十丈死於林木之下而喪其元（元首也孟子曰士不忘喪其元）其餘蚺虺螣（音特）蝮（音復）之屬無數（蚺大蛇也螣飛蛇能興雲霧）腥穢之氣至今未息老某日正感夢時也應祥還家白晝閑坐忽見一鬼使至前曰地府屈君對事即挽其臂以往及至見王者坐大廳上以鐵籠罩（音趙取魚器今以火以自上籠下謂之）一白衣絡幘（音責覆髻巾）丈夫形狀甚偉自陳在世無罪為書生畢應祥枉告于南嶽以致神兵降伐舉族

殲夷（殲盡也誅滅而無餘也）巢穴傾蕩寃苦實甚應祥聞言知為蚺妖乃具陳其寃人禍物興妖作怪之事對辯於鐵籠之下往復甚堅終不肯服王者乃命吏牒南嶽衡山府及帖永州城隍司徵驗其事已而衡山府及城隍司回文與應祥所言略同方始詞塞王者大怒叱之曰生既為妖死猶妄訴押赴酆都（山名在北陰之極羅酆山有二大帝主鬼帝王世間地獄李白詩南斗上生籍北酆落死名）永不出世即有鬼卒數人驅之去王謂應祥曰勞君一行無以相報命吏取畢姓簿籍來於應祥姓名下批八字云除妖去害延壽

一紀應祥拜謝而返及門而覺乃曲肱几上爾

申陽洞記

隴西（縣名今隷陝西鞏昌府）李生（隴西之李自秦將李信始）名德逢年二十五善騎射馳騁弓馬以膽勇稱然而不事生產為鄉黨賤棄天曆（元文宗年號）間父友有任桂州（即今桂林府隷廣西布政）監郡者因往投焉至則其人已沒流落不能歸郡多名山日以獵射為事出沒其間未嘗休息自以為得所樂有大姓錢翁者以貲產雄於郡止有一女年及十七甚所鍾愛未嘗窺門雖姻親鄰里亦罕見之

一夕風雨晦冥失女所在門窗戶闥扃鐍如故莫知所從往聞于官禱于神訪尋四境悄無蹤跡翁念女切至設誓曰有能知女所在者願以家財一半給之并以女事焉雖求尋之意甚切而荏苒（侵尋也展轉也）將及半載竟絕音響生一日挾鏃持弧出城遇一麞逐之不捨遂越岡巒深入澗谷莫能及日已曛黑又迷來路彷徨於巖坂之側莫知所適已而煙昏雲暝虎嘯猿啼遠近黯然若一更之候遙望山頂見一古廟委身投之至則塵埃堆積墻壁傾頹獸蹄鳥跡交雜

于中生雖甚怖（懼也）然無可奈何少憩廡下將以待旦未及瞑目忽聞傳導之聲自遠而至生念深山靜夜安得有此疑其爲鬼神又恐爲盜劫乃攀緣欄楯伏於梁間以窺其所爲須臾及門有二紅燈前導爲首者頂三山冠絳帕首披淡黃袍束玉帶逕據神案而坐從者十餘輩各執兇仗羅列階下儀衛雖甚整肅而狀貌則皆猳玃之類也（猳玃郭璞云似獼猴而大色蒼黒能攫持人）生知爲邪魅取腰間箭持滿一發正中坐者之臂失聲而走群黨一時潰散莫知所之久則寂然乃假寐待

旦則見神座邊鮮血點點從大門而出沿路不絕循山而南約及五里得一大穴血蹤由此而入生徘徊穴口顧盼之際草根柔滑不覺失足而墜乃深坑萬仞仰不見天自分必死旁邊微覺有蹊遵路而行轉入幽邃殆見天不辨更前百步豁然明朗見一石室傍曰申陽之洞守門者數人裝束如昨夕廟中所覩見生驚曰子爲何人而遽至此生磬折（莊子夫子曲要磬折註曲躬如磬之折也）（其世業也）作禮而答曰下界凡俗久居城府以醫爲業因乏藥材入山採拾貪多務得進不知止不覺

失足誤墜於斯偶曾草藥尋覓者守門者聞言似有喜色問之曰汝既業醫能爲人治療乎生曰此分內事也守門者大喜以手加額（宋司馬光爲相衛士以手加額曰此司馬相公也言喜而敬禮之意也）曰天也生請其故曰吾君申陽侯昨因出遊爲流矢（流矢無端之矢也漢高帝擊黥布爲流矢所中）所中臥病在床而汝適然來斯是天以神醫見貺也（貺賜也）乃邀生坐於門下踟躕（行不進且觀望也）逡巡以背於內室之中而傳其手之命曰僕不善攝生自貽伊戚（伊戚憂也）禍及股肱毒流骨髓厄運莫逃殆不得生今而幸值神醫獲覿

良劑（藥劑之良者也）是受病者有再生之藥而治病者有全生之恩也敢不忍死以待生遂攝衣而入度重門及曲房帷幄衾褥極其華麗見一老獼猴（獼猴一名馬留俱猿性靜而猴性躁）偃臥石榻之上呻吟之聲不絕美人侍側者三皆絕色也生診其脉撫其瘡說曰無傷也予有仙藥非徒治病兼可度世服之則能後天不老而凋三光矣（漢武內傳天上之藥服之後天不老而凋三光矣）今之相遇蓋亦有緣尔遂傾囊出藥令其服之群妖聞度世之說喜得長生皆羅拜於前曰眞官信是神人今幸相遇吾君既獲

仙丹未命吾等獨不得霑刀圭（十分方寸匕之一準如梧桐子大也東坡詩從騰問道乞刀圭蓬萊入分刀圭）之賜乎。生遂盡其所實徧賜之皆踊躍拜舂惟恐不預其藥盡毒之尤者用以淬（音集燒而内水中以堅之也王褒頌清水淬其鋒）箭鏃而射驚獸無不應弦而倒有頃群妖一時仆地皆斃無知矣生顧實劍懸於石壁取而悉斬之凡獲猴大小三十六頭疑三女為妖欲併除之皆泣而言曰妾等皆人非鬼也不幸為妖猴所攝沉淪犯窟求死不得今君能為妾除害即妾再生之主也敢不惟命是聽問其姓名居址其一即錢

翁之女其二亦皆近邑良家也生雖能除去群妖然無計以出憤悶之際忽有老叟數人不知自何來皆身披褐裘長鬚烏喙推一白衣者居前向生列拜曰吾等虛星之精（老父蓋老鼠也方書云老鼠老槐皆虛星之精故鼠能夜視凡人久服槐子可夜讀書）久有此土近為妖猴所據力弗能敵屏避他方俟其便而圖之不意君能為我掃除讎怨蕩滌凶邪敢不致謝各於袖中出金珠之屬置于生前告曰君等（若彼也）既具神通何乃見欺於彼自伏屬耶皁衣者曰吾壽止五百歲彼已八百歲是以不敵然吾等

居此與人無害也功成行滿當得飛遊諸天出入自在爾非若彼之貪婪肆暴貫人禍殃今其稔（音荏穀熟也柳子厚集紆惡未稔而鑒蓋言惡積也）惡不已暴族夷滅蓋亦獲罪於天假手於君耳（左隱十一年鄭伯曰天禍許國鬼神假手于我）不然彼之凶邪豈君所能制耶生曰洞名申陽其義安在曰猴乃申屬故假之以美名非吾土之舊號也生曰此地既為若等故居乃世人誤陷於此但得指引歸途謝物不用也曰果如是亦何難哉但請閉目半餉即得遂願生如其言耳畔惟聞疾風暴雨之聲聲止開目見

一大白鼠在前群鼠如豕者數輩從之旁穿一穴徑於路口生挈三女以出逕扣錢翁之門而歸焉翁大驚喜即納為婿其二女之家亦願從焉生一娶三女富貴赫然復至其處求訪路口則豐草喬林迷近如一無復舊蹤焉

愛卿傳

羅愛愛嘉興（今隷浙江布政司）名娼也色貌才藝獨步一時（白樂天與元微之書云江南之詞才子者少日元白以子之故使我不能獨步於吳越之間）而又性識通敏工於詩詞以是人皆敬而慕之稱為愛卿

佳篇麗什傳播人口風流之士咸修飾以求狎〔唐玄暱也美邑義文風流之士多修飾以求狎也〕情學之輩自視缺然〔莊子堯曰自視缺然謂詩由請致天下〕郡中名士嘗以季夏望日會于鴛湖凌虛閣〔湖在嘉興城南湖中多有鴛鴦故名湖上有凌虛閣夏月郡人多遊宴於此以避暑〕避暑賦詩愛卿先成四首坐間皆閣筆〔閣擱同也王粲才高在朝議鍾繇等閣筆不敢措手〕詩曰

畫閣東頭納晩涼紅蓮不似白蓮香一輪明月天如水何處吹簫引鳳凰

月出天邊水在湖微瀾倒浸玉浮圖〔佛家塔日浮圖亦日蘇層〕

〔東坡詩倚天巉絶玉浮圖此謂玉浮圖者所以形容波底月影〕擬簫欲共姮娥語〔歎以手高華也〕肯教霓裳一曲無〔羅公遠開元中中秋夜侍玄宗宮中玩月公遠曰要至月中否乃取杖向空擲之化為大橋其色如銀請帝同登行約數里精光奪目寒氣侵人遂至一大城闕公遠曰此月宮也見仙女數百素練寬衣舞於廣庭帝問此何曲曰霓裳羽衣曲也〕

手采雙頭茉莉枝〔茉莉枝西域胡人移植南越南越五穀無味百花不香獨此花不隨水土而變婦女取而為飾東坡見黎女戲作句云暗麝着人簪茉莉〕曲終不覺鬢雲欹珮環響處飛仙過願借青鸞一隻騎

曲曲欄干正正屏六銖衣薄懶來凭〔岑文本避暑山亭有詩云〕〔我上濟童子元寶見其衣疑而問之曰天上皆著六銖衣此五銖衣也〕夜深風露涼

如許身在瑤臺第一層〔楚詞望瑤臺之偃蹇〕

同郡有趙氏子者第六〔第六姓兄弟之行也唐德宗呼陸贄以第八欲而以兄弟之行呼之曰陸九〕亦簪纓族〔簪纓士大夫冠上也簪也纓冠系也俗以士大夫之世為簪纓族〕父亡母存家貲鉅萬〔鉅萬萬萬也〕慕其才色納禮聘焉愛卿入門婦道甚修家法甚飭擇言而發非禮不行趙子嬖而重之未久趙子有父黨〔父族也〕為吏部尚書以書自大都召之許授以江南一官〔大江之南 江水出岷山至揚州入海今稱揚子江〕趙子欲往則恐貽母妻之憂不往則又失功名之會躊躇未決愛卿謂之曰妾聞男子生而桑弧蓬矢以射四方〔禮射義男子生桑弧蓬矢以射天地四方〕大丈夫壯而立身揚名以顯父母豈可以恩情之篤而誤功名之期乎君母在堂溫清之奉甘旨之供妾任其責有餘矣但年高多病而君有萬里之行昔人所謂事主之日多報親之日少君宜常以此為念望太行之孤雲〔狄仁傑授并州法曹親在河陽登太行山望見白雲謂左右曰吾親舍其下瞻望久之〕撫西山之頽日〔蜀李密父亡母河氏更適人密養於祖母劉氏晉徵為太子洗馬上表云祖母劉氏日薄西山氣息奄奄臣盡節於陛下之日長報劉之日短〕不可不早歸爾趙子遂卜日為京都之行置酒酌別於中堂酒三行愛卿請趙子捧觴為太

夫人喜自製齊天樂（詞調曲名）一闋歌以侑之其辭曰恩情不把功名誤離筵又歌金縷白髮慈親紅顏幼婦君去有誰為主流年幾許況悶悶愁愁風風雨雨鳳拆鸞分（鳳凰釵也鸞鸞鏡也陳鴻作揚幽飛傳貴妃以金釵一股寄送上 白樂天詩釵留一股合一扇釵擘黃金合分鈿 鸞鏡見上）未知何日更相聚○蒙君再三分付向堂前侍奉休辭辛苦官誥蟠花（官誥封贈之誥命蟠花金花羅紙春明退朝録 官誥院類郡夫人授金花羅紙七張錦標宦詩）宮袍製錦（宮中以錦製為袍唐武后命羣臣賦詩先成者賜錦袍又李白至金陵著宮錦袍坐船中旁若無人 西廟記鶯鶯詩錦袍耀日到庭除百拜夫人開起居）要待封妻拜母

君須聽取怕日薄西山易生愁阻早促回程（程驛程）綵衣相對舞（老萊子行年七十作嬰兒戲著五色斑斕衣取水上堂詐跌仆臥地為小兒啼也）

歌罷坐中皆為墮淚趙子乘醉解纜（纜維舟之組也）而行至都則尚書已殂無所投托遷延旅邸久不能歸太夫人以憶子之故感疾沉重伏枕在床愛卿事之甚謹湯藥必親嘗饘粥必親進求神禮佛以禳（音讓　攘也）其災虛辭詭說以寬其意纏綿半載因遂不起臨終呼愛卿而告之曰吾子以功名之故遠赴京都絕音耗吾又不幸遘疾新婦事我至矣今而命殂（殂死也）無以相報但願吾子早歸新婦異日有子有孫皆如新婦之孝敬蒼天有知必不相負言訖而歿愛卿哀毀如禮親造棺槨葬於白苧村（在嘉興縣）既葬朝夕哭於靈几前悲傷過度為之瘦瘁至正十六年張士誠陷平江（今南直隷蘇州府宋置平江軍元改為平江路）十七年達丞相檄苗軍師楊完者為江浙參政（達丞相相國達識帖睦邇楊完者人姓名苗軍江浙士兵號苗軍蓋三萬所累地元史至正十七年元江浙左丞相達識帖睦邇檄苗軍帥楊完者為江浙參政拒張士誠於嘉興苗軍素無紀律肆為鈔掠所過蕩然達丞相尤倚以為重莫敢禁遏）拒之於嘉興不戢軍士大掠居民趙子之居為劉萬戶者（楊完者麾下）所據見愛卿之姿色欲逼納之愛卿以甘言紿之沐浴入閤（小閤謂之閤）以羅巾自縊而死萬戶奔救之已無及矣乃以綉褥裹屍瘞（埋也）於後圃銀杏樹下未幾張氏通欵（通欵通款降也至正十七年張士誠請降江浙左丞相達識帖睦邇令參政周伯琦等至平江撫諭之以士誠為太尉）浙省楊參政為所害麾下皆星散趙子始間關（艱難也）海道由太倉（在蘇州府崑山縣東有太倉鎮瀕海一衛即元時市舶提舉司）登岸逕回嘉興則城郭人民皆非舊矣投其故宅荒廢無人居但見鼠竄於梁鴞（惡聲鳥也賈誼以謂不祥鳥）

〔又曰鵂鶹〕鳴於樹杪蒼苔碧草掩映階庭而已求其母妻不知去向惟中堂歸燕猶存乃酒掃而息焉明日行出東門外〔東門謂春波門〕至紅橋側遇舊使老蒼頭於道〔蒼頭 史記蘇秦傳註以青巾裹頭以異於衆 又漢書蕭望之傳註宮廟之給賤役者也〕呼而問之備述其詳則老母已終堂生妻去室矣〔李陵與蘇武書曰老母終堂生妻去帷〕遂引趙子至白苧村其母葬處指松栢而告之曰此皆六娘子之所種植也〔六娘娘子姉妹之行也或云趙子於兄弟行在第六歟其妻嫂亦稱六娘也〕指塋壠而告之曰此皆六娘子之所經理也太夫人以郎君不歸感念成疾娘子奉之至矣不

幸而死卜葬於此娘子身被衰麻〔衰經同母喪服齋衰三年婦人内夫家故亦服齋衰〕手扶棺櫬親自負土號哭墓下葬之三月而苗軍入城宅舍被占〔占據也〕有劉萬戶者欲以非禮犯之娘子不從即遂縊死就於後圃瘞之矣趙子大傷感即至銀杏樹下發視之顔貌如生肌膚不改趙子撫屍大慟絶而復甦乃沐以香湯被以華服買棺附葬於母墳之側哭之曰娘子平日聰明才慧流輩莫及今雖死矣豈可混同凡人使絶音響於九原〔晉ノ大夫葬處也 趙文子曰九原可作吾誰與歸〕有知願賜一見雖顯晦殊途人皆畏

懼而恩情切至實所不疑於是出則禱於墓下歸則哭於圃中殆及一旬月晦之夕趙子獨坐中堂寢不能寐忽聞暗中哭聲初遠漸近覺其有異急起祝之曰儻是六娘子之靈何吝一見〔吝惜也〕而敍舊也即闇中言曰妾即羅氏也感君相念雖在幽冥實所惻愴是以今夕與君知聞耳言訖如有人行冉冉〔冉冉漸也又行貌〕而至五六步許則可辨其狀貌果愛卿也淡粧素服一如其生時惟以羅巾擁其項見趙子施禮畢泣而歌沁園春〔調名 後漢竇憲奪沁水公主園後人因爲調詞〕一闋其所自製也

詞曰

一別三年一日三秋君何不歸〔詩一日不見如三月兮 註三秋猶三月也〕記尊姑老病親供藥餌〔婦人稱夫之父曰舅母曰姑稱尊姑者猶漢書尊章也〕高堂埋葬親負麻衣夜卜燈花晨占喜鵲〔古俗燈花用蓍卜之視兆燈花觀其光采用貞悔故曰卜西京雜記樊噲問陸賈曰自古人君受命於天必有瑞應豈有是乎賈曰有目瞤得酒食燈花得錢財乾鵲噪而行人至蜘蛛集而百事喜小既有徵大亦宜然 張貢山谷詩慈母每占烏鵲喜佳人應識馬嘶歸〕雨打梨花晝掩扉誰知道把恩情永隔書信全稀○干戈滿目交揮奈命薄時乖履禍機向鏡鸞金帳底〔學士陶穀得党太尉家姬取雪水烹茶曰〕

党家應不識此娘曰彼粗人但能　孔稚
於銷金帳下飲羔羊兒酒陶慚之　棲鸞驚怨　圭北
山移文蕙帳空兮夜鶴怨山人去兮曉猿驚　貪羅巾下玉碎花飛　宋宗室景
安曰大丈夫寧爲玉碎不爲瓦全　王僧辯
日丈夫寧爲玉碎安可以瓦全求杜月洲麗珠詩
樓前留土繡幞雪　義婦節婦烈婦也
正是花飛玉碎時　要學三貞　日孝子忠臣烈女也
須拚一死　拚本作拌方言揮棄物謂之拌　免被旁人話是非　君相
念兮除非畫裏得見崔徽　河中娼也裴敬中以興
元幕使河中與徽相從
敬中歸徽屬情懷怨抱後東川幕白知退歸徽寫
眞奉書寄知退曰爲妾謝敬中崔徽一旦不及卷
中人爲郎死矣
元稹爲作歌
每歌一句則悲啼數聲悽惶怨恨殆不成腔　腔調之一句

趙子延之入室謝其奉母之恩營葬之勞殺身之節
感愧不已乃收淚而自叙曰妾本倡流素非良族　山
鷄野鶩　山鷄小雉也一名錦鷄有美毛其色鮮明五
彩炫耀自愛其毛終日映水目眩則溺野鶩鴈
屬也毛氏云野生　家貧能習路柳墻花人皆可折惟知倚
高雅日鶩
門而獻笑　史記刺繡文不如倚市門　莊子獻笑不及排　豈解舉案以齊眉
漢梁鴻妻孟光字德耀鴻家貧賃舂爲
高事每進食舉案齊眉不敢仰視　論語
巧言令色　令色巧言　子曰
鮮矣仁　迎新送舊東家食而西家宿　齊有一女東
東家富而醜西家貧而美其家語女曰欲東左袒
欲西右袒其女兩袒曰願東家食而西家息　久習遺
風張郎婦而李郎妻　凡娼妓之類今日事東家而明日嫁李郎蓋言莫適主也古人

云張公飲酒李公醉是　東
亦說言非其有此事也　本無之性幸蒙君子求爲室
家即便棄其舊染之汚革其前事之失操持井臼　坡
詩便着[illegible]　採蘋蘩　采拾也蘋水上浮萍蘩白蒿也
詩于以采蘋南澗之濱于以采
蘩于沼于沚鹿以爲甫國諸侯夫人大夫妻能奉祭
祀而其家人叙其事以美之也左隱三年君子曰蘋
蘩薀藻之菜可薦於鬼神可羞於王公　嚴祀祖之儀篤奉姑之道事以
禮葬以禮無愧於心　歌於斯哭於斯　禮檀弓晉獻文
子成室張老曰美哉輪焉美哉奐焉歌於斯哭於斯聚國族於斯　未嘗窺戶豈料旻天不弔
旻天也仁覆閔下謂之旻天詩不弔昊天注不見愍弔於天　大患來臨毒手老拳交拳於
四境　晉書石勒與李陽爭漚麻池迭相毆擊及貴召陽與語曰孤往日厭卿老拳卿亦飽孤毒手　長槍

大劒耀武於三軍　一萬二千五百人爲一軍天子六軍諸侯三軍　既據李崧
之居　五代史李崧傳漢高祖劉知遠以太傅李崧第賜蘇逢吉崧弟嶼與逢吉子同舍酒酣怨言
逢吉奏崧弟嶼以宅券獻逢吉又翰林學士陶
穀誣于逢吉史弘肇謀作亂崧兄弟家屬　又奪
韓翃之婦　唐許堯佐史韓翃少負才名有李將妓柳氏色也
淄青節度使侯希逸奏爲從事二歲不果迎寄詩曰
章臺柳章臺柳往日青青今在否縱使長條似舊垂
也應攀折他人手柳答詩曰楊柳枝芳菲節可恨年年
贈離別一葉隨風忽報秋縱使君來豈堪折後蕃將
沙吒利初立功竊知柳氏之美劫以歸第寵之專房及希逸入觀柳氏在轎
中翃不勝情虞候許俊曰當爲足下致之乃衣縵
詑沙吒利第擒圖大呼曰將軍中惡召夫人俊升堂
挾柳氏跨馬而至時沙吒利恩寵殊等翃俊懼禍乃詣於
希逸希逸以事聞
詔賜翃柳氏　良人萬里賦妻一身豈不知偷生

之可安忍辱之柔久而乃甘心玉碎逮意珠沈（晉書陸機傳、顧曰、一辭遊女、明珠沈璧合）若飛蛾之撲燈（杜詩、君看燈燭張翰集、詩、翻覆飛蛾遭撲、簡滿沸）似赤子之入井（孟子、赤子匍匐將入井、非赤子之罪也）乃已之自取、非人之不容。盡所以愧夫爲人妻妾而背主棄家、受人爵祿而忘君負國者也。趙子撫慨良久、因問太夫人安在。曰、尊姑在世無罪、聞已受生於人間矣。趙子曰、然則君何以猶墮鬼趣（佛氏有六道、鬼趣之說、鬼趣猶言鬼道也）。對曰、妾之死也、冥司以妾貞烈、即令往無錫（常州府屬縣）宋家托爲男子、妾以與君情緣之重、必欲候君

一見以叙懷抱、故遲之歲月爾。今既見君矣、明日即往降生也。君如不棄舊情、可往彼家見訪、當以一笑爲驗。遂與趙子入室、歡會款若平生。鷄鳴而起、下階數步、復回顧拭淚云、趙郎珍重、從此永別矣。因嗚咽佇立（嗚咽悲塞也、佇立久立也）。天色漸明、欻然而逝、不復有覩。但空室悄然、寒燈半滅而已。趙子起而促裝、逕赴無錫。尋宋氏之居而問焉、則果得一男子、懷娠二十月矣。然自降生之後至今、哭不輟聲。趙子具述其事、願請見之。果一笑而哭止。其家遂名之曰羅生。趙子求爲

親屬、自此往來館遺音問不絕云。

翠翠傳

翠翠姓劉氏、淮安（今直隸南京）民家女也。生而穎悟、能通詩書。父母不奪其志、就令入學（學、淮安府學、在府城南門內）。同學有金氏子者、名定、與之同歲、亦聰明俊雅。諸生戲之曰、同歲者當爲夫婦。二人亦私以此自許。金生贈翠翠詩曰、

十二闌干七寶臺（李白詩、天上白玉京、五城十二樓、高明皇召見李白、以七寶床、賜食餘見、滿煙記）春風到處艷陽開（楊鶴詩賦城、過逐艷陽天）東園桃樹西園柳、何不移教一處栽。

翠翠和曰、

平生每恨祝英臺（舊志、梁山伯祝英臺二人少同學、比及三年、山伯不知英臺爲女子。後山伯爲鄞令、卒。英臺過墓下、泣拜、墓裂而殞、遂同葬焉。晉丞相謝安奏封爲義婦塚）懷抱何爲不肯開、我願東君勤用意（禮月令、孟春其帝太皥、其神句芒、注、東皇太一、以司覺東帝、即東君）早移花樹向陽栽。

已而翠翠年長、不復至學。年及十六、父母爲其議親、輒悲泣不食。以情問之、初不肯言、久乃曰、必西家金定、妾已許之矣。若不相從、有死而已、誓不登他門也。

父母不得已聽焉然而劉富而金貧其子雖聰俊門戶甚不敵及媒氏至其家果以貧辭慚愧不敢當媒氏曰劉家小娘子必欲得金生父母亦許之矣若以貧辭是負其誠志而失此一好因緣也今當語之曰寒家有子粗知詩禮貴宅見求敢不從命但生自蓬蓽禮儒行蓽門蓬戶註蓽以荊竹織門蓬織蓬為戶安於貧賤久矣若責其聘問之儀婚娶之禮終恐無從而致彼以愛女之故當不較較量也也其家從之媒氏復命父母果曰婚姻論財夷虜之道司馬溫公家訓語也吾知擇婿而已不計其他但彼不足而我有餘我女到彼必不能堪莫若贅之入門贅已見聯芳樓記可矣媒氏傳命再往其家幸甚遂涓日結親凡幣帛之類羔雁之屬皆女家自備過門交拜禮納采有雁羔羔雁者卿之贄雁者大夫之贄後人以卿大夫之贄重用於婚禮者取其夫貢雁之義矣經註曰貢雁者取其不再偶也俗稱新婦初謁舅姑謂之過門二人相見喜可知矣左傳晉文公聞子玉死喜可知也曰莫余毒也是夕翠翠於枕上作臨江仙詞調曲名一闋贈生曰

曾向書齋同筆硯故人今作新人洞房花燭十分春汗沾蝴蝶粉蝶翅有粉以習鎔華唐鄭谷詠蝶詩身似何郎全傅粉心如韓壽愛偷香身惹麝香塵○殢雨尤雲渾未慣枕邊眉黛羞顰殢滯也尤甚也蓋取朝雲暮雨之意西廂記曰鮮壓壽散長嘉樣作尤雲殢雨心輕憐痛惜莫嫌頻願郎從此始日近日相親

邀生繼和生遂次韻曰

記得書齋同講習新人不是他人扁舟來訪武陵春武陵即今湖廣道常德府陶靖節集晉太元中武陵漁人沿溪行忽逢桃樹夾岸屋舍儼然男女耕種見漁人自云先世避秦亂來此不知今是何世漁人具言更漢魏晉聞之皆嘆惋數日遂出漁人誌之太守遣人隨所誌訪之遂迷不復得路今桃源縣有桃源山即此地詞調曲中有武陵春仙居鄰紫府人世隔紅塵東華帝君所居稱紫府抱朴子項曼都自云到天上紫府誓海盟山心已許山海經炎帝之女溺東海而死化為精衛鳥含西山木石以填東海列子太行王屋二山北山愚公年九十欲平二山之險河曲智叟笑而止之愚公曰我死有子子有孫子孫無窮也而山不加增何苦而不平操蛇之神告於帝帝命夸娥氏二子負二山一厝朔東一厝雍南焉王建精衛詩高山未盡海未平願我身死子還生幾番淺笑輕顰向人猶自語頻頻意中無別意親後有誰親

二人相得之樂雖孔翠之在赤霄孔翠孔雀翡翠也杜詩孔雀行赤霄玄圃須往來翠尾金花不辭辱鴛鴦之遊綠水未足喻也未及一載張士誠兄弟起兵高郵盡陷沿淮諸郡女為

其部將李將軍者所擄。至正末、士誠闢土益廣、跨江南北、奄有浙西、乃通款元朝、願奉正朔。（二十正之謂夏正建寅。商正建丑、周正建子、夏正建寅、十九者天子頒正朔于諸侯、自漢以來始建寅以爲正朔）道途始通、行旅無阻。生於是辭別內外父母、求訪其妻、誓不見則不復還。行至平江、則聞李將軍見於紹興守禦。及至紹興（今隷浙江布政司）則又調兵屯安豐矣。（即今中都鳳陽府、元置安豐路）復至安豐、則回湖州（今隷直隷南京）駐札矣。（駐札駐止也）生來往江淮、備經險阻、星霜屢移、囊橐又竭、然此心終不少懈。草行露宿、丐乞於人、僅而得達湖州。則李將軍方貴重用事、威焰隆赫矣。（隆赫盛也）生佇立門牆、躊躇窺俟、將進而未能、欲言而不敢。閽者（閽守門之職者）怪而問焉。生曰、僕淮安人也。喪亂以來、聞有一妹在於貴府、是以不遠千里至此、欲求一見耳。閽者曰、然則汝何姓名、汝妹年貌若干（若干幾何也）、願得詳言、以審其實。生曰、僕姓劉、名金定、妹名翠翠、識字能文。當失去之時、年始十七、以歲月計之、今則二十有四矣。閽者聞之曰、府中果有劉氏者、淮安人、其齒（齒年也）如汝所言、識字善爲詩、性又通慧、本使寵之專房。汝信不妄、吾將告于內。

汝宜止此以待。遂奔趨入告。須臾復出、領生入見。將軍坐於廳上、生再拜而起、具述厥由。將軍武人也、信之不疑、即命內豎告於翠翠曰、汝兄自鄉中來此、當出見之。翠翠承命而出、以兄妹之禮見於廳前、動問父母外、不能措一辭、但相對悲咽而已。將軍曰、汝既遠來、道途跋涉、心力疲困、可且於吾門下休息、吾當徐爲之所。即出新衣一襲（衣上下皆具曰襲、今人亦爲一副）令服之、并以帷帳衾席之屬、設於門西小齋、令生處焉。翌日謂生曰、汝妹能識字、汝亦通書否。生曰、僕在鄉中、以儒爲業、以書爲本、凡經史子集、涉獵盡矣。（水行曰涉、獸會曰獵、蓋涉獵謂汎覽之意也）蓋素所習也、又何疑焉。將軍喜曰、吾自少失學、乘亂崛起（崛強也、崛起暴起也）方鄉用於時、趨從者衆、賓客盈門、無人延款、書檄堆案、無人裁答。汝便處吾門下、足充一記室矣。（書檄書簡也、檄者時舉故事文之也、記室參軍、唐之書記、蓋本於此）生聰敏者也、性既溫和、才又秀發、處於其門、益自檢束、承上接下、咸得其歡、代書回簡、曲盡其意。將軍大以爲得人、待之甚厚。然生本爲求妻而來、自廳前一見之後、不可再得、閨閣深邃、內外隔絕、但欲一達其意而終無復可乘之隙也。數月時及授衣，詩豳風七月九月授衣。註九月霜降始寒而蠶績之功亦成故授人以衣使禦寒也。西風忽起，白露為霜，獨處空幃，終夜不寐，乃成一詩曰：

好花移入玉闌干，春色無緣得再看。樂處豈知愁處苦，別時雖易見時難。何年塞上重歸馬，淮南子塞上翁失馬人弔之翁曰此何遽不為福數月馬將胡駿馬而歸人賀之翁曰此何遽不為禍其子墮馬折髀人又弔之翁曰此何遽不為福後胡兵大入丁壯者戰死十九此子獨以跛故父子相保也。此夜庭中獨舞鸞。范泰鸞鳥詩序昔罽賓王有鸞三年不鳴夫人曰嘗聞鳥見其類則鳴何不懸鏡以照之鸞睹影悲鳴中宵一奮而絕 又[illegible]

霧閣雲窗深幾許，可憐辜負月團圓。

詩成，書於片紙，拆布裘之領而縫之，以百錢納於小豎而告曰：「天氣已寒，吾衣甚薄，乞持以付吾妹，令浣本作澣浣洗也濯而縫紉之，將以禦寒爾。」小豎如言持以入。翠翠解其意，拆衣而詩見，大加傷感，吞聲而泣，別為一詩，亦縫於內，以付生。詩曰：

一自鄉關動戰鋒，舊愁新恨幾重重。腸雖已斷情難斷，桓溫入蜀至三峽中有得猿子者其母緣岸哀號行百餘里遂跳上船至即便絕破視其腹中腸皆寸寸斷 又唐武宗疾篤孟才人者以歌笙獲寵請歌一曲何滿子氣亟立殞上令醫候之曰脈尚溫而腸已斷矣 生不相從死亦從。詩王風穀則異室死則同穴 又[illegible] 長使德言藏破鏡，見前 終教子建賦游龍。曹植字子建洛神賦翩若驚鴻婉若游龍[illegible] 綠珠碧玉心中事，[illegible] 今日誰知也到儂。

生得詩，知其以死許之，無復致望，愈加抑鬱，遂感沉痼。久病也 翠翠請於將軍，始得一至床前問候，而生病已亟矣。翠翠以臂扶生而起，生引首側視，凝淚滿眶，長吁一聲，奄然命盡。將軍憐之，葬於道場山麓。道場山在湖州府城南[illegible] 翠翠送殯而歸，是夜得疾，不復飲藥，展轉衾席，[illegible] 將及兩月。一日，告於將軍曰：「妾棄家相從，已得八載，流離外境，舉目無親，止有一兄，今又死矣。妾病必不起，乞埋骨兄側，黃泉之下，庶有依托，免於他鄉作孤魂也。」言盡而卒。將軍不違其志，竟附葬於生之墳左，宛然東西二丘焉。洪武初，張氏既滅，翠翠家有一舊僕以商販爲業商行賈也販賣買也路經湖州過道場山下見朱門華屋槐柳掩映翠翠與金生方倚肩而立遽呼之入訪問父母存歿及鄉井舊事僕曰娘子與郎安得在此翠翠曰始因兵亂我爲李將軍所擄郎君遠來尋訪將軍不阻以我歸焉因遂僑居於此耳僕曰予今還淮安娘子可修一書以報父母也翠翠留之宿飯與之香粳音耕秫也羹苕音韶溪之鮮鯽以烏程酒出飲之苕溪源出於天目山經杭湖二州匯於具區其旁多苕花每秋風飄散水上如飛雪故因以名烏程烏氏程氏善釀故因以名至今縣人能釀美酒

明日遂修書以上父母曰伏以父生母育難酬罔極之恩詩小雅父兮生我母兮鞠我欲報之德昊天罔極夫唱婦隨夙著三從之義禮孔子曰婦人伏於人也是故有三從之道在家從父適人從夫夫死從子在人倫而已定何時事之多艱曩者漢日將頽移漢鼎時日數盡光占曰日者衆陽之宗人君之象日久無光七楚氛甚惡氛祲祥也左襄二十七年晉楚盟于宋楚人衷甲謂甲在衣中主因楚氣甚惡也倒持太阿之柄漢梅福傳倒持太阿授楚以柄太阿劍名擅弄潢池之兵漢龔遂傳渤海歲飢盜賊起丞相舉遂爲太守遂曰海瀕遐遠不霑聖化其民困於飢寒而吏不恤故使陛下赤子盜弄陛下之兵於潢池中註積潦曰潢封豕長蛇左定四年申包胥曰吳爲封豕長蛇以荐食上國註封大也互相吞併雄蜂雌蝶各自逃生不能玉碎於亂離乃至瓦全於倉卒驅馳戰馬隨逐征鞍望高天而八翼莫飛晉陶侃傳夢生八翼飛而上天見天門九重已登其八惟一門不得入閽者以杖擊之因墜地折其左翼及寤左腋猶痛思故國而三魂屢散道經三魂一名胎光二名爽靈三名幽精也良辰易邁邁過也傷青鸞之伴木雞張侯年老娶孫氏孫氏妙年因病請主婦自見孫氏秀麗他日折簡迷詩云五十年前二十三妻自〇〇〇〇〇〇〇〇〇〇〇〇孫氏春〇〇〇〇〇〇〇〇〇〇古來一番新〇〇〇〇〇〇〇〇〇〇〇〇〇〇〇〇〇〇〇〇〇〇〇〇〇〇〇〇〇〇莊子達生篇紀渻子爲王養鬬雞十日而問曰雞可鬬已乎曰幾矣望之似木雞矣怨耦爲仇左桓二年晉師服曰嘉耦曰妃怨耦曰仇懼烏鴉之打丹鳳杜大中武人有愛妾能詞一日題臨江仙詞於壁杜見之句上有彩鳳隨鴉之句大中見之怒曰〇〇〇鴉且打鳳〇至斬項而斃雖應酬而爲樂終感激而生悲夜月杜鵑之啼春風胡蝶之夢莊周夢爲胡蝶栩栩然胡蝶也不知周之夢爲胡蝶歟胡蝶之夢爲周歟時移事往苦盡甘來今則楊素覽鏡而歸妻王敦開閤而放妓晉王敦荒恣於色體爲之弊左右諫之敦開後閤驅諸婢妾數十人並放之蓬島踐當年之約揚通幽〇〇〇〇〇〇〇曰我太上侍女謫居人間以宿緣願與君爲〇此後一紀自當相見〇〇〇〇瀟湘有故人之逢瀟湘二水名柳惲詩洞庭有歸客瀟湘逢故人〇〇〇〇〇以瀟湘逢故人〇〇〇〇自怜賦命之屯不恨尋春之晩杜牧遊湖州見〇〇〇

皇趣引之，妾一年十餘歳，且國色也。教以吾十年後爲
刺史，若不來則從他適。因以重幣結之。後十四年至
湖，其女已從人生二子。因作詩云：自是尋春去較
遲，不須惆悵怨芳時。狂風落盡深紅色，綠葉成陰
子滿枝。章臺之柳，雖已折於他人；玄都之花，尚不改
於前度。將謂瓶沉而簪折，白樂天作井底引銀瓶
詩，諷淫奔也。詩曰：井底引銀瓶，銀瓶
欲上絲繩絕。石上磨玉簪，玉簪欲成中央
折。瓶沉簪折知奈何，似妾今朝與君別。豈期璧
返而珠還。趙璧，事見金嚴史記。晉以重賂之
璧假道于虞以滅虢國，取虞。齊書賦
珠返。于孟嘗爲合浦太守，郡不產穀實，
而海出珠寶，與交阯比境。先時宰守貪穢，
詭人採求，不知紀極，珠遂漸徙於交阯郡界。
嘗到官，革易前敝，去珠復還。殆同玉簫女兩世因緣，韋
皋遊江夏，館青衣名玉簫。皋歸覲，約以五年。
待我五年，留玉指環一枚。遂五年不至。玉

簫乃絕食而殞。後皋得一歌姬，以玉簫名
爲號，中指有肉環隱起，無異玉環也。難比紅拂
妓一時配合。李靖謁楊素。一妓執紅拂侍側，目靖
久之。靖歸逆旅，夜有紫衣戴帽人扣
門，延入。脫衣去帽，乃一美人。靖驚問之，曰：妾
楊家紅拂妓也。絲蘿願托喬木。乃與靖適太原。天
與其便，事非偶然。煎鸞膠而續斷絃，重諧繾綣。洲
記：鳳麟洲上多鳳麟，羣仙家煮鳳喙麟角，合煎作膠，名
爲集絃膠，一名連金泥。弓弩斷絃，及斷折之金，以膠
武帝時西海獻之。帝弦斷，以膠續之，終
日射不斷。帝悦，更名續絃膠。托魚腹而傳尺素，
謹致丁寧。未奉甘旨，先此申覆。申猶陳也。覆猶復也。
父母得之甚喜。其父即賃舟與俱，自淮徂浙，逕奔吳
興。至道場山下，疇昔留宿之處，則荒煙野草，狐兔之

跡交道。前所見屋宇，乃東西兩墳耳。方疑訝間，適有
野僧扶錫錫杖也而過。扣而問焉，則曰：此故李將軍所
葬金生與翠娘之墳，豈有人居乎。大驚，取其書而
視之，則白紙一幅也。時李將軍爲
國朝所戮，無從詰問其詳。父哭於墳下曰：汝以書賺音湛，重賣也。猶欺也。
我，令我千里至此，本欲與我一見也。今我
至此，而汝藏蹤秘跡，匿影潛形。我與汝生爲父子，死
何間焉。汝如有靈，毋吝一見，以釋我疑慮也。是夜宿
於墳。以三更後，翠與金生拜跪於前，悲號宛轉。父

泣而撫問之，乃具述其始末曰：往者禍起蕭牆，論語：孔子曰：
季氏之憂在於蕭牆之內。註：門屏也。
也。蕭之言肅也。人臣至此而肅敬焉，故謂之蕭牆也。兵興屬郡，不能效
竇氏女之烈。唐奉天竇氏二女，永泰中，羣盜數千人所居，
其姊投崖而死，其妹繼之，墜崖而死。
乃舍法第五，
續事聞旌閭。乃致爲沙吒利之驅。忍恥偷生，離鄉去
國，恨以蕙蘭之弱質，配茲駔儈之下材。駔音，史記貨殖傳：節駔儈。
註：儈，合二家交易者也。駔，馬會也。
者也。駔，首會也。惟知奪石家買笑之姬，豈暇憐息
國不言之婦。左傳莊十四年，楚子滅息，以息嬀歸，生堵敖及成王焉。
未言。楚子問之。對曰：吾一婦人而事二夫，縱弗能死，其又奚言。
叫九閽而無路。天門九重，故云九閽。度一日如三秋。良人不棄舊恩，

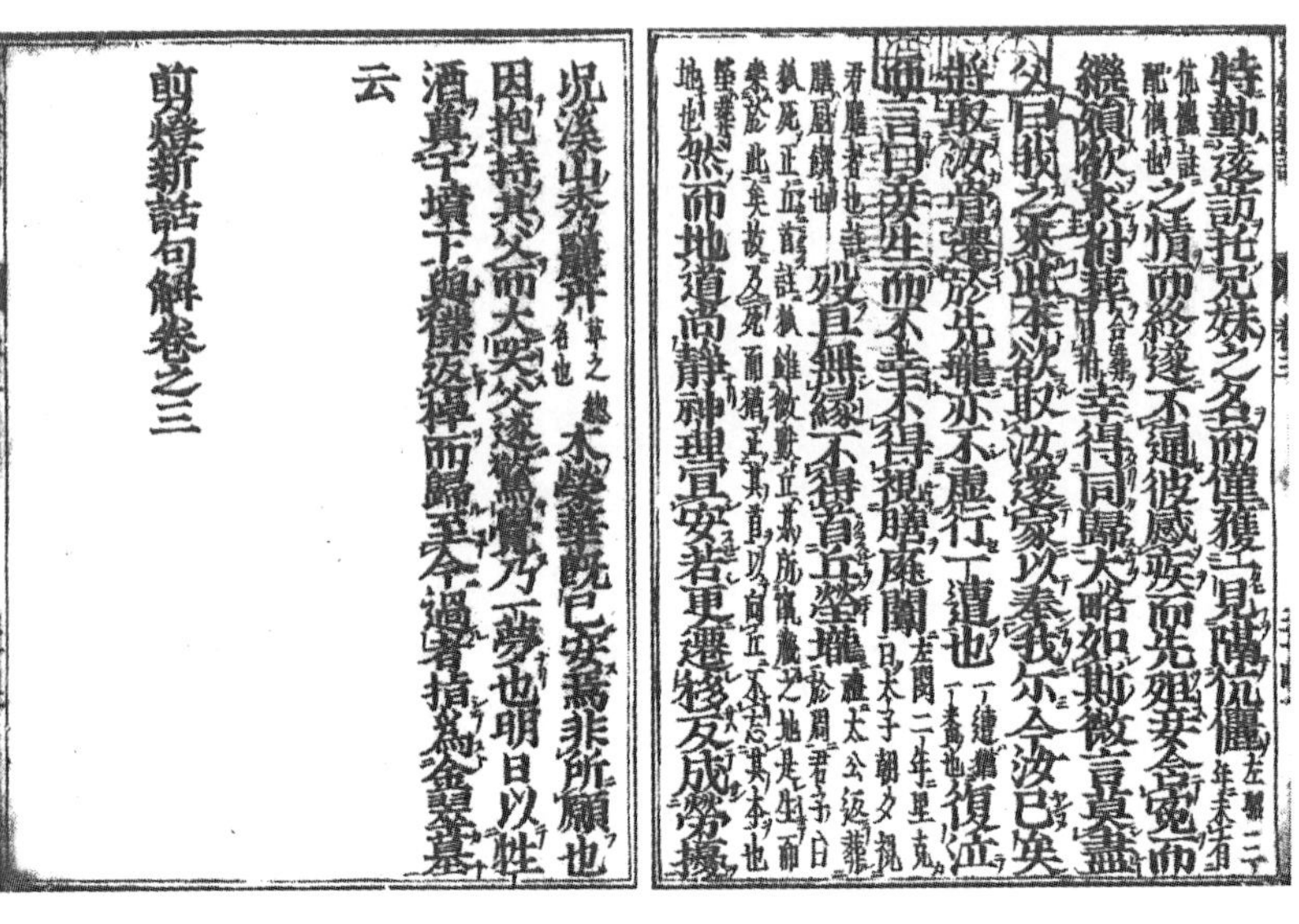

特勤遠訪托兄妹之名而僅獲一見雖伉儷（左傳 年未有伉儷）（伉儷註 配偶也）之情而終遂不通彼感疾而先殞妾含冤而繼殞欲求附葬（合葬）幸得同歸大略如斯微言莫盡父曰我之來此本欲取汝還家以奉我爾今汝已矣將取汝骨遷於先壠亦不虛行一遭也（一遭猶一番也）復泣而言曰妾生而不幸不得視膳庭闈（左閔二年里克曰太子朝夕視君膳者也）（註膳廚饌也）殁宜無緣不得首丘塋壠（禮太公返葬於周君子曰狐死正丘首註狐雖狼死於所窟穴之地是生而來於此矣故及死而猶正其首以向丘不忘其本也）（塋壠墓之地也）然而地道尚靜神理宜安若更遷移反成勞擾

況溪山秀麗卉（草之總名也）木蓁華既已安焉非所願也因抱持其父而大哭父遂驚覺乃一夢也明日以牲酒奠于壙下與僕返棹而歸至今過者指為金翠墓云

剪燈新話句解卷之三

剪燈新話句解巻之四

龍堂靈會録

吳江（南直隷蘇州府屬縣）有龍王堂（龍王祠在湖濱江上相傳自錢氏有國神已廟食茲土宋景祐間葉清臣因後毀龍王廟神有應）。蓋廟也。所以奉事香火。故謂之堂。或以為石陡（音斗崖壁峭絶也）。出若塘岸焉。故又謂之龍王塘。其地左吳松而右太湖。風濤險惡。衆水所匯（禹貢東匯澤為彭蠡註水回合也）。過者必致敬於廟庭而後行。凡其靈異具載于范石湖（吳縣人范文成仕宋為資政殿大學士居於石湖嘗壽上高宗親湖山勝槩繪圖以傳孝宗書石湖二字賜之湖在蘇州西南）所編吳郡志。元統（元順帝年號）間。聞人（複姓少正卯之後）子述者。以歌詩鳴於吳下。因過其處。適値龍出。乃白龍也。長且數十尋。如玉柱。鱗甲照曜如明鏡。數息尾轉側於烏雲之内。良久而没。子述自以為平生奇觀。莫之能及。雨止登廟周覽。既畢。乃題古風一章於壁上曰。

龍王之堂龍作主。棟宇青紅照江渚。歲時奉事孰敢違。求晴得晴雨得雨。平生好奇無與伴（一作偶也）。訪求尋山遍吳楚。扁舟（特舟也）一葉過垂虹（垂虹橋一名長橋在吳江縣東門外橋東西千餘丈横跨松江前臨太湖橋上有亭名垂虹）。濯足滄浪浣塵土（漢水一名滄浪水孟子孺子之歌曰滄浪之水清兮可以濯我纓滄浪之水濁兮可以濯我足蘇州府西南又有滄浪亭）。神龍有心慰勞苦。變化風雲快覩覩。鬐尾蜿蜒（龍貌）玉柱垂。鱗甲參差銀鏡舞。村中稽首朝翁媼。船上焚香拜商賈。共説神龍素有靈。降福除災敢輕侮。我登龍堂共龍語。至誠感格龍應許。汲挽湖波作酒漿。採掇江花當殽脯。大字淋漓寫廟戸。過者驚疑看者怒。世間不識謫仙人（賀知章見李白此天上謫仙人杜詩昔年有狂客號爾謫仙人）。笑別神龍指歸路。

題畢。回舟臥于篷下。忽有魚頭鬼身者。自廟而來。施

樸于前曰龍王奉邀子述曰龍王處於水府木玄虛海賦水
府之内極深之庭註劉砅趙藏天淢水府百川是
歸又五代史楊行密封馬當爲上水府采石爲中水
府金山爲下水府與子遊於塵世風馬牛之不相及也左僖四年
齊桓公伐楚楚子使與師言曰君處北海寡人處南
海唯是風馬牛之不相及也註牝牡相誘曰風言雖
馬牛風逸亦不相及喩不相干也雖有嚴命何以能至魚頭着曰君
毋去但請瞑目少頃即當至矣子述如言但聞風水
聲久之漸止開目則見殿宇崢嶸儀衛森列寒光逼
人不可睇視標以識所以爲識眞所謂水晶宮也盧杞遇太陰夫人騰上碧
霄見宮闕樓臺皆以水晶爲墻垣夫人曰此水晶宮也王聞其至冠服劍珮而

出迓之上階致謝曰日間蒙惠高作詞旨既佳書勢
又妙顧璧得此光彩倍增是以屈君至此欲得奉酬
坐未定閽者傳言客至王遽出門迎接見有三人同
入其一高冠巨履威儀簡重其一烏帽青裘風度瀟
洒猶瀟灑也或云洒脱也其一則葛巾野服而已分次而坐王
謂子述曰君不識三客乎乃越范相國晉張使君唐
陸處士尓范相國即范蠡字少伯楚宛三戸人佐句
踐滅吳大報會稽之恥號令天下以成霸業
稱上將軍蠡以爲大名之下難以久居乃裝其輕寶
珠玉自與私徒乘扁舟浮海以行變名自謂鴟夷子
皮耕于海畔苦身戮力父子治產致產數十萬齊以
爲相蠡喟嘆曰居家致千金居官至卿相久受尊名不

祥乃歸相印盡散其財至陶自謂陶朱公父子耕畜
致貲巨萬王命良工以良金寫范蠡之狀而朝禮
之環會稽山以爲范蠡奉邑張使君即張翰字季鷹
吳郡人有清才善屬文縱任不拘仕齊王冏東曹
掾因秋風起思吳中蓴羹鱸魚膾而歸或譏翰曰卿
縱適一時獨不爲身後名乎翰曰使我有身後名不
如即時一盃酒時人高其曠達遺世陸處士即陸
龜蒙字魯望高居松江甫里自號江
湖散人天隨子甫里先生以高士召不至嘗乗舟載
束書茶竈筆床釣具往來湖江與顔蕘皮日休羅隱
吳融爲益友著其與賓録四十
卷松陵集十卷笠澤叢書三卷世所謂豈非三高是
也三高祠在吳江縣東門外長橋之北三君之生不
並世而清風峻節相望於松江太湖之上故天下
同高之王對三客道子述題詩之事復各傳觀稱賞不
已王曰詩人遠臨貴客偕至賞心樂事謝靈運詩序良辰佳景賞

心樂事四者難并不期而同即命左右設宴於中堂凡鋪陳
之物飲饌之味皆非人世所有酒至方欲歡閽者奏
入曰吳大夫伍君在門伍君即伍員字子胥本楚人也父奢兄尚俱爲楚平王所
殺員志復讎奔吳佐闔閭以吳兵入郢掘平王之墓
鞭其屍以報父讎後吳伐越越戰于檇李吳師敗績又
戰于姑蘇大敗闔閭傷指而死夫差立敗越於夫椒
以報姑蘇越乃以甲兵五千人棲於會稽使大夫
種以美女寶器因吳太宰嚭行成吳王將許之子胥
諫王不聽退而告人曰越十年生聚十年教訓二十
年之外吳其爲沼乎後吳將伐齊子胥諫曰越在我
心腹之疾也不如早從事焉越不爲沼吳其泯矣王
不聽子胥使於齊屬其子於鮑氏伯嚭讒之王賜之
屬鏤以死將死曰樹吾墓檟檟可材也吳其亡乎抉
吾目懸東門以觀越兵之入也遂自剄王乃取其尸
盛以鴟夷革浮之江中吳人憐之立廟江上命曰胥月

吳王忌范蠡之既入，范相國猶據首席，不能謙避。伍君勃然（勃然，變色貌）變色而謂王曰：此地乃吳國之境，王乃吳地之神，吾乃吳國之忠臣，彼乃吳國之讐人也。吳俗無知，妄以三高爲目，立亭館以奉之，王又延之入室，置之上座，曩日吞吳之恨，寧忘之耶（杜詩：遺恨失吞吳）。即數（數，責其罪也）其罪而責之。范相國曰：汝有三大罪，而人罔知，故千載之下，得以欺世而盜名，吾今爲汝一一白之，使大奸無所容，大惡不得隱。吳相國默然，請聞其說。乃曰：昔句踐忘於復讐，卧薪嘗膽（周禮：調人掌萬民之讐，殺人而不義者，許復讐。禮：父母之讐，不共戴天；兄弟之讐，不與同國；朋友之讐，不同市朝。史：越王句踐反國，置膽於坐，坐卧仰膽，嘗之曰：汝忘會稽之恥耶。越絕書：句踐卧薪嘗膽，欲讐夫椒之恥），十年生聚（聚，生民而聚財也），十年教訓，以此戰伐，孰能禦之。何至假負薪之女，爲誨淫之事（易繫辭曰：慢藏誨盜，冶容誨淫），出此鄙詐，不以爲慙。且既已亡，又不能除去尤物（左昭二十七年：叔向欲娶於申公巫臣氏，其母曰：巫臣之妻殺三夫……夫有尤物，足以移人，苟非德義，則必有禍。註：尤，異之物也），反與共載而去。昔太公蒙面以斬妲己（文王得呂尚，號稱太公望。妲己，有蘇氏女。國語曰：有蘇氏女，姓己，妲字也。烈女傳：有蘇氏得罪於紂，以妲己於紂，紂嬖之，所言皆從，乃重刑辟，爲炮烙之刑。竹書云：武王克商，斬紂頭，懸之太白旗。太公至紂嬖妾之所，取妲己，蒙其面而斬之，懸之小白旗也），高頰違令而戮麗華（高頰，字昭玄，仕隋，晉王廣伐陳，以頰爲元帥長史，三軍諮稟，皆取斷於頰。麗華，陳後主貴妃，姓張，兵家女也，甚被寵遇。陳平，晉王欲納之，高頰曰：武王滅殷，戮妲己，今平陳國，不宜取麗華。乃命斬之）。以此方之，孰得孰失，是誤國之不臧也。既已滅吳，以句踐爲人長頸鳥喙，可與共患難，不可與同逸樂，浮海而去，以書遺大夫種云（吳越春秋：種，本楚人，姓文，字子會，仕越爲大夫。史：越既滅吳，范蠡遂去，自齊遺大夫種書曰：蜚鳥盡，良弓藏，狡兔死，走狗烹。越王爲人長頸鳥喙，可與共患難，不可與共安樂，子何不去。種見書，稱病不朝，人或讒種且作亂，越王賜種劍，種遂自殺）：蜚鳥盡，良弓藏，狡兔死，獵狗烹，子可以去矣。夫自不能事君，又誘其臣與之偕去，令其主孤立於上國，空無人於總，安乎。昔鮑叔之薦管仲（鮑叔，一名牙。管仲，名夷吾。史：齊襄公淫於婦人，誅殺數不當，群弟恐禍及，小白奔莒，鮑叔傅之，子糾奔魯，管仲召忽傅之。小白之入也，管仲遮莒道，射中小白帶鉤。及小白爲齊侯，是謂桓公，魯人殺子糾於笙瀆，管仲請囚，桓公欲殺管仲，鮑叔曰：君欲霸王，非夷吾不可。桓公從之，管仲相桓公，霸諸侯，九合諸侯，一匡天下），蕭何之追韓信（蕭何，沛豐人也。韓信，淮陰人也。數以策干項羽，羽不用，亡歸漢，數與蕭何語，何奇之。信度上不我用，即亡。何聞信亡，不及以聞，自追之。人有言於上曰：丞相何亡。上怒，如失左右手。何來謁，上曰：若亡何也。何曰：追韓信也。諸將易得耳，至如信者，國士無雙，必欲爭天下，非信無所與計事者。拜信爲大將軍），以此方之，孰是孰非，是事君之不忠也。既已去位，本求高蹈，何乃聚斂積實，耕於海濱，父子力作以嘗千金屢散而復積此欲何為哉昔魯仲連辭金而不受魯仲連齊人秦之圍邯鄲也魏使新垣衍言於趙尊秦爲帝仲連往見衍曰秦肆然而爲帝則且奪其所憎與其所愛梁王安得晏然而已乎衍謝曰不敢復言帝秦秦將聞之卻五十里適會信陵君奪晉鄙軍撃秦軍破之平原君欲封仲連仲連不受乃置酒以千金爲壽仲連笑曰所貴於天下之士者爲人排患釋難解紛亂而無取也乃辭去張子房辟穀而遠引張子房韓人名良佐高帝定天下封留侯良入關多疾即導引不食穀後良曰掉三寸舌爲帝者師於良足矣願棄人間事欲從赤松子遊以此方之孰賢孰愚是特身之不廉也有此三大罪安得居吾之上乎相國面色如土不敢出聲久之乃曰子之罪我則然矣願聞子之所事伍君曰吾以家族

之不幸遍遊諸國不避艱險終能用吳以復父兄之讎又能為夫差復父之讎則孝為有餘矣事吳至死不去以畢志於其君雖遭屬鏤劍名之賜終無怨辭則忠為有餘矣君不終用至於臨死又能逆料沼吳之禍而為身後之憂則智為有餘矣使吾尚在則會稽之棲不可以復振檇李之戰不可以詭勝而越之君臣將不暇於朝食會稽山在紹興府東南保山曰棲猶鳥棲於木以避害也檇李城名古城在嘉興府西南越之戰于檇李吳王光死之詭謂誘引也又焉能得志於吾國乎蓋嘗論之吳之亡不在於西子之進西子即西施而

在於吾之被讒越之霸不在於種蠡之用而在於吾之受戮吾若不死則苧蘿之姝苧蘿山名在紹興府諸暨縣南七十五方石西施浣紗處適足為後宮之娛梁楠之華吳越春秋句踐使木工三千人伐木欲以獻吳久不得歸工人思歸作木客吟一夜天生神木一雙大二十圍長五十尋陽爲文梓陰爲楩楠巧工施校以白璧鏤以黃金狀類龍蛇文采生光乃使大夫種獻吳適足為前殿之誇姑蘇之臺麋鹿豈可得遊至德之廟廟在蘇州閶闔門內吳太伯之廟禾黍豈至於遂生哉箕子朝周過古殷墟傷宮室毀壞乃作麥秀之歌曰麥秀漸漸兮禾黍油油惟自戕其骨鯁鯁食骨留咽中也陳平傳言項羽骨鯁之臣有亞父輩數人註直言難受如骨之鯁咽自害其股肱書帝庸作歌曰股肱喜哉元首起哉百工熙哉說命股肱惟人良臣惟聖註股肱手足也

故讎人得以乘其機敵國得以投其隙蓋有幸而然爾豈子伐國之功謀國之策乎相國辭塞乃虛位以讓之伍君遂處其上相國居第二位第三第四位則張使君陸處士子述居第五王坐於末席已而酒行樂作王請坐客各賦歌詩以為樂伍君乃左撫劍右擊盤朗朗而作歌曰

駕艅艎之長舟兮左昭十七年楚大敗吳師獲其乘舟餘皇註吳大舟名也覽吳會之故都蘇州府吳門稱爲吳會謂其地本吳會稽也悵館娃之無人兮麋鹿遊於姑蘇憶吳子之聽讒兮嘗得人以

潮往來蕩激限岸勢不可禦或見其乘白馬素車
在潮頭者每歲仲秋既望潮水極大杭人以旗鼓
迎之弄潮水之戲蓋始於此　眄胥山之舊廟兮　胥山即今杭州府呉山也子胥廟
二一在其山一在蘇州府城西呉地志呉人臨北
江最立廟以白麒麟祭子胥林御酒盡因立廟江
上　挾天風而遠遊龍宮崢其嵯峩兮水殿開而宴
會日既吉而辰良兮接賓朋之冠珮奠椒漿而酌
桂醑兮　醑酒也楚辭奠桂酒兮椒漿註桂酒切桂
投酒中也漿者周禮四飲之一也此以椒漬
其中也皆取其芬芳也　擊金鼉而考鳴球　書益稷戛擊鳴球註戛擊考擊也鳴球玉磬也
湘妃漢女出而歌舞兮瑞霧靄而祥烟浮夜
迢迢而未央兮　詩夜如何其夜未央註中央也　心搖搖而易醉撫

長劍而作歌兮聊以泄千古不平之氣
歌竟范相國揖予而謝詩曰
覇越平呉扁舟五湖昂昂之鶴　晉書嵇紹在羣人中昂昂然如野鶴之在雞羣
泛泛之鳧功成身退　老子功成身退天之道也　辟榮避位
良弓既藏黃金鑄像萬歲千秋魂魄來遊今夕何
夕於此淹留吹笙擊鼓羅列樽俎妙女嬌娃載歌
載舞有酒如河有肉如坡相對不樂日月幾何金
樽美醇爲君斟酌後會未期且此歡謔
張使君亦倚席而吟詩曰

爲狂　呉太伯後本子孫至壽夢僭稱王此所謂呉子者蓋指闔廬也　戰栢擧而入
楚兮　栢擧本楚地左定四年楚呉陳于栢擧楚師亂呉人大敗之五戰入郢王奔　盟黃池
而服晉　左哀十三年秋七月晉侯及呉子盟于黃池呉晉爭先晉司馬寅曰呉德輕不忍久請
少待之乃先晉人○云服晉者晉主夏盟而呉得諸侯也　何用賢之不終兮乃
自壞其長城　宋檀道濟臨死曰壞汝萬里長城　追胥東而乞死兮
眉東門兮浙江寧波府句踐敗呉欲遷呉王夫差於甬
東予百家夫差曰吾老矣不能事君遂自殺盡絶
書呉王曰闔閭命矣以二十年糸頭吾爲自使死者有
知吾無見伍子胥公子以冒爲之若無知吾乃聖主者遂
王解綬以幎其目遂伏劍而死　始屬鏤　佳鈹也　而哀鳴之鴟夷於江
中兮　鴟夷革囊如榼形也　驅白馬於潮頭　臨安志子胥死而爲神因流揚波依

驅車適故國掛席來東呉　東呉即今蘇州府　西風且夕起
飛塵滿皇都人生在世間貴乎得所圖問是華亭
鶴　晉陸機事成都王穎爲大將軍事孟玖譖之穎收機殺之機臨刑嘆曰華亭鶴唳豈復可聞乎
鶴仙會號爲船仙號哉云鶴惟華亭之鶴寨村所出鳥得地也雖有凡格也　何似松江
鱸　巨口細鱗出松江　豈意千年後高名猶不孤我爲神靈
府濟濟英俊徒華筵列珠璣美醞傾醍醐　醍醐酥之精液也牛羊乳謂之酪酪成酥酥成醍醐也
妙舞躡珠履　史春申君傳賓客三千餘人皆躡珠履　狂吟扣金壺顧余復何人亦得同歡娛作詩
記勝事流傳徧江湖

陸處士遂離席而陳詩曰

生計蕭條具一船、筆床茶竈共周旋。但籠甫里能言鴨（甫里陸龜蒙所居里名陸龜蒙有鬪鴨一欄有一使過挾彈斃其尤者龜蒙手一表云此鴨能作人語待附蘇州上進使者奈何使者恐懼以囊中金賞其語曰能自呼其名使者且笑之寫去龜蒙還其金曰戲耳）、不載襄江縮項鯿（襄江即今湖廣襄陽府漢江郭璞云江東以鯿魚為鯿陸佃云今之青鯿細鱗縮項蓋鯿魚也生漢水中者尤味美人以槎斷水鯿多依槎因謂槎頭鯿）。鼓瑟吹笙傳盛事、倒冠落珮賴華筵。何須溫嶠燃犀照、已被旁人作話傳。

子述乃製長短句一篇獻於座間曰

江湖之淵、神物所居。珠宮貝闕、與世不殊。黃金作屋兮、白玉為門。檻屏開玳瑁甲（玳瑁龜屬形如蟕蠵甲生南海大者如盤瑇瑁背上有鱗鱗大如扇有文章本草太白詩歌舞淹留玳瑁筵）、檻植珊瑚株（珊瑚似玉紅潤生海底盤石上海人取之先作鐵網沉水底珊瑚貫中而生樹高三四尺以枝多為勝）。祥雲瑞靄相扶輿（扶輿佳氣貌）。上通三光、下八區（八區即八荒也）。自非憑夷與海若（海神莊子秋水篇北海若曰天下之水莫大於海）、孰得於此久躊躇。而堂開宴、羅賓主、禮數繁多、冠冕聚。忙呼玉女捧牙盤（仙集傳明星玉女居華山服玉漿白日昇天大戸帳下玉女捧玉壺天鳥之笑則電牙盤象牙盤）、催喚神娥調翠釜（神娥神女也杜詩紫駝之峯出翠釜）。長鯨鳴、巨蛟舞、鼉吹笙、鼉擊鼓。驪頷之珠照樽俎、鰕鬚之簾掛廊廡（蘇易簡詩鰕鬚簾半捲天香散）。八音迭奏雜仙韶（八音金石絲竹匏土革木也）、宮商響切遏雲霄。湘妃姊妹撫瑤瑟、秦家公主來吹簫（秦家公主即弄玉也）。麻姑碎擘麒麟脯（麻姑仙女王方平過蔡經家邀麻姑麻姑至年十八九許手似鳥爪坐定各進行廚多是諸華麒麟脯行之）、洛妃斜拂鳳凰翹（鳳凰翹則婦人首飾編羽旄列象鳳凰謂之鳳翹）。天吳紫鳳顛倒而奔走、金支翠旗縹緲而動搖（翠旗即翠旋前漢禮樂志金支秀華庶旄翠旋註金支以黄金為支其首敷散若草木之秀華也翠旋謂五彩羽為葆翠旋之首而為旋耳）。胥山之神、余所慕。曾謁神祠、拜神墓（神墓指子胥墓子胥之死也吳王盛其尸於鴟夷浮之江中則豈有墓乎其說無據且存疑門傍只有故宅）。相國不改古衣冠、使君猶存晉風度。座中更有天隨生、只食杞菊骨骼清（骼音格龜蒙曰我年來忍饑誦經豈不知屠沽兒有酒食邪乃食杞菊以延年菊本草一名日精服之輕身延年杞本草一名仙人杖久服輕身耐老爾雅二名已上龜蒙有杞菊賦）。平生夢想不可見、豈期一旦皆相迎。主人靈氣無難測、驅駕風雲歸頃刻。周遊八極隘四瀆（淮南子九州之外有八殥八殥之外有八紘八紘之外有八極）。固知不是池中物（三國志孫權欲以荊州資劉備周瑜曰恐蛟龍得雲雨終非池中物也）。鯫生（張良罵鯫生小生也）何幸得遭逢、坐令槁朽生華。

風（唐李賀詩蕭與枯木生春風）待以天廚八珍之異饌（天廚即帝廚史天官書張素為廚主觴客註張六星主天廚飲食八珍周禮膳夫氏王之饋珍用八物註淳熬淳毋炮豚炮牂擣珍漬熬肝膋也又張蘊古大寶箴羅八珍於前註牛羊麋鹿麕豕狗狼也）飲以仙府九醖之深鍾（仙府仙人官府韓詩上界真人足官府南都賦九醖甘醴十旬兼清註九醖十旬皆酒名鍾酒器也李賀詩瑠璃鍾琥珀濃）唾壺缺麈柄折醉眼生花雙耳熱（王敦以玉麈柄叩唾壺王祥醉處君與頭不舉歸親處處之日子眼花在井底眠在水中亦不醒耶註醉眼不知身世之所在也）不來洲畔採明珠不去波間摸明月（摸手捫也明月珠名也）但將詩句寫鮫綃留向龍宮記奇絕

歌詠俱畢觥籌交錯但聞木林喔喔晨雞鳴山寺隆隆曉鐘撃伍君先別三高繼往王乃以紅珀盤捧照乘之珠（紅珀盤紅琥珀盤也魏惠王曰寡人有徑寸之珠照車前後十二乘者十枚）碧瑤箱盛開水之角（通天犀真者刻為魚形入水則水開三尺）餽贈於子述命使送還抵舟則東方洞然水路明朗乃於中流稽首廟堂而去

太虛司法傳

馮大異名奇吳楚之狂士也恃才傲物不信鬼神凡依草附木之妖驚世而駭俗者必攘臂當之（漢鄒陽傳攘袂註攘猶今人將臂也）至則凌慢毀辱而後已或火其祠或沉其像勇往不顧以是人亦以膽氣（膽主勇三國蜀志趙雲傳先主曰子龍一身都是膽也）許之至元（元順帝年號）丁丑僑居上蔡（寧府屬縣）之東門有故之近林時兵燹（音鮮野火逆燒也）之後蕩無人居蕪沙白骨一望極目未至而斜日西沉愁雲四起既無旅店何以安泊道旁有一古柏林即投身而入倚樹少憩鵂鶹鳴其前（鵂鶹一名訓狐一名角鴟食其母晝無所見夜則飛撮蚤蝨）豺狐嘷其後頃之有群鴉接翅而下或跂一足而啼（跂舉足企足也）或鼓雙翼而舞叫噪怪惡循環作陣復有八九死屍僵臥左右陰風颯颯飛雨驟至疾雷一聲群屍競起見大異在樹下踴躍趨附大異急攀緣上樹以避之群屍環繞其下或嘯或詈或坐或立相與大言曰今夜必取此人不然吾屬將有咎已而雲收雨止月光穿漏見一夜叉自遠而至頭有二角舉體青色大呼闊步逕至林下以手撮（手取物也）死屍摘其頭而食之如啗瓜之狀食訖飽臥鼾（音汗鼻息也）聲動地大異度不可久留乘其熟寐下樹迸（屏側隱也）逸行不百步則夜叉已在後矣捨命而奔幾為所及遇一廢寺

急入投之東西廊皆傾倒惟殿上有佛像一軀其狀甚偉見佛背有一穴大異計窮竄身入穴潜於腹中自謂得所托可無虞矣 虞度也 忽聞佛像鼓腹而笑曰彼求之而不得吾不求而自至今夜好頓點心 頓食一次也 點心寶集安貞之類是也點心之點與點素之點同義蓋少食點心也 不用食齋也即振迅而起其行甚重將十歩許爲門限所礙 門限閾也 蹶然仆地土木狼籍胎骨糜碎矣大異得出猶大言曰胡鬼弄汝公 胡鬼即佛也汝公即漢高紀乃公之義同大異自稱也 反自撥其禍即出寺而行遥望野中燈燭熒煌諸人揖讓而坐

喜甚馳往趁之及至則皆無頭者也有頭者則無一臂或缺一足大異不顧而走諸鬼怒曰吾輩方此酣暢此人大膽 晉阮宣毎至酒肆便獨酣暢 言醉酣暢達也 敢來衝突正當執之以爲脯臡 臡切肉也又犬醢也 即跟蹡嘷吼 音蹲蹡 走貌嘷吼 毆捽罵撃 或摶土塊而擲或攫人骨而投無頭者則提頭以趁之前阻一水大異亂流而渡 禹貢乱于河註横流而濟曰乱又爾雅絶流曰亂 諸鬼至水則不敢越及半里大異回顧猶聞諠譁之聲靡靡 遲遲貌 不已須臾月墮不辨蹊遂失足墜一坑中其深無底乃鬼谷也寒沙眯目 眯物入目中也

陰氣徹骨群鬼萃焉有赤髮而雙角者綠毛而兩翼者鳥喙而獠牙者 爾雅宵田曰獠獵也夷則猶謂之山獠 牛頭而獸面者皆身如藍靛 音殿本作澱藍滓澱滓也 口吐火焰見大異至相賀曰讐人至矣即以鐵絙縶其頸 絙索也 皮繂拴其腰 繂索也拴束也 驅至鬼王之座下告曰此即在世不信鬼神褻辱吾徒之狂士也鬼王怒責之曰汝具五體而有知識豈不聞鬼神之德其盛矣乎 中庸 孔子聖人也猶曰敬而遠之 論語孔子曰敬鬼神而遠之 大易所謂載鬼一車 易睽卦上九之文 小雅所謂爲鬼爲蜮 詩小雅彼何人斯篇文 蜮一名短狐一名射工一名沙風一名石鏡江淮水皆有之能含沙以射水中人影其人輒發惡瘡 他如左傳所紀晉景之夢伯有之事 伯有鄭大夫良霄字左襄七年鄭殺良霄鄭人相驚以伯有曰伯有至矣皆走不知所往或夢伯有介而行曰壬子余將殺帶也明年壬寅余又將殺段也及壬子駟帶卒國人益懼壬寅公孫段卒國人愈懼子産立其子以撫之乃止 皆是物也汝爲何人獨言其無吾受汝侮久矣今幸相遇吾爲得而甘心焉即命衆鬼卸其冠裳加以棰楚流血淋漓求死不得鬼王乃謂之曰汝欲調泥成醬乎汝欲身長三丈乎大異念泥豈可爲醬因願身長三丈群鬼即捽之於石床之上如搓粉之狀 搓粉搓兩手相切摩也 衆手

翻覆而按（音遏 按捺也）摩之不覺漸長已而扶起果三丈矣鳥奇鳥（長貌）如竹竿焉衆笑展之呼爲長竿怪王又謂之曰汝欲煮石成汁乎汝欲身矮（音矮 短也）一尺乎大異方苦其長不能自立即願身矮一尺群鬼又驅至石床上如按麪之狀極力一捺（音奈 手按也）骨節磔磔（音磔 開裂聲也）有聲乃攤之起果一尺矣團圞（圓也）如巨蟹焉衆又笑展之呼爲彭蜞怪（彭蜞似蟹而小 晉蔡謨初渡江見之曰蟹有八足加以二螯 既食吐下 知非蟹 謝尚曰 卿讀爾雅不熟 幾爲勸學誤死）大異蹣跚（旁行貌）於地不勝其苦旁有一老鬼撫掌大笑曰足下平日不信鬼怪

今日何故作此形骸乃請於衆曰彼雖無禮然遭屈亦甚矣奇可憐許（許如許之許 憐許猶言憐也）請宥之即以兩手提挈大異而抖擻之（抖擻起物也）須臾復故大異求還諸鬼曰汝既到此不可徒返吾等各有一物相贈所貴人間知有我輩尓老鬼曰然則以何物贈之一鬼曰吾贈以擺雲之角即以兩角置於大異之額岌然相向一鬼曰吾贈以嘯風之觜（觜本作嘴）即以一鐵觜加於其唇尖銳如鳥喙焉一鬼曰吾贈以朱華之髮即以赤水染其髮髼鬆（髼鬆髮亂貌）而上指其色如火一鬼曰吾贈

以碧光之睛即以二青珠嵌（音坎 填孔也）於其目瀅瀅而碧色矣老鬼遂送之出坑曰善自珍重向者群小瀆瀆（瀆音瀆 汚慢也）幸勿記懷也大異雖得出然而頂擺雲之角戴嘯風之觜披朱華之髮含碧光之睛儼然成一奇鬼到家妻孥亦不敢認出市衆共聚觀以爲怪物小兒則驚啼而逃避遂閉戶不食憤懣（煩也）而死臨死謂其家曰我爲諸鬼所困今其死矣可多以紙筆置柩中我將訟之於天數日之内蔡州有一奇事是我得理之時也可瀝酒而賀我矣言訖而逝逾三日白晝

風雨大作雲霧四塞雷霆霹靂聲振屋宇屋瓦皆飛大木盡拔經宿始霽則所瘞之坑陷爲一巨澤瀰漫（水廣大貌）數里其水皆赤忽聞柩中作語曰訟已得理諸鬼皆夷滅無遺天府以吾正直命爲太虛殿司法職任隆重不復再來人世矣其家祭而葬之肸蠁（音迄響）之間如有靈焉（肸本作肹 晉左思蜀都賦 景福肸蠁而興作 註 如蟲羣飛而多也 又蕭漢司馬相如子虛賦 肸蠁布寫 註 盛作也）

修文舍人傳

夏顏字希曾吳之震澤人也（震澤即今吳太湖）博學多聞性氣

萃遇幅巾全幅爲巾士之服也布裘遊於東西兩浙間喜慷慨論事疊疊不厭人每傾下之然常命分甚薄日不暇給常喟太息也然長嘆曰夏顏汝修身謹行奈何不能潤其家乎則又自解曰顏淵困於陋巷顏淵孔子弟子名回論語子曰賢哉回也一簞食一瓢飲在陋巷人不堪其憂回也不改其樂賢哉回也陋巷在兗州曲阜縣顏子廟前豈道義之不足也賈誼屈於長沙賈誼洛陽人文帝召爲博士歲中遷至太中大夫議以誼任公卿之位絳灌之屬害之以爲誼長沙王太傅後爲梁王太傅王墮馬死誼自傷哭泣歲餘亦死長沙即今湖廣長沙府也豈文章之不贍也校尉封侯而李廣不侯李廣隴西成紀人善騎射格殺猛獸從大將軍征匈奴無功竟不侯廣與望氣者王朔語曰自漢擊匈奴廣未嘗不在其中而諸妄校尉已下才能不及中以軍功取侯者數十人廣不爲後人然終無尺寸功以得封邑者何也朔曰將軍自念豈有恨乎廣曰嘗殺降者八百餘人朔曰宜乎不得侯者也豈智勇之不逮也侏儒飽死而方朔苦飢東方朔字曼倩平原人武帝時待詔公車奉祿薄未得省見朔紿騶侏儒曰上欲殺若輩侏儒大恐啼泣上過侏儒皆呼泣上問何爲對曰東方朔言上欲誅臣等上召問朔曰侏儒長三尺餘奉一囊粟錢二百四十朔長九尺餘亦奉一囊粟錢二百四十侏儒飽欲死臣朔飢欲死上大笑侏儒師古曰短人也豈才藝之不敵也蓋有命焉不可幸而致吾知順受而已豈敢非理妄求哉至正初客死潤州即今南直隸鎮江府葬于北固山下山在府北友人有與之契厚者忽遇之於途見顏

驅高車擁大蓋峨冠曳珮如侯伯狀從者各執其物呵殿而隨護風彩揚揚自得之貌非復往日投北而去友人不敢呼之一日早作復遇之於里門顏遽褰帷下車而施揖曰故人安否友人遂與敘舊執手款語不異平生乃問之曰與君隔別未久而能自致青雲立身要路車馬僕從如此之盛衣服冠帶如此之華可謂大丈夫得志之秋矣不勝健羨之至顏曰吾今隸職冥司頗極清要故人下問何敢有隱但途路之次未暇備述如不相棄可於後夕會於甘露寺在北固山其甘露中所建故因名多景樓庶得從容時須少敘間闊不知可乎望勿以幽冥爲訝而負此誠約也友人許之告別而去是夕攜酒而往則顏已先在見其至喜甚迎謂曰故人眞信士可謂死生之交矣乃言曰地下之樂不減人間吾今爲修文舍人王隱晉書蘇韶已死而見其弟節問地下事韶言顏淵卜商今爲修文郎死之與生略無有異顏淵卜商舊職也卜商字子夏孔子弟子冥司用人選擢甚精必當其才必稱其職然後官位可居爵祿可致非若人間可以賄賂而通可以門第而進可以外貌而濫充可以虛名而躐取也試與

君論之今夫人世之上仕路之間秉筆中書者中書周官內史掌書王命漢以宦者典之自唐以來設爲丞相府掌軍國之政令以釐萬邦以度百揆蓋佐天子執大政者也豈無蕭曹丙魏之徒乎曹參沛人佐漢高帝定天下封平陽侯代蕭何爲相一遵何約束百姓歌曰蕭何爲法講若畫一曹參代之守而勿失丙吉字少卿魯國人代魏相爲丞相封博陽侯魏相字弱翁濟陰定陶人代韋賢爲丞相封高平侯史贊曰高祖開基蕭曹爲冠孝宣中興丙魏有聲提兵閫外者馮唐曰臣聞上古王者之遣將也跪而推轂曰閫以內者寡人制之閫以外者將軍制之註郭門之閫也門中橛曰閫豈無韓彭衛霍之流乎彭越字仲昌邑人佐漢高帝定天下封梁王衛青字仲卿姓本鄭平陽侯家奴其姊衛子夫得幸武帝封皇后青冒姓爲衛氏擊匈奴有功封長平侯位至大將軍大司馬霍去病衛青姊子也武帝時爲票騎將軍

擊匈奴有功封冠軍侯位至大司馬驃騎大將軍等館閣摛文者青箱雜記夏英公文章有館閣氣象摛舒也布也豈無班揚董馬之筆乎班固字孟堅安陵人續父彪撰前漢書揚雄字子雲成都人好學無所不見象易作大玄經象論語作法言然雄仕于莽作劇秦美新之文論者譏之董仲舒廣川人下帷讀書三年不窺園漢武時對天人三策推明孔氏抑黜百家司馬遷字子長河內人武帝時爲中書令作史記劉向揚雄稱其文章有良史之才或曰司馬相如字長卿郡邑牧養也民者豈無龔黃召杜之儔乎龔遂字少卿平陽人武帝時渤海郡歲飢盜起以遂爲太守遂單車至府郡中翕然盜賊悉平民皆樂業黃霸字次公陽夏人宣帝時爲潁川太守力教化後誅罰得吏民心治爲天下第一召信臣字翁卿壽春人遷南陽太守其化大行吏民稱愛號之曰召父杜詩字公君汲人遷南陽太守政治清平百姓便之比室殷足故南陽爲之語曰前有召父後有

杜母也騏驥伏鹽車而駑駘厭芻豆騏驥良馬也喻君子戰國策騏驥伏鹽車而上太行白汗交流阪遷延負轅而不能進伯樂遭之下車攀而哭之解紵衣以冪之騏驥於是俛而噴仰而鳴見伯樂之知己也賈誼賦騏驥垂兩耳兮服鹽車駑駘下乘也喻小人退之詩駑駘誠齷齪市者何其稠渴飲一斗水饑食一束芻杜詩國馬竭粟豆鳳凰棲枳棘而鴟鴞鳴戶庭羽蟲三百六十鳳凰爲之長雄曰鳳雌曰凰五色而文曰九苞鳥其性非梧桐不宿非竹實不食黃帝召天老問鳳象對曰鴻前麟後蛇頸魚尾龍文龜背燕頷雞喙首戴德頸揭義背負仁心入信翼挾禮足履文尾繫武小音金大音鼓遊必擇所飢不妄下後漢仇覽傳考城令王奐謂覽曰枳棘非鸞鳳所棲百里豈大賢之路以喻賢者失位枳似橘而多刺可爲籬周禮考工記橘踰淮化爲枳鴟鴞惡聲鳥也楚辭鴟鴞集於蘭木以喻小人在位賢者槁項黃馘而死於下宋人曹商見莊子莊子曰夫處

窮閭阨巷困窘織屨槁項黃馘者商之所短也註槁項瘦而無肉也黃馘髮黃而枯卒也不賢者比肩並肩也接跡而顯於世故治日常少亂日常多正坐此也寡固則不然黜陟必明降曰黜陞曰陟書曰舜典三載考績黜陟幽明註陟明而黜幽也賞罰必公昔日負君之賊敗國之臣受穹高也爵而享厚祿者至此必受其殃昔日積善之家修德之士阨下位而困窮途者晉阮籍常率意獨駕不由逕車跡所窮輒慟哭而返至此必蒙其福蓋輪迴之數報應之條至此而莫逃矣遂引滿而飲連舉數觥憑欄觀眺呈古律詩二章吟贈友人曰

笑拍闌干拍玉壺秋鴻聲散渚禽呼一江流水三
更月兩岸青山六代都 六代都今之南京應天府即古金陵呉東晉宋齊梁
陳皆都于此 富貴不須言是夢幽明無間各知乎傍人
若問前程事積善行仁是坦途 白樂天詩大行之路能摧車若比君
心是坦途
滿身風露夜茫茫一片山光與水光鐵甕城邊人
玩月 鐵甕城在鎮江府呉孫權所築甕城言其堅固也 鬼門關外客還鄉
鬼門關在交趾其南多瘴癘去者罕得生還李德裕貶崖州詩云一去一萬里千知千不還崖州在
何處生度鬼門關 功名不博詩千首 博賭取勝也杜牧詩誰人得似張公子千
首詩輕萬戸侯 生死何殊夢一場賴有故人知此意清談
終夕據藤床
吟訖擲筆而言曰太上立德其次立功 左襄二十四年叔孫豹如
晉范宣子問曰古人有言曰死而不朽何謂也豹曰聞之大上有立德其次有立功其次有立言雖久不廢
此之謂不朽 其次立言僕在世之日無德可稱無功可述
然而著成集錄不下數百卷作為文章將及千餘篇
皆極深研幾盡意而為之者倏忽以來家事零替內
無應門之童 李密陳情表云外無期功強近之親內無應門五尺之童 外絶知音之
士 劉向說苑曰伯牙鼓琴志在高山鍾子期曰善哉峩峩乎若泰山俄而志在流水子期曰善哉洋洋乎
若流水子期死伯牙破琴絶絃終身不復鼓琴以為無知音也 盜賊之所攘竊 攘奪竊盜也
蟲鼠之所毀傷十不存一甚可惜也伏望故人以憐
才為念恤交為心捐季子之寶劍 呉季札號延陵季子聘晉過徐徐君
欲其劍季子心知之及還徐君已死以劍掛樹而去 付羗夫之麥舟 冷齋夜話
范仲淹遣子堯夫至姑蘇取麥五百斛還次丹陽見石曼卿云三喪未葬無可議者堯夫以麥舟與
之到家拜侍曰東呉見故舊乎曰曼卿三喪未舉方滯留丹陽仲淹曰何不以麥舟與之堯夫曰已付之矣
用財於富行施德於不報刻之梓 梓桐梓類陸佃云梓木莫良於梓
傳於好事庶幾不與草木同腐此則故人之賜也與
言及此慚愧何勝友人許諾顔大喜捧觴拜獻以致
丁寧之意已而東方漸明告別而去友人歸呉中訪
其家除散亡零落外猶得遺文數百篇并所著汲古
錄通玄志等書亟命工鏤版鬻之於肆以廣其傳顔
復到門致謝自此往來無間其家吉凶禍福皆前期
報之三年之後友人感疾顔來訪問因謂曰僕備員
修文府日月已滿當得舉代冥間最重此職得之甚
難君若不欲則不敢強萬一欲之當與盡力所以汲
汲於此者蓋欲報君鏤版之恩爾人生會當有死縱
復強延數年何可得居此地也友人欣然許之遂處

置家事不復治療數日而終

鑑湖夜泛記

處士成令言不求聞達素愛會稽（即今浙江紹興府）山水天曆間卜居鑑湖（鑑湖在紹興府梁任昉述異記軒轅鑄鏡湖邊因得名湖邊有磨鏡石後漢順帝時會稽太守馬臻築塘於此周回三百一十里李白詩鑑湖三百里菡萏發荷花）之濱誦千巖競秀萬壑爭流之句（晉顧凱之從會稽還人問山水之美顧云千巖競秀萬壑爭流）終日遨遊不輟常乘一葉小舟不施篙櫓（篙刺舡竿櫓通作櫓似槳而長所以進舡）任其所之或觀魚水涯（左隱五年公觀魚于棠）或盟鷗沙際（列子海上之人好鷗者每旦之海上從鷗鳥遊鷗鳥之至者百數其父曰吾聞鷗鳥皆從汝遊取來吾玩之明日之海上鷗鳥舞而不下黄山谷詩白鷗盟已寒）或瀕洲狎鷺或擲岸閒鳧沿湖三十里飛者走者浮者躍者皆熟其狀貌與之相忘自去自來不復疑懼而樵翁耕叟漁童牧豎遇之不問老幼俱得其歡心焉初秋之夕泊舟千秋觀下（千秋觀在府會稽縣東北即賀知章宅觀也唐有賀賓客李白贈賀知章詩鏡湖水為君臺沼榮）金風乍起白露未零星斗交輝水天一色時聞菱歌蓮唱應答於洲渚之間（菱歌采菱歌淮南子曰歌采菱發陽阿劉夢得詩采菱歌謝靈運詩采菱調易急江南歌不可蓮唱）令言臥舟中仰視天漢如白練萬丈橫亘於南北纖雲盡跡一塵不起乃拍船舷歌宋之問明河之篇（宋之問唐高宗時人武后時以有文才者多稱北門學士之問求之后以之問有口過不用詩遂作明河篇）飄飄然有遺世獨立羽化登仙之意（用蘇東坡赤壁賦全句白氏六帖道士飛昇謂之羽化）舟忽自動其行甚速風水俱駛一瞬千里若有物引之者令言莫測須臾至一處寒氣襲人清光奪目如玉田湛湛琪花瑤草生其中（孫綽天台山賦琪樹璀璨而垂珠註琪樹玉樹也謝疊山詩琪花瑤草不敢尋芳藹）如銀海洋洋異獸神魚泳其内鳥鵲群鳴白榆亂植（古樂府天上何所有歷歷種白榆注白榆星也）令言度非人間披衣而起見珠宮巍然貝闕高聳有一仙娥自内而出被冰綃之衣曳霜紈之帔（帬帔也）戴翠鳳步搖之冠（髻上加之步步而搖即翠翹之類）躡瓊紋九章之履（唐太平廣記郭翰傳九章山龍華蟲宗彝藻火粉米黼黻）侍女二人一執金柄障扇一捧玉環如意（玉環如意以玉作如意猶今之如意子之三國吳胡綜別傳特掘地得銅匣開之得白玉如意所執處皆刻龍蟬等形即此類也）星眸月貌光彩照人至岸側謂令言曰處士來何遲令言拱而對曰僕晦迹江湖忘形魚鳥素乏識約又昧平生何以有來遲之問仙娥笑曰卿安得而識我乎所以奉邀至此者蓋以卿夙負高義久存碩德將有誠悃

藉（謙詞言借也）卿傳之於世耳乃請令言登岸邀之入門行數十步見一大殿牓曰天章之殿殿後有一高閣題曰靈光之閣內設雲母屏鋪玉華簟四面皆水晶簾以珊瑚鉤掛之通明如白晝須臾懸金毬二設蘭麝之氣芬芳觸鼻請令言對席坐而謂之曰卿識此地乎即人世所謂天河妾乃織女之神也此去塵間已八萬餘里矣令言離席而言曰下界愚民甘與草木同腐今夕何幸身遊天府足踐仙宮獲福無量受恩過望然未知尊神欲託以何事授以何言願得詳聞以釋塵慮仙娥乃低首斂躬端肅而致辭曰妾乃天帝之孫靈星之女夙稟貞性離群索居豈意下土無知愚民好誕妄傳秋夕之期指作牽牛之配（牽牛星名史天官書牽牛在南斗建星之北王𣙷性闕梁爾雅河鼓謂之牽牛史正義曰晋書傳牽牛織女七月七日相見）致令清潔之操受此污辱之名開其源者齊諧多誇之書（齊諧齊人志怪之書也諧云武丁有仙道忽謂弟曰七月七日織女當渡河諸仙悉還宮吾已被召弟問曰織女何事渡河荅曰織女暫詣牽牛至今云）鼓其波者楚俗不經之語（荊楚記七夕婦人以綵縷穿七孔針陳瓜果於庭中以乞巧有喜子網於瓜上則以為符應）傳會其說而倡之者柳宗元乞巧之文（柳宗元字子厚唐順宗時人作乞巧文以譏當世之巧宦者也其文曰柳子夜歸自外庭有設祠者饋餌馨香蔬果交羅且拜且祈柳子怪而問焉女隸進曰今茲秋孟七夕天女之孫將嬪於河鼓邀而祠者幸而與之巧乃乞巧也）鋪張其事而和之者張文潜七夕之詠（張文潜名耒宋哲宗時人作七夕歌極言牛女歡會離別之事其落句云猶勝姮娥不嫁人夜夜孤眠廣寒殿）強詞雄辯無以自明誣言何所不至往往形諸簡牘播於篇章有曰北斗佳人雙淚流眼穿腸斷為牽牛（宋李邕讀詩北斗佳人雙淚流眼穿腸斷為牽牛題其銘字添新恩撫撫金梭織錦暗愁挂樹三丈煙漢淺淺銀河一帶本懲愁欲將心事價郎說惜問郵花早晚救）又曰莫言天上稀相見猶勝人間去不回（宋朱文公詠織女牽牛雙星兩闕年年一度過河來莫言天上稀相見猶勝人間去不回）有曰未會牽牛意若何須邀織女弄金梭（五代楊朴詩未會牽牛意若何須邀織女弄金梭年年乞與人間巧不道人間巧已多）又曰時人不用穿針待沒得心情送巧來（羅隱詩月帳星河次第開兩情唯恐曙光催時人不用穿針待沒得心情送巧來）似此者不一而足褻瀆神靈罔知忌憚是可忍也孰不可忍今言對曰鵲橋之會（淮南子烏鵲填河成橋而渡織女又風俗記織女七夕當渡河使鵲為橋）牛渚之遊今聽神言（博物志天河與海通近世有人居海上者年年八月有浮槎去來不失期多齎糧乘槎而去至一處見有城郭遙望宮中有織婦見一丈夫牽牛渚次飲之此人問何處答曰君還至蜀問嚴君平則知之此人還問君平曰某年月日客星犯牽牛正是此人到天河時也又荊楚歲時記張騫尋河源乘槎到天河見一婦人織一丈夫牽牛飲河問之曰此織女牽牛也問嚴君平君平曰此織女支

樓也寔其妄然如嫦娥月殿之奔神女高唐之會妻列志夫角歐山遵江神女佐貢瞿三峽巫峽西陵峽歸峽是也后土靈祠之事唐高騈為淮南節度使惑於妖人呂用之術寵之用之日后土夫人有靈仗遣使借兵馬并李筌所撰太白陰經編以奉夫人畫甲兵之狀遣用之親於廟庭又以絲履窯又白陰經置於神側又繪綠衣少年謂之韋郎有人題詩云四海干戈尚未寧漫勞淮海寫儀形九天玄女猶無信后土夫人豈有靈一帶好雲侵鬢綠兩行嵐黛拂眉青韋郎年少耽閒事案上休看太白經湘靈瑤瑟之詩湘靈堯女舜妃也爲李羣玉題黃陵廟云黃陵廟前春已空子規滴血啼春風不知精爽落何處疑是行雲秋色中二女娘見此說是娥皇女英也二女當與郎君爲雲雨之遊羣玉至潯陽言於段成式段成式曰是霧蘇辟陽侯也又秦系翁友議劉潜夫云古人叙奇遇之事猶託之他人如元稹鶯鶯傳託之張生王中倩託周秦

行記李羣玉黃陵廟則直攬歸己名檢掃地矣沈括筆談云二女當俱娵之後若其年歲帝舜陟方之時二妃之齒已百歲矣後人詩騷所賦皆以女子待之語多瀆慢皆禮義之罪人也黃陵廟今在岳州府瀟湘之尾洞庭之上果有之乎抑未然乎仙娥憮然曰嫦娥者月宮仙女后土者地祇貴神大禹開峽之功巫神實佐之而湘靈者堯女舜妃是皆賢聖之裔貞烈之倫烏有如世俗所謂哉非若上元之降封陟仙女上元夫人唐寶曆中封陟居于少室山忽有轜軿自空而降襯一仙姝揖陟曰願接清範陟固拒之後陟染疾而終為秦山所追怨遇仙使者曰上元夫人遊泰山華儀有仙騎召仙使者與同載至陟觀乃昔日求偶仙姝乃命泰山主者緩之陟既蘇矣雲英之遇裴航唐裴航從追論昔日之事嘉與解後舟裏漢陽

舟有樊夫人國色航聘其身與之嬉之詩云同舟胡越猶懷想況遇天仙隔錦屏儻若玉京相會去願隨鸞鶴入青冥答之云一飲瓊漿百感生玄霜擣盡見雲英藍橋便是神仙宅何必崎嶇上玉京後經藍橋渴見茅舍有老嫗緝麻航揖之求漿嫗呼曰雲英擎一甌漿來飲之乃玉漿也嫗曰欲娶此女但得玉杵何月餘得之嫗曰豈有此信士航夜窺之有玉兔持杵雪光輝室嫗曰吾爲裴郎具帷帳儼見一大第仙童侍女引航相見講禮後夫妻入玉峯洞中餌絳雪瓊英之丹超爲上仙蘭香之嫁張碩漁父於洞庭之岸聞兒啼聲視之一三歲女子漁父舉之十餘歲天姿奇偉真天人也忽有青童自空而來攜女而去臨昇謂其父曰我仙女杜蘭香也有過謫於人間其後降於洞庭君山張碩家碩修道者也授之以舉形飛化之道久之碩亦仙去文神仙別錄張碩無子娶妾其妻妬無已蘭香曰此易治耳言竟而碩妻患瘡委頓碩曰妻將死如何蘭香曰此治妬瘡數日之間瘡損而無妬心妾遂生數男彩鸞之

配文簫吳彩鸞吳猛之女瑞州有宗元觀乃丁義女姿英嬈冉之所彩鸞就學唐太和末有書生文簫寓鍾陵紫極宮中秋日到西山遊觀見一姝歌詞媚俗詩云若能相伴陟仙壇應得文簫駕彩鸞自有繡襦并甲帳瓊臺不怕雪霜寒竟許成婚而歸鍾陵文簫貧不自給彩鸞寫孫愐唐韻運筆如飛日得一部鬻之獲金五緡盡則復寫如是僅十載竊爲人知遂徙新興越王山二人各跨一虎陟峰而去情慾易生事跡難掩者也世人詠月之詩曰嫦娥應悔偷靈藥碧海青天夜夜心李義山詩雲母屏風燭影深長河漸落曉星沉嫦娥應悔偷靈藥碧海青天夜夜心題峽之句曰一自高唐賦成後楚李義山詩非關宋玉有微辭却是襄王夢覺遲一自高唐賦成後楚天雲鄉雲雨盡堪疑雨盡堪疑夫日月兩曜混淪之際開闢之初既已具豈

有昇天之説寫褻之事而妄以孤眠媚宿侮之乎雲
者山川靈氣雨者天地沛澤奈何因宋玉之謬輒指
為房帷之樂褻之衽席之歡慢天瀆神 周禮玉府衽席 註方氏曰
衽言臥則坐者席臥者衽合言之則衽亦席也 莊
子達生篇人之所取畏者衽席之上 註衽臥衣也 莫
此為甚湘君夫人 黄陵廟湘君湘夫人也 娥皇為湘君女英為湘夫人 帝舜之配陟方
之日 舜南巡死於蒼梧二妃溺湘而死 書陟方乃死 註
李群玉唐詩人 敢以婚邪之詞瀆於黄陵之廟 曰不知精爽
落何處疑是行雲秋色中自述奇遇引歸其身誣妄
矯誣名號掃地后土之傳唐人不敢明斥則天之惡

故假此以諷之尓世俗不識便謂誠然至有韋郎年
少就閑事 韋郎名安道 寒上依看太白經之句夫慾界諸
天 佛語以摩夷等六天為慾界天 皆有配耦其無耦者則無慾者也
唐后山詩話宋玉高唐神女賦蓋有所諷也而文士
多效之者又為傳記以實之天地百神舉無免者余
謂慾界諸天當有配偶其無偶者則無慾
慾也知唐人記后土事以譏武后耶 士君子於名
教中自有樂地何至借迷獄猥 晉書畢卓知傳舍釀熟
夜就甕間盜飲為主
人所覺縛之畢吏部樂廣聞而笑之
曰名教中自有樂地何必乃爾 誣謗高明既
以欺其心又以惑於世而自處於有過之域哉幸卿
至世悉為息之毋令金豪貴之上是漢之間多受貴白

之譏 家語孔子見羅雀者所得皆黄口也孔子曰
大雀獨不得何也羅者對曰黄口従大雀者不可得大雀従黄口者可得孔子顧謂
弟子曰君子慎所従不得其人則有羅網之患 青蠅
之玷也 詩小雅營營青蠅止于樊豈弟君子無信讒
人能變亂善惡也 玷詩大雅白圭之玷尚可磨也
斯言之玷不可為也 註玷缺也 又説文玉病也 今
言又問曰世俗之多誣仙真之被誣今聽神言知其
偽矣然如張騫之乘槎 張騫河内人漢武帝時應募
使月氏窮黄河源後有通書
載諸異聞疑載博望侯列仙
傳騫為玉皇金門直吏 君平之辨石 卒臨卭人費
漢嚴遵字君
卜於成都市中與人子言依於孝與人臣言依於忠
各因其義而導之日閲數人得百錢乃止閉肆下簾
著周易揚雄敛重之李驗録登州數欲得遇之事
君平不應列仙傳嚴君平見為玉府仙官又福州志

有道人嘗見老叟自言蒙君平出曰
吾乃漢嚴君平取其二書授之而去 將信然歟抑妄談
歟仙娥曰此事則誠然矣夫博望侯乃金門直吏嚴
先生乃玉府仙曹輒謫人間靈性具在故能周遊八
極辨識異物豈常人之可比乎卿非三生有縁今夕
亦焉得至此遂出端錦二端以贈之曰卿可歸矣所
託之事幸勿相忘今言拜謝覺飛佀風露高寒濤
瀾洶湧 洶湧水聲
日水聲 一飯之頃却回舊所則淡霧初生大
星漸落鷄三鳴而更五點矣取錦視之與世間所織
不甚相異藏之篋笥以待博物者辨之後遇西域賈

胡識出示焉（東夷以西諸國通稱西域賈胡謂胡之商　賈胡識也唐書太宗曰西域賈胡得美珠剖身而藏之）撫讀移時啓齒言曰此天上至寶非人間物也令言問何以知之曰吾見其文順而不亂色純而不雜以日映之瑞氣葱々而起以塵掩之自然飛揚而去以為帷帳蚊蚋不敢入（蚊蚋一名白鳥　一名黍民也）以為衣寒暑不能侵冬御之不必挾纊（綿絮也）而燠盛夏服之不必乘風而涼其蠶蓋扶桑之蠶所飼其絲則天河之水所濯豈非織女機中之物乎君何從得此令言秘之不肯述其故遂輕舟短棹長遊不返後二十年有過之於玉笥峯者（玉笥山有二一在吉安府永寧縣一在長沙府湘陰縣在永寧者道書云此山肥美宜避兵）顔貌紅澤雙瞳湛然黄冠布裘不巾不帶揖而問之則御風而去（莊子逍遙篇列子御風而行旬有五日而後返）其疾如飛追之不能及矣

緑衣人傳

天水（即今陝西鞏昌府秦州漢置天水郡）趙源早喪父母未有妻室延祐間遊學至於錢塘（杭州属縣）僑居西湖葛嶺之上其側即宋賈秋壑（賈似道自號也）舊宅也源獨居無聊嘗日晩徙倚門外見一女子從東來緑衣雙鬟（詩邶風緑兮衣兮緑衣黄裳註）

（以比賤妾顔而一正嫡微也）年可十五六雖不盛粧濃飾而姿色過人源注目久之明日出門又見如此凡數度日晩輒來源戯問之曰家居何處暮暮來此女笑而拜曰兒家與君為隣君自不識尓源試挑之女欣然而應因遂留宿甚相親暱（暱女乙反　暱狎也）明日辭去夜則復來如此凡月餘情愛甚至源問其姓氏居址女曰君但得美婦而已何用強知問之不已則曰兒常衣緑但呼我為緑衣人可矣終不告以居址所在源意其為巨室妾媵（侍女也）夜出私奔或慮事蹟彰聞故不肯言尓

信之不疑寵念轉密一夕源被酒戯指其衣曰此真可謂緑兮衣兮緑衣黄裳者也女有慚色數夕不至及再來源扣之乃曰本欲相與偕老奈何以婢妾待之令人忸（音六）怩而不安（書五子之歌顔厚有忸怩註忸怩之發於心也）故數日不敢侍君之側然君已知矣今不復隱請得備言之兒與君舊相識也今非至情相感莫能及此源問其故女慘然曰得無相難乎兒實非今世人亦非有禍於君者蓋冥數當然夙縁未盡尓源大驚曰願聞其詳女曰兒故宋秋壑平章之侍女也本臨安良家子

少美亦來年十五以甚美入侍每秋壑回朝宴坐半閒堂（似道堂名　似道字師憲）必召兒侍奕備見寵愛是時君爲其家蒼頭職主煎茶每因供進茶甌（茶甌茶碗也）得至後堂君時年少美姿容兒見而慕之嘗以繡羅錢篋（繡羅篋屬錦嚢也　竊遺之以寓繾綣也）來寶投君君亦以瑇瑁脂盒爲贈（瑇瑁鳳盒本作容己合子也　瑇瑁鳥名以爲盒飾也）彼此雖各有意而內外嚴密莫能得其便後爲同輩所覺讒於秋壑遂與君同賜死於西湖斷橋之下（斷橋在西湖孤山側）君今已再世爲人而兒猶在鬼錄得非命歟（魏文帝與吳質書云　觀其姓名已爲鬼錄）言訖嗚咽泣下源亦爲之動容久之乃曰審若是則吾與汝乃再世因緣也當更加親愛以償疇昔之願自是遂留宿源舍不復更去源素不善奕教之奕盡傳其妙凡平日以棊稱者皆不能敵也每說秋壑舊事其所目擊者（莊子田子方篇溫伯雪子目擊而道存　註曰目裁往意已達也又擊動也）歷歷甚詳嘗言秋壑一日倚樓閒望諸姬皆侍適二人烏巾素服乘小舟由湖登岸一姬曰美哉二少年秋壑曰汝願事之耶當令納聘姬笑而無言逾時令人捧一盒呼諸姬至前曰適爲某姬納聘啓視之則姬之首也諸姬皆戰慄而退又嘗販鹽數百艘（艘舟之總名也）至都市賣之太學有詩曰

昨夜江頭湧碧波滿船都載相公鹺（鹺鹽也）雖然要作調羹用未必調羹用許多

秋壑聞之遂以士人付獄論以誹謗罪又嘗於浙西行公田法民受其苦或題詩於路左云

襄陽累歲困孤城豢養湖山不出征不識咽喉形勢地公田枉自害蒼生

秋壑見之捕得遣遠竄（竄逐也）又嘗齋雲水（僧道也）千人其數已足未有一道士衣襤褸至門求齋主者以數足不肯與之道士堅求不去不得已於門側齋焉齋罷覆其鉢於案而去衆悉力舉之不動啓於秋壑自往擧之乃有詩二句云得好休時便好休收花結子在綿州始知眞仙降臨而不識也然終不喻綿州之意嗟乎孰知有漳州木綿庵之厄也（漳州府今隸福建布政司木綿庵在府城南似道自寶慶謫循州時鄭虎臣押似道至此庵似道如廁拉殺之先是有人贈以詩云循州不似今日好何不當初早入山）又嘗有術人（術士也）泊舟蘇隄時方盛暑臥于舟尾終夜不寐見三人長不盈尺集於沙際

一曰張公柔矣如之奈何一曰賈平章非仁者決不相恕一曰我則已矣公等及見其敗也相與哭入水中次日漁者張公獲一鼈徑二尺餘 張公獲鼈與汪幽紀聞所載相同但記藏寳注申年丁亥記爲詳 納之府第不三年而禍作蓋物亦先知數而不可逃也源曰吾今日與汝相遇抑豈非數乎女曰是誠不妄矣源曰汝之精氣能久存於世耶女曰數至則散矣源曰然則何時女曰三年耳源固未之信及期臥病不起源爲之迎醫女不欲曰曩固已與君言矣因緣之契夫婦之情盡於此矣即以手握源臂而與之訣曰兒以幽陰之質得事君子荷蒙不棄周旋許時徒著一念之私復陷不測之禍然而海枯石爛 海枯即海竭也呂洞賓詩大千世界須臾至石爛松枯經幾秋 此恨難消地老天荒 文天祥詩出門一笑天地老唐時荊州每解舉人多不成名號曰天荒至劉蛻以荊州解及第人曰破天荒 此情不泯今幸得續前生之好踐往世之盟三載于茲志願足矣請從此辭毋更以爲念也言訖面壁而臥呼之不應矣源大傷慟爲治棺槨而斂之將葬怪其柩甚輕啓而視之惟衣衾釵珥在耳 珥珠在耳璫也 乃虛葬于北山之麓源感其情不復再娶投靈隱寺出家爲僧以終其身云

附錄

秋香亭記

至正間有商生者隨父宦遊姑蘇僑居烏鵲橋 橋在蘇州府東南隅古有烏鵲館故名 其鄰則弘農 即今陝西安府華陰實弘農 楊氏第也楊氏乃延祐大詩人浦城公之裔浦城娶於商 浦城公楊載官至宣州推官工詩與虞集范梈齊名一時 其孫女名采采與生中表兄妹也 中表異姓吾從兄弟 浦城已歿商氏尚存生少年氣稟清淑性質溫粹與采采俱在童丱 音慣詩總角丱兮註兩角貌論文丱束髮也 商氏即生之祖姑也每讀書之暇與采采共戲於庭爲商氏所鍾愛嘗撫生指采采謂曰汝宜益加進修吾孫女誓不適他族當令事汝以續二姓之親永以爲好也女父母樂聞此言即欲歸之而生嚴親以生年幼恐其怠於學業請俟他日生女因商氏之言倍相憐愛數歲遇中秋月夕家人會飲沾醉遂同遊於生宅秋香亭上有二桂樹垂蔭婆娑花芳盛開月色團圓香氣穠馥生女私於其下語焉 詩何彼穠矣註穠盛貌穠馥文香氣也 是後女年稍長不復過宅每歲節

伏臘僅以兄妹禮見於中堂而已閨閣深邃莫能致其情後一歲亭前桂花始開女以折花爲名以碧瑤牋（牋紙名有浣花溪竹葉牋之類碧者名色深淺少異耳）書絶句二首令侍婢秀香持以授生囑生繼和詩曰

秋香亭上桂花芳幾度風吹到繡房自恨人生不如樹朝朝腸斷屋西牆

秋香亭上桂花舒用意慇懃種兩株願得他年如此樹錦裁步障護明珠（晉石崇與王愷以奢靡相尚愷作紫絲步障四十里石崇作錦步障五十里）

生得之驚喜遂口占二首書以奉答付婢持去詩曰

深盟密約兩情勞猶有餘香在舊袍記得去年携手處秋香亭上月輪高

高栽翠柳隔芳園牢織金籠貯彩鴛忽有書來傳好語秋香亭上鵲聲喧

生始慕其色而已不知其才之若是也既見二詩失喜欲狂但翹首企足以待結褵之期而已（詩親結其褵註褵婦人之褘也母戒女而爲之施衿結褵也爾雅云褘謂之帨帨巾也）不計其他也女後以多情致疾恹恹生不知其眷戀之情乃以其綾帕（其綾光澤美好）

帕（帕手巾婦人用以裹頭）題絶句于上令婢持以贈生詩曰

羅帕薰香病裏頭眼波嬌溜滿眶秋（東坡詩佳人未肯回秋波又光搖銀海眩生花道書以眼爲銀海故亦謂之秋波）風流不與愁相約纔到風流便有愁

生感嘆再三未及酬和適高郵張氏兵起三吳擾亂（蘇常湖三州爲三吳）生父挈家南歸臨安展轉會稽四明以避亂女家亦北徙金陵音耗不通者十載吳元年國朝混一道路始通時生父已歿獨奉母居錢塘故址遣舊使老蒼頭往金陵物色之則女以甲辰年適太原（今隸山西布政司）王氏有子矣蒼頭回報生雖悵然絶望然終欲一致款曲於女以導達其情遂市剪綵花（荊楚歲時記人日剪綵爲花勝以相遺後人因而貼宮以爲節盒匣也）二盒紫綿脂百餅（紫綿脂即綿臙脂也）遣蒼頭賫往遺之恨其身約不復致書但以蒼頭己意托其父親之故求一見以覘其情王氏亦金陵巨室開綵帛鋪於市適女登樓獨立見蒼頭趨過於門遽呼之曰得非商兄家舊人耶即命之入詢問動靜顏色悽惶蒼頭以二物進女怪其無書具述生意以告女吁嗟抑塞不能發辭以酒饌待之

約其明日并來敘話翠翠頭如命而往女郎為綵鸞修簡遺生曰〔闡史人補史高聞識有識旋既進謂之鳥祭欄又異聞集雀小玉取珠絡縫繡囊中也〕〔越娘寄書絲欄素段三尺以授王生生援筆立成〕

伏承來使具述前因天不成全事多間阻蓋自前朝失政列郡受兵大傷小亡弱肉強食薦遭禍亂十載于此偶獲生存一身非故東西奔竄左右逃避祖母辭堂先君捐館避終風之狂暴〔詩終風且暴顧我則笑詩終風終日風也衛莊公在詩暴莊夫人莊姜意不見答曰之故以終風且暴為比〕慮行露之沾濡〔詩厭浥行露豈不夙夜謂行多露詩言南國服文王之化能以禮自守不為強暴所汚者曰我豈不欲早夜而行乎畏多露之沾濡而不敢耳〕欲終守前盟則鱗鴻永絕〔鱗蓋指鯉魚鴻雁尺素之事鴻即雁也漢蘇武使匈奴言天子射上林得雁足繫帛書言武等在某澤中單于驚乃還武等事〕欲徑行小諒則溝瀆莫知〔論語豈若匹夫匹婦之為諒也自經於溝瀆而莫之知也　註　諒小信也〕不幸委身從人延命度日顧伶俜〔伶俜單子貌〕之弱質值屯蹇之衰年〔易屯雷下坎上為屯艮下坎上為蹇俱取險難未舒泰之義〕往往對景關情逢時起恨雖應酬之際勉為笑懽而岑寂之中不勝傷感追思舊事如在昨朝華翰銘心佳音屬耳半衾未暖幽夢難通一枕才欹驚魂又散視容光之減舊知憔悴之因郎〔鶯鶯贈張生詩云自從消瘦減容光萬轉千回懶下牀不為旁人羞不起為郎憔悴却羞郎〕恨後會之無由嘆今生之虛度豈意高明不棄撫念過深加沛澤以滂施回餘光以反照〔列女傳齊女徐吾者與鄰婦合燭夜績吾貧而燭不屬鄰婦謂無與夜績徐吾曰妾以貧故起常先息常後灑掃陳席以待來者坐常處下為貧故也今一室之中益一人燭不為益明去一人燭不為暗何愛東壁餘光幸分之遂復與績傳燈錄義能解曰回光反照看身心是何物〕採葑菲之下體〔詩採葑採菲無以下體註下體根也葑菲根莖皆可食而其根則有時而美惡言採葑菲者不可以其根之惡而棄其莖之美也〕記蘿蔦之[illegible]復援擢[illegible]之畢[illegible]屠之飾[illegible]容頓改厚恵何施雖荷恩私愈增慚愧而況通宋形銷骸削食減心煩知來日之無多念此身之如寄兄若見之亦當惑恩而垂去尚何矜恤之有焉倘恩情未盡當結伉儷於來生續婚姻於後世爾臨楮嗚咽悲不能禁復製五十六字上瀆清覽倘或察其辭而恕其意使篋扇懷恩〔漢班婕妤失寵作秋扇詩常恐秋節至涼飈奪炎熱棄捐篋笥中恩情中道絕〕綈袍戀德則雖死之日猶生之年也詩云

好因緣是惡因緣〔[illegible]秦穆公女弄玉[illegible]〕〔[illegible]好因緣惡因緣只[illegible]〕〔[illegible]一夜[illegible]〕〔待得鸞膠續斷絃是何年[illegible]〕〔[illegible]〕只怨干戈不

怨天兩世玉簫猶再合何時金鏡得重圓彩鸞舞後腸空斷青雀飛來信不傳安得神靈如倩女芳魂容易到君邊

生得書雖無復致望猶和其韻以自遣云

秋香亭上舊因緣長記中秋半夜天鴛枕沁紅粧淚濕鳳衫凝碧唾花圓 漢伶玄趙飛燕外傳云后與其娣婕妤坐后誤唾婕妤袖婕妤曰姊唾染人紺袖正似石上花假令尚方爲之未必能如此衣之華乃以爲石華廣袖 斷絃無復鸞膠續舊盒空勞蝶使傳惟有當時端正月清光能照兩人邊

併其舊藏也嘗出每一覽之輒寢食俱廢者累日蓋終不能忘情焉尔生之友山陽瞿佑備知其詳既以理諭之復製滿庭芳一闋以著其事詞曰 滿庭芳調詞曲名

月老難憑 杜陵韋固遊清河旅次宋城南店且往龍興寺斜月尚明有老人倚巾囊坐於階上向月檢書固覗之不識其字固問之老人曰此幽冥之書固曰然則君何主曰管天下之婚牘固願早娶以廣後嗣老人曰君婦纔三歲年十七當入君門固問囊中何物曰赤繩子聯人生以繫夫妻之足雖讎敵之家貴賤懸隔其足一繫終不可逭固後娶王泰女年果十七宋城宰聞之題其店曰定婚店 星期易阻 星期詩綢繆束薪三星在天今夕何夕見此良人箋刺婚姻不得其時 御溝紅葉堪燒辛勤

種玉 唐僖宗宮女韓氏嘗於紅葉題詩云流水何太急深宮盡日閑殷勤謝紅葉好去到人間放御溝中有士人于祐拾得就題之一葉云曾聞葉上題紅怨葉上題詩寄阿誰逆流韓氏拾得後帝放宮人祐託韓泳門館泳以韓氏有同姓之親乃嫁祐各示所得葉韓泣曰事豈偶然莫非前定泳開宴云今日可謝媒人韓氏笑答曰一聯佳句隨流水十載幽思滿素懷今日却成鸞鳳友方知紅葉是良媒 擬弄鳳凰簫可惜國香無主零落盡露蕊烟條尋春晚 黃山谷在荊州見隣家女子絕美後其家以嫁營兵因賦水仙花寓意其數聯云淤泥解作白蓮藕糞壤能開黃玉花可惜國香天不管隨緣流落小民家數年山谷至荊南歲荒其夫鬻之田氏家山谷友高子勉請田氏名曰國香以成山谷之意 綠陰青子鶗鴂已無聊 鶗鴂一名鵙一名博勞詩七月鳴鵙禮記仲夏之月鵙始鳴離騷恐鶗鴂之先鳴使夫百草爲之不芳註其聲惡陰氣至則先鳴而草死也聊賴也漢書無俚於口註俚賴也無聊意之

○藍橋雖不遠世無磨勒誰盜紅綃 唐大曆中有崔生者家有崑崙奴曰磨勒生之父友勳臣一品其家有美姬名紅綃生見之寢食俱廢但吟詩曰誤到蓬萊頂上遊明璫玉女動星眸朱扉半掩深宮月應照瓊枝雪豔愁磨勒曰何不報老奴爲郎君必能成之生具告之磨勒曰此小事耳是夜逾十重垣負生而出匿之後二年一品知之命甲士使擒磨勒勒飛出高垣疾如鷹隼不知所向 悵歡蹤永隔離恨難消回首秋香亭上雙鬟老落葉飄颻相思債還他未了 佛氏宿世情緣爲債東坡詩傷心一念償前債彈指三生斷後緣 腸斷可憐宵

仍記其始末以附於古今傳奇之後使多情者覽之

則章臺攀折佳人之恨無窮仗義者聞之則茅山藥成唐王仙客之舅劉震有女曰無雙嘗許稚歲弄相狎其父約為婚姻後因姚令言之亂劉震投偽官賊及極刑無雙沒入掖庭仙客適遇劉家蒼頭塞鴻傳信於無雙報書云當平縣古押衙有心人往求之仙客造謁所願必矣恐之古生曰察君之意將有求於老父也感君之恩粉身報效仙客以實告古生曰茅山道士有藥者其藥服之者立死三日却活使人求得一丸令無雙當使婢採蘋作中使賜此藥令自盡古生託為親故贖其屍乃至心頭微煖濃湯乃甦與之歸故鄉為夫婦二十年俠士之志有在又安知其終如此而已也

剪燈新話句解卷之四終

紀剪燈新話卷後

山陽瞿先生剪燈新話四卷僕昔叨尹蜀之蒲江公餘詣邑泮廣文田以和出示斯集閲先生所述多近代事實摸寫情意醖釀文辭濃郁艷麗委蛇曲折流出肺腑恍然若目擊耳聞懲勸善惡刻冠今古誦之令人感慨沾襟者多矣後聞先生爲國子助教拜

親藩長史榮亦至矣恨不獲荊識越十載之間與先生簪盍

兩京一見如平生歡未幾別去又八稔先生謫居保安今年春僕適有興和之行操邊將幕下去保安遠一百餘里跡相聞書　往覆以快平昔景慕之願

公　躍馬一訪　南而先主擁皐比之席欣然倒屣相迎亟呼僮子市酒肴論舊好感今懷昔因談及剪燈新話今失其本喜余存是稾遂賦詩留別繾綣之情爲何如也　一日瑞守唐孟高氏公事抵邊城以斯集奉寄又得先生親筆校正出于一手不少二句唐守仍緘回原稾褒玩久之不能釋卷就中舛誤頗多特爲傍注詳明遂俾舊迷傳訛如珠聯玉

貫燦然一新何斯文之幸耶輒濡毫次第書之藏于巾笥以便觀覧併賦鄙一首紀其本末求先生之清敎云　剪燈携得至興和傳寫辭嶷承渡河遠託郡侯親寄奉又經國相訂差訛牡丹燈下花妖麗牡子亭前月色多讀到三山恩負處令人兩淚自滂沱

永樂十八年五月十日盱江胡子昂書

跋秋香亭記

夫婦人之大倫然天緣有分人事難齊雖苟合於一時貽譏嘲於千古若相如之於卓文君陶穀之於秦弱蘭一以琴心挑戲一以詞語合歡中冓之訐大可醜也予觀山陽瞿宗吉長史秋香亭記述錢塘商氏與姑楊采采事因慨焉二家聯姻親之夙好佩父母之成言事不和諧時相非異寓恩私於詞翰適中正之道途而異其事感其人憐其才而著其美賦唐律一章云秋香亭上月明宵好是商郎悦采嬌青鳥傳書懷阿母綵鸞移帳失文簫釵分剪燭灰心久錦寄回文入夢遥烏鵲橋頭風景異此情應與恨俱消

永樂庚子蕤賓望日廬陵晏璧彦文甫跋

剪燈新話卷後志

予昔官臺幕識錢塘瞿存齋先生于胄監衆推先生學識俊邁予請爲歴代叙略題辭未遑詳接談論予尋以内艱守制金華服闋應求賢舉拜春官儀制員外先生以才德老成陞擢王相之河南矣間以進

表至京一見即別及待少宗伯淩儀趙

公語云前參政浙垣曾見先生所著剪燈新話紀事有善惡有悲喜可勸懲雖涉怪异而善形容寓意文贍而詞工可誅姦諛勵貞節寓心識之惜未及見後出守瑞州地遠事繁睽隔久之適以事移濼陽先生亦繼至朝夕請益語及剪燈新話云舊本失之已久自恨終不得見矣既而趙公由大宗伯轉夏官司馬奉

命同監察御史鄭君貴謨等按臨關外因至濼陽公餘談及先生秋香亭記俾予求藁先生書之以奉越歳盱江竹雪翁胡子昂以備禦與和將幕採訪予同拜先生觴酌間子昂告以昔尹蜀之蒲江文學掾田以和出示先生所著剪燈新話今以入賸錄多魯魚亥豕之失藁今留備寓先生書其亭因至興和得而覽之於趙公之言有徵可以豁沖襟而發悒憤遂假以歸求先生爲正其訛謬謄本收藏緘原本還子昂遂志其由於卷末後之覽者知所自云

永樂庚子秋八月既望金華唐岳書于息軒

重校剪燈新話後序

少日讀書之暇性喜著述螢牕雪案手筆不輟每爲鄉丈柘軒凌公所稱許不知者有玩物喪志之譏而決意不回殆忘寢食久而長編巨冊積成部帙治經則有春秋貫珠春秋捷音正葩掇英誠意齋課藁閑史則有管見摘編集覽鐫誤作詩則有鼓吹續音風木遺音樂府

擬題屏佳趣香臺集釆芹稾攻文則有
名賢文粹存齋類編填詞則有餘清曲
譜天機　雲錦綦言紀事則有遊藝録
剪燈録大藏搜奇學海遺珠等集自戊
子歳獲譴以來散亡零落略無存者投
棄山後與農圃爲徒念夙志之乖違憐
舊學之荒廢書空默坐付之長太息而
已間遇一二士友求索舊聞心倦神疲

不能記憶茫然無以應也近會胡君子
昂以剪燈新話四卷見示則得之於四
川之蒲江子昂請爲校正而唐君孟高
汪君彦齡皆覩爲謄録之字畫端楷極
爲精緻蓋是集爲好事者傳之四方抄
寫失眞舛誤頗多或有鋟版者則又脱
略彌甚故特記之卷後俾舛誤脱略者
見之知是本之爲眞確或可從而改正

云抑是集成於洪武戊午歳距今四十
四禩矣彼時年富力強鋭於立言或傳
聞未詳或鋪張太過未免有所踈率今
老矣雖欲追悔不可及也覧者宜識之
永樂十九年歳次辛丑正月燈夕七十
五歳翁錢塘瞿佑宗吉甫書于保安城
南寓舎

題剪燈録後絶句四首
午酒初醒啜茗餘香消金鴨夜窻虚剪
燈濡筆情無寐録得人間未見書
風動疎簾月滿臺敲棊不見可人來只
消幾紙閑文字待得燈花半夜開
花落銀缸午夜深手書細字苦推尋不
知異日燈窻下還有人能識此心
辛苦編書百不能搜奇述異費凝藤近

來陵覺虛名著徃徃逢人問剪燈
昔在鄉里編輯剪燈錄前後續別四
集自甲至癸分爲十卷又自爲一詩
題於集後今此集不存而詩尚能記
憶因閱新話遂附寫於末云存齋
姪瞿暹刋行
杭州在城官　亭橋經坊郤家印行

慶安元年十一月吉日
二條鍋屋町書林仁左衞門　刋行

剪燈新話後序終

解説

『伽婢子』の意義

花田富二夫

はじめに

浅井了意――古典注釈家であり、地誌作家であり、教訓小説を書き、歴史、軍書に造詣が深く、とりわけ真宗大谷派の僧侶として多くの仏書をものした多彩な顔の作家――。その半生は、いまだ明らかになっていない。彼が渾身の力を込めて本書『伽婢子』を世に送った。全十三巻六十八話(惣目録は一話欠いて六十七話)。三話を除く六十五話すべてが中国小説、或いは朝鮮刊伝奇小説との関連を有し、彼の国の話を跡形もなく、我が国の話に再生させたものであった。その手法を翻案と呼ぶなら、本書は我が国における近世初期翻案文学の白眉である。そして以後、この方法は近世期を通じる一方法として威力を発し、近世怪異小説の源流となった。

しかし、本書は単なる怪異小説ではない。本書の一篇一篇を解きほぐすにつれ、そこには了意がそれまで培った様々な文芸的意匠が施されているのを見出す。たとえば和歌、和文脈、或いは狂歌、神仙、軍事、医学など、和・漢・仏をはじめ、諸々の思想や学問が組み込まれているのである。

実に多彩であった。この華麗なる著述故に了意の伝記に関しては、多くの人達によって興味が持たれ、出生地に関しても、また了意その人に関しても諸説が乱れた。しかし、現在、北条秀雄、野間光辰の両者によって基本的な輪郭が描かれ、今後への基礎が築かれた。その詳細は両書に就かれたい。わずかに述べると、彼は幼児期、摂津三嶋江(大阪府高槻市)の東本願寺派本照寺に在ったが、同寺を出奔した叔父の罪の連坐に遭い、一家は寺を追放された。その後の動静は杳としてつかめない。長じた後、彼は、医業や説教、もしくは著述業に就いたかと推測されるが、いずれもかすかな手掛りに過ぎず、我々の想像をかき立てるのみである。やがて、延宝三年(一六七五)、本性寺という紙寺号(寺の実体がなくてもよい寺号)を下附され、同五年頃までは、現在も京都市左京区新麩屋町通仁王門下ル大菊町に残る正願寺の第二世住職として在住した。以後、故事説話集や仏書の著述に専念し、死没直前、本書の続編たる『狗張子』を著述し、元禄四年(一六九一)一月一日に示寂した(『狗張子』序文)。

その間、了意がどういういきさつで『伽婢子』の著述に至ったかは定かでない。現在では、残された著述そのものに解答を求めねばならない。

本書の研究史に関しても、既に各氏によって要領よくまとめられたものも多いので、ここでは割愛する。当注釈では、中国小説『剪灯新話』から十六話、『剪灯余話』から二話、『五朝小説』から四十五話、朝鮮刊『金鰲新話』から二話との見解を得た。残る三話は高僧や動物にまつわる民間説話に拠るものと推定して置く。特に回国僧との関連が注目されている。

一　翻案について

了意は、『伽婢子』を翻案という形で述作した。しかし、それが単に中国或いは朝鮮刊小説からの翻案小説の実験を行なったことでないことは、その序文に照して明らかである。

三教をの〳〵霊理・奇特・怪異・感応のむなしからざることをしへて、其道にいらしむる媒とす

只児女の聞をおどろかし、をのづから心をあらため、正道におもむくひとつの補とせむと也

即ち、了意にとって本書は人々を正道に導くための方便の書であった。そのためには、儒者により戒められた「怪力乱神」の語も、時と目的によっては許容されるとする立場を取るのである。尤も、これは既に『元亨釈書』「智通論」に見えていた、「吾常に聞、需釈老の三教は……本是一致なり」(注文)、「孔子之不レ語二怪力乱神一者、非二絶不一レ言也、慎レ言也」」の伝統的な思想に基づくとの指摘もある。

儒が許容せぬにしろ、三教の一致を本意とする思想家に於いては、「怪力乱神」は許容すべきものであった。既に、そのような聖賢の書物も存しているではないか。この点に於いて、了意は『剪灯新話』の作者瞿佑と響き合った。『新話』の序文は述べる、「聖賢の書と雖も怪異の事を記すのであり、一面のみで論ずべきではない」と。後、筆禍を蒙り、陝西省保安に流された信念の作家瞿佑の弁は、恰も近世初期の三教一致の復興の風潮の中で、了意の心を強く捉えたのである。本書を百話に満たずして擱筆したとする部分も、或いは、後跋『剪灯録』の七言絶句「辛苦シテ書ヲ編ムコト百能ハズ」(→付録四八八頁下段)に基づくのかも知れない。とすれば、本書に記す百物語の系譜も我が国のものとは限らない可能性があるが、現在のところ未詳である。序文によると『剪灯録』は『剪灯新話』の前身、全四十巻存したと言う。仮に百話で止めたこととの関連が認められるなら、本書は『剪灯新話』の首尾を取り入れ、その結構に基づいたのである。

続いて、雲樵なる者(所在や職業、号、印を有せず、やや異例)が、漢文序にその具体的方法や内容、意図を示す。

怪異之驚レ耳、滑稽之説レ人……是庸人孺子之所ニ好読易解一也
如レ言ニ男女淫奔一、則念ニ深誡一、幽明神怪則欲レ覈レ理

「怪異」「滑稽」「男女淫奔」「幽明」「神怪」、すべて本書の内容を示す言葉である。謂わば、本書のキー・ワードであった。さらに、「怪力乱神」に「滑稽」が加わった。そして、「怪異」や「滑稽」は、多くの人々の耳目に入り易くするための咄の方法であったと位置付ける。

ここに本書は、無目的に「怪力乱神」にまつわる翻案小説を試みたのではなく、明らかにそれらの衣装をまとって読者を戒め、正理に向かわしめるという目的小説であることを表明しているのである。

しかし、それでもなお、何故彼は翻案という形を用いたのか。その点が疑問として残る。そして、それが解明されない限り、本書の文学史的意義を充分に説明したとは言えないのである。当期の文学に於いては、中国種は中国種、本朝物は本朝物という物語の形式が一般的であったからである。たとえ、方便の具にしようとも、他作と同じように中国の話として著述すれば充分だったのではなかろうか。

それには当時の説教僧の在り方や仏典による説話再生の在り方など諸事情がからむことが予想されよう。これが、了意独自の考案であったと言ってしまえば簡単であるが、そう言い切るのも躊躇される。この疑問は、了意周辺の同時代人の著述活動の在り方をも含め、更なる検討に委ねたい。

一方、「翻案」の語は、早くから使用されていた。諸辞書によく引用される『太平記』巻七「千劒破城軍事」には、「一首ノ古歌ヲ翻案シテ、大将ノ陣ノ前ニゾ立タリケル　余所ニノミ見テヤヽミナン葛城ノタカマノ山ノ峯ノ楠」とある。これは、『新古今集』恋一・読人知らずの「よそにのみみてややみなんかづらきやたかまの山の嶺のしら雲」

の「しら雲」を「楠」に変え、攻手の武将達を揶揄したものであった。このように、「翻案」とは、主に詩文や和歌を対象にした、謂わば本歌取りと同様の手法を指した。

この点は了意に於いても同じであった。彼の著『狂歌咄』巻一（寛文十二年五月刊）には、「我恋は松を時雨の歌は、こゝにてよませたまふといふ。これを翻案して、我恋はまゝを日暮に待かねてあはらのしたにむしさはぐなり」とある。『新古今集』恋一所載の慈鎮和尚の和歌、「我恋は松を時雨の染かねて真葛が原に風さはぐなり」の恋の心を、〈まゝ（飯）を待兼ねて空腹の虫が鳴る〉の意に転じた（この狂歌は了意の著『出来斎京土産』〈延宝五年一月刊〉三・知恩院にも再出される）。ここで言う了意の「翻案」の語は「狂歌」作詠と同意なのであり、その基本には滑稽の精神が宿っていた。これは、前述序文に指摘した「滑稽」の要素であり、具体的には、本書巻十一の三での、領国支配者「大友佐衛門佐」（この人物が虚構に近いことは注に述べた。或いは松浦佐夜姫の夫、大伴狭手彦の名にもひかれたか）の酷政に対する風刺の狂歌の挿入に現われている。その他、本書に於ける漢詩文を和歌に転じたものなど、了意にとっては「翻案」の一部だった可能性がある。

しかし、本書で了意は物語全体を翻案化したのである。その先例が既に『堪忍記』（万治二年三月刊）巻四の十五の五で試みられていた。これは、ある貧しい男がひと儲けしようと思い、瀬戸の酒甕を買い込み、それを倍々に売って長者になろうと夢見、甕の中に入ったり出たりしているうちに甕の底を割ってしまったという滑稽失敗談である。この典拠は管見によると、『事文類聚前集』三十六・貨殖家・甕算（引用書目「小説」）である。

俗説有二貧人一。止能弁下販二隻甕一之資上。夜宿二甕中一心計曰。此甕売レ之若干。其息已倍矣。我得二倍息一。遂可レ販二二甕一。自二二甕一化而為レ四所レ得倍息。其利無レ窮。遂喜而舞。不レ覚甕破　（送り仮名は略す）

了意の工夫は、ただ一つ。甕を瀬戸の酒甕に変えただけであった。しかし、挿絵として大きな甕に入った間抜けな男の絵を配し、一見しただけでは中国種と見えないように装っていた。

このように並み居る多数の説話の中でも、翻案の話は多く指摘することができない。だが、本書のような中国小説の翻案化が、既に その出発期の作品から試みられていたことは、彼の文芸創作の一方法に、翻案という方法が確実に萌芽していたことを窺い知ることができるのである。

二　書名について

了意は本書に「伽婢子」の書名を与えた。これは、本書巻三の三「牡丹灯籠」での「かたはらに古き伽婢子あり。うしろに浅茅といふ名を書たり」に基づく。典拠は『剪灯新話』の「盟器婢子」である。「盟器(明器)」とは、中国で死者の副葬品とした物。「婢子」に了意は「バフコ(ハフコ)」の訓みを当てた。「盟器」の怪異には、中国浙江省一帯に広がっていた「土偶」等に対する「淫祠妖廟」の信仰を見る説もあるが、「はふこ」とは「這子」とも呼ばれる我が国古来の形代(かたしろ)の人形の呼称でもあった。この「這子」は古名を「天児(あまがつ)」とも称し、幼児にふりかかる災厄を身代りさせるものであり、古くは産室にも置かれ、新生児の形代として、その無事を祈った。やや時代は下るが、貞享三年(一六八六)序の『婦人養草』巻五の四には次のように記す。

あまがつとは、仙源抄云、三歳の比まで赤子の祈念のために人形をつくりて、衣服などをまづ是にきせはじめて凶事を此あまがつにおほするまじなひ、今俗にいふ奴婢(ほうこ)と云もの是なり。あまがつとは天倪(てんけい)と書り。荘子に和ニ

以天倪一と云へり

即ち、「おとぎぼうこ」の「ほうこ」とは、この古来の幼児を守る形代の人形「はうこ」に発していたのであり、これに「伽」を加えたものであった。「伽」とは、側に侍べる意、謂わば幼児の側に侍べりつつ、その身を護るものであった。そして、「伽」には、「お伽衆」のように、「咄」の意味も含まれ、本書の書名には、〈側に仕えて咄を奉る〉の寓意を重ねたのである。原典の趣きを活かしつつ、自らの怪異小説に幼児に供する意の書名を与え、いつまでも愛読されることを願ったのであった。この書名は恐らく彼の自信作でもあったようだ。本書巻十の三では、再び「牡丹灯籠」の人物名を取り入れつつ「伽婢子」の語を再出した。又「はふこ」(「這孤　ハフコ」『易林本節用集』)とは、和名イヌヨモギの別名でもある(『本草和名』には「菴䕡子」を「和名比岐与毛岐一名波々古」ともする)。これは、よもぎを用いたクサヒトガタの俗習の名残りであったか。

そして、この幼児のお守りは、了意の最後の怪異小説『狗張子』の書名としても継承されてゆくのである。「幽明」や「神怪」に彩られた両書に、作者は物語を通じて、物語以上の神秘的力を託そうとしたのかも知れない。

三　原話のテキスト

了意が『剪灯新話句解』、或いは『金鰲新話』からの翻案を成す書誌的環境は整っていた。天正(一五七三—九二)頃成立の古写本『奇異雑談集』は、用語の一部に、『剪灯新話句解』との類似点もあり、当書からの影響が指摘されてきた(現存版本より推定。但し、断定できる程度とは言い難い。本文は和刻本『句解』の訓読に近い)。仮に、そうなら、朝鮮での垂胡子林芑註解の木活字版が一五四九年、滄洲尹春年訂正の第二版が一五五九年刊行とされるので、刊行後間もなくして我が国にもたらされたことになる。その後、我が国では、慶長・元和(一五九六—一六二四)頃の古活字版が刊行され、やがて附録掲載の慶安元年(一六四八)刊整版本によって流布した。

『剪灯新話』自体は更に古く、既に文明十四年(一四八二)以前には渡来していたと言われる。若き林羅山も本書を愛読しており(『羅山文集』五十四「剪灯新話跋」)、彼の随筆『梅村載筆』「雑」の部に『剪灯新話』『剪灯余話』の書名を記している。さらに彼の注釈にも用いられ、『徒然草』四十二段の「鬼のかほになりて」の箇所に、「剪灯新話にのせたる。馮大異が鬼穴に入て鬼のかたちになりてかへりたれば、里人どもおそれて近づかざることおもひ合せ侍る」(『野槌』)と引用している。

朝鮮時代の梅月堂金時習の手になる『金鰲新話』も尹春年の編纂するところであった。近年中国の大連図書館から発見され、現在までその存在が確認されていなかった朝鮮刊本には、養安院蔵、即ち曲直瀬正琳の蔵書印があるという。文禄・慶長の役で我が国にもたらされ、曲直瀬家の旧蔵になったものである。和刻本としては承応二年(一六五三)板、万治三年(一六六〇)板、及び、その後刷りの寛文十三年(一六七三)福森板等が存する。

その他、刊本にはならなかったものの、『漢和希夷』(『奇異雑談集』の古態を示すと言われる)や『霊怪艸』(池田委斎〈正式〉著、慶安年中の成立、現在二種の写本が伝存。『剪灯新話句解』より八話収載)等、『新話』影響作品が現われ、世人の興味を次第に喚起して、了意の翻案化の気運は醸成されていった。

残りの中国小説に関しては、個別的に使用されたとは考えにくく、或る類書に拠ったのではなかろうかとの観点から種々の詮索が行われてきた。『古今説海』『説郛』『太平広記』等がその候補に上がったが、『五朝小説』に拠ることが近年指摘され、ほぼ認められるに至った。しかし、本書には様々な編纂形式のものがあり、その書目内容は同一ではない。内閣文庫に蔵する羅山旧蔵本も了意が用いたものとは限らないようだ。石印本の『五朝小説大観』も抄出本である。魏晋唐宋明の小説を集成し、『五朝紀事』とも別称され、或いは明の馮猶龍の編集とも言われるが、しかし、了意が如何にして本書に接したのか、それは今のところ不明である。

これら『剪灯新話句解』『金鰲新話』『五朝小説』は、いずれも当時にあっては新渡来の中国・朝鮮書籍であった。謂わば時代の先端をゆく書物群だったのであり、了意にとってこれらの話は、我が国の従来の説話をしのぐ新奇性に満ちて映ったことであろう。それをいち早く利用しようとした了意の嗅覚は、見事に人々の心を捉えたのであった。

四　歴史家・軍学者としての了意

本書に於いて了意が見せたもう一つの顔は、歴史家・軍学者としてのそれである。

林羅山作の漢文体『将軍家譜』(明暦四年〈一六五八〉刊)を和訳した、自らの著書の『将軍記』(寛文四年〈一六六四〉十一月刊)は、本書の舞台設定の主流となって活用された。『太平記』の年代の後を受けて、室町幕府第三代将軍足利義満の時代から、八代義政の応仁の乱を経て、十三代義輝の群雄割拠の時代へと、その舞台は自由に歴史上を動いた。これに、幕府管領の畠山・細川家を中心に、畠山持国や細川勝元、或いは政元、高国、晴元らの合戦が散りばめられる。地方武将としては、武人でありながら高官位に昇った大内家が特に取り上げられ、下剋上の象徴たる松永久秀、陶晴賢らの謀反が、血なま臭い戦国の世に更なる人心の荒びをもたらした。謀反と反逆の戦国の世にあって、男女の愛は一層に燃え上がるのである。しかし、それにもまして繰り広げられる殺伐の風潮は、かの「牡丹灯籠」に於いてさえ、荻原、浅茅という荒涼とした風景の点描の中に存在せざるを得なかった。

次に多く採用されたのは、武田信玄を中心とする甲斐とそれに関した国々の世界であった。信玄は自分の父を追放した、不孝にして余りある武将であったが、それは戦国の世の習いと言うべきか、信玄の事蹟は軍学の範となって戦国の世に君臨した。特に甲州軍書は了意の薬籠中のものとして、その自在な活用を印象付けられるのである。『寛文十一年書籍目録』に、今は伝わらないが「甲陽軍鑑評判奥儀抄　高坂作評浅井氏」とあるのは、了意の著作かと目される。

本書巻五の二「幽霊評諸将」は、原話が『剪灯新話』巻四「龍堂霊会録」であった。しかし、原話は話の大枠を提供するのみで、そこに繰り広げられた諸将の評判は、『甲陽軍鑑評判』(承応二年〈一六五三〉三月序)の「家譜」に負うものであった。『甲陽軍鑑評判』は、楠流河陽者流の軍書講釈師であった、会津藩士伊南芳通の著であり、彼は『続太平記貍首編』等太平記関係の著作も残している。また、本書巻三の三「飛加藤」は、寛文元年(一六六一)刊『甲陽軍鑑末書結要本』(『国書総目録』には寛文九年刊も記すが、管見の諸版すべてが元年刊である)に拠っている。

このように、本書は甲州軍学の代表たる『甲陽軍鑑』だけでなく、その評判書や末書にも典拠を仰いでいることが知られる。そして、所謂評判書は、当時活躍した軍書講釈師達のテキストでもあったと考えられる。すると、了意もまた、これら軍書講釈師達の書物に精通していたことが窺える。

了意著『新語園』(天和二年〈一六八二〉刊)は、様々な類書から中国故事を集成した一大故事集であるが、それに二人の人物が序文を贈っている。その内の一人に村田通信がいる。村田通信は匏庵と号し、詩文をよくした文人であった。

彼の著『匏庵雑録』(延宝八年・元禄七年刊)には、医学や軍書への興味が見えている。この匏庵は、原友軒著『太平記綱目』(寛文八年〈一六六八〉刊)に序文を贈り、原友軒は匏庵著『楠正成伝』に跋文を贈っている。即ち、村田通信と原友軒、浅井了意は序文等を介して交わるのであり、同じ交流圏に位置していたと考えられる。

当時は『太平記評判秘伝理尽抄』(正保二年〈一六四五〉刊)を嚆矢とする『太平記』の評判書が著述され、その講釈に従事した軍書講釈師達の活躍が知られる。太平記評判といい、甲陽軍鑑評判といい、それに属した講釈師達は少なからず存していたに違いない。了意がそれに従事していたとの確証はないが、前述『甲陽軍鑑評判奥儀抄』の著述に鑑み、その可能性も否定しきれない。本書に散見される酷政批判の言も、また、これら講釈師達の警世の精神と同一であった。そして、本書も巻十三の一「天狗塔中に棲」等をはじめ、重要なテーマの数章で『太平記』の利用の跡を認めることができるのである。「王道」と「武道」とのはざまで揺れ動いてきた日本の歴史は、まさしく『太平記』の世界であった。それは戦国の世に於いてもなお消えることのない合戦の歴史そのものでもあった。

おわりに

了意にとって本書は確かに方便の書として意図され、編まれたものであった。その意図のもと、了意は従来のありきたりの方法を取らず、中国小説の翻案という画期的な方法を用いた。しかも、その典拠としたのは、当時舶載されたばかりの新刊の中国・朝鮮書籍であった。ここに、了意の文芸家としての革新性を見ることができる。

また、この革新性は文芸方面ばかりではなかったようだ。了意の注釈仏書は、「鼓吹」「直講」「句解」「直談」などと題され、多くの例話を用いて啓蒙的側面を強く打ち出したものであった。時に通俗仏書とも括られるそれらは、人々に大いに迎えられたらしい。貞享三年(一六八六)刊の『三国合類説法因縁集』の七割近くは了意仏書から再録しているとの指摘も備わる。そして、『聖徳太子伝暦備講』『法林樵談』『仏説十王経直談』をはじめ、多くの了意仏書が類書を用いて中国種の怪異談を多数収載しているのであり、その点に彼の仏書の新しさがあったとも言われる。本注釈にも用いた『事文類聚』や『太平広記』など様々な類書が仏書述作に活かされたのであり、それが仏書に於ける革新の源ともなったのである。

了意は死没直前の元禄三年(一六九〇)四月まで精力的に説法を行なっていたことが報告されている。了意の生涯の目標が唱導・説教にあったことは想像に難くない。そのことは前述序文のみならず、本書での翻案化に於ける回向談や発心談への改変など、その他幾多の証左を並べることができよう。

しかし、そのように外形は装っても、内部に表現されたものは、「王道」と「武道」に翻弄されながらも、その歴史の中に生きた「公」と「私」、「死」と「生」、「男」と「女」、「希望」と「挫折」という人間の持つ永遠の課題の提示であった。それは、「現世」という限られた空間ではどうしても表現できない摂理であった。

本書は翻案という形は借りながらも、あくまでも浅井了意という個性的な作家によって練り上げられた、「人」と「世」の物語であることを銘記したい。

解説記述に際しては、先行の論考の学恩に与った。左記にそれらの文献を掲げ、謝意を表する。

北条秀雄『新修浅井了意』(笠間選書11) 笠間書院、昭和四十九年。

野間光辰「了意追跡」『改訂増補浅井了意』笠間書院、昭和四十七年。

坂巻甲太『浅井了意怪異小説の研究』(新典社研究叢書35) 新典社、平成二年。

今野達「遊士権斎の回国と近世怪異談」『専修国文』第二十四号、昭和五十四年。

和田恭幸「『伽婢子』考—序文釈義—」『見えない世界の文学史』ぺりかん社、平成六年。

「浅井了意の仏書」(叢書江戸文庫『浅井了意集』月報) 国書刊行会、平成五年。

太刀川清『牡丹灯記の系譜』勉誠社、平成十年。

高田衛「百物語と牡丹灯籠怪談」(叢書江戸文庫『百物語怪談集成』月報) 国書刊行会、昭和六十二年。

吉田幸一『近世怪異小説』解題(近世文芸資料3) 古典文庫、昭和三十年。

崔溶澈「『金鰲新話』朝鮮刊本の発掘と版本に関する考察」『東アジア伝奇小説の伝播と受容』東方文学比較研究会、平成十二年。

邊恩田「朝鮮刊本『金鰲新話』発掘報告の紹介と成立年代」『朝鮮学報』第百七十四輯、平成十二年。

冨士昭雄「奇異雑談集の成立　『漢和希夷』との関係」『駒沢国文』九号、昭和四十七年。

長谷川強『あやしぐさ』解説(古典文庫四八三) 古典文庫、昭和六十二年。

長谷川泰志「東京国立博物館蔵『将軍記』解題と翻刻（その一—三）—豊臣秀吉伝上之一—下之三」『広島経済大学研究論集』第二十巻第一—三号、平成九年。

若尾政希『「太平記読み」の時代』(平凡社選書192) 平凡社、平成十一年。

前田金五郎「資料片々録　㈠『見聞予覚集』」『専修大学人文科学研究所月報』昭和五十二年。

脚注おぼえがき

渡辺守邦

伽婢子は浅井了意作の仮名草子のうちでも、傑作という評判を専らとする作品である。『剪灯新話』『五朝小説』などに載るところを翻案するが、本書は脚注において、「原話」とされるそれらの諸作との比較を通して、その利用の妙を解明するよう心掛けた。

これは『伽婢子』の注釈に要求される、きわめてあたり前の期待と見なして、おそらく大過ないであろう。本書においてて校注者たちは、この期待を実現するため、いささかの約束ごとを脚注に課してみた。それは次の四項目に要約されるであろう。

一　語釈・表記（読み）の解明に同時代の資料をもってする。

二　原拠・参考文献として著者の利用した原本もしくは利用の蓋然性の高いテキストを探索する。

三　原拠・参考文献を可能な限り忠実に再現して引用するよう心掛ける。

四　引用資料のテキストを明記するとともに、当該箇所の章段を詳細に示す。

〔一〕についてさらにいえば、いわゆる古本節用集の重版を脱却して出現した、『字集便覧』『合類節用集』『節用集大全』などの時代に即応した新しい節用集を含め、多様な辞書を利用することができた。それらの辞書類に加えて、『庭訓往来抄』『御成敗式目註』『謡抄』その他から、語義に触れる例を捜し出して引用し、当時の「なまの声」をそのまま記すよう心掛けた。もっとも『日葡辞書』や関白秀次が編纂を命じたという『謡抄』を同時代と見なすことに異論があるかもしれないが、前者が語彙の豊富さを誇り語釈の的確なことに、後者がいわゆる「整版の中本」の版式を採って後代まで版種を絶やさなかった事実に意義を認めて活用することとした。

『日葡辞書』は『邦訳日葡辞書』を利用した。その見出し語に発音の表記を加味した独特の用字法が使われている。その表記を尊重した。また見出し語に続けて、片かなによる、言い換えとも見なし得る注記の添えられることがある。

ゲニン　シタノヒト　従僕、家来、または、奉公人。

ラクショ　ヲツルトコロ　人が身を隠しに行った所、または、逃げ延びて行った所。

の「シタノヒト」「ヲツルトコロ」などのことであるが、これを「ゲ〈シタノ〉・ニン〈ヒト〉」「ラク〈ヲツル〉・ショ〈トコロ〉」のごとく、音訓を併用した当て漢字の説明、つまり「下・人」「落・所」の意と考え、「(シタノ・ヒト)」「(ヲツル・トコロ)」のように書きかえて、語釈との混乱を防いだ。

〔二〕について、著者の参照、利用した原本の特定は不可能に近い。それゆえ蓋然性の高い資料というレベルにまで後退せざるをえないが、それをさらに、本作刊行時に利用が容易であった資料といささかずらして理解し、寛文六年に近い刊本に優先順位を与えて詮索してみた。板本を優先させた理由は、改めて説明するまでもなかろう。その結果、たとえば織田信長関係の資料として、『信長公記』よりも『信長記』を重視することとなった。両者を比較して記事の詳しさ、史料としての信頼度に格段の相違のあることは論を待たないが、『伽婢子』の利用した典籍という観点からするとき、『信長記』の重視はけっして間違いではないと信じる。

寛文六年に近い刊本を優先して扱うという点にも問題がありそうである。この基準に適合した版が改竄や偽妄の多い後版であったりするかもしれない。刊記以外に相違を見出さない求版本や覆刻版の場合もあろう。しかし、むしろ問題なのは、板本の刊記が現行の活版本の奥付とは違って、はるか後年までそのまま削られることもなく通用する慣行にあったらしいことである。その辺に留意しながら臨機応変に対応する必要があろう。

〔三〕については、漢文体の文献を書き下し文にして引用したが、その際、後代の読みになずむことを恐れ、和刻本を選んで、その訓読に従うことにした。その結果、たとえば寛文六年八尾勘兵衛刊の『古今事文類聚』、元禄五年林九兵衛刊の『剪灯余話』など、右の〔二〕の決まりから外れるものをも取りあげることとなった。また『伽婢子』にとって数的には最大の出典であった『五朝小説』に和刻本が存在しないところから、校注者たちが大胆な読みを与えたが、やむを得ないこととはいえ、これも〔二〕の決まりからはずれている。『古今事文類聚』に元和期とされる古活字版があり、『剪灯余話』に元和寛永期の古活字版がある。いずれも無訓ながら、了意の学識をもってすれば自家薬籠中のものとすることが容易に可能であったと思われ、和刻本の有無は問題外であったろう。これはむしろ当時の読者がこの翻案をいかに受取ったか、あるいは現代の読者が受取るかに関わる材料として、やはり脚注には必要なものと考えるべき性質のものであろう。

『伽婢子』は『剪灯新話』『金鰲新話』などに取材した「原話」を『本朝将軍記』『甲陽軍鑑』とその評判書の類、あるいは今回新に関連を明らかにすることのできた『古老軍物語』等々に載る、わが国の「史話」をいわば受け皿に、翻案を仕立てるという構造を採るが、「原話」「史話」双方ともに関連箇所のすべてを掲出するように心掛けた。ただし『剪灯新話』はスペースの制約によって脚注に納り切れず、それゆえ、影印を別に掲載することにした。なお、『本朝将軍記』についてここに一言すれば、これは浅井了意の作である。同じ作者の著述を典拠扱いするのも奇妙なことであって、むしろ林羅山の『将軍家譜』をもって比較の材料にすべきであったかもしれない。両者は漢文体をかな書きに移したという態のものだからである。しかし『伽婢子』に先行する出版であること、逐語的に一致するその密着度などから、あえて「受け皿」の一に加えた。浅井了意作の可能性が濃い『出来斎京土産』についても同様である。

〔四〕の、引用資料のテキストを明記し、当該箇所の章段を詳細に示すという規定は、今回の校注者たちの体験から生れたものである。たとえば『太平記』の巻二にあり、という指摘にしたがって、たった一語の用例を捜すために巻二を再度三度と通覧したり、お伽草子のある作に語彙を求めて、写本版本あるいは奈良絵本のあれこれを博捜したあげくに、所期の目的を達しえなかったという体験である。

この規定に則して、脚注に使った参考文献の一覧を添えてみることにした。ことわざにいう前車の轍を慮っての配慮であるが、同時に校注者たちが近い将来に、本書の校注を再検討する必要に迫られたときの、手がかりを仕掛けておくという魂胆に発するものであることをも申し添えておきたい。この一覧の利用に関して特に難しい説明も必要ないであろう。

①は脚注に利用したテキストである。先にも述べたように、寛文六年に近い板本という原則に従って選定した。
②は影印本であるが、必要に応じて翻刻の活版本を載せることもある。③には備考に類することを記した。

あえて繰り返す、校注者たちが本書の脚注で目論んだのは、作者浅井了意による翻案の妙味を解明することであるが、それはつまり、寛文年間の読者の読んだ読みを再現することである。

最後に、本書に使用した『伽婢子』の底本と、影印として別掲した『剪灯新話句解』との書誌について、簡略に説明しておくことにしたい。

『伽婢子』の初版に関して二つの説がある。本書は次のような刊記を持つ国立国会図書館所蔵のテキストを底本に使った。

寛文六丙午暦三月吉日

書林

西沢太兵衛開板

別に、「書林」以下を「寺町通円福寺前町／秋田屋平左衛門板本」とする版があって、この両版は刊記のこの箇所以外に相違を見出さない。ここから覆せ刻りの関係にあるとして、西沢、秋田屋それぞれを先とする二説が唱えられる。しかし版面に相違が見られず、寸法が完全に一致するところから覆刻ではない。本文は同じ板木が使われて、書肆名のみを埋木によって改めた求版本である。埋木による改刻部分は周囲とのアンバランスによって容易に判断のつくことが多いといわれるが、この場合は双方ともに書肆名の据わり心地がしっくりとせず、前後の判断に迷う。二説の並存するゆえんである。加えて双方ともに板面の荒れが目立つ。

本書にあっては、板木に現れた欠損の進行状況を手がかりに、西沢版を先、秋田屋版を後と判断したが、あるいは西沢版にも、先行する版がもう一種存在した可能性を否定しきれない。いかがなものであろうか。

併せて諸版について略述すれば、寛文十一年に江戸大伝馬町三丁目の鱗形屋の出した版は大本十三冊、うち前半六冊を「伽婢子」とし、七冊目以下を「続伽婢子」と称した。その後、元禄十二年版、文政九年版、無刊記版など、いずれも書型を小振りにした半紙本で刊行されて、幕末まで読者を絶やさなかったもののようである。

次に『剪灯新話句解』であるが、影印の底本として国立公文書館内閣文庫所蔵本(函架番号、三〇九／一一九)を使用した。これは朝鮮版の『剪灯新話句解』を覆刻した付訓整版である。朝鮮版の『剪灯新話句解』に、注の繁簡の差によって広本・略本と呼ぶことのできる二種があるが、そのうちの広本に属す一版に基づく。巻末に刊記があって、慶安元年の二条鶴屋町仁左衛門板と記す。田原仁左衛門のことである。この板木が井筒屋六兵衛、林正五郎へと転々して刊年はそのまま、刷り続けられる。つまり仁左衛門板は整版としては初版なのであるが、内閣文庫蔵本はそのうちでも特異な箇所を持つ。

たとえば巻一の本文第三丁オモテ、終りから二行目(小字の割り注で数えて同じく四行目)に、

多(シ)レ紫社(トカ)詩(ニ)天-呉……

とあって、「トカ」のルビが添えられた「社」の字がいささか読みずらい(本書四〇六頁上段参照)。内閣文庫の原本を確認するとき、この箇所に朱筆を用いて「しめす偏」を「き偏」に訂正している事実を見出す。朱書きに従って「社詩」を「杜詩」の誤刻とするとき「杜(ト)ガ詩」すなわち杜甫の詩の意に変って、ルビとの齟齬も解消する。そしてこの箇所を井筒屋六兵衛板、林正五郎板などの求版本が「杜詩」と改刻する。それだけではない。たとえば国立国会図書館所蔵の仁左衛門板(函架番号、一一六／八)にすでにこの箇所が入木によって「杜詩」と直っている。これに類する朱の加筆は、なお数箇所に認めうる。

これは内閣文庫の『剪灯新話句解』が慶安元年仁左衛門板のうちでも校正刷りもしくは試し刷りであり、きわめて早い段階の刷りであったことを意味する。その版面の鮮明さを喜こび、影印の底本に選んだ。なお、内閣文庫本に欠ける跋・目録(本書四〇四―四〇五頁)を他本によって補った。

脚注参考文献一覧

あ行

朝倉始末記(あさくらしまつき) ①写本八巻四冊(内閣文庫蔵) ③朱点入り校正本。
阿毘達磨大毘婆沙論(あびだるまだいびばさろん) ②大正新修大蔵経巻一五四五
阿倍晴明物語(あべのせいめいものがたり) ①寛文二年西村又左衛門板 ③伝浅井了意作。
阿弥陀経鼓吹(あみだきょうくすい) ①寛文十三年西村九郎右衛門板 ③浅井了意作。
安斎随筆(あんさいずいひつ) ②新訂増補故実叢書八・九
伊京集(いきょうしゅう) →節用集
伊勢物語集註(いせものがたりしつちゅう) ①承応二年小島弥左衛門板 ③切臨抄。
狗張子(いぬはりこ) ①元禄五年林九兵衛・伏見屋藤右衛門板 ③浅井了意作。
異本糺河原勧進申楽記(いほんただすのかわらかんじんさるがくき) ②群書類従巻三六三
いろは字(いろはじ) ②鈴木博氏『(妙本寺蔵/永禄二年)いろは字 影印・解説・索引』(昭和四十九、清文堂)
色葉字類抄(いろはじるいしょう) ②中田祝夫氏ほか『色葉字類抄 研究並びに索引 本文索引編』(昭和三十九、風間書房)
浮世物語(うきよものがたり) ①寛文ころ無刊記板 ③浅井了意作。

謡抄（うたいしょう）　①寛永ころ無刊記中本　③伊藤正義氏「謡抄考」(『文学』一九七七・十一―七八・一)にいわゆる整版中本。
ただし「邯鄲」「皇帝」「船弁慶」は古活字版(謡注甲集)に依った。

歌枕名寄（うたまくらなよせ）　①万治二年跋板

恨の介（うらみのすけ）　①寛文四年山本九左衛門板　③外題「浦見の助物語」。

雲笈七籤（うんきゅうしちせん）　①明刊　②蔣力生等校注『雲笈七籤』(一九九六、北京華夏出版)　③宋張君房撰・明張萱校、一二
二巻三十六冊。

運歩色葉集（うんぽいろはしゅう）　②中田祝夫氏ほか『中世古辞書四種研究並びに総合索引 影印篇』(昭和四十六、風間書房)

永享記（えいきょうき）　②続群書類従巻五七五

絵入往生要集（えいりおうじょうようしゅう）　①寛文十一年板

絵入俵藤太物語（えいりたわらのとうたものがたり）　→俵藤太物語

永禄二年本節用集（えいろくにねんぼんせつようしゅう）　→節用集

易林本（えきりんぼん）　→節用集

エソポのハブラス・コトバノヤワラゲ　②京都大学文学部国語国文学研究室編『(文禄二年/耶蘇会板)伊曾保物語』
(昭和三十八、京都大学国文学会)

越佐史料（えつさしりょう）　②高橋義彦氏『越佐史料』(昭和四十六、名著出版)

江戸名所記（えどめいしょき）　①寛文二年河野道清板

往生拾因直談（おうじょうしゅういんじきだん）　①天和二年序大角清兵衛板　③浅井了意作。

応仁記（おうにんき）　①寛永十年板　③上下二冊に仕立てるが、内容を分けないので巻の表示を略した。

近江国輿地志（おうみのくによちし）　②小島捨市氏『(校訂/頭註)近江輿地志略』(昭和四十三、歴史図書社)

鸚鵡抄（おうむしょう）　②『静嘉堂文庫蔵鸚鵡抄』(昭和五十五、雄松堂書店)

大内義隆記（おおうちよしたかき） ②続群書類従・補遺一—十一
大友記（おおともき） ②群書類従巻三九七
嗚呼矣草（おこたりぐさ） ②日本随筆大成第一期十九
織田信長譜（おだのぶながふ） ①明暦四年荒川四郎左衛門板 ③「将軍家譜」七巻七冊のうち。
御伽物語（おとぎものがたり） ①延宝五年西村九郎右衛門板 ②野間光辰氏『お伽物語』（昭和二十七、古典文庫）
お湯殿の上の日記（おゆどののうえのにっき） ②続群書類従・補遺三
温故知新書（おんこちしんしょ） ②『温故知新書』（昭和三十七、白帝社）
女重宝記（おんなちょうほうき） ①元禄五年万屋清兵衛ほか板 ②近世文学資料類従・参考文献編十八（昭和五十六、勉誠社）

か行

快言抄（かいげんしょう） ②『駒沢大学国語研究資料第四 快言抄』（昭和五十六、汲古書院）
甲斐国志（かいこくし） ②甲斐叢書一—十二（昭和四十九、第一書房）
戒殺物語（かいせつものがたり） ①寛文四年板 ③国立国会図書館蔵本は『戒殺物語』二巻一冊本
甲斐戦国史料叢書本王代記（かいせんごくしりょうそうしょぼんおうだいき） ②服部治則氏『甲斐戦国史料叢書』（昭和五十一、文林堂書店）
海内十洲記（かいだいじっしゅうき） ②『五朝小説大観』二（民国五十八、新興書局）
下学集（かがくしゅう） ①寛文九年飯田忠兵衛ほか板 ②近世文学史研究の会『増補下学集』（昭和四十三、文化書房博文社）
かくれさと ②室町時代物語集五（昭和三十七、井上書店）
可笑記（かしょうき） ①寛永十九年板 ②田中伸氏ほか『可笑記大成』（昭和四十九、笠間書院）
可笑記評判（かしょうきひょうばん） ①万治三年板 ②近世文学資料類従・仮名草子編二十一—二十三（昭和五十二、勉誠社） ③浅井了意作。

葛城物語（かずらきものがたり）　①万治ころ無刊記板　③浅井了意作。

枯杭集（かっくいしゅう）　①寛文八年西村三郎兵衛板

仮名文字遣（かなもじづかい）　①慶長年間無刊記板　②『駒沢大学国語研究資料第二仮名文字遣』（昭和五十五、汲古書院）

鎌倉九代記（かまくらくだいき）　①寛文十二年柏原屋清右衛門板　③伝浅井了意作。

鎌倉攬勝考（かまくららんしょうこう）　②蘆田伊人氏『新編相模国風土記稿』六（昭和四十五、雄山閣）

歌林良材集（かりんりょうざいしゅう）　①万治四年秋田屋平左衛門板

顔氏家訓（がんしかくん）　①寛文二年村田庄五郎板

漢書抄（かんじょしょう）　②続抄物資料集成四（昭和五十五、清文堂）

寛政重修諸家譜（かんせいちょうしゅうしょかふ）　②『新訂寛政重修諸家譜』（昭和三十九、続群書類従完成会）

堪忍記（かんにんき）　①万治二年荒木利兵衛板　②近世文学資料類従・仮名草子編一・二（昭和四十七、勉誠社）　③浅井了意作。

関八州古戦録（かんはっしゅうこせんろく）　①享保十一年序写本（国立国会図書館蔵）

管蠡抄（かんれいしょう）　①元和頃古活字本板

奇異雑談集（きいぞうだんしゅう）　①貞享四年茨木多左衛門ほか板

木曾路巡覧記（きそじじゅんらんき）　①宝暦五年小川多左衛門ほか板　②道中記集成十（平成八、大空社）

義楚六帖（ぎそろくじょう）　①寛文九年飯田氏忠兵衛板　②『義楚六帖附索引』（平成二、朋友書店）

嬉遊笑覧（きゆうしょうらん）　②日本随筆大成別巻（昭和二、成光堂出版部）

京雀（きょうすずめ）　①寛文五年山田市郎兵衛板　②新修京都叢書一（平成五、臨川書店）　③浅井了意作。

京都将軍家譜（きょうとしょうぐんかふ）　①明暦四年荒川四郎左衛門板　③「将軍家譜」七巻七冊のうち。

京都坊目誌（きょうとぼうもくし）　②新修京都叢書十七―二十一（平成七、臨川書店）

京羽二重（きょうはぶたえ）　①貞享二年小嶋徳右衛門板　②新修京都叢書二（平成五、臨川書店）

吉利支丹御対治物語（きりしたんごたいじものがたり）　①寛永十六年板　③目録題「吉利支丹物語」。

キリシタン版落葉集（きりしたんばんらくようしゅう）　→落葉集

金鰲新話（きんごうしんわ）　①承応二年崑山館道可板　③『金鰲新話』（一九七三、亜細亜文化社）に寛文十三年福森兵左衛門板の影印を載せる。

公卿補任（くぎょうぶにん）　②新訂増補国史大系一―四（昭和五十四、吉川弘文館）

愚抄（ぐしょう）　→題林愚抄

九条本文選（くじょうぼんもんぜん）　②中村宗彦氏『九条本文選古訓集』（昭和五十八、風間書房）

黒田家譜（くろだかふ）　②『黒田家譜』（昭和五十五、歴史図書社）

黒本本（くろもとぼん）　→節用集

慶長九年本節用集（けいちょうくねんぼんせつようしゅう）　→節用集

慶長五年本節用集（けいちょうごねんぼんせつようしゅう）　→節用集

系図纂要（けいずさんよう）　②『系図纂要』（昭和五十二、名著刊行会）

慶長十五年倭玉篇（けいちょうじゅうごねんわごくへん）　→倭玉篇

毛吹草（けふきぐさ）　②加藤定彦氏『初印本毛吹草』（昭和六十五、ゆまに書房）

元亨釈書和解（げんこうしゃくしょわげ）　①元禄三年津屋勘兵衛板　③「和解元亨釈書」とも。

蜆縮涼鼓集（けんしゅくりょうこしゅう）　①元禄八年伊勢屋清兵衛板　②『駒沢大学国語研究資料第一　蜆縮涼鼓集』（昭和五十四、汲古書院）

賢女物語（けんじょものがたり）　①寛文九年秋田屋五郎兵衛板

建内記（けんないき）　②大日本古記録十四（昭和六十二、岩波書店）

源平盛衰記（げんぺいじょうすいき）　①寛永ころ無刊記板

広本節用集（こうほんせつようしゅう）　→節用集

高野通念集（こうやつうねんしゅう）　①寛文十二年序板　②古板地誌叢書五―七（昭和四十五、すみや書房）

甲陽軍鑑（こうようぐんかん）　①寛永ころ無刊記板　②酒井憲二氏『甲陽軍鑑』（昭和五十四、勉誠社）

甲陽軍鑑・写本（こうようぐんかんしゃほん）　②酒井憲二氏『甲陽軍鑑大成』（一九九四、汲古書院）

甲陽軍鑑評判（こうようぐんかんひょうばん）　①承応二年序板

甲陽軍鑑末書結要本（こうようぐんかんまつしょけつようぼん）　①寛文元年本屋善右衛門板

合類（ごうるい）　→節用集

幸若日本紀（こうわかにほんぎ）　②笹野堅氏『幸若舞曲集』（昭和十八、第一書房）

語園（ごえん）　①寛永四年板

古今事文類聚（ここんじもんるいじゅう）　①寛文六年八尾勘兵衛板　②『（和/刻）古今事文類聚』（昭和五十七、ゆまに書房）　③当該箇所を集・巻・見出し・「小見出し」によって表示した。

古今事文類聚・前集（ここんじもんるいじゅうぜんしゅう）

古今事文類聚・後集（ここんじもんるいじゅうこうしゅう）

古今事文類聚・続集（ここんじもんるいじゅうぞくしゅう）

古今事文類聚・別集（ここんじもんるいじゅうべつしゅう）

古事談（こじだん）　②新訂増補国史大系十八（昭和三十九、吉川弘文館）

古梓堂文庫蔵絵巻・浦島太郎（こしどうぶんこぞうえまきうらしまたろう）　②室町時代物語集五（昭和三十七、井上書房）

五車韻瑞（ごしゃいんずい）　①万治二年八尾勘兵衛板　②橋本大心氏監修『五車韻瑞』（平成五、中日交流学会）

御成敗式目注（ごせいばいしきもくちゅう）　①寛永ころ敦賀屋久兵衛板　③植木直一郎氏『御成敗式目研究』にいわゆる「敦賀屋版式目注」とは別種の、版種が多い清家の仮名注。

古注千字文（こちゅうせんじもん） ①寛永ころ無刊記板

五朝小説（ごちょうしょうせつ） ①明刊 ③内閣文庫の林羅山旧蔵「宋人百家小説」（江三七一／六）、「唐人百家小説」（江三七一／八）を使った。『五朝小説大観』（民国六十八、広文書局）は同名異書。

滑稽雑談（こっけいぞうだん） ②『滑稽雑談』（昭和五十三、ゆまに書房）

骨董集（こっとうしゅう） ②日本随筆大成第一期十五

狐媚抄（こびしょう） ②中村幸彦氏『狐媚抄化女集』（昭和三十八、西日本国語国文学会）

古文真宝後集（こぶんしんぽうこうしゅう） →諸儒箋解古文真宝後集

古老軍物語（ころういくさものがたり） ①万治四年荒木利兵衛板

さ　行

三国伝記（さんごくでんき） ①明暦二年村上勘兵衛板

三湖抄（さんこしょう） ①寛文四年村上勘兵衛板 ②伊地知鉄男氏『連歌資料集』二（昭和五十二、ゆまに書房）

山州名跡志（さんしゅうめいせきし） ①正徳元年出雲寺和泉掾板 ②新修京都叢書十五・十六（平成六、臨川書店）

詩学大成抄（しがくたいせいしょう） ②柳田征司氏『詩学大成抄の国語学的研究』（昭和五十、清文堂）

史記（しき） ②『和刻本正史史記』（昭和四十七、汲古書院）

史記抄（しきしょう） ②抄物資料集成一（昭和四十六、清文堂）

色道大鏡（しきどうおおかがみ） ②野間光辰氏『色道大鏡』（昭和四十九、八木書店）

邇言便蒙抄（じげんべんもうしょう） ②近世文学資料類従・参考文献編三（昭和五十、勉誠社）

字集（じしゅう） →字集便覧

字集便覧（じしゅうびんらん） ①承応二年大和田九左衛門板 ③別名『和字彙』。

地蔵十王経注解　①天和三年亀屋半左衛門ほか板　③浅井了意作。
志不可起　②近世文学資料類従・参考文献編七（昭和五十一、勉誠社）
事文後集　→古今事文類聚・後集
事文前集　→古今事文類聚・前集
事文続集　→古今事文類聚・続集
事文別集　→古今事文類聚・別集
釈氏要覧　①寛永十年中野道伴板
沙石集　①慶安五年中野是誰板　③平仮名本。
拾遺記　②漢魏叢書六十五（民国七十七、大化書局）
拾芥抄　①明暦四年村上勘兵衛板
袖中抄　①慶安四年丸屋庄三郎板
述異記　→五朝小説・述異記
酒呑童子　②室町時代物語大成三（昭和五十五、角川書店）
寿命院抄　②吉沢貞人氏『徒然草―つれづれ草寿命院抄―』（昭和五十七、中部日本教育文化会）
授蒙聖功方　①正保ころ無刊記板
将軍記　→本朝将軍記
匠材集　①寛永三年杉田勘兵衛板
聖徳太子御憲法玄恵註抄　②奥田正造氏『聖徳太子御憲法玄恵註抄』（昭和十五、森江書店）　③底本は法隆寺蔵の古写本。
聖徳太子伝　①寛文六年板

浄瑠璃御前物語（じょうるりごぜんものがたり）　②新日本古典文学大系第九十巻『古浄瑠璃説経集』(平成十一、岩波書店)

続日本紀（しょくにほんぎ）　②新日本古典文学大系第十二巻『続日本紀』一(平成元、岩波書店)

女訓抄（じょくんしょう）　①寛永十九年林甚右衛門板

書言字考（しょげんじこう）　→節用集

書言字考・自筆稿本（しょげんじこうじひつこうほん）　→節用集

諸儒箋解古文真宝後集（しょじゅせんかいこぶんしんぽうこうしゅう）　①慶安四年豊興堂板

塵芥（じんかい）　②京都大学文学部国語国文学研究室編『塵芥』(昭和六十三、臨川書店)

新語園（しんごえん）　①天和二年梶川常政ほか板　②吉田幸一氏『新語園』(昭和五十六、古典文庫)

真宗勧化要義後集（しんしゅうかんげようぎこうしゅう）　①元禄十四年川勝五良右衛門板　③浅井了意作。

新撰仮名文字遣（しんせんかなもじづかい）　①寛文十三年写　②『駒沢大学国語研究資料第三 新撰仮名文字遣』(昭和五十六、汲古書院)

新撰庭訓抄（しんせんていきんしょう）　①万治二年松長伊右衛門板　②吉井始子氏「新撰庭訓抄について附録・新撰庭訓抄(翻刻)」(『東京家政学院大学紀要』十二)　③漢文注と仮名注を折衷した内容。

新撰類聚往来（しんせんるいじゅうおうらい）　①慶安元年敦賀屋久兵衛板　②往来物大系十二(平成四、大空社)

信長記（しんちょうき）　①寛永元年板

信長公記（しんちょうこうき）　②奥野高広氏ほか『信長公記』(昭和四十四、角川書店)

塵添壒嚢抄（じんてんあいのうしょう）　①慶安ころ無刊記板　②浜田敦氏ほか『塵添壒嚢抄』(昭和四十三、臨川書店)

人倫訓蒙図彙（じんりんきんもうずい）　①元禄三年村上平楽寺ほか板　②田中ちた子ほか『人倫訓蒙図彙』(昭和四十四、渡辺書店)

〔人倫名〕（じんりんめい）　①承応三年板　③題簽欠。書名は柱刻に依る。あるいは「人倫名尽」か。

勢州軍記（せいしゅうぐんき）　①写本(内閣文庫蔵)　②続群書類従巻五九八(本・末)

勢陽群談（せいようぐんだん）　①明暦元序写本(内閣文庫蔵)　③別名「伊勢国一揆」。

節用集（せつようしゅう）

伊京集（いきょうしゅう）　②中田祝夫氏『古本節用集 六種研究並びに 総合索引』（昭和五十四、勉誠社）

永禄二年本節用集（えいろくにねんぼんせつようしゅう）　②中田祝夫氏『印度本節用集 古本四種研究並びに 総合索引』（昭和四十九、勉誠社）

易林本節用集（えきりんぼんせつようしゅう）　②中田祝夫氏『古本節用集 六種研究並びに 総合索引』（昭和五十四、勉誠社）

黒本本節用集（くろもとぼんせつようしゅう）　②中田祝夫氏『古本節用集 六種研究並びに 総合索引』（昭和五十四、勉誠社）

慶長九年本節用集（けいちょうくねんぼんせつようしゅう）　②中田祝夫氏ほか『（印度本／節用集）和漢通用集 他三種研究並びに 総合索引』（昭和五十五、勉誠社）

慶長五年本節用集（けいちょうごねんぼんせつようしゅう）　②小林健二氏『慶長五年本節用集・国尽・薬種いろは抄』（一九八九、清文堂）

広本節用集（こうほんせつようしゅう）　②古辞書大系二

合類節用集（ごうるいせつようしゅう）　①延宝八年村上勘兵衛板　②中田祝夫氏ほか『合類節用集 研究並びに 索引』（昭和五十四、勉誠社）

書言字考節用集（しょげんじこうせつようしゅう）　①享保二年村上勘兵衛板　②中田祝夫氏ほか『書言字考節用集 研究並びに 索引』（昭和四十八、風間書房）

書言字考節用集・自筆稿本（しょげんじこうせつようしゅうじひつこうほん）　②中田祝夫氏ほか『書言字考節用集 研究並びに 索引』（昭和四十八、風間書房）

節用集大全（せつようしゅうたいぜん）　①延宝八年野村義兵衛ほか板　②中田祝夫氏『恵空編 節用集大全研究並びに 索引』（昭和五十、勉誠社）

天正本節用集（てんしょうぼんせつようしゅう）　②東洋文庫叢刊十七（昭和四十六、東洋文庫）　③いわゆる天正十八年本節用集。

文明本節用集（ぶんめいぼんせつようしゅう）　②中田祝夫氏『文明本節用集 研究並びに 索引』（昭和五十四、風間書房）

饅頭屋本節用集（まんじゅうやぼんせつようしゅう）　②中田祝夫氏『古本節用集六種研究並びに総合索引』(昭和五十四、勉誠社)

和漢通用集（わかんつうようしゅう）　②中田祝夫氏ほか『(印度本／節用集)和漢通用集他三種研究並びに総合索引』(昭和五十五、勉誠社)

和漢通用集・慶長九年本（わかんつうようしゅうけいちょうくねんぼん）　②中田祝夫氏ほか『(印度本／節用集)和漢通用集他三種研究並びに総合索引』(昭和五十五、勉誠社)

和漢通用集・図書寮本（わかんつうようしゅうずしょりょうぼん）　②中田祝夫氏ほか『(印度本／節用集)和漢通用集他三種研究並びに総合索引』(昭和五十五、勉誠社)

世話支那草（せわしなぐさ）　①寛文四年八尾勘兵衛板

せわ焼草（せわやきぐさ）　①明暦二年西田庄兵衛板　②米谷巌氏『せわ焼草』(昭和五十一、ゆまに書房)

山海経（せんがいきょう）　①明刊

剪灯新話（せんとうしんわ）　①慶安元年仁左衛門板　③ただし『剪灯新話句解』。

剪灯余話（せんとうよわ）　①元禄五年林九兵衛板

宗祇諸国物語（そうぎしょこくものがたり）　①貞享二年西村市郎右衛門ほか板

荘子抄（そうじしょう）　②続抄物資料集成七(昭和五十六、清文堂)

増山井（ぞうやまのい）　①寛文三年跋板

曾呂利物語（そろりものがたり）　①寛文三年板

孫呉摘語（そんごてきご）　①寛永ころ無刊記板

た行

大全（たいぜん）　→節用集・節用集大全

大道中名所鑑　①延宝七年堺屋庄兵衛板　③上巻は延宝六年堺屋・和泉屋善五郎板。
太平記　①寛永八年板
太平広記　①明太平興国六年板　②『太平広記』(一九六一、中華書局出版)　③中華書局本には句点がつく。
題林愚抄　①寛永十四年村上平楽寺板　③『明題和歌全集(二八明題集)』との比較を割愛した。
多識編　②中田祝夫氏『多識編 自筆稿本刊本三種研究並びに総合索引』(昭和五十二、勉誠社)
糺河原勧進猿楽日記　②群書類従巻三六三
玉藻の草紙　②室町時代物語大成九(昭和六十、角川書店)
俵藤太物語　②新日本古典文学大系第五十五巻『室町物語集』下(平成四、岩波書店)
千種日記　②鈴木棠三・小池章太郎氏『千種日記』(昭和五十九、古典文庫)
智証大師伝　②続群書類従巻二一二
長生療養方　②続群書類従巻八九八
菟芸泥赴　②新修京都叢書一(平成六、臨川書店)
徒然草文段鈔　①寛文七年飯田忠兵衛板　②北村季吟古註釈集成十八(昭和五十四、新典社)
庭訓往来　③『新撰庭訓抄』の本文に依った。
庭訓往来抄　①万治二年板　③平がな注。
庭訓往来註　③漢文注。漢文注は蓬左文庫蔵『庭訓往来抄』(室町末写)によって代表させることとし、送りがなを適宜補いながら書き下した。
庭訓私記　①天正十年写　③天理図書館蔵本。
庭訓抄　①慶安二年杉田勘兵衛板　③片かな注。寛永八年板の求版本。
貞丈雑記　②改訂増補故実叢書一(平成五、明治図書)

出来斎京土産（できさいきょうみやげ）　①延宝五年礒田平兵衛板　②近世文学資料類従・古板地誌編六（昭和五十一、勉誠社）　③伝浅井了意作。

鉄囲山叢談（てついさんそうだん）　→五朝小説・鉄囲山叢談

天正本（てんしょうぼん）　→節用集

天正十八年本（てんしょうじゅうはちねんぼん）　→節用集・天正本

天中記（てんちゅうき）　①万暦二十三年序板

東海道名所記（とうかいどうめいしょき）　①万治ころ無刊記板　②近世文学資料類従・古板地誌編七（昭和五十四、勉誠社）　③浅井了意作。

童観鈔（どうかんしょう）　①万治二年武村市兵衛板

童子教（どうじきょう）　①承応二年板　③書名は「実語教童子教」。

同文通考（どうぶんつうこう）　②勉誠社文庫七十『同文通考』（昭和五十四、勉誠社）

杜詩続翠抄（としぞくすいしょう）　②続抄物資料集成三（昭和五十六、清文堂）

俊頼髄脳（としよりずいのう）　②日本歌学大系一（昭和四十四、風間書房）

杜陽・武宗（とよう）　→五朝小説・杜陽雑編　③五朝小説所収「杜陽雑編」の「武宗皇帝会昌云々」を見よ。

な　行

難波土産（なにわみやげ）　②新群書類従六（明治四十、国書刊行会）

二言抄（にごんしょう）　②日本歌学大系五（昭和三十二、風間書房）　③別名「今川了俊和歌所へ不審条々」。

日葡（にっぽ）　→日葡辞書

日葡辞書（にっぽじしょ）　②土井忠生氏ほか『邦訳日葡辞書』（一九八〇、岩波書店）

日本山海名物図会（にっぽんさんかいめいぶつずえ）　①宝暦四年板　②日本図絵全集第三期二(昭和四、日本随筆大成刊行会)
日本王代一覧（にほんおうだいいちらん）　①寛文三年村上勘兵衛板
日本歳時記（にほんさいじき）　①貞享五年日新堂板
日本書紀兼倶抄（にほんしょきけんぐしょう）　②続抄物資料集成九(昭和五十六、清文堂)
日本書紀桃源抄（にほんしょきとうげんしょう）　②続抄物資料集成九(昭和五十六、清文堂)
後鑑（のちかがみ）　②新訂増補国史大系三十四―三十七(吉川弘文館)
野槌（のづち）　①寛永ころ無刊記板

は行

俳諧御傘（はいかいごさん）　①万治二年安田十兵衛板　②赤羽学氏『校注俳諧御傘』(昭和五十五、福武書店)
誹諧初学抄（はいかいしょがくしょう）　①寛永十八年跋板　②近世文学資料類従・古俳諧編五(昭和四十八、勉誠社)
俳諧類船集（はいかいるいせんしゅう）　①延宝四年寺田与平治板　②近世文芸叢刊第一巻(昭和四十四、般庵野間光辰先生華甲記念会)
白氏文集（はくしもんじゅう）　①元和四年古活字板
万金産業袋（ばんきんすぎわいぶくろ）　①享保十七年序菱屋治兵衛板
日次紀事（ひなみきじ）　①貞享二年跋板　②新修京都叢書四(平成六、臨川書店)
百物語（ひゃくものがたり）　①万治二年松長伊右衛門板　②近世文学資料類従・仮名草子編二十四(昭和五十二、勉誠社)
病名彙解（びょうめいいかい）　①貞享三年梅村弥右衛門・藤右衛門板　②『病論病名集』(一九七二、文史哲出版社)
病論俗解集（びょうろんぞくかいしゅう）　①寛永十六年村上平楽寺板　②『病論病名集』(一九七二、文史哲出版社)
武具訓蒙図彙（ぶぐきんもうずい）　①天和四年永田長兵衛他板　②近世文学資料類従・参考文献篇一(昭和五十、勉誠社)
武家名目抄（ぶけみょうもくしょう）　②改訂増補故実叢書十一―十八(平成五、明治図書)

覆醤集（ふしょうしゅう）　①寛文十一年板　②『詩集日本漢詩』一（昭和六十二、汲古書院）

仏法伝来次第（ぶっぽうでんらいしだい）　②続群書類従巻七一六

ふ老ふ死（ふろうふし）　②室町時代物語集五（昭和三十七、井上書房）

文苑英華（ぶんえんえいが）　①『文苑英華』（民国六十八、新文豊出版公司）　③宋李昉等奉勅撰、一千巻。

文明本（ぶんめいぼん）　→節用集

平家物語（へいけものがたり）　①覚一本系　②新日本古典文学大系第四十四・四十五巻『平家物語』上・下（平成三・五、岩波書店）

反故集（ほうぐしゅう）　①寛文十一年板

保元物語（ほうげんものがたり）　①明暦三年安田十兵衛板　③「平治物語」とも六冊。

蓬左文庫本御成敗式目抄（ほうさぶんこぼんごせいばいしきもくしょう）　①近世初期写　③天文三年清原宣賢抄出本の転写本。

北条九代記（ほうじょうくだいき）　①延宝三年梅村弥右衛門板　③伝浅井了意作。

北条五代記（ほうじょうごだいき）　①万治二年風月庄左衛門板

抱朴子（ほうぼくし）　①万暦十二年序板　②本田済氏訳注『抱朴子』一・二（平成二、東洋文庫）。石島快隆氏訳注『抱朴子』（平成九、岩波文庫）

蓬萊山由来（ほうらいさんゆらい）　②室町時代物語集五（昭和三十七、井上書房）

蓬萊物語（ほうらいものがたり）　②室町時代物語大成一二（昭和六十一、角川書店）

法林樵談（ほうりんしょうだん）　①元禄四年山岡四郎兵衛板　③浅井了意作。

簠簋（ほき）　①慶安三年前川茂右衛門板

簠簋抄（ほきしょう）　①寛文四年吉田庄右衛門板

簠簋秘決伝（ほきひけつでん）　①享保三年跋板

法華経直談鈔（ほけきようじきだんしよう） ①万治二年風月庄左衛門板
細川両家記（ほそかわりようかき） ②群書類従巻三八〇
補注蒙求（ほちゆうもうぎゆう） ①寛永ころ無刊記板
本草綱目（ほんぞうこうもく） ①承応ころ無刊記板 ③承応二年野田弥次兵衛板の求版本。
本草綱目啓蒙（ほんぞうこうもくけいもう） ①享和三―文化三年刊 ②杉本つとむ氏編『本草綱目啓蒙』（昭和六十一、早稲田大学出版部）
本草和名（ほんぞうわみよう） ①寛政八年板 ②日本古典全集『本草和名』（大正十五、日本古典全集刊行会）
本朝高僧伝（ほんちようこうそうでん） ②大日本仏教全書六十三（昭和四十七、講談社）
本朝故事因縁集（ほんちようこじいんねんしゆう） ①元禄二年万屋清兵衛・雁金屋庄兵衛板
本朝将軍記（ほんちようしようぐんき） ①寛文四年跋板 ③浅井了意作。当該記事を巻・将軍名・年月日により示した。
本朝女鑑（ほんちようじよかん） ①寛文元年西村又左衛門板 ②近世文学資料類従・仮名草子編六・七（昭和四十七、勉誠社） ③浅井了意作。
本朝食鑑（ほんちようしよくかん） ①元禄八年跋板 ②食物本草大成九・十（昭和五十五、臨川書店）
本朝神社考（ほんちようじんじやこう） ①寛永ころ無刊記板
本朝二十不孝（ほんちようにじゆうふこう） ②近世文学資料類従・西鶴編六（昭和五十、勉誠社）
本朝武家根元（ほんちようぶけこんげん） ①明暦三年本屋道清板 ③伝浅井了意作。

ま 行

饅頭屋本（まんじゆうやぼん） →節用集
密厳上人行状記（みつごんしようにんぎようじようき） ①寛文十二年前川茂右衛門板 ③伝浅井了意作。
名語記（みようごき） ②田山方南氏校閲・北野克氏写『名語記』（昭和五十八、勉誠社）

無門関（むもんかん）　③『無門関万安抄』の本文に依った。
無門関万安抄（むもんかんばんあんしょう）　①寛永十四年板　③外題、内題とも「無門関抄」。
無量寿経鼓吹（むりょうじゅきょうくすい）　①寛文十年海老屋弥三郎板　③浅井了意作。
明心宝鑑（めいしんほうかん）　①寛永八年道伴板
毛詩抄（もうししょう）　②抄物資料集成六（昭和四十六、清文堂）
藻塩草（もしおぐさ）　①寛永ころ無刊記板　②大阪俳文学研究会『藻塩草』（昭和五十四、和泉書院）
尤之双紙（もっとものそうし）　①慶安二年藤井吉兵衛尉板

や　行

薬師通夜物語（やくしつやものがたり）　②徳川文芸類聚一（大正十四、国書刊行会）　③別名「福斎物語」。
薬性本草約言（やくしょうほんぞうやくげん）　①万治三年田原二左衛門板　②食物本草大成三（昭和五十五、臨川書店）
康富記（やすとみき）　②増補史料大成三十九・四十（昭和四十、臨川書店）
大和記（やまとき）　②続群書類従巻五九六
大和名所記（やまとめいしよき）　①延宝九年跋　②『大和名所記—和州旧跡幽考—』（平成二、臨川書店）　③目録・内題「和州旧蹟幽考」。
遊仙窟（ゆうせんくつ）　①慶安五年中野太良左衛門板
やうきひ物語（ようきひものがたり）　①万治ころ無刊記板　②倉島節尚氏『やうきひ物語』（昭和六十一、古典文庫）　③伝浅井了意作。
雍州府志（ようしゅうふし）　①貞享三年茂兵衛・加兵衛板　②新修京都叢書十（平成六、臨川書店）
喚子鳥（よぶこどり）　②『雑芸叢書』（大正三、国書刊行会）

ら行

落葉集（らくようしゅう）　②福島邦道氏『キリシタン版落葉集』（昭和五十二、勉誠社）
羅葡日対訳辞書（らぽにちたいやくじしょ）　②キリシタン資料集成七
料理切形秘伝抄（りょうりきりがたひでんしょう）　①寛永十五年高橋五左衛門尉板　②江戸時代料理本集成・資料篇（昭和五十二、臨川書店）
類字名所和歌集抜書（るいじめいしょわかしゅうぬきがき）　①寛永八年杉田良庵玄与板
蠡測集（れいそくしゅう）　②続群書類従巻九五七
霊宝薬性能毒（れいほうやくしょうのうどく）　①寛文九年西村九郎右衛門板
列仙全伝（れっせんぜんでん）　①慶安三年藤田庄右衛門板
鹿苑日録（ろくおんにちろく）　②『鹿苑日録』（昭和三十六、続群書類従完成会）
ロ氏大文典（ろしだいぶんてん）　②土井忠生氏『ロドリゲス日本大文典』（昭和三十、三省堂）
論語抄（ろんごしょう）　②坂詰力治氏編『論語抄の国語学的研究研究・索引編』（昭和六十二、武蔵野書院）

わ行

和漢三才図会（わかんさんさいずえ）　①正徳三年序板　②『和漢三才図会』上・下（昭和四十五、東京美術）
和漢通用集（わかんつうようしゅう）　→節用集
和漢朗詠集（わかんろうえいしゅう）　①寛文二年村上勘兵衛板
和漢朗詠集鈔（わかんろうえいしゅうしょう）　①正保ころ無刊記板
和解元亨釈書（わげげんこうしゃくしょ）　→元亨釈書和解
倭玉篇（わごくへん）　②中田祝夫氏ほか『倭玉篇 慶長十五年版研究並びに索引』（昭和五十六、勉誠社）

和語本草綱目（わごほんぞうこうもく） ①元禄十一年小佐治半右衛門板

和名集并異名製剤記（わみようしゆうならびにいみようせいざいき） ①明暦三年板

新 日本古典文学大系 75
伽婢子

2001年 9 月20日 第 1 刷発行
2024年10月10日 オンデマンド版発行

校注者 松田 修(まつだ おさむ) 渡辺守邦(わたなべもりくに) 花田富二夫(はなだふじお)

発行者 坂本政謙

発行所 株式会社 岩波書店
〒101-8002 東京都千代田区一ツ橋 2-5-5
電話案内 03-5210-4000
https://www.iwanami.co.jp/

印刷/製本・法令印刷

ISBN 978-4-00-731483-4 Printed in Japan